赤心不改

康永杰　著

北　京
冶金工业出版社
2020

内 容 简 介

本书以主人翁一生为主线，讲述了他从小在革命家庭、革命烈属的红色环境中成长起来，从小受老共产党员奶奶史二妮的熏陶和影响成为中国人民解放军战士。入伍后，他勤奋学习，努力工作，入党、提干，又考上了军事院校。在校四年学习中刻苦钻研，毕业后分配到北京某部队研究所工作。工作期间，在教授、专家的指导下，取得了几项尖端科技成果，获得国家奖励。特别是在改革开放经济大潮中，他不忘初心、牢记使命，不为金钱、名利、美色所动，敢于揭发不良现象并与之斗争。

本书内容丰富，多彩多姿，涉猎多地的历史、地理、民俗等诸多方面，描述新颖独特。书中所描绘的乡野风光、田园景色，犹如一幅美艳神奇的巨幅画卷，引人入胜；塑造的十几个主要人物也各有特色，栩栩如生，读了使人觉得可亲、可爱、可敬；故事人物关系错综复杂，曲折感人，语言朴实生动、风趣幽默，读后余味无穷。

图书在版编目（CIP）数据

赤心不改／康永杰著 .—北京：冶金工业出版社，2020.9
ISBN 978-7-5024-8496-5
Ⅰ. ①赤… Ⅱ. ①康… Ⅲ. ①长篇小说—中国—当代
Ⅳ. ① I247.5

中国版本图书馆 CIP 数据核字（2020）第 177478 号

出 版 人 苏长永
地　　址 北京市东城区嵩祝院北巷 39 号 邮编 100009 电话 (010)64027926
网　　址 www.cnmip.com.cn 电子信箱 yjcbs@cnmip.com.cn
责任编辑 杜婷婷 美术编辑 彭子赫 版式设计 彭子赫 孙跃红
责任校对 卿文春 责任印制 李玉山
ISBN 978-7-5024-8496-5
冶金工业出版社出版发行；各地新华书店经销；三河市双峰印刷装订有限公司印刷
2020 年 9 月第 1 版，2020 年 9 月第 1 次印刷
787mm × 1092mm 1/16；37 印张；721 千字；579 页
168.00 元

冶金工业出版社 投稿电话 （010）64027932 投稿信箱 tougao@cnmip.com.cn
冶金工业出版社营销中心 电话 （010）64044283 传真 （010）64027893
冶金工业出版社天猫旗舰店 yjgycbs.tmall.com

序一

水归渠林归山，方知情浓
——读康永杰长篇小说《赤心不改》

《赤心不改》是一部厚重深邃、弥漫着自传色彩的现实主义的力作。小说以特殊出身的方晨晨（以下简称方）少时在农村老家艰难和备受歧视的生活为起点，讲述了他在老共产党员奶奶的影响和熏陶下，从军求学、恋爱成家、就业提拔，以及在改革开放的经济大潮中多次经历背叛和诱惑仍能坚守底线的故事，像一面镜子照出了世情百态。小说既有欢声笑语也有痛苦委屈，既有事业上的顺势而为也有人生之中的急滩险阻，堪称一个60后男人的人生奋斗史和灵魂修炼之路。感佩之余，更为他的恋乡情结与灵魂操守所打动。

康永杰先生是河南滑县人，更是滑县人的骄傲。他对故土深挚的热爱在小说中如盐入水，虽不动声色却无处不在。首先是小说原乡的定位直称“滑州”，没有隐讳直接坦荡地点明出处，包括县城的那些老街都在他的笔下清晰呈现，足见其挚爱与魂牵梦绕。壮馍、烩饼、大火烧，“义兴张”烧鸡、道口大曲、小鸡蹦、河南烩菜、凉调素拼……这些滑县人耳熟能详的美食佳酿直教人口舌生津。市井风情、民俗民风、老街小巷，一样样在小说中还原苏醒，足见他对童年生活的留恋与怀念，感人至深。田野里燎玉米、烤红薯，似乎闻得见香、品得到味儿、看得见色，和伙伴儿一起割草喂羊、捉蝉玩虫，更是如临其境、乐趣无穷。更值得一提的是，方其间还不忘带上年幼的妹妹，浓浓的亲情和那些有趣的事物，充盈着一种勾起多少人美好怀想的韵味，也充满着对生活的欢呼与对乡土的感恩，留给读者的是内心挥之不去的温暖和感动。

整部小说情节曲折，人物经历险象环生。然而，不论是儿时生活艰苦还是幼时丧父，都没有影响方家人（奶奶、妈妈、方和妹妹）在共渡难关的同时，阖家融融、兄妹互爱、婆媳情深、邻里和睦，既表现了滑州传统，又为方屡遇坎坷的悲凉增添了浓浓暖意，在勇敢直面人性之恶的同时不忘展现人情之美，即使身在冰冷的暗夜也能心向光明。究其缘由，一是作家的性情，二是文学的教谕，两者相得益彰，使小说具有了更高的社会意义和现实的存在价值。

方从小和妹妹随奶奶在农村老家经历艰苦和受人歧视的生活，当兵后受到连领导的重用，同时也受到一些人的嫉妒。后来，因为在照顾山村孤儿寡母的女同学、入党提干、工作提拔等种种事件中遭到陷害，祸事连连。最后又在改革开放经济大潮中，背叛组织的老同学用尽各种卑鄙手段企图窃取军事、政治、经济等情报都未成功，主人公在厄运与诬告面前能经得住身体和精神双重摧残，在金钱和美色面前始终坚持自己的人生底线和精神操守。另有在情节上的神来之笔：最令人意想不到的是拉拢腐蚀他的美女记者，竟是女同学寻找三十多年的女儿。——母女相认，悲喜交加，人生如戏，戏如人生。

无法预期，才是生活的真相。如此结尾，让人唏嘘又感慨万千，更进一步揭示了一个真理：人生不是一场物质的盛宴，而是一次灵魂的修炼。于是，这部作品就站在了人性的高点。

除了方，我其实还很想再提一个人——方奶奶。这位老人在儿子遇害致死的时候依然思路清晰保持冷静，面对仇人时也可以大义凛然，宛如沙漠中的红柳树，抗严寒，抵风沙，耐干旱，顽强而热烈地活着。她用自己的行动告诉我们：人活在世上什么风雨都要经历，苦痛前选择坚强，困难前从不屈服，挫折前更不低头，乐观向上，从容隐忍。在她的身上，我们看到了老一辈中原人的人格魅力和精神气质，成为一代人的成功缩影，再次体现出作者康永杰先生的人生信仰和不忘初心、牢记使命的家国情怀。

掩卷回首，一路坎坷，却满纸深情。

早晨的阳光透过纳福楼的窗棂，顿感神清气爽。我忽然想起康永杰先生借方之口吐露自己的心声：“不管经历了什么，我依然是一名堂堂正正的军人，是一个顶天立地的男人。不管未来还会遇到什么，唯有不忘初心，方得始终，不畏浮云遮望眼。”表现出了一个作家的坦诚、自信和成熟。

一方水土养一方人。身出滑台故地，一副古道热肠。风格即人，作品见人品，质朴与自然永远是艺术与为人的至高境界，对于《赤心不改》的作者来说，支持他作品艺术质地的，除了语言和修辞，当然还有隐含在背后的非比寻常的人生阅历与精神境界。无疑，《赤心不改》是他建构起来的一片新高地。由此，我内心充满了敬意，康永杰先生和他的作品再次为滑县人竖起了高标！向作者、向作品，更向作品中的人物致敬！

我相信并期待康永杰先生不断有佳作问世。

徐慧根

2019年12月12日凌晨于纳福楼涯痕斋

注：徐慧根是中国作家协会会员、全国第十次文代会代表、河南省文联委员会委员、河南省作家协会理事、鲁迅文学院学员、河南省文艺志愿者协会理事、中国民间文艺家协会会员、中国摄影家协会会员、中外散文诗学会理事、河南省散文诗学会副会长、安阳市作家协会副主席、滑县作家协会主席，《中原散文诗》主编。

序二

我和康永杰同志是一个部队的战友，本书记叙了他在雷达兵部队许多平凡、生动、感人的故事。读了让人感受到位于深山老林的雷达兵，在恶劣环境、生活艰苦、战备值班紧张的情况下，奋斗不息的革命精神。作者是在这种环境下锻炼成长起来的，从一名优秀士兵到空军机关干部，后来又到机关部门任职。书中记录了他生活、奋斗、成长的经历，非常值得新时代年轻人学习和借鉴，熟悉他的战友对他的表现感到由衷的骄傲。

我和作者所在部队地处祖国的北部边疆，部队高度分散在大兴安岭和呼伦贝尔大草原上，当时边防连队离团部都在千里之外，那时生活非常艰苦，住简易房，用火墙取暖，没有蔬菜，冬季气温都在零下40~50摄氏度，当年战备值班任务繁重，作者对部队生活的描写非常细致，在书中记述了很多战友团结友爱、部队管理官兵一致以及部队中各种生活细节，勾起了我们对那个年代的回忆。作者以讲述亲历故事，见证辉煌历程，歌颂了祖国改革开放40年来，在政治、经济、科技等各个方面取得的辉煌成就，展示了军队科技工作者们默默无闻的奉献精神，同时也揭示了极少数人在经济大潮中失去信仰，为一己之利甘愿出卖自己的灵魂。作者通过故事警示我们，在这盛世中不能放松警惕，还有一些敌对势力在阴暗的角落里谋划着不可告人的阴谋，值得我们每个人深思。

部队是一个大学校，作者所在部队出了很多能文能武的人才，但能写出长篇小说的只有两人，作者康永杰先生是其中之一。坚信《赤心不改》这部长篇小说，一定会受到读者朋友们的喜爱。

李敬东

原空军某雷达团团长，现任中国蓝天贸易有限公司董事长

2020 年 3 月

目　录

人生，不是一场物质的盛宴，而是一次灵魂的修炼。

——题记

（如与本书故事情节雷同，纯属巧合）

第一章　人生选择

深夜时分。

首都机场高速路上车流如梭，飞驰的车辆划出一道道彩虹。我坐在车里心急如焚，无心欣赏这美丽的夜色。

我上飞机在机舱里安顿好坐下，看看腕上的手表时针正指向23时45分。此时中国国航CA1357号航班，在巨大的轰鸣和伴随着乘务员小姐英文的广播声中准时起飞了，载着满腹心事的我飞向大洋彼岸。

飞机如一柄利刃撕破云层迷障，藏于蓝色的夜幕中。一轮新月悄然出现在窗外，清新却无比的明亮。我望着窗外飞机下，越来越模糊的万家灯火，思绪万千，回想起从前我在家里、在连队发生的一系列不幸之事，特别是最近一段时间发生的这些惊心动魄的事情，使我终生难忘，不堪回首。一幕幕、一件件往事又浮现在眼前……

一九七四年冬天，滑州这年冬天特别寒冷。刚入冬就接连两场大雪。没等第一场雪融化，下一场雪又接踵而至，特别是这第二场鹅毛大雪连下三天三夜。整个滑州县城里里外外，被足有两尺多厚的冰雪覆盖着，变成一座名副其实的“雪城”。县里最高的建筑是明福寺塔，也成了一座“白塔”。街道上，人们杂乱的脚印和清晰可见的车轮印交织在一起。一些商场和店铺虽然也开着门，却冷冷清清的。稀疏的行人戴着棉帽，围着围巾，无一例外地都将破旧的棉大衣裹得紧紧的，却依然被冻得哆哆嗦嗦。这样天寒地冻的天气里，不得不出门的男男女女都瑟瑟缩着脑袋，在雪地里深一脚浅一脚地赶路。

十二月十日上午，是欢送新兵入伍的日子。

县政府门前却一改往常的冷清，人头攒动，热闹非凡。一条条大红色横幅悬挂在政府整个大院墙壁上，上面写着“向解放军学习”“一人参军、全家光荣”“提高警惕、保卫祖国”等醒目的大字标语。大喇叭里反复播着激昂嘹亮的歌曲：“大海航行靠舵手，万物生长靠太阳……”

县政府大院里的操场上，我们这些今年应征入伍的新兵们早已排列整齐。其中，一身蓝色军装的是海军；一身绿色军装的是陆军；而我们这一排是空军，上绿下蓝。

只见海军的战士们穿的是棉大衣，而我们和陆军兄弟穿的都是羊皮大衣和皮帽。据说，这是因为服役地的气候、温度差别不同，所配发的衣服薄厚也不同。

我们这些新兵身背行军包，胸戴大红花，穿着肥大的新军装，规规矩矩地站在雪地里。听主席台上一位军官在讲话：“同志们，从今天开始，你们就是一名光荣的革命战士啦！永远不要忘记，你们是肩负保家卫国神圣使命的革命军人！全体注意，听我口令！立正！从右边第一列开始，齐步走！后边都跟上！”

我们这些新兵跟着引导员，有秩序地往政府大门外走去。

与此同时，县政府门外的人民大道上，鞭炮齐鸣，锣鼓喧天。整整十辆绿色的军用大卡车首尾相衔，摆成一条长龙。一队队中学生在宣传队员的带领下高呼口号：“向解放军学习！提高警惕！向解放军致敬！保卫祖国！”

妹妹方姣姣，同学王建社、邱童童和毛爱莲也位列其中。送行的人们挤在一辆辆汽车旁话别，人人眼含泪水依依不舍。

我穿着簇新的军装、肩上背着整齐的行军包，跟着前面的人一个箭步跃上车。回头望去，车下乌泱乌泱的全是围着车辆送别的乡里乡亲。我奶奶、妈妈、妹妹和要好的几位同学拼命挤过来。只见奶奶眼里含着泪，粗糙的手拉着我：“晨晨，好孩子，到了部队上可要听首长的话，有啥困难要写信来，记住啦？”“嗯，奶奶您放心吧，我到了就给您写信，恁和俺妈也多保重身体。”我心里酸酸的。

“孩子，你们到部队都是老乡，互相多照应点啊。”我转脸看是一位大婶在对我说话。她一边说着，一边还拉过来一个瘦瘦高高的大男孩，“俺家李小瑞人老实，不爱说话，你多帮衬他点。”我急忙扶着这个叫李小瑞的同龄人说道：“好的婶，您放心吧！我们会互相照顾的。”李小瑞在一旁对我莞尔一笑。

在一旁站着的同学毛爱莲。她突然从自己身上的挎包里拿出一双鞋垫，快速塞进我的手里，一句话也没说，红着脸不好意思地躲闪到奶奶身后。猝不及防之下，我也没细看，迅速地把鞋垫装进刚发的军用挎包里。奶奶和妈妈尽管眼中含泪，还是脸上带笑地望我，又回头看了毛爱莲一眼。她们是看到眼里明在心中，笑呵呵地啥也没说。

此时，我看到冯为国在一旁东张西望找什么人。“为国哥！”我急忙过去喊他，又问：“为国哥！你也去当兵啊？”

“晨晨？你……”冯为国很吃惊。

“晨儿，你……”冯为国的父亲冯建刚看到我，也惊喜地向前拉着我的手问。冯为国的父亲冯建刚在村里与我父亲同辈分，都叫他叔。

“叔，俺也去当兵。”

冯建刚看见在一旁的我奶奶和我妈江云芝急忙向前问道：“大婶、嫂子你们都来了？你们咋……叫晨儿也去……”

我奶奶抢过话去笑道:“嗨,孩子大了,应该让他出去锻炼锻炼。”“嗯,也是也是。”冯建刚点头。

我听他们说着话用眼的余光瞬间扫了冯为国一眼，发现他也是穿着和我同样的服装。“为国哥，你也是空军呐？咱们还是……”

“嗯。”冯为国无心跟我聊天四处张望着，在寻找什么人。

嘀嘀，嘀嘀……。这时一阵汽车喇叭长鸣声。拉新兵的汽车就要启动了。“送人老乡们请往后站站，汽车马上就要开啦，请注意安全。”一位穿军装的县武装部同志在汽车下喊。奶奶、妈妈和妹妹不情愿地退到路旁，冲我不停地挥着手：“再见再见，多保重啊孩儿。”

一时间，送行人群的哭声和道别声陡然增高，伴随着锣鼓声响成一片。车上的新兵们全都拼命伸出手跟亲人挥手告别。离别的悲痛瞬时笼罩整个街道，也笼罩着每个人的心灵。

在那个交通不发达的年代，面对也许会一别多年不能相见的亲人，每个人心中都会有一种类似生离死别的愁绪吧。然而，人生的征程不会理会离愁别绪。汽车依旧开动，渐渐远去。

我站在将要远离县城、远离人民大道的汽车上，泪眼朦胧中似乎还能隐约地看见渐渐远去的奶奶、妈妈、姣姣和同学们，她们依然站在大街上、在送行的人群中，冲我不停地挥着手。我心里酸酸的，不停擦拭眼中的泪水，想再看一眼亲爱的奶奶和妈妈。可离别的泪水无法止住，泪遮挡了视线，徒劳的我只能低下头，拼命地隐藏心里那阵阵涌起的悲伤。

人呐，也可能真有命中注定之说。无论走向何处，将受到多少挫折和苦难，要经受多少坎坷和历练，会遇到哪些好人和贵人，又或是遇上哪些坏人和恶人，也许都是老天爷给你安排好的，无法挣脱和回避的命运。这些是有所经历之后的人经常会有的想法，也是对人生际遇的感慨吧？对于我来说，命运其实就掌握在自己手里，只有去拼搏奋斗，才能改变它！常言道：女怕嫁错郎，男怕干错行。如果当初按照妈妈的安排一路走来，现在的我可能还在家乡县城的哪个饭馆里当厨师呢。肯定不会参军入伍，不会当兵提干、上军校，更不会像现在这样在北京安家落户，成为军队一名优秀的科技工作者。当然,彼时的我,对人生选择背后并没有这么深刻的感悟。

还是懵懵懂懂毛头小子的我，此刻蜷缩在摇摇晃晃、一路颠簸的汽车里，怀着对亲人们的思念，还沉浸在“当兵到底是对还是错”的迷惘之中。

要说我选择当兵这条路，也是充满偶然。这还要从那年中秋说起。

中秋节晚上，妈妈特意准备了丰盛的晚餐。刚放学回家的我就看到饭桌上摆满诱人的美食：油光欲滴的道口“义兴张”烧鸡；散发着诱人色泽和香气的红烧鲤鱼；满满一大碗热气腾腾的猪肉白菜炖粉条；撒上了白糖的脆生生的油炸虾片；又脆又香、百吃不腻的油炸花生米；还有用卤好的猪耳朵切丝与爽滑又筋道的绿豆粉皮一起凉拌而成清爽可口的下酒凉菜；外焦里嫩、香气四溢的家乡名吃壮馍；旁边还摆着妈妈专门为奶奶准备的一瓶好酒——道口大曲。一大桌子菜，充满中秋佳节阖家相聚的喜庆和幸福。在那个年代，哪怕是过大年的时候，家里也未必能吃到这么丰盛的晚餐。我在心里犯着嘀咕，这是咋的啦？遇到什么大喜事了，妈这么“狠心”地让全家奢侈一次呀？旁边的妹妹眨了眨眼睛，俏皮地问：“妈，妈！有什么好事呀？这么大方让我们开荤。”

“去去去，等一会儿开饭时宣布。”妈妈笑呵呵地卖起了关子。

我不得其解。望着桌上诱人的饭菜，嘴里暗暗流着口水，恨不得立马坐下来抓起美食狼吞虎咽地吃起来。

“妈！我都快饿死了。”妹妹站在饭桌旁边，眼巴巴地望着这么多好吃的，却无法痛痛快快地开吃。嘴里也是馋得直咽口水，不停地念叨着。

这是奶奶从小给我们兄妹俩立下的“规矩”，大人不坐上饭桌，小孩子不允许先吃，除非大人明说不回来啦，小孩子们才可以用餐。虽然这只是不成文的规矩，在我们家那可是执行得既认真又严肃，从父辈到我们这一代，一直传承从未敢有丝毫僭越。

终于，我帮着妈妈把所有饭菜全摆齐了。“妈！晨儿，姣儿，咱们开饭啦。”我妈江云芝笑着招呼奶奶和我们。待坐下后，“哼！看都几点啦？”妹妹噘着嘴，假装很不高兴。也是，看看墙上的挂钟，都快八点了呢。要说平时家里大人忙碌，奶奶年迈，我跟妹妹又要上学，再加上那时候也没几户人家宽裕，家家都是随便吃上几口饭，几乎没啥像模像样的好肉菜，只有这过年过节全家才能吃上个团圆饭。

“来来来，先给奶奶倒上酒。”妈妈坐下，一边说着一边给奶奶倒上了白酒，又夹了个烧鸡腿，笑道：“妈先吃菜。”

奶奶乐呵呵地接过来说道：“你们都吃吧。”我妈又往妹妹嘴里夹了个炸虾片：“闺女饿了，先吃这……”“不！我也要吃烧鸡！”妹妹不满意妈妈给她夹的虾片。“好好好，给俺闺女也吃块香香的烧鸡，吃肉长得高。”我妈笑着又给妹妹夹了块烧鸡。

“哎，你呀。”我在一旁忍不住冲姣姣说了一句，责怪她不该闹大小姐脾气。我妈又给我的碗里夹了一块鸡翅说：“给我儿子吃烧鸡翅膀，飞得高，飞得快啊！”我跟妹妹再也顾不得说笑，低头就吃。

妈妈这才不好意思地给自己夹了块炸虾片放在嘴里。她一边吃一边问奶奶，“妈，咱们开个家庭会，您说中不中？”

我们三人抬头一起看向妈妈，不知道要发生什么事。说真的，我长这么大还从没听妈妈说过开家庭会这种话。即使我爸在世时，确实也没开过什么家庭会，今天还真稀罕。我妈她接着说，“妈，是这样的……你看晨儿这孩子今年已十六了，算成年人了。他明年高中就要毕业，又不能考大学，今后咋办去干啥嘞？”她放下筷子语气说得很慢，又很认真也很为难地继续说：“让他回乡下干农活，那不可能的。咱家也舍不得呀，可是……”

哦，原来是说我的事。我坐在旁边静静地听着没有插话。在我心目中，作为教师的妈妈天天都很忙。每天不是向学校汇报学生考试测验情况，就是敲锣打鼓上街游行迎接“最新指示”，要不就是参加“批林批孔誓师大会”，政治和教学两头都要抓。她没日没夜一心扑在工作上，根本顾不上照顾家里，更没时间和精力过问我和妹妹的学习。我都上高二了，可她从来也没坐下来，问我学习怎样、有什么困难呐？我们兄妹的衣食住行全由奶奶负责。这么多年来，她好像不是这家中的一员，是个过客，可今天妈妈这是？

奶奶看着我妈问：“云芝，你有啥想法？”

我妈看着我继续说：“如果，晨儿毕业去当工人吧，这几年工厂里都没有招工，国家啥时有政策能给招工指标，也不清楚。现在大家的生活都不算很好，能吃饱穿暖才是最实在的。我与人民饭馆的张书记和东方红饭店的刘书记说好了，想让晨儿去学做饭，也算有个手艺，至少一辈子不会受饿。”

她说得很实际，在那个年代，物资极其紧缺，吃饭买东西处处凭票，谁家有点大米、白面这种精粮都像金豆一样的珍贵。当时只有过年过节和重大喜事才能吃上点肉和大餐。当时虽然民风淳朴，人人都在向雷锋同志学习，处处体现大公无私为人民服务。当时最受大家推崇的工作就是所谓的“八大员”，就是炊事员、饲养员、保育员、驾驶员、售货员、邮递员、服务员、理发员。而这“八大员”中的炊事员又是最受欢迎的，不知道多少年轻人都想去当厨师呢。

“到饭馆做饭好啊。这人到啥时候都得吃饭不是？不管谁，他天皇老子都得吃饭，再困难也没有饿死大师傅的。”听了妈妈的话，奶奶连连点头笑着称赞道。她第一个表了态。

“我哥去当工人多好啊？工人阶级领导一切。”姣姣也抢着发言。

我听着她们的话心里很是不舒服。烧鸡肉在我嘴里味如嚼蜡。我最不喜欢做饭了，可妈怎么偏偏想让我去当大师傅做饭？我内心更希望自己能考上大学继续念书。但是，长辈们说的也并不无道理，社会现状并不允许我走这条求学之路。全国各个大学都不面向社会招生，只是接受被工厂和单位推荐去的工农兵大学生，没有高考这一说。

“晨儿，你想去干啥咧？”知子莫若母，妈妈看我半天不说话，知道我可能有自己的想法，于是问我。

忽然间我想起同学毛大臣去年到武汉当兵的事儿。放下筷子，很坚决也很自信地说：“妈！我不想去学做饭，当火头军。我想当兵，到解放军大学校里锻炼自己。”

“嗯嗯，对！我支持哥哥去当解放军！”姣姣嘴里吃着东西，第一个跳出来支持我。她从小就羡慕解放军，喜欢解放军。

奶奶在一旁也笑着附和道：“对，去当两年兵再回来上班也中。”

“嗯……晨儿，你能到解放军这所大学校里去锻炼锻炼也好……只是，听说部队很苦的，你行吗？”妈妈担心地问我。

“我不怕吃苦！当解放军多好，保卫祖国顶天立地！再说挎着抢多威风啊。”我向上挺了挺自己的身体天真地说道。

“嗯，嗯那这样……我跟你邱叔叔说说，若年底有征兵的来，就给你报名行吗？”妈妈的意思是同意我去当兵啦。

“妈，你答应啦？”我高兴地把筷子往桌子上一拍。

我妈笑着冲奶奶说道：“晨儿，咱家领导都批准了，妈能不答应吗？”妈的话，逗得我们全家哈哈大笑。

我妈江云芝她确实不容易，特别是爸爸被迫害致死之后，她承担起了家里的一切事情。一个教书的羸弱女子，带着一老两小艰难度日的确不易。现如今好不容易把我拉扯到十六七岁，成为家中唯一的男子汉，可以支撑起这个家庭时，我又执意要远走高飞去当兵。她做母亲的心中能舍得吗，能好受吗，能接受得了吗？可妈妈她，总是笑呵呵地支持我，没有丝毫的不满和埋怨。

几个月过去了。

一个星期天的下午，我正在家里看书。妈妈从外边回来，放下手里买的菜。就直冲我走来：“晨儿，听说今年咱县征兵马上开始了。刚才呀，妈去你邱叔家问过了，今年有三个兵种征兵。一个是陆军工程兵，到甘肃修路架桥；再就是海军，听说是分到海南军舰上；另外就是空军了……”

“我去当空军！”没等妈说完，我就当场表态，“妈，工程兵要到荒山野岭里干活，我不干！海军嘛，天天在海上漂流着，前不着村后不着店的，多没意思呀。嗯掉到海里可能连尸体都找不着，全喂大鱼小虾了……”

“呸呸呸！净说些不吉利话，这孩子，我觉着海军也不错啊。”妈妈马上制止我说。

我见状撒娇地拉住妈笑道：“妈，还是当空军好，一飞冲天，鸟瞰祖国大好河山，多棒多威风啊！再说妈，我从小就怕水。还记得我六岁那年夏天的事儿不？农村奶奶家里特别地热，年纪最大的金锁哥经常带着我们几个小不点儿去池塘边摸青蛙。有天特别闷热，我们忍不住跳下池塘洗澡，哪知我差点被淹死。从那时起，我就开始怕水了，从不轻易靠近池塘，更别提学游泳了。我就成了名副其实的旱鸭子。您看我从不去卫河里玩水吧？”

妈听我说完点点头：“也对。那我跟你邱叔说说，咱去报空军。不过，听说空军挑人最严格的，也要看你能不能符合条件和要求了。”

“嗯，谢谢妈！”我使了个鬼脸，哈哈笑着继续我的学习去了。

说真话，农村长大的男孩子很少像我一样不会游泳的。以前的农村水资源很丰富，到处是水塘，只要是坑洼的地方就有积水，而且水质清澈见底，没有任何的污染。劳作的人们口渴时，随便跑到卫河边或水塘里舀上几口水就解了渴。只要有水就有鱼虾。水塘里的鱼虾更多，我们小孩子们最喜欢到卫河或池塘里捞鱼虾。几十年过去了，在我的家乡华北平原，再也不见那鱼米之乡的景象了。田野里偶尔有点水，也全是造纸厂排出来的污水。甚至听说，现在农村都不敢吃浅井水了，都要打到近二百米深井的水才敢喝，真是可怕！

数月后。入伍通知书下来了，我如愿被空军应征。后来才知道，因为爸妈婚后响应中央号召，下乡到农村支援农业，就把户口迁到了老家杨家庄，所以我和妹妹出生后就都落户在老家农村。直到爸爸被平反昭雪，全家的户口才又重新迁回县城。于是，我当兵算农村兵的名额。

换上新军装的那天，我和好友王建社、邱童童跑到顺河街大众照相馆照了合影。当晚，我约上了几位要好的同学一起聚会。我向他们吹牛说：“等有机会我开着飞机来看你们，把飞机落到大公河金堤上让你们看看我驾驶的飞机怎么样。”

邱童童、毛爱莲、方姣姣他们起着哄：“不可能……不可……”在一旁的王建社撇嘴道：“方晨晨，你就吹牛吧你啊！”“王建社，你别不信！等我穿上飞行服，驾驶着飞机，第一个飞到滑州城来给你看看！”我站起拍着胸脯对他们夸口道。

毛爱莲和姣姣在一旁不说话。看着我们之间的吵吵闹闹，她俩只是偷偷傻笑。

离开家的那天早上。奶奶和妈妈一早就准备了我最爱吃的猪肉大葱馅饺子。奶奶说：“按照咱家的规矩，家人出门求个平安，都吃饺子——这叫出门饺子回门面。快趁热吃吧。”

“谢谢奶奶，谢谢妈。”我看到饭桌上除了饺子，还有油条、烧饼、玉米渣子粥和一些小菜，全都是我喜欢吃的。

妈妈从卧室里拿出一个硬皮笔记本，严肃地对我说：“晨儿，家里也没有啥给你的，我买了个笔记本，希望你到部队这所大学校里，好好学习，做个对国家、对部队有用的人，也为咱方家争光。如果你爸在天有灵会保佑你的。”

我心里咯噔一下。是呀，如果爸爸还活着多好啊，可是……我心想，这要离开奶奶、妈妈她们啦，不能给她们添堵，一定高兴地走，好让她们放心。我急忙站起来说：“谢谢妈！请您放心，您儿子我一定为咱方家争光，当个好兵！”

妈妈江云芝看着我很欣慰地笑了：“好好好！”奶奶和姣姣也都高兴地为我鼓掌。

这是妈妈送给我唯一的一份礼物。翻开首页，是她对即将离家远行的儿子最郑重的叮嘱和期待：天行健，君子以自强不息；地势坤，君子以厚德载物。不积跬步无以至千里，点滴积累而后有大成！

妈妈的赠言字字如金。尽管当时的我还无法完全理解它内在的含义，可是在后来漫漫的人生之路上，它们已经成为我日夜谨记、终身奉行的座右铭。

世事无常，当时年少的我还不懂得亲人的相聚，才是世间最幸福的时刻。

第二章 心理落差

我们这批滑州兵在安阳火车站兵分多路，分别跨上了不同方向的火车，也走向了不同的人生轨迹。

那时国家经济能力和运输条件都还有限，兵员运送都是用俗称“闷罐车”的绿皮火车。这个所谓的“闷罐车”，五六十年代出生的人都见过的，它就是一个空铁皮车厢。里边地上除些麦秸草外，啥都没有，空空荡荡。关上门，只有车厢两边上方有两个排气窗口,别无它孔。亮光,也只有从那两个排气窗口进来一丝丝照亮车厢。我们这些新兵只能席地而坐，就地睡觉。不像现在，新兵入伍到部队不是飞机转运，就是高铁，最次也是旅客客车。不但乘坐环境舒服，还有热菜热饭伺候着。我们那时候不但坐车条件简陋差，吃饭更甭说。

呜呜……伴随一声笛鸣，我们这趟向北的“闷罐车”渐渐驶离安阳车站，离开了亲人，离开了生我养我的故乡。车厢里的新兵个个湿润了眼睛，扒着火车门缝向外张望,都想再多看一眼家乡的山山水水。可车越开越快,这点巴望很快也成了奢望。

飞奔的火车与长长的铁轨不断地摩擦发出哐唧哐唧的响声，冒着高高的白烟、拉着阵阵汽笛的绿皮火车，在白雪皑皑的华北平原大地上飞驰，有种动静相宜的特殊美感。

车厢里散落着乱七八糟的背包和生活用品，地上堆满麦秸秆。我们新兵们各个垂头丧气地坐在“座位”上，气氛有些沉闷。一位身材魁梧、浓眉大眼的军官喊上几个新兵，在前面忙活着整理水桶、大盆、暖水瓶和饭勺等物品。

我刚刚认识的同乡李小瑞，偷偷用胳膊碰碰我，小声说:“你看，那当官的还干活嘞？”我点点头心里也在纳闷。是呀，怎么部队里当官的还带头干活？不都是官指挥兵吗？电影里都是那样。不过我俩敢想不敢问，只能傻里傻气地在暗地里悄悄犯嘀咕。此时我看见一个大个子兵蹲在车厢一角默默擦眼泪，心里咯噔一下才想起来，这不是冯为国吗？他可能是因为在农村劳动的结果，皮肤黑里透红，过于肥大的军棉衣和厚实的毛皮鞋穿在他身上，让壮实憨厚的他看上去很笨拙，蹲在那里活像一只笨重的大狗熊。不知为啥他在掉眼泪，确实我没想到冯为国他能和我在同一个车厢里。

我小心地挪到他身边，小声安慰他："唉，为国哥你这是咋的了？"他看我一眼，用衣服擦了一下眼："俺,俺没事。"他不好意思地脸抽嘘了一下。"哎,为国哥别哭了，当兵是好事应该高兴才是呀。"他不好意思地又用手擦了擦眼角上的泪，没接我的话茬,反倒问起我来："哎？晨晨,你怎么也当兵了？我算着你的岁数不够啊？""嘘，嘘"我用手指放到嘴上对他嘘嘘两声，不让他说下去。

"全体注意！按高低个面向我，集合！"耳边突然传来军官大声喊话。气氛顿时紧张，我们赶紧爬起来，面对着军官快速地排队。这是我有生以来第一次听到解放军军人高亢洪亮、铿锵有力的整队声：

"立正！向右看齐，报数！"

"一,二,三,四,五……"

"稍息！"

那军官发现我们队列中有两名新兵的高矮排列不太协调，就走向前帮他们重新调整了队列位置。他回到队列前自我介绍道："我叫唐明，是新兵连连长，你们就叫我唐连长。"他说着又指向队伍边上站着的一位老兵说："这位是杨排长。"此时，在一旁站着的这位老兵面对大伙笑道："我叫杨生荣！今后与大家共同生活战斗。"

唐明接着说："从昨天你们穿上这身军装开始，就是一名中国人民解放军空军战士了，是一名光荣的军人！我们是战友。今后，我们就一起训练，一起站岗，吃得一锅饭，睡得一个炕。我宣布，在火车上按顺序睡。现在听口令，立正！刚报单数的向前一步走！单数的同志睡这边，双数的同志睡那边。听明白了吗？"

"明白了！"大家异口同声回答。

"方晨晨，史二柱，冯为国！你们三位协助杨排长负责这几天路上的打饭和打开水工作。高新宇，李化新，你俩负责大家大小便时的安全。听明白了吗？"

一听说让高新宇、李化新负责大家大小便时的安全，大家都感到不解，咧嘴想笑又不敢笑。众人疑惑地望了望他俩，齐声道："听明白了！"

"现在开始做睡觉前准备。"他安排完，大家都老老实实地按顺序，在麦秸上把背包打开铺好。

睡在我旁边的恰巧就是那位大个子冯为国。我看到他比别人多拿了件东西，还用老棉布缝的袋子装着，是拐棍？……不知啥宝贝，怕别人抢走似地还总是抱着不离手。刚上车的时候，他还特意找到车厢边角，把那东西小心翼翼地放在背包上。战友李化新不小心碰了一下，他立马就心疼得跳脚："哎呀！你小心点，弄啥咧毛手毛脚的？"咦，到底是什么玩意，看把他吓的。

"方晨晨！""到！""听到没有？"杨排长看我心不在焉,总盯着冯为国的宝贝看，特意点了我的名。

"听到了！"我急忙收敛心神。他又说："我们四人要保证几十位战友一路上几天几夜的吃饭喝水任务，十分艰巨。先分下工，我和史二柱、方晨晨负责领饭。领饭，说好听些是领，实际上是抢饭！懂不懂？”“懂！”

“冯为国负责打开水，这是三个暖瓶，火车每到靠站时，我们去打饭，你就打开水，听明白吗？”冯为国小声说：“明白啦。”

“大点声！”杨生荣瞥了一眼满脸胆怯之色的冯为国，又吼了一句。“明白啦！”冯为国大吼一声，逗得大伙儿哄堂大笑。

杨生荣说领饭就是抢饭，可真不是夸张。我们的火车车厢不是停靠在火车站月台上，而是停靠在货场里等待调度，等待被重新编组挂靠另一组火车。待火车刚一停稳，杨生荣就会带着我们，拿着大盆和水桶，以百米冲刺的速度跑到军供站。军供站那里是火车站专门为咱们运兵车准备的馒头和饭菜。因为每个火车停靠点同时转站、等待调度挂运的运兵车太多，经常是多达上千人同时用饭，仅靠军供站准备的那点饭菜，根本供不应求。大师傅们大声招呼大家排队依次领取饭菜，可人多手杂，天南地北的战士往往是一哄而上，谁能挤上去手快就抢得多，手慢则无。我这个初出茅庐的新兵蛋子算是第一次见识了啥叫“抢饭”！那场面的混乱让人咋舌。

第一次加入这个“抢饭大战”，是到山海关时。杨生荣和史二柱负责抢饭，我负责抢菜。待我们跑到时，人已非常多。我从没见过这种场面，胆小没经验，不敢上前，结果自然什么也没抢到。只有他俩抢到些馒头，回来以后大家只能干吃馒头没有菜。唐明批评我时倒是很和气的：“到下一站你记住，下车后，要用兔子的速度往那儿冲，要拿出饿虎扑食的狠劲，还要带着泥鳅样的机灵劲往人缝里钻，这样才能抢到饭菜，否则只有饿肚子。不但自己饿肚子，还有我们几十口人陪着你一起饿肚子，你说是不是呀？”唐明已经多次接新兵，对于怎么能抢到饭很有经验。我按照他说的那样做，以后再也没有空手而归过。现在想起那时抢饭的事依然觉得好笑，可是军供站能为过往运兵车准备的饭菜数量有限，不抢就没吃的，抢不上就干饿着，只能等到下站再停靠时才有饭，这就逼迫你不要命地“抢”饭吃。

再说战友高新宇和李化新负责大家上厕所的问题。原来绿皮“闷罐车”没厕所，小便的战士只能身体靠紧车门框，侧身对着微开的一小门缝“解决问题”。因为车速太快，后边必须有两个人拉着小便人的衣服，以防小便人被风卷到车厢底下去。若要大便那就无法了，只能等火车靠站后，到背人处的道轨旁速战速决。否则，等车厢一编排重组，就可能再也找不回自己的列车厢了。后来咱们国家的经济实力和运输能力都提高了，从二十世纪七十年代末至九十年代，“闷罐车”逐步改为旅客车厢，这样新兵入伍的生活条件方便多了，也不存在集体去抢饭菜的问题了。随着那个年代的渐行渐远，后来入伍的新兵可能再也无法体会“抢饭”和“闷罐车”车厢铺垫麦秸草睡觉那么艰苦的岁月了吧。

我们一路闷在车厢里，也没有什么娱乐项目，只能听唐明收音机的一些节目，除了睡觉还是睡觉。

“大家注意了！现在请冯为国同志，给我们拉上一段二胡，好不好？”唐明无意中发现冯为国的宝贝居然是一把有年头的二胡，立马提议。昏昏欲睡的大家顿时都来了精神，一齐鼓起掌：“好！来一个！”

冯为国从那个被他视为宝贝的棉布袋中抽出一把二胡，真看不出憨厚笨拙的大个子还有这么一手绝活！“俺拉的不好，请大家体谅啊……”只见他很老练地盘腿坐直腰杆，把二胡往腿上一放，调试了两声胡弦儿，谦虚道：“各位首长、同志们，我给大家拉上一段豫剧《红灯记》里李铁梅的唱段，拉得不好请你耐心听……”

“靠！还闹啥客气咧！”身旁的李化新一边撇嘴一边说。唐明连忙嘘了一声，告诫他不要说话干扰大家。

冯为国这段二胡拉的虽然不长，可确实好听。大家趴在被子上都听得兴趣盎然。就这样，在火车上只要一有空闲，大伙儿就嚷嚷着要请冯为国再拉上几段。车厢里的气氛不知不觉活跃起来，新战友之间也不像刚开始那么拘谨陌生了。

躺在麦秸秆地铺上的我闭上眼睛，听着冯为国的二胡独奏，心慢慢地平静下来，似乎那星星点点的乡愁也开始淡薄了。突然，我想起昨天在县政府前上车时，毛爱莲塞给我的那双鞋垫。我悄悄地把它从包里拿出来看，啊！借着火车行进中一明一暗的昏暗光线，看清了是她手工绣成的鞋垫，鞋垫上一对鸳鸯戏水，色泽鲜艳。我心里一惊，怕被别人发现，看了一眼赶紧又把它装起来。可是那栩栩如生的画面仿佛依然在眼前、在心里，再也挥拂不去。特别是夜里睡不着时，我会从包里把毛爱莲送给我的鞋垫再拿出来看上一眼，望着那对鸳鸯戏水图，听着火车在飞驶中的隆隆声和战友们此起彼伏的呼噜声，不知不觉地也就睡着了……

当上了一名空军飞行员的我，驾驶着飞机在蓝天上翱翔，穿云破雾。我保卫着祖国的蓝天海疆，壮志在胸；我鸟瞰祖国的壮丽河山，诗情满怀；在炮火连天的战场上，我架着战机与敌机在空中战斗，使一架架敌机冒着黑烟抛在大海里、荒原上；我们到北京天安门广场受到毛主席的亲切接见，毛主席微笑着握着我的手。我激动地高呼：“毛主席万岁！共产党万岁！”全体空军战士欢呼着、跳跃着……

“咦咦，弄啥哩？”睡在旁边的冯为国被我一脚蹬醒，翻了个身，顺手推了我一把。我被他从梦中推醒：“弄啥啦？我……”还在梦境里的我生气地质问身边的冯为国。“哼！弄啥咧？你睡觉还不老实。”他生气地嘟囔道。等到我彻底睁开眼睛，看到昏暗中郁闷生气的战友，才知道自己又做梦了。我不好意思地往身上拉了拉被子，没敢说啥，一转身又睡去了。

车厢外。广袤的大地安静、祥和，繁密的星空神秘、美丽。飞驰的火车经过了沈阳、长春、哈尔滨、齐齐哈尔，在辽阔的雪域草原上、浓密的原始森林里一刻不停歇地穿行，拖着呜呜长长的汽笛声，伴着人们香香甜甜的梦……

经过四天三夜的长途跋涉，我们的火车终于停靠在了黑龙江省的牙克石火车站（现内蒙古自治区境内，“文化大革命”中牙克石市划属黑龙江省，蒙语称喜桂图旗）。

一下火车冰天雪地，滴水成冰，天空雾蒙蒙的，飘着零星雪花。火车站台上的人们不但戴着皮帽还戴着护鼻罩，嘴里呼着白气，帽檐儿上全结着白霜。他们脚上穿着把小腿包得严严实实的高毡鞋，走起路来摇摇晃晃、笨拙不堪。单从外表看，绝对识别不出对面那人是男是女、是老是少。

唐明让我们每个人，把所有能穿到身上的衣服，包括皮大衣、皮帽、毛皮鞋都穿戴上，背起各自行囊，列队到火车站候车大厅里休整，等待来接我们的汽车。

牙克石火车站并不大。候车室大厅的人也不多，人人都穿着皮大衣，戴着各种羊皮狗皮帽子。有几个人围着一个大煤炭炉取暖，多数人都在长条椅子上，躺着的、坐着的，东倒西歪的啥姿势都有。奇怪是，他们中的不少人却拿着一根根冒着“热气”的冰棍在吃，你说这天是冷还是热？我只知道，在老家只有炎热的夏天才吃冰棍儿、雪糕，哪里见过冰天雪地里一边穿着皮袄一边还吃着冰棍的呢？我们几个新兵蛋子感到好奇，就去围着吃冰棍的人看，如看西洋景一般。

结果把那些吃冰棍雪糕的大姑娘、小伙子看毛了。“哎呀妈呀，这是从哪儿来的大兵啊？哎呀妈呀！看我干啥呀？我咋的啦？”一张口就是浓郁的东北腔儿。我们乐得哈哈大笑，他们更加不好意思纷纷起身往候车室外边跑。我和冯为国、高新宇、李化新几人还不知轻重地想追上去看。

“哎！你们几个，给我回来！”杨排长把我们喊回原地。

实际上，人家吃个冰棍儿、雪糕有什么奇怪的？后来才知道，在东北当地有冬季烧火炕火炉的习惯。甭看外边冰天雪地的有零下三十多度，但是家家屋里烧着火炉、火坑，可热着呢！室内温度能达到零上二十八九度，甚至三十多度，在室内活动，人们只穿衬衣衬裤就够了。再加上喜桂图旗当地牧民多，都爱吃羊肉牛肉，男女都喜欢喝几两小烧酒。所以，人们身体内里是热的，火气大着呢！平时就需要吃点凉的降降温。特别是在不透风不通气的小小候车室里，大铁火炉子烧着，候车旅客身上又都穿着皮大衣，头上捂着狗皮帽子，他们能不热吗？所以，人家吃冰棍雪糕是有原因的，我们几个大惊小怪的模样，反倒是闹了笑话。

我在想，这下可到达啦。可以看到辽阔、平坦的机场！机场上停着一架架等待起飞的银色战机，多么壮观，多么雄伟，多么自豪！我是一名光荣的空军飞行员，很快就要飞上蓝天啦，让王建社、毛大臣、邱童童他们等着看吧！自己在心里偷偷乐着，脸上微微露出了笑容。

嘀嘀……嘀。这时候车室外开来了几辆搭着帆布篷的解放牌汽车声。汽车车厢两边用红纸写着“欢迎新战友”的大红横幅标语，让人看到就有一种亲切感。

突然，不知道从哪儿又来了一批新兵，排成三列纵队，整齐地小跑步到候车室里停下。

嘟嘟，嘟嘟一阵急促的哨声响起。候车室外广场上，只听一位中等个头的络腮胡子军官喊道：“全体新兵注意了！以我为中心，成四列横队，集合！”大家赶紧听从指令行动起来，迅速跑出候车大厅，在广场上排队、报数、点名。

大家根据络腮胡子宣布的名单，分别上了不同的汽车。后来我才知道，一号车是分到十九连的，有我和冯为国、张晓东、李小瑞；二号车是到二十一连，张新贵、李化新、史二柱、常宽等几位战友都分到二十一连去了；而高新宇、刘俊光、张崇礼、王建波、刘伯生、胡广林、张景春、丁然他们都上了第三辆车，那是到团直指挥连的。就这样，战友们在匆匆忙忙之中经历了到部队以后的第一次分离。

我上的这辆汽车已开进了喜桂图旗市区。喜桂图旗市街道还很陈旧，明眼人一看就知道是个一穷二白的无产阶级革命城市。说是地级市，却还不如我们老家县城的马路宽，没有看到一座像样的哪怕二三层的楼房，基本都是上边冒烟的土坯平房。家家房前堆着劈好的木柴垛儿，与房同等高。修建最宽的马路，已经成为砂石的马粪大街。而就是这样的路也只有两条，交叉着组成一个十字街，街口有一个小岗楼。汽车驶过时，我看到里面站守着一个警察。我们在城区行驶，偶然能看到打着幡子的人民饭馆、东升饭店之类的小饭店。还有一家墙上写着“发展经济、保障供给”标语的向阳百货商店，路边的墙上层层叠叠的全是贴着批林批孔之类的政治宣传标语。

在一穷二白讲政治的年代里，这是一个被营造成功的革命城市形象。此时拉我们新兵的汽车已驶出了市区，路上偶然能看到老牛拉着爬犁吃力地在雪地上爬行。爬犁上装些干牛粪或干树枝木柴，简直是一幅美丽的田园油画，这也是在河南老家很难看到的美景。

我和冯为国、李小瑞等十几个战友们站在布篷汽车上，都被卷着雪花的寒风冻得瑟瑟发抖。从汽车上向远方望去，有雪山和原始森林，呼伦贝尔大草原都被这白茫茫的大雪覆盖着，非常漂亮。

汽车拉着我们在崎岖的山路上很吃力地爬坡，如蜗牛一样艰难。为防滑，汽车轮上都捆着铁链，铁链、车轮和雪地摩擦出哗啦哗啦的声音，异常刺耳。听到我这中原人耳里，竟也有一种凄凉感。

“方晨，你冷不冷？我有点受不了啦！”李小瑞靠近我冻得哆哆嗦嗦。车一晃荡他就东倒西歪的，要不是我反应快，连忙用双手紧抓了车厢边沿儿，差一点就被他撞倒。

“冷什么冷！你站好啦！”我很生气地责怪他，“这点苦都吃不了，还做啥革命战士？”

“哼！就是。”冯为国也很高傲地撇着嘴看了李小瑞一眼。其实冯为国的嘴唇也被冻得发紫，说话都有些不利落了，可还是强装着不怕冷不怕苦的英雄样。李小瑞歪着身体看了我俩一眼，缩了缩头不再说话。

没有手表我估摸着走了两个多钟头，才看见一座山头上的凹处有几排平房，房顶上的烟囱冒着白烟。再往上看，一个大铁架上有一个像是铁丝网一样的东西正在缓慢旋转。

唐明对我们指着那边冒着烟的两栋平房自豪地说："那儿，就是咱们的营房！""我的娘啊！"我心里咯噔一声，脸色凝重地看着远处的两排平房，心里疑问：飞机场呢？飞机呢？我深吸了一口冷气，全身打了个寒颤。自己给自己壮了壮胆，挪到杨生荣边上悄悄地问他："排长，咱们的飞机场在哪儿？""什么飞机场？"杨生荣转过脸看我不解地问。

"咱们是空军，要有飞机和飞机场啊。"我低着头小声嘟囔一句。

"方晨晨，是空军不一定都是飞行员开飞机呀！咱们是飞行员的千里眼，雷达兵！你看到那大铁架上的铁丝网了吧？"他也指着远处山头的雷达，自豪地向大家解释道："那就是飞机的千里眼，它让飞机往哪儿飞，飞机就往哪儿飞，飞机得听咱们的！咱们是空军的一员，而且还是不折不扣的指挥员……"我怪不好意思地不敢再言语，缩回了身子。心想：这穷乡僻壤的山沟沟，可跟俺想象的浪漫完全不一样啊……

后来才知道，其实并没他所说的那么神奇，他当时只是为糊弄我们新兵蛋子而已。

汽车在山林中的雪路上吃力爬行上山。天气雾蒙蒙的，寒冷的北风夹卷着雪花狠狠地刮着我的脸，偶然能听到山上不知名的野生动物苍凉的嚎叫。我打小生长在平原，除了电影《智取威虎山》里和几本连环画，还从未见过这样的原始森林和茫茫大草原。小时候有一种朦胧的祈盼，盼望自己也能像杨子荣那样，穿林海、跨雪原，打虎上山捉匪寇！可这英雄的幻想到了实地，心里还真有点害怕。

终于到了营区，汽车停在了连队最大的一片平地操场上。这个营区三面环山，山上是茂密的原始森林，到处是粗细不等的各种松树、柏树、桦树和杂木树。此刻都被厚厚的积雪覆盖着，树枝上挂着一米多长的冰凌儿，煞是好看。营区另一面则是陡峭山崖，站在崖顶远望呼伦贝尔草原，白茫茫的银海一片，异常壮观。

三排营房顺地势而盖。连队唯一一块平地还兼着操场、球场和军事训练用场。此时连队领导和老兵们正在营房前列队，欢迎着我们这些新兵的到来。

"新同志，注意了！面向我！按高低个，以横队面向我集合！"杨生荣大声喊道，"立正！稍息，立正！"他以军人的标准动作，向左转身，跑向老兵列队前："报告林连长！杨生荣带 13 名新兵向您报道！""辛苦了！按计划！带走！"那位被称为林连长的人下达指示。

“是！”杨生荣转身跑到我们新兵队前：“稍息！我现在点名！点到谁！就喊‘到’！向前一步出列！听到没有？”“听到了！”我们异口同声。

“张晓东。”“到！”“这边。”

“冯为国。”“到！”“那边。”

“艾小东。”“到！”“那边。”

“方晨晨。”“到！”“那边。”

“李小瑞。”“到！”“这边。”

“张建国。”“到！”“那边。”

“李成林。”“到！”“那边。”

我们被分成两队，可以说是两个班。一班是我和冯为国、艾小东、张建国、李成林、张全。二班是张彪、李小瑞、张晓东、朱国庆、赵西平、李光宇、吴勇。这时老兵队里站出一位老兵，向我们自我介绍道：“大家好！我是油机排的韩城，是协助杨生荣同志负责你们新同志集训的。我负责一班方晨晨他们，二班由杨生荣同志负责。”

我们这批共计13个新兵，分别来自河南滑州县、湖北武昌县、辽宁沈阳市。为便于管理，新兵被分成两个班。韩城和杨生荣各负责一个。“一班跟韩城班长，二班跟我齐步走！”杨生荣下达命令。

就这样，我的军旅生涯开始了。

第三章　初入军营

我们携着背包和洗脸盆，排队依次进入营房。

进入营房内要经过三道门，每道门口都有一位老兵拉着毛毡帘在笑脸相迎。第一道门外挂毛毡帘，进门厅后需拍打身上的雪和尘土；第二道门上吊棉帘，通过它才能进入房屋通道走廊。走廊上对着各个房间的隔墙上，都有一个用红砖砌的烧木柴灶。灶砌在每个房与房之间的隔墙里，这隔墙在建房时就做成了空心的，专门用来烧火取暖；第三道门才是我们新兵住的普通房间。当下东北的农村还是烧炕，用空心火道将做饭时烧火的灶，与睡觉的炕相连，做饭烧火的热气通过空心火道把睡觉的炕烧热，而烟气则从火炕的另一头烟囱排出，既能达到取暖的目的，又不至于被烟呛到。这是东北独有的特色，是老百姓智慧的结晶。

我和冯为国、张全、艾小东、张建国、李成林他们一走进屋里，却像骤然进入炎热的夏季。火墙被烧得发红，放上报纸就能点着。韩城喊道："同志们，背包放下，赶快把皮大衣和棉袄棉裤脱掉，单穿着衬衣衬裤就行。"

窗户是双层的。因为外边寒冷和屋里的炎热容易形成蒸汽，淌下的蒸汽水会打湿窗户纸，所以在双层窗户中间下边放了很多锯末，以吸收玻璃窗上淌下的蒸汽水。

我对冯为国小声说："为国哥，嗨，你看，这智慧的东北人民在两层窗户中间靠下边的地方放上一些木锯末，就在最外层糊上窗户纸，在家俺都听说东北有'三大怪'：生个孩子吊起来；大姑娘手拿旱烟袋；最后就是这个窗户纸糊在外啦。为国哥你说好不好玩呀？"

冯为国用手在嘴上嘘的一声："别说了，快点把东西放好，去洗漱吧。""哎。"我们把东西放好，各自去水房洗漱。

刚洗漱完，韩城进屋来："同志们，马上到连队开晚饭时间，大家抓紧收拾好，准备吃饭。"

此时，杨生荣带领张彪、李小瑞、艾小东、朱国庆、赵西平、李光宇、吴勇住进隔壁房间。张彪他不管三七二十一把背包、提包等东西往炕上一扔。张嘴就是"妈的、干啥、靠……"，火急火燎把帽子和外衣脱下，裸露出他那一头内蒙古卷毛绵羊似的头发，翻在军衣外面的的确良花格格布大尖领花衬衫外裸露着。他顾不上这些，就急匆匆从背包里翻出一盒营口大前门香烟，拿在手里就出屋门。

大伙在一旁都看愣了，不知所措。杨生荣看了张彪一眼摇摇头无奈地：“你们不要管他，各自将背包依次放好，待晚上睡觉时再打开。大家坐了几天的车很辛苦，抓紧洗脸，待一会儿就开饭了啦。”

范林太、唐明正在向林兵、梁东方、蒋建农几位连领导汇报这次接来的新兵情况。门哐当一声被推开。张彪不打报告推门就进来，看见几位连领导在座。笑嘻嘻地，急忙掏出一盒营口大前门牌纸烟递向连首长们：“请首长们抽烟。”。说着，他拿一支烟就往林兵面前杵。

林兵从张彪闯进门那一刻心里的气就不打一处来：“你谁呀？不敲门、不喊报告就进来？谁叫你进来的？”

此时，张彪递烟的手已伸过去。“去去去。”林兵用手一挡，不偏不斜正好把张彪的烟打掉。

范林太认识张彪。看见此情此景，他顺手把张彪掉在自己面前的一支烟捡起，微笑着：“张彪，你不要不懂规矩，这是部队，不报告就擅自闯进来。”

张彪嬉皮笑脸地说：“俺……俺想向……”他说着，像魔术师变戏法似地在半空中抓出一盒火柴，在腿上划了一下，居然火柴点着了。伸手为范林太去点烟。“去去去，我不抽烟。”范林太把他的手推开。

张彪又嘿嘿笑着解释道：“那啥，各位首长！那啥，俺张彪到这儿嗯……想去学……学干啥啊，靠……学开车。那啥，要……要不靠那……等……等训练完，叫俺去也中。”

他大言不惭地要求去学开车。还说新兵训练结束，让他去学开车也中。林兵听明白了，坐在那儿斜视偷看了张彪一眼，才看清楚这个不知深浅小子的模样。张彪站在那儿偌大的个子，前后左右都带弯，张嘴闭嘴都带脏字。嘴上留着一撮山羊胡，一副被那身军装勉强捂住了的流气相。这，这哪像个新兵啊？纯粹是社会上的一个小流氓不是。“哎！你跟……”林兵又想发脾气说啥。还没说出来，在一旁坐着的唐明看得清清楚楚，也听得清清楚楚，他怕闹出啥乱子，急忙站起来向前拉住张彪。“你说的意思我们都听明白了，你先回班里去洗漱。具体啥事咱以后再说啊。”“那俺……”唐明已把张彪推出了办公室。

林兵看到张彪被唐明推出办公室。“小李，小李！”喊文书李晓书。“到到，连长到。”李晓书跑进来。林兵手指着外边喊：“去去去，去把杨生荣给我叫来！”

李晓书“是是是。”一边答应着，一边往外走。

杨生荣刚好洗漱完毕。他在给李小瑞、李成林、朱国庆、赵西平、李光宇、吴勇新兵们讲晚上怎么铺被子睡觉和注意事项。

走廊里。连值班员在吹哨喊：“开饭了，开饭了。”

李晓书跑进杨生荣他们新兵宿舍急匆匆地说："杨班长……杨班长，连长叫你，快去，快。"

杨生荣不知发生啥事，应道："好好。"跟着李晓书走了。

办公室里，林兵客气地说："老范、老唐你们俩辛苦了……"他说着看看手腕上的手表，"哟！吃饭了？老范那今天咱就到这里吧，别让这帮小子等咱们等急了。"

"报告！"杨生荣跑来敲门。"进来。"林兵喊。杨生荣进屋看到连领导都在，他看林兵就问："连长您叫我？"

"你们新兵张彪！给我立即马上剃头。把那小山羊胡给我刮了，把那花格格衬衣给我扔了！"林兵看到杨生荣就想起张彪，很生气地给杨生荣下达命令。

杨生荣才明白连长叫他的用意，急忙应声道："是！连长我马上去给他剃了头，刮了胡子，衬衣脱了扔掉。"他转身就要外走。

"唉唉唉。不急，老林都到饭点了，这帮小子坐了几天几夜的火车，还是让他们先吃饭吧？"范林太看了看手表笑着说，又看看旁边坐的梁东方、唐明、蒋建农他们，就笑着以商量的口气说："哎老林就你说的，别让这帮小子们等急了？"

"是，不差这一会儿。"梁东方点点头附和道。

"好，就按老范说的办，先吃饭。"林兵同意范林太的意见。

"是！吃完饭，我们立马给他给剃了。"杨生荣说着退出办公室。

连队为欢迎新兵，炊事班特意给大伙儿准备了丰盛的晚餐。猪肉炖粉条、红烧带鱼、小鸡炖蘑菇、猪肉炖酸白菜，还有青椒炒肉、烧茄子土豆、素炒土豆丝、凉拌黄瓜条；靠墙边餐桌上，军用保温桶装的散装啤酒；白塑料桶里装的当地散装高粱烧酒；主食是二米饭、二面馒头（二米饭就是小米和大米混合做成的饭，二面馒头就是玉米面和白面混合做成的馒头）。

新老战士们喜气洋洋地坐在食堂里等待着开饭。张彪坐在那儿比较显眼，一头内蒙古卷毛绵羊似的头发，一撮山羊胡，翻在军衣外面的确良布花格格大尖领衬衫。手里还拿着营口大前门牌香烟在那儿抽着，一副社会黑老大模样。嘴里还不停嘟囔着："妈个巴子，部队还真不错啊？靠，天天能吃上肉，真他妈地好。"

艾小东在一旁纠正张彪说："个老子，听……听说不是的。"

张彪看不起艾小东他说话的腔调："去去去，你知道个屁呀。"

艾小东无趣地头往后缩了缩不服气地嘟囔道："个老子。"

老兵们交头接耳地互相议论着张彪："啥东西？怎么把这些都收留来了，社会上好青年他妈地抢着来都抢不着呐。嗯，真是的。"还有的老兵看看张彪，又指手画脚地开着玩笑在私下里议论着什么。嘈杂声太乱，听不见他们在说什么。

杨生荣和张彪、李小瑞、张晓东、朱国庆、赵西平、李光宇、吴勇他们坐一桌，他们在互相挑逗着，嬉笑着。

韩城和我、冯为国、李成林、张全、艾小东、张建国坐一桌。韩城对我们新兵说：“嗨，知道吗？今天为迎接你们，连领导特意让炊事班为大伙加餐。嗯，要说是加餐，其实也就比平时多几个荤菜、硬菜，增加点啤酒、白酒啥的。知道吗？平时啊，我们只有土豆、白菜、大萝卜这些东西吃喽。”

冯为国好奇地：“班长，那……那为啥呐？”大伙也好奇地看着韩城想听个究竟。“为啥？就因为这东北冬天气候严寒，没有什么新鲜蔬菜可吃。再说部队经费也有限呀，每人每天的伙食费只有五毛二分钱。嗯，知道吗？这还是咱们空军三类灶的水平嘞，要比起陆军老大哥野战部队已经算是好多啦，他们还不到五毛钱嘞。喏，咱们连队，最多在周日能有所改善，见到点荤菜吃上点肉。”韩城说着又用手指着桌子上的菜。“这是最好的啦。有的连队，哼！只有过年过节才能改善一次嘞。”。

说话间，炊事班的同志已将菜上齐。

老兵王军刚一进来半开玩笑地说：“哎！真哏呦，今晚托新兵蛋儿的福啊……”王军，他是一位天津七一年老兵。我们新兵丈二和尚摸不着头脑，傻乎乎地在那儿坐着听他和一些老兵们说话开玩笑。新老兵都行动起来了，打酒的，打饭的，一窝蜂似地将饭堂饭桌围起来。

韩城对我们几个没敢的嘱咐道：“哎，你们抓紧去打酒啊，能喝白酒的打白酒，能喝啤酒的打啤酒，快去。”

我看饭桌前已经站满了很多人。我拿起茶缸说：“为国哥。走，咱打酒去。”冯为国他很为难地：“俺不会喝呀。”

艾小东也站起来笑着：“你不会喝白酒，可以喝啤酒呀，走吧。”

冯为国跟随艾小东打回来一缸啤酒。他可能第一次见到啤酒，感到稀奇，悄悄低头喝了一口：“呸呸呸，啥味呀？臭不啦唧的，一股马尿味。”他把啤酒吐了我一腿。“哎呀，为国哥你……”我赶紧拍打腿上的啤酒。其实我长这么大也没喝过啤酒，不知道啤酒是啥味道，也好奇地伸手端起冯为国的啤酒缸子喝了一口。嗨，还真是的。“呸呸呸，真他妈的是马尿味。”我说道。

艾小东他们哈哈地笑道：“方晨晨你们喝过马尿啊？”。他这一问，我不好意思地：“去去去。你才喝过马尿嘞。”

张彪看到我们说这啤酒，就过来拍着艾小东的肩膀问：“看来你喝过马尿了？”“去去去，这儿有你啥事儿，个老子的。”艾小东不高兴地回击他。

韩城怕他们闹事，急忙推着张彪：“快快回去吧，回到你的桌子去。”张彪看着艾小东，“妈的”骂了一句无奈地离开了。

此时，连领导说笑着进来在领导桌坐下。只听副连长蒋建农大声喝道：“同志们，静一静！现在请范指导员讲话。”大伙正说笑着，听到蒋建农副连长喊话都停下，鸦雀无声。

只见连首长桌上站起一位中等个头、戴着一副黑边眼镜的人笑着说道：“讲啥话咧？俺叫范林太，是连队的政治指导员。首先我代表连里各位领导、老兵，欢迎新战友们的到来！”大家一片鼓掌声。

这时，我旁边坐着的艾小东推推我问：“唉唉，刚才主持的是谁呀？靠范指导员坐着的。”我正听范林太讲话，不耐烦地回答：“我哪儿知道？”

韩城听到我们俩的对话，怕影响别人，侧身小声对我们俩低声说：“刚才是蒋建农副连长，靠指导员左边坐的是林兵连长，然后是唐排长，蒋副连长右边是梁东方副指导员，接下来依次是刘海排长、徐兴荣司务长，另外还有一位张涛排长在战备值班没来。”

范林太继续在讲：“我们都来自五湖四海，有辽宁沈阳的、天津的、河北的、河南的、山东的、湖北的、湖南的、四川的，都是为了一个共同的革命目标，成为一个战斗集体。新同志的到来，给连队增添了新鲜血液，增加了战斗力。炊事班的同志们今天特意增加几个菜，以示欢迎新同志们的到来。嗯，今天请同志们放开吃，不值班的同志放开喝。”他说着随手拿起酒杯举起来。“来，我们一齐干杯！”

各个桌在一片呼呼当当“干杯，干杯”的碰杯中进行着。

张彪在杨生荣那个桌旁站着，一条腿踏在凳子上喊道：“弟兄们，来来来……干干杯。”无人响应。他自己喝下一杯白酒，嘴里啊的一声“真他妈地爽！”

杨生荣看见张彪很生气地指责道：“下来！下来。”张彪看见杨生荣冲他吼。“啊，咋的了？我……咋的了？”他还不以为然地问。“你那只腿。”“哦。”张彪才明白。他把腿从凳子上拉下来。

这时，林兵拿着装白酒的小白塑料壶，带领范林太、梁东方、蒋建农、唐明到每个老兵们桌上敬酒。“来来来，都把酒倒上。”他一个一个给老兵们续上白酒，并嘱咐道：“不值班的多喝点，待接班的你们就委屈下少喝点啊。”

待到王军、何伟他们桌上时，只听老兵们齐声喊：“谢谢连长！谢谢连首长！”“好好好，喝好吃好啊。”林兵笑道。

当林兵来到我们新兵这桌时，我们都很兴奋，立刻站起举杯和每个连领导碰杯，嘴里不停地说：“谢谢首长，谢谢首长。”“欢迎你们啊！新同志坐几天车辛苦了，这里的天气比你们湖北、河南老家冷得多啊。今天，连里特意备了白酒，给你们祛寒气、解疲劳！来，都倒上！”林兵他一边说着，一边给每人的军用瓷缸里倒白酒。当他给艾小东、冯为国倒白酒时发现他俩是啤酒：“哎，咋的，不喝白酒啊？”“嗯，俺不会喝……”冯为国在一边哆哆嗦嗦，嘴里嘟嘟囔囔的说不清楚。

我用胳膊肘顶了他一下，低声说：“说啥不会喝？你不会学呀！”

范林太、梁东方、蒋建农也在一旁附和道：“欢迎你们的到来，干杯！”“来来来！咱们一起干啦！”林兵举起酒杯就喝。他的意思是不管你是喝啤酒还是白酒，来到我这儿，我说了算！我说干，大家伙儿都得干啦！林兵仰头一饮而尽，他把茶杯口朝下举过头顶，意思是我连长都带头喝完了，你们还等啥？意思都快给我喝了。

我一看林兵他头一仰，将茶缸往嘴边一倒，半茶缸白酒一口灌了下去。自己也不甘心落后：“喝”。我将茶缸里的白酒一口喝了下去。林兵、范林太看到我这样爽快，连连称赞，“好好好！好样的小伙子。”。

冯为国勉强喝了一口啤酒，撇牙咧嘴。“谢谢首长，谢谢……”大家在一片谢谢声中，送林兵他们离开此桌。

冯为国坐下好奇地靠近韩城小声问：“班长，嗯，唐明去接我们时是连长，现在咋就成了排长了？是不是……”

韩城一听，就对我们解释道：“哦，是这样的，唐排长去接你们时团部临时任命他为新兵连连长，现在接新兵任务已完成结束，他回到连队就必须还原他排长的真实身份。嗯，杨生荣也同样，在接你们新兵时为新兵排长，现在回到连队就还原他的班长身份。嗯，但是，他们能去接新兵，那就是政治好、作风强、军事技术过硬的后备干部苗子。今后只要政治上不出差错，等你们新兵正式到位后，他们的职务基本都会提升一级的。哈哈……这是不成文的规矩，大伙儿也都是心知肚明的。”冯为国他还是不明白，又问：“哎，班长，啥是提升一级呀？”

艾小东小聪明地冲冯为国说：“傻瓜，提升一级就是排长升连长，班长升排长呗。”冯为国对艾小东不服气地说：“靠，就你能！”

韩城哈哈笑着：“来来来，咱们接着喝酒。哎，不会喝酒的你们多吃菜呀。”“谢谢班长。”我们大家互相举杯敬酒。冯为国只顾低头吃菜不语。

其实呀，要说喝酒，我虽然年龄不大，但至少也有半斤八两的量，这还真不是吹牛皮。这是为啥啊？说起来这还是我爸的功劳呐，是他把我从小培养起来的酒量。我的经验是，喝酒和读书学习一样，要靠一点一滴的日积月累，慢慢地量就增加了。有人可能不信，可能还有人说一派胡言！你不信？反正我信。嗯，记得我五岁那年除夕的一天上午，还是在杨家庄的奶奶家里。

1964年除夕上午。村里，大街小巷到处张灯结彩一派节日气氛。家家户户大人们都在忙着打扫庭院、贴对联。孩子们就在院子里、胡同里、大街上跑来跑去。互相叽叽喳喳地放着鞭炮，做着游戏在玩耍。

我和几个小伙伴穿着新衣服在街上放着小鞭炮、弹玻璃球和碰拐，开心得不亦乐乎。方姣姣和几个小女孩们穿着新衣服在跳着皮筋、踢着毽子，一派节日的喜庆气氛。

我玩饿了就跑回家。进门就喊："妈，妈我饿了。"我妈江云芝和奶奶正在厨房忙着做饭，没有听见我的喊叫。我爸方晓廷和邱小廷、王学政三位朋友正在堂屋里喝酒闲聊。

王学政叔叔看到我从外边跑进来喊叫，他就笑眯眯地叫我："晨晨！小儿，来喝酒。"我肚子饿了正想找吃的，看到他们正在喝酒的小桌上摆着最爱吃的道口烧鸡，哪儿还管什么礼貌不礼貌，径直跑过去，一把抓起烧鸡腿就往嘴里送。

逗得王学政、邱小廷两位叔叔哈哈直笑，并称赞道："好好好，好小子！有胆量！""哎，哎哟，怎么那么没礼貌，手也没洗。"我爸爸还在一旁指责我。他们却呵呵直笑，没有任何伸手要拦的意思。我胆量更大，越发得意地大口啃鸡腿，又伸手抓了一块鸡肉。一边用袖子擦着鼻涕，转身就要往屋外跑。"小儿，小儿。来喝口酒再走。"邱叔叔喊着，一把抓住我的棉袄袖，另一只手端起装酒的小黑陶瓷碗向我递过来。

"你不能喝白酒。不能喝！太辣！"我爸赶忙向前阻拦。此时的我玩了一上午，又吃了几口烧鸡肉，正觉口渴。二话不说，接过酒碗一仰脖子就把碗中白酒全部灌进了嘴里，这纯粹当水把它喝了。我这个几岁的小毛孩子，为解一时之渴，愣是一口气喝下了二两多的白酒！孩童天真，什么都不懂，更不知道酒是啥东西？等感到喉咙火辣辣的时候，却为时晚矣。

我把酒碗往小饭桌上一放，转头继续啃着手里的烧鸡腿，向外面跑去。就听后面两位叔叔说："好好，这小儿，中！没事吧？"他们既赞赏又为我担心。

我跑到街上，把吃剩的鸡骨头扔掉，又用小嘴嘣了嘣粘满油的小手指。此时头还真有点晕，眼皮上下打架发困，有一种想睡觉的感觉。我就向生产队饲养室走去。

生产队饲养室门上已贴上新对联。室内，槽头上贴着"六畜兴旺"的条幅。槽头上拴着一排喂饱的牲畜。槽前，槽旁，草铺上下几位老少爷们都在听李秀才讲《水浒传》武松打虎的故事。只听李秀才讲道："那武松喝完三碗酒，精神饱满，浑身发热。他把三两文银往桌子上一放，顺手拿起自己的家伙……"

我顾不得那么多，就想就地一滚睡个大觉，更顾不得听李秀才他在讲啥故事了，一头钻进饲养员的草铺里就睡去了。

李秀才讲："……武松他就直奔景阳冈去了……"

我记得当时，在我们村里就像李秀才和冯为国的爷爷冯老汉他们这些民间艺人，为了糊口专门说书、拉二胡卖唱。凭借自己艺技走村串巷，靠农闲季节或者晚间为乡亲们说拉弹唱来挣钱，解决全家人的温饱。虽然那个年代不允许唱帝王将相、才子佳人的故事，但老艺人们从师傅那里学的就是这些东西，无别的。为了温饱，也顾不得那么多政治上的不允许，只能学啥，到那儿就唱啥，像什么《杨门女将》《陈三两爬堂》《小包公出身》等等。再说，在这偏远的小山村里，人们也不会管那些，也只是图个乐而已。

天已近午，我妈和奶奶在厨房做好了饭菜。却怎么也等不来我这孙子。奶奶着急地问从外边回来洗手的方姣姣："妮儿，你没和你哥在一起玩呀？""没有。"姣姣洗着手。

我妈江云芝安慰道："妈，恁不要着急，他饿就会回来的。""唉，哪能等呐？刚才他又喝那么多酒。不中，俺得去找找他。"奶奶她说着解下围裙就出了门。

我妈看奶奶出去了，也紧随其后追出了门。她俩人在大街小巷四处打听，见人就问："看到俺家华晨了没？"

哎，我在这儿顺便解释下我这个奶名华晨。在我们滑州当地小孩子都有个小名，也叫奶名。我的小名——华晨还是奶奶给我起的，大名是方晨晨。据奶奶说，华晨这个小名还是她在梦中给起的。妈妈怀孕时，奶奶为盼望生个大孙子，农历正月她就随人们去浚县山赶庙会。到庙会上她就到观音菩萨庙里上香许愿，如果儿媳能生个大胖小子，她每年正月二十都会到浚县山给菩萨烧香还愿。实际上，奶奶以前从来不信鬼神，可说来也怪，自那日她在观音菩萨庙后殿山上捡了块石头回来，晚上就梦见一个白胡子老人，笑呵呵地送给她一个大胖小子，说："大妹子，给你个大胖孙子，好好养着吧，以后能……""哎，那……他叫啥名字？"我奶奶着急地问。"啊……他叫华晨……"白胡子爷爷转眼不见啦。奶奶两手抱着襁褓中的孩子，笑着笑着就醒了，才知道是自己在做梦。

后来我出生时，奶奶她仍坚持叫华晨。于是我就有了小名。大名叫方晨晨是妈妈给起的，因为我出生时是黎明时分的早晨，大小名结合起来正好晨晨。在家里，奶奶和爸妈都习惯性地喊我华晨、晨儿。

此时的奶奶和我妈仍找不见我的踪影。又问了几家邻居，王二爷、睢建明、孙叔家、冯为国家都说没看见我。奶奶心疼地着急了，很生气地嘴里嘟嘟囔囔不停地埋怨我爸："你们这些当大人的，咋让这小孩儿喝白酒嘞，啊？这，这大过年的再出点啥事这……这"

我妈和奶奶她娘儿俩满大街地喊叫："华晨！晨儿！华晨……"

"奶奶，奶奶！华晨在二队饲养室草铺上睡觉咧。"方金锁跑过来告诉她。"啊？是吗？"她一听，赶忙踮着小脚急匆匆往二队饲养室那方向跑去。

此时的李秀才和那些听李秀才讲故事的人都已回家吃午饭去了。人去室空，只有那些吃饱的牲畜马、驴站在那儿悠哉悠哉地闭目养神。几头牛在槽后，嘴在不停地倒嚼着口腔沫。

“晨晨，晨儿，晨儿！”奶奶进屋四处寻找喊叫。突然她发现草铺里躺着的我，“哎哟，我的孩儿呀！咋在这儿睡觉啊？啊！快快醒醒。”她心疼地急忙把我拍醒。

我睡得正甜。突然被惊醒，头还有点晕晕乎乎的，眯缝着眼问：“干嘛呀？”这时我妈也赶到，上前生气地指责我：“你这孩子，咋在这儿睡呐？啊？快起来跟我回家！”

外边小凉风一吹，我已清醒过来。奶奶拉着我边走边嘱咐道：“孩儿，回家吃饭啦。以后可别装傻了啊。你爸他们让你喝你就喝呀？今后可甭逞能啦！你这小小年纪……”此时我酒已全清醒，嘿嘿地笑着：“奶奶，我没事儿。”俏皮地装着无事样。“啥没事儿？你这么小年纪，咋能……”我妈在一旁。

奶奶低头关心地对我说：“傻孩子，你小孩子家怎能去跟大人家充能嘞？”我嘿嘿地笑着挠了一把头，随奶奶她们回到家。

1965年春天。我爸方晓廷从外边回来，手里拿着两瓶白酒进门就喊：“妈，妈，我回来了。”

奶奶从屋里拿着正在缝补的衣服生气地出来：“哎哎，喊啥嘞喊啥嘞？”她瞪我爸一眼，“嗯！你已是县领导了，也都是当爹的人了，咋还跟孩子似的没个正形嘞？”

我爸嘿嘿笑着对奶奶说：“妈，你看这春天已暖和了。可是，我听县医院李院长说，咱们农村开始流行一种叫作脑膜炎的小儿传染病，传染性强。听说现在很迅速地已在各村漫延开来了。如果染上这种脑膜炎病的孩子得不到及时治疗，必死无疑。即使及时治疗，也很有可能留下终身脑瘫的后遗症。”

奶奶一听惊慌地说：“啊！是吗？哦，难怪前天你李安哥家的孩子金柱突然死亡了，是不是得上这个脑膜炎病呀？听说抢救都没抢救过来，这不死掉了啊？”

“妈，你也别怕，没那么可怕的。我听李院长说了一个偏方，小孩子每天多吃点生大蒜，或者早上喝口白酒，能杀菌消毒，做好预防就没事的，就不容易得脑膜炎。妈，这……恁呐，每天给晨晨、姣姣他俩多吃点大蒜。每天早晨上学前让他们每个人喝口白酒就中。喏，这是我买的咱们县当地酒厂用地瓜干酿制的白酒小鸡蹦，有六十五度呐，绝对杀菌消毒。”

“那你们当县领导的，还不赶快想办法，采取啥措施赶快给大伙治疗啊？”“想了妈，我让县卫生局和防疫站的同志都在想办法，我们已向市里卫生局申请治疗的药物啦。现在咱们全县都已行动起来了。现在对没有被感染的、易感人群，主要是采取以防为主，特别是孩子，一定要加强预防。我们要求各个小学教室加强消毒，主要是预防为主，恁放心吧。”

吃过早饭，我奶奶在厨房洗涮碗筷。“奶奶，我们去上学了。”我拿起书包与奶奶告别。“好……嗯？等等等等。”她突然想起啥事，放下手中的活，赶忙跑到堂屋里去拿酒瓶和小碗。跑过来笑着说：“来来来，孩子们，咱们的一项任务还没完成嘞。”她说着倒了半小碗白酒，递给我妹妹方姣姣：“妮儿，你先喝了它，啊。”

我妹妹哭丧着脸，难受得龇牙咧嘴央求道：“奶奶，我不想喝药。”我在一旁显自己很能耐地说：“奶奶我不怕，我喝。”从奶奶手里接过小酒碗就喝。奶奶接过我喝完酒的小酒碗，又给倒上白酒：“嗯，你看哥哥多勇敢，我们姣姣也很勇敢，是吧妮儿？”

方姣姣看我喝下了，她尽管从内心不想喝，可是又不甘心示弱，“哼”的一声。还是接过小碗喝了一口。虽然一点点，奶奶还是很满意地点点头夸奖道：“好好好……好孩子，我们姣姣也很勇敢，是不是呀姣姣？”

我站在一旁随着奶奶附合称赞她：“好好好。”我担心又天真地问：“奶奶，恁现在给我们买酒喝，那……那等我们长大了怎么办呢？”

奶奶她呵呵笑着，“傻小子，等你们长大了给奶奶买酒喝呀。姣姣你说是不是呀？”

姣姣幼稚地点头：“奶奶，等我长大给奶奶买好多好多的酒喝。”她两只胳膊还伸展开来比划着。

一天，我爸被红卫兵批斗完回到家里，奶奶端上做好的饭菜，又习惯地把菜团子抹上砸好的蒜泥，喊道：“华晨，姣姣，你们来吃饭了。”

我们跑出来看见爸爸就喊：“爸爸好。”我爸无精打采地回应一句：“好好。”他把酒杯倒上酒对我说：“晨儿，来陪爸喝杯酒。”“嗯。”我看爸爸不太高兴，就乖乖坐下陪爸爸他喝酒，没敢多问。

方姣姣不懂事地撇着小嘴说：“奶奶，怎么又吃这菜团子蘸大蒜泥呀？烦死了。”奶奶笑呵呵：“孩子，这是消毒杀菌的呀，你忘了我怎么跟你说的了？”

连队食堂里，欢迎新兵的晚餐还正在热闹地进行中。突然，呜呜……警报声响起。林兵、范林太等连队领导和老兵们迅速跑出食堂，进入战备状态。

我长这么大，哪儿见过这阵势，心里有点发蒙。艾小东、张全吓得已钻到桌子下边去了。冯为国在一旁拉住我问：“方……方晨，真……真是敌人来了吗？”其实我心里也很害怕。可我假装镇静地说：“不知道，这里是边疆，距离苏联是不是很近呐？如果……”“如果敌人打过来，往哪儿跑啊？”冯为国他问我。

韩城看到我们吓得这个样子，就哈哈笑着说：“别怕！这是警报，苏修的飞机入侵我国领空。在这儿是常事，他们只要一入侵，我们的千里眼就会发现拉响警报，做好打击敌人的一切准备。没事的,不要怕,今后你们会慢慢习惯的。”他说得很轻松，又招呼桌下的艾小东、张全道:“出来吧！来，我们抓紧吃饭。”

一刻钟后，林兵、范林太他们都陆续回来了。林兵嘴里还不停地骂着:“妈的！老毛子真他妈的坏，他们搞夜航训练，还不忘到边境骚扰我们。”

我看回来的领导和老兵们再没了喝酒的兴趣。连领导不喝了，新兵们更不敢再喝，只是低头吃饭。范林太看到此情，与林兵低声商量了几句，又示意蒋建农。蒋建农他站起身宣布:“同志们！今天的欢迎晚餐到此结束。”

大家陆续散去。食堂里只有四川、湖南、河北的几个老兵还在推杯换盏。“弟兄们，今朝有酒今朝醉啊，咱们今天非要喝他个一醉方休不成。”我看他们已习惯了这种战备状态，也可能是难得一次开怀畅饮的机会，互相推杯换盏喝着。

不多时，他们都喝多了。在撤出食堂时，个个走起路来东倒西歪，腿脚不灵光。我和冯为国、张全几个新兵急忙上前搀扶着他们，又把他们送到各自的宿舍去休息。

此时的宿舍里，何伟老兵正在给张彪理发。把张彪内蒙古卷羊毛剃的溜光，胡子也给刮了。张彪又把花格格衬衣也换了，小伙这一收拾还是很帅气的。杨生荣拍着张彪的肩膀说:“好啊，这洗头方便多了。走，给连长看看去。”

张彪苦笑着对何伟鞠躬道:“谢谢何老兵。”“不谢不谢。以后需要我的时候说一声。”何伟老兵很客气地笑着。

林兵、范林太、蒋建农、梁东方、唐明他们在会议桌前研究新兵们如何训练工作。林兵手里拿着训练方案:“老范，我看建农同志的方案就行，你说呐？”范林太看看手中的方案:“中中，就这就中，就这就中。”梁东方、唐明他们也没意见。

杨生荣和张彪来到办公室门前，张彪跑前一步敲门:“报告。”

“进来。”林兵在屋里应道。

张彪抢先进去，他一进门就摘下帽子，躬身亮出个青皮煞白的大光头说道:“张彪前来复命。”逗得在场的范林太、梁东方、蒋建农、唐明都笑啦。林兵看到张彪这个样子，没敢笑。严肃地冲张彪说:“好了，以后一定按照一个军人的标准严格要求自己，出去吧。”

此时我和冯为国、张晓东、艾小东把老兵们送回宿舍。我们回到各自的宿舍去，按照韩城班长事先安排的顺序，找到自己的铺位，打开行囊，铺好被褥，又去洗漱。

此时连队的熄灯哨已吹响，走廊里值班员喊:“大家抓紧熄灯休息了！”

待我洗漱完，铺开被子，放好一切物品，躺下。“同志们熄灯了。”韩城他啪的一声把电灯拉灭了。

坐了几天几夜火车的我们这些新兵们，一躺下就进入了梦乡，宿舍里的呼噜声也开始此起彼伏……

第四章　想家的夜

六七个人共睡一个大通炕，呼噜声此起彼伏，我还有点不习惯。不知是认生，还是晚餐喝太多白酒的缘故，翻来覆去都没睡意。

又想起刚才晚餐时警报拉响的一幕，心中有些后怕。心里想：如果真的敌人来了，我们这些新兵蛋子该怎么办，怎么逃生，怎么应对敌人的枪口刺刀？真是不寒而栗。还有，杨生荣说的“千里眼”是啥？黑灯瞎火的，敌人的飞机在他们国家飞，虽然距离不远也应有几百里路啊，我们这边就能看见入侵我国领空，是怎么看见的？这些问题让我不得其解。自己暗下决心，以后一定弄清楚这“千里眼”是怎么一回事。我胡思乱想着，一边听此起彼伏的呼噜声，仍然睡不着。想家了！已离开家，离开妈妈、奶奶和妹妹有四天了。

说起我的家乡。她是豫北卫河边上一个美丽的小县城滑州县。我的老家是一个小山村——杨家庄。为什么叫杨家庄呢？这还要追溯到北宋时期。杨七郎率领队伍，抵御北边敌人的入侵。西靠太行山的天然屏障，东是百里肥沃的平原，南有滔滔黄河的阻拦，北有清澈的卫河水浇灌的平原土地。土地肥沃，水源丰沛，很好的大粮仓。树林茂密，再加上山地势难攻易守，自古便是兵家必争的战略要地。到了北宋时期，这里便成了杨家军打胜仗的后防营基地。北宋灭亡后，本营只留一片废墟，此后战乱频繁更是人烟稀少，一户姓李的人家从山西逃荒来到此处住下。后来，我们方姓一支则从河北大名府逃荒流落到这边。老辈们看到这地理环境不错，土地肥沃又人口稀少，于是就此安营扎寨了，年复一年，繁衍生息。数百年来，世世代代的人们续家谱，仍会跑到河北大名县方家营那里。本村有李、方两姓大家族，其他孙、睢两姓则来得比较晚。那时，老辈们按传说中宋朝杨家将驻扎此地时的名字“杨家营”，将本村定名为杨家庄。若出门在外人家问起时，对外也好说明自己来自哪个村的。外人都以为杨家庄姓杨呢！可是一户杨姓的人家都没有。事情就是这么奇巧！时至今日，杨家庄共计一百零一户，人口不到七百。方姓占五十九户，是最大的家族。李姓占三十户，属第二。其他的就是睢姓、孙姓、冯姓等小家族，不足十二三户。

某天放学我和妹妹背着书包，手拉着手放学回到家。突然看到我家院里的老榆树上，拴着一只小山羊，正咩咩地冲我俩叫着。“小山羊？奶奶，哪来的小山羊呀？

真好玩！”我惊喜地先跑到小山羊跟前，拉着拴羊的绳子说。“哦！我可以有羊放啦！”妹妹也欣喜地跑到小山羊跟前，用手轻轻地摸摸羊身上的白毛，又热情地从旁边箩筐里拿来青草喂。妹妹用小手小心翼翼地摸着小山羊的胡子说：“奶奶，我要放羊！”她把书包往箩筐里一扔，一边嚷嚷着一边就要解拴羊的绳子。

奶奶笑呵呵地从厨屋里走出来，一边在围裙上擦着手，一边问：“你们喜欢不喜欢？”“喜欢！喜欢！”“奶奶，我们一定去割来好草给它吃！”我俩争着表态。

前些日子，我就听奶奶自言自语地说过这买羊的事。最近，割资本主义尾巴的风声小了些，生产队允许每户家里养一头猪、一只羊什么的。但不能多养，最多不能超过两只羊、一头猪，包括小羊和小猪仔，划分得很清楚，如果母羊、母猪下仔，超过两个就得卖掉，意思就是不允许家庭成群、成规模的养殖，怕影响社会主义集体经济的发展，怕大家走向资本主义道路。村里也不少家庭都养起了羊，有的甚至养起了母绵羊，既可以剪羊毛换零花钱，又可以产下小羊仔卖掉换钱，更可以捡羊粪积农家肥，上交给生产队多换些工分，年底多分点口粮。

要说农村这个农机肥确实是个宝，农民有句谚语：农机肥是个宝，庄稼地里不可少！就说羊粪、猪粪以及人粪尿，都是很好的农机肥，生产队里都是定期收购的。除此以外，还有一种家家户户烧火做饭后的废料木炭灰，经过发酵后形成的农机肥。当时生产队收购农机肥，羊粪农机肥价值更高，要比自家木灰坑里积的农机肥高一到两个工分。其实，在农村积羊粪的方法也很简单：把羊拴在木桩上，将割回来的青草放到木桩旁，等羊吃剩下的草和羊拉下的粪尿和土混合在一起，待发酵一段时间后，就成了农机肥了。羊粪里具体屎粪蛋多少不用管，只要羊在上面拴着就行。生产队定时收走，折算成工分，年终按工分和人头分配口粮。

现在农村已经很少用农机肥了，施肥全靠化肥。化肥是化学产品，它对农作物生长的催生作用确实比农机肥强，用了化肥的农作物可以增产，收入高。可是，从现实来看，化肥对土壤有破坏性，而且那些用过除草剂的农副产品对人身体的伤害有多大？说远了，那些都是农业专家研究的，不需要我在这里胡咧咧！但是我想：今后的农作物，还是要用农机肥来浇灌，农机肥的时代还会回来的！

奶奶养羊是为了把羊养大，年终到集市上多卖些钱，为我们买新衣服穿。在那政治挂帅的革命年代，大学、中学停课闹革命。虽然我和妹妹是从县城家里被赶出来的，但是到农村老家照样可以上学学习。可是，没想到农村小学的课也同样三天打鱼两天晒网的不能好好学习。村里的老师，今天去参加公社批判大会，明天同学们又参加红卫兵大游行，后天大伙儿又去参加迎接毛主席最新指示的游行宣传，学习基本上也是半停课状态。就算老师来了也没有心思授课，一会儿学校让干这，一会儿让干那的。自觉上进的同学，还会抄诵课文安心些。那些淘气的孩子，不是在教室里打打闹闹，就是干脆不到校上课来，干自家私活去了。

这天，我与最要好的虎子哥和狼牛他们哥俩儿，背着箩筐一起到地里去割草喂羊。哥哥虎子比我长三岁，弟弟狼牛比我还小一岁，我们虽然不在一个家族里，但按街坊辈算位属同辈。他俩的爸妈都在我们村里务农，也是很守本分的农民家庭。他们的大名号是：大哥叫冯为国，小名叫虎牛，我平时叫他虎哥，虎子；老二的大名叫冯为民，小名叫狼牛，我平时叫他狼牛。为什么他们哥俩小名叫虎啊狼的？听我奶奶说农村生男孩怕不成人，就叫虎啊狼的野兽的名字，好长大成人，身体像虎狼那样硬实，也是做老辈人对晚辈的一种期盼。冯为国从小母亲去世，靠父亲冯建刚和爷爷冯老汉养着他们兄弟姊妹五人。家里虎子哥冯为国喂了两只一大一小的母绵羊，这还是隐瞒着外人，特别是生产队干部，否则被发现你家养两只羊，会被队上没收一只呢，这是违反规定的。他家绵羊个头大，吃的也多，所以他哥俩常到地里去割草。时间长了，次数多了，割草也割出经验来了，他哥俩知道哪儿的草多、草肥，羊喜欢吃哪些草。

我跟着冯为国他哥俩儿，背着箩筐一路打打闹闹跑到了卫河边上。割草累了，肚子饿了，就钻进生产队的玉米地里偷玉米吃，快成熟的玉米棒子拿来用火烧烤着吃，可香啦！几个小人儿钻进几十上百亩青纱帐般的玉米地里，犹如小鱼儿游入大海一样无人发觉。在玉米地的深处，我们顺着地沟挖一条坑道，专捡快长成熟还未老的玉米棒子，带着皮掰下来，只留两层里皮，然后横架在坑道上，坑道底下把玉米秆上的干玉米缨儿当柴一般烧起来，一边烧一边翻转玉米棒，就像城里烤羊肉串那样。干这活儿，虎子哥冯为国他可是行家里手！每次都是他负责挖沟和掰玉米棒，我和狼牛冯为民俩跑腿,去找干玉米缨儿,供他烤玉米。待到玉米皮差不多都被烧光，玉米粒开始发黄，闻起来香喷喷的，就是熟了。这时的虎子哥冯为国早已累得满头大汗，脸上鼻子都是灰，用袖子一抹，整个儿一大花脸！我们互相对看着哈哈大笑不停……那烤的金黄喷香的大玉米棒子可比现在大街上用炭火烧的好吃好几倍！就是现在想起来，还馋得我直流口水。哎，多想再吃上一口童年时自己烧烤的玉米棒啊！

到了红薯快成熟时，小伙伴们会相约偷挖生产队的红薯。在河边上或者在较隐蔽的地沟里，挖一个大肚小口的圆坑，捡些干透的土坷垃垒在坑口上，像一座宝塔。坑旁掏出一个长长的洞一直延伸到土坑里，把干柴和干草放进长洞里烧。等到土坑周围和垒在坑口的土坷垃都烧红后，把挖来的红薯和烧红的干坷垃一起往坑里埋，然后用土焖上。大家散开各自去割草，等草割满箩筐了，红薯也焖得差不多了，肚子也饿了，再互相抢着去扒出红薯吃。土坷垃很烫，焖熟的红薯更烫，可我们还是你争我抢。虎子哥冯为国他年长鬼心眼多，手脚最麻利，总是第一个抢到的。只见他小心翼翼地揭开红薯皮，迫不及待咬上一口，“啊”的一声，牙差点都被烫掉啦！可这么烫手的红薯又舍不得扔掉，“哎哟！哎哟！”被烫得直叫唤。他用两手来回倒腾着热气腾腾的红薯，边吹凉气边往嘴里塞，狼狈的样子好像就在昨天！那焖熟的红薯，甜香四溢，不比现在大街上卖的烤红薯差分厘。

烤玉米和红薯时最重要的是不能让干柴冒太多烟。若有烟，就会被生产队看庄稼的队员发现，会被抓起来开损公肥私的批判会，严重的还会戴高帽子被拉去游街示众。所以，我们三个每次都像端敌人碉堡的革命战士一样小心谨慎。可如何能既有火又无烟呢？这可是有技巧的，除了虎子哥冯为国一般人都做不到的。年长又有技巧的虎子哥负责挖坑、垒坷垃、烧火等活儿，我和狼牛冯为民做他的帮手，配合得很默契。干这个吧也得看天气、看风向，天越晴越好，最好是大太阳、小微风的天气，远处不容易发现烟。

有时我也会想办法，给妹妹带回一些，让她也解解馋。妹妹只要看到我拿出烤玉米棒或烤红薯来，就高兴地欢跳。她一边吃着还兴奋地跳着脚夸奖："真好吃！嗯……真好吃……哥！你在哪儿弄的呀？嗯……"

嘘！嘘！我把手指放嘴上，制止她的喊叫。"我割草时弄的。"我贴近她耳朵上悄悄地说。"嗯,那……我也跟你们去割草！"她好奇地说。"不行！嗯,……太远了！你不能去……"我不能带她去，一口拒绝她。"哥！我能走得动！嗯，你看！我和永清还到地里去割草了呢！"她幼稚地小手指着旁边筐子里放的一点杂草给我看。

妹妹常常和虎子哥的妹妹冯为爱做伴，一起去村边的庄稼地里割草。我知道，那里都是些羊不喜欢吃的杂草，甚至是被羊多次啃过的。不过，这也是她们小孩子家勤快的一点举动，是她们的心意，也是从小爱劳动懂持家的具体体现，做哥哥的当然应该鼓励。"好！姣姣真懂事儿，啊！"我笑着表扬她。

常言道：马不吃夜草不肥，羊也同样。有一冬天，我想让小山羊吃好点，多长肉。我悄悄地找虎子哥商量："哎，虎子，生产队里的麦苗长得好，羊爱吃。哪天生产队里看得不紧或者夜深无月亮时，咱俩带着咱的羊到村东外上坡顶的麦苗地里，让羊儿们改善改善伙食，怎么样？"

"好啊！我也这样想呢。"虎子哥冯为国应和我意答应道。

那天晚上，大约凌晨一点多钟。虎子哥冯为国叫上我，互相牵赶着羊到了村东外上坡顶麦苗地里。虽然没有月亮，但是晴天里满天的星星，借着星光能看到眼前好几米。羊儿们天天吃着干草，这偶然吃上一次青绿的麦苗，宛如人们过年吃上一顿丰盛的大餐似的，它们低着头大口地啃啮着青绿的麦苗，发出唰唰的声响。我和虎子哥冯为国心里美滋滋地蹲在哪儿看着羊儿们吃着麦苗。突然，从远处来了一个高大的黑影，带着风呼呼地朝我们快速走来。那真是活见鬼啦！还没等我看清楚，虎子哥冯为国抓着我脖领往下压"快趴下！有人！"他压住我趴在地沟里望着朝我们走来的高大黑影。我的心怦怦直跳，紧张得好像要从胸中跳出来，依然忍不住好奇地仰起头。我仔细地辨认着那个高大黑影呼呼地向我俩走来，是一个类似圆柱形的瘦高物体，足有两三米高，当快速接近我们俩时，好像还能听到“啊啊！”两声刺耳的哭喊声。在这夜深人静的旷野中听到这刺耳的哭喊声，真是让人毛骨悚然。因为太害怕了，我也没听清是男声还是女声，还是，根本不是人的声音？我俩赶紧低头闭眼，没敢细看。只听“呼”的一声，那东西从我俩头顶上飞了过去。待再抬头时，却见它已飞到远处，远远地又听到两声那种奇怪的哭喊声。我被吓得浑身瑟瑟发抖不敢动，虎子哥冯为国拍拍我：“没事啦……没……事啦！”听得出他跟我一样紧张害怕。羊儿们仍然在低着头大口大口地啃吃着麦苗，根本没有察觉到任何的声响和动静。

“咱回家吧？我害怕……”我哭丧着脸问虎子哥。

“好！走吧！……嗯……羊儿也吃得差不多啦！”虎子哥冯为国虽然年长我几岁，平时更是个胆子大的浑不吝，可此刻听他的声音也是颤巍巍的，看来也是真的怕了。我俩急忙各自牵着自家的羊，逃也似地跑回了家。这事说起来一晃八九年过去了。

我从小胆量就不大，自从那次后更加胆小，再也不敢独自走黑路，生怕再碰上鬼怪啥的不干净的东西。

还有一次，我和虎子哥冯为国去村西头高粱地里割草。还未完全落下山的一丝残阳挂在西头的天边上，我俩忙活了半天已经割够了一箩筐草，准备收拾下就回家。突然，虎子哥冯为国走到我身边小声地说：“华晨，你看那坐个老太婆儿，她在弄啥咧？”我顺着他的手势看去，啥也没看见，“在哪儿呢？我咋看不见呀？”

“走啦！她起来走啦。”虎子哥眼睛直愣愣地望着远处，手还指着那方向说。

“走！咱看看去！是不是偷东西的？”我要去追赶，虎子哥他胆怯怯地拉住我：“天快黑了，看啥呀看？别去了。”

我俩就这样背起箩筐回家了。过了几天，听村里的李秋月说，她在村西头高粱地里看见一个老太婆儿，在高粱地里跑得可快了，走路不带声也不碰高粱秆，像是有穿墙特异功能似的，碰见茂密的高粱秆不见动静。她们几个怎么追都没追上去。

再说生产队定期收取各家各户积的农机肥吧。那天，队里通知各个养羊户将羊粪堆在各家门前，由队里的评价小组统一丈量数量，评价分值。我家的羊粪虽然数量不多，但质量明显比别人家的羊粪好：土和杂草少，羊屎蛋多。可评价小组给的工分却最低。别家的每平方米都是给八九分的工分，我家的却只给六分。我听小组长李二柱私下给定量小组的人说：“他们家不在乎这点分，哎！低点。”一堆人挤眉弄眼地弄虚作假。我在一旁听到了他们的话，又对比了别家的评分价，心下气愤。这明显是欺负人，我要上前跟他们讲讲理去！奶奶拉着我不让我去：“小孩子家，不要去计较那些东西。他们说咱的差，以后再积的质量高些，啊？乖。”我心里非常郁闷，想不通！这哪是公平、公正啊？要说李二柱和我们家以前关系还是不错的。

在“文化大革命”前，只要我爸回家来，他跑前跑后，左一声哥、右一声哥地抢着拿东西，像亲哥似的。见我妈也是嫂子长嫂子短地叫。还让我爸帮他三弟安排到乡供销社厨房帮工，要不是给他三弟安排学做饭这个工作，到现在他三弟还娶不上个媳妇。爸妈不在家时，他每次见到奶奶都会献殷勤：“婶子有什么事吗？家里有啥活您可千万甭客气，喊我一声，啊！”。

现在我爸妈被打倒了，用不着我们了，就变着法来欺负我家，真是忘恩负义的东西！自从我爸妈被批斗后，他一百八十度大转弯如同变了一个人，不但不再感恩，反而如有几世仇恨似的！那天，我放学回来看到积肥的土没了，就向锤牛哥他家借了平板车到村西头窑坑里去拉土。李二柱看后，啥话不说，就用铁锨挖了一个半米深的横沟，把我从窑坑里唯一的出路给挖断，使我拉土的平板车无法出来。我上前去与他理论：“二柱叔，你干吗断我的路？”他不理睬我，就只管低头一个劲得挖，把我气得真想用铁锨劈他！我手紧抓铁锹把，眼泪吧哒吧哒地往下掉落。

这一幕被锤牛哥他妈方晓堂婶子看到了，她急忙跑我家把奶奶叫来。奶奶看到这明摆着欺负人的情况，非常生气：“二柱你这是弄啥咧？啊！把孩子的车堵到里头？”

“唉！队里不允许个人在此挖土！”李二柱硬气地说。

“二柱，不让挖，你就说一声，俺不挖就中了吧，咋还把俺孩儿的车给堵里咧？不让他挖土，车也得让出来呀。”奶奶说着，向前拉着我发抖的手说：“孩儿，不哭！队里不让挖，嗯，咱不挖啊！……走！跟我回家。”奶奶拉着我把铁锹一扔，车子也不要了……

我愤愤不平，心里想啥时候得想法戏弄他李二柱一次，以出这口恶气。机会来了！有天晚上，我和虎子哥、柱子、石头几个小伙伴在捉迷藏玩，听到生产队里李二柱在召集几个队委开会，我与锤牛哥私下商量戏弄下李二柱。我们俩跑到李二柱家院里听了听，他媳妇和孩子都睡下了。我们俩就悄无声息地用瓦盆到厕所装了半盆稀大便，将他家院的大门虚关上，将半瓦盆稀大便，放置在虚关着的两扇门顶上。放好后，我和锤牛哥隐藏在李二柱家院墙外边，偷窥看着。半小时后，李二柱开完会回来，嘴里还哼唧着小调，他双手推院门后，哗啦啦半瓦盆稀大便从天而降。这稀大便，从李二柱头上流淌至全身，瓦盆掉地上也摔碎了。“谁呀？啊！噗噗！……”李二柱噗噗地喊叫着，赶紧擦脸脱衣服。他媳妇被喊叫声惊醒，也急忙开灯，穿衣服下床看究竟。我们俩一看成功了，偷笑着跑了。后边还听李二柱喊叫着：“他妈的！这是谁干的？他妈的，老子抓住他非宰了……”

第二天，全村人都传开了“听说没？李二柱昨晚上被泼一头一身屎。”就这样，他成为村里大嘴人的笑柄。

第五章 童年的事

夜深了，我翻来覆去仍无睡意。躺在军营发热的炕上，透过窗子凝视着那夜幕中颗颗闪烁的星星。我爱夜幕中的星星，它们是那样的明亮恬静，仿佛就在我的眼前，伸手可触。它们一闪一闪发出甜美柔和的微笑，伴随着莹玉般的光，交错织成一张银色的纤网，轻轻地把我带到了梦乡——那富丽堂皇的天堂。我向往去天堂，因为那里没有烦恼，没有人与人的争斗和无情，那里住着我可爱的星星。突然间，我觉得它们全变了。虽然，它们依旧在我面前，但它们已不在我身边；虽然，它们依旧在那漆黑的夜幕中闪烁，但已不像从前那样给我安慰、温暖。它们为什么变得和我相距这样遥远？它们的光辉为什么变得这样暗淡无光？它们温柔、活泼的目光为什么变得这样呆板？

我仍无睡意，翻了翻身，扭头看看身边的冯为国、艾小东、张全他们，个个都睡得香，呼噜声打得也响。静心听，还能听到走廊里，站岗的人员给各个班燃烧的火炉里添加木柴的声音。这肯定是热心肠的老兵怕我们新兵夜里受凉，帮着为炉子里添加木柴。

我望着窗外夜空中的星星，又想起孩童时发生的一幕幕……

杨家庄小学里，各个年级的学生都在聚精会神听课。突然学校的大喇叭响起："各班师生注意啦！各班注意！都到操场集合，以班为单位列队参加批判大会。"

我们在学校操场集合完毕后，举着红旗，由张副校长带队，浩浩荡荡地来到村边上一块棉花地参加批判会。我们到达后，稀稀拉拉又来了一些社员群众。我看到奶奶低头牵着小山羊站在棉花地边。一旁的锁柱用手轻轻拉了拉我的衣角，示意说被批判的是我奶奶。我狠狠地瞪他一眼，心里暗暗骂道：我看到了，还用你告诉我！

原来，我家的小山羊没拴好，跑到生产队棉田地边吃草。正好被公社的一位革委会副主任、"农业学大寨"领导小组副组长刘海军在检查棉花病虫害时碰上。他非说养羊的主人是破坏"农业学大寨"，要抓典型。因此，催促我们村党支部书记李秀发要召开批判大会。

棉花苗上的红蜘蛛这么严重，这位公社革委会的刘副主任不和生产大队干部一起想办法怎么治理虫害，而是拿这点小事大发脾气，张口闭口："这是阶级斗争新动向，破坏农业学大寨！”他要大队干部把社员群众、学生集合起来，抓奶奶的典型，在棉田边上开田头批判会。刘海军穿着一身破旧的中山装，留着小分头，小鼻子小眼睛，不足一米七零的个头，头却故意仰得高高的，以展示他的高大形象。他穿着不合体的旧中山装，上衣肥大只显得上身长，下身裤脚短，如武大郎似的，喊起“千万不要忘记阶级斗争！”“谁破坏农业学大寨，我们就打倒谁！”的口号如公鸭子叫似的，要多难听有多难听。这就是当时的“革命干部”。据说，他是初小文化，原来是后刘李村一个买牲口的经济人，经常跑三里八村的集市，所以认识他的人比较多。“文化大革命”开始后，他跟随县八一红色政权造反大队的周明队长，站在斗争的前列，被周明大队长看重。在各级地方政府成立“革命委员会”时，他被周明任命为我们乡革命委员会副主任，坐上了公社革命委员会副主任这个宝座，这是一个靠造反起家的流氓干部。

批判会就在棉花地边一棵老榆树下，这棵老榆树有上百年的树龄，枝叶茂盛，每年开春，村里人都要到榆树上采些榆钱充饥，我们小伙伴也经常爬到老榆树上掏鸟窝、套知了啥的。因为去年老榆树枝上被马蜂建了蜂巢，我们也不敢轻易爬树上套知了。今年开春后，这蜂巢更大、马蜂更多，成群的马蜂飞起来黑压压一片，村里人谁也不敢去采榆钱吃了，我们这些小伙伴也不敢靠近老榆树。批判会就设在老榆树下边，也正好是马蜂巢穴所伸向棉花地的那个榆树枝上。

批判会开始。公社那位革委会副主任刘海军带头批判，他指着我奶奶和小山羊气愤地说：“阶级敌人无孔不入，时时处处都想搞破坏，今年的红蜘蛛这么严重，就是阶级敌人搞的鬼，我们一定把他批倒批臭，不获全胜绝不收兵。”他在那边扯着公鸭嗓嘎嘎乱叫，说出来的话，根本就是一个典型的流氓加文盲。人群中没人理会，乡亲们互相交头接耳扯着东家长西家短的生活琐事，交流着怎么粗粮细做，什么野菜配红薯粉好吃啥的，根本无心听这位副主任的讲话，开什么田头批判会。

奶奶牵着小山羊低头站着，像犯错误被老师罚站的小学生似的，一动不动。

公社那位革委会副主任刘海军，还腆着肚子板着脸说：“大家都要发言，发不发言是政治态度问题，政治觉悟问题！少一个也不行！”

社员心里清楚，一只小羊啃个青是再正常不过的事，谁家的羊没跑出来吃过麦苗、玉米苗啥的，值得这么兴师动众吗？何况这只小山羊只是吃了棉田地边上的草，又没糟蹋棉花苗，真是小题大做，无事生非！晓堂二婶在人群中嘀嘀咕咕地说：“老太太说只是没拴好，不是故意放出来的。她一个老党员，还是革命烈属、革命干部家属，这点小事能不懂？还怎么上纲上线成了阶级斗争呐？这与棉花生红蜘蛛害虫不搭干，这哪儿和哪儿呀？纯属两码事，哼！真是胡说八道！”在她身边的几个人也点头赞同。

社员们个个敢怒不敢言，都在私下里互相嘀咕，七嘴八舌地说：“不想办法治理病虫害，开他妈的批判会顶屁用！”“这样不打药治理，虫害不是越来越厉害吗？”……

这时，村里与我奶奶岁数差不多的老党员旺二爷，看批判会冷了场。他就拿着心爱的旱烟袋锅站出来，走到我奶奶跟前，无奈地拍着小山羊头，风趣地冲小山羊说了四句打油诗：

小山羊你黑良心，跑到田里来害人。贫下中农不答应，定把你们消灭净。

“好！说得好！”那位革委会副主任刘海军还鼓掌说讲得好，无人回应，又是沉默冷场，还有几个社员偷偷低头撇撇嘴巴。

“好个屁！”我两眼冒火瞪视那狗日的刘海军，心里在骂着“真是胡说八道。”奶奶是个老党员，一辈子严以律己，她入党时，还不知你在哪儿吃奶呢！我的心都快气炸了，咬着牙，紧攥拳头。我看到不远处队列里的妹妹，她也在紧握拳头怒视着刘海军。我已是九岁的大小伙子了，在平时我非找几个哥们打他丫子不可！

我暗里想着，怎样治治刘海军这坏家伙。猛然抬头，看见老榆树枝上的马蜂窝，蜂窝周围成群的马蜂在飞来飞去。哎！有了！我心中暗喜，附到虎子哥冯为国耳朵上说了几句话，又指了指刘海军头顶上方的马蜂窝。虎子哥冯为国立刻明白了我的意思，他捡了一个烂树枝给身边站着的弟弟冯为民小声说：“狼牛，拿这个棍儿，去把那个马蜂窝捅下来，去！快去！”狼牛冯为民看着挂在那高高树枝上的马蜂窝，为难道：“我……我……”虎子哥冯为国瞪眼对弟弟发狠：“我个啥？快去，打完就跑！”

这时，人群中突然听到晓堂二婶的大喊：“你个流氓！看什么看！没见过你姑奶奶喂奶呀？啊？……流氓！”晓堂二婶大嗓门喊叫起来。原来，晓堂二婶抱着不满周岁的二女儿花花正喂奶呢，站在旁边的李二柱不知怎么看了她一眼，她就借机大声喊骂道。

“谁流氓？我……我……”李二柱委屈地争辩道。“你什么你！你……你你啥呀你？流氓！……抓流氓啊！他要流氓啦！……你们公社领导管不管呐？……啊！”晓堂二婶嚷嚷着。李二柱红着脸无奈地争辩着：“我……我没……”

晓堂二婶和李二柱一吵，大伙儿都围上她们，七嘴八舌议论纷纷。女同志愤怒地瞪着李二柱，指责他，说他流氓色鬼。个别男同志偏向着李二柱说晓堂二婶多心了，他不是那样的。大伙儿，你一言我一语七嘴八舌的，人群中越来越闹哄……

狼牛冯为民借人群混乱，手拿那根烂树枝走到老榆树下，猛地往马蜂窝上一投，不偏不斜正中其上。一大窝马蜂受到惊吓，像一个大黑球嗡嗡飞出，向着树下站着的刘海军、李秀发人群冲下来。

“马蜂窝掉下来了！快跑啊……”虎子哥冯为国在人群中大喊。人们看到黑压压一大团马蜂冲下来，哇的一声，像遇到将要爆炸的炸弹一样，四下逃散。站在老榆树正下方的刘海军、李秀发可倒了霉了：刘海军哎呀呀一边叫着一边抱头躲，跑到哪里马蜂就追到哪里，狼狈不堪。我和虎子哥冯为国早有准备，在人群混乱时就跑到奶奶跟前，拉着奶奶撤到旁边，人们逃的逃，散的散，大都到安全地方了。

刘海军被马蜂蜇得满脸挂花："这，这，这是谁干的？要好好查！我……"村支书李秀发扶着他低声说："主任，这会先开到这儿吧，以后我们查出来再向您汇报，狠狠批斗他！"

刘海军看着自己这狼狈样儿和乱哄哄的场面，无奈地点点头。批判会就在这样乱哄哄中收场了，我心爱的小山羊也被生产队没收了。

晚上，我躺在床上回想着白天棉田发生的一幕幕，再也睡不着。伴随着远处卫河里、池塘边的蛙鸣声，田野里的虫叫声，还有白天妹妹的哭喊声：我要我的小山羊……我的小山羊！这些声音，在夜幕中回荡，悲惨凄凉。

我凝视着天幕中的群星，觉得孤独、凄凉、无助，又觉得初秋的阵阵寒风向我袭来，嘴里默默地喊着：爸爸！妈妈！你们在哪儿呀！我想你们！……你们什么时候回来看我呀？……爸！妈！泪水像泉水一样，从眼眶里喷涌而出。

那个夜里，我做了噩梦：妹妹在哭喊，奶奶在角落里痛苦不堪，天幕中的星星都变成了幽灵进入我的房间，发出声声怪叫。我麻木地喘息着，我在死亡的灯塔前辗转反侧，任由内心的苦难在厄运和梦魇里、在一生敲击不破的孤寂里狂嘶呐喊。如此小小的心灵，如此脆弱的身体！而夜色的天空就如同爆溅的血液，像大幕裹挟着琐屑的人生，命如纸薄，峡湾如血。大风从爆裂的内心迸发，空气夹带着恐惧、狂躁和尖锐的喊声，却没有人聆听。远处是两个将死的灵魂在与魔鬼握手！没有人能真正把我从痛楚中夺过来，像大海无法夺走一条破败的帆船，像七月无法夺走藏在野菊花身上最刻骨的冷。今夜我抛开男人的尊严，伏在富丽堂皇的宽广街道上痛哭流涕，我要通知那些藏在墙角的阴影，通知那些大街上游荡的孤魂，通知那些所有卑微的、漂泊在外的孤魂，痛哭流涕，剧烈地呻吟。捂紧耳朵，捂紧心中永远无法抹去的伤痕，让灰暗、殷红服从于我的想象，把低贱的头颅摆成骷髅的造型，把树、地平线、峡湾、小船和教堂的尖塔，扔进大火中燃烧，再把这些烧红的嘶鸣的铁，拧弯变形。在呐喊与尖叫里，召回那些漂泊而痛苦的幽灵。幽灵们，阴森着脸怪里怪气地冲我喊道："方晨晨，你爸、你妈都死了！你就是他们的灵魂，你和你妹妹跟我们走吧！哈哈哈哈……""不！我爸妈没死！我不跟你们走！"我气愤地说。只见，一张张扭曲的酷似骷髅的脸，在双手的压迫下似乎不想再听到关于这个世界的任何语言，不知道因为什么事情而张大的嘴，在此刻，把人恐惧的内心世界表现得淋漓尽致。蜡黄的脸、扭曲的身体与大海陆地天空遥相辉映，红、黄、蓝、绿所构成的整个画面，令人感到阵阵的不安与彷徨。

只听到："那你就忍受地狱之火的煎熬吧！"幽灵们哈哈大笑。瞬时，幽灵们化作一颗颗火种把我烧着了，熊熊烈火在燃烧着我。霎时间，我又变成一块巨石，被狂风吹到荒无人烟的原野，忍受着暴风骤雨、寒冬酷暑的折磨。有一个匠人看中了我，在我的身上雕刻起来。我疼痛难忍，大叫而醒。

鲁迅先生在他的《呐喊》自序中写道：独有叫喊于生人中，而生人并无反应，既非赞同，也无反对，如置身毫无边际的荒原，无可措手的了，这是怎样的悲哀呵，我于是以我所感到者为寂寞。

批斗会的第二天是周日。小山羊被生产队没收了，我们也不用去割草了。奶奶领着我和妹妹来到卫河边上散心，消消头天批判会的阴影。我们祖孙三人，走在村北通往卫河的土道上。

“奶奶！你看这是什么花儿呀？真好看！”妹妹的小手指着土道两旁开满了的打碗花。打碗花，顾名思义，碗形的小花朵。它不是大红大紫的花，在绿草丛中极不显眼，淡粉色、小小的、薄薄的，在阳光下闪烁，在晨露中沐浴。

“这呀？是打碗花。”奶奶说。

妹妹天真好奇地从草丛中摘取了几朵，拿在手里端详着，问：“打碗花？为什么叫打碗花呀？”

奶奶手抚摸着妹妹的小辫，边走边认真地说：“为什么叫打碗花？传说呀，过去有个财主过大寿，一个漂亮的小丫鬟给他煮了一碗长寿面。走路时一没留神，一碗面在财主面前落地，把碗摔碎了。心狠手辣的财主大怒，说这是不吉利的预兆，让家丁把小丫鬟拉出去活埋在路旁。第二年春天，活埋丫鬟的路旁，就长满了粉红色的花。苦命的丫鬟，死后也把美丽留给人间，那粉红色是她用鲜血凝成的，那小花朵似碗一样。人们为纪念这位美丽善良的小丫鬟，就把这小花称为打碗花。”奶奶讲这故事时，眼里噙满泪水，很伤心的样子，妹妹似懂非懂地听着。

偌大的卫河，柳树、杨树和青稞、芦苇，绿绿丛丛地生长在两岸。宽阔的水面，粼浪层层。远处，一些不知名的水鸟，疾速掠过。脚下，几尾寸长的游鱼，在浅水里嬉戏，姣姣惊喜地说：“真好玩！真好玩！”

我和姣姣跑到河岸上，坐在一干净微斜的岩石上，任微风吹乱几缕发丝，深吸一口气，神清气爽，悠然坐于此，可以什么都不想。四周一片寂静，卫河旁边芦苇丛中和远处田野里，偶尔传来几声清脆的鸟鸣和青蛙的叫声。

我牵着妹妹的手,在河水边奔跑。“哥！你看！你看那儿！”姣姣指着前方说道。她发现前边有一水泡。那水泡是夏天水大时冲积的，现在河水少了，水泡与河水分开后，成为孤立的水泡。我们俩跑到水泡前发现，“哎呀！里边有鱼！”我惊奇地指给姣姣看。

我说着把衣服脱下抛在一旁，“姣儿，看着衣服！”下到水泡里去抓鱼。初夏的天气温度比较热，水也不凉。也许是老天爷发善心，专门赐予我们的；也许是来得正是时候。我在水泡里摸抓鱼，姣姣在旁边等待捡拾。我在水泡里不大会儿工夫，就抓了两条有半斤重的鲤鱼，还有一条稍微大点的鲶鱼。那鲶鱼大大的嘴巴，嘴两边有两根长长胡须，身上光溜溜滑得很，没有准备还真不容易抓住它。我还从水下稀泥里摸到五个如小碗般大小的蛤蚌，那蛤蚌都是天然生长成的，这么大个的怎么也得两三年时间才能长成。

那个年代工业少，没有污染。整个地平线的水位都浅，农村随便一个洼地都有水，有水都有鱼虾。那时的雨水也多，大些的水坑池塘里常年有水。村里人可以在池塘里洗衣服、洗澡，放鸭养鹅的，虽说是华北，却也称得上赛江南。

“华晨儿！姣儿！你们看那儿谁来了？”奶奶站在岸上，喊着我和妹妹，手指着远处木桥上走来的身影。

“妈妈？妈妈回来了！姣姣快看，妈妈回来了！”我喊着，从水里冲出拿起衣服，一面喊着妹妹，一边穿着衣服，向妈妈跑去，也顾不上那些鱼了。

妹妹在后边也喊道：“妈妈！妈妈！哥！等等我！”

爸爸和妈妈一直伉俪情深。妈妈江云芝比爸爸小八岁。妈妈的父亲、我的外公以经商开茶馆作掩护，是滑州城里的中共地下交通员。外婆生有五个子女，两个男孩，三个女孩。我妈是最小的老五，天资聪颖又漂亮，在安阳上师专时就是有名的校花，很多富商、高官家的公子追她，她都没看上。

毕业后，她被分配到滑州县一中教初三班的语文。妈妈和爸爸的相识还是在五八年大炼钢铁时，他俩一个是文教铁姑娘突击队队长，一个是县炼钢指挥部的技检员，一次，我爸为文教铁姑娘突击队颁奖时两人相识的。爸爸长得很帅，一米八的大高个儿，高鼻梁，大眼睛双眼皮，特别是穿上学生服，也是安阳师专有名的小帅哥。

我妈妈说过，她并不是我爸的初恋。我爸在新中国成立前读中学时爱上了一个叫徐春花的女孩，后来发生了意外，徐春花被倒塌的危房砸伤，在她快死时，我爸当着老师和同学的面，拼命地、一声声地呼喊自己的爱情：“徐春花，我喜欢你！”在那年头，父亲的举动无异于袖珍型的“唐山大地震”，早恋的他因此而受到学校警告处分。

后来，我妈听说了这段故事，就问我爸。我爸说：“其实，他从来没有喜欢过那个徐春花。当时徐春花的父母是被吴栾田以‘通共’的名义杀害的，家中只剩下她与奶奶相依为命。她长得好看，但因为家庭出身问题，大家都瞧不起她，不愿跟她同桌。我是班长，老师谈话要帮助后进同学，于是就安排两人坐一张课桌上。徐春花的爸妈其实是从法国勤工俭学回来的进步学生，家里有不少书。有一天，她把一本书偷偷带到学校来，指给我看一段外国人写的文字。那里面写着，人的一生里最大的三个遗憾是：小时候没有父母的爱，长大没有恋人的爱，年老没有儿女的爱。徐春花泪汪汪地说，她的三大遗憾只怕会全部凑齐的。有一天，电闪雷鸣之中，暴雨夹杂着指头般大小的冰雹，残破的教室四处漏水，房顶上一直在稀疏疏地掉着泥沙。学生们越来越惊慌失措，开始争先恐后往外跑，只听哐的一声，门框竟然断了，上面的砖头像山一样塌压下来。瞬时，有五六个同学被压在下面。徐春花在最下面，所以伤势最重。当医生对着一屋子着急的老师和学生摇头时，大家都吓坏了。也不知道为什么，我突然想起徐春花说过的人生三大遗憾，突然朝徐春花喊了几嗓子：徐春花，我喜欢你！”其实，爸爸并不喜欢徐春花，善良的他只是想让她离开人世的时候少点遗憾。

我妈听后很感动。的确，爸爸是个热诚的、有责任感、有事业心的男人，正是他待人真诚、善良的性格最让妈妈心动。爸妈婚后，工作上相互支持、相互尊重，生活上相互体贴关心。妈妈生了我和妹妹后，本想再给我们生个弟弟或妹妹的，我爸却不同意，他说：“孩子多负担重，双方都影响工作。”就这样，爸妈只有我和妹妹两个孩子。实际上，因为我家上三代都是独子单传，奶奶、妈妈，包括我爸都很想多生几个男孩。只是两人工作都特别忙，妈妈虽然有奶奶帮助带我们，可还是唯恐耽误学生们的学习成绩，影响孩子们考取大学，误人子弟，最后只有选择牺牲了家庭。爸妈时常安慰奶奶说：“咱现在孙子孙女都有了，多好啊？多一口人，多一份负担是吧？您这一辈子，只有我一个儿子不是也很好吗？咱老方家啊，不在人数多，在于质量高！”奶奶被逗得哈哈大笑，自此倒也不再提添孙子的事情了。

再说回我们接到妈妈那天。姣姣抱住妈妈的胳膊撒娇：“妈，我们可想你啦！奶奶养的小山羊被队里收走了。”妈妈听后，吃惊地问奶奶“妈，怎么回事儿？”奶奶无奈地笑笑说：“嗨！怨我没把它拴好，跑到棉花地里了，无所谓，以后咱们注意就是了。”

我回去拿上鱼儿给妈妈看。我妈很高兴：“好好，好孩子能自力更生啦。走，咱们回家去！”她扶着奶奶。我们三代人说着、笑着，高兴地回到家。鲤鱼红烧，鲶鱼清炖，蛤蚌炒韭菜，还煮了几个老玉米，再加上妈妈带来的白面馒头，我们饱饱地吃了一顿，像过年一样高兴。

妈妈回来了。从此妈妈把我和妹妹接到县城她身边上学，我们不再孤单了。

1970 年暑假，天气晴空万里。我和毛大臣、王建社、毛爱莲、邱童童、方姣姣、张丽无事跑到卫河边上去玩。滑州城依山傍水，城左边是卫河，卫河是运河的支流，它与上游的淇河、章河相连，也是通往天津的主要商道，河里来往的船只很多，也是保障全城人们用水的主要渠道。城右边是五花山，属于太行山山脉，是县城挡风很好的一道屏障。明、清时期为了滑州人民向外物资交流方便就在卫河上建设了一座大桥。为不影响卫河里的船只行驶，就把大桥增高。这一增高外出人员、车辆过桥时就得爬高。

二十世纪五六十年代在滑州城出生的人都记得这事儿，就是在县城卫公河大桥上有人专门为上桥拉煤吃重的平板车当帮工。卫河大桥是连接滑州、淇县、鹤壁、山西的主要交通要道，更是从鹤壁拉煤车辆的必经之路。卫河大桥的坡度很高，两人拉一板车一吨重的煤炭或者货物，上高坡是很吃力的。如果，上大桥坡时力气小的就上不去，甚至容易使煤车和人一起倒退回去，掌握不好会掉进卫河里去，车毁人亡。所以，拉煤车的人，只要从淇县那方向过来的载重车辆，到卫公河桥下都需要找人帮一把。无论是帮推或拉，一次给一两毛钱的辛苦费。当时还有人专门做这个营生，从早到晚在那儿等着推拉平板车挣钱。

当我们走到大桥头时，我看着卫河水清澈见底，河里往来行驶的船只和远处码头上在装卸货物忙碌的人们，又看看河对面有人在提水，有人在洗衣服，还有拉车人在喝“撅依巴”水和洗脸。

“俺没钱，就这个馍了！你……你不要拉倒。”一个车夫在对一位中年妇女嚷嚷。

那位妇女生气地：“那不中，你和俺事先说好的呀？”

我们听到那边俩人在争吵，毛大臣头向我们几个一仰，说道：“走看看去。”只见那个车夫把馒头往那个妇女手里一塞：“你不要拉倒。”就扬长而去。

妇女急着说：“你啥鳖孙人呐？”毛大臣：“大姐你怎么了。”我们几个也走到跟前。“那个鳖孙人说话不算数，他跟俺在那头说好嘞，帮他把车推过来给俺两毛钱，靠他娘，到这边他个鬼孙说话不算数了，只给俺一个馍。”毛大臣听明白意思了，“那你给他推一次给两毛钱啊？”

说着，我们跟着妇女走向大桥那边。邱童童鬼精地跟我小声嘀咕，“晨晨，俺们也去推车呗，挣点钱花花。”

说着我们走桥下，有一排拉东西的载重平板车在等待来人帮忙推车。毛大臣冲他们喊：“哎，谁需要帮忙啊？”“我。”“我。”“俺。”“我需要。”呼啦一下跑过来五六个车夫围着我们。他们手里拿着干粮在吃着；有的正啃着干馒头；有的吃着干饼就大葱；还有的拿着水壶在喝水。毛大臣像领导似地说：“哎，大家不着急，咱们一个个来。我们一共七个人每个人两毛钱，推七辆车可以吧？”

“不中，你们孩子小，一个推不起来。”一个啃着馒头的中年人说。其他人也摇头说不中。“那，这样，我们两个人推一辆车同样给两毛钱中不中？”；一旁吃饼的人“中中，我要两个。”其他也随着说：“中中中。”

毛大臣说：“慢慢慢，我可是先交钱的，不先交钱我们不推。”那个吃饼的人：

“中中中，来吧。”毛大臣伸手喊：“来来来，谁交钱谁先走。”吃饼的人给了两毛钱，毛大臣喊“晨晨，晨晨你和张丽跟他去。”

后面的一看都抢着交钱给毛大臣。毛大臣安排王建社、方姣姣一辆车，邱童童和毛爱莲一辆车，他自己一辆车。

我和张丽推着很吃力地上到大桥顶时车夫把车停下，走过来对我们俩说：“你们俩在车后攥住车绳，等这车下坡时你们站在这个车板下的半拉车轮胶带上，防止滑坡明白不？”我说：“明白。”

车下坡时，车夫在车辕里，背抗住车杆，脚使劲顶住车，慢慢放行往下走。张丽一只手死死抓绳子，一只手死死抓住我，使劲往我身上靠恐怕从车上掉下来。我心里也害怕。那车出溜出溜往下滑得很快，我也怕车翻把我们摔进河里去。车终于到了桥下路上，我出了一身冷汗，张丽脸都吓青了。她站在地上问我：“到了？”我说：“到了，你怎么样啊？站好吧。”她晃晃悠悠地像喝醉酒似的说：“我……我的腿有点软。”我上前扶着她问：“你能走吗？”她嘿嘿笑着说：“能，我能走。”

毛大臣、王建社、方姣姣、邱童童他们也从桥上下来了。毛大臣笑着问：“怎么样啊？咱们再干一趟？”王建社理袖子：“走，说干咱就干。”

方姣姣在一旁冲王建社说：“要干你去干啊，我们可不干了。”她说着拉张丽和毛爱莲她俩。邱童童满脸灰尘和汗水，在一旁也说：“我……我不中了，干不动了，你们要干你们干吧，我得休息会儿。”他说着就地一坐。

毛大臣笑着问我：“晨晨你咋样？中不中？”我拍了拍胸脯“没事儿，咱们三人去干吧，让她们休息休息。”我和毛大臣、王建社三人干起了。

到了中午，毛大臣说：“咱们不干了，回家。”他从衣服兜拿出钱高兴地说：“嗯，不错啊。咱们今天挣了一块五毛钱，大家说怎么办？”

邱童童可怜兮兮地：“哥，我饿了。”方姣姣抢着说：“毛大哥，我都快饿死了，咱们买点东西吃吧。”

其实毛大臣也饿了，“好好好，咱们吃啥？”王建社、邱童童同时说：“咱们去吃牛肉烧饼吧。”

大伙异口同声：“好好好！吃牛肉烧饼去。”

第六章 新兵生活

我挤时间给妈妈写信，汇报离开家4天来的情况，告诉她部队领导和老兵们都非常照顾我们新兵，这里的生活很好，请不要挂念我。

上午。是我们新兵的第一课。由连队卫生员申卫兵讲解防冻知识。小申他是一九七三年的兵，家在辽宁北漂县农村。中等个头，圆脸大眼睛，却小鼻子小嘴巴小耳朵，白白净净的，说起话来轻声细语。可能是兵龄短、有点紧张的缘故，只见他穿着白色卫生服，站在那儿，讲起课来红着脸，有些拘谨，像个害羞的女兵。他细声细气地说："……这个地方冬天平均温度零下三十五六度，一遇寒流零下四十多度。你们站岗在外边，站久了一定要活动手脚，用手搓搓耳朵。洗衣服、洗完脸后的湿手不能拉房门上的铁把手，以防止冻伤。如果手脚被冻一定要用雪去擦洗，等搓温后再用凉水洗，可千万不能用热水直接洗，那会加重手脚冻伤的，大家切记。"申卫兵一边讲着防止冻伤的注意事项，一边给大家做示范。

屋外确实很冷，即使晴天也是零下三四十度。厕所设在屋外离营房有二十多米的一山坡上，每次上厕所都要"全副武装"，棉衣棉裤毛皮鞋，皮大衣皮帽子一样都不能少。即便这样，若大便时间长了还是会冻得屁股生痛，小便尿到地上马上就能结冰。难怪老兵们开玩笑说："尿的慢就得拿棍敲咧。"

湖北武昌县来的新兵艾小东，个子不高，小眼睛，脸蛋黑黑的，走起路来总是一副挺不直腰的憨憨的样子，两条腿外八字撇着，两只胳膊像是在两个膀上吊着，摆来摆去，脑袋时不时在肩膀上晃动一下。训练时他可没少受到班长的批评，经常出列去靠墙单练站姿。

一天中午，天气雾蒙蒙的，艾小东刚吃过午饭，就穿着棉衣裤戴着皮手套在外边篮球场打球。出了很多汗，要回房休息时，看到门外停着连里唯一一辆苏式嘎斯车。他很好奇：难道真像卫生员讲防冻课时所说的那样严重吗？他还有些不大相信，想亲自体验一下。他慢慢地、很谨慎地用舌尖去舔汽车门的把手，看是否真能把湿热舌头粘上。零下三十多度的大冷天，滴水成冰。他的舌尖刚接触汽车门把手就被粘上了。"哎哟！"他的头激灵地往后一缩，舌头被撕下一块红肉，满嘴流血。"呜呜……"地跑去找申卫生员。还没等申卫生员把他舌头包扎好，艾小东又感觉到耳朵有点痒，顺手就去抓耳朵。这时艾小东在外边被冻僵的耳朵，到屋后遇到热气，各个毛细血管开始融化，血液开始流动，就引起耳朵表皮层痒痒。艾小东感觉到耳朵痒也没想那么多,顺手一抓,耳朵又掉下一层嫩皮肉,血流不止。这可把卫生员小申也吓坏了，及时用防冻伤药给抹上包扎起来，止住血。平常打球时大伙都戴着皮帽，只有他光着脑袋，就算光着脑袋也要时不时地搓一搓耳朵啊。可他艾小东既不戴皮帽，也不搓搓耳朵，时间长了，耳朵就会被冻麻木不知疼痛。猛地回到宿舍屋里遇到热气再一抓，上下温差几十度，热冷相激，被冻僵了的耳朵部分会脱落。这是多少人鲜活的经验，也是终身痛苦的教训。

艾小东像伤兵一样白纱布包头，在连里成了一个看点，也成了范林太指导员晚点名时训话的话题：“以后，谁再不注意、不吸取教训，就像小东一样。谁被冻伤，给谁处分！弄啥咧这是，一点都不小心。卫生员第一天第一课，就给你们讲了防冻知识课，说得很清楚嘛！就不长记性！”指导员范林太是六八年入伍的河南信阳兵，几年来，乡音未改，讲起话来还满嘴的河南腔。

我第一次站岗，是到连队的第三天晚上。连里规定，新兵站岗每班两人，以老带新。这天夜里天气晴朗，微风，没月亮，满天星光映着雪，带着清冷的气息。我和杨生荣班长排在夜里凌晨二点至三点的流动岗。我们穿着皮大衣，毛皮鞋，戴着皮帽子、皮手套，背着半自动步枪，像熊瞎子一样笨拙，走起路来大圆头毛皮鞋踩到雪地上，咔叽咔叽声非常难听。我们从营区到猪圈、羊圈，再到山顶上的雷达阵地，往返巡逻一遍需要一个小时。

在这黑夜无边、举目不见边际的原始森林中。我听见远处不断传来狼的嚎叫和不知名怪兽的叫声，也看到远处断断续续发射升起闪亮的信号弹。那时候的苏修特务在东北活动猖獗。他们利用信号弹作为联络的信息，老兵对这些信号弹习以为常。可我一个刚远离家门的小子，看到此情此景心里真是胆怯发慌。在老家哪见过这种情景啊！白天在班里，还听老兵们讲起连队战士时常被野兽咬伤的事，据说还发生过狼吃人的事件。那是 1970 年冬天，我们连有个战士在雷达阵地站岗，被窜来的野狼给活活咬死了。狼是很狡猾的，它躲在人们后面，轻轻地用前两爪搭在人的两肩上，给人一种有人在身后拍打肩膀的错觉，待你无防扭头时，狼就趁机一口咬住人的喉咙。我在电影里看到敌人搞破坏或者是摸哨位时，就是用狼攻击人的方式去偷袭岗哨。

我自从小时放羊那次遇到“鬼”后，时至今日胆子都很小，特别是夜间更加胆怯。这夜里站岗巡逻，虽然有星光映照，没有伸手不见五指，但从营区到雷达阵地都是崎岖的小山路，两边都是原始森林和比人高的树丛草丛，看上去黑洞洞阴森森的，在这种环境里巡逻心里更是害怕。如果，特务从这黑洞洞阴森森的树林草丛中窜出来搞破坏，最可能是先杀死我们这些巡逻的哨兵吧？我心里越想越害怕，开始是跟在杨生荣班长后边走，不自觉地就和班长换了位置，走在班长前边，这心里还多少踏实点。我不自觉地就把手中的半自动步枪拉开枪栓子弹上了膛，两手端着枪往前走，像日本鬼子进村一样，班长在后边看了哈哈直笑。要说让子弹上膛，那是假的，连里有明确规定，新兵站岗不许发实弹，以确保人身安全。我故意把枪栓拉得哗啦哗啦响，动静大些，让外边人听见好像子弹已上膛。我强装着，两手紧紧地端着枪巡视两边的情况。心想，万一有事，我背后还有杨生荣班长帮我！

“嘟——嘟——”随着两声长长的哨声，安静的营房顿时一片喧闹。北方的早晨天阴多雾，整个连队营区操场都被笼罩在浓浓的白雾之中。战友们跑步到篮球场集合出早操。“一二一、一二一，一二三四……”一阵阵口号声从晨雾中传出，在阿尔山上的营区里回荡。

林兵一脸严肃地站在操场中央指挥着队伍，举手投足间，无不透着军人的威严。将近而立之年的他，一米八一的大个头儿，脸上长满络腮胡。他生得仪表堂堂，特别是穿上这身军官制服，更加显得威武英俊。他在队列中的一举一动，都可谓是对队列条令的完美诠释。林兵是山东临清人，出身军人家庭，父亲是沈阳军区一个大首长。他原是空军某部作战处的参谋，尊父之令，被下放到雷达团五营基层连队锻炼。

这是个标准的军人，是那种从骨子里热爱军人这个职业的人。对于军训，他有一套自己的训练理念，即处处按实战来要求训练。他有句口头语：军人，就要站如松、坐如钟、行如风！因为他以实战要求带兵，训练狠，再加上胡须较浓，刮完胡子留下的是围绕嘴到两耳朵旁铁青的脸皮。我敢说，他如果十天半月不刮子，你在他脸上就有可能找不到他的嘴在哪儿。大家私下里都叫他“胡子”连长。这个绰号在我们全团都是叫得很响的，只要一说“胡子”连长，大伙就知道你是哪个连队的。

我心里默默数着，今天早操已经在三百米的训练场上跑了八圈，连长的口令还是那么洪亮。我已是一身大汗，上气不接下气，呼呼地拉起风箱了，只盼连长快下达“齐步走”的口令。我偷偷瞥了一眼队列旁边，又看看前后的战友，原来都和自己差不多，于是暗下决心坚持再坚持。头上的汗水，从皮帽绒里面往下滴，热气呼呼地从棉衣里往外冒，喉咙像着了火一样。我咬着牙默默背诵毛主席语录：下定决心，不怕牺牲，排除万难，争取胜利。

和连长林兵相比，指导员范林太的身体素质可差远了。只见他两腿沉重，跑得很是吃力，已经落在队伍的最后面。指导员个头不高，身材偏瘦，刀条脸，三角眼，薄嘴唇，戴着一副黑框架眼镜，头发梳得一丝不乱。他既不吸烟，也不喝酒，生活朴素，唯喜读书，文笔挥洒自如，讲起话来都是一介书生的口气，带着地道的河南信阳腔儿。他的记忆力惊人，几乎达到过目不忘的程度，对我们全连干部战士情况都如数家珍。战士都有些惧怕他，团、营首长却偏爱他三分。常言道：步兵紧，炮兵松，吊儿郎当的后勤兵。我们这支空军地勤兵，不是无线报务员，就是雷达操作员，或者机械发电员、炊事员、卫生员、饲养员，连长何苦把我们往死里练呢？再这样跑下去，恐怕指导员也受不了啦，我心里这样想着。

我正咬牙坚持跑着，在我后边的冯为国，不知咋突然踢到了我的左腿。本来就已气喘吁吁、没有多大的力量支撑的我，这下痛得立刻失去平衡。我双手猛地向前一扑，“哎哟”一声摔倒了，也把我前面的李成林推倒了，跑步前进的队伍立马就乱了。林兵见状，紧喊一声：“停！”我和李成林都已躺倒在地上，李成林气呼呼地冲我嚷道：“方晨晨！你怎么搞的？”我挥手向后指指冯为国：“他……你……”冯为国急忙跑上来拉我们，红着脸说：“我……我不是……不是故意的！”其他人都围过来看我们。冯为国一个劲地向我俩赔礼道歉。连长他们也看出问题来了，急忙问我俩：“怎么样？摔伤了没有？小申，把他俩搀回去检查一下。”我急忙说：“连长，没事，我没事的。”我站起来拍打下身上的雪尘，又蹦了蹦双腿，以示没有伤着，可以继续出操。李成林也急忙向林兵：“嗯，我也没事，连长。”林兵瞪眼看看冯为国说：“以后注意点！来，继续。”

冯为国胆怯地说：“是，是……都怨我……”

范林太笑着安慰他说：“以后跑步时，互相拉开点距离。”

在林兵的口令中，“一二一，一二一，一二三四。”队伍在继续……。

对于范林太指导员我从内心敬佩他。几次想和他说句话儿，套套近乎，拉些老乡关系，可就是没机会。

记得有一次，我和冯为国一起从厕所方便出来，在厕所门口，正碰上范林太过来低头往厕所门里进时，冯为国“啪”一个立正，举手一个标准的军礼！把刚低头进厕所门的范指导员吓得一愣。我也被吓了一跳：“啊？弄啥咧……”要去拍打冯为国肩膀。手刚举起，突然发现范林太指导员走近我俩，我嘿嘿地笑着又将举起的手慢慢地放下。

范林太微笑着很和蔼地问：“哦，唉？你们是三班的冯为国、方晨晨吧？”

“是，是，是！”冯为国感动得发晕，堵在厕所门口，嘴里回答着，身子像树桩一样杵在那儿一动不动。

还是我反应快，迅速从一边推了冯为国一把。他才猛然回过神来，侧过身和我站一旁，为范林太让开了一条“入厕”之路。

是呀！百十号人的连队，范林太能清楚地一口道出我和冯为国的名字，并能点出在几班！这意味着什么？我激动地在衣袖里直伸大拇指，“好样的，好样的范指导员！”。

早操完毕。“大家不要动，现在进行军容风纪检查。”林兵宣布。队伍没有解散，大伙都站立等待检查。

林兵和范林太在前，值班干部唐明拿着文件夹里的花名册，跟在后面准备记录。

新兵没有一个人留长发，来连队第一件事就是理发，把那社会上的学生和青年发型统统理去，变成一水儿的小寸头。唐明排长说的“打起仗来，受伤时，便于包扎救助”。今天检查的重点是，看每个新兵着装是否规范，检查大伙着装有没有问题。结果，发现了我的指甲有点长，“方晨晨指甲有点长，马上解决啊。”林兵责令我整改。“来来来，我给你修理修理。”好在班长杨生荣随身装着指甲刀，当即给我修剪了。我不好意思地悄悄对杨生荣说：“谢谢班长！这东西真好，剪起指甲既快又整齐。”

杨生荣扭头对我小声说：“下周外出，我代你去买一个？不贵……要不要？”我没有听清楚他的意思，还以为杨生荣班长要带我下山到市里呢，兴奋地差点跳起来，连声说：“谢谢班长带我下山！”

杨生荣闻言，盯着我看了又看，一脸的不屑道：“哪个带你下山去要？我是说代你买一个这东西回来……”他用河北清远话夹杂着半普通话讽刺我。

我闹了个大红脸，很难为情地低下头，老实地站在队列里。是呀！哪有这等好事？我心想又不服气：不去就不去！有什么了不起！

听老兵说，在连队里外出下山一次很难，战士没有特殊情况是不允许请假外出下山的。从连队营地，到山下喜桂图旗市里一百六七十公里，说是下山，实际上如南方进大城市跑长途啊，还有很多安全问题。连里就一台苏式嘎斯车，没有特殊情况车一个月下山一次拉粮、油盐、酱醋、肉菜生活必需品。顺便为战士干部送送信、取取信，邮票信封、牙膏牙刷、香皂，在连队文书那里日常用物品都能买得到，是不需要每位战士都跑城里去买。

听老兵司机说，有一次下山拉粮车坏在山下路上。司务长徐兴荣和司机两人无奈只好裹着帐篷布睡在地里度过长夜。凌晨四点多钟，天刚蒙蒙亮，徐司务长就步行三十多里路到当地最近的军马场，请求场里派四轮拖拉机，把我们的嘎斯车拖回连队。自十九连建制以来，有很多老兵，自从来到山上到满四年复员时，就没有下过一次山，没有进过一次喜桂图旗市里。

我站在队列中耳朵里听着林兵在讲评，心里却开了小差。想到今天的早餐，如果有馒头吃就好了。来了这么多天，连里的早饭，不是玉米饼、大碴子粥，就是高粱米饭，还没有痛快地吃顿白面馒头、饺子、包子啥的。在家时，听毛大臣说过部队吃饭的事儿。吃饭，有好吃的，一开始不要盛得太多，小半碗为宜，这样等你吃完第一碗，可以很快再去装上一大碗，慢慢吃。如果不这样，等你吃过一碗时，盆里的饭早被人打光了，自己却还没吃饱呢。我们连队的早餐品种非常单一，我很不习惯，总是有吃不饱的感觉。以前物资极其匮乏，有钱都买不到好吃的，买什么东西都需凭票。我们这些新兵在连队吃饭，没有选择的余地，你只有选择吃还是不吃，而没有你选择吃什么不吃什么的余地，连队干部和老兵都是如此。

掌声响起来我才回过神，也下意识地跟着大伙鼓起掌来。这时，林连长继续在队伍前宣布："新来的同志，早饭后，由杨生荣班长带队，负责把连队的防空洞整理清扫干净，准备随时使用，听明白了没有！"

大伙齐声回答："明白了！"

林兵扭头问范林太："指导员还有啥事没？"范林太在一旁摇摇头意思没事。林兵又逐一问梁东方、蒋建农和唐明，都说没事。他大喊一声："解散！"

第七章　暴殄天物

早饭后，杨生荣带领我们十三个新兵，拿着拖把、水桶、铁锹等工具，钻进连队营房后一个隐蔽的防空洞里。平时，从外边根本看不到这山根下有个洞，洞口有松树和草丛挡着，相当隐蔽。钻进洞里，灯光明亮、场地宽畅，里面有不同功能的多个简易房间：第一个房间用来储存粮油、白菜、土豆、萝卜和一些腌着咸菜的几个大水缸，第二个房间是连队指挥部和收发报室，接着是雷达操作室，往里还有弹药枪支室、人员休息室等，最靠里边更有一个较为偏僻的地下洞房，是油机发电房。

杨生荣指着各个房间介绍道："这些呀，就是我们连的防空洞，如果战争打起来或者苏修帝国主义侵犯我们，只要有后勤保障，我们就可以隐藏在这里坚持斗争。"

"班长，这能防原子弹吗？"我好奇地问。"能！"杨生荣理直气壮地说，"这就是专门修来防原子弹的！苏修再能耐也炸不平这座大山吧？只要炸不平这座大山，我们藏在这山里就没事！你们说呢？"

"班长，在这能藏几天呢？"冯为国担心地问。

"坚持十天半月没问题！"字里行间，杨生荣班长豪气顿生。

我看了冯为国哥一眼："怎么？害怕啦？你忘了前几年咱们村也到处挖防空洞？"他不好意思地闪躲着眼神不敢直视我，扭头到一旁拿起扫帚扫地去了。旁边的李小端看出我的意思，冲冯为国一笑："去！哼。"

防空洞？我想起在杨家庄的老家也挖过防空洞。那防空洞只是土层结构的，老百姓叫地窖，每家每户都有独立的一座地窖。有一年，奶奶从队里开完会，回来对我说："孩儿，生产队里呀，响应上级的号召，落实毛主席的最新指示，深挖洞、广积粮、不称霸。这不，生产队里在南岗地集中规划，由各户自己挖防空洞咧！说这也是政治任务哦。"

我和妹妹正在家里往垃圾坑里扔烂草积肥，听奶奶一说，我为难地问："挖防空洞咧？那咋挖呀？""各家挖自家的，挖好都由自家使用。"奶奶说。

"自家用？"

"对！自家用！冬天呐，生产队里分些红薯，可以储存起来，当红薯窖使用。"奶奶说。

“在哪儿？就在自家院里啊？”我没听清半信半疑地问奶奶。

“不！队里统一到南岗地，那地势高……”奶奶解释道。

要说南岗地势高是真的，它要比村里的地势高出一米多，这是一个奇异的地形。南岗地周围几十里只有这一个孤坵岗。确实，我们村里和周围几个村庄的地势，都明显比南岗的地势低。那为什么呢？听村里老辈人说，这里还有一段美妙的传说呢：说是有一天凌晨，有位老人背着拾粪筐，走到南岗地拾粪时，感觉脚底下有什么东西往上拱动。那位老人以为在做梦，捏了一下自己的脸，痛！不是梦。又看着周围方圆几百米地往上凸起，村里的房屋、树木明着往下沉。拾粪老人心想，这真是活见鬼了！他把粪筐往下一放，手拿着拾粪叉往地上狠狠扎了三下说：“哪来的妖魔在作怪？”他这一扎不要紧，地面马上停止涌动，不再往上升了。待天亮，村里人起来奇怪地发现南地成了土坵岗了。这样，人们都互相问是怎么回事，原来南地和村周围其他地一样平坦，这一夜之间，南地这儿由平地变高成了坵岗，地面上的树木、庄稼，包括水井都无异常。一时间，村里村外，十里八村说什么的都有。有人说，这本来土地爷要在这起一座大山呢！就因为那拾粪老头，扎了三粪叉就不起了；也有人说，这里要出一个大官的，真龙天子降临时，被拾粪人给扎跑了；还有人说，晚上穆桂英在此路过，倒了一下鞋里的土，成了土坵岗。具体怎么回事儿，至今无从考证。

南岗上红旗招展，“深挖洞、广积粮、不称霸”“备战、备荒、为人民”的大红幅标语挂满工地，到处都是热火朝天干活的氛围。那年代，村村这样、乡乡这样、全县全国都这样。中国人民在毛泽东思想的指引下，在无产阶级“文化大革命”的东风吹动下，战天斗地那股精神是轻车熟路。我们全村能动的人都来了，场面热烈。男女老少齐上阵，浩浩荡荡，挖的挖，抬的抬，扛的扛，那是干得风风火火。

其实，冯为国他们家和我们家虽然不是一个生产队的，但是他们也在别处挖防空洞，只是不在一块土地上而已。

我妈听说后，正好是星期天，也从县城赶回来参加挖防空洞的劳动。妈妈、奶奶和我三人，找了一个合适的地方在开挖。妹妹她还小，在旁边和其他小孩玩耍。我爸去接受红卫兵的批判教育了，家里没有强壮劳力，只有我们这些孤儿寡母。可这挖土方的活儿是壮劳力的，我们这些老幼妇孺力量小，挖土方很慢。

西边李新民家都是强壮劳力，哥儿四人都是二三十岁的大小伙子。李新兴，在他们弟兄四人中排行老大，媳妇刚生孩子没来。李新民在家排行老二，刚有媒人介绍李周村的一个姑娘，还没结婚过门。老三李新闻、老四李新建还小暂未提亲。加他50多岁的父母，干得很是起劲。南边是锤牛哥和他父亲方晓堂，都是很能干的庄稼人，特别是他母亲明清二婶，把正喂奶的二女儿往地上一放，干起活来既有力气又有方法。听说当年她还在娘家当大姑娘时，就是村里有名的假小子！他们家在晓堂叔的带领下，不声张地埋头干活挖着，晓堂叔和二婶在上边拉着从井下挖出的土篮子，锤牛和弟弟在井下挖着土，井井有条。

北边是睢建功一家在干活。“晓廷婶，玉堂奶奶！你们别着急，我们挖好了就来帮你们啊！”瞧建功媳妇一面往井上拉运着土，还一面安慰我妈和我奶奶。建功和建功媳妇还是我奶奶给做的媒呢，她是我奶奶娘家邻居史成功家的三姑娘，人品好，心直口快，办事利落，人也长得漂亮。中等个头，长着一双会说话的大眼睛，话未开口人先笑，给人一种很亲切的感觉。这姑娘爱劳动能吃苦，又孝敬双方父母，在村里也是有名的人物。街里街坊的邻居们，说起睢家老大建功媳妇，人人都点头夸赞。

“玉堂奶奶别着急啊！等会我们帮你们……我家人多！”睢建功也说。“是，到时候帮你们挖……”睢连喜握着锹直起腰停下，用旧毛巾擦着脸上的汗，在边上也帮着说。

东边方俊美家哥仨也说：“奶奶，您别着急！晓廷婶和晨晨也不容易，待时我们帮您挖。”大家都比我家实力强，挖的进度都比我家快。人家都在井下开始挖横洞了，我家挖立井不到两米深，还累得我跟奶奶腰酸胳膊痛。

队里要求，立井深挖至二米七至三米深时才能掏横洞。必须掏两个横洞，一个洞藏人，一个藏食物。主要是防止苏修和美帝国主义向我们投原子弹。

“哎呀！这挖出个墓！”睢建功在那边喊。我们大伙放下手中的活好奇地都围上去看。是座古墓，从里边先挖出的大青砖，比现在的砖更大更厚。墓穴里边还有人头骨，一个大青碗，一个陶器瓦罐。还有一个铁头盔，形似戏台上古装戏里那些人头上戴的一样。一把木柄两米长，四十多厘米宽的月牙大片钢刀，刀片锈迹斑斑，看起来就像关公大刀。

大家都围拢过来看稀奇，并议论纷纷说啥的都有。

睢建功媳妇史金红着急地说：“挖出死人的东西，不吉利，赶快换地方吧！”

方俊美神秘地说：“死人的东西不能要，要了家里会死人的。”

“俊美！你胡说啥咧？谁要这死人的东西啦？”睢连喜听了方俊美说的话，拉着脸，很生气地冲方俊美嚷嚷道。

李新民站出来，手指着那柄大长刀和大碗说：“这是封建王朝牛鬼蛇神的东西，会毒害我们的无产阶级革命接班人，更不能沾的，要彻底消除！”

史金红坚定地说：“就是，我们把它砸了！不能让它毒害我们。”

睢连喜决定另选新址。

“他爹！这都将要快挖好了，多可惜！啊？说不要就不要了？啊？哎哟……”建功母亲心痛又无奈地劝。

睢建功也力劝父亲保留此窖：“爹，这东西咱不要，可以砸烂掉！这窖？咱好不容易挖到这份上了，还是留着吧……”

“唉……”建功他爹拿不定主意，唉的一声叹气，一屁股坐到地上，去抽他的老旱烟了。

大伙又回到各自窖里，继续挖去了。

“唉！我这也有东西！”西边李新民在喊。他家也挖出一个古墓。从墓里同样挖出些人骨、小碗、小罐和一把剑，这把剑锈得更狠，只是一把剑的形状，拿到手里直往下掉渣。不知是隔了多少年的老物件了。

“唉！我们这也挖出东西了！”虎子在他家地窖里也大喊一声，他家也挖出一个古墓。这个墓没有大青砖，只是腐烂的木板，可能是棺材。还有人骨玉佩、陶瓷碗罐、各种铜钱，数量很多。

一会李二柱家也挖出一个旧灶台、碗罐、瓦盆，还有个三只腿的铜壶等物件。

开始大家还在好奇地看热闹，后来都挖出来不同样式的古物越来越多，也就不感觉稀奇啦。挖出的东西，都扔在一边没人敢要。全队四十多家，有十几家都挖出了古墓，可能这个地方过去是宋或明代的古墓群，被我们这些无知的人们挖出来，破坏掉了。

话又说回来，革命激荡的时代，人们在极“左”思潮影响下，从墓穴中挖出的东西,都知道是“四旧”的东西谁敢要？如果敢上午拿回家,可能下午就开会批斗你，立刻说你是为牛鬼蛇神招魂，为牛鬼蛇神翻案，想搞复辟！这样的大帽子会接踵而至、越来越多。其实，谁家敢藏？甭说从地下挖出的，无论贫农、中农，只要家里有个旧件，像老字画，甚至是传承下来的《族谱》之类，都得积极主动交出来，让大队集中销毁。特别是出身地主、富农的家庭,早被村里的、乡里的红卫兵清剿多遍,唯恐漏掉一样旧东西。更不要说，从这地下古墓中挖出死人的东西有血腥味不吉利了。既然谁沾上就会引火烧身，谁还敢去找不自在？家家都想当“破四旧，立四新”的革命新人、革命家庭呢，谁敢不要命？

当天下午，村支书记李秀发派人，将挖出这些碗罐刀等旧东西和死人骨头，就地砸碎，浇上煤油和干柴焚烧，派了几名红卫兵站立周围保护现场。

李秀发在现场慷慨激昂：“革命的社员同志们！今天，我们的收获很大！不但响应伟大领袖、伟大导师、伟大统帅、伟大舵手毛主席的伟大号召，深挖了防空洞，防止了美帝和苏修的侵略和破坏。还挖出了封建余毒、牛鬼蛇神的东西。为防止牛鬼蛇神、封建王朝的余毒，继续毒害我们的青少年和革命后代，我们一定把它从历史的舞台上彻底扫除掉，不留任何死角！现在我宣布：把牛鬼蛇神的东西全部烧掉、砸碎，再踏上一万只脚，让它永远不得翻身！”

红卫兵们在李秀发的命令下，三下五除二，将这些东西全部砸碎烧毁。转眼间，只留下一地碎渣子。

后来才知道，我们这块地是早年宋朝时一位将军的墓，由于当时人们没有保护文物的意识，加上“破四旧”的思想比较突出，就这么哈哈一笑，把挖出来的东西随手扔掉了。

晚上回到家，“妈妈，你看这是什么？”妹妹神秘地从裤兜里拿出一些小铜钱。擦去上边的锈迹和泥巴，上面写着天圣元宝、皇宋元宝、熙宁元宝、景定元宝、靖康元宝、咸平元宝、祥符元宝、庆元通宝等字样，有十几个。妈妈又惊奇又惊慌地问妹妹：“哪来的？”

“我捡的！”妹妹天真地说，“还有一个小碗呢，可漂亮了！”一边说着一边不知从哪儿又拿来一只小碗。

我从妹妹手里接过小碗，好奇地端详。这个小碗比我们日常使用的碗小些，碗底也更浅一些。油灯昏暗看不清楚是什么颜色，只感觉拿在手里特好，轻盈而光润。应该是今天从古墓里挖出的古东西，不知姣姣是怎么拿回家来的。

“拿过来！”突然，妈妈厉声从我手里夺过古碗。

我往后退了一大步，被吓得不知所措，睁大眼睛望着妈妈说：“干吗呀？我还没看清呐！”

妈妈脸色非常难看，白一阵红一阵，好像妹妹拿回家的是一件即将要爆炸的炸药包。她向前一步气得想举手打妹妹。可举了又举，她的手还是又放下了。

“姣儿！妮儿，这可是牛鬼蛇神的东西！咱们不能拿，不能要啊！必须得交给公家。你想当牛鬼蛇神呢？”妈妈飞快地把小铜钱和小碗用旧布包裹好，收起来。

我和妹妹被妈妈的举动吓蒙了，惊恐地站在那儿发呆。

“拿过来！我来保管，等今后啊，牛鬼蛇神都打跑了，扫除干净了。咱们再拿出玩，就没事啦！现在呀不能玩，啊！”奶奶看着妈妈生气的样子，又看看我和妹妹喜欢那些东西的表情和无奈，寓意深长地劝说着，打破了僵局，给我们解了围。

“来，我问你们俩一个问题。”妈妈冷静下来，也有些后悔刚才不该对我们发火。为了缓解我俩的恐惧心理，她随即笑着拉妹妹和我，亲昵地说：“坐下，我问你们俩一个小问题，小铜钱为何外圆里边是方孔呢？”妈妈手里拿着一枚圣宋元宝铜钱，举在空中摇着，神神秘秘地。

“是为了穿绳成串啊，携带方便。”我抢先说。

记得虎子和狼牛兄弟俩儿，前几年脖子里就经常挂着一串铜钱，是用红线穿着的，叫什么锁。这种锁，其实也是农村的一个习俗，生下的孩子怕养不成人夭折，就在出生满月或是 12 天时，由姥姥专门买上这样一串用红绳串起的铜钱，也叫铜锁，拿回家挂在孩子的脖子上，说是能祛邪免灾。等待孩子三岁以后，健健康康的就从孩子脖子取下，由母亲保管着。说是怕孩子外出玩耍丢了，等孩子生日那天再戴到孩子脖子上，以求平安健康。还有些稍微富裕讲究的家庭，就请金银匠铺专门打成金锁或者银锁，挂在孩子的脖子上，一直戴到三四岁才取下来。实际上，小孩子脖子里戴个这样的物件，确实能增加几分喜性和美感。

“不对！是为减轻铜钱的重量！”妹妹也抢着说。我妈笑着摇摇头说：“你们说的都不对。”前面的紧张气氛一下就变得轻松了。“过去金属稀少，是为了节约铜？”我又猜测。“不对！”妈妈又摇头卖起关子。

奶奶在一旁哈哈直乐。

“其实呀，铜钱当中有方孔，是由于当时工艺条件所决定的。”妈妈笑着说。“工艺条件？”我疑惑地问。“对！工艺条件。铸钱的工匠，把铜熔化后要在模具中铸钱，钱的边缘总有许多毛刺，既不美观又不便于使用。要去掉这些毛刺只有靠锉刀加工，但一次锉一个，比较费时，只有串起锉才省时省工。因此，钱的中间必须留一个孔才能串在棍上。但是，若留个圆孔串在棍上锉起来就会滚动，有碍操作，为此留下方孔，锉时，将一串铜钱穿在方棍上。正是这个缘故，古代的铜钱上都留下个方孔。”妈妈讲完后，又笑嘻嘻地问我和妹妹：“晨儿，姣姣，怎么样？你俩明白了吧？”

“哦！”我和妹妹点点头。

妈妈笑着又问：“咱们中原人，特别是男人，为什么走路喜欢背手呢？”我们摇头说：“不知道。”

“为什么，咱们这里人说大小便，叫解大手、解小手呢？”妈妈笑呵呵地问，我俩仍是不理解，天真地望着妈妈，等待她进一步的解释这些为什么。“好啦！今天不早了，干了一天的重活，累了，洗洗早些睡觉！明天有时间，再给你们俩讲为什么。”妈妈说完站起身，督促我们俩去洗漱睡觉。

“集合啦！收工！”杨生荣班长的喊叫声和嘟嘟集合的哨声，把我从回忆中唤回到现实的连队防空洞里。

大家迅速集合列队。“立正，向右看——齐，报数！”杨生荣整理队伍，听大伙一二三四地报完数，他说道：“请稍息！今天上午的活，同志们干得很好，打扫得很干净、很彻底！同志们，辛苦啦！”

“为人民服务！”大伙齐声回应道。

第八章　欢度春节

一转眼，我离开家已两个多月过去。

今天是 1975 年除夕，要是在老家早就热闹好几天了。现在也不知家里怎样？我心里惦念着。

除夕。滑州县城里家家户户都在贴对联、放鞭炮。大街小巷的人们穿着新衣，手里提着买来的年货，见面喜笑颜开地互相祝贺："新年好、新年好。"孩子们在路边燃放着鞭炮，处处充满着一派节日气氛。

下午时分，奶奶和我妈江云芝、方姣姣在家厨房里包着饺子。毛爱莲从门外进来，说："奶奶，阿姨你们还没包完呢？""哎，爱莲姑娘来了，你们包完了？"我奶奶笑着问。

"包完了奶奶，就我和爸爸两人，简单。我来帮你包吧。"她说着就撸胳膊挽袖子洗手。我妈江云芝客气地说："哎呀，你还动手啊？你休息一下吧。你在家里照顾你爸爸都够累的。""阿姨我不累。"

我妈江云芝："你看你哥他在部队也回不来，过个年只有你和你爸两个人哎……。"她说不下去了。其实意思是说，如果你妈不死多好的一家人。

我奶奶知道我妈要说什么。这大过年的不能扫大家的兴，就岔开话题："云芝啊。华晨他转眼离开家已两个多月了吧？哎，也不知他在哪里怎样啊？今天是大年三十，要是在家咱们该多热闹吧。啊。"

"妈，恁不用担心他，部队肯定比咱们这热闹。"我妈坚定地说。

连队营区。连队给各个门上贴上了对联。前些天八一军马场和当地政府来进行慰问演出的横幅标语"热烈欢迎军马场和地方政府来我部慰问演出"还在墙上挂着，除此之外，没有任何节日气氛。

我和冯为国、张晓东、李成林、张彪、李小瑞都在院子里打扫环境卫生。李小瑞走到我跟前小声说："这部队咋没有一点点过年的气氛嘞？"我看了李小瑞一眼，"哼，还过节呐，你没看战备倒比平时还紧张啊？一会儿拉警报，一会儿上级特别敌情电报，弄得大家哪还有心情过春节迎新年呐。”

艾小东听到我们俩说话，就贴过来跟我们俩说道：“哎哎，听说了没有？今晚连队会餐。还听说蒋副连长买些鞭炮回来，只等今晚连里联欢会后就放咧。”我嘟囔一句：“哼，你感觉还是啥特大新闻似的，老子早知道了。”

李小瑞：“是是。前天我看到司务长从市里买回来很多鸡鸭鱼和新鲜菜。这不，前天连里还专门杀了两头大肥猪。哎，你们没听说呀，各班排准备的节目，今晚联欢会都要拿出来展示展示嘞。”

山野的盘山路上一辆解放牌汽车在盘山路上奔驰。车上装着徐家义的棺材，向扎兰屯这偏僻的小山村驶来。

偏僻的山村张丽家里，张丽她用布带把女儿兰兰绑在后背上，她一边包着饺子，嘴里一边给女儿唱着《白毛女》：“北风那个吹，雪花那个飘，新年来道……”胖二婶急匆匆跑进来：“张丽张丽！”

张丽听到喊声急忙放下手中的饺子皮，跑出来：“咋得嘞了，咋得嘞了二婶？”胖二婶上气不接下气地：“快……快……快看看吧，你……你。”她向前拉住张丽就往门外拉：“你……你们家家义……他，他被拉回来。”张丽吃惊地又不理解地：“家义，家义他被拉……”

此时，拉徐家义棺材的汽车已经到了她家门前。她跑出来看见停着一辆汽车，不解地问站在汽车前的徐老汉：“爹，爹，家义回来了吗？”

这时的汽车周围站了很多乡亲，徐老汉不知向张丽怎么开口解释，眼含泪水只是用手往汽车上一指：“嗯，在汽车上嘞。”张丽看着汽车不解地问：“在汽车上还不下来啊？家义，家义你下来呀，下来……”

胖二婶眼含热泪向前扶着张丽的胳膊：“傻闺女，家义他死了。”“啊？死了？家义他死了？”张丽她不相信家义死了，对胖二婶说：“前些天他走时还好好的，就这几天咋就……怎么死了呢啊？”她疯了似地就往汽车上扒，口里喊着“家义，家义……”

山野上，张丽身背女儿趴在徐家义的新坟上哭得死去活来。旁边站着徐老汉和妻子、徐家孝、徐家忠两个弟弟和妹妹徐家爱以及众乡亲们，他们都在低头抹眼泪。

胖二婶对二丫低声说：“哎，张丽这孩子真可怜，她今年才 17 岁呀，这么年轻咋就熬寡呢？”

二丫：“可不是咋得。”她突然又想起来：“哎，婶儿，她不是在哪嘎达有个老姨吗？”“是有个老姨，要不是她老姨她咋能从河南跑咱这嘎达嘞。哎，可惜嗷，她老姨前年死了。哼，要不是她老姨死了，她这么小的年纪咋能就嫁人呢？就是她那个没有良心的老姨夫早早把她嫁给徐家了。”胖二婶她说着又生气地拍着手：“喏，还有这几个月大的孩儿，这，这以后她们娘俩的日子这咋过呀这？”

二丫拉了拉胖二婶说：“走走，咱们去劝她别哭了，反正都哭不活了，以后还得过日子不是？”

胖二婶和二丫两人向前去拉劝张丽……

连队食堂里，除夕的晚餐虽然很丰富，酒肉齐全，可大伙没像往常那样猛吃海塞。只有几个老兵不管三七二十一在胡吃海塞，其他人都随便在吃喝。范林太站在饭桌前看到这情景很奇怪：“嗯，大家咋都不放开喝酒啊？”的确，作为连队一个政治指导员时刻观察着战士们喜怒哀乐。

林兵看大家心里也纳闷。“是啊！这帮小子不知搞啥名堂？这么好的酒菜，咋得了这是？”梁东方在一旁笑着说：“他们呐，没有搞啥名堂。一是战备太紧张了，把大家的精气神这弦儿都绷得紧紧的。这不，从咱们几个到每个战士谁都不敢马虎呀；二是呐，晚餐后，咱们连不是准备开迎新春联欢会吗？他们谁都怕酒喝多了，把自己精心准备的节目演砸了，为班排里丢脸。”

林兵、范林太、蒋建农、唐明、徐兴荣听后都哦哦地明白了。晚餐也就很快草草收场了。

杨家庄农村的除夕夜里，嗖嗖嘣……噼里啪啦到处在燃放着鞭炮，一派迎新春的景象。冯为国家里，冯建刚、李玉莲、冯为民、冯为军他们吃过晚饭后，又在包着饺子。冯建刚客气地对李玉莲说：“闺女，你在这都忙活几天了。这大三十晚上的，你不在家帮你爹包饺子又跑来干啥？”

李玉莲笑着说：“叔，看你说的，俺这不是应该的吗。俺爹他在家自己包饺子嘞。俺家人少，恁家这么多人俺来帮帮您不是应该的吗。”

冯建刚笑着：“嗯这样中不中？你去把你爹叫来，俺们就一起过年得了。”冯老汉在一边：“我看中。”弟弟冯为民在包着饺子插话：“是呀，早晚都是一家人。”这一下把李玉莲说得脸都红了。

冯为军赶紧说：“是呀嫂子，你就搬过来住吧。你跑来跑去多不方便呀。”

李玉莲红着脸，用擀面皮的手拍了拍冯为军的头不好意思地说：“傻孩子。”

冯建刚又问：“哎，闺女他给你回信了没？”意思是问冯为国他。

“叔，他刚到部队肯定很忙，哪有时间写信呐，等他闲下会给俺回信的，恁放心。”

“嫂子，嫂子你看呐，好不好看？”小妹冯为爱高兴地从屋里穿着李玉莲给她做的新棉袄跑出来给李玉莲看，她高兴得还就地打了转身展示下。

李玉莲哈哈笑着看冯为爱小妹夸奖道："嗯嗯，真好看真好看，我们爱爱越来越漂亮了。"冯为爱很懂事地："谢谢嫂子，谢嫂子。"

冯建刚很内疚地说："哎，看你这一段净想着我们了，不是给你爷做新鞋，就是给他们三个弟妹做新衣服。这过年不是买肉就是帮着蒸馒头，看把你给累的，到现在还帮着包饺子都没闲着。哎，你这闺女让我说啥好呢。"

此时，李二狗一手提着酱牛肉，一手提着白酒已进了冯家门。他听到冯建刚在夸女儿，便停下脚步侧耳倾听。

李玉莲："叔，恁说啥呐，我这不是应该的吗。"冯老汉点点头同意儿子冯建刚说的："闺女，今后我们家可让你受累的啊？"

李玉莲："爷爷看恁说的，多见外不是。"李二狗听着高兴地频频点头。

冯建刚向李玉莲商量道："你爹他在家怪谋略荒[1]的，要不让你爹他来……"李二狗他听冯建刚要让闺女叫他来心里乐开了花，抬腿就喊："亲家俺来了，俺来了。"三步并成两步就进了屋。

李玉莲羞涩地："爹，你……"她的意思是我还没去叫你咋就自己跑来了呢？李二狗把白酒和牛肉往饭桌上一放，冲女儿："咋了？兴你来咋不兴俺来？"

冯老汉、冯建刚赶紧打圆场："欢迎欢迎啊，亲家恁说哪去了，俺正说叫恁嘞，赶紧坐赶紧坐。"李二狗坐下对冯建刚说："俺在家没事儿来跟你喝几杯来，冯为国孩儿他不在家，就剩咱爷几个喝酒。"

"是呀，这孩儿在部队不知在干啥嘞？"冯老汉在一旁说。

连队食堂里。我和冯为国、张晓东、张全他们正在帮助炊事班收拾吃剩下的剩菜。我看着很心痛地不自觉嘀咕一句："咦！扔了这多可惜呀。""可不是！要在家够俺吃一年咧。"冯为国一边收拾一边也附和着我说道。

炊事班王雪班长在一旁听到了我和冯为国的对话，就冲我俩嘿嘿笑着说："唉！这哪敢扔掉啊。明天炖一大锅很香的下饭菜，这不都得留下来，一热就可以吃了。"我和冯为国俩不好意思再说啥，与大伙一起抓紧收拾。

我们擦干净餐桌，又收拾干净地上的垃圾。徐兴荣和杨生荣、李晓书他们抬来了几箱炒瓜子、炒花生、苹果和冻梨以及糖果进来。

杨生荣指着我、冯为国、张晓东说："你们几个到厨房拿些大盘子，把这些都一样一样分发到每个桌上。"

---

[1] 地方方言，意思是无聊、没着没落。

我和张晓东、冯为国按照杨生荣的吩咐。又把买来的东西一样样分别装盘摆上桌。接着又把“十九连迎新春联欢晚会”横幅挂上墙。将这横幅下留出一块空地作为演出舞台。无论团部还是军马场来慰问也是同样布置的场地。的确是由于连队条件有限，除了外边天寒地冻的操场，就数这块儿食堂还有点空间了，别无选择。

晚上七点三十分，连队餐厅里灯光熠熠，欢声笑语，迎新春联欢晚会准时开始。晚会由梁东方副指导员和天津老兵王军主持。除林兵连长和战备值班的同志外，范林太指导员、蒋建农副连长、几位排长和新老兵全部到齐。

晚会在操作排战士《沿着社会主义大道奔小康》和《扬鞭催马送粮忙》的合唱中拉开序幕。电讯排不甘落后，壮志豪迈的《学习雷锋好榜样》《地道战》，唱出了人民军队奋勇前进，捍卫和平的钢铁情怀。

油机排以《太阳出来照四方》和《毛主席的战士最听党的话》紧随其后。炊事班在司务长徐兴荣、班长王雪的带领下，唱了《唱支山歌给党听》《没有共产党就没有新中国》两首革命歌曲。虽然大家的合唱都不齐，五音不全，但这种认真的精神，很受欢迎，得到大伙的阵阵掌声。

各排演出结束。梁东方说：“新同志有没有要表演的？可以自告奋勇啊！”我们新兵互相看着没人说话。

突然艾小东站起说道：“我唱一个撒。”大伙的眼光顿时像聚光灯一样，唰唰唰都照向艾小东。他可能是被看紧张了，却又不想放弃自我展示的机会：“我，我给大家唱个湖北民歌。”

“好好好！大家欢迎！请艾小东到前边来唱。”梁东方让大伙鼓掌，并邀请他到前边来。艾小东他不好意思上去：“俺就在这儿唱撒。”他就用湖北地方方言在原地唱起来……

我们在场的外省人一句都没听懂。张彪嘟囔道：“靠，唱的啥玩意呐，老子一点没他妈的听懂。”杨生荣看了张彪一眼，意思说不要乱说话捣乱。

我心里也痒痒的，想上去唱上一段河南豫剧红灯记里李玉和《穷人的孩子早当家》的唱段，可又害怕别人耻笑。自己就坐在那儿小声哼哼唱，又担心唱不好，只是在心里唱。

只见冯为国拿着二胡走向台前坐下，大方地说：“俺为大家演奏电影青松岭插曲《长鞭一甩啪啪地响》和《社员都是向阳花》二胡独奏。拉得不好请大家谅解啊。”他拉得很精彩,受到大家的阵阵掌声。他又拉了一曲河南豫剧《红灯记》李玉和“穷人的孩子早当家”唱段。冯为国拉得非常好听，同志们的掌声持续不断，连连叫好。范林太走到前面说：“冯为国同志拉得非常好，大家再次为他鼓掌。”同志们又一片掌声。范林太笑着说：“好好好。河南的同志谁来给大家唱段豫剧呀？”

无人报名。范林太笑着：“这样吧，俺和冯为国同志合作，唱一段豫剧《朝阳沟》

咱俩在学校整整三年选段，大家说中不中？”大家一起喊好好好，一片掌声。

范林太不愧是河南人，唱得很到位，字正腔圆。大伙儿又是一阵热烈的掌声。他又问大家：“谁接着上？”

大家仍无人应声。他就笑着说：“如果没有，今天晚会就到此结束啦。我代表连领导向同志们拜年，祝你们新年愉快！新年有新的收获！现在我提议，大家起立合唱《大海航行靠舵手》！”

晚会就这样在大家的合唱中结束。

农村，杨家庄冯为国家里。冯建刚、李二狗、冯老汉、冯为民他们在喝酒聊着天。冯建刚愧疚地对李二狗说：“亲家，我们对不住玉莲闺女呀。”他说着又给李二狗把酒给倒上。他说的是真心话，从内心感觉对不起玉莲这闺女，向李二狗道着歉。

李二狗客气地笑着：“哎，你老哥说哪的话。”他说着自己端起酒杯又喝了一杯。放下杯自豪地：“老哥，俺闺女我不是给你吹牛的，三……三里八村是……是难找的啊……她可是……”

李玉莲在一旁与小妹冯为爱玩，听他爹在夸自己，不好意思地冲他道：“爹，看你又喝多不是？那嘴又胡说八道嘞。”也是，冯建刚、李二狗他们几个人的确是酒喝多了，光空酒瓶就在地上扔了三个，桌上还有一瓶刚刚打开。

李二狗不服气地反驳李玉莲，对冯建刚说：“谁……谁胡……胡说八道了？亲家，你知道我李二狗只有这俩女儿。她大姐李秀莲，嫁给咱们村里睢建喜一个煤矿工人，被带到鹤壁煤矿上去了，家里只有我们父女俩。”他说着说着无任何顾忌地，也好像今天借机会一吐为快似的，自己端起杯又喝了一杯白酒，手指了指旁边的李玉莲：“我……我们玉莲比你们冯为国小两岁，一米六五的个头，两条长长乌黑的大辫子，亭亭玉立，人也长得漂亮。你说，我们找个工人是没啥问题的吧？要不是我们玉莲她娘生她时……难……难产去世，弄得我即当爹又当娘的。我……我二狗天天抱着她在村里求人找奶吃，喂她面汤才成活下来的呀老哥，这事你是知道的。你，你说我容易不我？”

冯为爱扑进李玉莲的怀里，更加喜欢她这个未来的嫂子。

冯建刚、冯老汉、冯为民他们都频频点头。李二狗他自己说着说着眼里含着泪水，看了李玉莲一眼，又继续对冯建刚说：“我，我这小女儿就是我二狗的心头肉，自小她在家娇生惯养，吃饭怕烫着，睡觉怕冻着。可，可这孩子从小就懂事，你知道她小学毕业就不肯读书了，在家帮我和她姐打理家务。这好，她姐这一远嫁后，一年呐一年才能回来一次。这……这孩子便自觉地承担起家里的担子。几年下来，倒是把她磨炼得门里门外利索能干。嗯，特别是学得一手好针线活，缝衣做被，纳鞋绣垫，缝枕头剪窗花，样样都做得漂亮。你们知道，在咱村里她们大小姐妹中是有名的大能人吧，啊？”

李二狗他接着又喝了一杯白酒，噌地站了起来，把冯建刚、冯老汉他们吓了一跳。冯建刚急忙：“哎哎你？”

李二狗嘿嘿笑着站到了李玉莲跟前，拍着李玉莲的肩膀自豪地夸奖道：“俺这闺女，十七八岁亭亭玉立的，成了大姑娘。你们看她，身材饱满、面目清秀，是很招男孩子喜欢的。走到哪儿回头率都很高的，你老哥说是不是呀？”

李玉莲站起，抓住李二狗的胳膊很生气地说：“爹，爹，走，咱们回家！恁一喝酒就胡说八道真丢人。”她拉着李二狗就往屋外拽。

“我……我还没说完嘞。”李二狗往后撤着不走。

冯建刚、冯老汉看玉莲姑娘真生气了。李二狗他喝得也差不多了，又看看天也不早了，就没有阻止李玉莲她的行为。冯老汉只是在后边：“你们慢点啊亲家，天黑。”

李玉莲拉着父亲回了家。

小山村。张丽屋里的桌子上放着已煮熟的饺子，还冒着热气没动。张丽抱着孩子傻呆呆坐着，她已把泪哭干了。在一旁的胖二婶、二丫、徐老汉和老伴、徐家孝、徐家忠都在安慰她。胖二婶半跪在张丽跟前：“张丽，好闺女，你说啥也得吃东西呀，啊。你不吃东西咋行呐？还有这几个月大的孩子嘞。你们家义已经这样了，你和孩子还得过日子不是？说啥也得往开了想啊。不能……”

张丽用衣服袖擦了一把眼泪，低声无气力地对胖二婶说：“二婶，恁都回去吧，让俺静一静啊，俺没事的放心。”

二丫也往前靠了靠，接过话茬说：“张丽，俺回去没啥，你……你得往开里想啊。说啥咱可不能……”

张丽低着头嘀咕一声：“俺知道，你们都回吧。”她又向徐老汉他们挥了挥手。

徐老汉和老伴、徐家孝、徐家忠，胖二婶、二丫他们都走了。

除夕夜。连队营房门外聚集着很多看热闹的战士。蒋建农在喊：“小李小李，快把买来的鞭炮拿到营房前来燃放，让大伙开开心。”

“唉”李晓书答应着他和张彪、张晓东已经把鞭炮拿到院里来。又把一箱箱鞭炮拆开，分别挂在周围的树上，还把大的花筒放到地上一些摆放好。

张彪、张晓东他们各自燃放起来。整个营区噼里啪啦的鞭炮声响个不停。窜天猴、二踢脚在营房上空炸响，并照亮夜空。张彪一边放鞭炮一边嘴里喊着：“过年啦，过年啦。哥们，新年好，新年好！”

我和一些战友们在围着看热闹，也互相祝贺新年。鞭炮燃放完毕，我回宿舍看到走廊墙上的闹钟，时针已指向零点二十五分，当我进宿舍时空无一人。嗨，这冯为国、张晓东、艾小东、李成林、张全他们都跑到哪里玩去了。我由于心里还想着明天趁休息去炊事班帮厨的事，自己赶忙洗漱睡觉去了。

当早晨我醒来时，一缕暖暖的阳光透过营房的玻璃窗，静静洒在了我的床头。我没马上起床，眼望着窗外躺在那儿想：“妈妈、奶奶、姣姣，今天是大年初一，你们在干啥呐？”

滑州县城大年初一早晨，非常热闹。小孩跟着大人去到街坊邻居、亲戚家拜年问好。在街上、胡同里碰上也互相拜年问好。“大娘、嫂子，我给你们拜年来啦。”邱晓廷和邱童童一早进门就喊。这是邱晓廷他登门来给奶奶她们拜年来了，这也是他多年的规矩习惯。

我奶奶、妈妈和妹妹刚吃完饺子，正在收拾昨晚吃剩下的瓜子、花生和糖果。一听有人喊，急忙放下手中的活，出门迎接：“快快快，是谁呀？这么早就来了。”

邱晓廷叔叔哈哈笑着进门就双手合十：“老人家，我来给恁磕头拜年了。祝福您老新年快乐，身体健康。”

我奶奶呵呵笑着向前拉着他们的手说：“哎呀，你们来了就是了，就算咱们互相拜年了啊。”

我妈江云芝赶忙让着他们爷俩儿：“快快，快坐下，天这么冷你们还跑来真是的。”

邱晓廷笑着：“哎，嫂子你可见外了，大哥不在，我每年必须第一个来给大娘拜年的，这是必须的啊，是不是大娘？”

我奶奶一听他说我爸爸方晓廷，心里咯噔一下，有点酸酸的接话道：“哎，是呀，他在时你们和学政书记不是年年在一起喝酒啥的吗？可……”

我妈江云芝在一旁倒着水，听邱晓廷的话心里也咯噔一下，差一点把水倒到地上。

邱晓廷叔叔感觉自己失言了急忙打圆场道：“大娘，今天过年咱们都高兴啊。”邱童童在一旁看看他爸，心里埋怨嘀咕道：“你咋不会说话呐？”可他没敢说出口，只是在心里想。

我妈江云芝把水杯递过去放到邱晓廷面前，笑着：“你喝茶。”她转身又进屋拿些核桃、糖果类的出来，并拉着方姣姣出来嘱咐她：“给你邱叔叔拜年。”

方姣姣看邱晓廷一眼，腼腆地：“邱叔叔好！”

我妈把提着的口袋里已装得满满的核桃、糖块抓给邱童童："来拿着这些吃吧。""阿姨我不要，我不是小孩子了。"邱童童客气地手往后缩。

我奶奶笑着说："你们在我们面前永远是孩子，拿着。"我妈强硬给邱童童抓了一把糖块塞到手里。"谢谢阿姨，我不要……"邱童童不好意思地说。

"你……你们好啊。"王建社、毛爱莲从外边调皮地进来。"新年好，给奶奶阿姨拜年了。"毛爱莲很乖地跑向前去，拉着奶奶的手说："奶奶、阿姨，我给你们拜年啦。"

邱晓廷一看孩子们来了，急忙站起来笑着说："大娘，嫂子我先走了，改日再来看您。"他转身又问毛爱莲："哎，你爸在家吗？""我爸他在准备喝酒菜呐，不知道又准备跟谁喝呐。"

我奶奶她俩赶忙出门送邱叔叔，并客气地："谢谢您邱部长，您慢走啊。"邱童童看他爸走了急忙喊道："爸爸，爸我不回去了，我想跟他们在这儿玩。"

我奶奶她俩送走邱叔叔。回到屋就问王建社、毛爱莲他俩："你们吃饺子没？"毛爱莲急忙说："奶奶、阿姨，我吃了。"王建社他不好意思地挠着头发："我……我还没吃，起床就来了。嗯，别麻烦了阿姨。"

我妈妈一听王建社还没吃，还不好意思的样子呵呵笑，手指王建社说："你这孩子，什么麻烦不麻烦的，这几年你还不是在这吃在这儿喝呀？阿姨啥时候嫌麻烦啦？"

奶奶站在王建社跟前笑着问："怎么，过一夜长了一岁懂事啦？跟我们也客气起来了，啊？你爸妈不在，我们这儿就是你的家，知道吗傻小子？"奶奶说着又拍打了他一下。"你爸妈不在，我们这儿就是你的家"，这句话说得很有力气，很坚定。毛爱莲、邱童童他们都很清楚，不但王建社如此，他们也同样是。

我妈妈对王建社他说："你先等着，我和奶奶去给你下饺子。"说着去厨房下饺子去了。

王建社关心地问方姣姣："你哥他们部队春节吃不吃饺子？"

"不知道。"毛爱莲在一旁接话道："吃，我哥他来电话说他们部队都吃饺子啦。"她又关心地问方姣姣："哎，你哥现在他不知在干啥嘞？"方姣姣仍摇摇头："不知道。"

连队过节不像地方那么热闹，显得特别冷清。除了不用出早操可以晚起一小时以外，与平时星期天没什么两样。宿舍里冯为国、艾小东、韩城、李成林他们都还在睡着懒觉。我怕把正在睡懒觉的他们给惊醒，悄悄起来穿好衣服，两手提着班里的四个暖水壶出了门，帮助大伙把开水打好，以便他们起床喝上热水。

当我提着暖瓶在廊里走时，走廊里静悄悄的，只能听见战备值班室里，在紧张敲着键盘滴答滴答发报声。

等我打完开水，手提四个暖水瓶开水从走廊尽头走来。我扭头向杨生荣班里瞄一眼时，张彪、李小瑞他们还仍在睡觉，只有赵西平在被窝里趴着在写东西。

“哐当”一声，我没注意手里提着四个暖水瓶把宿舍门撞墙上了。惊醒了在甜睡的韩城、冯为国、艾小东。韩城迷惑地抬头看一眼，正想开骂，见是我龇牙咧嘴地拎回了四暖瓶开水，无言继续睡觉去了。冯为国他抬头看了一眼是我，翻了个身继续睡觉去了。“嘿！你这小子真有心呢，学雷锋做好事咧？学雷锋做好事，各种小事都得做才能引起领导的关注啊。”艾小东爬起冲我阴阳怪气地讽刺道。

韩城伸手拍了拍艾小东说：“胡说啥呐你，还睡不睡了？不睡起来该干啥干啥去！甭胡说八道。”艾小东无趣地挠了挠头翻了身又睡去了。

我放下开水瓶，就到厨房帮厨去了。我走到厨房门口就看见王雪他在厨房里开始忙活起来，嘴里还在哼哼着河北梆子《红灯记》“无产者一生奋战求解放”选段。此时的我站在那儿才真正看清了王雪他长得啥模样，一米七三的个头，圆脸，留着小寸头，胖墩墩的身材，穿着一身旧军装，听着他满腔的河北调很好笑，可我又不敢笑。

此时，炊事班的李立、张乐、李生根、张亮也都走过来上班了。“哎……”李立他没睡好，还打着个哈欠，一脸的困意。张乐和李生根说笑着。李生根说：“要是在我们老家，这儿一早家家就起来吃饺子拜年了，那个挨家挨户走啊，先是老一辈的家，然后是平辈的和街坊。我们从小就在后边跟着父亲、哥哥他们在后边光等要核桃糖啥的。”

“是是。我们除夕晚上还在村头打麦场空地看各家各户燃放的烟花，看谁家的鞭炮长，谁家的烟花打得高，散开的花儿漂亮。初一下午上街看村里来的踩高跷、划旱船、武术等表演队的表演，可热闹啦。”张乐笑着。

我看王雪在那儿择青菜，紧向前一步向他问好。“王班长好，班长新年好！”王雪听到我的问好，他哈哈笑着：“小方好。”

李立、张乐、李生根、张亮都赶过来喊：“班长好，祝班长新年快乐！”王雪哈哈笑着向他们喊道：“大家好，大家好，大家新年快乐。”

我不理解地问王雪：“班长，今天是大年初一吃两顿饭。嗯，咱们咋不吃饺子呀？”他哈哈笑着说：“小方，你不知道啊，初一咱们就是吃上个完整的米饭馒头，在外加上几个肉炒菜，就算改善伙食啦，哪有工夫包饺子呀，战备这么紧张没人手啊。”

我见大伙进来，客气地急忙向他们拜年问好，“大家新年好！给大家拜年啦！”。李立、张亮他们看到我举手向他们拜年问好，也都冲我笑着：“小方新年好！”

李立、李生根、张乐、张亮他们进来就开始忙活上了。择菜的择菜，切肉的切肉，劈柴、洗米、和面，都各自忙着手头的事儿。

我看到王雪扎着围裙正坐在木墩上择芹菜，忙笑着问：“班长您看需要我做点啥？”他笑道：“小方，这大过年的咋不休息呀？不处理处理自己的事儿？”我嘿嘿笑着说：“班长，你们都不休息，我更不能休息呀。”。他嗯的一声，又笑着冲大伙说：“哎哎。你们看看啊，人家小方就是……哎。嗯，恁甭看人家岁数小，真是学习雷锋好榜样呀。你们看看，人家有点时间就来帮厨干活。就凭这点，大家都应该向他学习学习。”他这一说我不好意思地：“班长看你，俺做这点事儿不是应该的吗？”

王雪他突然想起啥，笑着招呼我：“哎哎。你过来过来。”他让我靠近他跟前。

我不解地靠近王雪，他拉住我的手神秘地小声说：“我看你真不错。去！帮范指导员洗洗衣服，经常跟连首长靠近点。想进步啊，不创造机会哪儿能行咧。你甭帮厨啦，快去快去！”他松开我的手，笑眯眯地又推了我一下，扬扬头催促我说道：“帮厨，领导根本看不见，去做些连领导看得见摸得着的活儿，那才见效快嘞。”

我听了他的话没有动，确实很难为情，俺帮厨不是为让领导表扬而来的。俺是想多了解连队的一些实际情况而已。“班长，俺，这？……俺……俺洗衣服的活可真干不来。嗯，虽然当兵这几个月的衣服都是俺自己洗，可那是没办法胡乱揉搓几下。嗯，俺在老家从未洗过衣服，都是妈妈、奶奶包办的。可……可现在让俺去给别人这……这特别是领导……俺还真有点……。再……再说俺来这几个月，还没有正面接触过连队大领导，这……这突然去做……这合适吗班长？”我脸红一阵白一阵左右为难地问王雪。他特坚定地催促我：“啥这啊那的……听我的，快去，快！”他又站起抓住我的胳膊就往厨房门外推，还说：“哼，有人想做还不知道咋办法咧……”我很不情愿地被他推到了厨房门外。

走廊里，同志们都已起床了。人来来往往也热闹起来了。没参加战备值班的老兵，和我们这些新兵们都在放松地休息，安排自己的事情。有的在看书；有的在写信；有的在洗衣服收拾自己的东西。

连部和我们战士宿舍是一栋房，相距不太远。但那却是连队的最高机关，既是连首长生活办公的地方，又是作战指挥室和电报收发室。门口牌子上明确写着：战备重地，非值班人员勿进。

我向那边走去。双腿就如捆绑几十斤沙袋，灌了铅一样越来越沉重。心跳加速，脸一阵阵发烧，如果有镜子照一下肯定是张大红脸。王雪班长说了又无法抗拒，也只好硬着头皮往范林太指导员房间那边走去。我一边走，一边使劲攥紧拳头在心里不停地给自己鼓劲打气。就如让我去完成一个无法预料结果的艰巨任务一样，心里混乱茫然，左右为难。

当我走近范林太的房门前时。只见房门敞开着，我探头探脑往屋里看了老半天，没发现可洗的衣服。转身拔脚就往回走时，"唉"的一声，突然把心神不定的我吓了一大跳，我啊的一声。还差点跟来人撞个满怀，还以为范林太指导员，眼都没敢抬，急忙道歉道："对不起啊，对不起！""没事。"对方回应。我突然感觉不对劲。抬头一看，啊？原来是张晓东。

只见张晓东他袖子挽得老高，端着一大盆洗好的衣服，正急匆匆地进入范指导员的房间与我碰个满怀。他看到我也有点不好意思，嘿嘿笑道："哎，洗衣服给……给范……范指导员帮个忙嚍。"

我哦一声，急忙又赞扬他："好呀好呀。"我赶忙掩饰住自己的情绪对张晓东说："没事……嗯……没事。"

我看到此情此景，明白了全明白了，头也不回地朝宿舍那边奔去。我心里如释重负，走出很远才抿了抿舌头感慨道："哎呀俺的娘呃。原来，哪儿都有学雷锋的人呐！"

扎兰屯山村。这大年初一一早，大街上人们见面都互相拜年问着好。"新年好啊，吃饺子没？""吃了吃了，新年好，新年好。"四个一堆、五个一群的孩子们在玩耍。稍微大一些的孩子在放小鞭炮和一些礼花；稍微小点的孩子们，到一起互相比谁要的核桃、糖块多。互相之间，从新衣服兜里拿出来核桃、糖块比比谁的多，也是一种荣耀。

张丽在家里，背着孩子在收拾徐家义的物品。她看着眼前徐家义这些物品，心里一阵阵酸痛，一边收拾一边掉眼泪。

徐老汉站在张丽家屋门口外边，一脸愁容和无奈。他手里举着一个布包包，想递过去又不想递，似给没给的样子对张丽说："孩子，这就是家义的抚恤金，都……都给你吧。"这个都字听着很吃力。

张丽转身对徐老汉说："爹，这些钱俺不要，您老留着花呗。嗯，具体接班的事儿俺也想了，恁不用跟俺商量，就让徐家孝他接班吧。他年轻日子还长呐，以后咱们家还靠他嘞。再说，他接班后也好找对象过日子不是？"

徐老汉听张丽这么一说，悬着的一颗心算落了地。强装不好意思地问："那……那你们娘俩咋过呀这？"

张丽很坚强地说："爹，我想总有饿不死的家雀吧。放心吧恁爹，日子咱总得往下过不是？办法总是有的。哎，走一步说一步吧啊。"她不想说太多，向徐老汉挥了挥手："爹，今天大过年的，恁和俺娘好好过年吧啊。不要惦记我们娘俩，俺没事儿。过年，恁就叫徐家孝去矿上报到上班啊。"

徐老汉一听正和他意，低头应道："嗯呐，那我……"他把钱又装进自己的口袋里，转身离开了张丽的家。本来，在他来之前和老伴商量了几个方案来应对张丽，没想到张丽这么好说话，使他没预料到。

连队营房里。我在回来的走廊里正好碰上连部文书李晓书，他在给各班送这几天的报纸和信。当他从二班宿舍里出来看见我忙喊："哎！方晨晨，你们的信！"

"谢谢啊！文书。"我接过信一看，一封是家里来的，另一封是冯为国的。

烽火连三月，家书抵万金。虽说现在是和平年代，但对于我们新兵来说，离家数日能收到一封远方亲人的来信，的确是件令人很开心的事。在连里，文书也是新兵最受欢迎的人，个个对他都是笑脸相迎，因为他随时会给你带来家乡的喜讯。

我急忙跑进宿舍。冯为国正在洗自己的衬衣。"为国哥，你的信！"笑着将信扔给他。冯为国急忙甩了甩手上的水，笑着接过信："谢谢。"当他拿到信封才看一眼，脸色突然沉下来，将那封信不在意地扔到自己的床铺上去了。

我并未在意冯为国的举动，只管拆开家信看。这是我入伍以来妈妈的第二封来信。我四肢朝天地躺着，很舒服地在看着妈妈的来信，心里美滋滋的。"晨晨，听说你和为国都收到家里的来信了？"李小瑞进来手里拿着他父亲的来信问。

"啊，收到了，给你看吧。"我起身把妈妈的来信给李小瑞。"嗨，没啥新消息。俺妈又嘱咐俺，听领导的话，要跟战友和睦相处，安心部队生活，不要挂念家里，家中一切平安，就这些客套话。"

李小瑞看着我的家信笑着："是。喏，你看吧。我爸也是这么说的。"他把自己手中的家信递给了我。"俺不看了，知道就中了。"我推脱他。李小瑞自言自语地："好啊，没事就好。"他转身看冯为国一眼。

冯为国他低着头在洗衣没搭理我俩的话茬。李小瑞看冯为国拉个脸不说话，感觉不大对劲儿。他又看看冯为国床上的信动都没动，感觉不大对劲，又不好意思在说啥，就说："嗯那啥，我的衣服还没洗嘞，这不还得给我爸回信，我走了。"他说着回自己宿舍去了。

其实呀，当过兵的人都知道，新兵头三个月是最难熬的日子。刚刚来到一个陌生的地方，陌生的环境，陌生的人群，新兵与老兵之间互相不熟悉，还有几分惧怯，在领导面前更是不敢轻举妄动。新兵们都来自五湖四海，语言不通很少交流，也只有老乡之间有天然的亲切感，交流起来无拘无束。在连队，老乡之间的家信几乎都是公开的秘密，经常相互传阅。有时，连女朋友写来的情书也不例外。家信，也是新兵之间、战友们之间的一种精神沟通，是共同分享的喜悦。

此时的冯为国并没像我和李小瑞那么兴奋，更没有立即撕开来信去看，反倒"哎"的一声长叹。我观察冯为国他苦大仇深的脸色，有点丈二和尚摸不着头脑，便起身蹲在冯为国跟前关心地:“为国哥，你怎么了？谁来的信你看都不看？”“别问了！”冯为国甩了甩手上的水，拍了拍我肩膀，强装无事一样站起来，擦着手说:“唉，晨晨咱们去学打乒乓球吧？你教教俺中不中？”他故意岔开话题,连衣服都没心再洗了。

冯为国比我大三岁。今年过完春节已二十了，身材高大魁梧，性格有点内向，不善于语言表达。他在家读了两年初三，两次都因为语文和化学不及格，没能考上高中。父亲一怒之下把他留在家里务农。刚好赶上征兵，又被家里送到了部队。在连队，其实还有其他几位河南老乡，可我最喜欢和冯为国交往。不只因为是一个村的，而且我俩从小就在村里很好，到这里更不要说了，关系最铁。他对别人说是因为我不嫌弃他是农村人。我怎么会嫌弃他是农村的咧？虽然我俩家庭出身不大相同，但打记事起，和他就在我奶奶家一个村生活长大的。从我潜意识中自己就是农村的孩子，从骨子里就没有县城人那种高人一等的感觉。更何况我入伍时，听妈妈讲还是用农村的指标当的兵，户籍仍在老家杨家庄村。所以，我和他一样，远离家人，不远万里应征入伍到这东北边陲，在海拔两千七百多米的阿尔山之上，经受天寒地冻的历练。亲不亲故乡人，故乡人中也有贴心不贴心之分。因此在连队，我和冯为国特别亲近，无论碰到什么事情，他都喜欢跟我说道说道，我也把他当大哥哥看待，无话不谈。

我看出来冯为国有啥心思，不好在过多问，就应声:“好啊，走。俺也不太会，咱们一起学吧。”

其实，冯为国说学打乒乓球，只是随口说说而已。他肯定是有难言之隐。就跟随他到连队活动室走走，我忍不住就紧跟向前一步，关心地问:“为国哥，你到底怎么啦？”冯为国他“唉”的又是一声长叹。此时我心里猜测，十有八九是因为那封来信的缘故。

在娱乐室，我和冯为国两个在对打着乒乓球。他还真不会打，总是接不住球。从我的观察，他根本也没心思在学打乒乓球上。我还是很耐心地教他怎样握拍，怎么击球。可他打起球来总是打不着，往地上掉。我看他这个状态，没必要在这浪费时间，就笑着说:“为国哥，咱俩去外边溜达溜达吧，以后咱们再慢慢学中不中？”

我这样一说，正和他意。“好好，好啊，以后再学。”他就顺杆爬。

就这样，我们俩从活动室出来，走向营区后边的山坡。我为调节俩人这尴尬的气氛，就夸奖道:“为国哥，你昨天晚上二胡拉得不错呀，嗯，我记得俺在老家时没看见你学呀，你是啥时候学的这手艺，真好。”

冯为国一听夸他二胡拉得好这事儿，心里乐开了花，说道:“嗨，晨晨，你也知道俺家兄弟姊妹五个，生活比较困难。我又是排行老大，你也知道俺爷爷在咱们村是有名气的人。俺从小是跟爷爷学拉二胡,农闲时我跟爷爷到三里五村去卖艺,嗨，不就是为了一口饭吃吗？爷爷夸俺拉得好，有时就让我给乡亲们拉上一曲。没想到村里人也夸俺二胡拉得很好听。嘿嘿，我……我正是凭这一手手艺才得到咱村里姑娘们的青睐。可……可俺……”

说着说着，他想起了往事。

那是 1973 年某夜，李玉莲在煤油灯下秀着花做针线活。李二狗坐在一旁抽着旱烟望着女儿轻声以商量的口气：“莲啊，我的好闺女，嗯爹有个想法想给你说道说道，你看中不中？”李玉莲嘿嘿笑着看也不看她爹就说：“爹，看你，有啥就说呗，干吗还吞吞吐吐的？”

李二狗深深吸了一口旱烟：“哎，闺女是这样，我看咱村东头冯家，冯家啊……他冯家兄弟姊妹们多，人丁兴旺。在咱村里没人敢欺负，虽然他们家穷点吧，但是……”“但是,但是你想主动上门提亲是不是呀？要您女儿我嫁到冯家是不是嗯？”李玉莲呵呵笑着问李二狗。

其实，李玉莲她心里也早看上冯为国这小伙子啦。不但她看上，就她们那些小姐妹们也都看上冯为国这小伙了。冯为国他家虽然很穷人口多，可冯为国这小伙很聪明又忠厚，人长的模样也很爷们。父亲李二狗一提，她就知道是啥意思，就满口答应：“爹,俺听恁的,甭说冯为国他家现在还像个家的样儿,就是他们家仍逃荒要饭,俺也愿意跟上他去讨饭。”你看看这李玉莲姑娘多会说话，多会宽她爹的心。甭说李二狗听了高兴得了不得，就是冯家听了这话，也会高兴地很呐！

“好好好，好闺女。爹我马上去托张媒婆向冯家提亲啊。”李二狗把嘴中的旱烟锅往右脚的鞋上一磕，起身出门了。

我两人坐在那儿,听冯为国他谈论着那不满意的婚事。他对我说:“前年的夏天，李二狗拜托邻村的张媒婆来到俺家提亲，正赶上我父亲重病，起初俺一听就不同意。其实呀晨晨，俺有俺的想法呀。俺从小就跟爷爷走村串乡地卖艺讨饭，自己也算是在外边见过‘市面’的人了吧？虽然现在生活条件好些了，不用再卖艺讨饭了，但俺还是不想这么早就结婚生子。如果啊……俺说如果有朝一日到外边施展施展自己的才艺，到外边闯荡闯荡开开眼界。你说，这总比待在农村强，一天到晚起早贪黑在生产队里干活累得像驴一样还挣不到几分钱，仍是吃不饱肚子，吃不上白馒头加红烧肉，这有啥意思吗？晨晨你说。”

冯为国他越说越激动，两手拍打着说：“天天听广播匣子里喊到处莺歌燕舞，形势一片大好！可这……这为什么……为什么这么大好的形势我们连肚子仍都吃不饱呢？我在家天天想什么时候能吃上白面馒头，什么时候能痛痛快快吃顿红烧肉啊？晨晨说真的我不甘心就这样一生窝囊在农村，面朝黄土背朝天地过日子，太亏得慌啦！我必须出去闯一闯。这不，去年年底咱县征兵俺就报名了，俺就不信俺冯为国就不能在外边混出个样子来。”

我鼓励冯为国说：“为国哥，你能行，你一定能行的。”“谢谢你晨晨，以后还需要你多帮助哥哥我呀。”“为国哥，咱们共同努力吧。”我拉着冯为国的手给他鼓励。

冯为国拍了拍我的手“唉”的又是一声长叹。他和李玉莲这婚事真是被逼的。有一天晚上，冯为国刚想看看书，他爹冯建刚就把他叫到病床前，吃力地给说：“孩儿，你娘死得早，你弟弟妹妹又都小，家里又没个女人，我是既当爹又当娘的，还是让你们吃不好穿不暖。我，我心里难受啊，可我这当爹的也没法呀！今天，村西头李二狗家托媒人来了，人家不嫌弃咱家穷，他想把二闺女李玉莲说给你。这闺女你也认识，比你小两岁，年龄合适。我和你爷商量了，在咱家里，你们几个弟妹中你又是老大，如果早点把玉莲这闺女娶过来，那可是咱冯家的福啊！我也好有个帮手。”

是啊，那个年代在农村像冯为国他家这种状况，爹娘最着急的就是担心儿子娶不上媳妇。特别是老大能早点娶上媳妇开个好头，后边的兄弟也好说了。冯建刚他天天做梦都盼望着媒人来家里，早点给老大冯为国孩子娶上媳妇。李二狗这拜托媒人找上他冯家门，心甘情愿把姑娘送给他们这穷光蛋家里，那真是天大的好事儿，真是老天爷开眼了，也是冯家烧了八辈子的高香啊，全家人高兴得比捡拾一个大元宝都高兴，对冯家来说这是天大的喜事。可冯建刚把这喜事给冯为国讲出来后，万万没想到这孩子还不同意这门亲事，就随口搪塞道：“爹！我不想这么早找媳妇，我才十九岁，还小呢！”

冯建刚一听咋？太出乎他的意料。他苦苦哀求道：“孩子，你是一个很老实的孩子，爹俺知道，你平时就知干活从不讲就，跟爷爷学艺拉二胡、学评书，是很听话很乖的。今天……今天你是咋的啦啊？发烧烧糊涂啦？还是中邪啦？”“爹，俺没发烧，俺也不糊涂。”冯为国争辩道。

冯建刚他强忍着病痛挣扎着从床上起来，扑通一声跪在了冯为国的面前，乞求道：“为国，孩儿！算爹我求你了……”“爹！我……”还没等解释想法时，冯建刚扑通一声跪倒在他面前的举动，把冯为国吓了一跳。父亲冯建刚这般举动，让他心里也不是滋味。他明白父亲的用心良苦，也心疼父亲为这个家付出的一切。此情此景，心中再不愿意，也得先安抚住生病在床的父亲呐！他想到这儿：“爹，其实俺心里也知道，村里同龄青年人都找到了对象，结婚的结婚，生子的生子。确实，咱家只有坐北朝南的三间二十多年的旧瓦房，两间坐东朝西的土草房，冬不避寒，夏不避雨，兄妹几个和您、爷爷都挤住在里边。乡里乡亲都知道咱家穷，没有家庭主妇打理这个家，吃了上顿没下顿，个个穿得邋邋遢遢，家不像个家。外加您有肺气肿，长年吃药在家。俺自己又是老大，若自己找不到对象，下边的弟弟们更加难找了。可是……可是谁能理解俺有一颗不安分的心，想干一番事业，想在村里同龄人中实现俺出人头地的愿望嘞？可是，可现在您执意这样，我当老大的只能起个好头啊，也确实家里应该有女人来帮助父亲……”他冯为国说到这儿，急忙扶起父亲冯建刚违心地说：“爹！那……我们先处着吧。”就这样他无奈地答应下来这桩婚事。

在场愁眉苦脸的爷爷和弟妹们听到冯为国同意了这桩婚事后，个个笑逐颜开。“好好，好啊。”爷爷和兄弟姊妹们高兴。

父亲听冯为国这么说，想了想这也是，年轻人交往交往，慢慢有了感情，自然就会好上了。他望着冯为国问：“此事就此定下了？”

冯为国点点头：“嗯嗯。”可他只是应付应付父亲和家人，也是给人家姑娘李玉莲一个面子。心里并没想过以后要与李玉莲结婚生子，在农村干上一百年什么的，这只是一个托词。

啥事都是，村庄不大，张家长李家短的很快就能传遍全村。冯为国和李玉莲姑娘订婚之事，很快全村人都知道了。

冯老汉下地干活，正好碰见李二狗他也上地。李二狗就喊道：“亲家叔恁上地呀？俺亲家好点没？”冯老汉笑笑说：“好了好了。”

此时两人的对话，正被李二柱、李秀发他们俩听见。李二柱向前几步问李二狗：“二哥二哥，你跟冯叔叫啥来着？”李二狗很高兴地说：“叫亲家呀，咋得了？嗷，对了俺还没给你说呢，俺二莲与冯为国订婚了。”

李二柱惊讶的“啊？二莲与他订婚了？”李二狗有点不高兴地冲李二柱质问：“咋啦，不中啊？”李二柱看李二狗不高兴忙冷笑笑说：“中中，咋不中嘞。”

从此，村里也都知道了冯家大儿子冯为国与李二狗家二闺女李玉莲订婚的事。

李玉莲这姑娘不怕别人说闲话，时不时地跑到冯为国家帮助干点家务活啥的。她在冯为国家像女主人一样，帮冯建刚做饭；帮冯建刚收拾家里卫生；帮冯建刚为冯为国的弟弟妹妹们做衣服和鞋袜。

方俊美、史艳红、晓堂婶她们在一起互相议论着。方俊美：“哎，冯为国可真有福啊，找了个好媳妇，看玉莲姑娘多懂事儿又肯吃苦，以后是个好主事的人。”

史艳红：“是呀，他冯家可修八辈子德啦。”方俊美咂咂舌说：“哎，可惜嗷，一朵鲜花插到牛粪上。”

此时，冯为国他正好上地干活路过此地，听到她俩的议论非常不愉快，闷闷不乐地走开了。他开始在心中也背上了沉重的思想包袱。

晓堂婶对邻居方俊美说：“哎，你们还不知道吧？是李二狗他自己找上人家冯家的，还不嫌人家家穷，这真是打着灯笼都难找的啊。”

冯为国在家里无论李玉莲干啥，怎么给他套近乎他就一个不搭理，不说话，弄得李玉莲姑娘很尴尬。但她不计较这些照样干她的活儿。

在一旁的冯老汉，看见他们两个那样子，只是摇摇头，无奈地装着没看见走开了。

在营房后山坡上，我听着冯为国的诉说，同情地点点头：“为国哥，刚才在宿舍明眼人一看你那信就知道是李玉莲姑娘邮来的。”“晨晨，说真的，我看到是李玉莲她的信就气不打一处来，更甭说去拆开看了。我……我俩人在家时就没怎么说过话，我……我在县城上车时就没让她到县城去送俺，我对她心中总是疙疙瘩瘩的呀。”突然冯为国他站起身来阴沉着脸，“妈的，太讨厌、太讨厌了！”说着竟从裤口袋里将李玉莲写给他未拆开的信，便一把一把撕成碎片，丢在小山路边的杂草丛中。“我呸！”还嫌不解恨，又吐上一口吐沫，踩上一脚。

“唉，唉！为国哥，这不合适吧？人家姑娘真心实意给你写封信，怎么看都不看一眼就……”我上前责怪他。

他阴沉着脸对我说：“晨晨，我还有事，先回宿舍了。”看得出他的心情很差，我也不好过多再说啥，只能说：“好好，你先走吧，我再待会儿。”

他气冲冲地走了。我望着走远的冯为国，一人坐在大石块上，眼望着远方，又惦念起我妈和奶奶，她们不知在干什么呢？

县城我们方家院里，方姣姣、王建社、邱童童和毛爱莲嗑着瓜子打着扑克。我妈妈过来关心地问王建社：“建社，阿姨昨晚嘱咐你今早些来咱们一起吃起五更饺子嘞，你咋回事儿？再一个就是我跟你说今天早上把给你做的新棉袄穿上，你咋不穿嘞？”

方姣姣在一旁不满意地：“就是，我妈对你比亲儿子都上心。”

王建社脸一红不好意思地：“阿姨，我起晚了，没顾上穿您给俺做的新棉袄，不好意思啊阿姨。”

我妈江云芝：“没事儿，你爸妈不在，今后啊你自己得会照顾自己，啊。”她又转身端来一茶杯茶水，对奶奶说：“妈，您喝水吧。”她将茶杯给奶奶，一边端详着奶奶说：“妈，俺咋看恁瘦了，也黑了。”

“是吗？俺没啥感觉呀。没瘦。”她们婆媳之间，总有说不完的话。

方姣姣一面打扑克还一面嫉妒地说：“哼，不知道的人还以为你们俩是母女俩呢，看那亲热劲，对奶奶比对俺姥姥还亲。”

我妈呵呵笑：“嘿，你个傻丫头，你奶奶就是俺亲娘，咋得嘞？不是亲娘胜似亲娘对吧妈？”

我奶奶哈哈笑着说：“这有啥嘞？咱们家就有这个传统，亲朋好友也是都知晓的事儿。你呀，今后有婆家也必须这样对待婆婆，人家都不容易。”她向方姣姣说。姣姣不好意思了，看看墙上的挂钟，撒娇地说：“妈，我饿啦，肚子饿得咕咕直叫，咱啥时候吃饭呐？”

我妈妈为调节气氛，就故意笑着问他们几个：“嗯，你们想吃啥呀？”“不知道！”

方姣姣、王建社、毛爱莲、邱童童摇头。

妈妈看了一眼奶奶，很认真地对他们说：“咱们今天就吃都喜欢的河南烩菜吧。”方姣姣高兴地：“好好，俺最爱吃烩菜了。”

毛爱莲在一旁说：“奶奶、阿姨，俺不在这儿吃了，俺还回家吃吧。”

邱童童也紧说：“我……我也……”

我妈呵呵笑着对他们几个人：“可不中啊，平时你们还在这儿吃嘞，今天过年更得在这儿吃了，谁都不能走啊，等着，一会儿就好。”我妈说着和奶奶去厨房做饭去了。

不大会工夫，我妈和奶奶做好了饭菜，还为每人盛上一碗烩菜，还端上一筐热腾腾的白馒头。我奶奶就冲堂屋方姣姣她们喊：“姣姣、建社、爱莲、童童，都来吃饭了。”

“哎，哎来了。”王建社他们答应着放下手中的扑克，来到厨房餐桌前。

我妈招呼他们：“快，快快坐下吃饭。洗手了没？”他们互相看看不好意思地回答：“没有，没有。”

奶奶呵呵笑着挥手催促他们，“快快去，洗手去，不洗手怎么能吃饭嘞？”

待他们回来坐下开始吃时，奶奶也拿起筷子笑道：“咱们一边吃饭，俺一边给你们讲一讲这个河南烩菜的故事吧。”

“烩菜还有故事？”方姣姣、王建社、毛爱莲他们疑惑地抬头问奶奶。

我奶奶挺了挺身体，又欠了欠屁股，清了清嗓子道：“有啊！那是南宋时期，宋高宗绍兴十一年十二月二十九（公元一一四二年一月二十七），奸相秦桧以‘莫须有’罪名，虐杀了南宋抗金名将岳飞。岳飞是咱们河南汤阴人，噩耗传出，举国义愤。因受秦桧排斥而丢官的著名诗人朱敦儒，其时正在河南老家洛阳筹办自己的六十大寿庆宴，听到凶讯，他没心思庆寿了。但又不能给即将临门的客人吃闭门羹，怎么办？他灵机一动，嘱咐家人和厨师：今日筵席既不摆七盘八碟，也不许上酒，就将那些备好的菜通通放在大锅里熬煮，再搞些蒸馍就可以了。朱敦儒曾在南宋朝内任官，又写得一手好词。亲朋故友达官贵人，这些人平日吃惯了珍馐佳肴，冷不防面对眼前的大碗烩菜和馒头，迟迟不敢动筷。朱敦儒见状，从自己碗里夹起一个肉丸子招呼大家：‘诸位！当今世道黑白颠倒，岳元帅一生精忠报国，竟惨遭奸臣诬陷，是可忍，孰不可忍！今天我要把这肉丸子权当那奸贼的人头，一气吞下肚，方可解心头之恨！’”

“奶奶，我也要吃秦桧的头！”姣姣在旁边吃着，听奶奶讲着这烩菜的故事，冲奶奶说道。

王建社也痛恨地抢着说：“奶奶！我们不但吃秦桧的头，也吃咱们县那……大坏蛋陈小川的头！”

妈妈阴沉着脸说：“对！这猪肉就是那坏蛋陈小川的肉，让我们将他食肉寝皮吧！这粉条就是那坏蛋的肠子，来！咱们一起把它嚼吃万段！”

奶奶：“这道烩菜呀，迄今已有八百六十多年的历史了。咱们河南人无论是过年过节，还是平时谁家有红白喜事，都做这种烩菜待客。人们也都喜欢吃这道烩菜，味道全，经济又实惠。它已经成为咱们豫菜系中的一种特色菜，你们说是不是呀，好吃吧？”

我妈妈深情眼含眼泪指着王建社、毛爱莲、方姣姣他们诉说道：“要不陈小川那个鳖孙，你爸妈、你妈和我们家晓廷他，也不会死得那么惨，搞得我们家不像个家。”

王建社、毛爱莲、方姣姣他们听我妈妈说，就慢慢放下筷子无心在吃下去。邱童童天真地问：“阿姨，陈小川他不是已经被公安局抓起来吗？嗯……还判无期徒刑嘞。”

“是，是判了他无期徒刑，可我们……”我妈难受地说。

我奶奶急忙插话劝道：“哎哎，云芝呀，那都是过去的事儿了。嗯，咱们全家在一起吃个团圆饭，就不提那些心酸不愉快的事儿啊？来来都吃饭，吃饭。”

毛爱莲赶忙岔开话题：“奶奶、阿姨，咱们吃完饭，去看河西君庄的高跷表演吧？还有五星大队的舞狮子表演，听说今天下午就出会。”

王建社、邱童童、方姣姣：“好好好。奶奶咱们和阿姨都去啊？”

奶奶笑着对旁边的妈妈说：“云芝啊，啥事要往开里想，人要往好里念。嗯，吃完饭咱们都去啊云芝。”

第九章　逃兵事件

东北的天气，虽然已立了春，可仍是严冬一样的寒冷。夜，早早就漆黑一片。

连部墙上的挂钟已是六点五十分。值班干部唐明正准备吹哨集合大家，收听中央广播电台晚七点的新闻联播节目。这时，林兵满头大汗地冲进连部，一手抓起桌子上的黑色旧电话机："给我接团部！"一手抓下皮帽狠狠地摔在桌子上。电话刚刚接通，就像找到了疏肝理气的药，对着电话筒嗷嗷叫起来："李团长吗？我林兵，那个熊兵跑了！谁？哎哟！就是我们要退他回去，跟您请示过多少遍的那个张彪！……啊！是呀！……"

门外列队集合，准备听新闻联播的战士们听到这个消息，顿时炸开了锅。大家不顾是站在严肃队列中，就开始七嘴八舌议论起来。甲说："你们说怪谁？怪就怪去接兵的呗！他们接兵的人不负责,带来这样一个逃兵！"乙说："不！怪就怪呀……还是应该怪送兵的人，怎能把一个不愿当兵的人送到我们这所大学校里来呢？地方政府是怎么配合部队进行政审的？"丙说："对！应该怪地方武装部把关不严，政审不认真！"丁说："你别说，还真就怪今年征兵的地方政府，他们没选对应征对象呀，咋征了这样一个吊儿郎当的兵？"还有人责备说："是是。还把一个穿喇叭裤留女人长发的社会混混，划拉进来，我们这儿是部队是武装组织，又他妈的不是工读学校！"还有一个老兵埋怨道："哼,要怨呀就怨咱们团领导没有魄力,那个兵打架之后，按照他的一贯表现，连长、排长几次建议把他退回去。嗨！结果呢？要好好教育呀，要发挥好部队政治工作的威力呀。你看！这，也没有高招了吧？我们的政治教育又不是万金油！这好了吧？你不退，人家自个儿溜之大吉啦！"大伙互相在议论着。

我心里也在琢磨着。在这个年月里，居然还有开小差的逃兵？真他妈不可理解。在新中国成立前国民党的旧军队里吧，好多兵是被抓壮丁来的，那逃兵还好理解。特别是有些家境好的兵，被抓来逃跑也情有可原。可是现在，新中国成立二十多年了。征兵入伍都是自愿的，并且还要求本人在应征入伍表格上签名同意。现无论农村还是城市，年轻人都是争先恐后地踊跃报名参军，还有政审、体检每道手续要求都非常严格，有一点点不合乎要求，都难以通过应征。可……可怎么还能出现逃兵这种情况呢？不可思议。哎，一个连队出现这种情况太丢人啦！

至此，唐明也没心思集合大家听广播了，跑到林兵办公室去问究竟。他进门就听到林兵在喊叫：“团长！现在都七十年代了呀！……啊？好！不埋怨……我们可没训过他……是反常？”他很生气又无奈地给石安放团长汇报着：“哎对了团长！上午这熊兵收到一封信，据班长说他看了七八遍……是！……好！我们全连出动找这个熊兵！”

他如此这般吵吵了一通后放下电话，耷拉着脸，抓起桌子上的帽子又看见唐明站在那儿，顾不得个人形象和态度，就冲他：“老唐！全连上下，除战备值班人员外，全部找张彪这个逃兵去。”

林兵，是大家公认的“胡子”连长！紫黑的脸膛，高兴时是圆的，生气时是方的。由于头大，五官皆大。要用画家人体解剖的目光看，他有一对以弦为底边的直角三角形的眉毛，一对梯形的眼睛，一颗等腰三角形的鼻子，一张细长的菱形的嘴巴，周围长满了胡子，从耳根到下巴，刮后发青，还有那精确对称的多边形耳朵，特别是他的脖子，当他仰脸望天时，那圆柱体也只不过沿着下颌略略细进去一两厘米——甭提多粗！局部看他的五官，哪儿都硌眼，全局综合起来一瞅，嗬！标准的军人模特儿！听说前些年他还是一个副连职参谋，八一电影制片厂到军区大院拍外景，临时要找几个群众演员。有个老导演刚到参谋干事队列前，一看到林兵的一副后背，竟情不自禁地击掌大呼：“唔，这真是一个将军的脊梁！”导演的话，被他非常自觉地存入了记忆中最美好的一档，更加确信自己天生就是一个军事干部的材料。遗憾的是他穿的是蓝裤子——雷达兵，使他不可能在地界上的军事天地，像陆军那样得以充分施展。在空军，作为雷达兵，他只能和无线电打交道了。尽管如此，他仍是干劲十足，虎威不减。他在军区连以上干部内部看了那部美国故事片《巴顿将军》，为此还和他爸有场争论呢：“带兵就得那么干！”林父不同意林兵的想法：“打当兵的是不对的！”

林兵他很解气地说：“战场上的怕死鬼，枪毙都该！打一下有什么了不起？”“那不是我们的带兵办法。”

林兵带有怨言和情绪地说：“我们带兵就是太软！”林父批评他说：“我看你是看了巴顿，又想起那个导演说的‘将军’来了。”“俺可不这样想，政治统帅一切，俺现在像那个电影里的牧师。”林兵不服气地说。“胡说！不错，各国军队都讲究治军要严，也都讲究精神教育。可是，怎么个严法？用什么样的精神教育？西方国家军队有他们的那一套，咱们有咱们的传统。”林父批评林兵错误的观点并解释着。

再说，我们全连上下齐出洞。排长、班长各自带着人，背着枪，每组两把手电筒分头去找张彪。手电筒的光柱从营区内部移到了营区外面的山坡上；树林里，雷达阵地……

林兵拿着手电筒到处找呀找啊，嘴里还自言自语：“咱们的传统？哼！要是恢复建国初期对当兵的有禁闭权，张彪他还跑得了？”

一个小时过去了，几个分头寻找的小组同志，都回来向林兵汇报说：“没找着，一点蛛丝马迹也没发现。”

就在林兵他们找张彪的工夫，范林太已经在办公室里把各种情况在脑子里分析了一遍。经过一番比较、淘汰、排除最后得出一个判断：张彪他暂时没有生命危险。理由是这批兵是他负责接的，他比较了解。尤其是张彪，因为父亲在沈阳市跑供销犯罪坐牢，母亲一气之下改嫁离家出走，撂下他和奶奶及不懂事的妹妹。他和妹妹依靠近 70 岁的奶奶照顾着，吃了上顿没下顿。上学不好好学习，整天与不三不四的男孩混在一起打架斗殴。这不，刚到当兵年龄，奶奶听说部队上来征兵就找街道居委会和区上征兵办，恳请地方政府和部队领导，一定把她孙子张彪带走，让他到解放军大学校里受受教育锻炼成人。

刚才连文书李晓书还向他反映这样一个信息：“上午张彪收到一封信。他拿着信还反复看，看信时一脸怒气很生气的样子。也不知信是谁写来的？我们也不敢去问他。很可能是他家里发生了啥事？”

他听文书的话紧锁着眉头，在屋里踱着步子猜想着：“嗯，这小子很可能跑回家去了。对，张彪要回家？回家？他只能下山到军马场搭乘顺路车去市里。从连队步行下山有七十里路，从山下到军马场还有四十多里路。嗯……”他自言自语地分析着。

文书小李说完后趁范指导员踱步背过他时，悄悄地溜出了办公室离开范林太。

范林太想着，又看了下手腕上的表看看外边天，自语道：“现在这时候已经没有过路车了。嗯，他张彪现在最多在下山的路上。气象台预报今夜最低气温零下三十几度，张彪他是穿着皮大衣走的，只要他在背风的地方就不会冻坏。”他说着走到办公桌前，肯定地冲窗户外大声：“张彪他不会做出傻事来的。”

“指导员，电话。”文书小李跑进来喊道。

范林太从战备值班室接完电话出来就喊：“小李，小李给我备车！”“是是。”李晓书应着。

营区里，在寻找张彪的林兵紧锁眉头疑惑地抓耳挠腮：“张彪这熊小子能跑哪儿呐？还能跑回家不成……”

远处一道小汽车灯光划过，林兵看是连里北京吉普车远去的灯光，就问韩城：“小车干啥去啦？”“不知道啊。”韩城的确不知道。

此时正好李晓书跑过来，也加入寻找张彪的队伍。林兵看到文书过来忙问：“谁用车？”“哦，是指导员要车出去了。”李晓书赶忙回答道。他望着范林太远去的车影，不解地自语：“这老范，深更半夜地往哪儿跑啊？”

呜呜呜……旷野中，北上的列车如黑夜里一条巨龙拉着长笛在雪覆盖的旷野上飞驶。

火车厢里，尽管硬座车厢，车内嗑瓜子喝茶聊天的人很拥挤，声音也非常嘈杂。车厢的广播里一遍遍播放着“大海航行靠舵手”革命歌曲。抽烟打扑克的喧嚣声，能使每一个性格较蔫的人兴奋起来。

靠窗口坐着一个衣着简朴的少妇，看上去她少说也有七八个月的身孕了。这种情况出门，想必是有什么必得出门的事情。但是，这位少妇靠窗户坐在那儿，一直很坦然地、静静地翻阅着一本笔记。这笔记本上记载着数十人的家庭情况，以及性情、嗜好、专长等。从名字看都是些男孩子。当她翻到一个画着红圈的名字时，她拿起一封夹在页内的远方来信微笑着浏览了一遍。然后，她将头靠在座椅上闭上了眼睛。

张彪，一个尚未发领章、帽徽的原沈阳市郊的待业青年，一米八的身材，宽度和厚度也颇成比例。要说他的模样，可得把白天和晚上分开来说。晚上他睡着了，你会看到这小伙子眉浓、小眼睛、高鼻梁、嘴阔，小山羊胡子翘着，男性中标准型“帅小伙儿”。可他醒来时你再看，一个大哈欠，五官立即“解散”，鼻子向东，眼睛往西眯着一条小缝，小山羊胡子揪全然不在一个正经地方。站立起身，你再一看，偌大的个子，前后左右都带弯。张嘴就是“妈的、干啥、靠……”脏字都来了，一副被那身军装勉强捂住了的流氓相。那一头内蒙古卷毛绵羊似的头发，小山羊胡子，翻在军衣外面的的确良布大尖领花格格衬衫，这样一幅“尊容”像发出一种奇异而强烈的电子波，使前去接兵的范林太指导员，麻酥酥地暴起一身鸡皮疙瘩。

记得我们新兵刚到连队时，他放下背包就跑到连部去，掏出一盒“营口大前门”牌纸烟，向所有连首长敬烟。“各位首长！我张彪到这，嗯……让我去学学开……开车吧！要……要不……呐……等……等训练完，我想……”张彪大言不惭地要和连首长打一个协议，新兵训练结束，让他去汽车连学开车！他又变戏法似地在半空中抓出一盒火柴，在腿上划了一下，居然火柴点着了，为连首长点烟。

林兵连长当即发布了第一号命令：“新兵张彪！给我立即剃头，换衬衣！不像话。”

此后，张彪去连部复令，进门摘下帽子，亮了个青皮煞白的大光头，逗得连长、指导员、排长他们都笑啦。然后，这个张彪在新兵训练的三个月里，天天都有爆料。吃饭时，开饭稍微晚一会儿，他就敲碗敲桌、带头起哄；训练时，稍微累了点，他就骂骂咧咧的：“老子不干啦！整天弄这玩意儿，有他妈啥用？谁爱练不练。”这营区里，几乎和他在沈阳度过十七个春秋的那些大街小巷，也相差不远了，简直是随心所欲，无人敢惹。

林兵跺脚发誓：“要把这批沈阳兵带出个样儿，非得先拿他开刀！”可是，别说什么“开刀”，就是班长杨生荣小不溜地批评他一句，他便八句检讨、七句解释、六句保证、五句感谢，还悄悄夹着三句讽刺，外带一个摆头咬牙的怪动作。

张彪他也被杨生荣一天一点名，两天一小批，三天一大批，弄得耳酥腚麻。有三分惧怕，更有七分“皮踏”。而且这个有打架瘾的人，一个月来，鼻青脸肿的还不算，仅流出血来就有三次！他不知因为什么？对湖北武昌来的这批兵存在着极大的偏见，特看不上眼。说起湖北兵来也是，他们总认为自己是城市兵，家庭条件优越，见过世面，说起话来也特别牛气，对我们这些河南兵，一百个看不起，对沈阳市来的兵更加厌恶。他们叫我们“土老帽”。他们老乡之间说起话来，满口湖北当地方言，外人一句都听不懂。到处说啥“东北这鬼地方太冷，不是人呆的！”高粱米玉米渣子更是不吃，说什么“这不是人吃的，在家乡是喂猪的”。这话里话外不是在骂东北兵是猪啊。张彪自来到连队那天起，他对湖北兵的一言一行，一百个看不顺眼，想法找他们的茬。借机不是打他们两拳，就是踢上两脚，总是占湖北兵点便宜。

这批湖北兵也不示弱。他们很抱团，在等待机会教训张彪一次。有天中午，张彪一人在篮球场练打篮球，张晓东、赵西平、艾小东、李成林、张全几个武昌兵看机会来了。他们跑到球场上，借机找茬。没说上几句话就动起手来，他们狠狠地揍了张彪一顿，把张彪打得鼻孔出血，躺在地上无力还手。从此，张彪再也不欺负武昌兵了。

坐在火车厢里硬座上的少妇，睁开眼睛摇摇头，提了提神。她透过结着冰花的车窗向外望去。天已大亮，一轮红日从东方冉冉升起，在晨雾中，似一个大红球球挂在天际。

突然一幅紧张、惊险的图景抓住了她的心。白雪皑皑的原野上，一匹枣红马长啸一声，竖起前蹄，跃出马群，发疯似地朝火车冲来。斜刺里，奔出一个骑手，举着长长的套马杆。两匹马沿着列车行进的方向飞速狂奔。眼看距离越来越近了，骑手挥动套马杆，终于兜住枣红马的脖子。但就在那一瞬间，枣红马将套过去的套马杆，脖子用力一甩，年轻的套马手从奔跑的马背上跌落在了雪地里。

“啊！”火车厢里的孕妇惊叫一声，站了起来。看着窗外，只有那套着套马杆的枣红马还在狂奔。眨眼工夫，它也被列车甩到后面去了。孕妇忐忑不安地重新坐下。脸色异常激动，像是催促列车，低声念叨着：“快点吧，快点吧……”

天亮了，张彪仍没消息。林兵上嘴唇冒出两个红得发亮的水泡，使那菱形的嘴巴失去了坚定、沉着的线条。他不得不一边将几个小组派出去继续寻找，一边和部分干部开个碰头会，他要求大家：“你们分头去做好新兵的安抚工作，防止他们思想出现波动，再跑掉一个李彪。”

“连长，范指导员请你去连招待所一趟。”连部文书跑来通知他。“去招待所干吗？嗯。”他心里不理解。嘴上没多问，只是嗯的一声。

要说连队招待所，这哪儿像招待所，只是好听点称呼而已，根本不具备招待的条件。说真话，其实就是在靠营区边上单独建了一间简陋的小平房，里边除一张陈旧的双人床、木质两屉桌和旧椅子两把、一只保温水壶以外，再没任何物件。这就是平时供连队领导家属、战士的亲属来队，或上级团里的大首长来检查工作时一个临时落脚的地方。除此之外，只有老鼠和蚊蝇长期就住了。

此刻林兵听文书说范指导员让他赶快到招待所去时，立马猜到是范林太已把张彪给抓回来了，看管在招待所里待他去审问呐。他几乎忘了指挥员的惊慌，会给战士带来什么样的影响，撂下大伙撒腿就往招待所跑。一百米的距离，他拿出百米冲刺到招待所的速度，只用了五十米的时间，连呼带喘地跑到了招待所。

招待所客房里的床上，半坐半躺着一位女人，就是火车上的那位孕妇。林兵进门一眼看是她，惊愕疑惑地说："你！你怎么来了老婆？"

原来这是林兵的老婆——李小萌！

她看见林兵进来就贤惠、神秘地一笑，慢慢站起笨拙的身子，甜蜜地笑着说："嗯，俺咋不能来呀？"

林兵想起来了现在正是放寒假的时候，嘿嘿笑道："你来探亲咋也不提前招呼一声。而且现在……又是新兵集训不是时候啊……"他突然感觉自己话说得有些不妥，"对不起啊老婆，俺……"心里在埋怨自己，人家来都来了再埋怨也是废话。媳妇一路风尘不说，还带着七个多月的身孕。

此时他那张脸，一个多月来第一次逐渐由方变圆，笑着走到妻子身边，想对妻子表示表示亲热下时，李小萌红润的嘴唇里以甘美的音色喊道："张彪，你往哪走？"

其实，林兵推门进屋后眼里只有爱妻李小萌了，竟没有注意到门后还藏着个大活人。当在门后边的张彪看见林兵进来要爱妻亲热时，他就想拔腿出门时，却被李小萌喊住。

这时林兵听到妻子的喊话，像听到"向后转"的口令一样，唰地一下转过身去，他的眼花了。唉！这？这见鬼啦！一米八的大个子张彪正一边往光头上扣皮帽子，一边侧身要从门后边往外溜。他林兵止步转身看到张彪时，真是即惊讶又气不打一处来："你……你。"

尴尬的张彪红着脸赶紧摘下帽子，避开林兵的目光，只向李小萌深深鞠了一躬，用标准的沈阳话说："谢谢老姨！俺……再见啊。"

林兵这下更惊讶了。他看过张彪的档案，这小子正好住在他老婆任教的中学街道上，跟张彪还是同一个学校的师兄弟呢！只是这么个出奇调皮捣蛋的家伙，为啥会对一个纤弱的女教师如此毕恭毕敬？还叫声老姨？此刻他也顾不得多想下意识地就要往门外追。

"唉，你回来！"李小萌显然是在叫他林兵。他不由地停下了刚要拔脚去追张彪的腿。扭头问："咋得了？"

李小萌自信地笑笑："放心吧！他不会再跑了。""不行，万一……"林兵担心地又要去追。“你呀，范指导员在等着他谈话哩。”李小萌笑着说。可怜啊，林兵此时此刻像被人牵着的风筝，在天上、云里、雾里，一头雾水，简直晕乎了。

话说李小萌，她今年二十有八。林兵上初三时她上初一，同在沈阳东陵区二中学习。李小萌跟随父母从南京军区调到沈阳军区来的。父亲现在是沈阳军区副司令，苏州人，母亲是军医，杭州人，结果应了“苏杭出美女”的这句话。这种天赋，使她的实际年龄与她婉约的相貌相比，总是有十来岁之差。年轻得令人难以置信，如果给她套上个玻璃兆，简直像个大洋娃娃。她和林兵站在一起，一白一黑，黑白分明，反差太大。要说他们是父女俩都有人信。而且这种反差，表现在性格、气质、情趣、嗜好等方面。比如林兵在号称“孩子王”的时候，她却是一个无名小卒；林兵在叉腰顿足地“问苍茫大地，谁主沉浮？——我！”时，李小萌却还蹲在地上玩沙包跳皮筋呢。十年后，别的女同学不是快嘴利舌的半个理论家，便是精通世故的贤妻良母。可她李小萌虽然去农村插队放过羊，上过师范学院，还依然是个文文静静的傻丫头。

参加工作当了中学老师。可她对于孩子们，第一任务不是灌书，而是心灵的净化。不少孩子是带着一身邪气走进教室的，男同学抽烟、酗酒、斗殴，站在她面前指手画脚地评论她的脸蛋；女学生奇装、怪发、骂街，乱搞对象。她含辛茹苦、披肝沥胆地追逐着这些中学孩子们。百次、千次地恳求他们停下疯狂的胡闹，情真意切地在他们额头上洒下点点理智的甘露，看护着那些孩子们的苏醒和康复。她在智慧与愚蠢、文明与野蛮、道德与污秽、真诚与奸伪、充实与空虚、美好与丑恶的搏斗中，虽然不是战绩辉煌，却也是经验丰富了。她还是沈阳市东陵区教育战线学习“毛选”积极分子。李小萌完全有资格把林兵置于徒弟的席位上。可是，林兵因“反差”的缘故，对此一无所知。

林兵倒是很喜欢妻子李小萌，使他在家里仍不减“孩子大王”的风格。要问他俩如何“反差”到一块去了呢？这还得问李小萌。前年靓丽的李小萌到部队与林兵结婚时，她的一句话使大家激动地差点流出眼泪。她跟大家伙说：“我找林兵，不是看重他的家庭、他的地位，他家庭没有我家庭好，我是人民教师，全沈阳市学“毛选”先进个人。长得帅的、条件比林兵好的小伙儿追我小萌的很多，我都没同意。因为，因为我爱解放军，人民的子弟兵！我要让那些嫌大兵土气，前程渺茫，保险系数低，结婚后一年最少得守十个月空房的丑丫头们看看！我就不怕守空房，不嫌弃夫妻两地分居！我不怕一个人带着孩子过苦日子！我们军嫂是你们的坚强后盾，你们才是最可爱的人！让那些看不起咱当兵的人眼气去吧！”

此时此刻的林兵，他“哎”地叹了一声长气，瘫坐在妻子床边的一张木椅子上。李小萌开始心疼丈夫，她挺起孕身来移过去，把一只温暖、柔软的手放到丈夫林兵七沟八梁似的脸上。轻轻抚摸着他的嘴，心疼地审视着那两个水泡，十分动情怜惜地劝道：“好了，兵，别上火了。这不把张彪给你带回来了吗？转变一个人的思想啊，没那么简单，像你当初剪人家的辫子不一样吗？”

李小萌一提“剪辫子”，勾起林兵一段有趣又难堪的往事。

那是1965年“文化大革命”初，“破四旧”达到高潮的时候。林兵这个“孩子大王”不知从哪儿听说女人梳辫子属于资产阶级生活方式。立即从家里拿把剪子，带领几个小伙伴站在学校门口，专等留长辫子的女生，颇有点像曾开展“留平头就革命，不留平头就不革命”架势似的。那天，第一个不幸者恰巧是李小萌。李小萌她从小就有两条极为心爱的小长辫子，乌黑发亮的直垂到腰间，还精心扎着两个粉红色的蝴蝶结。此时李小萌正高高兴兴和几位女同学背着书包蹦蹦跳跳，说说笑笑地向学校大门口走来，被林兵他们老远就看到了。

林兵把剪子递给一个男孩命令道：“去！剪！”“干吗呀？干吗呀你们讨厌，真讨厌……”随着咔嚓咔嚓声，李小萌含着眼泪得到“林大王”钦赐的一句崇高奖：“好！你的资产阶级思想已经不存在了，从此你是无产阶级革命者，走吧。”李小萌她们抹着眼泪无奈地离开林兵他们。

林兵他统领三十几个孩子，咔嚓到马路边上去了。凡是过往的大姑娘、小媳妇，无不“资产阶级发型而来，无产阶级发型而去”。这就是当时在沈阳军区大院周围街道上轰动一阵子的剪辫子事件。

林兵听到李小萌提起当年剪辫子的事，他不好意思地嘿嘿地笑了。

“兵，我带来了你最爱吃的上海大白兔糖和黏豆包呐！在那张椅子上的提包里。”李小萌移动了一下怀孕不方便的身体，左手指着旁边的另一把椅子，努了一下樱桃小嘴。

“是吗？”林兵像个大孩子从椅子上弹起，朝妻子手指努嘴所示的那张椅子跨过去。非常非常遗憾，那开着口的提包里只剩下几块大白兔糖。他干咽了一口馋水，嘟囔着：“这小子！跟我斗嘴，还跟我争食儿吃！”

李小萌的脸微微有些发红，无意识地又把这个倒霉的丈夫耍了一下，“嗨，这孩子实在是饿坏了。兵，别流哈喇子啦！我这个样来得也仓促，不好带过多的东西，你就将就点吧。”

林兵疑惑不解地问：“哎！老婆，你怎么知道张彪这小子跑了呢？”

“嗨！前天，俺听张彪的同学牛二说的。说是张彪的妹妹被一帮小流氓欺负了，妹妹就给哥哥张彪写信让他回来。嗯，我听说后及时去张彪家与他奶奶了解一下情况，并不是那回事儿，是妹妹瞎编的。这不，我怕张彪他这孩子气性大，真的跑回来咋整？发电报给你怕说不清，写信又怕来不及。这，俺也正好放假在家没事，人家不是也想你吗？”她撒着娇地向前抱住林兵。

“哎？你来也不让我去接你一下！你这个样！路上要有个……”林兵表面上装着不高兴的样子埋怨着，可他心里美滋滋的。

“嗨！到喜桂图旗火车站刚下车，就碰上你那宝贝张彪啦。我拉着他帮我拿东西，给他说明妹妹写信的真实情况，并嘱咐他跟我回连队。当时我给连里打电话范指导员接的，我说明情况，老范激动地说千万不要让张彪离开我，他马上带车来接我们。”

“嗨！这老范去接你也不跟俺说一下，好让我去接驾呀，还劳他大老远地跑一趟。”林兵埋怨心疼着范林太。他猛然想起了妻子的肚子，想起妻子肚里的宝贝儿子。靠近妻子，伸手去摸一下小萌的肚子：“哎，他还好吧？”

“好着呐，比你乖……”李小萌咯咯笑着转身去，从提包里拎出个小型的盒式录音机，放在被子上，歪着头，扬了一下眉毛，得意地说：“兵，想听一段吗？”

向来认为手榴弹爆炸声，才是最好听的林兵。他鄙视地瞥了那个亮晶晶的玩意一眼，像是用鼻子哼的一声：“你从哪儿弄来的什么玩意呀？”李小萌用手指一按，随着咔嗒一声揿动键子的声响，传出的不是革命歌曲，是一个掉了牙的老太婆带着吧嗒嘴的声音：“我说哎，他彪子唷！在部队可得好好干，啊……可不准像在家那么猴儿，啊……那地境可没奶奶惯着你。嗯，听说有连长、有指导员啊，是吧……哎，我听人家说连长就是你爹，指导员就是你娘。那，你可要听爹娘的话，啊！彪儿……”“什么乱七八糟的？”林兵不明白怎么回事，说的啥意思没听懂，嘴嘟囔一句。

原来是李小萌来之前，在与张彪奶奶家访时，将奶奶的话录下来是准备要放给张彪听的。李小萌对林兵说：“告诉你吧，自打张彪的父亲判刑后，他妈已改嫁人，把张彪他和妹妹扔给奶奶不管，张彪他奶奶把两个孩子拉扯大，相依为命不容易。张彪这孩子也很懂事儿，处处保护着奶奶和妹妹，他护妹妹像护犊子似的，不许任何人欺负妹妹。”

“噢！是这样。”林兵点点头明白了。

其实，张彪他昨天收到妹妹的来信，心如刀扎一般痛，他坐卧不安，心恨不得插翅飞到家去。他知道新兵期间不允许回家探亲的。无奈，只好冒犯连队规定不辞而别，回来任凭处置吧。张彪他跑下山，累得腰酸腿痛，有些走不动。心想：这啥时候才能跑到火车站呢？外加天黑寒冷，北风夹杂着雪花打在他脸上生痛。唉，他突然想起军马场的马。如果骑上马赶路多好，即能快速赶到喜桂图旗火车站，又实现他从小想骑战马驰骋草原的愿望。想到这儿，一不做二不休。他摸黑跑到放马点。到了那儿，正好有几十匹裸马在圈里。他弯腰摸进马群中，从中选出一匹净马。这是一匹没马鞍和笼头的枣红马。说时迟那时快，他抓住马脖颈上的马鬃跃身上马两腿一夹。那匹枣红马被他震惊，嗖嗖地蹿了出去。这枣红马驮着张彪一声嘶鸣，奔驰在白雪皑皑的原野上。马的嘶鸣声惊醒了放马人。“嗯，不好！有贼。”放马人立马跑出来，骑上轻骑大白马，手拿套马杆，追赶上去。

这就是前边出现的一幕。在白雪皑皑的草野上，一匹枣红马竖起前蹄长啸一声跃出马群，发疯似地朝火车冲来。斜刺里奔出一个骑手，举着长长的套马杆。两匹马沿着列车行进的方向飞速狂奔。眼看两马飞奔的距离越来越近。骑手挥动套马杆，嗖地一下，兜住枣红马的脖子。但是，就在那一瞬间，枣红马为躲过套马杆，脖子用力一甩向前一窜，年轻的套马手人和套马杆跌落在了雪地里。

此时张彪看到放马青年从马上摔落下来，他担心摔坏青年放马人，他急忙“吁吁”喊叫一声，那枣红马很听话地停了下来。他急忙跳下马，跑到放马青年人跟前：“同志，同志怎么样啊？”放马人已无事地拍打身上的雪，本想发火：“你，你……”他看张彪一身无军衔的军装，心里猜测到他不是军马场职工，就是当兵的人，又看看这骑马人的技能身手不凡。

“对不起！对不起啊，我是山上雷达站的，嗯家里有急事……”张彪跑前抱拳客气地向他诚实地一五一十地诉说了一遍。放马青年是知青，听后很同情地笑着说：“哦，你是当兵的，我们是一家人不用客气啊。如果是这样……走哥们，我送你去。”“谢谢你呀哥们。”就这样，他又把张彪骑马送到喜桂图旗火车站。

张彪在火车站买完票，等候火车溜达到广场上时，他从远处看到一个孕妇吃力地提着旅行包从出站口走来。“啊老师您？”近前才看到是多时没见的老师李小萌。“张彪？你这是……”

林兵听后，笑嘻嘻地说：“唉，宝贝，你的任务完成了，我们的新兵训练也将要结束，咱们是不是尽早回家？万一在这里……可就……”他与老婆李小萌商量着，没有一点往日“大王”的威风。“好好，俺听您的行吧？”李小萌明白，这是他林兵在下逐客令。

第十章　分配岗位

转眼我们新兵集中训练就要结束了。连里按照新兵集训安排，结束前进行一次实弹打靶射击和投掷手榴弹活动。

第一科目是实弹射击。早餐后，唐明排长带领我们新兵，乘连队的嘎斯车向靶场进发。当车来到山下靶场时，林兵连长和范指导员，还有文书小李、卫生员小申都已在此等候。他们已将准备工作全部做到位，远处山坳里靶牌已安置好，跟前射击掩体坑里的半自动步枪和子弹箱已就位。

我们从车上跳下来。"各位听口令！面向我，一列横队集合！"只听林兵严肃地向我们喊道。我们唰唰迅速地按高低个列好了队。"立正！向右看齐！稍息。"我们个个穿着棉衣，戴着棉皮帽，眼望着林兵，听从他的口令。"同志们！"林兵一声同志们没讲完，大伙唰唰整齐地打了立正。林兵向大家喊道："请稍息！今天是我们新同志经过三个月紧张训练后的第一次实弹射击，明天是实弹投掷手榴弹，希望同志们都要认真按照日常训练时的要令，以实战精神，打出好成绩来。你们有没有信心？""有！"我们新兵齐声回答。

"同志们，这次实弹射击，以每人五发子弹计算靶环成绩。另外，在五发子弹实射前，每人先送一发子弹试打，不记入成绩，听明白了没有？""明白！"我们齐声回答。"现在解散，等叫着谁谁就进入掩体。"林兵说着手指向一旁的坑道。"文书在按人员名单顺序喊你们轮流进入。唐排长在掩体坑内负责为你们打靶人安装子弹，校正姿势，把握射击要令。杨生荣和李宁同志在那边靶牌下的掩体坑内，负责报告你们每个人打中的靶环数，明白吗？"林兵又问。

"明白！"大家回答着自动解散。

"张晓东！"只听文书喊。"到！"张晓东答应着进入掩体内。砰砰几枪响后，张晓东第一个打完已出来。那边报数过来说46环，大伙都竖起大拇指说："好好！"

林兵站在我们前面冲大伙说："好！张晓东开门红啊，你们大家都向晓东那样啊，打出你们日常训练时的真功夫。"

我在心里想：张晓东是咋打的？想向前去问张晓东个究竟，又被范林太指导员拦下。他严肃地说："注意安全，不能乱动。"

这时李小瑞美滋滋地从掩体坑里打完出来。文书小李随后喊道："李小瑞五发子弹打了32环。"

文书喊道："张彪。""到，哼！看我的！"张彪牛逼地低头进入射击掩体坑内。几声枪响后，当张彪从掩体坑里打完靶余兴未尽地笑着出来时，只听文书喊道："张彪打了41环。"张彪很不服气地说："妈个巴字，还没等运好气，一下子就打完了，靠！"

其他人在一旁等待着，冯为国紧靠着我瑟瑟发抖。"你冷啊？"我以为他冷低声问他。他缩着身子胆怯地说："我……我怕。""你怕啥？"我奇怪冲他发问并劝道："为国哥，这打个靶你怕啥？又不是打仗，要是真让上战场你该咋办呢？还不拉裤子呀，胆小鬼。"

此时艾小东也打完出来，只听文书喊："艾小东38环。"

"冯为国。"又听文书喊。"到，到。"冯为国进入掩体坑。几声枪响后，冯为国他脸色蜡黄、胆战心惊地出来了。我急忙向前想问他打得咋样时，只听文书小李喊道："冯为国五发子弹全部脱靶。""啊？你……你。"我吃惊地责怪道。

"你是咋回事呀冯为国同志？"李小瑞在旁边狠狠瞪冯为国一眼低声怨道。

文书喊："方晨晨。""到。"我顾不得去安慰冯为国就进入掩体坑。按照日常训练时的动作要令，三点一线地瞄准，屏住呼吸慢慢扣动扳机，一气打完。出掩体坑后，只听文书喊："方晨晨五发子弹打了43环，最好的一发打了10环，最少是5环。"我听完文书的喊话。心里在回味着刚才每一枪射击要令，没啥太大的错误呀，怎么会出现一个5环呢？如果都像那个10环多好！我成神枪手了，张晓东46也不在话下。我一边想着，一边木呆呆地看着李成林、张全、赵西平他们一个一个地进行着。我根本没在意听他们的成绩如何，只想着我射击的过程和每个动作要令。

实弹射击结束。成绩全部出来，我的成绩竟排在第三名，最优秀张晓东打了46环，第二名李成林是44环，我与李成林一环之差。张彪42环也以一环之差，紧随我之后第四名。他脸上写满了不服气的表情，自语："哼，下次老子也拿他个第一，妈的，靠，有啥了不起的。"

夕阳西下，打靶结束。我们在回连队的车上，互相叽叽喳喳有说有笑，互相调侃逗乐着。冯为国他低着头，苦瓜着脸，缩在车厢角落默不作声，不知道他在想啥。张彪哑着嗓子领唱："唉唉，日落西山红霞飞……"他这一唱，大伙就跟上唱起："……战士打靶把营归，把营归……愉快的歌声满天飞……。"

晚饭时，冯为国没去吃晚饭。我担心他想不通，随便吃上几口就去找他。房间里、洗衣房、养猪场都没有，终于在我们常聚会的后山坡上找到。他一人坐在那儿抹眼泪。"为国哥，你咋不吃饭咧？"我急忙跑到他身旁问。"嗯不饿！"他头也不抬低声说。我坐到他旁边安慰道："为国哥，打个靶，何必那么在意呀？这次不中，下次注意打好就中了吧。”“晨晨，你说连里能否把俺退回去呀？”他担心地问我。他这一问,还真把我给问住了。我心里也在打鼓拿不准,为稳住他,就大胆地笑着说:“不会！哪儿容易退回去的，不至于为国哥。”“哼，我咋这么笨呢？看到枪就哆嗦，听到枪响就晕。”他撅着个嘴，愧疚地拉住我的手解释道。

我听后就明白他为啥射击时会全脱靶。我问他：“为国哥，你打靶时是不是闭着眼呢？”他看着我忙点点头，示意我猜对了。此时我很理解他，就拍了拍他的肩膀安慰道：“没事，今后有时间我陪你练，以后还有实弹打靶的机会。嗯，明天投掷手榴弹这是你的长项啊，到时按要令使劲扔远些啊。”我虽然在鼓励他，从内心还是担心他关键时刻掉链子。“嗯！”他攥紧拳，向我用劲点点头。

我知道冯为国他有力气，平时训练投掷假手榴弹时他都在前一二名。看他很轻松地投掷出五六十米远，我很羡慕他。明天实弹投掷手榴弹，我相信他一定会投掷出好成绩，来补上打靶的不足。

次日，“笨！真他妈的笨蛋！”林兵气呼呼地骂道。

的确，冯为国又不争气，使我很失望，使全连人为他惋惜。事情是这样的，前边我、张彪、张晓东、李成林、艾小东无论投掷的远近都很平安。轮到冯为国时，杨生荣对冯为国还特意劝慰道:“冯为国！按照平时训练时的要令,放松啊！”“嗯。”冯为国也答应了。唐明把手榴弹递给冯为国说：“按照平时训练时的要领，第一步做什么？第二步做什么？第三步做什么？”他瑟缩地紧握手榴弹，一步步做完时，唐明喊：“预备，投！”

他的精神过于紧张，也就在他手举起手榴弹投掷时，没想到的事情发生了。呲呲冒烟的手榴弹，瞬间从他头顶上掉落到他身后的唐明、杨生荣和我身旁。说时迟那时快，我奋不顾身，抓起身边呲呲冒着烟的手榴弹扔了出去。只听轰隆一声，这颗手榴弹在我们掩体坑前方二十米处炸响。

瞬间，我像泄气的皮球一屁股瘫坐到掩体坑里。冯为国他双手抱头蹲在那儿呜呜哭泣。“你……你！”唐明瞪着冯为国气得脸发青，不知说啥好了。杨生荣也被眼前的一幕吓得直愣愣地看着冯为国，脸上的汗珠冒了出来。

唐明咬牙切齿地骂道：“哭！哭哭个屁你！妈的。平……平时咋练的？啊！”杨生荣过来拍着我的肩膀问：“没事吧？”“没事。”我看冯为国一眼，回答道。

此事幸亏杨生荣考虑周全。他了解到冯为国实弹射击时，是因为胆小害怕导致全部脱靶。今天投掷手榴弹为防止意外，就特意安排我陪着冯为国给他壮胆，没承想，还真派上用场了。

李小瑞：“靠，这他妈咋弄嘞呀？”

“真笨。”艾小东在一旁也责怪说。

“哎。”张彪、赵西平、张晓东他们在摇头叹息。

这事一出，全连震动了。老兵们也都议论纷纷，甚至千里之外的团机关也知道了此事。不单林兵连长骂他，别人也耻笑他。这事对冯为国打击也很大，饭不吃，觉也不睡，天天躺炕上不起来。我也为他着急，担心他压力过大，做出其他傻事来。就去安慰他："为国哥，没事儿啊，以后咱还有机会。你得振作起来，否则……连里真把你……"我这一说他真是害怕了。他噌地坐起来，哭丧着脸问我："晨晨，你……你说俺咋办呐？啊？俺……" 其实他最担心的就是连里把他退回老家去，这是关键点。"为国哥，从今天起你得振作起来，不能让这点事把你压垮打倒。这些事咱没做好，以后其他工作干好不就弥补过来了吗？不能因这事就趴下，那以后还有很多的坎坷嘞，你咋办嘞？振作起来吧，啊。"

"那，那俺听你的。"冯为国看看我。自己感觉我方晨晨说得有道理。"对，听俺的。"我顺势把他拉起来。

新兵训练结束的最后一天。杨生荣领着我们十三位新兵参观连队所有设施。说真的，我来连三个月，除政治理论和基本军人队列素质训练外，还没有到连队各个设施、工作区域参观过。说是军事重地，我们新兵也不敢轻易乱跑乱窜。

记得张明亮班长为我们讲无线电基础知识时，我还特意问过他啥叫千里眼、顺风耳，他说等我们当了雷达操作员、无线电报务员自然就知道了。杨生荣领着我们先看了厨房后厨，又到连队养猪、养羊场圈看了一圈；到另一个山包下的洞里参观了油机排工作区。油机排由丁阳排长负责，他是湖南人，与梁东方副指导员同年兵，个头不高，却体态肥胖，像《小兵张嘎》里的胖翻译官，戴副金丝眼镜，说话带着纯正的湖南腔。他为我们介绍了三部移动式发电机的用途功能。我听后才知道，连队二十四小时用电都是从这里发出来的，如果没他们，整个营区漆黑一片。

我们从油机排出来后，直奔山顶雷达阵地。这雷达阵地，从远处看是个半圆形大铁架，近处才看清是一辆能移动的铁架天网车。杨生荣指着这个不停旋转着的半圆铁网对我们说："这就是我们常说的千里眼，通过这上面密密麻麻的网洞发出的电子波，就能搜索到远方的目标。"电子波？发出电子波就能确定目标？我还是不解。此时，我们已跟随他进入雷达操作排工作间。房间内，冲外边铁架天网的一面墙是两台电子显示屏幕。有四位老兵操作员聚精会神在盯着闪动的屏幕。刘海排长热情地迎上来欢迎大家。刘海个头不高、偏瘦，他与唐明是四川老乡，同年入伍。他笑着指着屏幕说："这就是千里眼，远警雷达。从这里能看到苏联境内。他们的飞机只要一起飞，我们这里就看得一清二楚。"我听着还是不解，就问道："刘排长，我们雷达发出去的电子波怎么能发现敌人目标呢？"刘海排长明白我问的意思。他笑着带着四川腔调解释道："哦，是这样，就如我们打开手电筒，手电筒的光亮就如我雷达天线发出的电子波哦，碰到蚊蝇或其他东西，我们的眼睛就看到啥。"我还是不明白，又不敢再多问，只好在心里对自己说，以后好好学习电子方面的书就会弄明白的。

回到连部指挥值班室，林兵和电务发报员坐在两台发报机旁，报务员在敲着滴滴答答发电报键，紧张地工作着。杨生荣手指放嘴上嘘嘘两声，示意我们安静，不要打扰他们工作。他指着发报机小声说："这就顺风耳，雷达发现情况及时通报给电报员，电报员用密码发到团作战指挥室。团作战指挥室再上报空军总部。"

我一边听着杨生荣的解说，一边向报务室内四处张望。室内那长条桌上满满摆了四台同类型的机器，两台不停地嘀嘀嗒嗒闪亮着小红灯在工作，另两台好像没开机。无论是千里眼，还是顺风耳，都是电子波的功能。正如杨生荣说的，平时我们收听的广播，也是电子波传递来的信号，通过电子管变幻而形成声音。我心里暗想：假如我们训练完，把我无论分配到雷达排当操纵员，还是分到电报室当报务员，都好好学习弄明白电子波是个啥玩意？

晚饭后，新兵在营房门外列队集合，连长林兵宣布我们新兵集训结束，并为我们每人颁发领章和帽徽。他严肃地讲道："同志们，从今日起，你们佩戴上军衔，成为真正的军人了！一颗红星头上戴，革命的红旗挂两边。这意味着你们经过三个月的严格训练，已经完成了从一个老百姓到军人的转变，从此肩负着军人的责任，开始书写自己的军旅新篇章。"

大家听后热烈鼓掌。我也热血沸腾，心情久久不能平静。是啊！从此肩负起军人的职责，开始书写军旅新篇章。

我们个个兴奋地手捧着红彤彤的领章帽徽，像获无价之宝般回到宿舍。宿舍内那盏白炽灯虽然不够亮，但柔和的光线还是映照着一张张年轻的笑脸。班长韩城从自己的针线包中取出针线，手把手地教我们新兵如何往衣领上钉领章，往军帽上钉帽徽。新兵们穿上带领章帽徽的衣帽，互相来观看、比试谁钉的正确和差距。这喜庆写在每个新兵的脸上，也流淌在每个人的心上。

"晨晨看我，像不像？"这会儿李小瑞穿戴整齐，正向我举手敬礼。他两腮的肥肉快把红领章给遮住了，我看着直乐。学着班长的口气喊了声："礼毕！"冯为国更是乐得合不拢嘴，穿戴好衣装，扎上腰带，在宿舍的走廊里走来走去，兴奋地屁颠屁颠。他进门冲大伙嘿嘿傻笑着，又抓抓头问我："晨晨，怎么样？像不像？""看把你美的，像什么像？"我打趣地说。

明面上我打趣他，其实我心里也美滋滋的，比吃蜜都甜。有一种无法言语的快乐和激动。我在想：从此，我是一名真正的人民空军战士，解放军的一员，肩负起保家卫国的神圣使命，为祖国为部队建设奉献出毕生的青春年华，这是我的梦想，也是我人生的追求。今日终于实现啦。

新兵赵西平兴奋得嘴里哼起了"我是一个兵，来自老百姓，打败日本狗抢盗，消灭蒋匪军……"的歌曲。大家不约而同也都附合地唱了起来……

清晨，一缕阳光透过营房的玻璃窗，悄悄洒在我们的炕上。今天是星期天，连里还专门从市北方照相馆请来摄影师为我们新兵照相。起床号还未吹，大家都早早起来开始准备，早饭都没吃踏实。早早穿戴好，在连文娱室排队等待照相师的到来，宛如过节一般热闹喜庆。

照相时有的除照标准像外，还外加挎手枪、背枪、持冲锋枪各种姿势的军人照。我也照了一个腰挎手枪的全身照。待洗出后寄给我妈、奶奶和妹妹她们都看看我这模样儿。

周一早饭后，新兵进行正式的工作分配。林兵站在队伍前很严肃地说道："同志们！"我们正在交头接耳说笑着，突听到林兵说句同志们时，我们唰唰迅速地打了立正。林兵向大家敬了一个标准的军礼，喊道："请稍息！同志们，经过三个月的军事训练，现在已正式结束！经过连领导研究决定，对你们每个人的工作岗位进行分配。我宣布艾小东油机班；张晓东、李小瑞、赵西平、李成林报务班；张彪、朱国庆、吴勇、李光宇雷达操作班；张建国通讯班；冯为国、张全、方晨晨炊事班。大家听明白了没有？"

"听明白了！"大家异口同声回答。林兵说："听明白，各班带回！"天呐！当我听到去炊事班时，如五雷轰顶，太出乎意外。我想着不是去雷达操作排就是去无线电报排，最次也能去油机排吧，万万没想到去炊事班？我的理想是进一步了解电子波呀。我在家时最不喜欢做饭炒菜这活，完了，这下全完了。还了解电子波个屁呀这？

队伍解散，按各自分配工作岗位和班次进行了搬家。

我和冯为国、张全搬到炊事班宿舍。炊事班王雪早已把我们三人的铺位安排好啦，把被褥和洗漱物品放好。他又及时召开班务会，司务长徐兴荣也参加了会议，王雪班长在会上笑着宣布说："欢迎你们三位来炊事班工作，大家欢迎。"炊事班的全体同志鼓掌。我心里不爽，一边鼓掌心里一边想：欢迎屁呀欢迎。他又接着说："方晨晨同志，除协助司务长搞好连队的食物采购工作外，协助我参加炊事班的日常管理工作。"什么？我协助你王雪参加班里的管理工作？你没搞错吧？"冯为国同志负责连队猪和羊的饲养工作，认真地把连队这些宝贝饲养好，把猪、羊养的肥肥大大的，它决定着我们连队大家伙生活的改善问题；张全同志参加炊事班的一切日常工作。"

这啥意思呀？我搞不懂了，我以后是不是要当采购员买东西东跑西颠的，这还学啥技术呀？正琢磨着。突听王雪："你们三位新同志，要向老同志学习，和同志们打成一片，把本职工作完成好，齐心合力把炊事班的事情做好。"大家沉默无语。

司务长徐兴荣接过王雪的话："你们三位都是新同志，一定要正确对待连里的岗位分工。当兵来，都想学点技术回去，没人想到炊事班当炊事员的。你们来了三个月时间啦，也都看到了，连队是个大家庭，每项工作都需要人去做、去完成。革命工作没有贵贱之分，只有分工不同。你们三位，可能在家里都没有做过饭炒过菜吧，也没有想到学做饭去当饲养员吧？这些都是正常的。具体怎么正确对待工作，这过多的道理我不想多说了。你们谁有想法，来找我咱们单独谈。嗯，小方你，现在虽然是上士，协助我和王班长工作，你一定要严格要求自己。如王班长说的，在认真完成好本职工作以外，还要和同志们打成一片，参加班里的各项工作。”

“上士？”怎么说我是上士，上士是干啥的？我心里不解。会议结束，都各自忙工作去了。我看没别人就悄悄问王雪：“班长，上士是做啥的呀？”王雪一听我不明白上士是做啥的，笑着说：“小方，我当几年兵，在炊事班干这么多年都没能当上上士，你小子一步登天了。上士，是司务长的助手，外出采购东西、记账，权力可大了。”他用羡慕的眼光看着我笑，又拍拍我的肩膀说：“好好干！以后多照顾照顾我这老家伙，啊。”我仍不理解，只是谦虚地笑着说：“不敢不敢，还需要班长您多照顾俺。”

我思来想去到炊事班当上士也中！不当雷达操纵员或报务员，只要有时间自学，也同样能弄明白电子波的原理。话再说回来，到炊事班也有好处，起码不用黑天半夜起来站岗受怕了。还可以近水楼台，多吃点剩馒头米饭这些细粮。

冯为国他更想不通。班务会后，他独自一人跑到营房外的一个小山包上，坐在那大石头上，眼睛呆滞地望着远处出神。

虽然天气很好，阳光灿烂，天穹湛蓝，一朵朵白云像是耀眼的雪，一会儿像只白兔，一会儿又变成一匹奔腾的骏马，像变魔术一样不停地变换着形状，煞是好看。酷似它们专为我们新兵训练结束，正式配发领章帽徽来庆贺一般。天空除几朵白云在变动着以外，没有任何云彩，湛蓝的天空干净透明。山谷里异常宁静，从山头朝下看，沟口两面的山脉、树木、草原、星星点点的羊群，以及草原上一条条掌纹似的小河，都清晰可见。

可冯为国他对眼前的景象，仿佛没看见一样，视而不望，他也没心思欣赏这景色。他怎么都没想到，自己会被分配到炊事班来喂猪、养羊，做一个名副其实的饲养员。他想不通喂猪这项工作的意义是什么？想家了，想起了自己的父亲和爷爷。三个月来他没给李玉莲写过一封信，也不知该对她说些啥，或者是怎么对她说。李玉莲虽然又多次来信表白如何喜欢他，说爱他这名解放军战士。可他始终就没回信，几次坐下来拿起笔和纸，又不知从何写起。一次，他充满信心地坐在饭堂角落里的桌子上，满怀激情给李玉莲回信。可写了几句就扔了，反复多次，都没写成。他也曾想，待自己干出点成绩来再写信寄上军人照，让她看看俺这农村的穷小子也能干出个样子来的，也好让父亲、爷爷在村里扬眉吐气一把。可，可现在，可这……分到炊事班去喂猪，怎么给家里人说呐？说是在部队当饲养员喂猪的？这说出去太难听了吧？这不叫全村人笑掉牙才怪呢！更不用说李玉莲啦。虽然，她在信中表白爱解放军，无论何时都不会变心的，永远爱着我冯为国的。可，这……这她绝不会喜欢一个喂猪的大头兵啊……，冯为国在胡思乱想着。

李小瑞与我们俩不同，自分到无线电报室当报务员，吃饭都比平时香，走起路来胸脯都挺高三寸。

午饭后，我和李小瑞发现冯为国没来吃饭，也没在宿舍。我俩到各处找都无结果，也没在猪圈。嗨，结果发现他一人坐在营区旁边小山包的石头上在发呆。

我俩悄悄走到冯为国背后，站在大石头后的山坡上，遥望远处的美景。情不自禁的我朗诵起毛主席诗词《沁园春·雪》："啊！北国风光，千里冰封，万里雪飘。望长城内外，……"李小瑞耻笑我："靠！现在都已春天啦！还啥雪呀雪的？"

我没理会李小瑞，只管仰望头顶上空。看见有两只雄鹰在空中，翅膀几乎不动，在绕着圈儿滑翔。前方远处的山窝里，袅袅的青烟升腾着。我又情不自禁地："啊，多好的美景，何时能像这雄鹰一样，自由地翱翔在蓝天中？"

冯为国眼里噙着泪，低着头不理我们俩。我很理解他，分配到炊事班喂猪这是他没想到的，也是我没想到的。他曾经跟我说过，他的理想是学开车，学个技术活拿个铁饭碗，将来复员回家也好找工作。这在部队喂猪，没啥技术，也不好向家人交代不是。

我走过去扶着他双肩安慰道："为国哥，别难过，这也可能是组织上对你的考验。你不是想早日加入中国共产党吗？听老兵们说入党前，党组织都要把艰苦的工作交给他去做，看能否经得起组织的考验。这也许是好事，甭难过啊！我奶奶说过，一个成年的男人，一生只允许哭两次，母亲将殁，可痛哭于床帏之前；国之将亡，可痛哭于九庙之外。祖国的担子需要男人的铁肩，不稀罕我们的眼泪。"我不知该怎么去安慰他好，说出这番话，自己想起都好笑。

李小瑞也凑到前来安慰他："是呀！听说你已写申请书要加入中国共产党了？你老大哥可以呀。晨晨他说得对，这可能是党组织对你的考验嘞，你可要经住考验哦。"

在部队，特别是当新兵时，互相有点好事，有点想法，特别是有什么烦心事儿，老乡在一起说说唠唠家常也就排除心里的不快。冯为国他总归年长我俩几岁，也许是听我们俩说得有些道理。抬头对我俩冷笑道："嘿嘿，我没事儿放心吧啊。""是真的没事啊为国哥？"我不放心地问。"真的没事儿晨晨。"他笑着说。

就这样他很快排除了心里的郁闷："你俩不愧是好兄弟，这么关心俺，谢谢了。""客气啥呀为国哥……""走，咱们回去吧。""走。"我仨人互相说着、聊着，互相安慰鼓励着回到营区。

晚饭前，范林太指导员在我们队伍前宣读一个任职命令："……任命唐明同志晋升为十九连副连长，由行政二十三级晋升为二十二级；蒋建农同志调团部任作战处参谋；任命杨生荣同志为十九连雷达排排长，行政二十三级。原本连雷达排刘海同志任该连报务排排长。

光阴似箭，转眼到部队半年过去了，什么事都是在不断变化的。本来我和冯为国分到炊事班，李小瑞还得意被分到电信报务班，当上红色报务员美滋滋的，心里乐开花。嗨，没想到不到七个月，李小瑞居然也被分到炊事班来了。唐明和司务长徐兴荣在炊事班欢迎李小瑞班务会上说："炊事班是关系到全连官兵的身体健康，是加强炊事班工作的需要。"

其实是他李小瑞当报务员不称职的结果。前天吃晚饭时，我在食堂一旁亲耳听到林兵和唐明、刘海他们商议讲："李小瑞不适合电讯报务员工作，密码都背不下来，报务班两次测试，他的成绩都不及格，暂时安排到炊事班去做饭吧。"从林兵、刘海的表情看，他们对李小瑞技能训练的表现极为不满。安排李小瑞到炊事班来加强工作，那只是一个说辞。这可不是像李小瑞劝慰冯为国那样："党组织是对你的考验吧？"这可是组织上不满意你的工作呀小瑞同志。

要说起李小瑞同志，他可是很有意思的一个人。他自从分到炊事班来，我还担心他想不通呢。其实是我想多了，他并不在意这事儿。他坚持用自己的生活方式，在自己的世界里，不受任何外力的影响。就如他所说的"走自己的路，让别人说去吧"。你看，他到炊事班没有任何消极怠工的表现，甚至更加快乐啦。就好像他早就盼着到炊事班来工作，终于实现了愿望一样，天天成了"乐天派"。时不时还哼唧着小曲，别看他五音不全，音色难听，外加河南方言更加难以入耳。我们王班长说他唱歌比哭还难听，可他不在意，听见只是嘿嘿一笑了之。他最喜欢唱的军歌就是那首《说打就打，说干就干》，因为他现在已成了这么个角色。

你看你看，干活时他还要哼哼叽叽唱几句歌呐。比如他一边炒菜，手握大铁铲一边翻炒，嘴里还一边唱"说打就打，说干就干，打得准来看来看得远……"

王雪在一边择着菜哈哈地笑着："你一个火头军，打什么呀打，干什么呀干？你轻点！甭把我的大铁锅给干漏啦。"王雪逗得大家伙都哈哈一乐。冯为国在一边起哄架秧地："小瑞，你用河南戏唱一唱大海航行靠舵手吧！"

"哎哎……这不行啊！嗯这是革命歌曲，可不能乱唱……"我在一边严肃紧张地制止他。"没事，怎么唱都是革命歌曲吗？"王雪无所谓地鼓励他唱。

"好，俺……就用老家大平调，黑老包的唱法中不中？"李小瑞还来情绪了。"你还问大家中不中啥啦，你会唱不？"我偷看他一眼，心里也为他捏把汗地问。

"中…中！"王雪也起哄。"嗯……那俺弄两句啊？"李小瑞他手握炒菜铲，拉开黑脸包公的架势："大海航行靠舵手，万物生长靠太阳！雨露滋润禾苗壮，干革命靠的是毛泽东思想！""哈哈哈……"他逗得大伙哈哈笑，"好好好"还一个劲地鼓掌叫好。说真的，他唱的细听起来确实还有点老家大平调味，嗯不错。

“俺一句也没听懂。”王雪和张全他俩哈哈笑着说，只是看着李小瑞那样子好玩。王雪笑着催促李小瑞，“哎哟哎哟，赶紧把锅里素炒芹菜打起来，赶快吧，菜都被你给炒糊了个球啦！”王雪这一说又逗得大家哈哈一阵大笑。

李小瑞他满嘴的河南腔调，却又自豪地说：“班长，俺这样唱多有气势啊！”

李小瑞他呀，身段不高，列队却总喜欢抢排头的位子。用他的话说，因为“威风”。结果每次连里晚点名，他却站在炊事班队后尾。他却解释为：“虎头、豹尾是压步子的。哼！别看俺个子矮点，浓缩的都是精华！”小兵痞子味道出来，还真逗得我们大伙开心一笑。

要说李小瑞他和入伍前是截然不同的两种人。他家在我们滑州八里庄公社柳李村，李焕金是李小瑞的爷爷，小瑞他从小跟着爷爷长大，等于是在动物园和戏曲台前长大的。李焕金会口技，既能学马牛羊鸡鸭鹅的叫声，也能模仿鸟儿的叫声和各种戏曲唱段。别看李小瑞平素蔫头蔫脑的，又口拙，可要是爷爷一表演，他的精神就活泛了，说话也利落了。爷爷李焕金特别喜欢这个最小的孙子李小瑞，逢农村十里八村的大集，都带上这孙子去赶集摆地摊卖艺，多少还能挣得三两块钱，以补贴家用。爷爷时常也给孙子李小瑞买点牛肉壮馍或吊炉大烧饼吃，给他解解馋。要说李小瑞比他上边的哥哥姐姐都享福呐。哥哥姐姐们却都烦腻他，可爷爷偏爱他，在家里他最小，也可能是老咯嗒受宠爱吧。他比哥哥姐姐们多吃好多好吃的东西，可偏偏不长个头、净长心眼了。如今他十八周岁了，才长一米六八的个头，胖乎乎的。可他脑子又出落的比谁都聪明，村里人说他猴精。

李小瑞的爷爷，在小瑞九岁时去世了。他再也听不到爷爷的口技，也吃不到好吃的东西了，从此身上的魂儿也没了。他没了靠山，也再没人宠惯他，很是失落，傻乎乎地待着在那儿发愣，与家人邻居都不说话，装聋充哑。甚至一天到晚打哈欠，而总是发渴，不停地喝水，水瓢不离手，晚上又夜夜尿床。被褥上，被他夜夜涂印上各国地图，湿漉漉的一片。气得他妈没有办法，只好让他睡光板床，说是拆洗不起被褥。那时，农村穷的穿衣服都困难，兄妹多，老大穿的衣服穿小了给二的穿，二的穿小了给老三穿。破了脏了，翻拆洗洗，将里面翻过来，像新的一样照样穿。特别是过年过节，把旧衣服拆洗一下，就当新衣给孩子们穿上，孩子们也很高兴。孩子们穿着翻新的衣服，还美滋滋地向小伙伴们显摆。更何况穷人家的被褥，孩子多被褥越加明显紧缺。兄妹几个人挤进一床被子里是平常事。生活困难的家庭，谁家都不会有几床富裕的被褥。这李小瑞家同样，兄妹们又多，本来被褥就紧缺，有几床被褥经得起他李小瑞夜夜往上尿啊？好天气，还可以拿到太阳下晒晒，晚上继续盖。如果遇连阴雨天怎么办呐？他的哥哥姐姐们对他很有意见，经常闹得大家睡觉无被子盖。最后，他妈一狠心，让他一人光屁股睡光板床。他妈说：“孩儿，你一个人就随便尿吧啊！”

李小瑞的爸爸叫李常新，在我们滑州县人民医院当副院长。他爸个把月才回来一次，看到儿子李小瑞傻愣愣呆着，那真是看到眼里、痛在心中。他为让儿子李小瑞打起精神，让他与人交流多说笑，李常新只要回来就给他用向爷爷学的口技吹上几声鸟叫，逗他开心。李常新知道儿子小瑞这种状况不是疾病，只是精神世界所造成的。只要好好引导是会转变过来的，他很有信心来逗儿子开心。李常新向他老父亲李焕金学了一点简单的技巧，由于上河南医科大学学习，对老父亲混口饭吃的小技法不喜欢，就没用心去学。但是，经常看到父亲练习，自己也掌握了一点技法，他在大学学习空闲时，在同学面前偶然露一手调节一下气氛，也逗得同学们乐呵高兴。可李小瑞嫌那声不如爷爷的好听，总是堵起耳朵不听。怎么逗李小瑞就是不笑，怎么讲他就不开口说话。气的爸爸李常新没办法，无计可施。

有一年夏天，李小瑞去放羊，把羊往山坡上一撒开，自己就躺在向阳的山坡草地上睡觉了。等他醒来时，太阳已落山，羊也不知去向。他在暮色中寻找，迷了路也找不回家，害得全家人满山遍野地找他。

冬天，他背着箩筐去捡粪，每每看到游荡着的牲畜，他就会尾随其后跟踪着。村里人问他这是做啥时，小瑞不搭腔，只是撇着嘴，用粪铲指向牲畜的粪门，好像是一个警察已把凶犯逼进了死胡同，立等可捉似的。待村里人明白时，逗得人家哈哈笑。

在家里，李小瑞的母亲见他总是这样闷闷不乐又不爱与人说话，担心他时间长了再变成哑巴。听别人说，一个人如果长期不讲话，舌头就会变短，成哑巴。小说《红岩》里华子良，就因为在敌人的渣子洞里装疯、装哑巴，新中国成立后华子良说话困难，嘴就没那么利落了。小瑞他妈也担心，凡是家中短缺什么需要向邻居借的，她都让李小瑞去，故意锻炼他多说话多交往，以便提升他的讲话能力。

其实爷爷李焕金在世时，看他聪明，常带他去赶大集，也是想把这个饿不死、在任何情况下都能养活自己的口技传授给李小瑞。可他就知道跟着爷爷吃好的，一点都不往这口技上用心。爷爷去世后，也可能对他心灵上的打击太大了，使他更加少言寡语，落下孤独症。

唉，有一回呀，后院的张二婶正在自家屋里灯下补裤子。李小瑞来了，他瑟缩着身子进了二婶家门，冲二婶轻声细气地说：“没亮了。”

张二婶抬头看见李小瑞站在屋门口，没听清楚小瑞说什么。那时候的邻里之间经常互相借点盐、酱油、醋、火柴啥的是常事。不像现在，特别是城市里，同住一栋楼一楼层，甚至门对门，下班回家门一关，都是老死不向往来。邻居家姓甚名谁，家中几口人一概不知。年轻人说的是各人有各人的私密空间，不能随意让人打扰。二十世纪六七十时年代，特别在农村邻里之间和睦相处，张家包点猪肉饺子给李家、王家老人小孩尝尝，李家做点好吃的给张家送点，没有那么多的隐私。

张二婶看着李小瑞的表情，猜测地问：“孩儿，你要火柴咧？”李小瑞傻乎乎地站在那儿摇摇头。“小儿，你要洋蜡哩？”李小瑞站在那儿没站稳，身体晃动了一下。二婶看他好像点了点头。嗨！二婶叹了口气，起身到旁边抽屉里取了一支蜡烛给他。李小瑞他拿上蜡烛扭头就跑一声谢谢都没说。“这孩儿！”二婶看着跑走的李小瑞笑呵呵地说。

还有一回，李小瑞的母亲要炖只老母鸡，发现家中没了花椒大料。让李小瑞到隔壁邻居李奶奶家去借几颗花椒大料用。他不慌不忙进了李奶奶家门后，倚着门框探着小脑袋，抽着嘴角说：“没味了。”李奶奶家的二媳妇小红听见李小瑞在屋门外说话，猜想是借啥东西来的，又没听清他说什么就问：“瑞，啥没味儿？是要盐吗？”李小瑞摇摇头。“要醋啊？”李小瑞他还是摇头。小红见他光摇头不说要啥。她猜测是借东西，也可能是生活用品。她就只能跑到厨房一样样拿出来猜测地问小瑞。她也知道李小瑞的德行，街坊邻里都知道李小瑞是个半哑巴。小红不厌其烦一样一样地拿着问他，当她拿到花椒大料问小瑞时他长长出了一口气，身子一软水银泻地似地歪倒在门槛上。后来李小瑞这事儿，就在邻里之间成了笑料。

他爸妈送他当兵来也是想在解放军这所大学校里锻炼他一下，以后便于好找对象，结婚生子。

入伍后的李小瑞，可真是今非昔比喽！一天司务长给我和王雪交代说：“炊事班副班长人选，就在班里我们这些同年兵里选拔，必须要政治坚定，为人忠厚老实，烹饪技术过硬。能说，有一定组织能力的人担当重任。”我和王雪商定，在炊事班采取广泛民主，不拘一格，大伙推荐加自荐的方式“海推”！

我想怂恿李小瑞参选，炊事班班务会上，还没等徐兴荣司务长宣布完条件和要求，李小瑞已经“自荐”了。举手说道：“司务长、班长，同志们呐。我李小瑞，不怕吃苦，又符合司务长宣布的候选人条件！我愿意协助王班长，承担起这副担子，请相信我……”他说完笑呵呵地看着徐兴荣、王雪和大伙儿。“这样，咱们还是民主选吧，用无记名的投票方法，民主选举好吗？司务长您说！”王雪委婉地笑着拒绝了他。

我看得出王雪的意思，不太同意又不好拒绝，只能模楞两可地这么说。“好，同意班长意见，你认为谁合适当副班长，就把谁的名字写上。没有可以不写，也可以自荐写自己。”徐兴荣司务长马上补充道。

我猜测他们俩已经有目标，这只是走走形式而已。这个目标是谁呢？我心里在猜想着。经过大家民主投票选举，验票结果，当选的是一个湖北武昌不善言辞的同年兵张全。张全也是，甭看他是城市兵，分到炊事班就是踏踏实实不声不响地只管干活。用李小瑞的话说他就是“只管埋头拉车，不会抬头看路”的人。他一米六八个头，微胖，圆脸，上身长，下身腿短，这也可能是长不高的主要原因吧。高中文化，不善言谈，小瑞说他是茶壶里装饺子——有货倒不出的主。

张全当了炊事班副班长后。每次班务会，我和班长说完或者学习发言完。他从不补充，对内务卫生的要求也只是体现在自己动手整理上，从不在动口的层面上号召大伙。也就是说以身作则、身体力行好，但组织大伙、凝聚集体力量比较差。人是好人，但不是领导人才，更不是帅才、将才。张全他开班务会从不主动发言，都是听别人讲，问他有啥说时都是那两个字：没有，同意。我看到眼里，担心在心，王雪对张全不说什么，我也只能是默认，更不能去指责他，不讲就不讲吧，也可能故装深藏不露。

李小瑞在脸色凝重地观察了几周后，很是愤慨地对我发牢骚说："妈的！我算看出来了，张全他傀儡一个！"

第十一章 争分夺秒

东北边疆的五月，恰是春暖花开。连里安排全连结合实战搞一次全副武装的五公里越野拉练。队伍就围着营区外一个五公里的山头竞跑。以实战的要求，每人必须把背包枪支弹药全部背上。话务班还要背上无线通信对话机，炊事班每人除枪支弹药外加炒菜锅和粮食。以班为单位计时，按照每个单位集体合计时间长短，来评定名次，用时最短为第一名。

林兵、唐明、杨生荣他们在队伍前边带头跑，梁东方在整个队伍后边督促。范林太和文书在终点等待计时，统计成绩。

冯为国背着行军锅，我外加一个油桶，李小瑞加上一个水桶，王雪加上一个马勺和锅铲，张全和其他几个老兵都是装五公斤的粮食袋。

战友们跑起来就显示出真正的实力，互相你争我抢不分前后。可张全在这次越野拉练途中，就暴露了他的弱项——跑步。跑时，他没能紧跟班长的步伐，而是掉在了队伍的最后，让梁东方催促着。大家都羡慕地看着我和李小瑞健步如飞。据说，李小瑞在农村长大，上中学时还是长跑健将，在新兵训练中就崭露头角，算得上名声小震了。我俩紧随大伙围着山体跑了一半时，就站在山坡高处悠闲地看着那些后面赶鸭子的人，心里美滋滋的。

班长王雪在稀稀拉拉的队列中督战炊事班的人，扶一把“快快，快跟上……加油”，再推一把“快快快”吆喝两声，催促着后边的人。张全掉在队伍的最后，王雪居然没有去拖他，只是严厉地向他“张全快，快跟上”吼了两声，就扶持着跑在中间的李立、张乐他们去了。

人呐，在持续激烈运动中时，有一个快到极限的时间段，会感到气短胸闷腿像灌铅似的重，但如果坚持住，熬过极限段就会很轻松，这是运动员总结出来的经验。现在，大伙负重跑得都处在极限段上，我也同样，气短胸闷，有些缺氧。这时的李小瑞也是体力快要到透支的时刻，看他那痛苦的表情就知道。可他即使这样还不忘调侃张全，望着后边远处狼狈的张全说：“这家伙……哼，拉稀了吧。”我呼哧带喘地问他：“哎！我怎么感觉你这话透着点幸灾乐祸呀？……你是嫉妒人家吧？”

李小瑞用手甩了一把汗得意地：“那当然，嫉妒让人进步嘛！……不过，这家伙，哼！……在这个时候拉稀掉链子，也太不应该了吧？”

“嗨，人呐，要谦虚谨慎戒骄戒躁哦……都是我们的阶级兄弟，革命战友……要团结，不要……”此时的李小瑞并不关心团结不团结的问题，他根本就没理会我说啥，而是大步流星地转身逆大伙向张全跑去。

回转的路是下坡，人们跑起来不自觉就会加速度，再加上我们已经跑了那两公里多，身体完全活动开了。李小瑞他的步子迈开就收不住，他大跨步地往逆回方向冲下去。凭我对他的了解，多半是奔着后边那个倒霉蛋张全去的。

果然不出我所料。不大工夫就听见他拽着张全上来了，嘴里还絮叨着：“你不是很中吗？俺告诉你！副班长是要紧跟班长的！绝不能掉在大伙后边。跑啊快跑呀！”

据我当时的理解，他应该是对张全使用的激将法。但在其他人的眼里看他的表现，更像在宣泄内心的不满和不服气，甚至是落井下石故意出张全的洋相。其实李小瑞就是这样，永远只会用自己的思维丈量别人的行为，而且还是只出头鸟。他透着可爱又可恨，且还有着几分傻气。

他俩呼哧呼哧喘着跟上来了。我看见李小瑞他拖着张全像猪一样沉重的身体和行装咬牙前行，他嘴里还不断背诵着毛主席语录：“下定决心，不怕……牺牲，排除万难，去……争取胜利”，以示他们有争取胜利的决心。此刻张全他仅存的一点自信和自尊都瓦解了，开始呜呜咽咽哭起来……男儿有泪不轻弹，只因未到伤心处，张全他真伤心了。他是城市兵，缺乏锻炼也是情有可原。

要说这农村兵和城市兵就是不一样。农村兵是干农活练出来的，就像我和冯为国、李小瑞这十几、二十郎当岁的小伙子正如牛犊子似的强壮。在农村生产队里那也是强壮的好劳动力，能拿到一级最高工分，生产队长也最喜欢这些年轻人，他专门把重活安排给这些小伙子们。同样一天的活，青壮年就是比一般人挣得工分高。比如：每年三夏抢收时，顶举着麦叉，往车上装小麦捆，赶着马车牛车去麦场的都是这些青壮劳力；把麦捆拉到麦场一垛垛堆聚起来的，又是这些青壮年人干，别人吃不消啊；天气好的时候，顶着三十六七度高温，冒着火焰般的太阳翻晒、碾压小麦的，又是中青年人。而一般妇女和上年纪的人只能干点扫场边、送开水、做点饭之类的轻便活儿。打麦场那季节，赶上有几天大晴日，也是与时间与天气争丰收果实的关键时刻，为了尽快把丰收的麦子入仓，全队青壮年都要上场打麦子，妇女和上年纪的人都在队里集体做饭送开水，这是生产队全年最热闹的时候之一。待小麦碾压完，逆风扬起小麦这活也需青壮劳力。说起扬麦子，老家叫扬场，也就是收到场里的麦子被太阳晒干，经马骡或牛驴拉碌碾子来回转圈碾压下使麦粒和麦秸秆脱离后，人们将麦秸秆淘去剩下的麦粒和碎秸秆，再把它们堆起，逆风向用木锨一木锨一木锨扬起。这时，麦秸秆轻借着风力飘开，重些的麦粒沉下。扬场后，再将沉下的麦粒堆起，单独摊在场上晒干。待麦粒晒干后，还要用麻袋装起，将一袋袋小麦装马车送公社粮库，这就是上交公粮。每麻袋麦子都差不多二百斤上下，比一般人的体重还重些。装车时，由两人架着一麻袋一麻袋往车上装，力气大的一人就可背起。到公社粮库时，因为公社粮库里的麦子堆积如山，不能乱放，只能按照仓库管理员的要求，把一袋袋二百斤重的麦子，顺着麦堆爬梯爬到麦堆顶上去。这样，只有力气大的人才能把每袋二百斤重的麦子背到麦堆顶上去。这活儿，如果不是强壮小伙子力气大，一般人背着二百斤重的小麦根本爬不上去。不像现在的农村，小麦熟了，收割机开进麦田去，几十亩成熟的麦子不用几个小时就收割完毕，甚至机器自动装包，自动装上汽车，再用汽车直接送粮库，根本不用人工劳作。

可知，那个年代，根本没有机械设备，全靠人力，全是最原始的劳动工具。收割麦子时人手一把镰刀，壮劳力一天最多能割两三亩麦子，一般的劳动力累死累活干上一天也就是能割一亩多地的麦子，还累得腰酸腿痛。

生产队长把这些壮劳动力当作宝贝看待。待三夏工作结束，队长就亲自把他们请到镇上人民饭店大餐一顿，一是庆贺三夏麦收工作顺利完成，没有出现差错；二是大家都付出很大的辛苦，队里表示感谢；三是今后队里再有啥重活累活，希望大家伙儿仍带点头。所以，农村的小伙子们都是经过几年重累活磨炼出来的，个个都有的是力气，比城市兵能吃苦耐劳。你看李小瑞个子不算高，身上肌肉却硬实得很，冯为国也同样，以至于王雪班长说他俩干起活像牛犊子似的。连队拉粮车回来，他俩积极往上上，面粉高粱米那五十斤一袋的，冯为国单手抓起就走，可不像那些城市兵，一袋五十斤的粮食还要两人抬。话可再说回来啊，李小瑞、冯为国他们能干归能干，可一个个也特能吃。一般人每顿饭吃两个馒头，他们俩每顿却能吃四五个，那真是如人们常说的能吃就能干！

说起能吃就能干，我又想起一个真实的故事。这个故事就发生在我们村里，有一个叫李满仓的人，三十四五岁正当年，二米一多的大个头，像姚明，肩宽体阔，饭量很大，一人要吃掉俩人的口粮。要是生在现在这好年代，也许是一名很好的篮球运动员。可惜生不逢时，那个年代家家生活紧张，父母无法满足他的生活消费，只能每月提前预支口粮让他吃饱饭。村里的人给李满仓开玩笑:“满仓，满仓……嗯，满仓的粮食吃不饱，满仓的粮食吃光光。”李满仓听了也只是嘿嘿一笑了之。

有一次，李满仓去赶集。他溜达到一个卖吊炉烧饼的铺子前，肚子里也有点饿，想吃却没钱。他站在烧饼铺前说人家卖的烧饼个头太小不够分量，卖烧饼人不高兴地冲他说:“这是标准的你懂啥？”又向他挥挥面手。实际意思是说你买不买？不买该干吗干吗去，甭影响俺做生意。

李满仓也听出点意思，故意挑衅地说："你这烧饼我能吃它三十个，你信不信？"卖烧饼的人不以为然地说："不信！"他低头干着手里的活，又斜视李满仓一眼。心想，你不过就个头比一般男人高些吗，有啥了不起啊？哼，卖了这么多年烧饼，还没人敢在我摊前夸下这么大的海口，他很看不起李满仓，放下手中的面团，挑衅地撇嘴指着案板上成堆的烧饼说："唉！老弟，如果你能当场吃下这三十个烧饼，我再给你三十个，怎么样？"

李满仓一听这话来劲了，"中！你说了可要算数？"卖烧饼的人又看李满仓一眼："我说了算！哎，可说好啦！你如果不动窝吃下这三十个烧饼，我当场再给你三十个，中不中？嗯……可是，你如果当场吃不完这三十个烧饼，你得赔我六十个烧饼钱，中不中？"卖烧饼人可能测量李满仓他肯定吃不下三十个现烤出炉的干烧饼，才敢这样挑衅李满仓。

好多人听到他们两人打赌吃烧饼的事儿，就止步围上来看热闹。人群中有人说："吃！没问题。"还有人自个儿就在那儿直摇头小声嘀咕："不中，咋能吃得完呢，不中。"还有个人起哄道："管他呢，吃！怕啥？先吃饱再他妈的说。"

看热闹的人七嘴八舌地议论着，人是越聚越多。个个都向里张望，外边路过的人不知此处发生了什么事情，也驻足探头往里张望。的确，卖烧饼人有点挑事，他清楚得很，三十个烧饼六斤面，二两面烧烤一个饼，这是有数的。

这时旁边来了一个买烧饼的长者，好心好意地对李满仓说："小伙子，还是买几个走吧，啊！三十个烧饼你肯定吃不完。这三十个烧饼啊，堆聚起一大堆呀！谁有那么大的肚咧？"

有个年轻人在一旁故意挑衅地说："没问题，肯定能吃完！"多数人是摇头。那位长者看看李满仓，再看看那堆起的三十个烧饼，也摇摇头很是为他担心。意思是，你小伙虽然块头大，肚子能装三十个烧饼吗？他又不想打扰这位年轻人的兴趣，"哎"长长地叹了口气，瞪李满仓一眼，不作声，买了两个烧饼就离开了。

李满仓他虽然嘴馋，想着能吃几个。但是，要是一次吃下三十个干烧饼可得有个肚量。他望着这三十个烧饼，心里也有点打鼓。可他看着卖烧饼人的得意样儿，心里就又有点不服气，心想：撑死也比当个饿死鬼强。他向前一步问道："唉！你说的是真咧？"卖烧饼人："咦！谁没事给你扯着玩嘞？""我要是吃完，哎……你可真咧再给俺三十个呀？"李满仓半信半疑地又问道。"咦！我说小弟呀，不买，你先去忙吧啊……"卖烧饼人不耐烦地挥了挥他一只带面的手。意思也是："你小子不敢给我赌，你就赶快滚开，甭耽误俺做生意！"

李满仓被卖烧饼人激怒了，他也是有自尊的人，转身向周围看热闹的人群抱拳大声道："好，嗯……那老少爷们，大家都在这儿作证啊，中不中？"意思也是请在场的老少爷们给俺作个证，以防俺吃完，他卖烧饼的人不认账。“中，中中！”人群中看热闹的人也起哄加映地喊道。

这李满仓那年月儿也是饿急了。要搁现在就是倒给他五百块钱，我想他也不敢拿命赌吃这三十个烧饼。只见李满仓他站在烧饼摊前，不紧不慢地吃着眼前堆起的三十个烧饼……

一个多小时过去了。当他面前吃只剩下五六个烧饼时，可他嚼咽的速度明显放慢了很多。又二十分钟过去了，他在艰难地嚼咽着烧饼，头上的汗从那密集的头发丝里渗出，从那脸颊骨上滚落下来。

“大哥！加油啊。”这时旁边看热闹的一小伙喊道。“兄弟，别着急啊！慢慢吃。”边上好心人也在劝说鼓励着李满仓。也有人小声嘀咕摇头说：“不中了！他肯定吃不下啦。”

卖烧饼人开始不在意照样干他活。他眼看着三十个烧饼越来越少，到最后剩下两个烧饼时，也开始很紧张地看着李满仓一口一口地把烧饼吃下去。他待不住了，放下手中的活也不干了，专盯住李满仓他吃。

最后，卖烧饼人惊奇地瞪眼看着李满仓吃完最后一口烧饼。“哎呀，好好好！好样的！”人群中叫好声、哗啦啦的掌声响成一片。

卖烧饼人哭丧着脸，从摊位里出来向前拉住李满仓的手直鞠躬：“好兄弟，好兄弟，你真中。哎……这……我……说话算话，嗯……你坐这休息会儿，哎……给你准备打三十个带走啊……”

李满仓嘴巴发硬，舌头发僵，这三十个烧饼吃得他很累，手捂着肚子，脸上没有一点表情，僵硬地：“我……不坐啦，嗯……就……就给……给俺三……三五个就中，给……给我老娘和……和孩子们……尝……”李满仓也不贪婪，顺手拿了五个烧饼就离开了。

据村里人说，他自从赶集回来三天没敢喝一口水，五天没吃一口饭。经此一事，十里八村都知道了杨家庄有个大个儿李满仓，一次能吃三十个烧饼，一时成了名人。李满仓确实能吃，也确实能干，一人顶两人干的活，生产队里有重活累活都给他干，拉麦子交公粮二百斤重的麻袋，两手一抓就走，很轻松。所以，在队里他挣得工分也最多。

炊事班参加连里实战拉练，炊事班的班副张全呜呜地哭鼻子。“男人动不动就哭，也不像是男人，这点失败算什么呀啊！哭啥咧……”李小瑞在一旁又开始责备张全。并且，他帮着张全背着行具，还一只手扯着张全腰间的腰带，一边跑嘴里还一边唠叨：“说你自己跑不动还有理了你？啊，哭哭哭。”“小瑞！不要管他……你自己加油跑，跑个前几名给班里加分。”这句话当时也把我提醒了，我翻身起来撒开腿就跑。冯为国背着行军锅和背包跑在我前边，倒没看出他累，只是一个劲儿地往前冲。

实际上这事李小瑞是好心，既希望为班里争光，又体现炊事班的团队精神。所以，他没听王雪的，只顾拽着张全拼了命地往终点跑。若他不顾张全，可能还会为炊事班多争取几分，可他没这样做。

当我跑到终点休息时，唐明和大批人马也追了上来。范林太、文书李晓书在逐个登记每个人到终点的时间表。

过了一会儿，终于看到李小瑞带着班副张全壮烈地向终点扑来。他让张全胳膊搭在自己的肩膀子上，两人趺趺撞撞地跑过来。梁东方急忙向前帮着李小瑞拿着张全的物品上来。

李晓书宣布名次，位居全连倒数第五、六名的李小瑞、张全，还有艾小东、李成林等人为最后。

此次实战拉练的积分原则是这样的：第一名加 12 分，第二名加 10 分，第三名加 8 分，第四名 6 分，第五名加 4 分，第六名加 2 分。倒数第一的扣本班 12 分，倒数第二名的扣本班 10 分，以此类推，李小瑞张全倒数第五名，扣炊事班 4 分。也就是说，本该给炊事班挣加分的李小瑞，而都因为张全，李小瑞本应拿到的加分没能拿到，反而取得负数，被扣 4 分。那一刻，我们都看到班长王雪那张阴沉的脸拉得老长，甚至能拧出怒水来。

王雪递毛巾给李小瑞，不经意地问了一句：“如果你自己跑，能跑出什么结果来？”

我们都知道沉默和谦虚是化解矛盾的良药，遗憾的是李小瑞不知道，反而来劲地说：“要是我撒开两手地跑，那肯定第一！是吧？也许啊晨晨？”他居然转脸嬉笑着还来征求我的意见。

这个呆子！果然，王雪根本没有回应他的得意，冷漠地瞪他一眼，转身就走了。

这件事的直接后果是张全副班长被李小瑞搞得颜面尽失威信扫地，使张全在炊事班全体人员班务会上：“班长，我……我请辞不当这个班副一职了。我拖了炊事班的后腿，为炊事班丢了脸，我检讨。”

王雪的白眼儿像雨点那么频繁甩给我，我不知他啥意思不好表态。他当场就说：“我宣布冯为国同志接替张全作为炊事班的副班长人选，大家同意就鼓掌。”嗨，三脚踢不出一个屁的冯为国能当副班长？我心里不明白，可我又明白王雪他为何不启用李小瑞这样有魄力有能力，又有团队精神的人。

嗨你甭说，冯为国坐上了班副的位子也不示弱，以身作则，认真大胆开展工作。从此，炊事班内务长期失水准的状态终于有了进步，受到司务长徐荣兴的表扬。

李小瑞说的“傀儡”在我脑海里一闪念，心中很是佩服他对无关自己事的敏感和相关自己事的漠然。按我俗人的理解，李小瑞间接成了班长和原班副张全的眼中钉。看情形，这个新上任的班副冯为国对李小瑞也没什么感激之情，私下里还埋怨：“哎，有人把俺推到风口浪尖上，自认倒霉吧。”

好在原班副张全是个老实厚道人，不仅往事不怨不提，还将李小瑞的行动理解为热情助人为乐。他私底下也规劝李小瑞：“你大肚量些宽容些，不要跟他计较啊。”李小瑞他倒无所谓地劝张全：“你虽然不当班长了，还要加强身体素质的锻炼，争取当个合格的兵嘛。”两人互相安慰着鼓励着，成了好朋友。

几天后，黑板上将实战拉练的得分情况公布了出来。两个排加上我们炊事班，一共九个班，我们班倒数第三，和优秀第一名张彪他们班相差 10 分。我和张彪、李晓书、李成林、张晓东、朱国庆等几个看着黑板，互相议论着。

我在想，如果李小瑞他不管张全可能我们班将一越到顶，取得前一二名。可，可这个结果不是一个人的责任，班里的成绩好与坏大家都有责任。我也有责任，为啥不早点提醒张全他多锻炼，早些练跑步呐？如果他及早锻炼也不至于落到如此地步。此责任凭啥还要压在李小瑞一个人身呢？他没有错，应该说他当时的做法是正确的，应该鼓励他支持他！炊事班是一个集体，人人都要有团队精神，集体荣誉感，一荣俱荣，一损俱损。虽然炊事班此次比赛没有取得好名次，但是充分体现了团队精神，帮扶互助的集体精神，应该大力提倡！如此这样对待李小瑞显然有失公道，我应找王雪谈谈自己的想法，在班务会上表扬李小瑞的这种互助的团队精神。

此时，李小瑞正好端着洗好的白衬衣过来。就问：“你们看啥呐？”张彪得意地拍了拍李小瑞肩膀，没说啥转身就走开了。但是，此处无声胜有声。李小瑞站在那儿看着黑板嘿嘿一笑，无所谓的样子，转身就走。他边走边自语道：“嘿！老虎不发威，当我是病猫呢！美帝国主义都是纸老虎！”这句话针对性太强，无形中向张彪第一名下了战书。

张彪要是在前些日子当新兵时那熊样，早就跟他叫上板了，可这次却没搭理他，得意地冲他嘿嘿一笑离开了。

连里晚点名后，班里开了班务会。王雪班长首先宣布冯为国和李小瑞工作调整，“根据工作需要，经请示司务长同意，李小瑞同志去喂猪，冯为国副班长同志回班里协助我抓班里工作。会后你们两个做一下交接。”他接着说：“针对连队这次实战拉练比赛情况，大家各自开展斗私批修，对照检查自己在实战拉练中的表现如何？”

王雪他这一突然宣布大伙都愣住了，无语。我看这样不能冷场啊，我首先开展自我批评，检查了不足和存在的缺点，没有发挥好模范带头作用，没有为班里争取更多的分数。

李立、张乐、李生根、冯为国、李小瑞、张全都一一发了言，进行了自我批评。

王雪看大家都发了言，他最后总结地说，“最近，部分同志思想很不稳定，心态很不好，盲目夸大个人的力量，好大喜功，搞个人英雄主义。没有集体哪儿有个人！我警告这些口出狂言的人，要有自知之明，不要影响同志们之间的团结！”王雪的讲话太出乎我的意料啦，我刚想说时，“大家埋怨啥，散会。”他就宣布散会，没给我们发言争辩的机会。

班务会后，我就帮李小瑞将物件搬到猪棚去了。私下安慰他：“小瑞，不要有过多的思想包袱……”没等我说下去，他倒很大度地对我嘿嘿一笑说：“军人以服从命令为天职，不要搞肚子里弯弯绕那一套！喂猪做饭都差不到哪儿去，喂就喂吧，我李小瑞无所谓！”我真想给他一拳，骂一骂这个没心没肺的东西。如果我是李小瑞，我绝不答应来喂猪，凭什么呀？我没比谁差，要说张全他在班副位置上确实不合适，喂猪的工作他来才是正理。突然我想起入伍那天在滑州上汽车时，小瑞他妈跟我说的那句话：“俺家小瑞他脑子里缺根弦儿，你们平时多帮帮他，遇到啥事儿多提醒他……”

我帮他在摆放东西辅床褥时，他气愤地对我说：“俺知道班长是在暗指俺。俺自己的做法原则上没错的！虽然我能跑前几名，为班里多挣几分，可不能眼睁睁看着张全落在后面呢。唉，他是咱炊事班的副班长，他落后对咱们班有啥好处啊？你说，虽然我帮扶他没取得好成绩，但也没落最后一名，我心里无愧！嗯，至于他说什么我都不难过。为他人难过是不值的！唉，我看班长他的水平确实有限，说什么没有集体哪有个人呀，应该是没有个人哪有集体嘛……简直要我晕死。啊呸！我做得才是为集体的团队精神！”他苦诉着。“嗯，是。”这一点我从内心佩服他，悄悄为他伸大拇指点赞。

他的可爱之处就在于虽然爱旁若无人地“打一通靶”，也说说而已，发发牢骚，调侃过过嘴瘾，他内心是无愧的。

一天晚上，我去猪棚转弯，他一人坐在饲养棚外的木橔上抽着旱烟，就是北方人用纸条自己圈的喇叭烟，一边抬头望着天上皎洁的月亮在发呆。当他看我走过来时就上前拉扯我坐下，并委屈地：“晨晨，我想不通，心里有很长一段时间在纠结。我只是在走自己的路，说自己想说的话，做自己想做的事，为啥容易受到别人的攻击呢？而那些走别人的路，随着别人的意思去做事，附和别人话去说的人倒受欢迎。你说，这为啥呀？”李小瑞说着把握紧的拳头打在自己的腿上。

我认为他说得很有些道理，却无法把我的理解给他解释，只能保持沉默。经过此事，我是这样总结的：无论何时何事，一定要顺应领导。做事、说话绝不能超越领导，在领导面前装傻装呆，才能彰显领导的聪明和高你一筹。这样你才是好兵，领导才喜欢你，敢用你。否则，你比领导会说，想问题比领导想得周全，做事情比领导做得好，处处彰显出你比领导强，那你死定了，绝对死定啦。无论官场还是在职场都是如此。

小瑞他深吸了一大口老旱烟，突然将烟蒂往地上一摔甩，一拍大腿，蛮横地:“哥们，我不能再为这事受煎熬了。靠，我决定谁不让我走自己的路，我就抢他的道！”我没敢再说啥嘿嘿一笑。

第十二章 草原遇险

我当了上士后，第一次跟司务长徐兴荣去喜桂图旗市里买菜、拉粮。徐兴荣是江苏常熟人，一米七六的个子，白白胖胖的，说话满口的苏南腔，待人很热情，办事情也很爽快，说话有啥说啥，不隐藏个人观点。他今年二十六岁在家乡刚结婚，听说还是个农村姑娘。

他借这次到市里买菜的机会，带我去认识与连队有关的各个部门和人，比如喜桂图旗市商业局的军供科，军供科是专供部队军粮、烟酒、肉糖、日用百货的部门，部队使用的各种票证都必须由商业局军供科批。如遇有特殊情况超标外的物品，需单独写介绍信来商业局局长签字批准后才能办理；他又引我到市人民百货商店王经理处认了门，还特意说："经理往后商店来了永久、凤凰自行车和缝纫机啥的请给予关照啊。"王经理客气地："没问题啊，请放心。"到东风粮店与尹经理接上头，我连的军粮除特殊情况到市粮库直接拉以外，日常供应都是东风粮店保障的；他又带我到铁西菜市场副食店与售货员大姐们见面，牛羊肉组、食品、禽蛋组的王姐，烟酒糖茶组张姐，盐酱油调料组小黄，蔬菜、水果组的刘姐，他都一一做了介绍。他给那些大姐们介绍我："各位姐姐们，这是我连的上士小方，今后他来的次数会多些，请你们各位姐妹们多多关照啊。"

没等徐兴荣说完这些大姐们放下手中的活，都聚拢过来，像看新女婿似地端详着我。"哟！您看看这小伙儿多帅呀！……高鼻梁，卷头发！哟！还黄眼睛咳……是啥民族啊？"这些大姐们七嘴八舌互相挑逗着……

有位胖胖的黄姐四十多岁，穿着脏脏的蓝大褂工作服，笑眯眯地问："小伙子，今年多大岁数啦？"我被她们看得还真有点不好意思，随口就说："您猜呢？""嗯……你呀，最多不超过二十五六吧！"黄胖姐她直盯瞪着我很自信还很肯定的问。

我心里咯噔一下，我靠，俺今年才十六岁，有那么显老吗？强装着笑嘻嘻地回答她："差不多吧。""嗯……那你几个孩子呀？"她又追问。真是的，还来劲了是吗？我笑着胡扯几句："嗯俩！一男一女。"我脸都有点红，心里有点不爽。心里在埋怨：你啥眼神呀？怎么看的？俺有那么大吗？司务长才二十六岁刚结婚。

其实无论谁穿上这身六五式军装。年轻人不显年轻，年长者的不显大。再就是我本身长的个子高，虽然岁数不大个子已长成，像个成熟的男人。这一段时间在外边跑得多，脸也有点儿黑，也难怪人家看我和司务长年龄差不多。

在回来的车上，徐兴荣他嘱咐我："你今后常跟那些单位和人打交道，一定要处好关系，军民鱼水情嘛。可别小看那些卖菜、卖肉的老娘们小媳妇，她们权力大着呐。特别是冬天，从南方调运些细菜来供应市场，关系好的她们不让你在外边受冷排队，自己到柜台里边随便挑拿捡都行。如果关系不好，她们让你在外边和老百姓一样受冷排队，她们给你拿什么菜你就得要什么菜，想卖给你多少她们说了算，可得罪不起她们……"

我记住司务长的话，每次去铁西向阳红副食品商店，学的口头甜些，黄大姐、李姐、张姐的，叫的她们很高兴。只要我去，她们嘻嘻哈哈地都喊我："小方来啦？快，到姐这儿坐会儿，让姐看看有没有变化……"

我能有什么变化？只是让你听着心里舒服。甭听她们说，姐姐关心弟弟呀啥的，那些都是表面的虚情假意闲扯淡。特别是卖菜的大胖李，她总是笑哈哈地大声："哎呀！方弟弟来啦？你需要什么菜呀？姐给你弄去。"还有肉蛋组的小张姐，也是望着你笑眯眯地："小方来啦？需要买肉还是鸡蛋……"烟酒食品组的孙大姐也喜欢开玩笑，见我进门没给她打招呼，就直接跑到蔬菜组这边来冲我开玩笑地说："哟！小方直接找你胖姐了？是不是不认识俺啦呀？"

我得赶紧跑上去拉住她那双抓食品的脏手，赶忙解释："孙姐，对不起！我先把菜定上再看你和张姐呢。"她们这些老娘们也是开玩笑、逗乐。就如她们说的，没把我们解放军当外人，军民一家亲。

的确，她们把我当亲人看，说话从不见外。她们已结婚生子，啥都经过见过根本不害臊，什么酸话骚话都敢往外说。可我被这样逗的有时还真有点不习惯，又没办法。

这么多年过去了，回想起那些事，还真是很留恋那个岁月里的人和事。人与人之间就是这样互相尊重，你敬他一尺，他会回敬你一丈，到哪儿嘴甜些、手勤点，口未张脸先笑。没那么多的思想顾虑，就没有那么的隔阂。

就这样，日常的小事，买些油盐醋和菜、拉粮等等都是我带车到喜桂图旗市去，来回一百多公里，早出晚归披星戴月的。

七月中的一天，我和司机韩城，也是我们新兵训练时的班长，开车去市糖厂拉糖渣。当时的糖渣是很好的猪饲料。我们连和市糖厂也是军民共建单位，常开汽车去拉些糖渣回来喂猪。要说这些糖渣，是农民种植的甜菜下面的甜菜头，像白萝卜那样大小。到秋季成熟时，农民把甜菜叶打碎喂猪，把下面的甜菜头挖出来卖到当地糖业加工厂。糖厂把甜菜头送进榨汁机器中提炼出白砂糖。而榨汁剩余下的渣子就是糖渣。这些糖渣发酵后，仍然能做猪饲料，猪也非常喜欢吃。在当时，和糖厂没有关系的想拉车糖渣喂猪还真不行，那东西在那年代也算是紧俏物品。

我和韩城开着连队这辆苏式旧嘎斯牌汽车下了山。去市里必须经过呼伦贝尔大草原这唯一的马路。马路是土路，遇到雪天成雪路，遇下雨天就是水泥路，不下雨不下雪时，就成了沙石土路。

昨天夜里刚刚下了一些小雨。今天，天空格外晴朗，空气清新宜人。我们的车奔驰在茫茫无际的呼伦贝尔大草原上。七月这个季节景色是最美的，茂密的草丛中各种奇艳的花朵恣意绽放，它们随着风吹草动的绿浪摆动着，宛如一群仙女在向路人招手，婀娜多姿；弯曲的马路，如一条盘旋在草原上的巨龙，正欲向远处腾空而去；几条在阳光照耀下的小河流，宛如飘舞在绿色海洋中色彩斑斓的丝绸带。这丝绸带在微风吹动下，向走在绿色海洋中的人们舞动，向雪花一样的羊群在舞动，向飞翔在天地之间的雄鹰在舞动。草原，绿色的草原，像是一眼看不到尽头的绿色之海，似层层绵延涟漪的波浪。偶然，也能看见骑着马的小伙儿、姑娘们赶着洁白的羊群，在蓝天绿海中游荡。如果你留心观望这绿色的呼伦贝尔大草原，就如欣赏一幅宽阔的大油画，心旷神怡，太美啦！

我们装满糖渣的汽车，就在这绿色海洋中奔驰着。太阳已落入西边地平线不见了踪影。只有西边的天上，印着一弯柔和的月牙儿，在月牙周围湛蓝的天空趁托下，更显得月牙儿明亮。

蓝天像似揩擦得很体面的一口锅，露出了干干净净的底色，那底色蓝得更旺、蓝得更饱。月亮四周不见一颗星星。这时，草原上的绿草香味儿比白天更加清新，连花瓣的香味儿也是甜丝丝的，让人陶醉。我们的汽车在这美丽的大草原中奔驰着，宛如一只时隐时现的大蚂蚁在大片草丛中爬行，时而看见蚁身踊动，时而又被遮住蚁身。

天，已经渐渐黑了下来。风也停了，空气变得湿潮，一阵阵的闷热之气不断向我们袭来。

汽车跑着跑着，突然发出突突突的声响，瞬间又变成了拖拉机的声音。韩城的脸色沉了下来，他将车慢慢停下对我说："小方，车坏了。"他打开发动机车盖，检查各个管线。"怎么了？"我一下紧张起来，也帮他扶起发动机盖，不解地问。

他低头检查发动机后，"汽缸坏了一个"，他又侧耳仔细听汽车突突的声响，阴沉着脸牢骚道："给咱们装备的这些破嘎斯车太陈旧了，妈的早该淘汰。咱们还当宝贝用着！"他一边发着牢骚，一边将车前盖盖上。

"那怎么办？"我紧张地问他。他两手一摊，说："没有办法。只有回去送厂修了。"韩城他是七三年入伍的老兵，鲜族人，也是经过团部汽训队一年的学习回来的，开车机械修理全不在话下，连队的三台发电机都是他常年维修使用的。据老兵之间私传，他是油机排的后备干部，可能年底就提排长咧。

韩城的技术不容置疑，在这种情况下，我想他心里应该比我还着急。“你看还能不能开？”我装作很沉着的样子问。“这玩意呀，说能开它还能应付。但这家伙一共四个缸，坏一个还有三个缸工作。它呀，像动物一样，四条腿走路，瘸了一条腿还能走，但不能跑快了……”他对我比喻着说。

“老韩，你看天已黑了，这荒郊野外的……只要能开，咱们能不能对付到连队？”他没把握地看看我，头又伸到汽车发动机盖上用耳朵仔细听了听发动机的响声，“咱们只能试着走吧。”

夜深了，我俩开着这突突声响的破车，在呼伦贝尔草原上爬行着，宛如一条蚯蚓在路上爬行……

我坐在韩城身旁两眼盯着前方的土路，心里着急又很无助，心里非常盼着能碰上一个赶夜路的骑马人，或者一辆过路的汽车或者是拖拉机，牛车也行。哎，走了几十里路，什么车、什么人都没有，让人很失望。我坐在韩城旁边，眼睛直瞪瞪看着前行晃动的汽车灯，灯光里飞舞着各种飞虫，耳朵里听着突突的汽车发动机的轰隆声，心里很是着急。平时，爱说笑话的韩城现在也是一脸愁容，两手握着方向，每次换挡加油他都很谨慎小心，动作很轻。

车窗外，晴朗的夜空繁星闪烁，我无心去欣赏它。突突的汽车声震颤着我的心，手握拳头为汽车加油！“哎哟！”突然韩城惊叫一声，汽车抖了抖一动不动了，发动机也没了响声。我惊慌地问：“老韩怎么了？”心一下提到嗓子眼上。我瞪大眼睛四处张望了一下，还以为是遇见狼群啥的。因为这一路上，时常听见狼的嚎叫声。

韩城他二话没说跳下车，打开前车盖检查发动机的各个管线，又去检查油箱，他拧下油箱管子用嘴吹了吹油管，对我说：“可能车没油了。唉哟，我光担心着汽车发动机的问题，把这汽油的事也给忽视了。”他伸了伸疲惫的腰又说：“如果发动机不出故障，汽油本应该是够用的，可发动机一出故障，它耗油量就大了。”

“那怎么办？”我担心地问。在这黑灯瞎火没有人烟的地方我还真有点害怕。

为了减少电瓶里的电消耗，韩城他把车灯也关掉了。他从车座位下的工具箱里拿出备用手电筒，“咱们有两个办法，一是在这等来往车辆向他们借点油，这儿离连队大约还有 80 公里左右，如果咱俩跑到连队，那还不累死咱俩？嗯，第二是，咱俩去找汽油。”我听第二办法，啊的一声：“去找汽油？这黑灯瞎火荒郊野外的，往哪儿找啊？”

“你看到那个亮点灯光了吗？离这儿约有六七里路，是八一农场的一个放牧点。那里，平时有几台东方红拖拉机在耕地，咱俩去他们那儿找。”他手指着远方一点微弱的灯火。那灯火在深夜里的远处，与穹际的星星闪烁一样，眼神不佳者，或者不熟悉周围环境的人根本不知是灯光。如果是阴天，更不会看那么远，幸亏今天是晴天。

我疑惑不解地问："那儿，嗯……能有汽油吗？""有！你知道吗？那儿有东方红拖拉机，拖拉机的发动机用的是汽油，咱们可找他们借点。给他们说好，待咱们回连队拿油再来还他们不得啦。"他很肯定地说。"那……咱还是在这等一等吧，万一有车来不就省得咱俩跑了？"我望着远处微弱的灯光，心里还是有些怕。心想，说是六七里路，草丛里多难走啊，万一遇到狼群怎么办呢？要是没有汽油不是白跑一趟啦？

"那先休息一下，咱在这儿等一等再说。"他同意我的建议。会开汽车的人都知道，那二十世纪五六十年代的汽车方向盘没有助力器，死沉死沉的，开一天汽车非常地累。不像现在的汽车方向盘有助力器，吨位再大方向盘都是很轻便灵活的。

韩城打开身边的行军壶盖，喝了口水，又坐到驾驶室里休息去了。

夏夜的草原上，各种蚊虫小咬特别多。我俩将驾驶室的玻璃关上，驾驶室里闷热。这不单天气闷热，还有汽车发动机的余热，那时的车根本谈不上空调啥的。我俩又跳下车想到外边草地上躺下休息会儿。草原上的草丛中蚊子成群结队嗡嗡地叫，它们叮咬得很厉害，没等我躺下，成群结队的蚊虫就向我们扑上来。就如改善生活提供一次难得的大餐似的，趴到头上、脸上、胳膊上、手上、前后胸、腿上脚上使劲吸血。这些蚊虫只要能叮着的地方，无论有无衣服遮掩，它同样能叮下去，吸出你身上的热血。它们不吃饱就誓不罢休，时间长了真能咬死活人。

人又疲劳发困，我俩呆哪儿都不行，无处躲藏。大约到凌晨一点多时，韩城拿上油桶和手电筒，他把汽车摇把递到我手里说："不行！咱俩得去找油，不能在这干等，就拿这个防身用吧。"

也是，几个小时过去了，什么车辆和人也没等着，反而还被小虫咬得浑身难受。总这样等下去，还不知何时有人来呢？荒芜的大草原上有时跑上一天的车都很难遇上一辆汽车、一个骑马人，更何况这深更半夜的，更加难等到过路的车辆和人。

走！我俩把汽车门锁好。我握住汽车摇把，遇到狼或其他野兽袭击我们时便于防身。要说汽车摇把这东西，已成古董，五六十年代出生的人对它还能有印象。八十年代后出生的人，就没见过这东西是个啥模样，也只能在汽车博物馆里见过它。那时候汽车发动全靠人力，通过这个Z字形的摇把，把汽车的发动机摇动点火启动。如果没有这个摇把，只能用十几个人把汽车推动跑起来，借此惯性让汽车发动机点火启动。

我的胆子就比较小，在家时一人不敢走黑路，总感觉有鬼怪的存在，恐怕鬼怪在黑暗中袭击我。我跟在韩城的后面，韩城在前面用手电筒照着，提着水桶走在前面，向着远方有灯亮光的方向，深一脚浅一脚披荆斩棘，艰难跋涉地终于到了灯光处。我的军裤也不知被啥东西刮破了，腿上也不知是虫叮的还是刮伤的口子有点痛，不好意思说，只有忍着。

灯光处有两座破旧四面透风的干打垒平房，一字形排列着。这些干打垒平房，实际上就是半地上半地下的土木草房,很简陋。屋里很长时间没有人住过,一片狼藉。“这就是八一农场的一个放牧点，这个点是供农场春天烧荒人、夏天放牧人、秋天打草人临时住宿用的。”韩城说着。

我看看四周没有围墙，杂草都把这两栋屋子包围了，门前杂草丛生，院子里只有线杆上的电灯还亮着，其他一片漆黑。屋门前扔弃着打草用坏的家什、一个坏掉的爬犁和两台多时没用的东方红拖拉机。

韩城他很熟练地从每台东方红拖拉机的发动机供油管里放出来了汽油。两台拖拉机一共才放了不到四斤汽油，我俩拿着手电筒又到多处寻找，也没找到汽油储存桶的影子。

当我俩回到汽车旁加上油时，东边的天空，已有点鱼肚白了，从地平线下面，射出了一道道亮光。

我俩开着这吐突突的汽车，慢悠悠地跑着跑着……

天已蒙蒙亮了，我突然从汽车反光镜里，发现后边来了个骑马人，正向我们车的方向奔来。那骑马人身背挎包，比我们的汽车跑得还快，说时迟那时快，转眼他就到了我们车前。我如见到救星似的，兴奋地忙喊:“韩班长快停车，快……快停车！后边有人来了。”我手指着反光镜里面朝我们方向奔驰而来的骑马人。

韩城急忙停下车向骑马人招手，瞬时那骑马人就跑到我们面前。骑马的是位青年人，他看我俩当兵的向他招手，他“吁”的一声，双手急忙拉紧马缰绳。那马呜呜地嘶鸣一声，前双蹄向前上方腾空扬起。那骑马人又“吁”一声，腾地从马背上跳下来，那动作干净利落。

近见那青年人穿一身没有领章帽徽的半旧军装，腰间扎着武装带，斜肩挎着退了色的军用布包。那挎包明显地褪了绿色发白发旧，但洗得还算干净。脚上穿着一双蒙古式半桶子皮靴。他手牵着马缰绳，上下打量着我俩，扭头又看看汽车问道:“你们……是……”他看着我们俩的狼狈相，疑惑不解。

韩城很谦恭地:“同志，我们是山上空军雷达站的，这车坏到这里了，想麻烦你给我们部队送个信行吗？嘿嘿……不好意思，麻烦你啦。”

我从那青年的表情和眼神中看出对我俩的怀疑。这是解放军吗？如果说不是吧，明明穿着军装，戴着红领章；如果说是解放军吧，怎么俩人这个德行？军装上脏乎乎的泥土，上衣扣还裂扒着没扣上，下边裤子不但脏乎乎还扯烂些口子。

说真的，幸亏在这荒原上，如果在城里我俩是要被部队纠察罚站和批评的。

那匹枣红马性情有点急躁，扬头“呜呜”嘶叫着往后退。那年轻人牢牢扯着缰绳。我被那骑马人看得心里有点发毛，心里想：他是不是发现我们偷用他们的汽油了吧？找我们闹事的，还是……

韩城又赶忙向前笑嘻嘻地对他说："我们就是山上雷达站的，嗯……，如果你方便的话，请求给我们连队送个口信，谢谢呀，谢谢您添麻烦啦"

"哦，好的！"他很爽快地应下，"请放心，我是八一农场放牧的，要到另外一个点办点事儿。我可以绕道去你们雷达站，嗯，到连队找谁？你们不要着急在此等着吧。"

我急忙上前："哦，就找唐明副连长，就说我们俩的名字就中。我叫方晨晨，他叫韩城。谢谢您，谢谢您！"骑马人转身上马："你们放心吧，我现在就去！"

"谢谢。"我俩一再点头感谢。

在我看他挥鞭催马疾速飞奔渐渐远去时，身后扬起一阵尘土，留下一阵嗒嗒嗒马蹄声。刹那间消逝在黎明的晨曦中时，使我想起战争年代，在战场上骑着马向首长送信的通讯员。我感慨地自语："真是处处有雷锋啊！骑马人他不提任何条件，痛快地应承下帮助我们，不讲价钱、不讲条件，佩服！"

唐明副连长接到这个青年人的口信后，立刻带着大屁股北京基普车、几十升汽油和拖车的钢丝绳赶来了。

我悄悄问张晓东："徐司务长怎么没来呀？""司务长他……"张晓东正要解释。

"晓东你们赶紧上车走了！"我俩的话被唐明催促的话打断了。

第十三章　家遭不幸

文书李晓书特意跑了趟市里，把我们新兵的照片取了回来。大伙儿听说后，立马蜂拥而上，迫不及待想看看自己的“光辉”形象。

“不要急呀，一个个来。”被围在人群中的李晓书狼狈地喊道，“大伙排好队，点到名的出来领照片。”“李成林！”“到！”“张晓东！”“到！”“艾小东！”“到！”……

拿到照片的人喜滋滋的，还没拿到的只好瞪大眼睛张望李晓书手里的那些信封。那急迫的眼神，就像饥饿的人看到别人手里的白馒头一样。

啊，我终于拿到自己的照片，拿在手里反复端详着，美滋滋地嘀咕着：“太棒啦！多帅呀！妈妈、奶奶她们看到我一身戎装持枪的样子，该多高兴啊！”我心里咯噔一下，突然想起爸爸来，心想：如果……如果爸爸他老人家还活着，看到自己的儿子这么英姿飒爽，不知该多高兴呀？哎，可惜，可惜他老人家没能等到这一天呐。

人就是这样，在遇到喜事的时候往往就会想起最亲近的人，一同与自己分享这喜悦。瞬间，我陷入了深深的沉思和痛苦之中……

那是 1970 年 10 月 23 日，是我家最黑暗、最让我终生难忘的痛苦日子。

晚上，我写完作业，和妹妹一起陪着妈妈、奶奶焦急地等待着爸爸的归来。直到夜里十一点多，爸爸仍未被滑联指挥部的红卫兵送回来。

我妈不停地焦急地向屋外的黑暗里张望着，仍不见爸爸的踪影。她无奈又失望地对奶奶说：“妈，您早点休息吧，晓廷他……可能又回不来啦。”

“哎……”奶奶望着窗外的黑夜叹了口气，不再作声回屋休息去了。我不解地问：“妈，你不是说滑联总指挥部通知你说我爸今晚回来吗？咋到现在还不见人呢？他……他们是否又后悔啦？”“妈我困……”妹妹她撒娇地对我妈说。“你困就……”没等我妈把话说完。嘀嘀嘀门外突然一阵刺耳的汽车喇叭声。“爸爸回来了！”我站起来就往外跑。

我妈站起一边往外走，一边急忙对奶奶喊：“妈！妈！晓廷回来了。”

奶奶听到后也从里屋急忙跑出来，跟着我妈往院门外走。

我是第一个跑出来的。感觉汽车旁一片肃杀之气，黑暗中并没看见爸爸熟悉的身影。我一步扑到车旁两个人面前急切地问：“叔叔！我爸呢？叔叔我爸呢？”

此时，不知从哪儿围过来很多人。妈妈、奶奶她们出来感觉气氛不对，顺着众人的目光看向车厢，只见车里放着一口大棺材。她慌慌张张地爬上去，只见棺材没有扣盖。我爸直挺挺躺在棺材里，眉头紧皱，却没有任何的表情。“晓廷……晓廷……你怎么啦？”她见此情此景，再也顾不得一下扑到棺材上，双手拍打着爸爸，撕心裂肺地喊叫。

我听到妈妈的哭喊声。扒开人群一个箭步冲上车厢，惊呼：“爸爸！爸爸！爸……”此时的爸爸躺在棺材里，张着嘴，睁着眼，好像有话想说，却再也说不出来，想喊，却再也喊不出来一样。我惊呼道：“这……这究竟是怎么回事啊？”

妹妹搀扶着奶奶也上了汽车。奶奶颤颤巍巍地问：“怎么啦？啊，这是怎么啦？晓廷呢？晓廷……”

汽车旁，院外边站了很多的人。他们七嘴八舌地互相议论着：“这么好的人，怎么想不通哩？”“被逼得太狠了。”有人小声嘀咕一句。“方县长对党忠心耿耿，有啥罪？”又有人在暗里疑惑地小声说了句。“哎！太可惜了……”又有人叹息道。

“这样不明不白地死呀……”有人声音很低沉地说一句。“怎么不白？他是畏罪自杀呀！”有人在一边肯定地反驳道。

车上我们一家哭天喊地。妈妈哭昏了好几次，我看顾着妈妈，又要照顾奶奶和姣姣，心里满是骤然失去父亲的焦灼悲痛，小小年纪骤逢大难难免顾此失彼。

混乱之际，从外边来了一帮人，打头的是一个胖子，他冲我们喊道：“唉，唉你们都听着！经请示县革命委员会批准。今晚，今晚就把走资本主义道路、死不改悔的当权派方晓廷埋掉！”他说着一挥手，这帮人就要往车上冲。

“且慢！谁都不许动，我老婆子要问问，我儿子方晓廷是怎么死的？请给我们说清楚！”奶奶瞬间挺身站起，手扶着棺材严厉地质问车下人。“他是死不悔改，畏罪自杀！”胖子理直气壮地回应道。我奶气得浑身发抖，在一旁我都能感觉到整辆汽车都在随之抖动。她手指着胖子继续质问：“畏罪自杀？他平时本本分分，没白天没黑夜为党和全县老百姓工作，何罪之有？县里谁不晓得他方晓廷为人忠厚老实，从不与人争高低，争名利！你们说他走资本主义道路，资本主义道路啥样？社会主义道路又是啥样？你……你说说……啊？”

这胖子被奶奶咬牙切齿的一番问话，驳得哑口无言，“喏……喏”了几句之后，闭口无语。

人群里的人们又开始议论：“是呀，多好的人呐……”也有人大声指责他们：“是啊！这，这事太缺德了，简直惨无人道……”“是……是啊，太缺德了！”“还……还有讲理的没有……”“毛主席还……还说要……要惩前……治病救人呢，咋……

咋就……”。

听到大家的议论和谴责，胖子感觉势头不对狗急跳墙地挥着手：“我……我们只执行上头的命令，现在就将走资本主义道路的当权派方晓廷埋……其他，你……你们找县革委会说去，动……动手！”

听到他这话我的肺都要气炸啦！我飕地站起来喊道：“谁敢动？我跟你们拼啦！”奶奶向前一把拉住我：“孩子，听话，好孩子，没用的……”她使劲搂了搂我，伤心地哽咽着。奶奶的泪水滴落到我稚嫩的脸上，又像鲜血砸落在我的心上一样刺痛着我的心。

邱童童的妈妈朱阿姨看不下去我们这一家的惨状，连忙赶过来上车来安慰号啕大哭的我妈和妹妹。

在我的咒骂和哭喊声中，那帮人仍然不管不顾，还是冲上车来将我们拉扯开，盖上了棺材盖，用铁钉封棺材。那铁锤敲打铁钉的锤击声，一声声、一锤锤，如同击打在我心上一样让我疼痛难忍……我的心在滴血，在绝望中疼痛！“爸，爸爸，爸……”

突然奶奶一把拉起还在哭喊的我坚定地说：“孩子……快！快到我屋找块白布扎上，找个瓦盆给你爸摔个捞盆，再看看能……不能在家里找点黄纸……”说着，她拉扯着我下了车。我哭着跑到奶奶屋里找到一块白床单，撕成几块。奶奶也找到些黄草纸。

我们回到车上将白布条分发给妹妹和妈妈，扎在腰里和头上作为孝衣。

奶奶冷静地嘱咐道：“咱……咱跟着他们，看把你爸埋在哪儿？记住那地方……以后逢年过节……也好给他烧个纸……入土为安吧。嗯孩儿，记住了吗？”

要说一般人在这个时候都会不知所措，可我奶奶她却能保持沉着冷静，思路清晰，甚至能面对仇人大义凛然。此事后，我更加佩服奶奶。记得她以前对我说过：“人活在世上，什么风雨都要经历，但每临大事要静气，沉着应对。”当时我还不理解啥意思，现在突然就明白了，还是奶奶经历多见识广。

我使劲点点头停止哭泣，扶起奶奶。朱阿姨一边一个挽起妈妈和妹妹。王建社、毛大臣、毛爱莲、邱童童他们几个也跑来了，一起上了汽车，帮我照顾着家人。

汽车开动了，我听到人群中的抽泣声，我还隐约听到有人要强行爬上汽车：“同志，同志让我们一块去送送方县长吧，求求你们啦！同志……”

“不中！不中！我做不了主！”那帮人就是不允许其他人送我爸爸。

我紧紧握住妈妈的手，互相汲取力量。另一只手扶着奶奶微微颤抖的身体。奶奶她这是白发人送黑发人呢，却很坚强，并没号啕大哭，只是不停地说：“儿子，你是好人，娘知道你死得冤，老天爷会给你公道的。儿子，你听到娘的话了吗？你在那边好好活着，保佑我们娘儿几个平平安安，保佑晨晨、姣姣健健康康的啊！儿子……你在那儿一定坚强些。嗯，如果呀……如果能……能见到你爹他……向他问好……请……请他放心……”奶奶说着说着也开始哽咽。

我们一家趴在爸爸的棺材上号啕大哭着，汽车在滑州城漆黑的夜幕中行驶着。我们的哭喊声在滑州城的夜空中飘荡着回响着……我不知这汽车载着我爸将要驶向何方？

终于，汽车开进滑州烈士陵园，到园内一个偏僻地方停下。只见已有几个人守在挖好的大坑旁等候着。

黑夜里妈妈无助地扶着我，已经站不住了使劲靠在我身上。我搀扶着她和奶奶从汽车上下来，奶奶和姣姣也紧靠着坐在潮湿杂草丛生的地上。

这帮人将爸爸的棺材从汽车上抬下来，放到坑里。奶奶急忙推推我：“孩儿，下坑里去看看你爸躺好没？”

听了奶奶的话，我急匆匆跳进土坑里，借着手电筒微弱的灯光，仔细摸了摸棺材四角是否平稳，又从四角抓了四把土出来。只听一人喊道：“方县长，您一路走好！”接下就是扑棱扑棱的埋土声和铁锹铲土的沙沙声，我们的心又是一阵撕心裂肺的痛，哭声一片……

“咔嚓”一道闪电划过我们每个人的脸，随即就是一声“轰隆”惊雷在夜幕中炸响。要说这个深秋季节不应该有雷声，可出现了，这仿佛老天也在无奈地想要撕扯着什么。我抬起头遥望夜空中的道道裂痕，喃喃自语：“爸爸！我知道您死得冤枉！您走好，您慢走啊爸！”

夜幕中阵阵惊雷在天穹中炸响，如同向死者送别的哀鸣，同时又像是对这个黑暗世界最撕心裂肺的呐喊。

天际，又一道闪电划破夜空，伴随着炸雷响起，天哗哗啦啦下起雨来。凄风苦雨，阵阵凄凉。这雨水像是为冤屈者撒下的眼泪；闪电，像是向人间撕开光明的裂缝。它告诉人们，黑暗很快就要过去，光明就要到来。

奶奶拉起我妈坚强地说：“云芝，咱们回家吧，晓廷他已经上天啦！你看看老天爷都为他掉眼泪啦。”朱阿姨她们也帮忙劝说：“咱们回去吧啊。方县长他已经走啦。”

我咬着牙攥着拳头仰天长叹：“苍天呐！”雨滴打在我的脸颊上，又流淌下。我真想一拳砸碎这个黑暗的世界，把这黑暗的天空戳个大窟窿，心在呐喊：爸爸！您死得冤啊！爸，您放心……爸爸……爸……

后来我才知道，爸爸是被陈小川这帮人迫害死的。“文化大革命”一开始，爸爸就被造反派打成走资派、保皇派。王学政叔叔也以叛徒、特务、走资派的身份入狱，和我爸、毛东明叔叔一起被关押在县农场劳动、批斗。他们几个人是滑州最大的“走资派”，是批斗重点中的重点。由滑联红色大军陈小川亲自负责看管。滑联红色大军就是滑州造反派中最大的一支造反队伍，也是一些乌合之众组成的造反大队，陈小川任副总指挥。造反派对“走资派”们的审讯方式非常恶毒。他们把人关在一间小房子里，地上砌四个土坯墙。被审讯的人需要腰杆挺直坐在土坯上，双眼平视，两手下垂，毕恭毕敬。这跟国民党审讯共产党员的“老虎凳”没啥区别，甚至更恶毒一些。

陈小川他们要我爸承认以权谋私搞特权，生活腐化堕落。我爸不认账，他们就折磨用酷刑。还让王学政叔叔交代怎样发展特务组织，在滑州是如何活动的，还有哪些成员？

王学政叔叔根本不是特务，新中国成立前在大学里秘密加入共产党组织。后来跟随八路军解放太原市，攻占石家庄，解放安阳城，就留在地方做土改工作。说他是特务纯粹是一派胡言！让交代特务组织更加是莫须有。但是，这些酷刑和折磨，却是实实在在的。他们让我爸从天黑坐到天亮，又从天亮困坐到天黑，不给饭吃、不给水喝。这样连续坐了三天三夜，再强壮的身体也受不了呀。他被这些人折磨得极度疲劳和虚弱，眼睛昏花，双腿无力。深夜时分，陈小川借我爸到外边小便时，将他推进了化粪池……

事后，陈小川一伙为掩盖事实，编造谎言说：“方晓廷拒不认罪，畏罪自杀，死有余辜！”冤死的爸爸最终还落个畏罪自杀的罪名。

听说我爸冤死后的第三天，王学政叔叔也就是王建社的爸爸也被迫害致死。当时被关押在宋林农场的袁华阿姨，她听到丈夫王学政畏罪自杀的消息后，受不了这么大的打击，在夜深人静时偷偷喝了整整一瓶敌敌畏药自杀了。甭说袁华阿姨她受不了，这事放到谁身上都会想不通的。王学政忠心赤胆为革命，为祖国和人民的解放事业枪林弹雨浴血奋战，废寝忘食地为革命工作，为滑州人民工作十几年，到头来却成了叛徒、特务，成了“走资本主义道路的当权派”、人民群众的罪人，天理何在？

其实在“文化大革命”中，弘扬正义的公检法机构被破坏，造反派一统天下，说你是啥就是啥，有理无处争辩，有苦无处诉，有冤无处喊。

一九七五年邓小平在全国拨乱反正。毛东明叔叔通过安阳专区公安局将此案侦破。将那个滑联红色大军副总指挥，已成为滑州县革委会副主任的陈小川抓了起来，他才承认迫害我爸和王学政叔叔致死的犯罪事实。可惜，逝者已去，那些带给亲人们的伤痛再也无法抹去，为他们平反昭雪仍然无期。

县委书记王学政叔叔和老伴袁华阿姨被迫害死后，王建社他彻底成为孤儿，无家可归。就像人们常说的：父母在哪儿，哪里就是家，人生尚有来处，父母亡，人生只剩归途。

王建社和我们家有缘分。“文化大革命”前，我家住在滑州县直机关家属院里。前院是县委、县政府的机关办公区，后边是县委书记王学政、县长张长兴等县领导的家属院。

县委县政府这个大院，是明清时期县衙改建的。大门向南开着，门口两边有两尊威风凛凛的大石狮，石狮历经过百年的风雨，阅尽人间的正道沧桑和改朝换代的喜怒哀乐。新中国成立后滑州县人民政府成立，前院为县委、县政府各个机关办公区域。后院由原来县太爷的家眷、兵佣、丫鬟们居住地被改造为县直家属院。这个家属院经过多年持续不断的改造，大院里家家户户相连，加道墙又成了独门独户的住家。县机关由于没有统一的规划管理，各家大门向哪儿开的都有，门外全是七拐八斜的小巷。好几家共用一个露天的公共厕所，夏天蝇虫多，冬天又寒冷。每逢下雨下雪天，上厕所还得打伞。那时也没有自来水管道，吃的就是那边行船、这边洗衣洗菜的卫河水。送水工每天就地将卫河水灌到水车里，再拉着逐家逐户定时送水。这水是按每次登记计算，月底统一收取水费。每家取火做饭，全靠的是每月公家按户下发的供煤票到县煤炭公司购买煤球来用。好在家家都通了电，夜晚不缺照明，不用再点煤油灯或者蜡烛，就感觉比农村强上多少倍。从解放到二十世纪七十年代初全县农村基本都没电用。

我和妹妹就在这大院里出生的，对这个家属院里的一草一木都非常熟悉，和邻居王建社、毛大臣、邱童童、张丽都是从小一起长大的好朋友、好伙伴。

王建社的家就在我家前边隔着两户的小院。自从他父亲王学政书记被打成走资派被隔离审查、他母亲袁华阿姨被批斗送到县宋林农场劳动改造以后，他们家和我们家一样都被查封了。毛大臣、邱童童、张丽几家也被查封。但好在我有在农村的奶奶亲人可投靠，当时我兄妹俩就被奶奶接回农村老家去了。可王建社却不同，他无亲戚可投靠，也不知道去投哪儿有亲戚。县委办公室主任给他安排了一间八平方米的杂物仓库，作为年幼的王建社的栖身之地。按照县委办公室主任张明的意思，之所以分给王建社一间平房，一是因为他没有亲戚可投靠；二是因为王建社还是属于“可以教育好的子女”，可以体现出政府的关怀。确实王建社父母都是孤儿，从小出来闹革命南征北战，被党组织培养成革命干部。新中国成立后，夫妇二人到滑州做地方工作，从没给孩子们说过亲戚朋友之事。王建社他们兄弟三人也不知道父母的老家在哪里？王学政叔叔也从不向孩子们说老家的事儿，这么多年也没见过一个亲戚来家里。

要是说起来王建社家一共哥儿三个，他排行老三。两个哥哥在“文化大革命”前就已大学毕业，被分配到西南、西北的国防工业基地，据说也各自结婚生子了。“文化大革命”中，兄弟俩不知是工作忙，还是要与父母划清“阶级阵线”，没有一位回来看望父母和关心幼弟的，就此也失去了联系。

反正我和王建社、毛大臣、张丽、毛爱莲、邱童童都看不出我们这些“黑帮子女”“走资派的狗崽子”和“可以教育好的子女”之间有什么不同？

王建社和我们几个从小学一年级起就在一个班，关系一直很好。尤其是王建社和毛大臣更是一对活宝冤家，他们两个人的关系始终保持在打打和和的状态。常常一句不和就抄家伙，随时准备单练，每次都是正要拼命时，被我和邱童童、张丽拉开。因为翻脸是家常便饭，所以这两人倒是从不记仇，有时劝架的人还没缓过劲来，这两位已然勾肩搭背地再次称兄道弟起来，久而久之，我们几人也就习惯了他俩的争吵打闹。

每个月还不到二十号，王建社就没钱吃饭了。他会厚着脸皮跑我家里来。其实毛大臣家的经济状况更差，他父亲毛东明叔叔是县公安局局长，和王学政叔叔、我爸爸都关在一起。母亲孙小群是教育局副局长，被批斗后，因为受不了侮辱，服毒自尽，给毛大臣留下一个上小学二年级的妹妹毛爱莲。几个小伙伴的日子过得都很紧张，时常吃了上顿没下顿，常到我家混吃混喝，因为奶奶会千方百计从农村老家弄些吃的来，无论好坏至少可以糊口养命。慢慢地，我们几个同学的关系更加亲近，就像亲兄弟姐妹一样。

那是 1972 年年初，中原大地刚刚下过一场大雪。县城地面上的冰雪还没融化，原本雪白光洁的路面被车轮和脚印搞得脏乱不堪。王建社、邱童童几个放学后没回家。王建社他穿一件棉大衣，头戴一顶破旧的绒毡帽，手扶自行车把，一条腿挂在自行车横梁上，另一条腿撑住地面，手里不停把玩一把弹簧锁。旁边的邱童童长得倒是眉清目秀，小小年纪戴着一副眼镜，斯斯文文的。可惜穿着他爸那件残破不堪的蓝色警用旧棉服，双手插兜，半斜着身体，晃晃悠悠嘚嘚瑟瑟地一身流氓习气。他俩站在人民百货商店门口无所事事。

我的妹妹姣姣和毛大臣的妹妹毛爱莲、张丽、耿华是好伙伴。这天放学后没啥作业，就相约一起来逛人民百货商店。不管社会大环境如何，小孩子们的世界还是单纯的只有功课算是烦恼。可是今天，姣姣她们很烦，就在短短的半个小时里，连续遭到两伙男孩子的纠缠。刚刚啰唆完，这又来一帮小流氓。四五个男孩子约有十五六岁的样子，为首的是城关北大街有名的小流氓张新波。张新波他戴着一顶羊剪绒皮帽，穿一身旧军棉衣，腰里扎着破皮带，一米六七的个子，满脸骄横之气。他带着一群像吃了败仗的土匪兵一样的同伴在大街上横冲直撞。他们很是无聊，正好碰见方姣姣、毛爱莲她们几个小姑娘过来到跟前。你就算有心追求女孩子也该有点礼貌样儿。上来就直愣愣的一句："嗨！小妮儿！咱们交个朋友怎么样？"

方姣姣一听火就不打一处来，她把刚买的一根冰棍狠狠摔在了张新波的脸上："滚开！"。

"哟嗬！小妞儿这么大脾气？"那家伙疼得捂住脸唉哟唉哟地叫道。他转身挥手招呼同伴紧紧围上姣姣她们几个女孩儿，你推我搡起来。还有一个趁乱向前打算一把抱住毛爱莲，被姣姣眼疾手快一把拉开。

吵吵嚷嚷的几个人在清冷的大街上很是显眼。不远处的邱童童眼尖，认出了方姣姣、张丽和毛爱莲：“哎！建社！那不是姣姣、张丽和爱莲吗？”这时王建社也看到了马路对面副食店边上，一帮人围着姣姣她们在互相拉扯。他把自行车向一边一推，左手握着弹簧锁就冲过去了：“嘿！这孙子是哪儿来的？敢欺负到咱爷们头上啦，走！”

王建社跑到跟前一把揪住张新波他的衣领，开口便骂：“孙子！活够了是吗？敢欺负你家姑奶奶！”

这张新波也不示弱，冷笑一声：“你这孙子哪儿来的？找死呐？”话音没落，一条藏在袖子里的钢丝鞭已经呼啸而出，嗖的一声朝王建社头上抽去。王建社的帽子一下就被打飞了。

其他小流氓们也纷纷掏着家伙扑上来。王建社手挥着弹簧锁刚要朝张新波打去，说时迟那时快，一个青年拾起一块砖向他劈面砸来。他身体一个侧身敏捷地躲闪开来，只听身后商店的橱窗玻璃哗啦一声，被砸得粉碎。如果打中王建社的脑袋肯定得开花。

邱童童和一个高个子交手，眼镜就被对方一拳打飞，眼前的景物变得模糊起来。这使他感到很愤怒，急于报复，忙乱中他将旁边的一棵树当成对手，狠狠地将半块砖头拍在树上。

姣姣、张丽、耿华和毛爱莲几个人也抓起路边上的冰雪块，砸向那些小流氓……

一个拄拐路过的老人，被张新波一把抢走拐杖。老人猝不及防，狠狠跌了一跤。只听他坐在雪地上双手拍着大腿破口大骂：“你个鳖孙！还给我！”而那拐杖已变成了张新波手中的武器。就在王建社与另一个人交手时，他抡起手里的拐杖，狠狠地敲在王建社头上。拐杖断成两截，王建社的头刹那间就见了血。这王建社也是个浑不懔的角色，哪里吃过这样的亏？用手抹了一把血肉，火冒三丈，咬牙切齿地冲进旁边商店，抄起一把凳子砸碎消防窗的玻璃，拿出消防用的大板斧转身就向张新波冲过去。张新波见王建社手拿大板斧来势汹汹地冲过来，转身就跑。

这时两个身穿蓝色警服的警察骑着自行车从这儿路过。看到打斗的场面，把自行车往雪地一扔，“住手！住手！”嘴里喊着向王建社他们冲过去。

斗殴的双方一见警察来了，顿时英雄气短，鸟飞兽散。这场架打的那是鸡飞狗跳，热气腾腾。

说真的啊，“文化大革命”可把我们这些孩子害苦了。我们成了社会的流浪人。父母挨批斗、被迫整改劳动，我们都成了难兄难弟。物以类聚，人有群分。难兄难弟们放学没地方去就到我家玩，到吃饭时，也自然而然地和我们一起吃。他们知道回家也没人为他们做饭，可在我家，奶奶的手艺，不但管饱，还经常翻花样。妈妈、奶奶心疼孩子们的遭遇，也都很喜欢他们。久而久之，我家成了他们解决温饱的重要之地。甚至有时稍微做点好吃的，奶奶总是说：“你俩别把好吃的都吃光了，给他们几个留点……”当时只有张丽是独生女，虽然她妈妈朱静被红卫兵批斗游街，她爸还在精心照顾着她，倒没怎么受委屈。

直到后来，毛大臣比我早一年去武汉当了兵。他临走时，对着我们说：“我当兵走了，爱莲就拜托你们哥几个关照啦！可不能让我妹妹受欺负，受委屈！否则看我回来饶不了你们！”

我们一家人视王建社、毛爱莲亲如一家。奶奶把建社、爱莲当亲孙子孙女看，妈妈也总说：“爱莲、建社就是我多生了个大女儿、大儿子，晨晨多个弟弟，姣姣多了个姐姐，不就是吃饭多了一双筷子嘛，孩子多热闹！”

姣姣把毛爱莲当亲姐姐，上学也是形影不离，同吃同住。她跟王建社也是跟亲兄妹一样其乐融融。王建社经常对不知情的人说：“这是我亲妹，你们谁都不允许欺负她！”至于我，就不要说了。几个弟弟妹妹都是我的好帮手，我们天天混在一起，越来越融洽。后来我当兵不在家，建社就如同亲哥哥一样时刻都保护着这两位妹妹，不许任何人欺负伤害她们。

王建社父母死后成了无家可归的流浪人。我们两家是世交，妈妈和奶奶商量后决定，由我们家里来照顾抚养他继续上学，待他高中毕业后和妹妹一起考大学，成为国家的有用之才。

我看着手里的照片，被回忆填满了思绪。我爸和王学政叔叔的冤何时能平反昭雪呀？天知道！哎，想想也只有向前看，努力工作，为家庭、为妈妈担当起家庭的责任，去回报爸妈和奶奶的养育之恩。

第十四章 不负众望

司务长徐兴荣同志感冒多日，怎么吃药也不见好，总是咳嗽发低烧，人明显消瘦。卫生员小申陪他到市人民医院检查，结果是肺结核，需要隔离治疗。因为是传染性疾病，必须到空军传染病专科医院隔离治疗。他暂时不能再担任司务长工作更不能接触全连饮食，以防传染扩散。

连队领导开会研究决定，徐兴荣司务长住院治疗期间，工作交由我负责。此事一宣布，全连上下立马炸开了锅。这是天上掉馅饼啊，我做梦都没想到，才到连队没几个月就要担起这么大的担子！按范林太指导员的说法，司务长就是连队的大管家。连里的全部家当全让我负责，这太出人意料了，其他人更是没有想到。

的确，司务长这个职务本来就扎眼。当初我晋升上士时，有些老兵私下里就很不服气，现在突然又让我暂接管司务长工作他们更是想不通。这么好的事多少人都眼睁睁看着，算来算去怎么也轮不到我一个新兵蛋子头上。新兵直接当上士就够便宜啦，司务长这么重要的责任怎么能交给方晨晨这个新兵蛋子呢？他们没想到，更是想不通，更有甚者私下骂："这小子祖坟上真他妈的冒青烟啦？好事儿他都摊上了。"

在唐明副连长的现场监督下，徐兴荣把连队的具体伙食账目、银行支票和部队日用的各种票据，连同保险柜的钥匙全都移交给我，正式办理了工作移交手续。

卫生员小申后天送徐兴荣去公主岭空军医院办理住院手续。唐明要求我和王雪"把老徐这两天的生活安排好"。也正好后天就是中秋节。范林太与林兵商量后天正是中秋节，干脆借为徐兴荣送行的机会杀头猪，一为徐兴荣送行，同时也给大伙改善改善伙食，两全其美的事，林兵赞同。

厨房后边空地上，一口二百多斤的大肥猪被捆在案板上，王雪麻利地宰杀放血、吹气，像个专业的屠夫。我和冯为国、李立、张乐、张全几人给他打下手。李小瑞嬉皮笑脸地冲王雪："哎哟，不愧是咱班长，不但吹牛中，吹猪也是把好手哦！"

我们在场的都被逗得哈哈大笑。王雪冲他笑骂道："去去去！臭小子。"冯为国："班长，你回家专门杀猪也能挣大钱呐。""靠！哪儿有那么多猪杀呀？"李小瑞一边烧着火，一边嘲笑冯为国。"可以去收购啊，是不是班长？"张全一边帮着清褪猪毛一边讨好王雪。“是，可俺是罗锅上树钱紧呐。”王雪挺起疲累的身子回应张全。

范林太刚从报务值班室走过来，“哟嗬，这么麻利？好家伙还没听到猪叫唤勒，你们这就把它给处决啦？”他笑呵呵地逗趣道。

“嗨，它还叫唤嘞？平时啥都不干，吃得肥头大耳，这时候它还不该做点贡献呐？”王雪一边清退猪毛，一边回应范林太的话。

“还不是让你们李小瑞给惯的啊？”范林太笑着说完转身本来准备往回走，突然扭头冲我：“哎，小方，一会儿割出二斤好肉给杨生荣排长家送过去。老杨这家伙死抠，老婆来了好几天，也没见他找你们炊事班割过肉。唉对了，钱从他下月工资里扣啊。”

“哎。”我应声，又问王雪，“班长，你说范指导员心还很细致呀，连杨排长家属来队的生活他都过问？”王雪挺起腰擦了擦脸上汗水说：“他杨生荣？哼，有名的抠门。他没提干前就在我们河北农村老家结了婚。俺清源县也是有名的穷地方，连大米、面粉这些起码的生活物资都需要他探亲时往家带，烟、酒、糖甚至旧军服都是稀罕物。不怕你笑话啊小方，我们同年的河北兵复员时很多都不愿回老家，就在东北这当地农场打工干活挣饭吃，甚至有的就在这呼伦贝尔草原上找媳妇结婚生子，虽说在这儿吃高粱米、玉米大渣子，也总比回老家没饭吃挨饿强吧？”

王雪他一边杀着猪一边还跟我说：“小方不怕你笑话，我们老家最贫困的家庭里，全家人睡在一个炕上，共盖一床破棉被，也没啥像样的衣服。无论男女谁出门办事，谁就穿那套好一点的衣服，其他人就无法讲究了，遮体就中。吃的更差，全年也只有玉米、高粱、土豆、白菜、萝卜，还不保证。靠天吃饭十年九旱，哎……”他摇摇头没再说下去。

文书小李跑过来，老远就咋呼：“上士，你的信！”我正在整理猪肠子两手都是油水，无法去接他递过来的信。我瞟了一眼他递过来信封上的字迹，知道是我妈来的。把腰一挺“来，帮我把信装到裤兜里。”“谁的信？”他贼眯眯地问，被在一旁的李小瑞听到了，就冲他眨了眨眼狡猾地：“我一说，你肯定认识。”“谁？”李晓书好奇地转头问李小瑞。李小瑞故意挺起身，清清嗓子，大声地对他说：“李晓凤来的。”李小瑞这么一说，在场所有人都哈哈大笑起来。

弄得李晓书一个大红脸，“去去去。”他顺手拿起一边放着的扫帚就朝李小瑞打去，嘴里还骂着：“狗东西，你胡说啥嘞！”李小瑞一边挡一边跑，嘴里还不停挑事：“唉唉……没打着，没打着。就你这两下子，来呀来呀！”

李晓凤是文书李晓书姐姐的名字。前些日子，李晓凤到齐市出差，特意绕路到连队来看弟弟，还在连里住了两天。于是大家都知道李晓书有个十八九岁特别漂亮的姐姐，齐耳短发，亭亭玉立，单眼皮大眼睛，还是厂里的团干部，见人未语先笑，说话办事既干练又亲切。

在这深山老林里的战士们平常也只能在连队干部家属来时，或是山下军马农场宣传队节假日里来慰问演出时才能远远见上一眼女人。因此，他们一看到这漂亮的姑娘都忍不住多瞄几眼，尤其像李晓凤这么青春靓丽的江南姑娘更是难得一见。战士们对文书他姐姐的出现互相打趣加猜疑。有的说小李看上连队哪位干部了，让他姐来相对象找姐夫的。有的说是李晓凤自己想嫁个军官，这次借机会来部队探探情况，以便回去好下决心。还有的说文书小李就是想提干，于是让姐姐来疏通领导关系的。实际上这些都是没影儿的事，人家姑娘就是牵挂弟弟，借出差机会来部队探望而已。

王雪怕耽误工作，着急地打着圆场："唉唉，行啦行啦小李同志！信，是小方家里来的，你们俩甭逗啦，晚上吃肉包子，你俩都多吃几个啊！"

战士们的精力是无穷的，听到有好吃的都乐开了花。虽然他们连续性值班几个小时，非常辛苦紧张，可是一下班就来精神。比如油机房值班吧，有时二十四小时都要待在机房里听着轰隆隆的发电机的轰鸣声，人的耳朵都不好使唤。雷达操作员坐在十寸左右的荧光屏前，双眼都不敢闭下，直直盯着屏幕，唯恐遗漏敌情，每时每刻都看着敌方的行踪。一有情况死死盯着屏幕向标图员报告敌机方位，标图员实时标注并向报务员报告。报务员用密码电波将敌人的动向上报给团部作战室。特别是遇到敌机侵入我领空时，他们的精神更是高度紧张。敌机的方位、距离、高度和架次，一丝一毫都马虎不得。所以，我们连队这些被称作祖国的千里眼、顺风耳的雷达兵们很辛苦。

听老兵们说，我连就发生过漏情的重大事故。那是1971年12月15日23时47分5秒时，苏联一架军机飞临我国边境线内三十六公里处，我连雷达值班员却因大意没有发现。所幸我军部队雷达网很密集，其他雷达兄弟连发现并报告了上级。事后沈阳军区空军作战指挥部追责，给我连当日值班的李军连长撤职降一级处分，并被调往团部战勤处当副连职参谋。同时给当班的雷达操作排排长和两位操作员党内严重警告处分，并明令提前复员。即使到现在，连队领导和老兵们一提起那事儿心里都紧张，不堪回首。至此，现在无论是谁值班，都会全神贯注，全力以赴。可是，一旦交班走下值班岗位，年轻人立马恢复了斗嘴取乐、打打闹闹生龙活虎的一面，犹如一群顽童。

特别是今晚，一听说吃肉包子，更是高兴地心花怒放。到了饭堂还没坐下就你捅我一下，我捅你一下；我偷偷地从背后打你一下，他也悄悄地弹对方耳朵一下，互相说说笑笑热闹非常。林兵、范林太看着这帮小子热热闹闹心里也乐开了花。

待我们把一盆盆热气腾腾的肉包子端到每个桌子上时。嗬，个个像恶狼伸手就抢，拿在手里就大嘴吃起来，看那吃的香吧。

还没等连领导坐下就位，王雪就从厨房那扇小门里像个大领导一样，背着手走出来。笑嘻嘻地走到雷达操作班饭桌前，对着大个子张彪说："哎呀，张彪同志，我说你少吃点啊。肉包子是公家的，肚子可是你自己的哦，撑破了肚皮可没人赔呀！"张彪正一口咬掉大半个包子吃着，听王雪这么一说，嘴角还沾着油就用舌尖舔了一下嘴角，抬头冲王雪争辩："哼，没人赔？你赔！"他一边说一边站起伸手从王雪背后的手里抢过两根剥好的大葱，咔嚓咬了一口很是得意。

王雪又来到油机班饭桌前掏出一把大蒜，"来来来，你们看这是啥？"他故意举手让大家抢。韩城刚一伸手过来，王雪就啪的一巴掌打过去："就你手伸得快，馋猫！"不过馋猫韩城，还是得到应有的一份。

王雪一圈转下来，我急忙拉着他到连首长桌前，共同向徐兴荣敬杯啤酒："司务长，祝您早日康复！您放心去治病吧，我们在连首长的领导下，精打细算，粗粮细做，一定会把伙食搞好的。"王雪笑着："是，徐司务长您放心吧，我们一定不辜负您，把伙食搞好调剂好。"

林兵看我一眼，他想说啥却没开口，只是冲我笑了笑。

"谢谢，嗯，好！今后你俩遇事多商量、多请示。"徐兴荣对我俩嘱咐道。"是！"我两人唰的一个立正，敬了一个军人的举目礼。

我们敬过酒回到厨房，我歪着身子靠在门框上，用围裙擦了擦手，心情愉快地看着这热闹的吃饭场景，心里美滋滋的。虽然我不懂音乐，也不懂绘画，可眼前这场面不知怎么形容才好。他们每天高度紧张地为祖国的蓝天站岗放哨，每时每刻都注视着美帝苏修的动向。为做好祖国的千里眼、顺风耳，他们默默无闻地奉献着自己的青春年华，出了多少力、流了多少汗，谁人知晓谁人理解？我们同样都是年轻人，正是身体发育的最佳阶段，每天让他们吃好喝好是我最重大而光荣的责任。我暗暗下定决心，必须要懂得他们需要什么营养，在伙食调剂上多动脑子，多思考想办法。

"呜……呜呜……"急促的警报声突然响起，大伙儿立刻放下手中的饭碗，神色凝重地冲向战斗岗位。

气氛一下紧张起来。这是进入一级战斗准备信号，也是战斗命令，不是边境敌我双方打起来了，就是敌军飞机入侵了我国领空。001，020，087，046，021，006，076，001，032，作战值班室里传来话务员嘀嘀嗒嗒、嗒嗒嘀的发报声；雷达阵地上，雷达天线飞速旋转。林兵在雷达操作屏幕前盯着屏幕上的亮点，一边的标图员张彪、艾小东用标尺标注着经度 38、纬度 135；范林太在报务员张晓东，话务员王军、唐虎跟前分析密密麻麻数字。各个战斗岗位气氛异常紧张。

厨房里，王雪嘱咐道："都别慌啊，小方你把包子都收起来，放笼屉里搁锅上温着，那稀饭也热上。待战备一解除，不耽搁大伙儿还能吃上热乎的！"我按照他的吩咐一边干活，心里一边暗暗佩服王雪他这个老兵。

要说起来也奇怪了，我在家时经常说不愿当火头军，不喜欢做饭的工作。嘿，你看！等我到了部队还在新兵训练时，就像着魔似的一次次地跑炊事班帮厨做饭。这跟我在老家时的想法简直是一百八十度的大转弯，真不可思议。现在好啦，不但如愿当了上士，又接替司务长工作，看样子我是离不开厨房的锅碗盘勺啦，这是不是天意呀？真如毛主席他老人家说的，一切事情都不以人的意志为转移。你不想做什么，老天偏偏往这上引你；而你想干啥时，就偏不让你干啥。这就像李小瑞想当炊事班副班长，可偏偏让他去喂猪。哎，人呐。有时我也问自己："你小子还有啥不知足的？"是呀，我还有啥不知足的。

前些日子，唐明开玩说我："方晨晨，你小子够幸运的啊，新兵训练完就当了上士。要是在"文化大革命"前，怎么也得三年兵以后才能授你上士军衔。你小子可好，现在第一年新兵就当了上士，牛啊！"

的确，在授衔年代，一般情况下，入伍第一年授下士，第二年授中士，第三年表现突出才能被授上士军衔。如果表现特别突出，比如荣立三等功之类，也得第二年下半年才能授上士军衔。我也不知道怎么回事，可既然领导信任我，把我放到这岗位上，我只有一心一意干好工作。啥也不多想，像雷锋那样干一行爱一行，干好一行！我暗下决心：既然干了，就安心工作，干出成绩，不辜负领导对我信任和厚望。干出成绩，向妈妈、奶奶报喜，也好叫王建社、毛大臣、邱童童他们知道，我方晨晨也不是孬种。

战备解除了，又是虚惊一场。原来是苏军两架战机夜航，距离我国边境很近，我方还以为他们要搞偷袭呢。自从敌机起飞冲我边境飞来，战备警报就拉响，我方时刻提高警惕，用千里眼紧盯敌机动向，防备入侵。同时，我国北部边防雷达站的所有雷达全部开起，航空兵部队的飞行人员全都在战机上随时待命起飞。

现在战备解除，林兵和部分同志又回到食堂，我们赶忙把热乎乎的包子和粥端上来供大伙食用。

饭后，一切收拾完毕，我才最后一个离开厨房，我习惯地用眼睛把伙房里上上下下看一遍，没问题时才放心上锁离开。离开时，我忽然想起上午妹妹来的那封信，顺手掏出来撕开，又坐回那空旷的饭堂里，认真看起信来。

哥：你好！你的来信和照片收到。妈和奶奶看后都非常高兴，让我给她们念了三遍呢。奶奶把你穿军装、挎手枪的照片看了不知多少遍，非让我做个镜框挂在她屋里，说是要天天看着你。还叫我告诉你不要骄傲，要听领导的话，当好这个家，叫大家吃饱吃好，不糟蹋东西……

我看着信扑哧一笑，摇摇头，这哪儿是我当家呀！我只是一个跑腿干活的小兵。

哥，有件事妈和奶奶不让说，怕影响你工作。可我想来想去还是得告诉你。前些天，奶奶在五花山上挖野菜时，不留神摔了一脚，头也受了伤右胳膊骨折了，现还住在医院里。差不多半个月吧，她的伤还不见好，头肿得很大，胳膊也很粗。我和妈轮流守护着奶奶，可奶奶她经常偷偷哭，夜里还老说胡话，常常喊你……

啊！真如一声霹雳在我头顶炸响。我看着信中的几行字，宛如一把把钢针刺中我的心，刀割一样疼痛，泪水从眼眶里流出。

哥！你能给领导请个假吗？还是赶紧回来一趟吧。如果……

天呐，我手拿着妹妹的信，耳边在回荡着她的喊叫的声音，“哥！你能给领导请个假吗？还是赶紧回来一趟吧啊……你快点吧……”我的手在发抖……左思右想没了主意。怎么办？怎么办！我冲着饭堂的天花板连声发问。“请假回去吧？战备这么紧，司务长明天又要去住院看病，我……刚刚接手工作。如果……如果我走了，没人呀。再说，我刚当了不到一年兵，连领导恐怕不会准我假的。可这不回去吧，万一奶奶她……我会后悔一辈子的。”心里矛盾重重。

我从小是跟着奶奶长大的，跟奶奶的感情非常深。奶奶她在旧社会时给地主家做过保姆，见过世面，虽然没读过书，但儒家礼道懂得非常多，是一位很有素养的女性。我从小受她的影响很大，从心灵深处非常敬重她。此时此刻，我的心似被人用手又一次抓扯着的疼痛，思想在挣扎。奶奶如果……到底怎么办呢？我很矛盾，此事是向领导说还是不说呢？

我怕被人看见在偷哭鼻子影响不好，就从饭堂里跑到营区旁的山包上去。天空繁星闪烁，我呆呆地站在那儿，眼望连绵起伏的大山和森林，看到夜空中信号弹偶尔的闪烁，偶尔能听到远处野兽的嚎叫声。我真想大声喊叫：“奶奶！奶奶我想您！”我还是强控制住了自己没有喊出声，泪水泉涌般继续往外流……我抬头望着这夜空繁星闪烁，泪水顺着脸颊往下流淌着，它打湿了我的脖领和衣裳。我听到南飞的大雁，在夜空中凄凉地鸣叫声……我的心更加地痛！恨不得插上翅膀，像大雁一样飞向南方，飞到家乡，飞到奶奶身旁！手紧紧攥住信默默地在哭泣……除了爸爸不明不白地被迫害致死那次，这是我长这么大再次痛心之时。

“哎，小方？你怎么啦？”唐明今晚值班，这是他从雷达阵地查哨回来时发现我在这山包上站着。当走过来时，却发现我一个人在哭，就急忙上前问：“小方怎么了？刚吃晚饭时，不是还好好的吗？啊，怎么啦？”“连长我……”我将妹妹的来信一五一十地讲给他，尝试着问：“奶奶病得这么重，我想奶奶……能不能……”

“这可能……恐怕……”唐明很坚定地说。唐明的话使我很失望，更加思念奶奶。

其实，我奶奶的命挺苦的……

第十五章　浓浓思念

那是 1925 年春天，奶奶她随父母四处流浪逃荒要饭，就在讨饭的路上父母双双死亡。我的太爷方有福和太奶王氏领着五岁的爷爷方修贵讨饭流浪路过时，看到一个三岁多的小闺女衣不遮体，趴在死去的大人身上哭得死去活来。这个小闺女就是我现在的奶奶史二妮。太爷太奶他们两位老人看着我奶奶她实在可怜，向前去："哎，闺女你跟俺走吧？中不中啊？"我奶奶史二妮抬头看了看他们，也是讨饭的就点点头："嗯。"两位老人看这闺女同意了就笑着："来来，你们认识下。"太爷他把我爷爷方修福拉到跟前："闺女，这是我儿子修福，俺把你当自家闺女养活，中不中啊？"奶奶史二妮："中中。"她满口答应。她看这一家人也是讨饭的很和善，她很懂事地赶紧趴地上磕头："谢谢，谢谢您。"

太爷他们把奶奶的父母就地掩埋后，又踏上了讨饭的路。转眼到了 1935 年冬天，大雪纷飞，北风呼呼吹着，大地一片白茫茫。我太爷和太奶领着两个孩子在这大雪中艰难地往前走着。由于饥饿带病就死在了大雪中，讨饭的路上。两位老人临终还拉着我爷爷、奶奶他们的手嘱咐道："孩子，我们看来不中了，今后啊……你俩要好好……过日子……"

太爷太奶他们走了。那时我爷爷方修贵才十五岁，奶奶史二妮十三岁。从此俩人相依为命，一路讨饭来到山东临清一个大户人家门前。这户人家管家看着他们俩可怜，也看重他们以后是好劳动力，就向家里通报主人王财主并收留下来。至此，他俩就在这户人家以扛长工为生。爷爷方修贵跟着一个老长工喂骡马耕种田，学赶轿车，接送这家少爷到济南府去上学。奶奶侍候这家小姐衣食起居，还陪同接送上学堂。我奶是个有心人，跟小姐在学堂学了不少的孔孟之道、儒家礼仪，又听老师和大小姐讲了不少的民间故事，慢慢她把这些学到听到的东西，都变成了自己的知识学文。

艰难的生活磨炼出我奶奶坚强乐观的性格。当长工的爷爷，受到那家少爷王建国进步思想的影响，秘密加入了共产党。一天深夜，那王家大少爷要去上海开展活动，就悄悄来到我爷爷饲养室，他给了我爷爷一些钱并嘱咐道："小方这些你拿着。你两人总不能在这干一辈子长工吧。嗯组织上安排你们回河南老家独立生活，并开展组织活动怎么样？”“好好，我服从组织的安排，俺到老家与谁联系？”我爷爷很爽快地答应。“你们回到家先买地和建房屋安顿好，到时候滑州党组织会派人与你联系的。嗯，你媳妇她知道你这情况吗？”“她不知道！俺没给她提过。”的确，那时我奶奶并不知道这些内情。那时的女人就是这样，嫁鸡随鸡嫁狗随狗，嫁块石头抱着走。女人嫁给一个男人，就一生相随，生死不离不弃。更何况她从小同爷爷苦命相连，两小无猜地逃荒要饭呢，自然是真正的青梅竹马。

两人回到卫河边上的滑州杨家庄村定居。爷爷没敢对奶奶说起自己是共产党的身份，就这样隐瞒着所有人。在老家买了一亩多地，盖了两间草房，生了两个女儿和一个男孩。可天有不测风云，两个女儿都是在几岁上，生病无钱治疗死于非命。男孩就是我的爸爸方晓廷。奶奶含辛茹苦把爸爸拉扯大，培养成大学生，结婚成家，又成为县里的一名党员干部。

1940 年抗日战争期间的一个秋天，爷爷正在自家黄豆地里锄草。突然听到不远处的高粱地里哗啦哗啦地响动，还伴着打斗挣扎的声音。他机警地抄起锄头，悄悄地朝着响动之处摸去。走近前一看，啊！原来是一个身背三八大盖抢的日本兵，正死死地摁住一个大姑娘意欲施暴。爷爷见状，不由得恨从心头起，怒从胆边生。说时迟那时快，他举起锄头，照准鬼子的后脑勺狠狠砸下去。那鬼子压根儿没想到背后有人，这锄头下去，顿时脑袋被开了花，还没来得及哼一声就毙了命。惊恐万状的姑娘一翻身，双腿跪在我爷爷面前，说道：“多谢大哥救命之恩！多谢大哥……”爷爷急忙把姑娘扶起安慰她：“快起来！没吃大亏就好，快回家去吧。”那姑娘起身就跑，边跑边回头望了望我爷爷一眼，满怀感激。

爷爷从死鬼子身上解下枪支和子弹袋，又用锄头挖了个坑，埋了尸体。他背起鬼子枪和锄头回到家，简短地给奶奶说了经过。“孩儿他娘，我得先找县游击队出去躲躲。你在家带好孩子，看好咱家。过些日子我来看你们……”就在那样分离的时刻，爷爷都紧守纪律，没有告诉奶奶他是共产党员，只说担心连累家人和乡亲们也不能坐以待毙，才去找县抗日游击队去打鬼子。他背着三八大盖枪，借天黑迅速地消失在茫茫青纱帐里。

从此，奶奶开始了一个人带着孩子的艰难生活。正是艰苦的战乱岁月磨砺出奶奶坚毅的个性。有一天，村里悄悄地进来了杂牌军，这些穿着军装的士兵很不规矩。奶奶在地里挖野菜时，一个干瘦干瘦的士兵悄无声息地走过来将她抱住。奶奶知道喊叫没用，反而会招来杀身之祸。她听从那士兵的吩咐，乖乖地躺倒在了麦苗地里。士兵放下枪，动手去解她的布条子裤带。奶奶从身旁的菜篮子里抓了些荠菜，塞到那半张嘴的士兵嘴里。那士兵看了一眼这个很听话的小女人，嘴里嚼动那带甜味的野菜：“妹子，喜欢哥哥吧？”奶奶问他：“好吃不好吃？”那士兵点点头，一边嚼咽，一边奸笑着继续解她的裤带：“好，好吃。”

此时我奶奶已经将抓在手里的干土捏成了粉末。没等那士兵发觉，她将手中的细土粉一把朝士兵大睁的双眼扬去。细土粉末准确地填进了士兵的双眼里，他疼得在地上打滚大叫，还不停地用双手揉搓着被迷痛的眼睛。奶奶急忙趁机爬起来，撒腿就跑。一边跑一边向村里喊："狼来了！狼来了！"

还有一次是奶奶随爷爷进滑州城办事。日本的飞机来轰炸，城里人吓得乱作一团，奶奶和爷爷也被乱窜的人群冲散。奶奶看着几乎压到树梢上的敌机带着一颗颗炸弹从天而降，她手抓着包袱，"他爹，他爹……"四处喊叫着寻找我的爷爷。当一颗炮弹在她前方爆炸时，她被撂翻在街道的土地上一动不动。过段时间，她慢慢睁开眼睛抖落头上的碎杂土，发现自己身上有一条血淋淋的胳膊，"啊！哎呀俺的娘哎！"她还以为是自己的胳膊被炸断了。又翻身坐起活动了一下双手，才发现自己的手还在。她将断臂挪开，又将枕在她大腿上的那个被炸飞了半边脸的头颅挪开，站起身四处张望了一下街道两边冒烟倒塌的房屋。顾不上多想"他爹，他爹"又去找我爷爷。

我爷爷在远处看到自己的傻媳妇东张西望在找他，也赶紧跑过来拉住她的手着急地："哎呀！媳妇儿，你跑哪儿去啦？可把我吓……"

"嘿嘿俺……"她却若无其事地笑着对我爷爷说："俺打日本的飞机去啦，嘿嘿……"

后来爷爷受党组织的委派，在三乡五村秘密发展先进人士加入党的组织。奶奶在爷爷的影响下也被发展成了共产党员。在那白色恐怖的年代，为了不泄漏组织秘密，共产党员们不得不隐蔽好自己，上不告父母，下不告妻子儿女。可我的爷爷和奶奶却共同成长为中国共产党党员，成为革命的伴侣。爷爷参加了县抗日游击队后，在抗日战争和解放战争中奋勇杀敌，多次立功受奖战功卓著。后来还当上了八路军华北野战军的某团团长。在解放济南战役中，为攻打一个城堡，爷爷他不幸中弹牺牲，我家成了革命烈属。

当奶奶听到爷爷在战场上牺牲的消息后，既没有痛哭也没有萎靡不振，仍坚强地拉扯着我爸生活。供我爸上大学，参加工作加入党组织，把我爸培养成党员领导干部。

奶奶是一个有故事的人。她平时一身斜对襟的粗布衣服，常年盘着发髻。别看老人家身材瘦小，走路却不慢，说话利索干练，像一只生机勃勃的小辣椒。她嘴右下巴上有一颗痣很有特色，只要她一开口，那黄豆大小的痣就会被浓郁的豫北乡音挑动得上下跳动，自带韵律。

奶奶她虽然没读过书，没啥文化。不能用高深的理论教育我们，但她的见多识广、深明大义和大气度始终影响着我。她说话幽默风趣，慈祥的笑容经常挂在脸上，好像从来没啥痛苦和难事。她的手满是老茧和皱皮，虽然粗糙，但抚摸着我依然能带来像冬天里的一缕阳光那么温暖的感觉。

二十世纪六十年代农村的冬天是非常寒冷的，大多人家捡些干草或玉米秸秆烧火取暖。奶奶常把冻得鼻涕邋遢的我搂在怀里，用粗糙却温暖的双手轻轻扶揉我被冻红的小脸蛋，还把我冰冷的小手拿进她的衣襟里取暖。夏天，奶奶拿着大蒲扇子帮我驱赶蚊子、扇风取凉，还有各种新奇的故事以及温软的摇篮曲，伴我沉沉睡去。我最喜欢奶奶哼着豫北小调哄我入睡。她也最喜欢哼唱的那首：

俺的家乡卫河边，人所共知的滑州县。

古往今来多少事，滚滚卫水叙不完。

旧社会，咱穷人，无吃、无房又无穿。

常闹蝗虫和吴恋田（当地土匪头子），全家逃荒到外边。

妻离子来，夫死在田间。

自从来了共产党，穷人翻身得解放。

有衣有饭又有田，山清田绿丰收年。

人欢马叫生活赛神仙啊！赛神仙。

永远跟着共产党，红色江山永不变。

穷苦百姓做主人，毛主席的恩情代代传……

每天早晨起床，奶奶会用灵巧的双手给妹妹扎小辫儿，牵拉着我们的小手去上学。她会变着戏法似地把农村最普遍的野菜粗粮做成各种美食：用荠菜与玉米面做成菜团子；把榆钱与高粱面拌起来蒸咸窝窝头；用红薯干粉压成打卤饸饹面条……每当我们放学回来，一准有热气腾腾的美食放在我俩面前。她总是笑眯眯地看着我们大口吃饭，还鼓励我们："看晨儿、姣儿谁吃得多！谁吃得多谁就长得高，谁就能去安阳城上大学。""我吃得多！""俺吃得多！"我和妹妹大口抢着吃。"好好好！晨小儿、姣妮儿都吃得多。"她哈哈笑着还夸我们俩。

有一次，我和妹妹带着一身泥土从外边跑回来："奶奶，好饿！""来啦来啦！奶奶给宝贝们做好吃的啦！"奶奶她一边说着一边从厨房里迎出来，看到我俩脏乎乎的样儿，急忙："哎哟，咋弄这么脏？快去洗洗！"

我俩在院里的洗脸盆里随便洗了几下就跑进厨屋来。奶奶已经把熟透的饸饹面条从锅里捞出，又快速放到冷水盆里过凉水。这煮熟后的饸饹面，为了不黏更有韧劲，需要在吃之前再过一遍冷水。然后盛到盆里，放上一些准备好的黄瓜丝和蒜泥，拌上醋、香油。大老远都能闻到香喷喷的味道，一下就能勾起你的馋虫来。这可是奶奶最拿手的一道美食啦。

奶奶不仅在生活上精心照顾我们兄妹，也经常教育我们在困难面前永不认输、积极做人。她常说的就是："事要往开的想，人要往好里念。"

记得 1966 年“文化大革命”开始，我兄妹就被逼回到农村奶奶家生活。一次，我在放学回家的路上被小流氓追打，“打死‘走资派’家的狗崽子！”他们有的手拿柳树条，有的用土坷垃一边追打一边喊着。我根本无力反抗，只有拉着妹妹拼命往家跑。心里非常委屈，不明白爸爸怎么就成了“走资本主义道路的当权派”？我们成了“狗崽子”。

我见过爸爸被批斗游乡的场景：爸爸被几个红卫兵押着站在带大喇叭的汽车上，戴着用报纸糊成的高帽子，脸上被墨水粉涂成了花脸，脖子上还挂一个大牌子，上面写着“打倒走资派方晓廷”，“方晓廷”三个字被红漆打上大大的叉。妈妈长年被关押在农场接受劳动改造，不允许回家，更不允许我和妹妹去看望她。总不明白那些人为啥专欺负我们？为啥骂我们是“狗崽子”？我满肚委屈地哭着跑回家，一头扑到正忙着做饭的奶奶怀里号啕大哭……

我妈说过我是个不会哭的人，自从出生下来就没哭过，不像有的孩子整天哭闹，饿了哭吃饱还哭，白天哭晚上也哭。我自生出来就瞪着眼傻看，饥饱都不哭。“妈，恁看他是不是个哑巴呀？怎么不知道哭呢，是不是傻呀？不哭不闹。”爸爸还曾怀疑我是不是哑巴或者是发育不全的傻孩子。也是，稍微长大点会跑后，几次犯错被我妈妈打，甚至用小棍抽打屁股我都没哭。可，可这次是真的伤心了，毛主席说过：“男儿有泪不轻弹，只因未到伤心处。”可这次，我实在坚持不住太委屈了。奶奶她看到我俩这样，眼里含着泪，用双手抚摸着我俩的头说：“你是男子汉，还哭鼻子？多羞啊，啊？不哭！要学会坚强，别人打你们，你们不也骂了人家了吗？”我点了点头：“嗯！等我长大了，非打死他们……”我攥拳狠劲发誓道。“哎，傻孩儿！没听老辈人说吗？在家不打人，出门人不打，你也一定记住。我常教育你爸，你看你爸从不跟别人吵架、打架。就你爸当了县领导，我还劝他和同事搞好关系，别人做错事不要随意大声批评人，更不要骂人。有理不在声高，更不能骂人伤人。在天大的困难面前，要用乐观的心态，勇敢面对困难，要用善良平和的心对待他人。事要往开的想，人要往好的念，不能结仇。”我向奶奶点点头“嗯嗯”示意记住了。

就在那一刻我突然懂了，奶奶是把笑容欢乐送给我们，把痛楚、苦难悄悄咽下留给自己。她为我们这些小辈留下了一笔珍贵无比的财富。拿出你的笑容，这是对他人最好的奉献！奶奶她非常节俭，在我记忆中从没见奶奶穿过一件新衣服，总是破了就补，补了再穿。衣服虽然旧，可穿在她身上总干净利落，很是得体。家中两只母鸡下的蛋她舍不得吃，攒着卖了为我们交学费、买书本。多少个夜里，我一觉醒来，看到奶奶还在油灯下纳鞋底，为我们赶制新鞋，那干瘦的手指被勒得伤痕累累。那些岁月生活虽苦，但因为有奶奶的悉心呵护，我感到很甜很幸福！奶奶在我心中，宛如沙漠中的红柳树，抗严寒、抵风沙、耐干旱地顽强活着，甚至乐观平和地默默活着。

每到晚上，奶奶就坐在纺车前，左手捏着雪白的棉花穗子，右手摇着纺车轮子。随着一阵嗡嗡声，棉花穗在奶奶手里飞舞着，瞬间便凝成一根纯白的线丝，缠绕在纺车的线锭轴上。奶奶摇着纺车，妹妹撒娇地依在她怀里，我趴在一旁的小圆桌上，就着煤油灯做作业。煤油灯的光很昏暗，而且摇摇晃晃，不停地冒着细细的黑烟，一晚上就能把鼻孔都熏黑，看起来鼻子下面两个小黑洞很好笑。煤油灯是我自己做的：在一个合适大小的铁皮盖子上钻个小洞，把旧棉絮捻成几寸长的捻子穿过小洞，将用过的空墨水瓶里装上煤油，再拧上穿有棉捻子的铁盖子，一个简易的小煤油灯就做成了。那时候农村不通电，一到天黑就得想法照亮，蜡烛是肯定用不起的，只有过春节时才舍得买，而平时就靠卖几个鸡蛋换来的油盐酱醋钱过日子，更加舍不得买洋油点灯用。只有晚上要做作业的学生家里，才会买上半斤几两的洋油用。有人会问，煤油怎么叫洋油啊？是因为当时国家穷，没有能力和技术生产煤油，全部靠从国外进口，所以老百姓就把煤油叫洋油啦，跟自行车被叫作洋车是一个道理。我做完作业之后的时间里，最喜欢听奶奶讲故事。常言道：学习，看的是书，读的是世界；故事，讲的是人生传奇，说的是善恶美丑。

奶奶一听我们要她讲故事，怕浪费煤油，总是让我写完作业赶紧洗漱，钻进被窝里等着她。然后，等她也收拾好，把房门一插，吹灭煤油灯钻进被窝里，就开始讲故事。

我自己睡在一张床，奶奶和妹妹共睡一张床。华北的夏季还是很热的，屋里闷热难耐。奶奶将薄被撩到了一旁，从开着小窗里吹进来的微风，温柔地扫着她那依旧光洁细腻的身躯。奶奶一动不动，仿佛也在享受着夏夜微风时而热情时而浪漫的抚摸，奶奶有裸睡的习惯，虽然她已近六十岁的人了，可对于一直注重健美的女性来说，这依旧是身材丰满的年龄段。何况这位天生的美人，虽守寡近二十年了，仍然是那么光彩照人。我和妹妹在漆黑沉静的世界里，伴着奶奶甜甜动人的细语声，慢慢地进入梦乡。

奶奶看我们俩睡着了，便轻手轻脚下了床。她蹲在尿盆前，撒了一泡尿。奶奶撒尿时失去了往昔的酣畅淋漓，连续打了三个寒战也没尿净，在尿盆前蹲了老大一会儿才站起来。她走回来重新上了床，侧身躺在床上，一条腿长长地伸出去，一条腿自然地拉上来，弯曲着，丰肥的臀部仿佛冬日里从铅色的云团里挤出来的太阳，高高地隆起来。奶奶的腰本来就不粗，腰际间凹进去的曲线，如同卫河桥的路面，从马路上又跃上大桥顶端凸起。奶奶赤裸着身子，就这么静静地躺着，享受着夏夜微风吹来的凉爽。她的睡态比人体模特儿摆出的样子还好看优美。可是，奶奶不是为了优美而优美，她弯曲一条腿，大概是想用膝盖顶住因饥饿而疼痛的胃。只能说，身体摆出的姿势是她胃痛的写照。晚饭时，由于粮食不够，窝窝头做的少了，她没舍得吃，都让我和妹妹吃光了，她还强装着笑呵呵地说："孩子吃吧，吃饱了，好长身体，长大个儿。”“奶奶，我也要长大个儿！”妹妹天真地说。“好好，你和哥哥都长大个儿。”奶奶笑眯眯地回应姣姣。我心疼奶奶，又没有办法，只有自己藏在被窝里偷哭。断断续续的抽泣声被奶奶听到，她急忙起来，穿上粗布衬裤，披上印着细碎白花的蓝布褂子，走到我床前弯下腰给我拉了拉单子轻声问："小儿，咋啦？哪儿不舒服啊？乖。”我摇摇头说："奶奶，我没不舒服。您饿了吧？我去……”

“傻孩儿，我不饿，来！我抱住你，快睡觉吧，明天还上学咧。”奶奶躺到我的小床上。她改变了睡姿，侧身抱住我这七岁的大孙子睡下。我依偎在奶奶的怀里，吸吮着奶奶的体香睡着了，睡得很香。

通过讲故事，奶奶让我兄妹两人知道怎么做人，做什么样的有正义感的人，怎样勇敢地保家卫国。做人，要有爱心善心，锻炼培养自己的聪明才智。她从不讲这些大道理，只是通过讲故事来感化和影响着我们幼小的心灵。

营房后的山坡上，我给唐明讲述了奶奶的这些故事。“嗯，你奶奶她老人家真是不简单。”唐明赞扬着靠近我坐下。我对他讲："我奶奶她很了不起的。”“是吗？”他竟问。

我对他讲，一天晚上我写完作业仍无睡意，乞求奶奶为我讲故事。当时，这也是我们打发时间唯一的办法。“奶奶，您还是给我们讲革命故事吧，打仗的故事！”

奶奶正在那纺着棉花，她欠了欠屁股自豪地说："咱们这个地方你们知道有个卫河，水足地肥，很少有灾害。可是呢，咱这人有两怕，一怕蝗虫，二怕吴栾田。”

“吴栾田？奶奶，俺知道吴栾田的事，俺在学校时老师给俺讲过。学校进行阶级斗争教育，还特意组织我们这些学生参观过“吴栾田罪恶展览”呢。”“是吗？”奶奶惊奇地问我。

其实，吴栾田是滑州城里有名的吴家商号的大公子，在天津卫上学，受进步思想影响，加入了共产党，参加了红军。在红军队伍中因强奸红军女战士，违犯了纪律受到党内警告处分。他对共产党给他的严肃处分心怀不满和仇恨，就背叛了共产党，擅自脱离党组织和红军队伍逃回老家滑州城。借助他家富商的身份，勾结国民党办起了地方武装。日本人来了后，又勾结日本人成为皇协军，专杀共产党人。在滑州地盘上到处烧、杀、抢、掠。抓住共产党员、抓住摸范班（地方游击队）的人，不投降就割耳朵、割舌头、挖眼睛，甚至活扒皮。把抓来的所有共产党员、游击队员，一个个捆绑在木桩上，让他四姨太骑马打活靶。这就是老百姓说的那句话：背叛共产党的人，对共产党下手更狠，手段更加残暴。

吴栾田盘踞在滑州城里，借助老城墙，修筑了很多的工事和碉堡，城墙外挖有很深的护城河。出入城必须都通过碉堡口架设的吊桥走，吊桥平时高高吊起，只有鬼子、汉奸和外出抓人抢东西的皇协军通过时才放下来。出入城的老百姓，必须凭“滑州城良民证”进出城门，否则，就把你当可疑分子抓起来。一般情况下，只有各乡的伪保长才有通行证，因为他们要为吴栾田定时送公粮，随时进城送游击队到各村活动的情报。

有一天傍晚县抗日游击队来到俺村住下，我爷爷对奶奶说：“小儿他娘，我想吃葱花油饼。”我奶奶生气地：“这时候家里饭都吃不上，往哪儿去找白面给你饹葱花饼吃嘞？”可奶奶心痛丈夫，她想到邻居方文堂家还有几亩薄地的收入，比我们家富裕些，就去他家借面粉。可她刚走进方文堂家门口，就听到街上噼里啪啦枪声响成一片。她不顾一切转身就往家跑，爷爷却已跑得无影无踪了。

第二天早上奶奶就听村里人议论：“哎，听说了没？昨晚上吴栾田的队伍把村东头游击队员假妮抓走了。”奶奶一听假妮被抓了，她心里担心起我爷爷来，急忙回家。

她知道假妮是抗日游击队员，这是他的小名，他的大名叫睢长生。睢长生他妈在家里前边生的四个都是女孩，后来生了个男孩没出满月就夭折了。最后，又生了他这个男孩，家里大人怕他再不成人，于是起名叫假妮。村里人很少知道他的大名，只要说假妮人人皆知。假妮从小很淘气，全村老少爷们都知道村东头老睢家的淘气包。但是，假妮他从小跟马庄的马六学了一身好武功。后来受我爷爷的影响，参加了县抗日游击队，加入了党组织，在县游击队伍中骑马打枪，是出了名的杀敌能手。

假妮这次被吴栾田抓走，是被村里的汉奸李广德告的密。假妮被抓后，吴栾田知道他会武术，于是就严加看管，可用尽酷刑，软硬兼施，都没能让他屈服投降。在无计可施之下，吴栾田把假妮的眼睛挖出来，把舌头割下来喂了狼狗，假妮牺牲得非常悲壮。

最后吴栾田无计可施，就把假妮的人头割下，挂在滑州城门楼上示众。当时我们参观“吴栾田罪恶展览”后，针对我们村英雄战士睢长生的故事，我还专门写了一篇观后感，受到了老师的表扬。

奶奶看看我们仍无困意，又继续讲：1948年秋天，刘邓大部队南下路过滑州县，有个营就驻在俺们村里，他们的营长叫李长胜。李营长知道了我奶奶是革命军属和党员的情况后，就悄悄要求奶奶给部队准备一些单架和梯子，说是晚上有任务，还要保密，在村里绝不能声张，以防走漏风声。

晚上，奶奶随部队急行军二十多里路，到了县城才知道，李营长率领八路军，在滑州县游击大队的配合下，已包围了县城。李营长他们八路军先用喇叭喊话，“皇协军弟兄们你们赶快投枪吧，缴枪不杀。”他们命令吴栾田部队投降。但吴栾田气焰嚣张，负隅顽抗，不但不投降反而还以枪炮回应。“打！给我狠狠地打！”李营长命令部队。

双方一直僵持到凌晨三点多，李营长他们吹起冲锋号，发起了总进攻。爆破组战士在强大的火力掩护下，奋不顾身匍匐前进，辗转冲到碉堡南侧，将一个重十斤的炸药包靠在碉堡的墙上，迅速点燃了导火索，随着“轰隆”震天动地的一声巨响，伪军死的死伤的伤，城堡被炸开一个大口。八路军借机冲进城里，吴栾田的残部只好乖乖投降。可就在李长胜营长他搜寻吴栾田时，被吴的一个副官打黑枪中弹壮烈牺牲，吴栾田也跑掉了。新中国成立后，吴栾田在上海被俘。据说他逃窜到上海后做了整容，把自己弄成一个满脸麻子，整日在上海以摆地摊为生。尽管百般伪装，还是被我侦察员发现了蛛丝马迹，他和四姨太一起被抓捕押回滑州受审枪毙了。

“李长胜营长牺牲后就埋在滑州烈士陵园里，他是为消灭吴栾田解放滑州人民牺牲的。希望你们今后清明节都去看看李营长和为革命牺牲的英烈们，给他们烧些纸钱。”奶奶说得很伤感、很沉痛，在讲这些故事时眼里始终浸着泪花。她好像又想起了什么，叹息道：“哎！你爷爷埋在济南烈士陵园里。这么远，咱们去一趟也不易，到清明节，不知有没有人给他烧个纸啥的？”看到奶奶伤心的样子，我急忙：“奶奶你放心！爷爷那里是大城市，人多，他的部下有的也当大官了，肯定有人给他烧纸的。奶奶，等我和妹妹长大了，年年去看爷爷，给他烧很多很多纸钱，您放心。”“奶奶，我和哥哥做伴去看爷爷啊！”姣姣在一边天真地安慰着奶奶，并用小手擦去奶奶眼角的泪水。

奶奶听后停下手中的纺车，转身拉过姣姣紧紧拥抱着，低头，脸紧贴着姣姣的小脸，微笑着也朝我欣慰地点了点头。

夜深了，我向坐在身旁的唐明副连长说：“哎，我奶奶是经过风雨见过世面的人，苦难的生活中，失去亲人的她一直很坚强，困难面前从不屈服、甚至毫不在意。挫折面前更不低头、从容面对。我和妹妹随着她，无论生活多么艰难，她总是说：‘知足吧，虽然现在生活苦点，国家保证咱们有饭吃，比新中国成立前的拉棍要饭不知强上多少倍呢。’”

爸爸在受批斗、妈妈被关在农场劳动饱受折磨之时，奶奶她总是脸带笑容，没有什么苦恼和怨恨。邻居方二婶来安慰她时，她总是笑呵呵地拍着二婶的手：“他婶你放心吧，没事的，我啥没见过？”一笑了之。

唐明他从我手中拿过妹妹写来的信看了一遍，站起身，皱起眉头，背着手在原地里低头来回走着。很为难地说：“唉，小方，这事不好办呢。你知道，按部队的规定，三年才有假，你现在请事假，得需团里批，团里就你这情况，批不批还很难说嘞。再说，徐司务长要去住院治病，连队伙食上无人管不行啊！这恐怕……你思想上要正确对待呀。嗯……”

“唐副连长，林连长叫你到他那儿去一趟！”小李文书拿着手电筒跑过来对他说。“好的”唐明他拍了拍我的肩膀，将信塞给我，扭头跟李晓书走了。

我回到宿舍迷迷糊糊的竟也睡着了。

呜……呜呜。突然我被一阵连续高亢的警报声惊醒。“快快！防空警报！不要开灯！快……”班长王雪高喊着跳起来迅速穿衣服，打起背包。我也爬起来正要去开灯，被他制止住了。我摸黑抓紧穿衣服打背包。“你们新兵集训时不是明确强调过吗？部队在紧急情况下都不允许开灯，以防敌人发现我们。”王雪说着跑出去了。

“快！快快！各班自行进入防空洞！”唐副连长在走廊里压低声音喊。我们炊事班已全副武装地跑进防空洞。“快！各特别战斗小组就位，打开设备，快！”林兵已全副武装站在洞口大喊。

我紧跟王雪向洞内规划区跑去时，杨生荣和雷达操作班的同志们紧张地报告着密码，紧盯操作屏幕；范林太和报务班的同志们在嘀嘀嗒嗒发电报；唐明和三位机枪手手握两挺机枪，已封锁防空洞入口处。此时冯为国和张全两人才磨磨蹭蹭进来，林兵、唐明看他俩一眼没说啥。“你俩咋整的才进来？”王雪很生气地指责道。

“报告连长同志！全连防空战斗准备一切就绪！请指示！”唐明向林兵报告。林兵：“按原计划进行。”“是。”

“同志们，战备训练解除，各班开会好好总结这次战备训练中存在的问题，下次不得重犯。解散。”

冯为国、张全他俩尴尬地站着。我看他们一眼无语。

第十六章 母女情深

“哎哟……哎哟，我痛啊，哎哟……”王雪、冯为国、张全都被李小瑞的喊叫声惊醒。我也麻利地起来倒了杯热水，“小瑞你喝口热水吧。”张全把卫生员小申也叫来了。唐明在作战室听说也过来了。卫生员看后很自信地：“连长，看来小瑞痛的位置和症状是急性阑尾炎，要马上送八一农场门诊部手术，否则就……”

“小方，带上钱，叫上司机小东。张全你和上士陪小申送李小瑞去农场门诊部，路上注意安全。”唐明嘱咐我们。

我们将李小瑞送到八一农场急诊部。大夫检查后，“需要马上手术。”将他推进了手术室。我和张全坐在急诊室过道内的长廊椅上，小申着急地在走廊里来回踱着步不知所措。期待着手术顺利，小瑞平安。

我看着门诊部的走廊，想起了在县医院住院的奶奶。

此时此刻的奶奶，她已住进滑州人民医院的306病房，身穿病服躺在病床上，左胳膊在打着点滴瓶，右胳膊打着石膏板。一位护士：“奶奶恁别着急啊，很快就会好的。”用汤勺给奶奶喂着药。“嗯，俺不着急，听你们的。”奶奶很乐观地说。

我妈与李常新院长交谈着，从外边进到奶奶的病房。李常新为奶奶把了把脉象，又看了看舌苔，他拿着手里的片子说：“大妈没事，基本好了，您看各个部位都已很好，再输几天液就可以回家了。这伤筋动骨的，还需要慢慢恢复。”

“李院长，我母亲这右胳膊会不会落下啥后遗症吧？”妈妈江云芝担心地问。“不会！你看片子，再看大妈的精神多好啊。她现在能吃、休息好，恢复会很快的，放心吧。”

“谢谢李院长！”旁边的奶奶望着李常新也高兴地道谢。“嗨，大妈您客气啦，不谢，说谢您就见外了。嗯……我和方县长都是多年的好朋友。给您老治病也是我的职责。”他走近奶奶病床前笑眯眯，“大妈呀，您原来的身体根底好，恢复啊也会很快的。过两天呐，您老就可以出院回家了，放心吧啊。”“谢谢。”奶奶和我妈连连感谢他。

“院长！院长，外边有急救病人，您是不是……”门外护士长喊叫着跑来。他看到护士长这么急，就对我奶奶说：“大妈再见啊，您多保重。”他急匆匆地离开啦。

李常新是我县人民医院抓业务的常务副院长，也是我的战友李小瑞的父亲，还是我爸生前的好朋友。李常新他为人很好，不管是医生、护士，还是工人和病人，提起他个个都竖大拇指点赞。他无论见到谁都很谦和，看到病人更是笑眯眯地点头打招呼。谁家有病人，无论多晚他都要上门去看，随叫随到。

有一次，他被红卫兵挂牌批斗了一天，回到宿舍刚进屋，想先洗把脸再吃点东西。突然，医院里的一位清洁工母亲突发急病，在家里口吐白沫手脚抽筋。这位清洁工慌慌张张跑来找李常新："院长，我妈她躺地上满口吐白沫，您赶快……"向他说明情况。

尽管天色已晚，天气阴沉还打着响雷，就要下着雨了。李常新不顾自己再渴再饿二话没说，穿上白大褂背起药箱，手拿听诊器，"走走，赶紧走。"就跟随这位清洁工去家中给老人做急救诊治。

幸亏及时救治，老人的病情稳定下来没有了生命危险。当李常新顶着雷雨回到家的时候夜已很深。衣服全被雨水打湿，肚子饿得咕噜咕噜乱叫。此时他才想起自己还没有吃晚饭呢。可是，他在屋里找一遍啥吃的都没有。他只好拿起茶缸喝了几口凉水，和着衣服躺下睡着了。

我妈江云芝从家里煲好棒骨汤，用毛巾包着送到医院奶奶的病房来，进门就喊："妈！我又给您顿了一碗骨头汤，补补钙，您趁热喝吧……"奶奶正半躺在病床上，戴着老花眼镜在纳鞋垫呐。她看到儿媳江云芝抱着个罐子进来，赶紧放下手中的活儿伸手接过罐子，用鼻子闻了闻手中的罐子笑着说："咦，真香！孩子辛苦你了！放到这儿吧。"

我妈坐在床头柜旁边，用碗刚把骨头汤倒好，刚要把碗递到奶奶手里时，"奶奶！奶奶！我来看您啦！"姣姣、毛爱莲和王建社他们几个噔噔噔地跑了进来。方姣姣还调皮地做了个《红灯记》中李铁梅举红灯的造型动作。突然闻到了骨头汤的香味，冲妈妈问道："呦，妈做啥好吃的啦？嗯，这么香啊……"侧身去闻妈要递给奶奶的那碗骨头汤。"去去！馋猫儿。"我妈拍打妹妹屁股一下。

"哎呀，真香……嗯，奶奶，快喝吧……您不喝呀我就喝了呀。"姣姣甩动着一双小马尾辫儿，用鬼脸笑着逗奶奶。

"姣儿，别闹了，你帮我把奶奶的东西收拾一下。明天我来办出院手续，接奶奶回家。"我妈认真地对姣姣说。"是！老妈。"姣姣喊。

王建社在一旁看奶奶喝完汤，急忙向前接过奶奶手中的空碗。

奶奶出院回到家后，"妈，在医院这么多天啦，我给您洗个澡吧？哎……咱再换一下衣裳，好几天啦都该换下洗洗啦……"我妈劝说着奶奶。"中啊，俺也正想洗嘞。"奶奶应道。她搀扶着奶奶到卫生间关上门。帮奶奶脱掉衣服，又帮奶奶擦身擦背。她还小心地避开奶奶仍打着石膏板的右胳膊，以防打湿再感染。

洗完澡，她搀扶着奶奶小心翼翼地换上了一身新衣服出来。奶奶感觉很舒服清爽，笑呵呵地说："嗯，云芝啊，这一下浑身舒服多啦。""慢点妈，注意脚底下。"她把奶奶搀扶到院子向阳处的椅子里，"妈，你在这儿晒晒太阳，我洗衣服去。"奶奶坐下呵呵笑道："好好，晒晒太阳。"

我妈把奶奶换下的衣服放到大铝盆里，扎着围裙在院子里水桶旁开始洗衣服。那时还没有自来水。我妈要用水桶从屋里水缸中提来一桶桶的水倒在洗衣盆里来洗。她洗着洗着又突然想起了什么，一边擦干手上的肥皂沫，进到屋里。她是给奶奶端热水和拿药来吃。"妈，刚洗完澡，出了不少的汗，您喝杯开水吧，顺便把药也吃了啊。""哎，好好！"奶奶笑呵呵地接过我妈递过来的水和药，心疼地说："云芝呀，我让你受累了啊。""咦，妈，您咋这样说呀？这不是应该的吗。"我妈又冲奶奶笑着说："妈！您不是给我说过吗？婆婆也是妈，妈和婆婆都是一样的。您忘了？您还给俺说过，咱村里那个冯老汉唱过的那段坠子吗？您忘了？我可都还记着呢。"她说着，像小孩一样蹲到奶奶跟前，手扶着奶奶的椅子，笑呵呵地望着奶奶的脸，开心地竟哼起那段河南坠子来：

婆婆也是妈，您一辈子辛苦啦。
您把儿子抚养大，如今儿媳来报答。
轻轻地叫声妈，婆婆您辛苦了。
您缩食汗满颊，把儿子拉扯大。
真诚地叫声妈，如今儿媳到咱家。
儿媳妇为您梳白发，为您把身擦。
婆婆也是妈，一辈子辛苦啦！
您把儿子抚养大，如今儿媳来报答！
让您没烦恼，让您没牵挂。
幸福生活甜如蜜，让您有个温暖的家。
亲亲地叫声妈！儿媳妇让您生活幸福，快快乐乐度晚霞……

唱完，我妈摇着奶奶的手笑着问："妈，咋样？我都能背下来这些唱词啦。妈！您就是俺的亲妈，嗯……我一定会照顾好您的。"

"哎呀！你真是妈的好闺女呀啊。"奶奶眼含热泪，左手牢牢抓住我妈的手摇动着。

"呦！痛诉革命家史呢……"方姣姣和毛爱莲放学回来，一进门看见妈和奶奶互相亲昵着，张嘴就问了句。"咦，疯丫头回来了……"我妈听到姣姣的问话，不好意思地起身瞪了她一眼，又对我奶说："妈，我做饭去，您想吃点啥？"

"奶奶！我想吃咱留固烩饼，好长时间没吃烩饼啦！"姣姣抢着说，一边可怜巴巴地望着奶奶，她想让奶奶给我妈下指令。

“好！俺宝贝说了。嗯那中！云芝咱今天就吃烩饼吧？”奶奶笑着看了我妈一眼，低头又哄着乖孙女：“乖乖中吧啊？”

“中。”我妈应了一声，进厨房做饭去了。“阿姨，我帮您做饭吧。”毛爱莲说着，跟我妈也跑进厨房去做帮手了。

“奶奶，我来陪您。”她嬉皮笑脸地蹲到奶奶身边。奶奶笑着问她：“孩儿，你光知道咱留固的烩饼好吃，你可不知道它的来历呀，为啥叫烩饼啊？”“嗯不知道。”她摇摇小脑袋，瞪大眼看着奶奶，意思是说这里面还有什么传奇故事不成？

奶奶在椅子里欠了欠身体，对她说：“嗯，要说起咱留固烩饼啊，那还得从秦朝说起。那是秦二世三年，刘邦的大军从濮阳西进，在白马城与秦将军杨熊打一恶战，秦朝大将杨熊盘踞东郡白马县，扼守白马津要塞，刘邦攻城暂时未能攻破。刘邦的兵卒大多来自南方，爱吃大米。来到中原后啊粮草供给不上，就在当地征粮。咱们当地盛产小麦，小麦磨成面粉，烙成饼，兵卒吃后浑身有力。由于杨熊是秦朝猛将，刘邦攻城僵持数日，兵卒吃的烙饼干而坚硬，啃不动。就有人向刘邦进言说：‘在白马城南口，有位刘姓村姑，都称她刘姑，做饭手巧，熬的饼非常好吃。’刘邦听其言：‘去，派人把刘姑给我请来。’其实这刘姑，早对秦兵将士们把守白马县祸害百姓恨之入骨。一听是刘邦将军请她，她就答应来到刘邦军营。刘邦说：‘我们这里烙的饼将士们都啃不动，你有什么办法呀？’她一听就这事，就到伙房给伙夫示范：将烙出的饼切成菱形条状，放在锅里的开水中，再放些菜放些肉丁，放些植物油炸香的葱花，稍煮即食。刘邦吃后果然好吃，问刘姑：“这叫什么饭？”刘姑说这是熬饼，也叫熬馍。刘邦随口道：‘刘姑熬饼，真美食也。’当刘邦攻下白马城，取得白马津，准备大肆犒劳将士时，就让刘姑来做熬饼食用。高阳酒徒郦食其对刘邦说：‘刘姑熬饼，刘姑二字不妥，更不要说熬馍，沛公应忌讳，应改为留固烩饼’。刘邦问：‘为何呀？’郦食其说：‘白马不能丢，占据白马和敖仓军需有粮，供应才能水路畅通无阻，打仗要兵贵神速，不要熬磨。但要永守要塞，才成就帝业。留固乃永留固存之意，烩饼乃绘天下并图之。’刘邦听后欢喜，从其言：‘好好好。那就用留固烩饼’。并用其犒劳将士们。留固的烩饼从此有了名气，慕名而来吃‘留固烩饼’的络绎不绝。白马县南口刘姑家门口形成了集市。后来这集市繁华、人口众多，就形成了现在的咱留固镇。烩饼就成了咱留固集的一道有名小吃。就这样一代代传承下来。后来的发展进步，留固烩饼烙的是麦面饼，单薄透清，光滑细腻，留固的厨师烹炸的葱花油，比小磨香油还香。汉朝仍设白马县归东郡辖制。自汉朝至宋朝一千多年，黄河多少次决口，滑州、卫南、长垣县各地都被淹没过。唯有白马留固这片土地紧临卫河地势高，从未受过淹，成为兵家必争之地，富庶粮仓。咱们老家那儿，应该是先有白马县后有留固集。白马县城随着时代的变迁，现在只剩下白马墙这个小村啦！现在的白马墙村，就是过去白马县城的一个城墙边小居民区。”

“留固烩饼中啦。妮儿,赶紧搀你奶奶到屋吃饭啦！”我妈在厨屋催喊着方姣姣。

实际上，留固烩饼的做法简单易学。选好上等的小麦面粉，活好稍软一点的面团，把面团扞成较薄的饼，在热锅里反转烤干，将烤熟的干饼用刀切成棱角形长条。再放适量水烧开，放些白豆腐块、黄豆芽和泡好的海带丝煮熟，再放饼条煮几分钟。待都煮熟了关小火，再放炸好的豆腐条，放炸好的葱花油和少许盐、醋，即可食用，香味四溢。现在回想起家乡的烩饼，嘴里都流哈喇子。

自从徐兴荣去公主岭空军医院住院后，我为方便工作就搬进他的房间，一下子变成了一人独居，这可比在炊事班里强多啦。七八个人睡一个大通铺干什么都不方便，晚上睡觉打鼾声的、说梦话的、咬牙的，什么稀奇古怪的声音都有。再就是熄灯铃一响，每个人必须抓紧时间熄灯睡觉，不困也得躺着，这是部队的纪律，王八的屁股——规定。特别是晚上谁起夜动作稍微重一点，准能把全班人给吵醒。谁如果再放个屁，全班人都得闻到臭味。比如冯为国的那双老汗臭脚，晚上一脱鞋，臭得大伙都捂鼻子。无奈之下，王雪给冯为国规定每晚睡觉前，请他到走廊那头公共洗漱间，待把那双臭脚丫和臭袜子洗干净了再回屋来。鞋一定放到走廊里，绝不允许那双臭鞋拿进集体宿舍里来。

现在好啦，我有一片自己的天地，有一独立空间，屋门一关，就成我的独立王国。自己收拾得干干净净，房门上贴着“财金重地、闲人免进”的红纸黑字。自己在这小王国里记记伙食账，整理整理各种票据，自由自在那个舒服啊，无法形容。

“小方，这个屋不是给你设的啊你要明白。这是咱们全连干部战士的家产，它连着每个人的切身利益，你可要把它守护好。门上写得很清楚，无关人员不得到你这屋闲聊，你明白吗？”唐明很严肃地给我讲了这些，也是给我一个要求和提示。

“是，请连首长放心，我一定不辜负领导的信任和希望！”我向唐明表了态。也暗下决心,平常除了在炊事班干活帮厨外,自己有空要多学习学习。看看各种书籍，充分发挥这个优势。我入伍以来非常想利用业余时间看看书，学习学习在高中时没有学完的数学、化学、语文、物理、英语等课程，特别是关于物理与电子方面的书籍。住在集体宿舍里,统一上班,统一熄灯,想坐下静心看书吧,不是这个让你帮忙做事，就是那个拉你出去打球。战友之间谁都不能得罪,大好时光就这样流失。现在好了，自己一间屋，有了独立的空间，这么好的条件得好好利用，发扬雷锋同志的钉子精神挤时间来学习。

爱学习、好学习这点我一直就没有放弃。在这一点上，也可能是我继承了奶奶、爸妈等老一辈爱学习的基因，这也为我后来参加军校高考打下了坚实的基础。

说真的，那个年代连队的文体生活比较单调，除每天早餐时能听听中央广播电台的新闻联播以外，只能到连队娱乐室看看《人民日报》《解放军报》和《红旗》杂志“两报一刊”，还有《空军报》《雷达兵通讯》，没有别的可看。就是这些也只是爱学习、关心国家大事的连首长和老兵才去看，大部分的新兵根本就没有兴趣。他们有点时间，新兵们还想写写家信玩玩球啥的，没人跑到娱乐室去看报纸。

我喜欢文学，借去市里办事，专门跑新华书店买了本《鲁迅小说文集》。平时在屋里看鲁迅的《伤逝》《药》《阿Q正传》《祥林嫂》等小说。特别是电子波是怎么回事？我一定买些这方面的书籍看，弄清它的原理。就这样写写日记，看看书籍，精神上非常充实。

晚上，大约十一点钟时，我忙完一天的账目准备洗漱睡觉。林兵突然推门进来，“小方，去给我找点吃的。妈的，胃饿得难受。”

我看林兵才明白，他是从山上阵地战备值班下来的。身上的腰带手枪都没顾得解下，就跑我这来找吃的。“唉，好好，连长您等着。”我拿上厨房钥匙去给他找吃的。看来他是真的饿了，这还是第一次找我要吃的。我到厨房找了半天没啥现成可以吃的。心想不能让他失望啊，就从橱柜里找出两个鸡蛋一个西红柿。给他做了一盆香喷喷的鸡蛋西红柿面，端到我屋里来。林兵看到这盆鸡蛋西红柿面，两眼直冒金光，“好好！好你小子还真麻利。”他拿起筷子就往嘴里扒拉，“嗯，香香香！”他一面吃着，还夸奖着我做的鸡蛋西红柿面香。他三下五除二，这盆鸡蛋西红柿面就被他扫荡光了。就剩最后一口汤他也没放过，双手抱着饭盆，仰头把它喝了下去。完了，他不好意思地冲我嘿嘿地笑道：“真他娘的好吃！唉，你看，也没有给你留点，嘿嘿……”

我看他吃得很高兴，心里也美美地说：“我不饿连长，您吃饱就中。”“吃饱了，吃饱了。哎我值班去了，你抓紧休息吧。”他用手擦了擦嘴角，又擦了把脑门上的汗，拿起帽子走了。

林兵走后，我洗漱完，躺在床上睡不着，心在想这事。这些战备值夜班的同志们，在这紧张的战备值班中都会饿的，他们怎么办？只能忍受着饥饿。我突发奇想：如果在市里买些饼干回来，每天给战备值夜班的同志每人发点吃的这该多好啊？

第二天，我将此想法先向唐明做了汇报。唐明听后，头摇得像拨浪鼓一样，有一百个反对：“这不行，不行！这笔钱从哪儿出啊？就俺们这点伙食费，保证一日三餐还困难，怎么能在从这里往外挤呢？你趁早打消这种想法。你想想办法，把大伙的伙食质量提高，让大伙晚饭吃好点就行了。”

唐明说的不是没有道理，确实连里没有任何额外收入，每个月只能靠上级财务部门按人头拨给伙食费，连里自己养猪养羊以补贴改善伙食。如果没有这些猪和羊，光靠上级拨下的伙食费，连里生活更加艰难，吃肉的次数更少，战友们肚里的油水更加清淡无味。暗下决心，一定想办法提高大家的伙食水平。

关于战备值夜班的战友们夜里饥饿问题，我又请示林兵和范林太。不用连队伙食费，借用公款垫付钱，买些饼干、水果罐头、果脯之类的食品回来，放到文书李晓书处原价代卖，谁值夜班饥饿时，可以到文书小李那里购买充饥。他们俩一听这是好事呀，同意。我就借到市里拉粮买菜之机办理了此事。

此举，受到全连干部战士们的欢迎和好评。

第十七章　槐花飘香

自我承担起司务长工作后，除了日常工作外，时不时地也到厨房帮帮厨、择择菜、打打下手啥的。王雪为照顾我，没有再安排我起早贪黑做饭轮班的任务了。这为我的学习提供了宽裕的时间，受益终身。至今想起此事，从内心都感谢老班长。

范林太知道我爱看书，让我加入连队青年团板报领导小组。连队青年团板报小组是根据国内外形势和部队战备任务，联系连队实际工作和好人好事写点黑板报道。

在部队办好连队的黑板报，既是促进连队文化学习交流的载体和园地，也是连队文化学习的展示，更是彰显连队干部战士精神风貌的窗口。编写好黑板报也是一门综合艺术，首先写好脚本，编排好板块结构，就开始着手抄写在黑板上，绘制些有艺术性的小插图。我们连的黑板报，办得很有特色，多次受到连领导的表扬，受到战友的喜爱。

几个月后，我们连参加了全团“连队黑板报竞赛活动”，并获得全团第二名奖励。回来林兵连长、范林太指导员还为我们板报小组成员特意加餐奖励。我还光荣地加入共青团组织，被连队党支部批准为团支部宣传委员。

特别是我在连板报上创作的那首《我是一个兵》的散文诗，荣获团比赛二等奖。回来后，深受战友们的喜欢，互相传抄着。诗是这样写的：

我是一个兵，来自老百姓，打败日本狗强盗，消灭蒋匪军。男人是天地所信赖的汉子，女人是最懂情爱的人。我是一个兵，心底总有一份牵挂，私下准有一种保留，不值几文，但那都是我们珍惜的财物：褪色的军装、武装带、军功章，甚至是一副领花几枚弹壳……而那带血的经历甚至连同身体的残疾都作为祭礼献给了荣誉，留给军旗！士兵的履历表上填写的永远是生活中需要有人牺牲的那部分，奉献和牺牲装点的职业，于是拥有了崇高的品格。

我是一个兵，心灵深处不再苍白，不再有遗憾的残疾，青春也不再寂寞。我是一个兵，对人总有讲述不完的军旅话题，多少次重复同样津津乐道，并时常希望有人提起部队的事儿讲讲谈谈。我是一个兵，从来就不用词典上的内容来解释战友、同志、友情。而只有在风暴来临，生死危难之时才用行动诠释它们所包含的意义，展示军人的个性。

我是一个兵，偶尔的小聚也要选上属于军人的日子，按规矩大碗酒抢着喝，调侃的还是战友们的雅闻趣事，也少不了想起那“村里的小芳”，神情虽然异样语言却决不卑琐。青春的心曾也那样的萌动……

我是一个兵，能文能武，能农能工。有爱也有情。并非呀，只知道“三枪五弹”，风沙打磨出棱角分明的脸，在生活中刚强坚硬。用血肉掺和泥沙战死国土上，修出的坚固长城。

我是一个兵，驾战鹰飞行在无垠的天际中，用青春丈量过无数的万里长空，因为蓝天给了我无比宽广的胸怀，会更加理解，会更懂得生活中，也有继续开拓那还没有飞完的航线。去吧！上九天揽月！

我是一个兵，水兵的视线决不只停留在海面，浪漫的想象会使战舰被家乡的鲜花镶满。挨着威严的船舷，大海的性格会让生活也同样掀起波澜。我亲爱的战友，去吧，下五洋捉鳖！

我是一个兵，太多爱已酝酿出我这个情种，多少眼泪倾泻成河，情意的表达，简练到像口令一样爱和恨。为一句承诺，我们可以用生命相托！

我是一个兵，当那五光十色的霓虹灯刺眼时，俺会想起驻守那高山边疆的雷达兵；当走在拥挤嘈杂的广场时，俺也会忆得寂静的哨位上，一把钢枪伴着晴朗月色那双警惕的眼睛。

我是一个兵为此骄傲，为此自豪！假如我们从事文学，我可以成为李白、鲁迅、巴金和冰心。因为我有诗人的敏感和炙热；假如我们从事科学，我可能成为牛顿、陈景润、李四光和钱学森。因为俺有科学的才智和思索；假如我厮守田园耕云播雨，俺同样可以让土地捧出双倍的粮果；假如让我们上战场，我可以像董存瑞、黄继光，因为俺那种保家卫国赴汤蹈火不怕牺牲的精神。

我是一个兵，虽然没有更多的勋章可渲染的资本，但我是一个兵，一个保家卫国的兵！是一个捍卫祖国的人民子弟兵！

这首散文诗，当时在全团“连队黑板报竞赛活动”评审领导小组中，也引起轰动。有评委说：“写得好！写出了军人的气魄，写出了军人的情感。”也有评委不同意这种观点，他说：“没有战斗意志，夹杂儿女情长太多，不能获奖，甚至还要批判。”

还是团刘实政委观看后说：“嗯，这诗好。大气，写出了军人的气魄！”由此，才勉强获得二等奖。否则，不知后果如何。

七月份，刘海排长的爱人从四川广安来连队这里探亲，已有一周多了。吃饭后，刘排长带领全排战备值班、搞军事训练很忙，他妻子王立秋就没地方走。在这连队巴掌大的营区，出门就是深山原始森林，到山上雷达阵地还有一段距离，各战备值班室又是保密重地，外人不允许随便进出战备值班室，干部家属也是如此。

刘海排长的爱人王立秋是县城里的一名中学老师。来到连队后，出门是大山和原始森林，睁眼看见的就只有连队这些战士，一水的秃头和尚，她待在连队巴掌大的山头上，很不适应。

开始，王立秋去找找卫生员申卫兵聊天。申卫兵在连队当卫生员的工作也很自由，除了有病号治疗外，其他时间不用跟连队训练。有时候申卫兵他高兴还到炊事班帮帮厨，择个菜啥的。到夏天，为防暑降温给指战员们熬制一锅绿豆汤喝。给营区和各个值班室喷打药物，以防止蟑螂和苍蝇蚊子，与战备值班的战友们相比他轻松得多得多。

刘海排长的爱人王立秋也喜欢和我聊天，她用四川普通话，东扯西拉地聊她们四川农村的一些事。“嫂子，您和刘排长是自由恋爱还是？”我腼腆地问。“嗨！我们俩的婚姻还有段故事呢，要不，哼！……我能嫁给他！”王立秋很自傲地说道。

我从她说话语气和脸上的表情看，心里有种甜美的感觉，也有一种看不起刘海排长的意思。我就故意逗她：“那？你们怎么还……”

听我这么一问，她脸上呈现出了红润，竟动情地讲起她和老公刘海的爱情故事。

她和老公刘海从小是同学，是同村又是邻居。她是个苦命的孩子，不到半岁时，母亲得急病去世，父亲抱着她在村里，向同岁孩子母亲借奶吃，基本吃遍了全村有奶水母亲的奶。可以说她是吃百家奶长大的苦孩子。夜里她饥饿哭闹时，父亲就给她喂上几口面糊糊充饥，是父亲把她一把屎一把尿从小拉扯大的。她父亲怕给孩子娶个后娘受委屈，父亲至今都没有再娶妻子，有好多人给他父亲提亲，都被父亲一一拒绝。曾有人劝她父亲“你把这孩子送人吧，就凭你是养不活的噻。”她父亲坚决反对：“这，这孩子就是俺的命根子，只要我有一口气，谁也甭想把我们父女俩分开。”

王立秋说起这事来，心里总是酸酸的，对父亲有种愧疚感。“俺从小在父亲的呵护下，从小学到中学，学习在班里都是前一二名，中学毕业，顺利考上广安师范学校。在俺上大专时，俺把唯一的亲人丢在山村家里不放心，就找到同学刘海帮忙。刘海因没有考上市师专就在家劳动，俺将父亲全权委托刘海照顾。但那时，我们啥关系也没得，只是同村邻居加同学。其实，俺当时已经在广安师专学校爱上了同班一位县城的小伙子。那小伙儿长得很帅，也非常喜欢我。他时不时给我买好吃的送到女生宿舍来。处处都呵护着我、照顾着我，俩人你来我往慢慢也产生了感情……”

王立秋说着动了感情，眼里湿润起来，“可是……可是后来，父亲非要让我和刘海结婚不可，我说啥不同意。父亲威胁我说，如果不答应这件婚事，他就要一头碰死在我面前。我知道父亲一辈子为俺付出的太多啦！无奈，我只好在爱情和孝心之间选择了后者。我也知道，在那些困难的岁月里，刘海为了照顾我父亲，偷偷拿自己家里好吃的东西给我父亲吃。为此事，还多次挨过他父母的打骂。只因为刘海家里生活条件相对比我们家好些。当我父亲有病时，是刘海背他着我父亲爬山越岭，去乡医院看的病。”

王立秋微笑着说：“待刘海当兵后，他每半年一次把自己积攒的津贴钱寄给我父亲，让父亲当作我上学生活费寄到学校。”

她又激动地对我说：“哎，小方，后来我知道这些事情后，非常感动，就觉得刘海是世界上最好的男人，有责任心，敢于担当，并且还是一名军人。这不，我才下决心嫁给他的。嗯，我在我们的同学当中相比较，我是这世界上最幸福的女人，俺找刘海一百个不后悔。”

嗯，这就是一位军人敢于奉献，敢于担当的精神，换取了姑娘的青睐和信任。我细心观察王立秋，说起她与刘海排长的婚事时，那种自豪的心情溢于言表。她还压低声音对我说：“哎，上士，俺在学校时，记得同学间私下里互相传唱的一首歌，俺给你唱一遍吧？”我一听急忙拍手：“好啊，好好。”

“那，你可别笑俺啊。”

“嫂子，哪能呐？”

她羞涩地哼哼唱起来：缘分让我认识你，从此我就爱上你。朝朝暮暮想的全是你，时刻把你记在我心里。只想听到你的声音，是令我那么的着迷。放下所有却放不下你，因为你就是我生命的唯一。

她用四川方言夹杂着普通话唱完后，不好意思地，“小方，这可是靡靡之音，千万甭让领导知道了啊。”还笑呵呵地说：“俺嫁给一个军人，可自豪啦！我的那些姐妹们都很羡慕俺，说俺嫁给了一位军官，可让人高兴咧。哎！只可惜他文化程度只是个初中！”

这也是刘海让她不太满意的地方吧。我在想，她现在是在新婚期，还沉浸在甜蜜的幸福之中，还没有体会到当军嫂的艰难。军嫂可不是好当的，可是要付出艰辛、痛苦、寂寞难耐、度日如年的生活。如果……如果她与那位师专同学结婚，工作在一个城市，甚至一个中学，下班后夫妻双双把家还，你做饭我择菜，你炒菜我端盘，你吃完我洗碗，花前月下卿卿我我，那才是真正幸福甜蜜的日子吧？

“哎！这可好，嫁给军人，过着千里之遥的两地生活，像牛郎织女一样，一年见上一两次面，分居两地生活。嗯，别说花前月下，就是你在家里头痛感冒，都没人理你。更不用说买个米面换个煤球啥的，谁管你呢？哎，假如怀孕，孕期反应更无人端饭倒水的……”她又遗憾地叹气道。

是啊，不知嫂子你做好思想准备了没？都说军人伟大，是最可爱的人。要我说，军嫂更伟大，更是最可爱的人。你们为了国家安宁，为了不影响爱人在部队的工作，为了这个家，默默地煎熬着，牺牲了自己多少幸福生活，牺牲了自己大好的青春年华。

此时此刻，我想借机安慰她几句，“哎，嫂子，人嘛，没有十全十美的。如果你和那位同学结婚，未必有现在这么自豪和幸福，你现在到哪儿都是军属，军官家属啊！”

呸，呸！我说完马上感到失言了，真是不会聊天。怎么往那旧爱的事上扯呢？这不是火上浇油，伤口上撒盐吗。王雪听我说后，瞥我一眼，又看了看王立秋。

我瞥她一眼，笑嘻嘻地扯开话题，“嫂子，您是什么文化程度啊？”

她也没太在意我脱口而出的话，翻阅着《电影画报》说：“我是师专毕业，算是大专吧！在俺茂兰县二中教初中英语。”

“嗨，是位人民教师啊！这是很光荣的职业呀。”

实际上，我是明知故问。她没来队前就听刘海炫耀过她媳妇王立秋，“俺找了一名公办人民教师，教英语，今后有了孩子，不担心教育问题。”他还夸下海口：“今后，有了孩子，不管男孩女孩，都要让他好好学习英语，像他妈一样考上大学，当人民教师，或者出国留学。”

王立秋立马谦恭地：“哪有你们军人光荣啊，你们才是最可爱的人呐！特别是你小方的工作，当司务长管大伙儿的生活，更让人羡慕。”

王雪坐在那择着韭菜，面上看他心不在焉地装样子，实际上是在听我和王立秋俩人的聊天。

“嗨，俺哪是司务长啊，是个小战士。”

“阿嚏、阿嚏。”突然，王立秋连续打了几个喷嚏。“嫂子，是不是你父亲想你了？”

“哎呀有可能，来了近半个月了，父亲能不想嘛？”

这时，王雪嬉皮笑脸地插话道：“嗨，什么父亲想你呀，肯定是你和老刘夜里不老实，给折腾感冒了吧？”

王立秋的脸红一阵白一阵，羞羞答答，“咦，你说的啥子吗？俺的娘哎，王班长，你……你……吐不出象牙来哎。”说着她不好意思地起身走了。

嗨，王雪也是的，人家虽然结婚了，不是姑娘啦，也是刚从姑娘变成媳妇不到一年呢，还未忘掉羞涩，太粗俗露骨的话，人家怎么好意思说呢。更何况她还是一名为人师表的人民教师啊。

王立秋快步躲开走了。王雪放下手里的韭菜，哈哈大笑着：“我就说她夜里被老刘折腾病了吧，她还不好意思嘞。”

我也起身回办公室，王雪也跟着我进入办公室，然后把屋门关上。我好奇地问王雪“班长，您说他们是夜里折腾的，他们折腾啥呀？”

王雪坐在我床上，不知想找什么东西，听到我问话后，他站起身拍拍我的肩膀说：“你个小毛孩子还不懂，以后结了婚就明白了。”他边说边朝门外走。在拉门瞬间，“嗯！干啥嘞？嘻嘻哈哈的……”差点与范林太碰了个满怀，忙一闪身，总算没撞上。“啊”的一声，他见是范指导员，比老鼠见猫跑得还快，转眼无影无踪了。

范林太这是刚从作战室出来，看到刘海爱人从这边走过去，又在我屋门口碰上王雪嬉皮笑脸的，顿时拉着个脸，生气了："小方！你这门上贴的是什么？"指着门上几个大字冲我问道。我立刻明白了他这是明知故问，"是……是财金重地，闲……闲人免进。"涨红了脸的我，说出话来结结巴巴。

"那，他们是来报销的吗？"范林太问我。"不……不是。"我结结巴巴。"弄啥嘞。今后啊，除报销报账的人可以进你屋以外，其他人不能随意进来，更不……更不能到这屋里闲聊天，知道吗？"

"是，是指导员，我错了。"此时的我像犯错误的小学生，站在那儿老老实实地承认错误。

"弄啥嘞。"范林太转身气呼呼地走了。看来他是真生气了，此事唐明曾代表连领导严肃地明确过，我今天也没注意王雪怎么跟我进的屋，也不清楚他来干什么的。再说他刚来就走了，又没在这儿停留啊？嗨，偏偏被指导员碰上，事儿就这么巧！

自我新兵入伍到连队这半年多时间里，还是第一次受到范林太指导员这么生气的批评。平时与他见面，总是笑呵呵的。他开会讲话，连队晚上点名也从来没有这样严肃地批评过谁。看来，确实是我错了，不应该与刘海爱人和王雪聊天。再就是我，手头上没有急事应该自觉地到猪圈、羊圈、菜地看看有什么活儿需要干的。既然代替司务长工作，处处时时都应想着连队的基本建设，如何改善大家的生活伙食，让连领导在值班室安心战备，让战友吃饱吃好安心完成好战备任务，更不应在财金重地招来无关人员。我心里越想越感到愧疚，对不起连长指导员的嘱托，心想等有机会一定向范指导员作自我检讨。

一天下午，王立秋风风火火地提着半袋子东西闯进我们炊事班来："王班长、上士，我给你们弄好吃的来了，在我们老家这可受欢迎咧。"

我和王雪、冯为国、张全都在厨房后门外围坐着择芹菜，听到王立秋在喊我们，还听她说弄啥好吃的来了，大伙都很吃惊地问："啊！嫂子，弄啥好吃的？"我起身向前接过王立秋提的面袋子，打开一看，嗬！是槐花，"嫂子，你这是从那儿弄的？"我惊奇地问她。

她很老练地指着营房南边的山头："你们这后山上可多了，这是洋槐花，洗干净和玉米面在锅上蒸蒸，待蒸熟后放些盐、香油、蒜泥或者是辣椒油，拌着可好吃咧。俺在家乡每年春天去采摘些来，你们没吃过呀？我们可爱吃啦！"她很兴奋地，也很懂行地说着，像一位专家推出一项新成果一样激动。

要说起槐花，我还真不陌生。老家卫河堤上，一片片的洋槐树，待到春天槐树开花时，花香飘数里，清香幽远。黄槐树不择水土，不择环境，只要有土壤和水处处都能生长，便能接二连三地生出许多棵小槐树来。因此，故乡卫河百里长堤上，满是大大小小的槐树，槐花是家乡生活困难时，喂养人们的生命之花。

还记得我小时在奶奶家里，饥饿时就爬到槐树上，去摘下串串槐花放到嘴里，有种甜甜的清香味。如果你走在槐树林里，大大小小的槐花树，都缀满一嘟噜一串的槐花，你逆风站着深深呼吸空气，那空气清香缭绕而来，令人生出无限的遐想……到春天槐花开放时，十里八村的男女老少齐上阵，将镰刀捆在长长的竹竿头上，手挽竹篮，走向卫河大堤，爬在洋槐树上，有选择地采摘着似开未开放的槐花儿。

这些一枝枝青绿满带花儿的小树枝被采下来，人们有着无限丰收的喜悦。如果花儿开过谢的，也就是花儿老了干瘪的，它在树上被风一吹，纷纷扬扬，如雪花儿四处飘浮，落人一身，袭人一脸温馨和芳香。

在那个年代，各种物品都是凭票证供应，物质极不丰富。我们年轻人到部队来都有深刻的体会，特别是我们这些雷达兵，天天担负着战备任务，人们的神经都高度紧张。可连队一天吃两顿粗粮，连里百分之百的战友都有胃病。他们在吃高粱米大渣子时不爱吃、没食欲，多数人都采取不吃的方式，宁可饿着也不吃。等待中午吃大米饭、馒头时猛吃，恨不得将一天的饭全吃完。这样，饥一顿饱一顿，久而久之落下胃溃疡等疾病。连队每周日能吃上加餐的几个荤菜，一个月才能杀头猪得到一两次的伙食改善，给大家解解馋。平时连里吃的都是白菜、土豆、萝卜老三样，人人肚子里的油水都不多。不像现在人们油水这么大，反而都闹着减肥，加强锻炼控制体重。那个时候，吃顿红烧肉可就是很奢侈的啦。

槐花虽然不是肉，但好歹也能调剂一下大家的口味。王立秋在厨房里，指挥着王雪和大伙做蒸出锅的槐花菜。将炸好的葱花、辣椒油倒入蒸熟的槐花菜上，一盆盆拌好的槐花菜，老远就能闻到了它的香味。王立秋一边干着手中的活，一边对大伙说："生活艰苦时，俺就靠这槐花树，度过了那些苦日子。俺那儿老人都说，槐花养人，槐花树是穷苦人的救命树。"

王雪也有感而发，附和道："是呀，在俺家闹灾慌时，有年春天，我看着母亲浮肿的脸，没心思去上学，与哥哥悄悄地跑去找吃的。跑十多里路，才找到一片槐花树。那时槐花是败落的时节，哪怕高高枝头上有一串，我们都欣喜若狂地爬上去，从树上摘下。再加上从地上捡的干花弄了一大书包。回家后，母亲虽然批评我们，但还是连忙拿出几把干槐花用水浸泡，加上几把红薯面，在锅里煎了煎，再放入几把父亲从队里领回来的豆饼，加上一锅水，就做上我家最好的一顿饭。"

王立秋在一边很内行地说："做汤也是很好喝的。"李小瑞很调皮地："嫂子，你很了不起呀，刘排长真有福气。不但找一位人民教师，还是一位美食家，女中豪杰呀。"他说着还伸出带面的大拇指。

"今天吃啥呢啊？这么香。"林兵从阵地上值班回来，闻着香味就奔食堂过来。"报告连长，刘排长家嫂子从后山上采摘些槐花，给大家改善伙食，改改口味！"我跑过去向林兵报告。

“好啊，怎么发现后山上有槐花呀？”林兵不解地问。是呀，连长是问我们这么多人、这么多年在这安营备勤都没发现，被一位来队的家属发现了。“好啊。还发现啥好吃的了吗？”林兵很感兴趣地问刘海他爱人王立秋。“报告连长，松树上很多木耳也能吃，嗯，还有些蘑菇，如果采回来备干都是好食材。”王立秋向林兵介绍说并建议。

林兵听后高兴地对我道：“是吗？那上士，告诉唐连长，除作战值班、训练以外的其他人，以一排为单位上山采木耳、蘑菇去。看看还能采到什么好吃的，都给采回来。让小申认真检查没问题可以吃的话，你们炊事班为同志们好好改善改善伙食。”

“是！”从此之后，我经常在业余时间组织连队战士上山采木耳、摘蘑菇和各种山野菜，为连里伙食增添了不少的花样。甚至，有些老兵借休息时间，自己独自上山采些木耳、蘑菇，偷偷放在不易被人发现的山凹坑的地方晾干，悄悄地收藏起来，待探家或复员时带回家，这确实是正宗的山货，纯绿色食品。

还有黄花菜，当时在营区周围的山坡上到处都是，信手可摘。夏天我和冯为国、李小瑞星期天吃过晚饭后去玩，看到营区后边山包上，遍地黄花分外漂亮，我们一把一把地采摘拿在手里玩。当时我们还真不知道黄花菜能吃，采下玩玩就扔掉了。还是听王立秋说这个能吃，营养还很丰富的，我们才把黄花菜重视起来。每到那个黄花开花之前，我们连队全体出动采黄花。采回来后放到阅览室里的地上，或者放在背阴处晾干，以待食用。

确实，那个年代山里的野菜非常多，只是人们没有真正认识到它们的食用价值。不像现在人们的生活水平提高了，吃东西讲究了，人工种植的东西，又使用了很多农药和化工药品，对人体健康危害性很大。所以，人们又回头喜欢上野生的食物，这野菜成了珍贵的菜肴，野生木耳、野生蘑菇，只要野生的都成了人们生活中青睐的食物。这也算是返璞归真吧。

第十八章 | 发现人才

九月里的秋天，秋高气爽，山上的景色宜人。午后，我吃过饭帮大家打扫完厨房和食堂的卫生。一人拿着鲁迅小说集到营区后山坡石头上看书。

天空晴朗，不知名的小鸟在森林中嬉戏。远处不断有雄鹰在天空中翱翔。草原上雪白的羊群和牛群在游动，放牧人骑着马在驱赶着，像一幅美丽的油画。我无心看书，在欣赏着眼前的美景。

营区里，除战备值班人员以外，其他人都已午间休息了。

“着火啦，着火啦……”正在营区巡逻站岗的赵西平发现饲养室着火了。此时，火已把饲养室燃烧起来。饲养室左边是猪棚，猪棚里有连队几十头大小不同的猪。右边是养羊的羊圈，羊圈里有今天上午刚刚放回来的几十只羊。饲养室后边，就是连队前些日子我们在草原上刚刚打回来的干草垛。草垛紧邻着山上的大片森林。

赵西平喊着叫着把身上的枪一扔，奋不顾身地去抢救饲养室的东西。

“啊？着火啦……”我听到喊声，抬头看见饲养室那边浓烟滚滚，立刻跑下山去。

“啊！着火啦？”他的喊叫声惊动了在洗衣房洗衣服的张彪。他不顾三七二十一跑着喊着。他一喊把大家都惊醒了。

“啊？哪儿，哪儿着火啦？”“快快快！猪圈着火了。”呼呼啦啦大家都端起洗脸盆，拿起水桶、铁锹、扫把等，只要能扑灭火的都拿着了。

我已跑到火场。赵西平他从饲养室里一件件把李小瑞的被子、褥子、衣服、行李往外扔。

火势越来越大，噼里啪啦的火声把整个屋子都烧起来。“赵西平，赵西平你小心。”我跑过去对他喊。他根本顾不上听我的一趟一趟往火屋里冲。

这时张彪端着一盆水跑来就往房子上泼。此时大火已将小屋噼里啪啦全烧着了，火苗将借风势烧向右边的羊圈和两垛干草。我迅速抓起李小瑞大衣喊：“张彪快，快来。”冲到右边羊圈旁想挡住扑过来的火苗。

张彪明白我的意思，他急忙把李小瑞的棉被用水打湿披在身上，“小方我来了。”

我拍打着已烧过来的火苗。张彪披着湿棉被往地上的火苗来了个驴打滚，迅速压灭了地上火苗。可是火已将干草垛燃着，我就用大衣扑火。“小张，小方小心……”

林兵看见饲养室要倒塌忙喊。

“赵西平、赵西平！赵西平在里边，连长。”李晓书在扑火时突然发现赵西平被倒塌的火屋压在里边。

“快快快救赵西平……”范林太、林兵、梁东方、唐明和丁排长等大家伙一起上抢救赵西平。大家伙七手八脚把赵西平从被烧焦的木梁椎里扒拉出时，他已被火烟熏昏倒在里边不醒人事。

“赵西平，赵西平。小申，快快……找车送农场门诊部。无论如何把他抢救活。”范林太喊着又安排卫生员把赵西平送去抢救。

我和张彪、王雪、冯为国、张晓东、李立、马俊、李光宇等人已组成一道人墙，堵住了火焰没能烧着干草垛，保住了羊群。

杨生荣和张建国、张乐、张全、吴勇他们在屋右边挡住了火势，没能烧着猪棚。

赵西平被梁东方和韩城、小申他们送农场去了。

大火被扑灭了。“哎哎？李小瑞嘞？李小瑞去哪儿？”林兵这一问，还真把大伙给问愣啦。

“哎，真是啊？李小瑞，没看见他呀？”大家才想起李小瑞这个人来。

山洞里，李小瑞正与农场门诊部小护士李艳红热乎呢。

两个人躺在山洞里的草地上相拥着。李艳红突然问李小瑞：“你爱我吗？”李小瑞又抱了抱李艳红：“小傻瓜，俺不爱你能和你这样吗？”向她脸上叭地亲吻了一口。

“讨厌。”李艳红撒娇地往李小瑞怀里靠了靠，将头贴近李小瑞的胸前，甜蜜地偷偷笑着。

李小瑞已快活完了。他突然想起打猪草的事情来，问李艳红：“亲爱的，几点了？”李艳红抬手腕看手表，“嗯，三点二十了。”李小瑞：“啊，哎呀我有事得赶紧的。”说着，他赶忙起身穿衣服。李艳红一看也起身穿衣服。“咱们说好了，下周这个时间还在这见面啊。”

“好的好的。”李小瑞穿好衣服答应着，一边去拿打草镰刀和背筐，一边对她说“哎，我先走了，你收拾好抓紧回啊。”“嗯呐。”李艳红穿好衣服站起应声。

李小瑞背起打草筐已出了山洞，他慌慌忙忙往连队方向的山坡上走，一面打草一面哼哼着小曲。

我们把火扑灭了，个个站在那儿像一群打胜仗回来的勇士，满脸黑灰和泥水。王立秋不知啥时候也来参加了救火，她也是满身满脸灰土。林兵看后想笑，又不敢笑。

张彪穿的衣服全湿了，他手里拿着李小瑞那床棉被站在那儿；我拿着李小瑞的毛皮大衣，不单全湿还被火烧焦了羊毛，一股难闻的气味扑鼻而来。

林兵对大家说：“同志们辛苦了，谢谢。张彪你回去换洗衣服。嗯，老杨你们排带回吧，还要做好战备值班。小方，你怎么样？”“报告连长，俺没事儿。”我急忙打立正回答。“好。老唐你和小方带领几个人把这里在认真地检查一遍，防止有明火死灰复燃。其他人都回去保证工作正常运转。”“是。”唐明答应后，转身说：“小方、冯为国、张全、李晓书你们几个跟我来。”

嘀嘀……嘀嘀……说时迟那时快，三辆消防车就到了跟前。“消防车？消防……”林兵、范林太和大伙都愣了。林兵：“是谁打电话啦啊？”消防车是山下八一军马场消防队和阿尔山林业局消防队的，他们接到电话后马上赶来。因为阿尔山是国家森林资源，受国家保护的，林业局专门成立了消防队。八一军马场同样。

“同志，我们是……”消防车上的消防员跑过来一面自我介绍，一面看到火场已经被扑灭。“哦，同志，你们辛苦了。我们已经把火扑灭了，不好意思啊，让你们辛苦跑来。”范林太急忙向前与领头消防队员握手感谢。“没事没事。”

他们也看到了火场已被扑灭，“那好那好，那我们既然来了。把火场勘查一下，看看是什么原因着的火。”“对对对，请请请。”林兵陪他们又回到火场。

他们各自分头查看。林兵：“哎老范，这李小瑞他跑哪儿去了？他不会是……”范林太明白他说啥意思，摇摇头肯定地说：“不会不会……咱们没对他怎么样啊？”

几个消防队员检查完碰了碰头，得出结论都说不是人为放火，是在热猪食时引起的火灾。他们负责人向林兵、范林太做了具体汇报。“你们看这样中不中，你们给我们个鉴定书，这样我们好向团机关上级汇报不是。”范林太请求他们。“那好吧，我们现在就给你们写个鉴定书。”他安排一位同志去办理。其他人都转身上了车。

“那，这火是咋烧起来的呐？”林兵自语道。“哦，是这样的……”消防员解释。

其实是李小瑞热猪食时。他把猪食锅的火点烧着放进干柴就离开了。当锅灶里的干柴烧到锅灶外边时与灶台外边的干柴燃着。这干柴烧着后引着饲养室小木屋。饲养室这个木屋是连队就地取材，用木材搭建的简易屋。在林区生活过的人都知道，林区很多简易房都是用木材搭建的。整个屋从下到上都是用木材搭建的，屋顶也是木材和油毡、石棉瓦盖顶。这屋遇火就容易燃烧起火。消防员说：“这些幸亏你们把饲养室两边的火势给拦阻断了。否则，这后果不可设想啊。那边靠养羊圈边上就是原始森林，那火烧起来可……”

“嗯，也是。”林兵点点头。“谢谢你们啊，谢谢……”范林太拿着鉴定书向他们告别。“再见再见。”林兵同样站在那儿向他们挥手告别。

李小瑞正背着筐打着猪草，突然听到消防车嘀嘀嘀哇哇的叫声，他抬头看是往连队方向开的，“啊，不好连队着火啦。”他不顾打猪草拔腿就往连队方向跑来。

送走消防车，“好好好，大家都回吧。”林兵哄着大伙走，他回头说：“老范，这事还幸亏方晨晨和杨生荣他们果断地把火势给切断，后果真不敢设想啊。对赵西平、杨生荣、方晨晨、张彪他们还得好好表扬表扬。”“嗯，我也在想。”范林太说。

“咱们还得抓紧把这饲养室盖起来呀。你看咱们借此把前段时间翻盖阵地雷达房剩下的砖就盖它饲养室得了，怎么样？”林兵问。

“中，俺看中。”范林太点点头。

“啊？啊？俺的娘哎。”李小瑞慌慌张张跑来，一看见此情此景一屁股坐到地上，双手抱头，大脑一片空白。

林兵、范林太都看见李小瑞。“李小瑞你……你……你他妈的跑哪儿去了？”林兵说着走到李小瑞跟前都想踢他几脚。“俺……俺……俺……打猪草去…去了。”他哭丧着说。“猪草嘞？啊！”林兵追问。

“好了好啦。”范林太紧忙为小瑞解围。他知道只是他不小心，不能全怪他。连队里呀，连长就是唱黑脸的，指导员就是唱白脸的。两人就像在家里的家长，对孩子有人打就得有人拉，不让打孩子，互相配合。连队同样。

“小瑞，你赶紧去看看唐连长、小方他们在清理嘞，把你的东西去收拾下，看能用的还用，快去吧。”范林太上前拉李小瑞。“哎。”李小瑞起来看林兵一眼，胆怯地走了。

这事是大事。林兵、范林太回到去马不停蹄向团部做了具体汇报。团里听说后，马上派团政治处孙宝才主任带队来连队调查实情。

下午，孙宝才他们到达后，立即听取了林兵、范林太连队领导们的汇报。

赵西平烧伤送军马场门诊部后，由于他们那里条件有限，只给他做了简单处理。梁东方和小申又将赵西平护送到齐齐哈尔陆军医院烧伤科。梁东方来电话说；“赵西平无大碍，只是头发被烧光，头和脸上烧伤面积多些，手脚受伤，没有生命危险。”

会议研究决定：给李小瑞批评教育，不再追究其他责任；给予赵西平同志报请一等功。待治疗后，以医院治疗报告结果为准，再为他报请伤残等级；给张彪、方晨晨和杨生荣同志报请三等功；给其他人给予通报表扬，记入个人档案。

事情就这样过去了。李小瑞搬回炊事班住，还继续喂猪、喂羊工作不变。我还特意向团军需股徐股长为他申请了崭新的棉被和皮大衣。

晚上，孙宝才主任忙完手头事，独自一人到连队的营区走走转转，顺便呼吸呼吸这天然大氧吧的新鲜空气。他在团里可是享受不到这么好的环境，这么好的空气的。

确实，我们雷达团团部设在齐齐哈尔市，齐齐哈尔市是东北地区第二大重工业城市，除沈阳市就属它了。东北在新中国成立前已全部解放，国家为在新中国成立后便于借鉴苏联的技术和设备，发展工业，特别是军工和重工业，把所有大型机械制造业都建在东北各大城市。齐齐哈尔市也在其中，同时也给城市空气带来了污染。

齐齐哈尔市无论是冬天，还是夏日。天空都是雾蒙蒙的，空气重度污染。那时候的人们又不懂什么雾霾和空气 PM2.5 值啥的，长期生活在那个恶劣的环境里。

虽然，我们连队远离团部，驻守在大兴安岭的阿尔山最高峰。可是，连队营区和周边都是无尽的原始森林。连队被这原始森林拥抱着，遍地绿茵丛丛，野花开遍山间，空气格外清新，是很好的大氧吧。难怪团部的领导们，只要说起到十九连来个个都争先恐后。人人都说十九连是个好地方，常年生活在那儿人都能多活几年，延长寿命。虽然连队离齐齐哈尔市有几千里路，光乘火车就得一天一夜，外加中间还要中转一次，乘车三十几个小时才能到达团部，路途很辛苦。可是，只要听说到十九连检查工作，他们都乐意来。这里不但空气环境好，“山野货”也多，山鸡、野兔、猴头木耳，还有水曲柳菜墩、椴木面板等等，好东西数不胜数。他们来了也不空手回去，总是带点山货走。

不像那个荒山秃岭的十三连，团领导只要说去检查十三连的工作，个个都撇嘴，很不情愿。这倒不是远近的问题，而是环境太差，连队建在从不长草和树的荒秃秃的石头荒山上。遍地是光秃秃的石头，常年干旱严重缺水，是个兔子都不拉屎的穷地方。营区下面又与坦克营、高炮连的靶场相邻。春天一身土，夏天一身泥，空气污染特别严重，野生动物都不在此久留，更不要说人常年生活在此地。

在十九连，虽然已入夜，可人们仍能听到山间各种野鸟和无名的虫儿不停地嘶鸣声，偶尔还能听到远处野狼的嗥叫声。孙宝才主任在我连营区间的山路上，享受着新鲜的空气。说真的，如果你深深呼吸一口空气，的确是一种享受。不过他也不敢离开连队营区走得太远，担心山里野兽出没伤害到自己。就在连队营区去往雷达阵地的山路上，甩甩胳膊，舒展着自己疲劳的身躯，大口呼吸着山野间清新的空气。

突然间他听到一阵二胡乐器的演奏声。搞文艺宣传工作出身的他，对音乐声也是很敏感的。他循声悄悄找到后山包上，隐约看到一名战士坐在一块大石头上，聚精会神地在拉二胡。

他站在不远处细心地听了一会儿，听得出，这小伙子拉的是现代京剧《红灯记》和《智取威虎山》里的选段。孙宝才没敢去打扰冯为国，只是站在远处认真地听着……

冯为国并没发现有人在听他拉二胡，他又接着拉了几段河南老家《河南坠子》中的几首曲子。

完了，他看了看夜幕中的星空，又望一眼营区两排房屋各个窗户里闪出的灯光。感觉连队快到熄灯时间了，于是他收起二胡，起身拍打了下屁股上的灰尘，刚抬步准备走时。“小伙子，你的二胡拉得不赖呀？”孙宝才急忙迎上去夸奖道。冯为国一愣。妈呀！黑夜里，在这大山森林中，咋冒出个大活人呐？俺不认识他，他咋还夸俺？冯为国心里有点发毛，还以为遇见鬼呢，不知所措，身体稍微有点发抖。

孙宝才可能也猜到冯为国那傻愣愣的心思。赶紧向前几步，走到冯为国跟前自我介绍："小伙子，甭害怕。我是咱团部政治处孙宝才主任。今天来你们这儿检查工作，吃完饭没事出来转转。呵呵，刚才听你拉的二胡不错，啊？你是跟……"孙宝才向冯为国笑呵呵地自我介绍道。

"哦，哦，首长好！"冯为国转过神来。突然打了个立正姿势，又接着："报告首长！我是冯为国，这，这，这是俺从小跟爷爷学的，俺，俺拉得不好……请，请首长指教！""呵呵，小伙子有什么指教的，小冯，是哪年的兵啊……"孙宝才亲切地向前拉着冯为国的手。

冯为国紧张的心情慢慢放松下来，嘿嘿笑着："报告首长，是……是去年年底的新兵。""你的技术不错，以后好好练。很有前途啊。""谢谢首长的夸奖。俺，俺会好好练习的，嗯，这是俺的家传。"两人互相聊着说着向营区走去，到时又客气地互相告别。

有时人生的际遇就是那样，说者无意听者有心。冯为国对自己与孙主任这无意间的邂逅并没太在意，更没想过利用它做什么。直到有一天，冯为国与我随意聊天才提起那晚上与孙主任邂逅的事儿来。他还不以为然地："嘿嘿，看那样儿，嗯，孙主任挺喜欢俺拉的二胡咧，还夸俺呢。"

我听后当时就拉住他的手，冲他呵呵笑着："为国哥，向你祝贺啊！好小子，早晚有一天，你会有机会到适合你的地方去施展才艺的，等着吧。"他还以为我逗他玩呢，嘿嘿傻笑着嘴里还责怪我："不可能！嗯，方晨你甭拿俺寻开心啦……"

此事还真让我说中啦。十二月某日，冯为国借调到团部的通知发到了连里。这老话说得好：人不可貌相，海水不可斗量。人呢，只要是金子总会发光的。冯为国将要调到团政治处文艺宣传队去的消息传来，连队可炸窝了。战友们私下里议论纷纷，有人说："团领导里有冯为国一个远房亲戚。"还有人说："嗯，就是政治处孙宝才主任看上他拉二胡的手艺了。"还有人说的更玄乎："孙宝才主任就是冯为国的远房亲戚，上次来连队名义上是检查工作，实际上啊，就是冲冯为国调团里来的。"

其实说的这些都不对，是孙宝才偶然发现他冯为国这个人才，才是真的。

冯为国调到团部这事，确实是谁都没敢想，就他自己总觉得不可能的事儿，不是真的。一个农家子弟，入伍来到这边远连队的高山上，无亲无故，一没有关系，二没有靠山。自己只是会拉一拉二胡，文化程度也只是初中，既不会说又不会道，更不懂写文章。鲤鱼跳龙门这等好事不会落到他头上。

这事连队其他人都不知道因为什么。这是哪路神仙显灵了，怎么能调冯为国到团机关去呢？这在十九连干部战士心中是个无法破解的谜。我估计林兵和范林太都未必知道因由。

要说冯为国也真是，他在炊事班当个班副，不吭不哈地就知道傻干活，平日里也没有那么多的废话，不管是谁叫干啥，二话不说就干去。如厨房里装泔水桶满了，只要他看到，挑起泔水就走。到猪圈啥也不说，看猪儿们饿着肚子还没喂，他就主动给猪儿喂食。这本是猪官儿李小瑞的事，可他从不说啥，任劳任怨。

可李小瑞不但不高兴，反而更加反感。那为什么呐？

第十九章 好人难做

这事儿还得慢慢讲。自从上次饲养室着火后，连里抓紧用新砖盖了一间新饲养室。李小瑞又搬进来正常喂猪养羊。他不但没有汲取上次着火的教训，反而更加胆大妄为，时常找不到人影。

十二月初某日，外边大雪纷飞，滴水成冰。冯为国替李小瑞把食堂的泔水送去，发现李小瑞没在。心里还纳闷：食堂、宿舍都没有，他去哪儿？冯为国没过多去想，就为猪儿们热好猪食，提着热食“咾咾咾”去喂时，发现一头老母猪在圈子里，快要生小猪崽子啦。他二话没说脱下棉衣，挽起袖子，点燃柴火为老母猪取上暖，当起了母猪的“接生婆”。

这只老母猪一连生了十二个小猪崽，待生产完，已是深夜凌晨啦。冯为国又怕老母猪压着小猪崽子，他就裹着皮大衣在母猪旁边生着火，看护着母猪和小猪崽们。直到天亮，小猪崽子们能自理了，他才灭火回到宿舍洗漱休息。

恰好被我发现，“为国哥，你这是干啥去了，弄得浑身脏兮兮的？”“嘿嘿，没啥事，没，没事儿。”“不可能？你肯定有事？”“是是。”直到反复问他时，他才一五一十地告诉我此事。

我赶紧把好人好事及时通报给王雪和李小瑞。

林兵和范林太知道此事后很感动。在星期天连队晚点名时，范林太当着全连同志们的面表扬了冯为国。“冯为国同志不怕苦、不怕累、不怕脏，敢于当连队母猪的“接生婆”，保护了连队的母猪和十二只小猪崽。这是雷锋精神，这是以连为家的主人翁精神，全体同志都要向冯为国同志学习！”

这事表扬了冯为国，也可以说没点名地批评了李小瑞。明白人都能听出范指导员的话意来，饲养员是李小瑞呀。老母猪下崽饲养员不知道，不去现场看护？冯为国班副去照顾的老母猪和小猪崽，当的“接生婆”，又看护一夜。反过来试问，李小瑞这饲养员干啥去了？

此事对李小瑞打击不小，他闷闷不乐了好几天。他对冯为国非常恼火，见到他也爱搭不理。冯为国没想到是这样的结果，好像自己专门去抢李小瑞的风头似的，很内疚。从内心深感对不起李小瑞这老乡和战友。

我发现这种情况后，专门把他俩叫到我办公室，批评了李小瑞。“唉，小瑞你也甭不高兴，指导员不点名批评你就不错了，也是照顾你的面子。假如，冯为国不挑泔水去猪圈喂猪，也没发现老母猪下猪崽。夜里，老母猪生下来的这十几个小猪崽全都冻死在猪圈里，你看连领导怎样处分你吧，这后果你想过吗？冯为国虽然他没叫你去，他是脱不开手了。谁愿意在那又脏又臭的猪圈里，蹲守着当“接生婆”？并且烟熏火烤地照顾着这十几个小猪崽。你呀，不能怨恨冯为国，更应该好好谢谢人家老冯。他不念在老乡这份上，不念在他当大哥的份上，他才不管你那破事咧。这事你甭说我们是一个村的就向着他说话，你拍拍胸口想一想，是不是这个理儿？”

实际上，自从李小瑞他在八一农场门诊部做完阑尾炎手术回来，我就发现他有些不正常，时不时就不在位，不知跑哪儿玩去了？对饲养工作心不在焉，也没有刚开始时认真了。我暗地里观察过他，可又不敢贸然报告王雪班长，怕冤枉他；如当面直接给他指出来吧，又怕他不服气，不认错，我就没敢多言。

“这事儿，你李小瑞心里清楚得很，没能积极地关心老母猪的生崽问题，这是你李小瑞的失职，后果是很严重的，你有啥不服气的？连里没有追究你责任就算你幸运了，你还郁闷呢？凭啥呀？啊！为国是老乡，老大哥，处处都在关心维护着我们，他从不以老大哥的身份批评我们，都是自己能干的都替我们干啦，这还不行啊？你还想怎么样？”

“我没想怎么样！他应该……”李小瑞辩解道。“他应该把你叫上是吧？这是你的工作，你明知道老母猪临产这事儿，还要人家叫你……”我打断李小瑞的话，又严厉批评了他。他低头无语。

“对不起小瑞，我不是故意给你难看，去出风头、显示自己……”冯为国歉疚地解释道。“好啦，为国你也没什么对不起他。我说你做得对！做得好！为老乡、为兄弟拾遗补阙，你不愧是我们的好大哥！你啥也不要说了，让小瑞他自己寻思去吧，我相信小瑞会理解的。”我又接着，“咱们远离家人，在这里老乡就是家人亲人，互相关心，互相体贴，互相补台才是根本，不能把对方的好心，往歪处想，要精诚团结，共同进步。”就这样，我强制地把这事压了下去。

好嘛，真是一波未平一波又起。冯为国被调到团里的事一出来，李小瑞又来事了。他不服气，郁闷，开始耍小孩子脾气，在班里见面不理冯为国。冯为国上赶着跟他说话，他都爱答不理的。

冯为国还是很大度的，吃过晚饭后主动找李小瑞谈心，扯着小瑞到炊事班后门外的空地石头上坐下，谦逊地对李小瑞说：“小瑞，我知道你对我有意见，我们都是一起入伍来的，又是老乡……嗯……咱俩谈谈好吧……我呢要走了，你对我有啥看法……”

李小瑞很不情愿地，坐在那抽着自己用报纸卷的纸烟，昂头望着远处，心不在焉地瞥冯为国一眼，反而更加讨厌他。

冯为国说的话反倒引起小瑞心中的怒火：“俺没意见！俺对你有啥意见？你雷锋，你积极……俺落后……”李小瑞肚子里的火正无处撒咧。好啊！你冯为国找上门来了。他心想：好，谈吧！谈就谈，别看你是老乡，什么狗屁老乡？呸！就是一个假积极、爱出风头、踩着别人肩膀往上爬的小人。

冯为国比李小瑞大三岁，长几岁就是不一样，遇事会更冷静些。看到李小瑞对他很生气，也知道这里边有误会，就耐心解释说：“小瑞，过程我不再说了，那件事儿，你最终会明白我的良苦用心。日久见人心，慢慢会使你心里明白的。我冯为国不是在与你过不去，也更不是想踩着老乡表现自己往上爬的人。这一点，我向老天爷发誓，如我冯为国有半点虚假，让老天爷打雷劈死我！小瑞，我真心实意是为你好。常言说：‘在家靠父母，出门靠朋友。’咱们远离家乡来到这里，没有亲人，只有老乡。老乡之间再不互相关心照顾，那靠谁呢？掏心窝子说，我比你们大几岁，应该多关心你和小方，尽我力所能及去做。唉，今后复员回老家，说不定我们还要见面，还要来往呢。你和小方家都在县城里，家庭条件都比我好。如果有一天，我没吃的了，跑到县城老战友家门口要口饭吃，你们不会不给吧啊？”

李小瑞听着冯为国的话，脸色表情开始变化，好像没刚才那么大的火气怨气啦，他慢慢低下头。

冯为国继续说：“俺家在农村，日子过得很穷。我兄妹们多，在家兄妹间我排行是老大，从小爷爷拉着我到乡里乡村讨饭。爷爷看我很聪明又本分，就带着我学卖艺讨饭。我也用心，爷爷唱过的戏词，我都能背下来，爷爷在讨饭的空闲或晚上住在庙里时，就教俺学拉二胡的各种曲子。”他又动情地说：“哎，俺六岁那年，也是 1961 年冬天。全村大饥荒，饿死了不少人。我家三叔，也就是我爸的三弟，有一天夜里实在饿得受不了，就跑到生产队红薯窖里偷了三块红薯，却被民兵发现了。民兵们把他捆吊在生产队仓库的顶梁上，扒光衣服，用扁担抽，非让他承认偷了多次红薯，偷的红薯都给谁吃了。三叔说只有这一次，民兵们不相信，说我三叔不老实交代，他们就轮流抽打我三叔。听我爷和我爹说，当时家人知道后，谁也不敢去求情。夜深人静，三叔撕心裂肺的喊叫声，全村人都能听见……待天亮后，我爷爷胆怯怯地去找队长时，我三叔已经断气了，浑身上下血肉模糊，大小便失禁淌了一地……惨不忍睹。家里人也不敢声张怕丢人，因为偷东西被打死的，传出去名声不好。就这样，家里人用一张破草席把三叔裹着悄悄给埋了。就因为三块红薯啊？丢了一条人命。三叔在抗日时被国民党部队抓壮丁去当的兵。一次打仗时，他的一只脚受了伤，就偷偷跑回家来的。那时因为他脚有点瘸，家里又穷，也没能娶上媳妇，只一人单身过日子。村里人都知道他当过国民党兵，也都不待见他。哎，应该感谢毛主席！感谢共产党让我入伍当了兵，特别是我到部队，生活条件好了。我说啥也得好好干，珍惜这好生活。虽然，领导没让俺继续喂猪，但是俺对猪有一种说不出的感情。平日里，我就想到猪圈那儿去看看猪儿们。猪儿们单纯，吃饱就睡觉。特别是小猪崽子，个个肥头大耳，油光水滑的，吃饱后撒欢儿的样子让人喜欢。平时俺到猪棚那儿转上两圈儿，看着胖嘟嘟的小猪，心里可高兴啦。”

在他俩交谈时，我从房屋旁边悄无声息地走到他们一边黑暗处，坐下听他俩谈话。

“记得有一年。生产队里要到开封市购买几十个白条优良小猪崽，我也参加了。我们每人骑一辆二八金鹰自行车，车后架上捆绑两只筐，一百七十多里路啊。我们一天就骑到开封市里啦，屁股都被自行车座磨破了。我们在路上，饿了吃自带的葱油饼。渴了喝河里的撅尾巴水。晚上八点多到的开封市里，街道两旁灯火通明。人们，有的在五光十色的路灯下赶路，有的在灯光下休闲散步。男男女女的年轻人，互相拉着手卿卿我我谈情说爱……”

“那时候，我才知道人家城里人是如何把日子过得有滋有味。我们几个乡下人，骑着自行车后面驮着竹筐，穿行在宽敞干净的街道上，确实大刹闹市的风景。再也没心思欣赏开封市热闹的夜景，我们更没富余的钱去住旅馆。生产队冯队长找到一个在开封市当工人的远房亲戚家，人家一听说我们是从老家乡下专门来买优良品种猪崽的，非常热情地接待我们。晚上，就从自家床上揭下两张竹席和两条旧被子给我们用。当时是夏季，我们就在开封市的街道边上，就席地而睡，像当年解放军进上海市时那样席地而睡。第二天，我们骑自行车找到那家养猪场，买到优质的长白条瘦肉型的猪崽儿。回来，我精心喂养，看着小猪崽一天一个样儿长成大猪，从内心高兴。到部队我还仍然喜欢养猪。”

“那！嗯，你那么喜欢猪，干吗不要求坚持继续去喂猪呢……”李小瑞瞪眼挑衅地问冯为国。“我……”

我急忙从黑影处站出来说：“好好，好啦！”赶紧止住他们，转头岔开话题问冯为国：“唉，你高升走了，我们送你点啥呀？”“俺什么都不要，你们有机会去团部看看我就中。”冯为国用请求的眼神看了看我和李小瑞。

“放心，我俩有机会到团部，第一个找的就是你。到时你别怕麻烦就中啊。唉，听说团机关有李化新、高新宇、刘俊光、王明礼、常宽、张春，还有谁呀？好多老乡咧，那里可热闹了。唉，为国哥，你老兄当官啦，可别忘了俺和小瑞呀？到时候去找你可别不认俺，是不是，小瑞？”

李小瑞不好意思又羞涩地看一眼冯为国：“是。”冯为国立即放松笑着说：“靠，谁要那样是龟孙咧！俺绝不……”“好好，给你老兄开玩笑咧。”

第二天早饭后，全连的同志，除战备值班的以外，集体列队以热烈的方式，欢送冯为国同志上车。范林太说：“小方，你代表连领导，把冯为国同志送到喜桂图旗火车站，路上注意安全。”“是。”我答应着上了车。

在喜桂图旗火车站候车室里，我把事先准备好的一个精装笔记本送给冯为国，“为国哥，我没有啥送给你老兄作纪念的，就送给你这个作纪念吧。”我打开笔记本的首页，递给冯为国。笔记本首页上，是我送给冯为国的一句话：赠为国战友留念，天高任鸟飞，海阔凭鱼跃！

冯为国呵呵笑着接过笔记本，装到随身军用挎包里，向前拥抱着我，激动地眼含热泪“谢谢你，谢谢。以后我们常联系，到团部办事，一定去找我。”“放心吧，一定过去看你。第一个先找你冯为国哥。我给高新宇、李化新他们的信，请你转交给他们，到时他们会照顾你的，放心吧。”

火车进站了，我把冯为国送到满洲里开往齐齐哈尔的火车上。待火车开动，我站在月台上与冯为国挥手告别……

送别冯为国之后，在回连队的汽车上我心里有点酸酸的。使我想起这样一段话：战友是天，战友是地，有了战友可以顶天立地；战友是风，战友是雨，有了战友可以呼风唤雨；战友是情，战友是谊，虽然铁血男儿也会热泪相溢！战友是天，战友是地，有了战友可以顶天立地，燃烧岁月当了兵，花样年华保国家，军旅之中献人生，战友之间结深情！

第二十章　阴云笼罩

可就在1976年1月9日这天夜里，铺天盖地的鹅毛大雪突如其来地下了起来。

雪，实在是太大，我们的早操都取消了。林兵连长和范林太指导员商量决定，除值班人员外，全体人员都去扫雪，要把营区通往雷达阵地、通往油机房、通往猪圈、通往厕所之间的小道先扫出来应急，其他的等雪停了再说。大伙穿上皮大衣，戴上皮帽皮手套，不用出操高兴地各自拿着扫把和铁锹，按照各排班负责的卫生区，开开心心去扫雪。他们互相之间时不时还借铲雪之机，互相打着雪仗。

6点55分集合吃早饭，连队文书李晓书准时将团部配发给连队的收音机在饭堂打开。大家一边吃早饭，一边准时收听中央人民广播电台的新闻播报。那时没有电视机，又没人买得起无线电收音机，这台收音机已经几乎是我们接受外界信息唯一的工具了。其实在那个年代里，这些东西还是国家专控产品，即使是国家的机关单位也很少配备，除非高级干部家庭才有。就我们这样的特殊边防连队，还是上级特殊照顾配发的，可能其他一般单位厂矿根本就没有这宝贝。

餐前，大家列队有说有笑地走进食堂。艾小东动起捉弄战友的念头，他从后面各自偷打陈强和刘力一下，然后装作若无其事的样子，“你干吗？”刘力打陈强一下。“我，我没干吗。你打我……干吗？”陈强争辩。

艾小东在一旁偷偷观察双方无聊的挑衅。于是，陈强和刘力他们之间真的误会地打起来了，就你推我一下，我打你一拳。其实，这样简单的捉弄在枯燥的连队生活中最是平常不过的，战友们之间在推推攘攘、打打闹闹之中，不断地增加感情和友谊。

杨生荣和王军说起昨晚值班雷达跟踪苏联战机的情景，王军气愤地骂道：“哦，你说老毛子真他妈的讨厌唉，他妈的飞机一会儿贴近我边境飞行，一会儿又越过一下我国边境，就又迅速飞回他们自家境内，这，这不是在故意挑事儿吗？真他妈的讨厌……”

杨生荣也很气愤地拍着桌子说：“就是！真他妈的讨厌，老子要有高射炮，待他们刚飞越过我国边境线就开炮干掉他……妈的，看他们还在那儿讨厌不。”

有人排着队等待打饭；有人一手拿着玉米面窝窝头，一手打玉米渣粥；有的则坐在饭桌旁聊天等听新闻。连队的早餐时间一如往常的喧闹。

“中央人民广播电台，中央人民广播电台，现在播放重要新闻……”突然，收音机里传来广播员低沉的声音，和着食堂里的吵闹，有些混乱不清。

“大家安静，安静！”天津老兵王军听到播音员说有重要新闻，他生气地站起身喊了一声。

杨生荣也忙站起来大声喊：“同志们，请安静！现在听重要新闻。”食堂里的吵嚷声被他的大嗓门一下子震住，瞬间鸦雀无声。

只听见收音机里，播音员正用哽咽的声音播送着讣告：“……中国共产党中央委员会、中华人民共和国全国人民代表大会常务委员会、国务院，以极其沉痛的心情宣告：中国共产党中央委员会委员、中央政治局委员、中央政治局常务委员会委员、中央委员会副主席、中华人民共和国国务院总理、中国人民政治协商会议全国委员会主席周恩来同志，因患癌症，于1976年1月8日9时57分在北京逝世，终年七十八岁……”

战友们像群木雕一般，呆在当下。有的端着玉米渣粥，刚送到嘴边；有的正拿着玉米面窝窝头正在咬；有的刚拿起打粥的大勺。所有人全静止了，瞪着眼儿、竖着耳儿傻愣愣地杵在那儿站着。

突然，王军说了句：“我们的周总理逝世了！”随即他哇的一声大哭起来，跑出食堂。紧接着林兵、范林太、梁东方也都站起来，含着眼泪走出食堂。

唐明、杨生荣悲伤地坐在那儿抹着眼泪。炊事班的人同样，再也无心吃饭，有的跑回了宿舍，有的跑到后厨房外。所有人都再也吃不下去，一个个擦着眼泪，悲痛地离开食堂，只剩下饭菜和碗筷。

我心里一片冰凉。国家失去最敬爱的周总理，就如同家庭里失去了父母亲那样悲伤。无心吃饭和做事的我，冒着漫天飘落的雪花在营区阵地、宿舍猪圈漫无目的地乱转，心中说不清的难受和郁闷。我望着漫天飘落的雪花，撒向山川、森林和草原这静止般的大地上。宛如老天爷专为周恩来总理离世而撒向人间的纸钱，又像苍天专为周恩来总理送行的小白花在飘落……

如果在日常这满天飞雪的早晨，走在这原始松林中，常常会沉醉在这神话般的冰雪世界，该多高兴和浪漫。千姿百态的松冰花编织成一簇簇，春花、夏草、秋果、冬树的美景，令人感叹大自然的造化神功；千枝银桦万株雪松，凝聚了一个透明清丽澄澈晶莹的佳境，令人感慨天意之奇；太阳出来时，在那一束束晨光的照射下，松冰花变得晶莹剔透，那晶莹变得温馨可人，那雪花变得软软绵润……那一刻，一切都是那么清静、洁白和安宁；穿行在其中，松冰花纷纷扬扬、潇潇洒洒飘然而下，似雪非雪，似花非花，滴在唇间，是一份滋润，洒在脸上，有一份清凉，落在身上，你便与这银色的世界融为一体。

只是，只是今天，我再也没有闲情逸致去欣赏这美景。整个苍天大地都在为失去一位伟人而凝结、静止。扑面而来的竟是死一样的沉重和死静。我们敬爱的周恩来总理，冰清玉洁、不事雕琢的气质，不畏严寒、傲雪怒放的风骨，无私奉献、质朴无华的品格是无人可比的。用他的智慧和品格写完了一生的华彩乐章……

“小方，你们板报组，把扎上黑纱的周恩来总理遗像挂在食堂中央的墙上，用粉笔大字在黑板上写着：沉痛悼念我们敬爱的周恩来总理！并通知各班排，每次开饭前，全体官兵列队向周总理遗像三鞠躬；近日不得大声喧哗，更不得唱歌，停止一切娱乐活动。”范林太让我和板报组的战友们去安排。

从此，林兵、范林太、唐明、刘海、杨生荣、文书小李、张彪等所有干部、战士都自发地戴上了黑纱，以尽缅怀之情。

周恩来，人民的总理，人民的公仆，人民的儿子，他的伟大正在于他始终代表了中国普通人民的意志与愿望，这是一个不能用言辞说尽的光辉名字。可是现在，这颗伟大的心脏猝然停止了跳动……

1976 年 1 月 8 日，巨星陨落，风云变色，五洲同泣，草木含悲！这应该是中国有史以来最为沉痛的日子。阴云笼罩在全国人民心上，人们对中国的前途更加忧虑。在那些日子里，尽管有许多可耻的规定不许人民举行悼念活动，但周恩来总理的葬礼也依然是世界上最隆重的葬礼。锁链可以锁住门窗，锁住手脚。但锁不住周恩来总理活在人们心中的光辉形象！

几天过去了，但雾霾仍没散去。我虽然在连里代理司务长，还当了连里的通讯报道员，又担任黑板报报道组长。可对于我这个只有高中未毕业文化水平的“臭小九”而言，无疑是个挑战。我们连的黑板报写作人才济济，大家都是我的老师，像李成林对新闻的敏锐，艾小东的感性和灵性，陈强的逻辑思维，夏杰的深厚文字功底等等，都让我受益匪浅，跟着他们学到了不少的创作技巧。最让我进步的是连里的读书环境，在那个特殊年代，连里报道组的资料室是唯一可以公开读书的地方，因为我们有批判“毒草”的任务，所以必须要“知己知彼”，才能有的放矢，写出符合实际生活的小块板报来。

各班排收缴上来的“禁书”，都要统一交由范林太指导员处理。范林太平时战备、思想教育工作那么紧张，根本没有精力去打理这些“禁书”。所以，他就将收缴的“禁书”交我来专门保管。如此一来，我竟有幸能读到了包括手抄本《一双绣花鞋》《第二次握手》等在内的很多轰动一时的书籍。对文化知识的渴求是无止境的，好在大家来自各个地方，能够通过各种途径，源源不断地输送各种类型的书籍。比如，有偷偷从家里带来《西游记》《三国演义》《水浒传》和《叹文观止》那些“禁书”。在那个政治极“左”的恐怖岁月里，传抄传看“禁书”会冒很大风险。若不小心被极“左”领导发现，轻则没收，重则被扣上“帽子”，吃不了兜着走。

就是那样的恐吓下，在我们连里传抄传看“禁书”也没杜绝，甚至变本加厉、愈发控制不住。就我知道的，他们私下里传看很多世界名著，像巴尔扎克的《高老头》《欧也妮·葛朗台》，果戈理的《死魂灵》，莫泊桑的《羊脂球》等等。每当读到一本好书，大家都会异常兴奋地互相交流感想。我记得有一次，刚读完《苦难的历程》手抄本后，操作班的大陈强就对我感慨道：“老子将来把我们连队的经历写成一本书，名字也叫《苦难的历程》。”“哼，吹牛吧你！”我还耻笑他。说归说，玩笑归玩笑，自从大陈强复员后，一直未得到他一点点的消息，不知这一部“苦难的历程”大陈强可否完成？转眼几十年过去了，也不知他现在生活的如何。

那时读书有一个问题，就是书少，需求的人多，僧多粥少使得每个人获得读书时间很有限。说真的，我们十九连在开明连首长的管理下，只要不影响战备执勤，不大张旗鼓高调传播那些“毒草”，读书算是被默许。环境还算相对宽松些，连长和指导员的言外之意，也是希望年轻人多吸取些知识。所以每得到一本书，战友之间总要轮流阅读。比如，书于晚六点钟在甲手里，十点钟要传给乙，夜里两点钟又要交给丙，早六点还要传给丁……以此类推。如果参与读书的人再多些，时间会更短。

在爱读书学习的连队中，每位战友都锻炼出了一目十行的看书本领。我也自创了一种“速食”读书法（主要指小说），就是先看开头，再看结局，最后快速翻看故事主线，把副线略去，如果还有剩余时间再去研究书中对心理、景物以及历史事件的描写，通过记笔记的方式记录下来，以提高自己的写作水平。长此以往，我便养成了读书记笔记的好习惯。至今，在不需要限制时间的情况下读书，通常我也要习惯性地先“速食”一下，的确值得读的，再回头去翻阅细节。

“方晨晨，我有一本好书手抄本，你看不看？”张彪一早出完操，脸都没顾上洗，就跑到我屋里对我神神秘秘地说。“你能有什么好手抄本？”我一边洗着脸，一边装作对他情不自禁夹在左衣襟下的那东西不屑一顾。“唉，我同学从军区大院那儿抄来的，寄来这两天我看过没敢拿出来，咱哥们儿信得着你，知道你嘴严，才给你看的。唉！你可千万为俺保密呀！这玩意儿，整不好，咱哥儿们可要判刑掉脑袋咧。”他神叨叨地说着就是不拿出来。

“什么破玩意儿？还不快拿出来，瞎扯啥呀！”我知道张彪这人，从来说话办事心直嘴快，心里存不住东西。今天咋的啦？我一边心里想着，一边脱口而出的话却在刺激着他。只见他从上军衣袖内抽出一个用报纸包着的纸包，快速往我手里塞，嘴里还一边嘟囔着：“可千万小心呀，别让别人看见，传出去要掉脑袋的……”

“哼！啥玩意儿？啰哩啰唆，像老娘们似的……”我扯过他手中的纸包，不在意地打开一看，竟是一本用牛皮纸做封皮的书，书皮上用钢笔手写着《红都女皇》几个大字。“嗨！这有什么可怕的？不就是唐朝女皇帝武则天吗？”我很不以为然，随手翻开扫了一眼，“啊！”迅速合上，心跳加速。我惊慌地瞪大眼睛，冲张彪嚷道：“你小子不要命了，你是从……你他……”正当我欲要张嘴骂张彪时，可他比兔子都快，跑得无影无踪。我是真想骂张彪一顿，你小子胆不小啊？拿这样的手抄书来送我看，你啥意思？是成心害我呀？可是我又好奇地想看个究竟，就不自觉地收下了。

此时此刻，我已没了吃早饭的心思，随便喝了几口稀粥就回到宿舍，还反锁上门。那时的我，年轻好奇心强，就想看看《红都女皇》是怎么回事？害怕不敢看又忍不住去看，心咚咚地蹦得飞快。我害怕，一怕这“反动”的东西会“毒害”我；二又怕万一被别人看见告发我。我要是被打成反革命必坐牢无疑，一辈子可就完了！我还年轻啊，正积极要求进步呢。可是，心里又疑问重重，红都女皇？谁敢说她？那可是犯上掉脑袋的！前些日子《人民日报》还发表专文《法家代表人物介绍》把“秦始皇至西汉时代的法家人物做了全面的介绍”，特注：“刘邦死后，吕后掌权，吕后为人刚毅，曾佐汉高祖定天下。吕后当政后，继续推行了法家路线，她对汉高祖刘邦的事业起到了很大的推动作用等等。”

这个手抄本《红都女皇》是歌颂，还是污蔑？还是把她作为伟大领袖毛主席的学生、接班人来造势？或者是有阶级敌人、反革命分子故意通过污蔑来破坏我们的红色江山、推翻以伟大领袖毛主席为核心的党中央的红色政权？我的思想在激烈地斗争着。是看，还是不看？我真像饿疯了的乞丐，突然看到一碗滚烫的汤圆摆到面前，很想吃又怕被烫。不入虎穴，焉得虎子。看！自己给自己鼓了气，我做了一个深呼吸，屏住气，控制着抖动的手，翻开书皮……

“咚咚，咚！”即将要看完时突然有人敲门，我装着病腔问：“谁呀？”

“我！开门！”是林兵。有时就怪，越怕碰上鬼，越有鬼来碰。“哎，来了……”我迅速将手抄本藏在枕头下，将被子抖开，假装在病中睡觉。

林兵进来，一屁股坐到我床上，关爱地问：“小方，怎么了？”

都说做贼心虚，可我虽然没偷人家的东西，却比做贼还心虚胆战。我的脸一阵红一阵白，强制着两条腿不要抖动，可哪里奏效。我结结巴巴地说：“不舒服，有……有点感冒……”

“是吗？那还不让卫生员来给看看，量量体温，烧不烧啊？”林兵关心地说着站起来，伸手要摸我的脑门。我紧张地向后倒退到墙角，连忙拒绝：“谢谢连长！不发烧……就是……有……”

林兵看着我紧张样儿，一屁股又重重坐回床上：“哈哈，看把你吓得，我又不是……非吃了你不成？哎呀……看你的枕头都歪歪扭扭的，被子也不叠好啊？”他一边说着一边伸手帮我整理枕头，却一下摸到了手抄本，抽出一看，“哎！这是……喔！《红都女皇》？”

我两腿发软，全身直打哆嗦：“连长……”“好啊，你小子！装病看‘禁书’！”林兵很严肃地看着我。我急忙向林兵辩解道：“是张彪，他……唉，不是这样的！

是……”

在那个年代，我居然在偷看《红都红皇》，真是瞪着眼睛往刀尖上撞的巨大政治问题！还被连长抓了个现行。这个现行反革命分子，怕是再也无处申辩了，心中极为恐慌，不知道林兵会怎样处理我。即使是再严肃的处理也不为过，因为这毕竟是个严重的政治事件。我极度恐慌地胡思乱想着。“小方，这书我没收了！你私自看这样的书，不想要前途了？”林兵阴沉着脸指责着我。

他起身拿着手抄本往外走，突然又转身用右手指着我说：“你作为一名团干部，要写检查，听候组织处理。”

这件意外之事打破了我优越平静的生活。林兵的话就像晴天霹雳，在我的头顶上炸响。完了，闯祸了，闯大祸了！我本来就紧张，心脏在二百多的速度咚咚直跳，都快跳到喉咙口了。我头晕耳鸣，两条腿抖得站立不稳，感觉浑身发冷，头上却不停地流汗。我哆哆嗦嗦地走向床头，躺倒在床上。哎，我长长叹了一声闷气，大脑嗡嗡地作响。完了，全完了！如果上纲上线，后果不敢设想。我心中真恨死了张彪这孙子！就是他害的我，是他把我往火坑里推的，是他成心陷害我的。他明知是严重违反政治纪律的，明知道这是一本现行反革命书籍，明明知道这个手抄本一旦被抓住就会坐牢的，甚至把命都得搭上的，可偏偏送来给我看！他有何用心？太恶毒了，太坏了，我恨死你啦，张彪你这个王八犊子！如果我被抓了，你王八犊子也跑不了，脱不了干系。我自己躺在床上胡思乱想着，突然又起身坐在床上，木呆呆地自言自语重复着林兵的话：“写检查，等待组织处理，写检查……”头有些晕，不得已又躺下了。

唐明在走廊里嘟嘟地吹着哨子：“全体集合！快，快，集合了！”

全连武装集合列队在营房门外，林兵站在队伍前喊道：“把现行反革命分子方晨晨，押上来！”

这时，我已被杨生荣和王雪他们五花大绑地从炊事班屋里拖出，宛如押解一个囚犯低着头拖到队伍前。他俩一人架着我的一只胳膊，如果不是被架着，我已瘫软地站立不起来了。我低头站着，范林太走到队伍前，严肃地宣读命令：“方晨晨，因私自偷看《红都女皇》手抄本，严重损害了无产阶级革命领袖毛主席的伟大形象，泄漏了无产阶级革命事业的秘密，严重丧失了无产阶级革命战士的本质，丧失了无产阶级革命立场，做了资产阶级反动派的俘虏，成为无产阶级革命队伍的败类、人民的罪人。报经中共空军雷达团党委研究决定，开除方晨晨军籍，开除共青团团籍，押送回原籍改造！”

“不！不是的……我冤枉！我……”我声嘶力竭地喊着、挣扎着……

突然，我被自己喊醒了，睁眼看看四周。啊！这是我的办公室呀。我这是躺在自己的床上，刚才发生的是一场噩梦。我全身都被汗水湿透了，摇了摇昏沉沉的头，深吸一口气，强迫自己冷静下来。我站起来望望窗外，天已经黑了。此时，肚子感觉有点饿，就到炊事班后厨，才知道已经是晚上十一点钟了。

“哦，小方，俺还以为你不舒服睡觉咧。”王雪也没睡，看我进厨房找吃的，他就跟过来热情地向前问道。“嘘……”我用手放嘴上嘘嘘，意思别把大家都给吵醒了。“嗯，咋啦？想吃东西啦？”王雪说着收起饭桌上的信纸和笔，关心地问我。我向他点了点头，确实是饿了。

他到厨房点着火，给我做了一碗热气腾腾的鸡蛋面条。我吃完面，肚子舒服多了，刚才的一场噩梦也忘记脑后。我看着王雪收拾厨具的背影，心里热乎乎的。自己在心里嘱咐自己，工作好好干，配合好王雪的工作，把连队的伙食水平搞上去，让连领导抓好战备工作。

“小方，吃好了，咱早点休息吧。”王雪把厨房门锁好，与我告别。

我本来还想与王雪商量下一步如何调剂好伙食花样的，可看他有些累，也就顺应他道：“好，好好，谢谢班长啊！您早点休息吧。”

许多天过去了，连里没有任何动作，更没有人向我要检讨书一事，就像什么事都没发生过一样平静。

多年后我才知道，林兵回家休假时，已经看过《红都女皇》这个手抄本，张彪还是从林兵家李小萌嫂子那里借来的。林兵当时考虑，全国正在批林批孔这火头上，万一团里发现十九连战士中传看《红都女皇》手抄本，追查下来会很麻烦。这是一起反革命政治事件，是全十九连的政治事故，到时从连长指导员到所有战士都得受牵连。届时，别说背个处分，只怕军人这身份、甚至身家性命都有可能丢掉。所以，林兵和范林太两位商量，把这个手抄本先收起来，对我不做任何处理、不声张，将此事压了下来。

林兵还特意把张彪叫到自己办公室去，黑着脸严肃地嘱咐了一番：“你张彪给我老老实实的，把嘴巴闭紧啦，如果漏出一点点，我先把你给办了，让你这辈子进去坐牢，一辈子甭想出来。听见了没有？你这熊孩子净给我添麻烦，以后给我老实学习技术，当个好战士，听明白了没有？”“明白！”张彪毕恭毕敬地回答。“滚吧！”林兵把张彪轰走，唉地叹了一口长气摇摇头，又整好军装，走向连指挥战备值班室。

“小方，听连长说你病了？好点没？”范林太到我办公室进门就问。我正在记这近段的伙食账，听到范指导员进来的问候，忙站起身答道：“谢谢指导员，好多啦。”

“好就好，小方，身体不舒服有病要早些治啊，不能大意，要谨慎小心，小心方能驶得万年船呐，啊！”“是！指导员，俺记住了。”我回答道。

范林太又认真地看我一眼，笑呵呵地说：“安心工作，把连队的伙食搞好，做出成绩来是对组织最好的报答！”“是，指导员！”他又看我一眼没再说别的就走啦。我寻思着，指导员这句话是一语双关呐。既要我放下思想包袱，也不要总是提心吊胆挂牵着那手抄本的事情；今后为人处事要谨言慎行多动脑子，又要我安心大胆地工作，把连队的伙食搞好，让大家看看你方晨晨的能力和表现。我理解了他的意思，长长叹了一口气，心里的一块大石头落了地，自己抱定决心用实际行动来感激感谢领导对我的关照和保护。

这是在我人生道路上的第一个政治灾难，一场噩梦。就这样被林兵连长、范林太指导员两位贵人化险为夷，给遮蔽过去了。

第二十一章 狐狸奇遇

在滑州县城我家的院子里。奶奶的身体已恢复好，与原来无恙。她是个闲不住的人，在院子里不停地帮我妈干活。“妈！您已是上年纪的人了，不能再像年轻人那样干这干那了啊，您就在这儿帮我照顾好家就中了，咱不回老家干活了啊妈？”我妈心疼地劝奶奶多休息，不要太劳累。

奶奶却有点儿不高兴“你呐，甭老说我老了老了。我哪儿老了啊？李院长还说我身体棒着呢，呵呵……啊，你看看胳膊已经恢复的与原来无恙。”她说着对我妈伸手踢腿的。她已经快七十岁的人了，我妈担心奶奶一个人，在离县城几十里路的农村生活不方便，就商量着要她一起住在城里颐养天年。毕竟县城里各方面的条件比农村好很多。

但是，奶奶在农村住惯了。她习惯了农村邻里之间的熟悉和热情，习惯了农村的空气，习惯了农村让人心旷神怡的到处是绿油油庄稼的夏天、秋天。这县城里的生活，尽管马路宽阔笔直，夜晚霓虹闪亮。但人与人之间，哪怕是邻里之间的冷漠和疏离感，是她无论如何都无法接受的。

“妈，咱家住在这县委县政府家属区，虽说各家都是独门小院，但邻居之间往来挺多，出门互相遇见也都能打招呼问个好。妈，邻居之间其乐融融，关系还是很融洽的呀，是不是妈？”。

奶奶想了想也是，“那好吧，俺就住你这儿吃闲饭了。”“妈，看您说的？”“哈哈哈，看俺这老糊涂的……这嘴竟胡说不是？”

我妈做通了奶奶的工作，同意不再回老家农村独自生活。其实，奶奶她也想通了，我妈带着姣姣在城里上班忙前忙后的。特别是我当兵走后，妈妈和姣姣更显孤单，奶奶在老家村里也感凄凉。所以，奶奶看着我妈不容易，就同意住下来帮衬帮衬我妈。

奶奶在这次出院时做了全面体检，连医生都说奶奶的体质如同五十多岁的人一样。从心脏、血压、血脂到肺活量都很好。通过这次，奶奶更是不服老，感觉自己还年轻着呢。等我妈她们上班的上班、上学的上学离开后，忙里忙外就是闲不住。

自己时不时还哼上一段《红灯记》中李奶奶“闹工潮”的唱段。这一段已被她唱得有板有眼的了，可她还是不厌其烦地反复唱。奶奶乐观向上、充满激情，让人敬佩。

一天早晨五点来钟，天刚蒙蒙亮。奶奶起床准备出去锻炼锻炼身体，顺便买早点回来。还没等她收拾好出门，屋外突然阴云密布，电闪雷鸣，一会的工夫，倾盆暴雨从天而降。

奶奶赶紧开门想去收拾院里那些怕淋雨的东西。谁知刚拉开房门，她就看到一只毛茸茸的东西卧在门口。只见那小东西抬头望着奶奶，带着可怜乞求的眼神。“哎哟！哪儿来的野猫啊？”她嚷道。再仔细定睛一看，却又更正道：“呀！是黄……”没等她说完，小家伙已爬着四肢靠到奶奶脚下，一副似乞求又亲热的样子……

咔嚓一声炸雷在奶奶头顶上空响过，又是一道闪电，奶奶借闪电的亮光，终于看清了，这是一只受伤的小狐狸，捕鼠器还夹在它的前右腿上，看样子它的右腿已断。奶奶非常善良，她无论在哪儿见到讨饭的人，都会拿给讨饭人一些食物吃。对一些流浪小猫小狗，只要是小动物，她也尽自己力所能及的力量，喂些食物给它们吃。

奶奶她常说：“无伦啥动物，它都是一条生命。甭看它们不会说话，可都是有灵性、懂人性的。”奶奶她看着这只可怜的小狐狸，再没多想抱起狐狸回屋里。她把老鼠夹从小狐狸右腿上取下，用温水给小狐狸清洗、包扎伤口。然后，又找些食物给小狐狸吃。但吃饱的小狐狸不知是因为冷还是咋的一直在发抖。奶奶心疼地抱起小狐狸，冲它问：“这是谁那么缺德啊，把你伤成这样？唉，现在给你包扎好了，也吃饱了。嗯，你呀，如果……你想走，等雨停了你就走。俺家绝不伤害你……如果不想走呢，就留下，伤养好了再说，好不好啊……”奶奶像抱着一个不懂事的小孩子，耐心地对它讲话，又好像在跟多年未见的老朋友，与它温和地交谈着、商量着。

小狐狸好像听懂了奶奶的话，身体往奶奶怀里紧紧靠了靠，仰头瞪起黑亮黑亮的小眼睛望着奶奶。那小眼睛里眼泪汪汪的，长长的尾巴不停地摆动着。奶奶明白小狐狸依恋着不愿离开的意思。于是，低头亲吻了一下小狐狸的脑袋。此时小家伙更加兴奋地仰头，还伸出小舌头舔了一下奶奶的脸，以表示友好。

可能在它心里，也是非常感谢奶奶的救命之恩吧？常言道：狐狸最狡猾。这狡猾也可能是形容狐狸它聪明的一面吧？狐狸在猫科动物族群里，的确是最聪明灵巧的一种动物。它受了伤，居然主动跑到人类家里寻求救助？这要冒多大的风险，弄不好，找不对像我们这么好心的人家，那可要丧失性命的。可它又怎么知道跑我家里来，就能遇上善良好心的奶奶帮助它呢？这就不得而知了。也许是天意，也许它是莽撞撞进来的，只有它知道。不管怎么说，它遇见了我奶奶这是它的幸运，更是它和奶奶的缘分。

从此，奶奶天天精心照顾着这只小狐狸。定期洗澡、梳理毛发、清理排泄物。小家伙形影不离地跟着奶奶跑来跑去，它也很喜欢奶奶。白天跟在奶奶脚边打转，晚上就卧在奶奶床头地上的垫子上睡觉。

这小东西还能听懂人讲的话，奶奶叫它“小胡”。只要一转身看不到它，奶奶就喊：“小胡！小胡！”它就会很快跑到奶奶跟前，不停地摆着长尾巴，瞪着小黑绿豆眼睛抬头望着奶奶亲热。

妈妈见这小东西可爱，也非常喜欢，时不时将本没多少的好吃东西还匀一些给它吃。姣姣、毛爱莲、王建社放学回来，餐前饭后的，更是时不时抱着它当玩具玩，可它从未生过气去伤人。妈妈说：“自从养了这只小狐狸，家里不但没了老鼠，还没了蟑螂。”

在东北有这样的民间说法，说狐狸到家本是很不吉利的事，那是“狐仙”来找你家麻烦来了，必须千方百计请那些跳大“仙”的巫婆来烧香火，许愿送走这个狐狸大仙。否则，家中必遭不幸，或者遭受大的灾难。说得很可怕，使人毛骨悚然都不敢招惹它。但是，在我们老家河南可没这些说道，只是个别人说狐狸能成精，好的“狐狸精”帮助人逢凶化吉，“孬”的“狐狸精”却爱折磨祸害家人。其实，这些都是传说，谁都没有真正地亲身经历过，传说就是传说。

“奶奶，这只小狐狸是公的还是母的？”姣姣坐在客厅沙发里，抱着那只小狐狸来回查看，又不知怎么能辨别出雄雌来，天真地问奶奶。

“是个母的，还是只岁数不太大的狐狸呢。嗯，你看它的牙齿多整齐，上下两排齐刷刷的小白牙，多好看。”奶奶戴着老花镜在一边缝补着衣服，抬头望着姣姣手里的小狐狸。

“啊……是个漂亮的狐狸精啊？这可……”姣姣惊愕地又认真端详着手里的小狐狸。“好啊，它要是狐狸精那就好啦。它变成个大姑娘，嗯，白天帮我洗衣做饭，晚上陪我说话聊天，那该多好啊，啊？呵呵……”奶奶说笑着，心里也想着那美好的梦境。“哼！做美梦吧您。”姣姣撇嘴回敬奶奶一句。

我们家里养只小狐狸的事，在县府家属院里如特大新闻似的传开了。无论白天晚上，像看新媳妇一样来看小狐狸的邻居们络绎不绝。奶奶很耐心地抱着小狐狸让人看，甚至还让人摸摸它，逗逗它玩。小狐狸一点也不害怕，就乖乖地待在奶奶怀里一动不动，瞪着小黑眼睛看着来人，不惊慌也不恐惧。

王建社、邱童童、毛爱莲和姣姣的其他同学，更是一下学就跑来，互相传抱着毛茸茸的小狐狸，爱不释手。

时光静悄悄地流逝着，小家伙赢得了所有人的喜爱，顺利成为我们家的一员，成为奶奶的唯一伙伴。奶奶生活上也得到了极大的充实和满足。

在这个世界上，有人因为忙碌而倍感生活的沉重，也有人因为太过清闲而感觉压抑。人人都有本难念的经，可是不同处境的人又很难理解别人的苦衷。百事缠身忙碌的妈妈离开这个家，也就很难想象奶奶怎样打发一天的日子。至于姣姣正遨游在青春烂漫的云霞里，除去吃饭睡觉，很少坐下陪奶奶聊聊天，这小狐狸的到来真给奶奶带来了很大的精神安慰。

小狐狸伤愈后与奶奶相伴的也很快乐，和家人其乐融融。可是，世事总是难料，往往不以人的意志而改变。有天晚上，奶奶她清清楚楚做了一个梦：一位非常漂亮的小媳妇儿，衣着打扮干净利落，手挎包袱站在奶奶面前，笑呵呵地说："大娘感谢您对俺的收留和照顾，现在俺伤已经养好了，准备回去了。"梦中的奶奶很着急："姑娘，你这是去哪儿呀？在我们家有吃有喝又安全多好啊，咱俩还能做个伴。"那漂亮媳妇说："不了大娘，我该走了。"奶奶向前紧紧拉住那位小媳妇手，问道："姑娘，大娘我要是想你，去哪儿找你呢？"那漂亮媳妇推开奶奶的手，说道："大娘！不用了。您如果有什么难事，就向东南方烧三炷香，求告一下就行。"奶奶还想问什么，瞬间呼的一声，那漂亮媳妇就如白烟一般消失不见了。

当奶奶她睁开眼，才知道是一个梦。奶奶急忙穿衣下床，去找她心爱的伙伴儿小狐狸，屋里屋外、院里院外都寻了个遍，也没寻找到那个小狐狸。小狐狸突然的失踪，使奶奶着魔似地不吃不喝。全家齐动员，甚至发动我妈妈、毛爱莲、王建社、姣姣和邱童童所有人到处找，都没找到。

大街小巷、街坊邻居挨家挨户地问，却哪里都没寻得到。奶奶精神上受到刺激，每逢电闪雷鸣的下雨天，总是开着屋门，盼望着小狐狸再回来。一天晚上奶奶刚躺下，她似睡非睡间仿佛听到那熟悉的声音："大娘，您甭找俺了，您不会找到我的。"

奶奶一下子醒来，急忙下床屋里屋外找，"小胡，小胡，你去哪儿了？小胡……"仍然一无所获。

奶奶是经历过风雨世事的人，也从来不信鬼呀神的。更何况在那特殊的扫除一切牛鬼蛇神的年代，谁会相信这些？奶奶也不敢相信，但这又是活生生发生在她身上的事情。但她不敢声张，只是记住了那小狐狸姑娘的话。每逢农历初一、十五的日子，就向东南方烧上三炷香，磕上三个头，祈祷全家平安。

过些日子。奶奶才将小狐狸突然失踪后发生一些莫名其妙的事儿，详细说给我妈听。妈妈听了也觉得很奇怪，但是这不可能呀？这么个小动物怎么突然能变成人呢？不可能，绝对不可能！"妈，您不要信那些，那只是您的幻觉，也可能您对小狐狸感情太深了，精神上、思想上总是放不下，才出现这种情况的。人家不是说吗，日有所思，夜有所梦。您呐就是太想念小狐狸啦。"

奶奶她也是不敢相信，但又没有充分的理由去说服我妈。"嗯，嗯，可能吧。"只能就这样默认了。

咱且不说别的。就说这些动物与人类同在一个蓝天下，自然环境中，同样需要人们去保护呵护它们。它们也要生存，它们也是有灵性和思维的，只不过无法与人类用语言交流而已。我想，只要我们人类不伤害它们，并做出善行，善待呵护它们，关键时刻它们也会保护人类的。我们保护它们也等于保护我们自己，这事不管别人信不信，反正我是信。

第二十二章 庙会邂逅

上午，我组织召开了连队伙食委员会会议。会上，王雪拿出了一份详细的一周食谱给大家看。他还说："我们的本意是，想办法把粗粮细做用到极致，把连队节余下来粗粮拉到山下军马场换小麦、再把小麦拉到市里加工成面粉，大家看这一方案是否可行？请大家认真研究一下。""好好好,大伙都不爱吃的粗粮换成小麦好。""可是人家军马场干不干呐？"张晓东、李光宇、马俊、朱国庆、张亮、李晓书他们参加会议的，都赞成这种办法，都说好，也有些担心。

"请大家放心,既然我们提出来,就会想办法办成。说真的,我和王班长考虑在三。这既避免节余粗粮无用的浪费，又能增加连队食物品种，全面提升连队的生活水平，这是一举两得的事。大家说是不是呀？"我为大家解释道。

当时连队有这样一段顺口溜，也是当年部队生活的写照：新兵入伍进营房，永难忘，高粱饭，土豆汤，白菜帮。生活已经有保障，填饱肚，并不香，感回首，心拔凉。想起土豆汤、白菜帮，心劲足、力量强，有任务争着上。红烧鱼、炖猪掌，鲜虾螃蟹不敢想。病号饭、面条汤，香香香！防苏修、防老蒋，战备紧，肚饥荒。

确实，我作为一个代理司务长，部队一天两顿粗粮，一顿细粮，粗粮都吃不完，细粮却不够吃。我看着心里也着急呀。

本来战士们高高兴兴地来到饭堂，一看到高粱米、大渣子饭都没了食欲。炊事班做饭的也头痛，巧媳妇做不出无米之炊啊。这事甭说我心里着急，林兵、范林太他们连队领导为此事，也是很着急伤脑筋的。而山下八一军马场里，他们自种的小麦吃不完，喂军马的饲料高粱米大渣子又不够吃。怎么办？他们只好就地取材，把富裕的小麦当饲料喂军马，这实际也是一种浪费。因为军马喜欢吃高粱米大渣子这东西，并不太喜欢吃小麦粒子。也可能这是个说辞，谁不知好东西好吃呢？牛马也同样。

连里征得团军需股同意后，我就带上部队介绍信，开车找到了八一农场厂部分管业务的吕副厂长。凑巧，吕副厂长是个解放战争过来的老八路，又是从抗美援朝战场下来的老营长，对解放军有种特殊的感情，再加上我们两家又是多年的军民共建单位。一听到我们的来意，他二话不说满口答应，"好好好，咱们都是一家人好说。

这对我们来说也是一件送上门的好事，没问题，马上办。”他满口答应。

这答应归答应，如何等价交换、合作共赢还是需要我们坐下仔细商讨的。“吕场长，咱们怎么个换法？”我担心地问。“嗨，好说。这样吧小方同志，98 开。”“98 开？”“哎，就是你们拿 100 斤换我们 98 斤小麦。”“哦，那好那好。”使我没想到的是，双方沟通的过程异常顺利。事情谈妥了，说干就干。

我和司机韩城开车拉上连队节余的高粱米，带上吕副厂长的签名批条，顺顺利利地换回了一车小麦三千八百斤。我和韩城开车直奔喜桂图旗市面粉加工厂换面粉去。

天气晴朗，前些天下的大雪，还没彻底融化。一眼望去，草原山川都是白茫茫一片，我们的汽车奔驰在这银色的世界里。

韩城开着车，扫一眼左手腕上的手表：“哎呀，上士，咱们今晚看来要住市里啦？”“嗯，是。”“哎，俺给你商量个事吧？嗯，前面扎兰屯俺有个亲戚几年没见啦，能不能稍停一下？你在车上等我，我去看看就回。”韩城很客气地看，以恳求的语调。他是训练我们新兵的老班长，为人也很温和，我们互相比较随便，这面子还是应该给的吧。“哦，你啥亲戚呀？让你这么挂念？”我看他一眼。

“嗨！是我舅舅，我的亲舅舅。他呐，从小讨饭到这里。扎兰屯这个地方是鲜族人集居的地方。他讨饭到这里后，有家富裕的鲜族人没有儿子，只有三个女儿。那家老人看我舅舅大小伙子长得帅，都是同族人，嘴巴也甜，很是喜欢他。我舅舅这人嘴甜，也很会夸人，他见到这户人家的老爷子，笑嘻嘻：‘老爷子，你老两口有福气呀，生了这么孝敬的三闺女，以后啊，你老两口享不尽的福吃不完的肉，喝不尽的酒啊’。”

这话，老头爱听，一看这小伙不但年轻长得帅，嘴还很会说，今后他肯定能撑起这个家。心里打起来注意，笑着说道：“哎呀，我看你这孩子就中，我们老两口享不享福还得靠你咋整了。我看你一个要饭的，到哪儿都是要饭吃，留下吧？在这儿，帮我种种这几亩地啊？我管你吃、管你住。以后……如果嗯……”

就这样，聪明也能干的舅舅留下来了。老汉的大女儿也喜欢这小伙儿。人不但长得帅，会说话，人也机灵。就这样姑娘同意，老两口就招他为上门女婿。他们结婚后，的确日子过得不错。村里都说这老汉有眼光。

“那你得快去快回呀，晚上咱俩还要赶到市里呢……你看，现在已近中午了。”我强调说。韩城手把着方向笑呵呵地又客气地：“哎，上士，能不能卖给我二十斤小麦？”。“嗯，那可不行！这是大伙的口粮，怎么能随便卖给个人呢？”我坚定地拒绝他。

“哎，上士，你看啊，我好几年没看老舅了，是不是？这不能空着手去吧？”“那……”“那玩意儿，我知道是违反纪律的，是吧？但是……咱不是还在指标外，吕副场长多卖给咱五百多斤的吗？你少匀给我二十斤啊。嗯，下次来，我再求他们多卖给咱千儿八百斤的不就有了吗？”韩成很真诚地说。

我听着也有道理。的确是，军马场他们多卖给我们五百斤。在这里拿出二十斤也不能算占用连队粮食指标，算不上占公家便宜吧？与人方便，与己方便。我当新兵训练时他很照顾我，当上士后每次出车他也很关照，从不摆老兵架子，人不能知恩不报啊。“哎，老韩，二十斤够不够？要不你……”

“够！够够，不够以后再说。谢谢，谢谢啊！”韩城很满足，连连点头说谢谢。“咱俩客气啥，以后还需你老哥多关照俺咧……”

车开到扎兰屯马路边上的空地停下，屯外不远处的场地上正有庙会，黑压压的人群。人声喧闹，卖物摆摊人的叫卖声；戏曲的喇叭声；猪牛羊，鸡鸭鹅动物的挣扎叫声，十分热闹。

要说扎兰屯这个地方，还得从它的地理位置、经济文化说起。它北靠喜桂图旗市，位于内蒙古东北部，大兴安岭南麓；东连接美丽富饶的嫩江流域，水源充足；西接呼伦贝尔大草原，土地肥沃，又与额尔古纳河接壤，处于呼伦贝尔腹地。

文化底蕴丰富，居住着汉、蒙、回、满、鲜、达翰尔、白、黎、锡伯、维吾尔、壮、鄂温克、鄂伦春等民族。正如内蒙古呼和浩特市每年举行大昭庙会一样，每逢二月初，扎兰屯也要举行连续五天的民间庙会。各族人民穿着不同的民族服装齐聚到一起，进行不同的货物交易和民间艺术表演。

我俩把车停靠在路边，韩城背着二十斤小麦高高兴兴地去看老舅了，临走时说：“上士，马上就中午啦，你想法到庙会上弄点吃的吧。我老舅有可能留我吃饭，你就甭等我喽。”

“好的，你放心去。”

我们装卸搬运，又跑这么远的路，肚子里确实也有点饿。我看看天已近中午，到吃午饭时间了。

我脱下手上的大皮手套丢在驾驶室里，整理好皮大衣、皮毛帽，锁好汽车车门。走向拥挤的人群中看看热闹，散散心，顺便弄点风味小吃的。这样想着离开汽车，走向庙会场。

庙会场，不远处有一个临时搭建的舞台正在唱戏。我侧耳听了听，好像是龙江剧的曲调。因为在连队收音机里，曾听到过黑龙江人民广播电台的戏曲节目。

我走上前去，发现舞台下面拥挤了一大片男女老幼的听戏人群。从人们的装扮上，看全是一水的庄稼人。农历是正月立春，按季节算春天，在我老家华北平原上已经该暖和有春天气息。可在东北这疙瘩，二月还是寒冷的高峰期。人人都还穿着臃肿的羊皮棉袄、戴着狗皮帽，脚上穿着大半桶子的毡靴子。上边耳朵听着戏，脚底下不停地在活动脚。不动不行啊，脚下踩的是冰冷的雪地，站久了就冻脚。

戏场外面，散乱地围了一圈卖风味小吃喝的商贩。这些摊贩的人也都是乡里乡村来的农民。他们在土场上临时支起锅灶，卖羊肉汤的，卖肉包子烧饼的，卖酱牛肉羊肉的，卖牛羊肉面的，是应有尽有。

叫卖声、吆喝声，声声不断。锣鼓丝弦和人群的喧嚣组成一个闹哄哄的世界。整个土场子上空，笼罩着庄稼人蹚起的黄尘和土炉灶里升起的烟雾，雾气腾腾。

我原本想到前面去看会儿戏，但人群太密，穿着笨重的毛皮大衣、戴着皮帽子，挤不到前面去，也只好站立在远处高埂上听，立脚能看到舞台上人物的头脸，却看不到人物的衣着服饰。

舞台上演的是样板戏龙江剧《红灯记》。我在部队看过电影京剧革命样板戏《红灯记》，没什么兴趣，也就离开了。

我在离开时，发现戏台后的一个山顶上，立着一座寺院。我立生好奇，一种抑制不住的好奇心，带着我向山顶那边的寺庙前去看个究竟。

这座寺院被当地人称为葛根庙，是藏传佛教。这座寺庙建筑群不是很庞大，但也是红墙碧瓦、殿宇巍峨。整座寺院布置严谨，栋栋房屋错落有序，巍峨壮观。

在院中几棵参天松树的映衬下，倒有几分壮观和神秘感。我看到这些大为惊讶，心想：“文化大革命”开始时怎么没把它当“四旧”破坏呢？竟然还保护得这么完好。

这的确是一座旧寺庙。寺院大牌坊门是木质结构，上面的漆皮已脱落，两边木柱上的字还隐约看清。上联是：人生哪能多如意，下联是：万事只求半称心。从一旁石碑上看，寺庙始建于元朝。从砖墙壁上留下的全是历史的痕迹。她经历了这么多年的风雨、战乱的摧残和洗劫之后，现在还能保存下来，而且保存得这么完好，实属不易。

我走进寺院，眼前一座殿堂里打坐的是阿弥陀佛弥勒笑佛像，殿堂门外两旁生长着两棵参天高大的松树，每棵松树都有几人合抱的那么粗壮，至少上百年的树龄。佛台上香火很旺，香烟缭绕，弥勒笑佛盘坐当门中央，向来上香的香客们开怀大笑。佛殿里挂满了“有求必应”之类的黄、红布条。

再到后面，是一座富丽堂皇的主殿堂，大殿上方悬挂着“大雄宝殿”退了金黄色的牌匾。殿堂门前两旁，有两棵直指天空枝叶茂密的大银杏树，像是大雄宝殿的守护神，忠诚得守护着大殿里的主人。据树身上牌内容介绍，这两棵银杏树已各有五百多年的树龄，自建这寺庙就有了这两棵银杏树。许多善男信女在两棵银杏树上拴了无数个心愿布条和心愿包，以求实现自己的夙愿。宝殿前的香客们，双手高高举着香火，互相拥挤着向宝殿内方向叩拜。

我不信神也不烧香，更不叩拜。就随着善男信女的人流，径直往前拥挤着看热闹。

大殿内，供奉着佛祖释迦牟尼和四位不知名的诸神坐像。殿内墙壁上、屋顶上挂满了红黄等五颜六色的布幔。诸神位前摆满了各种水果、点心等供品，神位前香炉里扎满了燃烧的长短不齐的檀香，檀香燃起的烟，正在神案上飘绕着……整个大殿里弥漫着一股刺鼻的檀香味道。

大殿外两边的厢房，都是“铁将军”把门。这里在“文化大革命”前也许是方丈和和尚们住的地方吧，现在的闲置显得有点凄凉。

我看到这些东西，只觉得好奇，心里有一种特别的想法。寺庙供奉这些神坛，祈祷诸位神灵，保佑人们平安幸福。传播佛教文化，要求人们做善事为他人祈福，这有什么不好呢？这和毛主席教导的为人民服务，向雷锋同志学习，毫不利己，专门利人等等，有什么不一样的？这些心里话当时只是一闪念，不敢多想，更不敢去直面乱说。

我又回到庙会上，看来许多乡下人都是来看热闹的；他们四下里转悠，在相互间拥挤、磕磕碰碰中求得一种快活。一些农村姑娘羞羞答答，嘻嘻哈哈互相打俏着，在照相摊前造作地摆好姿势，等待城里来的流里流气的摄影师按快门，给她们留下美好的记忆和形象。

我转到卖风味小吃的摊位里，肚子咕咕噜噜叫着，是想吃点东西了。摊位上有卖油条油饼的、有卖胡辣汤豆腐脑的、卖羊肉烩面的、炒猪头肉的、炒凉粉的等等，应有尽有。

熙熙攘攘的人群和喧闹的叫卖声响成一片，好不热闹。空气里散发着各种混合气味，有种说不清的味道。

看庄稼人一个个蹲在各种小吃的摊位前，吃得那么津津有味。饥饿的人看着就嘴馋。

我看着被摊主煮在锅里的羊肉汤和旁边的洗碗水一样肮脏，瞬时就没了食欲。我还是走出了这闹哄哄的摊位群，来到一个稍微偏僻些的水饺摊位前。卖水饺的是一位农村妇女，她后背上用一条棉彩色布带子束着一个小孩，正弯曲着身子趴在地上用嘴吹炉火。后背上那孩子，穿着一身老虎画皮连身连脚棉服，头上戴着带兔子耳朵的棉花帽。她随着那妇女弯腰低头吹火的动作，头也不停地上下摇晃，就如一个在晃动的木偶娃娃。看得出那孩子在妇女背后的难受，可却没有哭闹。

那炉灶是临时就地用几块砖和向下挖的小土坑而成的，上边架着一口铁锅，炉灶里只见柴烟看不见火苗。

我走到那妇女饺子摊前，心里盘算着，就在这饺子摊吃点自己最爱吃的水饺吧，看得出这还比较清静。旁边案板上包好的水饺也比较干净，一个个肥嘟嘟的大肚，站立有序的地摆放着，看得出这些饺子是薄皮大馅。看着它们一排排的样子，不自然地嘴里咽了一口馋水。

我正要上前开口对那弯腰吹火的妇女打招呼，突然间，那位年轻妇女倒先抬起头来问我：“吃饺子吗？要几两？”她直起腰，用手理了一下额头上散乱的黑发。

我一下愣住了。那位背着孩子的年轻妇女抬头看见我，也愣住啦。

天啊！这竟然是几年前，失去联系的同学张丽？她？……我惊奇地喊：“张丽，你？”她虽然穿着一身粗布灰蓝色大棉袄棉裤，散乱的头发，脸上还粘些灰尘，一脸的憔悴像，身后还背着一个孩子。可我，竟能一眼认出她，奇怪，太奇怪啦！

那位背着孩子的妇女，好像也认出我来，惊讶地：“你，你是方晨吧？你……”她站起身，惊讶地望着眼前我这位穿着皮大衣的解放军战士，竟然是河南老家的同学方晨晨，她有点不敢相信自己的眼睛，揉了下自己的眼睛，可又大着胆羞涩地问道。

她？怎么会在这儿呢？我心里想着。我和张丽她相视而立。因为太突然，刹那间，彼此都不知道该说什么。

我们从小在一起长大，彼此之间有深厚的情谊。虽然分别四年，从面目身体都会有些不同程度的变化。但是，她在总体轮廓上是没有大的差异，更何况彼此心中都永久保存着当时对方的容貌。如今相遇在他乡，有些百感交集。我看见张丽她的脸色憔悴，头发散乱地披在额前，不大合体的棉衣上沾着柴草和灰土，完全是一副农村妇女的模样。再也不是当年在我心中那晶莹剔透的脸，明如秋水的眼睛，纯洁无瑕气质的她，也不是和蓦然回头一望，让人铭记不忘、情窦初开笑容的张丽。

1972 年秋天某日。张丽没来上学。“方晨晨同学，张丽同学几天没来上学了，你们谁知道她干吗去了？”班主任王老师问我们。

“不知道啊。”其实我也很纳闷，几天没见她。我曾去她家里找过几次，都“铁将军”把门。我也非常担心她，她父亲刚去世，家中没了一个可依靠的亲人。她才十三岁呀，孤苦伶仃的，以后怎么生活呀？所以我是想去劝劝安慰她，一定得想开些，不能像她爸那样做出傻事来。我这样想着去找她，再与她商量商量，听听她下一步有啥安排打算，总不能一个小姑娘家自己单过吧？无依无靠的。就这样晚上我做完作业又去她家一趟，还是无人。心里非常失望，一屁股坐在她家门口台阶上，手抓着头发，心想：她这是去哪儿了？也不打过招呼说一声。

“哎，小伙子，你是找张丽的吧？”邻居老婆婆从屋里出来问我。

“奶奶，是。嗯，俺……”“哦，你呀，不用再找她了。她呀，被她东北的姨妈接走了。哎，她走时呀，跟谁都没打声招呼，就连通信地址啥的都没留，急急忙忙就不辞而别了。呵呵，我还说给她们准备东西好在路上吃，她老姨都没让拿。哎……这孩子真可怜……”老婆婆说着伤心地进屋了。

“奶奶，她走时没说啥……”我起身想再问老婆婆张丽走时留下什么没有，只听砰的一声门被关上了。“奶奶，奶奶。”无论我怎么敲门她老人家都不理我。

我和张丽同住一条大街上，一起在幼儿园，上小学上初中又同是一个班。这位出身不好的姑娘，是我们班级里的班花，我俩人也曾演过几次令人难忘的《夫妻识字》生活剧。我和她无论在学习上，还是在班里的劳动时，都彼此关照，心心相印。

她曾几次暗示我都没太在意。一次晚上，我们下晚自习课，同学们都走了，她跑到我课桌前低头问："怎么？作业还没写完呐？""哦，写完啦，我在……"实际上，老师布置的作业早已做完，我这是在做课外练习题呐。她望着我关心地说："大伙都走啦，就剩你了。看看，都快十点了，咱们走吧。"她指着教室墙上的闹钟。

我们俩走出校门，她贴近我小声说："给，饿了吧？"说着她把纸包着的半块五仁月饼塞我手里。

"啊？啥东西？"我惊讶地问她。

她小手放到嘴上嘘了声，又转头看看四周昏暗的路灯下没有行人，就大胆地挎上我的左胳膊，亲切地小声说："亲爱的，是你最爱吃的五仁月饼。"

我急忙打开纸包，用手掰开一半月饼，"来！咱俩一人一块。"此时的我确实肚里有点饿。而且五仁月饼是我的最爱，这一点她也最明白。因为，我们多次在一起吃月饼，其他馅的我不爱吃，就喜欢五仁月饼。

"亲爱的，我已吃过，这是专门给你留的，快吃吧。"她还俏皮地在我脸上亲吻了一口。

这一吻，使我心里热潮躁动，一下把她拉到我怀里。在她脸上亲了起来……这是我们俩的初吻。

我和张丽的事不胫而走，班里同学间传开了，弄得我很不好意思，我俩明里暗里互相躲避着。没想到啊！没想到那一吻，也成了我们俩的离别之吻。

张丽她像人间蒸发一样，再没有任何信息。

四年过去了，当年一个楚楚动人、天真纯洁的小姑娘，此时也正值青春年少，还应该在父母怀里撒娇的时候。可她，却变成一位半老徐娘的农村妇女，这与我心中张丽的模样儿有天壤之别，要不是她在我心目中的印象深刻，打死我都不敢认她，太不可思议啦。如果换别人，你张丽这模样儿，这身装扮，你站在他们身边说你是张丽，我敢保证，鬼都不相信！

这一刹那，我的心酸酸的，眼睛湿润了，两手紧握，热血向头顶上冲涌，我真有想哭喊的冲动。"张丽你怎么在这样一个地方摆摊卖水饺呢？背上还背着一个嗷嗷待哺的孩子，这到底是咋回事呀？啊张丽？"这话在我心里没敢问出口。

张丽却很冷静地招呼着客人，打理着自己的生意。

"张丽，你……"我向前不知该说什么。

"哦，我……我就住在对面沟里那疙瘩，离这儿七八里路程……"张丽脸上涌起了一种难言的羞涩，或是羞愧。一脸说不清楚的表情，也只有她心里明白。"哎，晨晨，你这是当解放军了？那……你咋会到这穷乡僻壤嘞？"她好奇地问我。

“哦，我当兵了。还是空军，嗯……今天到市里办事正好路过这里……”我回应着她，急忙向前帮她打理灶坑里燃烧的不太旺的火和干柴。

我心里有种不可解答的谜团困扰着，想问清楚她这是咋回事吗？想问个明白，可又怕伤着她的自尊，思来想去仍然不知从何问起。

她看我穿着皮大衣笨拙地蹲在那儿烧火，赶忙拉起我：“哎哟，坐下休息吧，哪能让解放军同志干这活呢。”

我被她拉起时，“张丽你这是……”

“哎……我的情况一言难尽呢……”她已明白我的意思。

她麻利地收完客人的饺子钱，用手理了理额头上耷拉下的几根头发，收起笑容，很心酸地说：“我妈自杀后，父亲受不了街坊邻里的风言风语，喝药自杀了，这事你是知道的。俺父亲老家是农村的，谁也不敢收留我，还是这里的小姨把我接来养着。哎，前年，小姨突然得急病去世了，姨夫怕我在家吃闲饭连累他们，很快给俺找了个人家，就把我嫁人了。孩子她爹许家义在扎兰屯煤矿上当挖煤工人，本来我们生活过得还算不错。去年刚生下这孩子还不满月时，春节前她爹许家义在矿井下出事故走了……嗯这不，撇下我们娘俩……”她用破毛巾一面擦拭着摊位上的小饭桌，一面给我述说着这些心酸往事儿。

从她简短的介绍中，我就知道了张丽的不幸。我斜视偷看她一眼，她眼中含着泪珠强忍着，不让眼泪掉下来。这也可能是怕我这老同学看见她辛酸的泪水，笑话她吧？

我艰难地咽了一口唾沫。不幸，太不幸啦！这不是她一个十七八岁的女孩子家应承担的苦难。心里想着，又不知该怎么去安慰她，抚慰她心灵的创伤。

此时此刻，我也再不好意思问下去。起身去帮她干点活儿，以实际行动来帮助她。

“我给你下饺子吧？”张丽这时才想起我是来干吗的，于是手忙脚乱地拿起托盘，就去往锅里倒饺子煮给我吃。

我赶忙向前阻拦她，“不不不，我刚吃过饭，还不饿咧！”

张丽看着我，脸上微笑又柔情地，“俺不信，你还给俺见外呀……”

“张丽真的！我吃过饭啦。”我向前拉住她端饺子的胳膊，强力制止住，不让她把饺子倒进滚烫的开水锅里。

说真心话，她这种情况，我还有心思吃她辛辛苦苦包的饺子吗？我可以大胆地说，这些饺子，她自己都不舍得吃。不知道她怎么节省下来的面粉，才这样背着不满周岁的孩子，到庙会上摆摊卖饺子，为赚点生活钱。

我心中心痛啊。一个十七八岁的黄花大姑娘，已做了他人之妻、他人之母，独自一人承担起了这家庭的沉重负担，孤儿寡母艰难度日。我看天色已晚，庙会上人逐渐见少和撤离。我暗下决心，一定要帮助她。“张丽，到你家还有多远路，能不能走汽车呀？”

“不远，路还是挺宽敞的。”张丽不知道我问这啥意思，可能她以为我关心她家离这儿的路途呢。“汽车能不能进去？”“中中。俺村里富余的人家，都是用汽车拉煤炭来烧火取暖做饭，能走汽车。”她说着又转身冲我道：“哎呀，看你多好呀……这么有出息。”她望着我的眼睛，含着羡慕之情。

“嗨！啥出息呀？其实我在部队上就是个当兵的，在炊事班里当个上士。”听到张丽夸奖心里也美滋滋的，赶忙自我介绍，有点显摆。

其实，部队上士是啥，我怕她听不懂，又进一步解释：“上士啊，也就是司务长，专管大伙吃饭的。哎，张丽，我和司机经常到喜桂图旗市买东西，拉粮食买菜啥的……”我这兴奋地连珠炮似地说给张丽。她望着我羡慕地说：“你的命真好，现在当兵很吃香啊。”

这是真的，人人拥戴解放军。年轻的男孩子都想参军当解放军，女孩子当不了解放军，嫁人都想嫁给当兵的。在农村谁家里的男孩子能当上解放军就算是了不起的。一人参军，全家光荣。

这时候，张丽背上的孩子“哇哇”的一声声哭叫起来。她赶紧把孩子从后背上解开布带放下来，抱在怀里。也不避讳我在不在这儿，利落解开棉衣扣，撩起棉衣襟子，从里掏出一只丰满白白的大乳房，就塞进孩子的嘴巴里，就地喂起奶来。

我站在一旁很尴尬地看着她那……都有些脸红。不好意思地对她说：“你先忙着。嗯，我到那边转转去，等你忙完了，我把你送回家去。”

“嗯呐。唉！别把你的工作耽误了……”她一边喂着孩子奶，一边还替我想着工作。“误不了！我今晚能赶到喜桂图旗市就行了。”我回应着她，向庙会集市深处走去。

实际上，按正常时间安排，我们下午赶到市面粉加工厂，把面粉兑换好整理好车，在市里找旅馆住下，第二天早上吃完早餐，很轻松返回连队。今天遇到这特殊情况，只能晚上赶到市里，明天再……

只听背后张丽又对我喊道：“唉，你吃碗饺子再去转吧……”我回头对张丽道：“不了，我还不饿咧……”应付着离开了张丽摊位，朝戏台的人群那里走去。

我想尽量往人堆里挤，以便躲开张丽的视线。我站在拥挤的看戏人群中，头并不往戏台上看，心也不想听上面唱些啥。一种无比难受的滋味堵塞在我的喉咙里，父母心中的乖乖女，邻里眼中单纯漂亮的小姑娘，纯洁无瑕的青春少女，想当初，她也是滑州一中初中班级的校花，男同学心中的女神，又是我两小无猜的同学、情人。如今，沦落到如此地步，谁之错？是怨天怨地、怨父母，还是怨自己？我真说不清道不明。我只知道生活对她太不公平，不应该把这么多的苦难全压到她不满十七岁的小姑娘身上。

我站在戏场里的人群中，透过人头的缝隙，偷偷地向远处那个饺子摊位张望。她喂完奶后，又把孩子束在后背上去。继续忙着招呼吃饺子的庄稼人。不幸的人啊！她为了几个油盐钱，而在这寒冷的天里，在这个尘土飞扬的地方，忍受着屈辱和劳苦，用节省下的面粉包饺子赚取零钱。

我看见她背转过去，用右手袖口揩了一把脸，也不知道她是揩汗，还是抹眼泪？我同情的泪水在眼中打转。她所遭受的不幸与苦难，使我精神疲惫，内心有点像针尖扎着一样的痛，大脑中立刻升腾起强烈的愿望和冲动。从即日起，我一定帮助这不幸的张丽和可怜的孩子。这应该是天意，是上苍安排好的，是我们俩的缘分。既然如此，我就珍惜一份相遇，爱惜一份相识。相逢是缘，相处是情，在这儿相逢就是一种幸运。过去做同学时，我就曾对这个女孩有过心动。不论现在的她如何，失去联系这么多年，我们居然能在这偏远山村的庙会上相遇，不正是上天安排的命运吗？也许，正是老天爷再续我们俩前缘的一次机会吧？想到这儿，我在人群中偷窥着她，待她把饺子全部卖完后，我才从人群里挤出来，向饺子摊位走去。

此时，太阳就要落山了。她一边和我把灶具收拾起来，一边很客气地说："谢谢你晨晨，谢谢……""张丽，这是你自己准备的。""哪儿呀，这些灶具都是俺公公他帮俺准备的。这不，他一早就帮俺搬运到庙会这边来了，他可支持俺。""是吗？"我把这些灶具扛到汽车上放好。"张丽你抱着孩子坐在驾驶室里先休息会儿，等着司机回来咱就走。"

"哎呀，上士对不起呀啊！让你久等了。我舅舅他去赶庙会等的时间长啦，对不起。"韩城跑步过来抱歉地说。"嗨，没事。"

韩城赶忙拉开司机楼的车门，吃惊地看到一位少妇怀抱孩子坐在车里。他疑惑地看看我，又看看张丽和孩子，望着我："上士？这……"

"哦，是在庙会上碰到的河南老乡。"

韩城是聪明人，只是笑眯眯地看看我们。汽车离开了扎兰屯庙会，离开了公路，转向山湾里的小路。"唉，师傅，就是那个方向。"向着张丽指引的山村方向开去……

天，彻底黑了。韩城打开车灯，小心翼翼地顺着山弯弯的小路驾驶着。张丽她抱着孩子，静静地坐在旁边，一句话也不说，也可能这是她第一次坐汽车。虽然她坐过火车，坐过公共汽车，可能第一次坐这样的汽车。心里不知是兴奋，还是有些不踏实。不时扭过脸去好奇地看看韩老兵手握方向盘、脚踩离合器加油的动作。再回头看看旁边的我，好像想说啥，又不知从何说起，只好就这样沉默着。

"到了，师傅。您就停在这吧，这桥不能过汽车的。""好好。"韩城将汽车在张丽她住的屯子边的小河桥边停下来。

天已黑透，村里人家的窗户上都亮起了灯光。当我和韩城帮张丽把灶具搬到她家里后，"晨晨你和师傅洗洗手。"她指着准备好的洗脸盆水和毛巾。"你们俩洗完先休息下啊。俺去给你们包饺子。”“张丽，我们就不吃了吧？”“嗯，哪儿能行啊。看！俺已经把饺子馅和面团都准备好了，说啥也得吃碗饺子再走。天这么晚了，待赶到城里都啥时候啦？等着，这快，很快就好啊。”她笑着去包饺子去了。

盛情难却，我看推托不掉只好留下来。韩城到屋门外抽烟去了。我细看张丽的屋里没啥家具和摆设，穷途四壁。四面墙壁是用碎砖石砌成，屋顶是山木质材料支撑着茅草杂物覆盖而成的。屋门是用松木板拼凑而成的，看得出门是用清漆简单刷了一遍，很是简陋。不用问就能看出她嫁的这户人家是一个穷人家。我心里酸酸的，张丽从小在县城长大，一个漂亮美丽的好姑娘，竟流落到这步田地。

韩城抽完烟，他帮张丽在那儿包起饺子。两个人还东拉西扯地聊起天来，张丽还向他询问了部队当兵的一些情况。

吃完饺子后。我私下里在油灯下压上五十元钱，与张丽告别。她抱着孩子，一直把我们俩送到小河桥边的汽车上。

我和韩城在夜里九点多钟才赶到了喜桂图旗市里。我们把汽车直接开进部队军人招待所院里，在前台办完入住手续，找到房间，洗漱后却没心思休息。“老韩，咱俩喝酒去吧？你开了一天的车，这么辛苦。”邀请韩城他到街上的小饭馆喝酒。“哎好啊！我请客……”韩城一听我说喝酒，正合他意。朝鲜族同胞本身就好客，待人诚恳热情，也喜欢以酒交友，拔酒相待，无论男女老幼都是能歌善舞。

我俩走到街上一个还没打烊的小饭馆里坐下。要了两壶老烧酒和一盘炒花生米，一盘拌三丝，一盘酱牛肉，两人慢慢喝起来。“来，老韩您辛苦了，干。”“哎，你客气啦上士。”“哎，老韩，您不要喊俺上士，就叫小方吧，在您老领导面前叫上士怪不好意思嘞。”“好！干！”我们俩人推杯换盏，几杯烧酒下肚，五脏六腑都好像着火一样燃烧。我心里还在思念着张丽。在庙会上，我第一眼看到她那模样，像电影画面一样反复滚动着回放……

“小方，我想问，不知合适不？”韩城几杯酒喝得小脸红红地说。“嗯，你说！”

其实他一张口，我就知道他要问什么。你韩城虽是老兵不假，可我也不傻。在路上，我就已经看出韩城他那八卦的小心思了。

第二十三章 红颜薄命

“嗯，从我观察，你们俩不是一般的老乡关系。呃，你别多想啊，俺没别的意思。”“嗨，说起来的确不是一般关系，我们从小在一起长大……”

其实我和司机韩城开车走后，张丽收拾完，并把明天上庙会的肉馅和面粉准备好。把孩子哄睡下，她和往常一样就躺下。可是她躺在这一片孤寂的黑屋中，却没有一点点睡意。想起今天在庙会上见到我，心里更加烦乱不堪，思绪万千。她睁大的两眼望着这漆黑一团的屋顶，任凭眼泪在脸颊上不断流淌。

今天碰见我，使她本来麻木的神经突然受到撞击和刺激，本来已在慢慢愈合的伤口，再次被揭开刺痛稚嫩的心灵。她忍不住陷入了往事的回忆中……

张丽从小就知道自己是一个很幸福的乖乖女。爸妈只有她一个独生女儿，爱若明珠，这是一个幸福的三口之家。爸爸比妈妈大十岁，他本是个从小逃荒要饭的流浪人，虽然没有文化，但老实本分，新中国成立后被地方政府收养，安排了工作，当上了城关镇街道办事处纸盒厂的一名工人。妈妈美丽善良，若生在现在，一定会被人用邓丽君、宋祖英来比喻她的漂亮，同时又是一个勤劳贤惠、不张扬的好女人。

要说她的妈妈朱静，也称得上是个红颜薄命的女人。朱静她从小没了父母，在滑州城舅舅家寄养长大。她从小长了一双会说话的大眼睛，高鼻梁，白白圆圆的小脸蛋上有两个小酒窝，头上扎着一双小马尾辫儿。每每见人都是先笑后开口，特别讨街坊邻居们喜爱。十八岁那年，美丽的朱静却被驻扎在县城里的皇协军，即吴栾田部队的参谋长李麻子看上了。朱静和她舅舅家里都不同意，可胳膊扭不过大腿，朱静就这样被皇协军抢走，被逼做了皇协军参谋长李麻子的三姨太。从此，走上了悲惨的人生历程。

1948 年春，刘邓部队南下挺进大别山时解放了滑州城，吴栾田的部队全部被人民解放军消灭，这个李麻子参谋长也被打死。他的那些姨太太们被政府关押改造。而这三姨太朱静因为在参谋长家里时间短，没做过一件伤天害理的事情。人民政府经过调查，她是被迫强娶的，经过三年劳动改造就被释放了，并将她安排到顺河街道纸盒厂当了一名糊纸盒的工人。

1956 年，经厂同事介绍，朱静与厂里的电工张义德结了婚。婚后三年也就是

1959年冬，有了女儿——张丽。张丽继承了妈妈的基因，天生靓丽，亭亭玉立，人见人爱。在幼儿园和学校里都是有名的园花和班花。她在家里被父母万般宠爱着，每天被妈妈打扮得漂漂亮亮，从不受一点点的委屈。在学校又被所有人喜欢着，感觉自己就像个快乐的小公主……

小酒馆里，我和韩成喝着酒，讲述说着张丽的故事。我们上小学和中学时，张丽每次有好吃的，都会偷偷塞进我的书包里，神神秘秘悄悄地贴到我耳朵上低声说："晨晨，给你好吃的，不要让毛爱莲看见哦。"我心照不宣地收下。

更多时候是我俩躲藏在隐蔽的地方一起分享美食。初中的我们已经情窦初开，但在思想上还受那个时代社会的影响，不敢大胆示爱，只能心照不宣。旁边无人的时候，张丽会突然亲吻一下我的脸，看我措手不及的样子她天真地咯咯直笑，随后跑开，剩下我一人心惊胆战，心跳加速……

她的母亲朱静，在"文化大革命"中被红卫兵游街批斗，在县农场劳动改造。造反派在她脖子挂上大黑板，写着打倒国民党女狗特务朱静！那些造反派要朱静承认她是国民党留在大陆的女特务。白天游街批斗，晚上用刑，逼她写出罪状。朱静实在受不了这种侮辱和人身折磨，最后选择了跳楼自杀。

张丽和父亲接到噩耗时，如五雷轰顶，父女二人欲哭无泪，只能仓促收尸将亲人掩埋。父子两人在家里整整几天几夜，不吃不喝，失去家中的精神支柱，失去生活中的主心骨，失去生活的希望，如同天塌地陷，没了生活的勇气，从此家中失去了幸福和欢乐。

父亲张义德开始变得神情恍惚，上班时间不再与人讲话，总是躲在暗处偷偷哭泣。别看张丽年龄虽小，人很刚强，她平时在父亲面前和在学校里强装笑脸，不敢带出一点痛苦的表情，唯恐影响她父亲。其实她心理和精神也是很痛苦的。如果实在想念妈妈时，就偷偷跑到学校外山坡旁的树林里，让身体顺着树干软绵绵地瘫坐下来。泪如泉涌，对着远山撕心裂肺地嚎啕大哭一场。夜里，有时想妈妈，为不让父亲听见伤心，自己就躲在被窝里默默哭泣。然而，最让她痛苦的还是她父亲的死，使她的精神世界彻底崩溃。

那是1972年秋，也是她妈妈去世两年多的时候。她在期中考试中取得了全班第一名的好成绩，得到老师的表扬和同学们的羡慕。放学后，她想让父亲与自己共享这快乐，回到家里认真做了两个好菜，还特意跑到街上为父亲打了二两烧酒，坐在家中的小饭桌旁，把自己的考试成绩单拿出来，静静等待父亲回来听取喜讯和共进晚餐。

突然，"张丽！小丽！小丽……"一阵急促的喊叫声，冲进她家里。喊叫的是父亲厂里的王伯伯。"快，快孩子……"

没等张丽回过神来，王伯伯就三步并成两步，冲进屋里，拉起她就往外跑……"王伯伯？”“快,快跟我去医院,你爸他……”“啊！我爸……他……他怎么了……”“你爸……你爸他……在……在医院抢救……”

王伯伯拉着张丽急匆匆往医院赶，上气不接下气中，也没说清父亲因为什么会在医院抢救。当张丽和王伯伯跑到医院急救室时，街道纸盒厂的领导和同事们都在默默低头流泪。“爸！爸！爸爸……”张丽拨开人群，冲到已被白床单盖着的父亲尸体跟前。张丽哭喊着父亲，可无论怎么哭喊，怎么摇晃，都无法叫醒已经死去的父亲张义德。

张丽后来才知道，父亲自母亲去世后，心里很痛苦，每天上班都会想起妻子，特别是看见与妻子朱静一个小组的那几个姐妹，一起有说有笑地吃饭时，他就会想起以前妻子总是先热好饭菜送给自己吃。而现在却再也望不见她的影子了。

那天中午在锅炉房热饭时，张义德无意中听见两个女工在私下议论:“唉，李姐，你听说了没？朱静的那个孩子张丽，不是张师傅的。”

“别瞎说！不是张师傅的，还是谁的？”“是朱静和咱们厂……”两个女工交耳说着，还嘿嘿笑着说:“张师傅他真傻……”

两人说笑着出锅炉房门，“哎哟”突然与低着头正在听的张义德碰个满怀。俩人睁大眼看见张义德师傅站在面前，不好意思:“呦，张师傅你……”张义德拉着不快的脸，哼地应了一声躲避走开了。那两个女工也很没趣地望了张义德一眼，不好意思地也走掉了。

张义德听到这些风言风语，本来疼痛的心，好像又喝了一杯黄连中加陈醋一般，这丑事儿怎么见人？他苦涩难耐，无颜见人。自己越想越苦恼，再没了活下去的勇气。就此，借工作之便找到一瓶剧毒农药敌敌畏，趁工厂下班无人时，自己在电工休息室把毒药喝了下去。

当夜班同事来接班时，才发现张义德口吐白沫、鼻耳出血地躺倒在休息室地上，立即喊人来，用平板拉车把他送到县人民医院急救室。可张义德因服毒时间过长，医生已无回天之力，就这样一个忠厚老实之人，遗憾地离开了这个社会，离开了他可爱的女儿。

一个幸福的家庭瞬间支离破碎，美满的生活破灭了。“苍天啊！命运呢！为什么对我张丽这么不公啊！”张丽哭喊着，安排了父亲的后事。

张丽她像死人一样在家里呆坐着，思前想后，这一切的一切都完了，她感到天空在眼前旋转，瞬间崩裂塌陷……一个不满十三岁的少女，一个正值青春年少的小姑娘，在两年之内连续失去父母二人。只剩下她孤苦伶仃的一人，日子怎么过？谁能承受这沉重的打击？就是堂堂的男子汉也未必能承受得住吧？从此以后，张丽堕入了无边的苦海之中，再也无法去上学读书。

远在内蒙古的小姨听说了她的不幸，从内蒙古赶来，把她接走了。“姨妈，我想去给俺的同学方晨晨说一声，行吗？”“不行！天这么晚了说啥说？赶快走，我们还赶车嘞，不赶趟了。”就这样，她挎着一个土布包袱，跟随小姨妈离开滑州城。

来到内蒙古这个陌生的地方。到了叫扎兰屯的贫穷的小山村里生活，使她精神上思想上有了依靠，有人疼爱。和小姨的家里人一起下地劳动生活，学业就此中断了。

她刚满十六岁那年，突然小姨不幸生病而死。小姨夫私下里收了人家的彩礼，就把她许给同屯里一个大她十岁的煤窑工，就没有与她商量，很快就让她和徐家义结了婚。虽然丈夫徐家义比张丽年长十岁，可她对自己的婚姻还算满足。丈夫徐家义是个正派的挖煤工人，人老实忠厚，爱她，体贴关心她。公公婆婆跟着徐家义的弟妹过，他小两口就单门独户地过起日子。虽说丈夫徐家义的工资除给父母生活费外，全部由张丽掌握使用，家里生活虽苦倒也快乐幸福。在这儿远离河南家乡，远离那痛苦之地，也让她渴盼着能从心灵中，早日抹去那些伤痛的阴影。

张丽怀孕了。她幸福地依偎在在家休假的丈夫怀里，摸着自己不断鼓胀起来的肚子说：“他爹，你喜欢男孩儿还是女孩儿呢？”徐家义嘿嘿傻笑着说：“都好，都好。男女都一样。”张丽俏皮地微笑着：“真的？我可喜欢男孩儿，为你徐家续上烟火哦。”“都一样，都一样。”丈夫徐家义拥抱着她。此时的张丽重新体验到了人生的幸福和快乐，感觉自己又成为了世界上最幸福的女人。

但是，天有不测风云，人有旦夕祸福。灾难再一次从天而降，孩子出生才几个月，1975 年春节噩耗传来。可怜的丈夫在煤井里上夜班挖煤时，突遇瓦斯爆炸，死在了煤井下边。苦的命运常常雪上加霜。张丽真的不理解，“这是为什么？命运就如此苦？命运如此的残酷无情。是不是在上辈子自己做了什么缺德事了？犯了什么罪恶？老天爷如此来惩罚她！报应之猛烈呀！苍天呢！大地呀！你什么时候才能将我身上的罪孽之火熄灭呀？”她哭喊着，试问着。

她在丈夫死后，完全变成了另外一个人，不再哭泣。她要坚强地活下去！她不再奢望人世间的温暖和幸福。世界上的其他事对她来说不仅是遥远的，甚至是不存在的。她相信命，她相信她生来就要吃一辈子苦、受一辈子罪的。她给自己鼓劲加油：“张丽你现在活着的唯一寄托，就是把怀里的这个小生命——亲爱的女儿养大成人，成为一个有用的人，一个顶天立地的人。”同时，她也感谢老天爷动了恻隐之心，看见了她的不幸，送给她这样一个关照，一个精神支柱，一个希望———宝贝女儿徐兰兰！她向死去的丈夫保证：“徐家义，你放心去吧，照顾好自己。俺一定把孩子抚养大，做个有出息的人。”她也暗暗给自己鼓劲：“苦了倦了累了你张丽可千万别为难，人生之路就免不了有沟沟坎坎，就看你张丽怎么去闯？怎么去过每一关。千难万险脚下踩，啥难也难不倒俺！只要俺心中有情有爱，风里走雨里钻，苦辣酸咸能下咽，刀山雪岭也敢攀。天也蓝来，地也宽，活出样儿来给他们看……”

为了这孩子，她忍受悲痛咬紧牙关，重新开始了自己艰难的生活之路。天天上山耕田种地。无论天冷天热，无论刮风下雨，孩子都背在她的脊背上形影不离。她公婆家也很穷，二弟到了娶媳妇的年龄，却由于家里太穷至今没有找上对象。这不，矿上为照顾她，给了一个招工指标。可她非让弟弟徐家孝去接班。徐家孝一走，更没人能帮助她。只有靠她一个弱女人咬着牙苦熬日子吧，盼望着女儿早日长大……

当晚上，夜深人静，她睡不着觉的时候，就望着黑暗中的屋顶，思绪万千……

街坊胖婶见面问她："张丽，难道你就这样煎熬一生吗？"张丽笑笑不作答。其实她也不清楚自己该如何。她记得小时候妈妈朱静对她讲过"孩子，人生像这一杯茶，会苦一阵子，但不会苦一辈子。"是呀，人生像这一杯茶，会苦一阵子，但总不会苦一辈子。俺张丽总不能就这样面朝黄土背朝天地苦熬一辈子吧？俺一定活出样儿给他们看！

某日，胖婶："唉，二丫你听说没？农历二月里扎兰屯镇上有庙会。听说呀卖啥的都有，可热闹了，到时咱们去看看去？""中啊婶，到时您叫上俺啊。"

她听村里胖婶和二丫这么一说，心想："俺到庙会上去卖点茶饭不中吗？赚的零钱，好给孩子购买点必需的东西啥的。"

说干就干。她找到徐老汉商量："爹，俺想到扎兰屯庙会上去卖饺子，您看中不？""咋不中？嗯，就是白面和肉钱咋来嘞？"徐老汉同意，可又担心地问。"爹，这些您不用操心，俺想办法。""那中啊。那俺帮你准备些锅灶啥的吧。""中爹，那麻烦您啦。"

于是，在扎兰屯农历二月初庙会时，她在公公徐老汉的帮助下，将简单的灶具搬运到那个戏场子外，摆起了卖饺子摊位。开始她还有些拉不下脸面，不好意思叫卖。后来看看别人，想想自己的家境，也就自然胆大了。人呢，在生活所迫时，被逼无奈时，啥样的事儿都能干得出来的。不好意思，是你生活没有被逼到那份上。

只是她做梦都没想到，在这个穷乡僻壤的小地方，还能碰见了河南老家来的同学方晨晨……张丽躺在黑暗中的土坑上，翻身看了看身边熟睡的女儿。一边流着眼泪，一边心酸地回忆着她的家境。她真有点后悔，不应该去庙会上摆摊卖饺子。不去，她也不会碰见方晨晨。说真的，她最不想见到河南老家里的人，给她幼小的心灵上留下了难以磨灭的痛苦。她希望悄无声息地在异乡他地，了却自己的一生。在这儿穷乡僻壤的地方，谁也不知道她老家那些辛酸苦辣之事。

张丽她又想，我们是偶尔相遇，来了也就来了。方晨晨他现在是堂堂的解放军战士，吃国家商品粮的军人，又是部队里的什么司务长？俺这穷乡僻壤里的孤儿寡母，人家咋会把俺这样的人，放在眼里呢？甭看人家方晨晨临走偷偷留下五十元钱，那是人家当兵的觉悟。她胡思乱想着。

而我，此时此刻心里却是这样想的：张丽太可怜了。她的人生才刚刚起步，就遇到这么多的不幸。她太需要有人去帮助啦！我方晨晨作为她的老同学、老朋友要尽最大努力帮助她，一定要……

有人也许会问，你是不是喜欢张丽，还在爱着张丽呀？必须说明的是，张丽艰难的生活现状严重地触动了我。我只是单纯地想帮她，根本没有任何的私心杂念，也不会像年轻时那样冲动。

有一次，当我们开着汽车绕道来到张丽她家里时，天色已晚，张丽正在用大斧劈柴火，看见我们进来，大吃一惊，赶忙放下手里的大斧头。向前接过我手里提来的花生油，几斤猪肉，一袋白面，还有给孩子买的小食品和玩具。“嗯，你咋又来啦？”她感动得不断用衣襟擦眼泪。她这眼泪不知是激动的、愧疚的，还是感动的。“韩师傅您快坐这儿，辛苦您。”她把我和韩城让到炕头上坐，“您先歇着，俺给您做点吃的。”她问都没问我们是否吃饭，就去做饭。

“哎呀，不好意思啊。”韩城去逗孩子玩去了。我把买来的东西放置归拢好。

“来了。”她精心做了两碗香喷喷的鸡蛋面条已端上来。我们俩赶紧接过碗，“谢谢。”我看着这面条上的鸡蛋，心里咯噔一下，肯定地说，这鸡蛋是她不舍得吃，特意给孩子留下的，她却全都放到我们俩这两碗面条里，我难以下咽。“张丽，这鸡蛋给孩子吃，我不喜欢吃这荷包蛋。”说着我倒进一个小碗里。

临走时，“来，晨晨把你们这买东西钱给你，也不知够不够？”她笑着把自己卖饺子积攒的十几块钱，硬往我口袋里塞，“张丽，我们咋能要你的钱呐？”我推脱着。“晨晨，谢谢你们买这么多东西，俺也知道这十几块钱远远不够你们带来的这些东西钱，可这已是……”张丽说着又要往我口袋里塞。

我知道这是她最大的能力了，也明白她的意思，她不想白白接受我送的东西，这份人情使她很难释怀。我急忙推开她的手，“张丽，这钱我肯定是不能收的，你呀也甭客气。”张丽还执意要把钱硬塞给我，“晨晨，这不可以的。”

其实我太了解张丽的为人。无论自己受到天大的委屈，宁可自己饿着肚子不吃不喝，也不让别人吃亏受屈。“小张，你不要客气啦，这是小方一点心意，请你呀踏实收下。”韩城在一旁笑着劝张丽。我生气地冲她嚷道：“张丽，你如果再这样客气，我们就不再来看你啦。”我还是把钱硬塞到她手里，并且对她不高兴地说：“张丽，如果我想收你的钱，我也不会给你送这些东西来。你日子过得这么清苦，必须得帮助你和孩子。无论你欢迎还是不欢迎，有机会的话我还是会来看你的……”

张丽看我说得很真诚，含着感激的泪水，拉着我的手迟迟不肯松开。从她的眼神中，我能猜到她心里有很多的话想向我倾诉，可是，这并不是一个适合互诉衷肠的场合。

我怕韩城看出异样，只好勉强扯开张丽紧抓住我的那双手，嘱咐道：“你好好生活，照顾好孩子，我会经常来看你的。”

的确，自上次我与张丽相遇，脑海里天天抹不去她的身影，宛如放电影一样，一幕一幕地浮现我的眼前：她穿着破棉袄，披头散发，满脸污垢，背着孩子弯腰烧火做饭，洗衣抱柴草……挥之不去，放心不下，饭吃不香，觉睡不着，寝食难安！我也曾问自己：你真的爱张丽吗？还是仅仅有怜悯之心呢？是想做雷锋式的好战士？做好人好事，还是……其实我的思想也矛盾，真是十五只水桶打水七上八下。

哎，不管怎样，我只要到喜桂图旗市那边办事，心里总想让司机开车绕道去看看张丽和孩子，给她们送些生活必需品。俗话说：寡妇门前是非多。不久，村里的老娘们就互相风言风语地传播开了，胖婶："唉，你们知道吗？张丽准备改嫁了，还是个解放军呐。"二丫和邻居三嫂："啊！是吗？那可是天大的好事呀。"胖婶："哎呀妈呀，可不是咋的……"

某日，我们的汽车开进村里，孩子们就围着汽车喊叫着："看呐！解放军叔叔来了，是到张丽家的！"此时，屯里的大姑娘小媳妇就私下里嘀嘀咕咕开啦："哎呀妈呀，张丽可有福气嘞，解放军都送上门嘞。"不知她们是羡慕还是嫉妒，更可气的是屯东头那位快嘴二大娘。我和司机刚进张丽家，她两手纳着鞋底，挺着胸脯，两只大乳房像挂在胸前的两个泄漏气的猪尿泡似的，忽悠忽悠地来了。她腆着那副牛腩肚子，进来就冲张丽大声地喊："呦！她婶子，听说你的解放军哥哥又来给你送好吃的啦？啊？哈哈哈……让俺瞧瞧啊……"

"哦……嗯，二大娘看您说啥……"张丽羞涩地不知怎么回答她。其实，张丽再一次陷入苦恼之中，她大胆地冲二大娘说"哎，人活一回真难啊，嚼舌头的怎么不想想我张丽现在的这副德行，咋敢妄想嫁给一名解放军呢？你们怎能这样瞎胡嘞嘞呐。说俺倒没啥，可是让老同学他咋想啊，今后他还咋敢来俺家吗？大娘，如今的俺好不容易碰见这么一个好心人，您咋这嚼舌的啊？难道连这一点帮助都不容我获得吗？""哎哟哟，她婶子你想多了，俺不是那个意思。""大娘，您不是那个意思。那啥意思啊？"张丽不让人地说。

村里传她和我长长短短的风声越来越多，这也是不可避免的，可以理解。生活在穷乡僻壤的人们，传播这种事儿，已经成了农村里一种文化娱乐方式。

一天晚饭后，张丽的公公徐老汉上门了。徐老汉到张丽家屋门口后，他不进屋，就蹲在屋门口，先是抽了几锅旱烟，就为难地开口冲张丽说道："张丽儿呀，嗯，自我儿殁了后，我就一直盘算这件事。你十八岁还不到，年纪轻轻的，嗯……嗯如果有合适的人，就按照你的心意跟人家过日子去吧。如果……嗯，招个合适的上门男人也中，家里这方面俺都没啥意见。嗯……至于娃儿，也不强迫你，是留还是带走都随你的意思啊，我们不为难你。嗯，俺知道，你也离不开这娃。再……再说娃娃跟上你，她也不会受累吃苦，家里俺也放心着哩……"

听徐老汉这番话是开明的。但张丽她能说啥呢？她到哪里找个合适男人？谁能娶这样的女人做老婆？她虽然年龄不大，却是个拖家带口之人。

张丽她对公公徐老汉冷笑着:“爹，俺没有合适人，现在孩子还小，俺不想嫁人，待以后……”“唉？不是说你要和那个解放军……”徐老汉吞吞吐吐地问张丽。“爹！那……那是我在河南老家从小长大的同学。人家来，是出于好心帮助俺呢。您……您甭听村里那些人瞎嘞嘞……”张丽生气地对公公徐老汉道。

“噢,是,是这……”徐老汉不好意思再说啥,起身把旱烟锅向脚底上磕了磕烟灰,背着手走了。

舆论使张丽苦恼和烦乱，可也给她那麻木的精神世界带来了一些刺激，又激起她爱的欲火和性的渴望。有时，她心里也忍不住冒出某些念头，仿佛她的初恋情人，真的有一天再次走入她的生活，走进她的精神世界，涌入她那狂躁的身体里，去抚慰她伤痛的心灵。但是，她往往很快地摇摇头，把这种念头否定得一干二净。

一次，我和韩城开车去市里办事。天气渐渐变暖，我就给张丽和孩子顺便买了几件春秋季节穿的新衣服，绕道给她送过去。

在路上，韩城私下里也直言不讳地问:“哎，我说上士啊，你这是什么意思呀……嗯，是看上人家啦，还是学雷锋做好事呀？”“哎……你看呢？”我笑着反问他，不做正面回答。“嗯，以我的判断……嗯……只能是做好事，以你的条件，不可能爱上一个寡妇，还托着尾巴，除非……”韩城分析着肯定地说。“除非什么？”我笑嘻嘻地逗着他。“除非……除非你有病！”“你才有病呢……你才有病呢……”我笑着就用手去挠他。“好好，我开着车呢……小心安全！”韩城笑呵呵地制止我。

待他把车开到了张丽家小河桥边上时，“我就不下车了，今天挺累的我，你自己去吧，对不起啊。”他说啥不下车，执意让我自己把东西给张丽送去。

我只好一人到张丽家把这些新衣服拿给她。“你来啦？你……你咋一个人嘞？”虽然张丽看到我的到来，故意克制住自己激动的心情，可从她的动作和表情中都能看出来她的激动和高兴。“快，把新衣服给孩子穿上，看看大小合身不？”“你咋又乱花钱嘞？”“还有你的嘞。”我从包里拿出来孩子的和她的衣服。

“哎呀妈呀。咋还给俺整一件呀？”接过孩子的衣服就给孩子穿上。“嗯，还中啊就是稍微显大点。”那孩子穿上新衣服略大点挺好看。张丽笑呵呵地直点头:“中中，她还在长个咧，大点好。”

此时的我还是年轻，思想单纯，没那么多顾虑。“唉！张丽你也去把衣服穿上试试，是否合适，不合适我带走再调换啊。”我从她手中接过孩子，执意逼着张丽将买来的新衣服也穿上看是否合身。可张丽不好意思又不好拒绝,红着脸只是说:“中中，没事儿。”

我就随手拿过新衣服，往她身上披。可她羞羞答答把我推到门外，关上屋门。其实吧，她嘴里说中中没事，但内心还是非常激动地想试穿一下这衣服，只是不好意思。她这几年，除结婚时婆家给她做了一套新棉袄，一直穿在身上没有更换过。

特别是丈夫徐家义死后，家里生活更加困难，也没舍得再给自己买件像样的新衣服。现在身上穿的，还是在老家当姑娘时带来的衣服对付着穿。

“晨，你看！挺合适的，谢谢你，多少钱呢？我把……”张丽穿着新衣服高兴地打开门，跑到我跟前，伸开两只胳膊咯咯笑着，自转一圈给我看。她这笑是发自内心的，笑声是如此甜蜜。“嗯，好！太合体了。我还怕小呢……”说着，我端详着张丽。她漂亮丰满的身影一下呈现在我的眼前，像突然间变了一个人。穿着这身新衣服，又变回她四年前的少女模样。这真是人靠衣服马靠鞍呢。此时的张丽，又比她四年前时更加好看，身材丰满，显得更加成熟，更有女人味道。

我看着四年前那天真纯洁的张丽又回来了，内心的激动、燥热，大脑中的荷尔蒙，我的情火突然爆发燃烧起来。无法控制我这十七八岁年轻人的激情和冲动……

把手中的孩子往床上一放，一把抱住张丽。心在怦怦地跳动，激动地：“张丽，你从小学到中学都默默地爱着我。你……你有好吃的时候，都想着我。特……特别是别的女生看我时，你总是在一旁噘着小嘴心里一百个不高兴。从那时，我……我决心时刻都保护好你，可……万万没想到，你会遭到这么多的不幸。当我知道时，你已走了。问谁都不知你的去向。每时每刻我都在打听你的消息，想着你。张丽，没想到，没想到这几年，你遭受到这么多的罪，吃这么多的苦，受这么多的累。张丽！从现在开始，我会竭尽全力，让你和孩子过上幸福的生活……”我紧抱着张丽，感觉到她那怦怦的心跳声。

“这……我……”她听我真诚表白，一时不知怎么对我说好。我望着她为难的表情，“张丽，你甭误会！我是真心的，我会用最大的能力让你和孩子过上好日子……”

张丽眼含泪水望着我，两手紧紧拥抱着我的腰。脸颊紧贴在我胸前，张了张嘴想说什么，又没发出声来。“张丽，你呀，今后一定要找上一个靠得住、有责任心的好男人，只要他真诚爱你和孩子。无论他贫穷还是富有，无论健康与疾病，与你至死相随，相守一辈子，我就放心啦。”

张丽又望了我一眼松开了我，什么也没有说。突然间，我想起衣袋里的小物件，松开张丽：“哦！对了，这是我们连里的司机用子弹壳，做的钥匙坠，上面刻有我的名字，给孩子一个纪念吧。无论什么时候，她有困难，就拿着这个找我。铁打的营盘流水的兵。我还不知道今后部队会有什么变化，无论何时，我只要方便，只要有时间，就会来看你和孩子的，放心……”

这样一说，张丽她就像是生离死别一般。“咋的你要走啊？去哪儿？到新地方你能给俺写信吗？”实际上，我不是那个意思，只是想表白我的态度，无论何时何地，无论走到天涯海角，都会关照她们娘俩的。

可这话张丽一听变了意思，她感觉我又要离开她。张丽哭了，很伤心，心情也很激动，又向前一把拥抱着我，恐怕我跑掉似的，紧紧地抱着我。她没说一句话，任凭泪水从脸上流淌到我的军衣上……

“张丽，时间不早啦。我该走了，你多保重，照顾好自己和孩子，待我有时间一定会来看你的啊！”“嗯。”张丽她无奈地松开我，用手揩拭去两眼中的泪水。

突然，天真地对我说：“晨，我老公公让瞎子给女儿卜了一卦，嗯，说这孩子什么脐里藏金，是大富大贵之命，以后会享有荣华富贵的生活，你说这是真的吗？”“什么叫脐里藏金呐？”我不解地问。“唉你看，就是说……”她说着就去把床上躺着的孩子的衣服解开，让我看个究竟。“呶，你看这孩子肚脐上有块红记，说是以后长大会有大富大贵。”

我急忙上前拉开她的手，想制止道：“不不，不看了。我希望你和孩子以后能过上幸福的日子。对这些什么胎记的说法，我是不感兴趣，更甭说什么瞎子卜卦，我更不相信。”

张丽看我执意不看，她也松开了那孩子的衣服没再说啥。

就这样，我和张丽挥手告别。张丽抱着女儿依依不舍地把我送到村口。我上车走了，她还抱着孩子站在那儿，向我们远走的方向挥着手。

谁知我们这一别，三十几年后才见面。

第二十四章 遣送回乡

我吃过晚饭看食堂后厨的泔水李小瑞没拉走，我就到饲养室，“小瑞，小瑞，你在吗？”喊着找着猪圈、羊圈，四处都未找到他。哎，他又不知跑哪儿去了？

自从黑老大生小猪他没在场，特别是饲养室着火这事，那么大的动静，并没把李小瑞惊醒，没吸取教训。近期他又是工作心不在焉，三天打鱼两天晒网，心思仍然没放在饲养猪和羊的事上。我发现，特别是冯为国调走后这一段时间，他时常不在位，让猪儿们饿肚子，也不知他干什么去了？我看在眼里急在心中。

冯为国说得对:“老乡嘛,离家千里远,没有亲人关照,我们之间就应该互相关照，工作上拾遗补阙。”平时,我喜欢到猪圈羊圈那儿走走看看。这是本职工作所决定的，也成了一种习惯。看看猪儿们吃得如何，有没有生病。培养自己这种责任心、责任感。再就算是为李小瑞这位老乡拾遗补阙吧，从心里真怕他再误了事儿，出点差错，作为老乡也没面子。

我看了一圈，猪羊都没喂，心里骂道:“李小瑞你个臭小子真不争气呀！”我正准备去为它们热猪食，突然发现猪圈里的这头大白母猪卧下站起，站起又卧下。它又扒拉着地上的杂草往自己身下铺，焦躁不安心神不宁。站起、再卧下，又站起，反复多次后，它就躺下全身抽动着，后阴处往外淌血水。我意识到，这就是母猪要产仔前的征兆。急忙翻过圈墙，跑过去给躺着的大白母猪用小棍挠痒痒，以示安慰。

“上士在吗？上士……”文书李晓书冲猪圈这边喊叫。“哎哎！在在，文书。”我站起应声，并喊:“文书，来来，咱这头大白母猪要产小仔了，快来啊！”

李晓书站在围墙外看一眼躺着的大白母猪，“上士，范指导员叫你现在到他办公室去，你快点吧，我找你半天了都……”我给那母猪挠着痒痒不急地说:“有啥急事呀？”

“不知道！”这小子当文书当油了，明明知道他也装着说不知道，历来都是这个德行。

他看我没动，就着急的:“哎呀，你快点吧，人家都急死啦。”

“好好，走。”我丢下大白母猪，又急忙跑到炊事班宿舍，“班长，大白母猪要生小猪仔了，你让谁去照看下吧。”

“好好，我们这就去。”王雪说着，他立即招呼身边的李立、张亮、张全他们“走，快到猪圈去。”

我到范林太办公室后才知道，是安排我和杨生荣到河南安阳老家出差。因李小瑞违反军纪，与八一军马场门诊部一名女护士搞不正当男女关系，被农场领导发现，举报到了部队。本来连长指导员他们开会商量对李小瑞批评教育一下就行了，可农场那边不依不饶的，硬说女方已怀孕，正在做女方工作，做人流呢。并且还说，这叫啥？破坏知识青年上山下乡？军马场领导已决定遣送女知青回原籍老家处理，并开除公职。这样，军马场领导还强烈要求我们部队对男方李小瑞也要做出严肃处理，并坚持等待部队的处理结果。

连长指导员他们看来此事已无法再隐瞒下去，无奈之下只好如实上报团有关部门。没想到团军务部门很快答复："不追究李小瑞刑事责任，立即办理提前退伍遣送回乡。"至此，连里商定，让我配合杨生荣遣送李小瑞回滑州，也顺便让我回趟家看看。

范林太当着杨生荣的面对我严肃地说："这是组织上对你方晨晨的一次考验，希望你配合好杨排长，顺利完成这次遣返李小瑞的任务……路上不得有任何闪失。"

“是！我一定不辜负组织上对我的信任和希望！”我向他们打立正敬举手礼。

其实，部队有明文规定，我们在新兵训练学习时已经学习过。战士在服役期间绝对不允许当地谈对象，只能提干后才可以在当地找对象。但是，对象的家庭情况必须经过组织考察同意后，才能谈或者结婚，这是军纪。可李小瑞这些他都很清楚啊？最可气的是他李小瑞还把人家姑娘的肚子搞大了，这不是自己给自己挖坑断生路吗？糊涂！

根据梁东方副指导员他们深入调查，这事也不单单怨李小瑞一人。那护士确实是一名知青，来自河北石家庄市。其实她是有预谋的，想早点返城，不想在这荒无人烟的大草原上“接受再教育”。自认识李小瑞这名军人后，她一心想通过与李小瑞谈恋爱，早日脱离这荒芜的呼伦贝尔大草原。为此，她就主动联系李小瑞，并以身相许。

我和杨生荣、李小瑞三人在喜桂图旗火车站的月台上，随着大批人流登上了南下的火车。

李小瑞不甘心，临上车时还东张西望，幻想着那知青姑娘来给他送行。上到车厢后，他急忙又打开车窗，不停地往外探出头在站台上送往亲友的人群中寻找着，张望着。

我突然明白他是在找那个心爱的姑娘。杨生荣排长好像也看出来了李小瑞的心思，笑着拍拍李小瑞后背："小瑞，坐下吧，可能不会来了，这都几点了？火车马上就开了，啊。"

呜呜呜……火车启动了。李小瑞没看到想见的她，失望地关上车窗，坐下望着窗外向后退去的城市……

他很失望，脸色也很难看。随手从身上斜挎的军用绿色挎包中，取出一个白色的磄瓷缸，上面印着毛主席戴军帽穿军装的头像，另一边是毛主席语录：不管风吹浪打，胜似闲庭信步。他迟迟盯住白色磄瓷缸在发呆，眼睛里的泪水在流动，也许是睹物思人吧？

我急忙起身，伸手拿起李小瑞的白色磄瓷缸说：“来，我去给你打开水。”

他迅速按住我的手，唯恐被别人抢走似的，眼睛红红地望我：“不，我不喝水。谢……谢谢，先放这儿，待渴了再去打吧。”

我和李小瑞是老乡、好朋友、战友，他出这么大的事我从思想上想不通，很纠结。他是个聪明智慧的人，怎么能办出这么傻的蠢事呢？他也是一年多的老兵了，受部队教育这么长时间，都学到哪儿去了？是哪根神经出了毛病？百思不得其解。

离开连队之前，我才知道李小瑞这么长时间发生的这破事儿。我很想跟小瑞谈谈，问清事由。可只有一个多小时的准备时间，很紧迫。

并且连里怕李小瑞出意外，还专门派张彪、张晓东他们两人看守着。我没机会前去单独与他谈话。只能急忙准备离队后连队的日常生活所需，给王雪班长准备好购物的转账支票、现金和粮票，又要准备些回家为奶奶、妈妈带的物品。

这也好，在火车上也是我们的机会。说真的，我总想李小瑞是被人陷害的，是让别有用心的人坑的，他不至于糊涂到那一步吧。

火车在旷野上呜呜地飞驶着。

我大胆又疑惑不解地冲李小瑞“小瑞，你和我，还有杨排长说实话，你和那个女知青是咋回事儿？前前后后能不能给我们说一说，是不是被别有用心的人陷害的？”

李小瑞抬头冲我嘿嘿冷笑两声，很不以为然地：“嗨！什么陷害不陷害，啥事都是两相情愿的。一个巴掌拍不响，她不情愿我要那个，那叫强奸，懂吧？我俩那是两情相悦，你情我愿。嗨，实际上……”

原来呀，李小瑞得阑尾炎被送到八一农场门诊部手术时，从手术备皮开始，他就认识了这名护士李艳红。打针、喂药、喂饭、洗脚擦身，都是李艳红这个护士在护理。精心护理之间两人谈天说地，很是投机。日久生情，特别是李小瑞给李艳红吹牛，“俺爸是滑州县人民医院的院长，也是医学方面的专家，在我们县是响当当的名人。”

于是，李艳红听李小瑞的家庭情况后，对李小瑞更加关怀倍加亲近。河南安阳与河北石家庄距离不远，生活习惯、说话语言又差不多，李艳红有空就跑来找小瑞聊天，互相各自谈论家里的情况，今后的志向，云天雾罩的。

只要李艳红不值班，就跑到农场商店买些好吃的给小瑞送来。“小瑞同志，你看这是啥呀？”

李小瑞看见李艳红手里提着苹果、桃子罐头，“啊，你咋知道俺喜欢吃这些嘞？”李艳红放下就打开罐头给李小瑞吃。“嗯，好吃好吃。来来，你也吃一口。”李小瑞吃着也给李艳红嘴里塞一块桃子吃。

如果她们门诊部食堂里有好吃的，李艳红也给李小瑞买一份来吃。俩人有一种相见恨晚的感觉。

这个可以理解，在这千里冰封、万里雪飘，离家乡几千里之遥的呼伦贝尔草原之上遇到“老乡”，又是同宗同族的李姓人，并且李小瑞他家又是医生之家，缘分呢！天赐我也。李小瑞是这么想的，李艳红也是这么寻思的。

爱情这东西，偶然相遇也是缘分、是巧合。年轻人情窦初开，对异性有种朦胧可求、可望之时，遇上一个称心如意的她（他），有种不可抑制的萌动和冲动是正常的。特别是对方向她（他）示好时，又做出让他意想不到的举动时，往往容易使对方失去防线和戒备。更何况彼此之间，又都是干柴待烈火，久旱遇上及时雨。从而双方都会向对方敞开心扉，在荷尔蒙的簇拥下，献出自己的一切。

爱情这东西，可以说是空洞的，也可以说是实际的。爱，只是口头上的一个词，实际上是实实在在的利益存在其中。不管对方看上你哪一点，都是她（他）的需求。无论是看上你长得帅气、漂亮，还是喜欢你的呵护、包容，还是给她带来幸福的生活，还是敢于为他献出一切，也包括金钱、身体，甚至生命，这都是实际的。爱情是自私的。开始时，俩人如痴如醉地沉浸在爱河中，感觉是世界上最幸福之人，随着时间和实际生活动荡变化，冷静沉思展望未来生活不是自己理想中的那样时，爱情的甜蜜会逐渐淡漠，最后失去真正的爱。甚至变成怨恨逃避。常言说门当户对，其实就是这根本利益的存在。从古至今，纯真的爱情故事数不胜数，现实中纯洁的爱情也是如此！《牛牤》小说中的纯洁爱情是这样描述的：生命诚可贵，爱情价更高，为了自由故，两者皆可抛。

李小瑞到痊愈时，他假装感冒发烧，又拖延了几天才出院，那真是两情相悦难舍难分。李小瑞出院后，俩人约定，每周，无论是刮风下雨下雪都要见一面，在一起亲热一阵。

李艳红知道李小瑞在部队请假不方便，她借每周到各分场和放牧点骑马巡诊时间，绕弯也要到连队山下营房外边的一个坑道里见上一面，热乎一阵。这成了他们两人不见不散雷打不动的约定。

李艳红家里共计七口人，爷爷已退休在家，爸爸、妈妈都在石家庄机械厂当工人，她是家中老大，一个小弟才五岁，两个妹妹在读初中和小学。她是初中毕业考上石家庄护士学校的，没等毕业，就被送到这北大荒呼伦贝尔八一军马场来当了知青。由于自己学的护士专业，分配时，被留在场部门诊部当护士，一干这七年过去了。和她一起来这里的知青，有关系的返城了，结婚的也被另一方带出农场返城了，她心里又着急又无奈。

八一军马场副政委的儿子看上了她，总是纠缠不休。这位副政委还托门诊部张主任给她做思想动员工作让她答应这门亲事。可是她不想在这大草原上度过一生，更何况她不喜欢副政委的儿子。她从别处打听到，这位副政委的儿子有智障，生理上有缺陷。整天傻乎乎的，个头还矮，论长相如武大郎一样。虽然他是场里的正式职工挣工资，家里条件也挺好的，吃喝不愁，可她从心里仍是不同意这门婚事。

另外李艳红家里来信说也盼着她能早日返回石家庄，早日在厂里上班，早些找个合适的对象在石家庄结婚成家，全家人过上团聚的幸福生活。天遂人愿，这恰巧碰上军人李小瑞这小伙，不但人很帅、很聪明，还是个解放军，家里父亲又是个医院领导。这是个难得的机遇，于是她便使出浑身解数，甚至不惜以身相许，来打动李小瑞。也许，李艳红以为能抓住李小瑞这根逃出北大荒的救命之草。

事情的败露是在上周日。李小瑞没有请假，被李艳红骑马悄悄把他接走。两人在草原上玩够后，又到了八一军马场李艳红单身宿舍。李艳红向李小瑞说："亲爱的，我告诉你一个好消息，你要做爸爸啦！"

"啊！"李小瑞听后心中非常矛盾，此事该怎么办？不知如何是好。

李艳红挑逗着李小瑞："来呀亲爱的。"正当两人再次发生性关系时，被八一军马场保卫科的人发现，破门而入，抓了个现行。"走，穿好衣服跟我们走一趟。你这是……"八一军马场以破坏知识青年上山下乡之罪扣压了穿着便装的李小瑞。

事情败露，李小瑞怕事情闹大自己吃亏，就向抓他的人说，"同志、同志，我是山上雷达站的。你……你们不……不信，可以给我们雷达站打电话，俺真是……"他才说出自己的真实身份。

李艳红则央求军马场保卫科说："科长，科长俺俩是自由恋爱，俺是自愿的，不能算是破坏知青上山下乡啊科长。"此时，科长桌子上电话叮铃响了，科长拿起电话"喂，"是军马场那位副政委来的电话。"好好好，您放心。"他按照副政委电话里的指示，"李艳红同志，这几天得委屈你一下，暂时不能回单位了。"他又对旁边的人说："把李艳红看管起来。"

"科长、科长你……你不能啊……"就这样把李艳红强制关了起来，并要求她做了人工流产。

这边把李小瑞送到我们部队，求证了身份，并强烈要求部队严肃处罚李小瑞。

我听后安慰他："小瑞啊，但愿你俩是纯真的爱情。"他苦笑道："哎，但愿吧。""哎！小李，你们俩付出这么大的代价，如果……那可不值啦！"杨生荣扭头冲李小瑞说道。

李小瑞苦笑着低头无语。

我和杨生荣把李小瑞送到我们县武装部，和有关人员办完移交手续，又把李小瑞交到他爸李常新院长手里，“李叔叔对不起呀，我没能帮助照顾好小瑞，对不起啦！”我向李常新道歉并深深鞠上一躬。

“唉唉！可不能这么说小方，是他自己……”“爸！快走吧，杨排长，小方他们还有事呢。”李小瑞在一旁拉着他父亲衣服，催促道。

“好好，你们先忙。谢谢杨排长，谢谢小方，再见再见。”李常新红着脸不好意思地与我俩告辞。

他老人家领着李小瑞拿着行李走了，我和杨生荣站在那儿，望着他父子两人走出武装部大门远去的背影，摇摇头感叹道：“哎，多好的父亲呢，可惜……”

我把杨生荣安排到县委招待所后，已经是下午时分了。“排长，您洗漱一下，休息，坐了两天车很累的。今晚在我家吃点便饭啊。”

“哎，小方你不要麻烦啦，我在这儿随便吃点就行。嗯，来时范林太指导员明确强调，由于战备紧张，不给你专门休假时间了，将李小瑞与县武装部交接完手续后，让你到家住一晚上，明天咱们必须抓紧时间返回部队。”“您放心吧，明天咱俩一早准时出发。”

“妈！奶奶！我回来啦！”我进院就喊。“哎哟，宝贝回来了？”妈妈江云芝的声音。“我的好孙子。”奶奶听到我的喊叫声也惊奇地从屋里跑出来。

妈妈江云芝忙从我两个手里接过提包。奶奶向前一把抓住我的胳膊，上下打量着嘴里还心疼地说：“哎哟，看看、看看，这在部队都瘦咯。”

“妈，让晨儿到屋喝口水，坐下咱们慢慢说。”

我挽着奶奶：“奶奶你的胳膊和腿怎么样啊？”“好啦，好啦。你看！和你走时一样，全好啦……放心吧。”她笑呵呵地说着，还故意伸伸两胳膊，又蹬了蹬两腿，“看看，别来无恙吧？哼，不减当年。”

“对对对奶奶，您呐还不减当年。”我竖起大拇指哈哈夸奖。“哎奶奶，我这次来……”我向奶奶、妈妈说明这次突然回来的具体情况。

“哎哟，这孩子咋这样呢？”她们听后惋惜地。妈妈关心也很心痛地问：“那……那小瑞背个啥处分呢？”“妈，提前复员回来就是处分了，还给啥处罚？”

“哎，也是的……这……这孩子不……不是挺老实的吗？这回来以后可咋办呢？名声可……”妈妈她担心着。

我理解妈妈的心情，没再说什么。就来到妈妈卧室，向爸爸的遗像双手合十三鞠躬。从内心默默地对着爸爸祈祷，汇报我在部队生活工作情况，告诉他老人家我工作得很愉快，请放心，并祝福爸爸他在天堂一切都安好。

妈妈过来笑着对我说：“你寄来的照片啊，已给你爸看了。你爸在天堂也会为你高兴的，他也会保佑你平安的……”她又冲我爸道：“晓廷，你看到你儿子多出息呀，啊……”她说着哽咽了，眼睛也湿润了。

我担心妈妈触景生情过于伤心，急忙搀扶着妈妈在爸爸遗像前，深深鞠上一躬，回到客厅。

晚上，我妈和奶奶张罗了一桌丰盛的晚餐。四个凉菜：道口烧鸡，黄瓜丝凉拌绿豆粉皮，凉拌藕片，炸虾片；六个热菜：母鸡炖蘑菇，红烧带鱼，木耳炒鸡蛋，炸茄盒，肉炒蒜苗，河南烩菜。

方姣姣把王建社、毛爱莲、邱童童也喊来了。“爱莲，你哥怎么没来呀？”妈妈问毛爱莲。

“嗯，我哥不知道晨哥来，他今天又出车去外地了。”

毛爱莲说的她哥，就是我的好朋友毛大臣。毛大臣春节前复员回来，由于在部队学的开车，被安排到县邮政局工作。开邮政车跑长途送邮件，每次出车往返需两三天时间。太不巧，毛大臣今天一早就出车了。我忙说：“没事，我回来这事儿，事先谁也没来得及讲，接到任务就仓促出发了。这不，我就突然到家里来，还把妈妈和奶奶吓一跳呢。毛大臣同样不知我回来的事，这不怪大臣，他如果听说我来，一定会比兔子跑得都快，是不是，建社……”

我到县委招待所里把杨生荣请到我家来，“欢迎杨排长，感谢您在部队对俺晨晨的关照。请您来和我们一起吃个晚饭，听说明天一早就回部队？”

“是奶奶，部队战备特别紧张。”杨生荣客气地说。“来来来，您快坐下咱慢慢聊，请请请。”奶奶很礼貌地伸手让杨生荣入席。

“谢谢奶奶，谢谢阿姨您，让您费心，添麻烦了。”“快快坐下，不要客气。平时想请您吃个饭还不容易嘞。您说是不是呀？”奶奶哈哈笑着让着杨生荣。

“来来来！咱们喝东北酒。奶奶喜欢喝白酒，大家也都尝尝东北名酒北大仓。”我说着拿出特意从部队带来的白酒，打开给大家都盛上。

“杨排长，来！晨儿在部队得到您的关照，我先敬您一杯，欢迎您到我们寒舍来做客，非常感谢您！”奶奶说着站起来举杯先敬远道而来的客人杨生荣。

“哎哟，哎奶奶您老快坐下吧，我当晚辈的应先敬您老人家！我来给您家添麻烦啦。您老快坐，要不我这做小辈的哪敢喝呀。”杨生荣恭敬地站起来对奶奶谦恭道。

“好好，那咱先喝这杯见面酒，中不中？我先喝为敬。”奶奶仰头喝下敬杨生荣的酒，“你们都吃菜啊，看你们阿姨做的菜好吃吗？”

毛爱莲不敢大声，在一旁嘀咕道：“好吃，我们天天吃阿姨做的饭，可好吃了。”

杨生荣听到奶奶说先喝为敬，他不敢落后奶奶，也抢着喝下那杯酒，才敢坐下。

“杨排长，尝尝我们这儿有名的道口烧鸡，尝尝这凉拌绿豆粉皮……”我妈妈也客气地给杨生荣不停地夹菜吃。“谢谢，谢谢阿姨！”杨生荣不停点头致谢。

“奶奶，我看到您身体恢复得这么好，胳膊没落下后遗症，我敬您一杯，祝福您寿比南山，健康长寿！”我站起来高兴地跑到奶奶身边举杯敬酒。

“我们一起敬奶奶吧。”杨生荣看我提议，也急忙跑过来附和我。

“好，我们一起。”“对！我们一起。”王建社、毛爱莲、邱童童、姣姣也急忙附和着。我们小一辈的都站在奶奶身边来，共同举杯与奶奶碰杯敬酒，并一齐喊道：“祝奶奶健康长寿！”

奶奶高兴地哈哈笑着：“好好好，谢谢，谢谢。”大家一起喝完杯中酒回到各自座位。

“大家都叨菜，多吃菜少喝酒啊，吃吃……”奶奶张罗着大家，又给杨生荣夹些菜。

杨生荣不好意思地：“谢谢奶奶，谢谢奶奶。您吃，您甭管我，太客气了。阿姨，您辛苦啦，给我们做这么多菜，辛苦您了，我敬您一杯……”杨生荣站起身向我妈敬酒。

“嗨，不谢不谢，这不是应该的吗？嗯……要说谢呀，还得谢谢您呢，我不会喝酒……”我妈妈客气地。

“唉，杨排长、建社、童童、爱莲，我提议咱们一起吧，好不好？”我冲他们笑着提议道。

“好好！”大家同意我的提议，都站起来举杯共同敬了我妈酒。

“杨排长，来尝尝我们河南烩菜。”奶奶给杨生荣盛碗老家烩菜吃。

“我也喜欢吃烩菜……”姣姣也盛碗烩菜说道。

把盏言欢后，大家一致说这北大仓酒好喝。我特意留一瓶给奶奶，以后她和妈妈在家慢慢品尝。

杨生荣在我家吃得很高兴，酒喝得也尽兴，也有几分醉意。我为了他的安全，并知道他不胜酒力，也不敢让他喝大醉，明天还要坐车赶回部队呢。

我就把他送到县委招待所安顿好，让他早些休息，我与杨生荣告辞出了招待所。待我回来快到家门口时，毛爱莲她从黑影中闪出来叫住我，关心地问：“晨哥，你没有喝多吧？呐，这是我给你织的毛围脖，东北太冷，你一定要注意爱护好自己的身体。”毛爱莲突然的出现，并说出这段温暖关怀的话语，我一时不知所措。“你……你”她还没等我回过神问话时，一把将毛围脖塞到我手里，转身消失在夜幕中。

“哎！这……”我想退给她，说明部队统一穿军装，不允许扎围脖的，可她已不见踪影。我在小学、初中与张丽的关系，毛爱莲很是妒忌，私下里她恨死张丽了。自从张丽失联后，她感觉机会来了，于是常常主动出击，加上天天和姣姣在我家里吃喝、住玩，倒也得到了我家人的喜欢。

我回到家进屋，看到姣姣、建社、童童围坐在厅里，正逗着奶奶收养的受伤的小狐狸等我。奶奶、妈妈已收拾完毕也在等待我。我急忙进屋，将手中爱莲送给我的毛围脖塞到旅行包中。

我从屋里出来，“哎哟，这小东西真可爱，来让我抱抱……”我随手从妹妹手里接过小狐狸，举在手中上下打量着看：“嗨，这小东西真可爱哎。”

“嗨，还是给我吧……”奶奶心疼小狐狸，担心我们再摔着它，急忙从我手中夺去，把小狐狸抱在怀里像宝贝似的进她屋休息去了。

“嘿，奶奶……”我想说什么，突然又停下，不能伤奶奶的心。妈妈曾写信给我说过，小狐狸就是奶奶的心肝宝贝，是她生活中的一部分，想到这儿，我无语。

我端起茶几上的茶杯，喝了一口妈妈专为我泡上的茶水。王建社坐到我身边好奇地说：“唉，晨晨，你坐下给我们讲讲部队和东北大自然、人情风俗情况怎么样啊？”

“对，给我们讲讲吧。”姣姣、邱童童也好奇附言道。

我喝了一口茶水，“好！我就给你们说说那东北……”我本想给他们讲在东北见到张丽的事，介绍下她的生活情况。可又担心对张丽影响不好，就没敢说。讲起东北那边三大怪和连队战备紧张的气氛以及东北寒冷的程度，夏天呼伦贝尔大草原的美景……

时间转眼到了凌晨两点多钟，奶奶听我们还在说话，就披着衣服从屋里出来催促建社、邱童童说：“你俩赶紧回去睡觉吧，华晨他明天一早还要回部队呢，啊！快走吧孩儿。华晨呐，你明天一早还得赶车回部队嘞，抓紧休息吧啊孩儿。”

“哎，好的奶奶，我们这就休息。”我把他俩送走。回到屋里，妈妈她还在等着我。“妈，这是毛爱莲给我织的围脖。”说着就把毛爱莲送我毛围脖的拿给妈妈看。

她面带笑容地说：“晨儿，有人替我关心你了，妈妈真为你高兴。这是人家姑娘用心织的，你可要好好使呀……”这事妈妈她一点都不吃惊，好像一早就知道。“妈！我……”我突然又不知怎么说。

妈妈笑着拍了我说：“儿子，时间不早了，你明天还要返队，早点睡吧。这几天在火车上，也没休息好，啊……”

妈妈说着就往她房间走去，我本想私下给她说说张丽的事。她一走我也没心情再说了，摇了摇头作吧。

几天乘坐火车的疲劳，再加上喝了不少的白酒，简单地洗漱后，一躺下我就睡着了。

使我们没想到的是，当路过北京转乘车时那震惊世界的大事就在此发生了。

第二十五章 埋下祸根

当我和杨生荣乘火车到达北京时已是次日早晨五点半。

我们在北京火车站购票处，办完北京至海拉尔转乘火车票时，才知道，由北京开往海拉尔的火车是北京时间晚上八点四十五分开车，也只有这一趟火车直达别无选择。这样我们俩估摸算了一下，大约还得在北京这里停留十个多小时的时间。我跟杨生荣说：“排长，不管别的咱们先去买点吃的吧，我有点饿。”“好，咱们去找饭吃。”可能杨生荣也饿了。

“唉师傅，给我们来两份大葱猪肉馅饺子，每份半斤。”“好嘞，请稍等。”我俩在北京站前小饭馆里，每人用两元钱、半斤全国通用粮票，各买了半斤猪肉大葱饺子。

“饺子来嘞。各半斤猪肉大葱饺子。两位请慢用。”“谢谢。”吃起来嘿那个香哦，咬一口满嘴流油。

我俩吃着饺子，杨生荣对我说：“小方，时间还早，我去北京一亲戚家串个门，你还没来过北京吧？你呢，到天安门、故宫去玩一玩，晚上七点四十分，咱俩在北京站候车室里碰面。嗯，一定要注意安全啊，甭走丢了，准时到。”

我一听说让我去天安门、故宫玩，兴奋地答应道：“中，排长，您放心，我一定准时安全到达。”原在连队出发前，我心里还担心过杨生荣会不会给我时间去天安门广场照张相，看看天安门呢？这下好，正随我愿，我恨不得一下从小饭馆里飞出去，飞到天安门广场，看看雄伟的天安门、人民英雄纪念碑、人民大会堂……

待我俩从小饭馆出来，正要挥手相互告别时，看到长安街上红旗招展、人山人海的游行队伍。“排长再见，再见。”我急忙告别杨生荣跑去看热闹。

跑到长安街上才知道，是人们在悼念周恩来总理。我随着人流涌入到了曙光机电厂的职工游行队伍里去。这支游行队伍有几千人，摆成一里多长的八路纵队，由东向西挺进。人们手里都拿着国旗，面目凝重无人说话，胸前佩戴着一朵小白花。队伍伴着收音机里播放的哀乐，向天安门广场进发。

游行队伍前面是工人们用角钢焊接而成的铁架，支撑着周恩来总理巨幅遗像，还写着“深切悼念敬爱的周恩来总理”的巨幅横标，在前边作先导。接着是由数千朵白花镶嵌成的丰碑，和由三四十个花圈从小到大排列组成的浩浩荡荡队伍。花圈上分别写着“虽死犹生永不朽，英名当与马列齐”“骨灰未寒妖风起，吠日恶犬狂叫急”“中华儿女承遗志，誓斩妖孽接旌旗”“革命自有后来人，众志成城全无敌”等挽词。

我看到这么好的词句，急忙跑到路边小商店，买了一支圆珠笔和一个精装笔记本。又随着游行队伍一面走，一面抄写……

游行队伍从四面八方向天安门广场集聚。我到天安门广场看到，青云仪器厂的千名职工，排队从西单方向走来了；中国科学院半导体研究所，近千人组成的悼念队伍向天安门进发。几乎同时，八七九厂几百名职工，抬着十八个用塑料布扎成的花圈和用金字写成的“敬爱的周总理我们永远怀念您”的大匾，向天安门广场走来……

天安门广场里已聚集了成千上万的人民群众，有老人、小孩，有工人、农民，有学生、干部，还有当兵的军人。他们送花圈、送挽联，写檄文，抄诗词，互相感染着。天安门广场人如海、花圈如潮。

纪念碑周围的花圈成千上万，成为花圈的海洋。人们被淹没在花圈、横幅标语和周恩来遗像的海洋中。人们就如海底世界里的鱼儿，在这斑斓多彩的世界里遨游、穿行。纪念碑周围的柏墙上，花圈、白花层层叠叠，一片花海。广场上的诗词遍地都是，人们互相传抄着，不分彼此你我。还有工人、大学生模样的人，在人群中，甚至有的站在桌子上，大声在朗诵着，抒发着对周恩来总理那份深厚的感情。

特别是纪念碑西北角上，署名“一名边防战士”的一首词，是这样写的：“骨灰江河撒，丹心天地投，鞠躬尽瘁为人民，罪名何所有？”

这首词，引起了人们的共鸣，好多人在抄写，同时在上边签名留念。

我就差那一步之遥，没能挤上去签名，心里那个着急呀，感到非常遗憾。后来才知道，也幸亏当时没签上名，如果签上名，今天又不知是个什么结局呢。

我穿插在广场的人海里，不停地抄着各种诗词，像只勤奋的小蜜蜂儿，在花儿的海洋里辛勤地不知疲倦地采集着；又宛如久旱逢遇甘甜雨的禾苗，如饥似渴地吸吮着每滴甘露。一个笔记本，密密麻麻地被我记满了各种风格的诗词和檄文。

西单电报大楼上的钟声，已报晚七点整时。我突然想起还要赶火车。慌忙挤出天安门广场的人海，跑步赶往北京火车站。

我到北京火车站行里暂存处领取了旅行包，就往候车室奔。候车室的喇叭里不断地播放着广播员的广播着：“旅客同志们！去往沈阳、长春、哈尔滨、齐齐哈尔、海拉尔的旅客注意啦！现在，由北京开往海拉尔的 167 次火车，在第三个进站口，已开始检票了。请带好您的随身物品，按顺序上车。”

在天安门广场上，还隆重地举行着周恩来总理的悼念活动。

我跟杨生荣随着旅行队伍往检票口走时，才想起在天安门广场没顾得上照相留影的事儿，“哎呀排长，俺忘在天安门广场照张相了。”我遗憾地摇摇头，“哎，再见吧北京！”

呜呜呜……火车开动了，它缓缓地离开北京站。我坐在这喧嚣的车厢里，才感觉到肚子又饿又渴。是呀，十个小时没顾上吃一口饭、喝一口水，就这样瞬时过去了。

当人的大脑沉浸在激动兴奋点上时，就根本无暇顾及饥饿和口渴，这也可能是饥饿那根神经已经麻木了。当我坐上火车大脑神经放松下来，饥饿的神经才醒悟过来。“排长你喝水吗？”我随手拿出挎包里的军用水壶问杨生荣。“哦，我不渴，你喝吧。”他看我一眼笑了笑。

我咕咚咕咚喝上几口解渴的水，激动的心情才稳定下来。车窗外，行驶中的火车鸣着长笛，拖着长长的黑烟，奔驰在辽阔的平原大地上。

车厢里在不断地播放着哀乐。每节车厢靠头的角落上，都设立了悼念周恩来总理的灵台和留言簿……

我和杨生荣到喜桂图旗火车站下车。嘿，不知其他地方，就在这个偏僻的喜桂图旗市火车站小地方，都摆放了一个纪念周恩来总理的冰雕祭台。祭台设在站台旁边两棵松树下，祭台上插着代表九亿中国人民的九棵冰冻的青松枝，前面平放着一块木板。板上用晶莹透明的大冰块，冻凝上一张周恩来总理的遗像。遗像两旁的挽联上写着：天公清明飞雪，寰宇祭悼总理。兴安大地作墓，山林永伴忠魂。使过往的行人和旅客，能在这偏僻的北国小站上，寻得寄托对周恩来总理的哀思，不可思议。

我们回到连队才知道，范林太被调团政治处当副主任了。我和杨生荣向林兵、梁东方、唐明做了汇报。

然后，林兵对我说：“新的指导员是从团部汽车训练连调来的，湖南人，叫尹中华，待从湖南老家探亲回来后，很快就到连里来走马上任。你小方早做好迎接新指导员的准备。”“是，请连首长放心。”

汇报完工作，待杨生荣、梁东方、唐明他们走后，我留下来没走，将我在北京天安门广场诗抄本拿出给林兵看。“连长，咱们能否在连队出一期黑板报，还可以借这次清明节搞一次悼念周总理的小型活动。”林兵同意连连点头：“好，好，我同意将这天安门广场部分诗抄出一期黑板报，你去向梁指导员报告，就说我同意。唉，一部分啊。”

我又到梁东方副指导员屋里一五一十地向他做了汇报。“好好，就按照林连长的指示办。”他听后表示同意和支持。

说干就干。连队黑板报道组，陈强、夏杰、李成林、艾小东和文书小李他们，看到我拿来的诗抄纸条万分激动。各自分工，分头设计板报和专题整理抄写诗词。

黑板报部分诗抄是这么写的：

悼总理，群山肃立江河悲，举国泪满襟；承遗志，翻江倒海卷巨澜，高擎马列旗。——一名军人

神州万里风雷动，英灵常在我心间。昔日悼总理，悲痛若断肠。今朝想总理，浑身是力量。豺狼何所惧，虎豹咱敢降。

大鸾暝慧目，悲歌动九重。五洲峰峦暗，八亿泪眼红。丹心酬马列，功过任说评。灰撒江河里，碑树人心中。

春意初发花香凝，寒夜暗寂悬冷星。漫漫哀思绕华夏，烈士雄鹰金目暝。白花一朵寄深情，遥望征程困难横。铮铮纯铁孩儿骨，酷默之后有雷惊！夜来未闻风雨声，芳草鲜花尽扫空。休言碑前空荡荡，指点阶前泪迹浓。

还有一首：欲悲闻鬼叫，我哭豺狼笑。洒泪祭雄杰，扬眉剑出鞘。

……

我们用一上午时间整理了两大黑板报。当黑板报一挂出来后，没想到会引起这么大的反响，全连上下形成诗抄热，战友之间互相传抄传送一股风。

4月6日那天，冯为国他从团部带着放映机，来到我连放电影。其实放电影是那个年代一种政治宣传的主要工具。冯为国他们政治处也是代表团首长对基层连队的关怀，是他们宣传科的任务，也是必须例行的公事。每个季度尽量代表团机关首长，到基层连队表示慰问，放场电影是简单的方式，也是团首长安排给团政治处宣传科的政治任务。复杂的就是重大节日，八一建军节、春节，就安排团里的毛泽东思想宣传队，到我们这些边远山区连队来慰问演出，这是比较大的动作，这来放一两场电影不算啥。

下午冯为国到达后，在招待所安顿好，就急匆匆忙忙到宿舍来找我，“晨晨，走走走，咱俩到营房外山包上坐一坐。”“嗨，为国哥，你小子到大城市没有变心呐？对这里还很有感情是不是？故地重游，还非要到这山包石头上坐，在回忆下咱们在一起时的日子？”我逗着他。

说真的，自从冯为国调去团部，我从心里对他没有那么亲近了，总感觉他高升了，甚至走后连封信都没写。地位高了，与我不同了。

“走走走。你不要说那么多废话。”他拉我来到营房后山包石头上坐下，看他没那么感慨和动情。我莫名其妙就冲冯为国讽刺带挖苦道：“你有什么话不能在屋里说，还非要跑到这里不可呢……嗯，好好，你是上级首长了，有啥屁就放，有啥秘密就说……”

冯为国嬉皮笑脸地说：“唉，方晨，几个月不见，你我见外了？”他把我说得一头雾水，不知什么意思，转脸看着他：“莫名其妙！我们怎么见外了？”

冯为国看出我的不快，急忙恳求地嘿嘿笑着：“晨晨，你的那本天安门诗抄，

能不能借我抄一份呢？”“嗨！为国哥你。”我朝他背上拍了一掌，“原来是这事呀！你有屁就放，何必兜那么大圈子咧？”我虽然冲他开玩笑地说着，可心里快速思考着。能行吗？他是老乡，又是在村里一起玩大的好兄弟，人也很正派厚道，我应该相信他，就严肃地冲他说：“唉，为国哥，你可以抄，但一定在我屋里抄。嗯……你回团里后一定小心，把它保管好啦。可不敢让别人看见。”

在这说笑中我突然想起林兵跟我说过的话：“现在这政治形势变化无常，像后娘的脸说变就变，谁都无法预测……”

“没问题！”冯为国他为我保证。“走，回宿舍。”我带他回到宿舍。打开锁着的抽屉，拿出我那心爱的笔记本，很谨慎地递交到他手里。“唉！就在这里抄，不许拿出屋门半步。”我又严肃地要求他。

“好好好，遵命。”冯为国如获至宝，把笔记本迅速翻看了一遍。就趴在办公桌上我的办公桌，像饥饿的羔羊拼命吸吮着母乳一般，认真地抄写着……

第二天刚送走冯为国他们。“小方，你把那本诗词拿过来。”林兵就将我的诗抄本拿回招待所，给来队休假的老婆李小萌看。

李小萌看完很认真地：“小兵，是好诗，请你立即告诉全体干部战士，仅限于自己学习写诗，绝不能外传。更不能寄给战友和家人、亲戚朋友。如果谁传给咱连队以外的人，一切后果自负。”李小萌像是一位远谋深算的老特工，给下级布置任务一样严肃认真。

林兵感觉老婆她说得有道理，连连点头：“嗯，嗯，还是谨慎小心为好。小心驶得万年船，这是范指导员曾提醒过的。政治这东西变化无常，说白就是白，说黑就是黑，没有你这小老百姓争辩的机会。官场同样起起落落，谁又能看得清楚？”

此事，林兵在连队晚点名时，就宣布了此项纪律。“同志们，这些诗仅限于你们自己学习写诗用，绝不能外传。更不能寄给战友和家人、亲戚朋友。如果谁给传到咱连队以外的人，一切后果自负。解散！”

“啊？不至于吧？”战士们七嘴八舌议论纷纷。“这有什么呀？悼念总理的哪儿错了，有啥呀？没必要大惊小怪的。”有人说：“嗨，当兵人四肢发达，头脑简单，听风就是雨。”还有人冷言冷语地说：“这神经有点太敏感了吧？太过于小心啦，有那么可怕吗？不就是几首诗吗？”战友们私下里七嘴八舌不停口地议论着，对林兵宣布的纪律，一百个不理解。

我从内心赞同林兵他的意见，小心驶得万年船。

此事真被李小萌嫂子猜中了。4 月 7 日晚 19 时，中央人民广播电台播发了北京市委书记吴德的讲话和中共中央关于《天安门广场的反革命政治事件》全文，同时播放了中共中央做出的两个决议：一是华国锋同志任中央第一副主席和国务院总理；二是关于撤销邓小平党内外一切职务，保留党籍，以观后效的决定。

“嘿！唉唉……你听广播了吧？”艾小东挤眉弄眼地问李成林。“啊……怎么啦？”他不解地问。“嘿，机会来……这小子，该让他……知道知道，做人要低调点。哼！你等着瞧吧……”艾小东怪怪地对李成林说。

“啊……”李成林听得莫名其妙，手抓挠着脑袋没听懂艾小东的意思，只能打哈哈笑。

我听广播简直不敢相信，甚至怀疑自己的耳朵听错了。发生在天安门广场事件定性为“反革命”政治事件。“这怎么成‘反革命’政治事件了呢？不可能啊！不是纪念周恩来总理的吗？怎么就……”次日，我又到娱乐室看了当天的人民日报，头版头条登载的社论写得清清楚楚，天安门广场的纪念活动为“反革命”政治事件。首都民兵对天安门广场活动人员进行了清剿，对花圈和“反革命”诗歌，进行了焚烧和收缴处理。北京市委书记吴德讲话强调，号召全体人民群众起来举报揭发，参加天安门广场活动的坏人坏事。还将天安门诗词定性为“反革命”诗抄？太不可思议啦！

完了，这下全完啦！难怪，我近日右眼皮跳个不停。常言说：男人，左眼跳财，右眼跳灾。我难道真的是大灾临头了吗？我心里还真有点胆战心惊的难受，表面上还要装出一副无事的样儿来给别人看。

我和艾小东、李成林、夏杰一起动手，及时把连队黑板报上的诗词全部擦掉，将4月7日《人民日报》头版头条登载的《牢牢掌握斗争大方向》的社论，全文登出，并把其中“翻案不得人心”以黑体字标出。

人们说，做贼心虚，我虽然没做贼偷人家东西，可是天安门广场诗词把我闹得如千古罪人，胆战心惊。当时的我如惊弓之鸟。最怕小李文书通知我林连长找你谈话这消息，提心吊胆，吃不好睡不安。从我思想上确实想不通，这社会不可琢磨？明摆着的，也是我亲眼目睹人们是去悼念周总理，何罪之有啊？可广播里、报纸上硬说是错的！包括北京市委书记吴德的广播讲话使我揽镜沉吟，黯然神伤，不理解呀！我亲眼目睹那天安门广场的活动场景，怎么和他们所说的根本不一样啊？什么打砸抢烧啊，什么谩骂共产党、谩骂毛主席呀等等，那不是睁眼说瞎话吗？真是一片胡言！

晚上我睡不着觉，一个人坐到球场的石板上，仰望星空两拳抱头，捶打着。这，这……这真是惆怅、心悸、纠结、无奈呀！在黑暗中，我恐惧害怕。隐约听到这个地球将要被撕裂、天崩地裂的声响，马上就要爆炸的感觉……

当人无助的时候就会想家，想父母和亲人，想向他们倾诉心中的郁闷和痛苦……我在这里只能忍受着。

刚吃完早饭，我在屋里正准备坐下来整理近期连队所发生的购物账目。“上士，林连长让你到他那儿去一趟”文书小李推门进屋说道。我听到后，像惊弓之鸟，悬着的心一下提到嗓子眼上，心跳加速，血压一下蹿上头顶，两腿有点颤抖。难道最担心最害怕的事情要发生了吗？“哎。”我应了一声。偷偷观察了文书小李脸上的表情，没有任何迹象。在那时刻，人的各个神经都是最敏感的，他人的一言一行一举一动，都在触动着你每根神经。

我胡思乱想着，朝连队招待所林兵家走去。哪儿是连长家呀，是一间连队来人临时居住的旧房子。军人吗，结婚前父母在哪儿，哪是家。结婚后老婆在哪儿，哪儿就是家。林兵爱人临时来队，连队这间旧房就成他临时的家。我稀里糊涂到林兵住处：“报告！”

“小方，快进来！”林兵抱着他一岁多大胖儿子，坐在床上正逗着玩呢。他爱人李小萌端着碗正吃着饭，看到我进来急忙站起来，把一张椅子拉过来，“小方坐。”

“来坐这儿……”林兵拍着他们的床，让我靠近他坐在床上。“谢谢嫂子，我坐床上吧。”

林兵他看着我无精打采的样儿，“这家伙，两天就整瘦了啊？嗨，这算啥呀？仗还没打你先拉裤子了，这咋能行呢，嗯？”无所谓的他又嘿嘿笑着。

你说得轻巧，事没搁你身上，放你林连长身上试试。我心里嘀咕着，锁着眉头无语。两手无处放，只能互相搓揉着，傻呆呆地听从他发落。

“小兵，你甭逗了啊？抓紧说，你不是还去值班吗？”李小萌把吃完饭的碗放桌上，上前从林兵怀里接过胖儿子催促道。“小方，嗯我知道，天安门的诗抄，把你闹得精神压力不小是吧？思想包袱也很重。这样，你嫂子明天就回去，你把那天安门广场诗抄本将它包好，交给你嫂子她，让她带走替你保管。这玩意儿，在连队这儿不安全。嗯……如果啊，待以后没事了，你嫂子呢，还原封不动地还给你。嗯，这事你呢尽管放心，只要我在这一天，都要保护好你们大家伙一天。你们年轻啊，路还长着呢。嗯我呢，准备在今晚点名时，还要宣布一条铁的纪律！不允许任何人，再提连队抄诗这件事儿。就算以后，上边有人追查时也不许说。谁他妈的说出去，老子我就处理谁！”

林兵说的一番话，使我心里这块石头扑通一声落了地，悬着的心放下了，感激得我热泪盈眶。此时在想，真是老天保佑啊，让我遇上活菩萨。“你呢，从今天开始，不！从现在开始！给我振作起精神来，就只当没这回事儿。全连的同志也都如此！”林兵说得很激动，看来他是发自内心的、真实的。

“小方，你把那诗抄本包好给我，我也送给你一套东西。本来是给张彪的，可这孩子说啥他都不要。说什么不想学习，就想早些回家去照顾他奶奶，你说这孩子没出息吧。我知道你是爱学习的，这书给你好好学，今后会派上用场的……”她说着，从床角拿出一包东西递过来。

我忙拆开纸包看。啊！是一套高中毕业生数学、语文、物理、化学、英语复习练习册。“谢谢，谢谢您嫂子。”我直向李小萌点头致谢。眼泪从两眼角滚落而下，他两口的大恩大德，我多想跪下给他俩磕三响头，却没敢，怕林兵骂我，是军人！军人就懂得大恩不言谢的道理。来世再回报吧，亲爱的林连长和尊敬的小萌嫂子，我心里在念叨着。

“小方，还有一件事，不应该给你小子说，这是纪律。但是，你得心中有数。昨晚我们连领导开了办公会，尹中华指导员来不了，暂由梁副指导员主持连里的政治思想工作，由杨生荣同志协助老梁。司务长老徐不在，现在的战备任务非常严峻，我和老唐战备的事儿很忙，你小子要用心把连队伙食调剂好。你知道，伙食搞好了也顶半个指导员咧。只要连队的伙食搞上去，大伙的思想工作就好做多咯。要不，大家饿着肚子，怎么去当好千里眼，为祖国站好岗啊。光他妈喊那些空口号是不行的。”林兵说得也很激动。

“连长您说的对。您放心，我一定和王班长想办法，把伙食调剂好，让大家吃饱吃好。”我连连点头表态。

“唉，对了！今天下午，你和油机班小韩开车把你嫂子和孩子送火车站，我已给杨排长说过了，我有事送不了她娘俩。”“是！放心吧连长。”我答应着看了看李小萌嫂子一眼。看来这事儿他们俩早已商定好的，所以才把我叫去。难怪他俩见我就那么的冷静、沉着。

晚上，我们把那本天安门诗词本包好给李小萌，又把她们娘俩送上火车。

当我们赶回连队已是深夜凌晨。我洗漱后关上灯躺下，闭上眼怎么翻来覆去都睡不着，大脑里总是回想近期发生的一切事情。从《红都女皇》手抄本开始，再到李小瑞与八一军马场女知青事件，又到天安门广场“反革命”事件，又联想到我带回天安门广场诗抄，这一幕幕活剧在我头脑中重现……使我想起与张丽邂逅的过程，联想到李小瑞和知青李艳红他俩的那些烂事，更使我心中不安起来。如果有人举报我假公济私，利用个人便利条件，与山村孤儿寡妇张丽勾勾搭搭。这……这本来无任何私情，如果被别有用心的人纠缠起来怎么办？我前思后想，与张丽的事儿，还是早点向林兵说明情况，把我的真实目的向他说清楚，以防小人告我的黑状。

第二天，我先到林兵办公室汇报了我与张丽邂逅的过程，以及过去在老家时的关系和我自己的真实想法。林兵听后，不但没批评，反而还鼓励我说：“你做得好啊，就应该这样用自己的力量去帮助需要帮助的人，这才是真正意义上的学雷锋做好事。更何况，张丽又是你老乡、同学这道关系，你去接济帮助她是天经地义的，无可非议，我们都支持你。”“连长那我？”林兵看我还有些不踏实，笑着说：“你做得对，请放心去做吧，不要怕。但是，你可想好了，以后……”“连长，以后俺已经考虑好了。”“嗯，考虑好就行。”他这样一说，我心中一块石头落了地。

我接着又找唐明和梁东方一一做了汇报，他们也都赞扬支持我的做法。梁东方还顺便给我说了尹中华指导员的事情。“尹中华，是我们湖南老乡，同年一起入伍，又一起提的干，彼此都非常了解。我对中华出这事情，感到非常的惋惜和痛心，可是呀……哎。”

尹中华的事是这样的。他探家从湖南返回时，正是4月4日清明节的前一天，在他经北京站等待转车时，穿着便装跑到天安门广场，参加了广场上群众的悼念活动，抄写了一些诗词，并在纪念碑前参加签字时被他人照了相，后来被首都民兵抓到劳动人民文化公园里，从身上搜出了天安门诗词、传单和军人工作证。审问时，他承认是沈阳军区空军某雷达团干部。于是就把他交由空军带走处理，空军在政治上因受“四人帮”影响比较“左”,空政保卫部把尹中华定性为参与“反革命”活动人，在全空军通报并开除党籍军籍，送军事法庭依法审判。

我听梁东方说完后，毛骨悚然。其实，当天我也在天安门广场，所庆幸的是我在天安门广场纪念碑旁时没能挤上去签名留念。心里在想，我有没有被人照相？天晓得！阿弥陀佛，苍天保佑。但愿没人给我照相，没人记住我，惶恐不安，夜不成寐。

后来细想想，林兵已做了精心安排，并嘱咐我放下思想包袱，安心工作。“哎！这事就听天由命吧。是福不是祸，是祸躲不过。”从内心，我暗下决心，抱定戴罪立功的思想准备，夹紧尾巴做人。脚踏实地把本职工作做好，不让别人挑出大的毛病来，欲求平安。

我和王雪商量，在有限的条件下，让大家吃饱吃好。“班长，咱炊事班就用玉米面放些大红枣蒸成花糕，肯定深受大伙的喜欢。再把高粱米加工成面粉，用高粱面和白面粉蒸成二面发糕，也会很好吃的。咱们再用小米面和玉米面或是高粱面摊成煎饼，配点油炸黄豆酱和大葱，让大伙蘸着吃我想也会很受欢迎的。再用玉米面做锅贴饼，烤出来带饹炸，金黄金黄的再用猪肉炒着吃，肯定很香的，我保证大伙肯定喜欢吃。如果想吃咸的，和玉米面时放点盐、放点葱花，烤出来是咸味的，再配小米粥、咸菜，吃起来也是很美的。班长你说呢？”

“嗯嗯，好好，好！我看成。”王雪一听我说的，满口答应，连连赞成。

为此，我们制定出了详细的食谱，做出各种花样来，把粗粮变成大伙喜欢吃的食品面点，效果非常明显。

吃饭时。“嗯，最近炊事班的伙食搞得不错呀，是不是老梁？”林兵夸奖道。

“嗯，是不错。再加上每个月杀一头猪一只羊，伙食搞得有声有色，大伙都喜欢。”“你看这样，在晚点名讲评时，我们表扬表扬炊事班工作咋样？”

“好好，好”在场的梁东方、唐明、杨生荣都同意林兵的想法。

第二十六章 | 祸从天降

冯为国他自从那天从我们连放完电影回去以后，每当夜深人静时，在自己办公室里就偷偷认真深读这些诗抄。看到好的句子，还会反复默诵，这心潮澎湃、热血沸腾劲，让他的神经有些失控，不可抑制。在心理专家说来，这是人过度亢奋的一种表现。每到这时，他就让自己站起来，控制住自己的心情，慢慢地平静一会儿……然后再看。

当他看精句时，就激动地默诵起来：……欲悲闻鬼叫，我哭财狼笑。洒泪祭雄杰，扬眉剑出鞘！他因尿急忙于上厕所，放下那个笔记本就跑了。当他从厕所回来时，猛然发现组织科钱正钱干事正趴在他桌子上翻看那笔记本。啊！冯为国的头轰的一声，“这下完了！”

钱正干事见冯为国他回来，马上解释：“我，我到办公室拿点东西，看见你办公室门开着……灯还亮着。到屋一看没人，我还以为你自己忘了关灯锁门呢，跑进来准备关灯时。嗯，结果发现你桌子上的这本里的诗。哎，你别误会呀，本来我不该看的。嘿嘿，但我一看就放不下。哎呀，这些诗写得太好了！我昨天听宋主任说，社会上正在传抄天安门广场的“反革命”诗词。嗯还要让咱们在全团清查、清理嘞。我是光听说好，一直没看见过，嗯……没想到你有这些东西。哎，你从哪里搞到的？能不能借我看一下呀小冯同志。”

“不……这……”冯为国吓得，紧张的嘴巴不知道从何说清楚诗抄的来路，还是不知怎么说。

他清楚地记得我给他强调过“诗抄绝对不许外借，绝不能让他人看到”的话。此时此刻冯为国心里像十五只猫爪挠心，乱七八糟，脸颊红一阵白一阵的难看。他知道钱正的为人，像老百姓说的那样，他是蝎子的尾巴——短毒！此时的冯为国大脑中一片空白，两腿有些发抖，不知道说啥是好。

钱正面带嘲笑地看着冯为国的表情，上前伸手拍了他的肩，假惺惺地说：“好啦，你呀……嗯，早点休息吧，别太累了。这个，我也不想看，我还想进步呢！晚安。”他说完，就离开了冯为国的办公室。出了团部办公大楼，嘴里还得意地哼唧着上海家乡小曲，慢慢消失在夜幕中。

天灾，带给地貌建筑物的伤害是惊心动魄的，可这个伤害是看得见摸得着的。而人祸，带给人心灵的伤害是看不见的。看得见的疼痛是容易救治的，而看不见的疼痛，很容易被假象遮盖而忽略。

4 月 13 日那天下午。天空阴云密布，空气稀薄，使人有点喘不过气来的感觉。

“天要下雨。老韩咱还快点吧，您看这鬼天气，不知是暴雨还是暴雪的，甭把这一车珍贵的白面粉打湿了。”“好。”韩城开着汽车加大速度，往连队赶。

到了连队将汽车停在连队伙房后仓库门口，“班长，请大伙赶紧卸车，天要下雨啦。”我催促王雪。“好嘞。大伙都来卸车。”他招呼着炊事班的人员。

“上士辛苦啦！”唐明和王雪及部分战士围上来。“谢谢连长！不辛苦，这是我的工作，应该的！”

啪！李晓书调皮地从我背后拍打了我肩膀一下，“劳苦功高，上士辛苦啦哈……”他吓了我一跳，“嘿”转身我欲去拍打文书时，“哎，别闹了。”唐明瞪了文书他一眼。“嗯，小方快到梁指导员办公室去，他和连长都在等你呢。”唐明向前两步紧贴我耳朵上小声。

我的脏手都没顾上洗，跑步到梁东方办公室门口：“报告！”因为尹中华指导员出了事没能到任，团部很快就任命梁东方为我连政治指导员，去掉了副字。

“进来！”梁东方的声音。我刚刚走进屋，窗户外一道闪电，伴随着一声巨大的炸雷在窗外炸响。瓢泼大雨夹杂着冰雹，雨哗哗啦啦从天而下，风吹打着门窗哐啷哐啷作响。

“好啊，幸好我们这一汽车面粉没被耽搁在路上，如果再晚上几分钟，同志们这半个月的口粮可就全毁了。”我庆幸地嬉笑着说。

虽然进入 4 月份，在东北这地方还是很寒冷的。可今天，怎么会出现这电闪雷鸣的天气呢？这是一种很不正常的现象，可能在历史上也不多见。按老辈人的说法，出现这种反常态的天气现象，社会上就是有大事要发生了。不是天塌地陷，就是要“改朝换代”，天下要大乱的。我在胡思乱想着。可是，我们这代人是不信这些的，是迷信的东西。但是 1976 年所发生的奇诡事儿，都验证了老人说的话。你不信？有些天象就是反映人类不正常的现象。这样说吧，从 1 月份周恩来逝世，7 月初朱德逝世，7 月 28 日河北唐山大地震，9 月 9 日毛泽东逝世，10 月份一举粉碎“四人帮”，这些都是发生 1976 年中。在中国历史上是罕见的，特别是粉碎“四人帮”后，中国人民的命运、社会都发生了天翻地覆的改变。

“小方，团里政治处通知我们，军里接到举报信，有人举报你，有传播天安门广场“反革命”诗抄嫌疑，军里责成团政治处，将你送军部接受调查。我和团政治处范林太副主任电话上商量过，为保护你和我们连队的政治影响，此事不宜声张，尽可能降低政治影响。我和老林几位领导商量，以你出差执行任务为名，将手头上的事暂时由唐副连长代管，徐司长可能近日也就出院回来工作了。咱们俩今晚就走，乘晚上 10 点 35 分的火车……嗯，我和你一起去团里，对别人讲是出差。”梁东方严肃地对我说着。只听窗外轰隆的雷鸣和雨加冰雹的敲击玻璃窗声。我被窗外的雷电声震惊着，梁东方说得似真似假，似是而非，含糊不定地听清楚了他说的意思。此时我的心脏突突地跳，脸在阵阵地发烧，两眼直呆呆瞪着。顷刻间，大脑一片空白，两眼前直飞金星火花，后背一阵地发冷，站立的两腿一软，瘫坐在梁东方的床上……好像有一块巨石压在我的胸上，胸闷的我喘不上气来，浑身打着冷战，不知刺激到大脑哪根神经，无任何知觉。

“小方、小方！”林兵看到我这样急忙抓扶住我，拍打我的后背。

此时的我，深深叹了一口气。林兵他拍打着我后背安慰地说：“小方！我跟你说过，你一定要坚强，勇敢地面对，既然这事来了也不要怕。我说过，我们一定会想办法保护你的。团里老范也向军里做了解释工作。军里也只是把你当作嫌疑，没有最后的定论。嗯……你一定记住啊！无论发生什么事，无论在什么情况下，你都不能承认有天安门广场“反革命”诗抄本。不管他们怎么问，就说是废纸随便抄了几首，回连队就写在连黑板报上，原稿当时就当废纸扔掉了。至于其他人从哪儿传抄的一概不知。”

林兵劝慰着我恐怕听不明白，又进一步“小方！你听明白我说的意思了吗？啊？听明白了没有……”我非常理解他，唯恐我听不明白他的话，反复重复着。还不停地用手连连拍打着我的肩膀，眼睛里也噙满泪水。

梁东方在一旁听着林兵嘱咐我的话，也一一点头表示同意。“连长……我……我听明白了。”林兵他的话，句句话温暖着我这颗冰凉的心，给我安慰，给我力量，给我胆量，给我智慧。此时，我回想起他爱人李小萌的安排，以及林兵在他爱人面前对我说的那番话：“小方，我知道，天安门的诗词，把你闹得精神压力很大，思想包袱很重。嗯……这样，你嫂子明天就回去了，你把诗抄本包好，给你嫂子带走替你保管，在连队这儿不安全。嗯，如果呀，以后没事了，你嫂子呢还原封不动地还给你。只要我在这一天，都要保护好你们一天。你们年轻啊，时间长着呢。我准备在今晚晚点名时，还要宣布一条铁的纪律，任何人都不允许提起这诗抄的事儿。就算以后上边有追查时，也不允许说。谁他妈的说出去，老子我就处理谁！”

晚上，我迷迷糊糊地随梁东方上了火车。次日早晨，到达齐齐哈尔市火车站。

我跟在梁东方后边耷拉着脑袋，随下车人流走出火车站。此时的我，宛若一个痴呆的傻小子，被妈妈拉着流浪在大街上。眼睛呆滞无神，两腿软绵绵的，被身体拖拉着向前移动。

出站口外，团政治处范林太副主任，还有组织科的钱正干事及两位陌生人，正在等待着我们。出了站，梁东方跑步向前跟他们一一握手，我站在那儿傻呆呆地看着他们。范林太过来拉住我拥抱了一下，什么也没说。那一刻我很想抱住他痛哭一场，看到有别人在场，就没敢哭出声，却忍不住泪水夺眶而出。范林太他像安慰小孩子一样，掏出手帕给我擦拭眼泪，又拍了拍我的肩膀。此时无声胜有声，这是他在鼓励我要坚强。他拉着我的手，转身向两位陌生人介绍："张处长、刘干事，这就是方晨晨同志，现在我们就在这交接一下吧？把人送到两位领导手里，我们就放心了。这孩子还小，请您二位多多关照啊……"

范林太转脸冲我道："小方，这是军部保卫处张处长、刘干事，到那儿好好接受组织调查，端正态度，实事求是地向组织说清楚，记住了吗？"他还向我眨眨眼。我当时木呆笨拙地点了一下头，眼睛看都没看他们一眼。

不知道诸位是否有过这种生活经历，特别是你要去执行一项生死未卜的艰巨任务，或者一件难以预料后果的事情时，在离别亲人那一刹那间，心中的痛苦、失落、无助是啥样的？我这次真正体会到了。宛如一个孩子，从亲人手中被其他人抢走一样，无力反抗，哭天天不应、哭地地不灵的痛苦难耐。

我随着军保卫处张处长和刘干事乘坐带篷布的大屁股北京吉普车，离开了齐齐哈尔火车站。张处长他坐在小车副驾驶位置上，我和刘干事坐在后边左右两个长条凳子上。

我坐在车里望着离别的领导，就如告别亲人、赴向刑场一样的痛苦悲伤。泪水止不住往下流，眼睛被泪水淹没了，看不到老首长，看不到战友，看不见喧嚣的齐齐哈尔火车站。小车沿着通往城郊的马路上奔驰，身后的城市在渐渐远去……

我看不见这座城市的街道楼房，什么都看不见了。不知走了多长时间。我在车里模模糊糊睁开红肿的泪眼，看见荒凉、冰雪覆盖的无际草原——这就是嫩江平原。

据说，这片草地上的丹鹤群曾经是自由的，沼泽里的鱼儿们是自由的，草丛中的黄羊也是自由的，野狼们妄想了千万年，都没有剥夺它们的自由。无垠绿色的大草原，绿色起伏连绵，形成了绿色大漠，千古一贯的荒凉着，荒凉的秀美灵仙，蓄意以它的寒冷多霜疾风呵护。经它苛刻挑剔过的花草、兔群、羊群和狼群，以及一切相克相生、还报更迭的生命，直到那一天，大草原上所有活物都把一切当作天条，也就是理所当然。因此，它们漫不经意地开销、挥霍它们与生俱来的自由。一边是小兴安岭山脉的原始森林，另一边是静静流淌着的几条河流——嫩江、乌裕尔河、雅鲁河、罕达罕河，相互拥抱着、养育着这肥沃的嫩江大草原。

一辆绿色篷布的北京吉普车，在这白雪皑皑无垠的大草原上奔驰着，后边扬起一条白色的烟雾。

吉普车前边的张处长，坐在副驾驶座位上，用棉皮军帽盖着疲惫的脸在睡觉。后边刘干事闭眼依靠着车厢坐着，他的身体在皮大衣、皮帽里紧缩着。我不敢正面看他，心里猜测他可能也在睡觉，也可能是天气的寒冷，也许是这四面透着冷风又颠簸的破汽车使他吃不消这长途的折磨，变得无精打采。只有我，紧缩着身躯没有睡意，精神恍惚，大脑中乱七八糟地过着不相关的镜头，使我回放着一幕幕一件件的事情和人，又不断地否定着……

我耳朵里连续回响着梁东方的话外音："小方，团里政治处通知我们，军里接到举报信，有人举报你，有传播天安门广场'反革命'诗抄嫌疑，军里责成团政治处，将你送军部接受调查……"

我心里在想，是林兵举报我吗？不可能！

冯为国笑嘻嘻地说："哎呀，方晨，几个月不见，你我见外了。"冯为国突然严肃地问："方晨，你的那本天安门广场诗抄，能不能借我抄一份啊？"当初冯为国找我要诗抄的画面又浮现在我眼前……啊是他？我全身激冷一下，从头到脚上激起一层冷汗。难道是冯为国举报我的？这个没良心的东西！我真心地相信你，你不应该害我呀！你……你害我，你能得到什么好处？啊……能得到什么好处呀？能早日入党？能……能早日提干？

我双手抱着头咬牙沉思着、回想着。不！冯为国他不会这么做的……绝对不会！这，这又是谁呢？只有他知道，只有他从我方晨晨手里抄走的呀？

难道是，难道艾小东、李成林他俩写信举报我的？嗯……我没得罪过他们，平时对他们都很好的呀？他两人不会吧？哎，人心隔肚皮呀，也不能肯定。我处在极度矛盾中……我的精神要崩溃了。大脑中极力回想是谁举报我，是谁要这样来加害我，是谁？

一声声汽车喇叭声，把我从联想中惊醒。我抬头向前望去，在深远的大草原沼泽中，唯一一条水泥路通往草原深处的一座大院落。走近时，呈现出一座孤独的高墙大院，坐落在那茫茫草原深处。大院的高墙上，围架着一层层铁丝电网，大院四面高墙的四个角上，设立着高高的岗楼，岗楼上有聚光探照灯和荷枪实弹的哨兵在把守，显得更加深严和神秘。

唯一出入这座大院的大门上方，用铁板焊接成的红漆大字：三一〇九嫩江农场。铁板大门紧锁，门口有四名荷枪实弹的空军士兵把守，严格验证才能出入。

我们的车开到大门口前停下。刘干事他急忙跳下车，拿出证件和介绍信，递交给一名门卫士兵手里，那门卫士兵看后，进岗楼里给什么人打电话报告。他打完电话出来才去打开大门，挥手让我们的汽车开进去。

进院内还有第二道大门和岗哨，手续同样那么烦琐。我心里想：这是啥农场？和监狱有啥两样？说得好听点，叫三一〇九农场，狗屁！不就是监狱吗？真他妈自欺欺人。

进入第二道门后，有人在迎接我们。张处长、刘干事下车与那个领导模样的人说了些什么。然后，那领导人就叫随他来迎接我们的一个戴着近视眼镜的人，把我从车上接下来。那戴近视眼镜的人不冷不热地冲我说声：“跟我走吧”。

我手提着自己的用品跟随着他，再转脸看送我来的张处长、刘干事时，他们两人已随那个领导人消失得无影无踪。

这个大院从外边看不显多大，也可能是被这无垠的大草原比的。到了这里边看一排排的楼房、平房和大礼堂，一条条马路街道、食堂、小卖部、篮球场、运动场，一片片空旷的农田，一个个结满冰雪的池塘。还有与这儿相隔离的院中院，大门紧锁，真枪实弹的两名卫兵，在大门两边警惕地站立着。据说，这就是关押刑事重犯的牢房区域。这个大院在这辽阔的大草原上，纯属是一个独立的小社会，物资应有尽有。

我手提着东西紧紧跟随这位“近视眼”在大院里穿行，东拐西转，大约走了五十多分钟时间，才走到大院最偏僻的一个地方——养猪场。可能是我们都穿着毛皮鞋、皮大衣、皮帽子，又背着背包和林兵他爱人李小萌送我的数理化练习册等生活用品的缘故吧，这么冷的天，我却出了一身臭汗。那名“近视眼”也走累了，摘下头上的皮帽，冒着热气，额头上流着汗，摘下鼻梁上的那副眼镜，随手擦去黑框架内镜片上的哈气。他冲猪圈旁的简易房喊叫：“老王头！老王！给你送来一个帮手，你还不出来迎接呐？”他喊叫着就随手拉开挂在简易房门上的破旧帘子。这门帘子挂在简陋的土坯房门上，破烂脏污倒是很搭配。

我看了看周围一片片没有开耕的菜地。只有这孤零零一个养猪场，猪圈里少说也有一二百头大大小小的猪。猪圈是用红砖垒砌成的一米多高的砖墙，与猪圈相连的这个猪食加工房，也就是喂猪人的工作间和栖身之地。我听他喊老王头，心里在想：这就是老王头住宿休息的地方？不用说，也是我在这里所谓“接受调查”的地方吧？从我个人来之前想象，还以为被关押在小黑屋里，和一帮劳改犯在一起睡觉吃饭干活呢。哎，这地方好啊，和这些哑巴猪儿们打交道比和人打交道好得多，肯定简单又自由，不会有那么多的管教干部和犯人吧？

那，这个老王头又是什么人呢？

第二十七章 | 无事生非

我随那戴着黑框眼镜的人走进那简易屋里时。不对！应该说是走进那养猪的工棚里。一股刺鼻的猪食发酵和猪尿的臭腥味扑鼻而来。那位“近视眼”干部紧捂着鼻子喊：“哎呀！这是什么味儿呀？嗯！老王头，我把人交给你了。他叫方晨晨，是接受组织调查的……你好好教他啊！他跟你同吃同住同劳动。”他手捂住鼻子，一边说着，一边把我拉到铺前，与床上半躺着的老王头介绍道。

他捂着鼻子瞪眼又转身严肃地冲着我说：“唉！方晨晨，你在这儿跟老王头好好学习！有时间我再找你谈。”

老王头半躺半坐在床上，身上穿着一件旧军棉衣，腰里扎着喂猪的围裙，面向墙，他斜躺着，根本就没搭理这“近视眼”的喊叫，也没看进屋里来的我。任凭那“近视眼”说啥，他眼都没眨一下，嘴里吸着老旱烟。

那位“近视眼”说完，看老王头没搭理他，就捂着鼻子赶紧从这屋溜了。

待他溜走后，老王头这才翻身从床上起身，手拍打着木板床边看着我招呼道：“哦，你来了？把东西放那儿，快坐吧，一路上辛苦了。”

这时我才看清老王头，一米八几的个头，头发花白，国字脸，虽然消瘦，浓眉大眼，高厚的鼻梁，大嘴唇。虽然穿着一身旧军棉衣脏兮兮的，可人还是显得很精神。就是那脸上多日未刮的胡子，看上去有点邋遢。让人一看，就知道他是行伍出身。听他说起话来底气十足，瓮声瓮气的。人们都叫他老王头，看上去，他实际年龄并不太大。要是我父亲还活着，可能他俩的年龄差不多。

“谢谢您。”我忙把手上东西放下，坐到老王头身旁。

老王头拉着我的手：“小方，你一路辛苦了。来！喝口热水……”他说着下床到菜案上拿起一个旧行军壶，递到我手里。

当一个人在这无助无奈的情况下，多想向亲人倾诉心中的郁闷和怨恨。特别是像我这样，没有父爱，远离母亲和奶奶，举目无亲的人，多么盼望有一个知心人，哪怕是熟人老乡都行，能听取我的倾诉，说说我的心里话。

此时老王头的热情感动了我，像找到了亲人一样，一股亲热的暖流涌入心头，无法控制自己脱口而出：“首长，我……”宛如一个孩子在外面受人欺负，受到很多委屈，终于见到亲人，语言哽咽，泪水从眼眶里喷涌而出。

“哎，小方！今后不要叫我首长，虽然我以前是个他妈的师长，可现在是一个普普通通的庶民。哦，还是他妈的现行反革命分子呢！啊，哈哈……不提了不提了。”

我一听他老人家还是个师长，这说明我刚才没叫错呀。

老王头又说：“嗯，你的情况啊，那个牛参谋昨天已跟俺介绍了。这不算啥事，啊？哈哈……你呀，如果不嫌弃俺，就叫我王叔，或叫王大爷吧，俺呀今年48啦。我呢，只有两个丫头片子，嘿嘿，两个女儿没儿子。咱爷儿俩在这相识，也是他妈的缘分呐，哈哈哈……”老王头讲得很真诚坦荡，看得出他老人家也很开心，没有首长的架子，又没有被这个“反革命分子”的帽子压垮，依然坦荡开朗。

听他说48岁，这实际上他比我父亲大两岁，我父亲活着今年应该46岁，属马的。我这个多年没有父爱的孩子，望着这慈祥和气的长辈，和父亲一样亲热关爱的人，一股暖流涌上我心头。什么反革命不反革命分子，我可不顾忌那些。“王大爷……”我激动地一下扑到他怀里使劲喊叫了一声。如果院子里有人，都能听得见我的喊叫声。

当时的我，就如孩童时倒在父母怀里一样，感到亲切温暖，一切的委屈都被化作力量。精神压力有些缓解，有种归属感，有一种找到亲人的感觉。“大爷，我抄写……我抄写天安门广场诗词有啥错呀？嗯，并且那些诗词没啥反动的呀？”我委屈地向老王大爷哭诉道。想证明我没有错，这样处理对我太不公平。

老王大爷抚摸着我的头，安慰道：“哎，孩呀，你没错！那些诗也没错。嗨，这就是政治……项庄舞剑，意在沛公啊！你还年轻，还不懂啥叫政治。”

“大爷，您看……这……”

“嗨，没事儿，天道自有公论，不要怕……”他说完，又嘱咐道：“小方……你呀，永远记住毛主席说的：实事求是！你还年轻。以后做事，一定坚持实事求是。一定要做老实人，说老实话，不做违心事，不说违心话。”

“嗯，俺记住了大爷。”

后来我才知道，老王头是这里大伙对他的官称。情况是这样的，有一次农场开批判大会，政委在会上点名批判他，当时政委把老王的名字给忘了，结结巴巴地说：“那个养猪场老……老王头！”

从此，在三一〇九农场大伙都称老王为老王头，老王头这个大名就这样在场里给叫起来了。其实老王头实名叫王公明，他实际年龄48岁，属龙，1976年，也就是今年是他的本命年。老家山东威海的，15岁出来当兵参加八路军打日本鬼子。他还经过解放济南战役、淮海战役、渡江解放南京等多个战役，身上至今还留有多处伤疤。后来，由于他身体好，就从野战部队抽调到长春航空训练大队当飞行员，他到苏联学习过飞行技术。朝鲜战争时他参加抗美援朝三年，曾打下五架美国飞机，荣立特等功一次，一等功两次，受到过毛泽东主席、周恩来总理、朱总司令的接见。由于个人功绩显著，后来被任命为空军航空兵八十一师师长。

的确，王公明是个典型的山东汉子，为人耿直磊落，枪林弹雨中摸爬滚打出来的心直口快。他又是搞技术出来的，一是一，二是二，实事求是，从不弄虚作假。对那些油头滑舌的靠嘴巴功夫混日子投机钻营的人，他很看不惯，也看不起。当时，部队与社会一样，以阶级斗争为纲政治挂帅，搞些政治学习，让飞行员天天都在背“老三篇”，不是今天搞学习“老三篇”经验交流会，就是明天搞个人学习心得演讲会。王公明师长是搞技术抓飞行训练的人，飞行员不学习飞行技术，不搞全天候的飞行训练那怎能行呢？苏联当时在我国边境上空，不断骚扰，时不时还侵入我国领空。当时他非常着急，看着这些活动心急如焚，又无法改变。

一次，师政委章城同志在师务会上，“同志们，我们要安排全师人员学习‘老三篇’誓师大会，切实把学习抓好抓实，给全军做出榜样来。做到手执钢锹驾火箭，驾起青龙上云端，三山五岳听我令，玉皇下马我上鞍……”

王公明他老人家对社会上那种宣传的豪言壮语看不惯，私下里：“什么他妈的，做到手执钢锹驾火箭，驾起青龙上云端，三山五岳听我令，玉皇下马我上鞍……服从已服从到盲从的地步，相信已相信到迷信的地步。妈的！他忘记了毛主席的实事求是了！真他妈的疯了，着魔了！”

说者无心，听者有意。不知是谁将此话反映到军部，后来又反映到沈阳军区“文化大革命”领导小组那里。被当时的林彪、“四人帮”在军队的爪牙们给扣上了“反对无产阶级‘文化大革命’！反对毛主席！”的“反革命”帽子。

当时考虑他是战斗英雄，国家的功臣，于是将他送至空军内部的嫩江农场进行劳动改造，保留党籍军籍，以观后效至今。

我到这以后，天天跟随王公明大爷，骑着三轮车，到各个食堂后厨去拉那些残渣剩饭，像父与子一样，有说有笑，其乐融融。经过一段时间的适应和磨炼，我熟悉了各食堂的位置和人员，精神上的阴霾渐渐消退。他就让我独立骑着装剩饭剩汤的泔水三轮车，来往于各个食堂和养猪场之间。他放心地在猪场热猪食喂养猪儿们。就这样，我们爷俩一老一少，工作配合默契，我的心情也逐渐好起来，精神压力慢慢缓解下来。

实际上，这些日子我在闲暇时也曾反复思考过：知足吧！老王大爷还是个师长嘞，人家都不……更何况我这小萝卜头啊！到这儿跟王大爷他喂猪，要比我想象得好的多得多。我原以为判几年刑，押在黑屋里同劳改犯一样，定时放风吃饭，没有一点人身自由，甚至还受到人身攻击和侮辱。现在，喂猪拉拉泔水算不了什么，与在连队喂猪没啥区别，只是没那么自由。人呢，只有失去自由的人才懂得自由的可贵。我现在还是自由人，只要自由就行，至于我今后如何？还要等待，过一天算一天吧。我曾记得，俄国著名文学家诗人普希金有首诗，写得好：*假如生活欺骗了你，不要悲伤，不要心急！忧郁的日子里须要镇静，相信吧，快乐的日子将会来临。*就这样，我在内心鼓励着自己。我也深深体会到了父母在被打成走资派后，被关押在县农场劳动改造的艰辛生活。幸好，我比他们好得多的多，没有被挂牌游街批斗。父母他们不但劳动，还要遭受造反派们批判批斗的非人折磨。比起他们我应该还是幸运者，知足啦。我胡思乱想着，安慰着自己。

王公明看到我这两天心情有些好转，哭鼻子流眼泪的次数逐渐少了，可身体却逐渐消瘦下来。他从内心也清楚，一天三顿高粱米，大渣子玉米粥，没一点荤腥，一个正在长身体的大小伙子，这样下去是不行的。他心疼我，在煮猪食时，会很细心地给我煮上几个土豆，让我蘸着酱油吃，算作是加餐以补身体所需。

晚上喂完猪，把一切安顿好，我一人坐在小土屋内灰暗的灯光下，学习高中数理化书籍。老王坐在一旁抽着老旱烟，笑嘻嘻地望着我说："小方，常言说，英雄不问出处。我看你这孩子很好，干活踏实，爱学习，你父母是干啥的？"

他这一问又勾起了我对父母和奶奶思念。"哎，我父亲方晓廷，在俺县是位分管工业的副县长，"文化大革命"开始被打成走资派，被批斗游街。1970 年 10 月 23 日，就是我 11 岁那年，他被造反派迫害致死，至今也无处申诉。我爸他死得不清不白，还落了个畏罪自杀，太冤枉啦！我妈在俺县一中当老师，也是初中三年级毕业班的班主任，因为我爸是走资派受牵连，也被送农场改造。这不，我爸死后妈妈被放出来，和奶奶，还有一个小我三岁的妹妹一起生活……"我哽咽了，双眼又被泪水遮挡。

他听我说到这里，同情地伸过双手拥抱了我一下。坚定地安慰我："好孩子！你爸不会就那样不明不白地冤枉死的！要相信我们党组织，早晚会还他一个公道的。放心啊。"我听后，望着他那凝重的脸点点头。

"唉，小方，你爷爷是做啥的？"他好奇地追问。

"哎，我没见过爷爷长啥样。听奶奶说，爷爷也是共产党员，新中国成立前在我们县做地下工作，发展党组织。后来他在我们村杀了一个日子鬼子，参加了县游击大队离家走了。嗯，再后来他参加了八路军，在部队还当了团长。在解放山东济南时牺牲了，现在还埋在济南市烈士陵园里呢。这么多年，我们也没能去看爷爷。"

"哎呀！你是我们革命烈士的后代呀？我当年也是华东野战军的一名战士，也参加了解放济南战役。哎呀，那一仗打得惨烈呀！王耀武那王八蛋是国民党的王牌军，武器装备精良，一水的美国造。虽然活捉了王耀武，济南得以解放。但是，那一战我军损失是很大的，牺牲了无数名革命战友。现在咱们穷人能过上幸福的日子，全靠共产党毛主席领导得好啊！是无数个像你爷爷那样的革命烈士，用鲜血换来的今日幸福生活，来得不易呀。你们年轻人，一定要保护好得来不易的幸福生活，保卫好我们祖国，珍惜好今天的好日子。”

“嗯。”我望着昏暗灯光下的老王大爷，敬重地向他点了点头。

是呀！有多少个像爷爷那样的热血青年，为了解放全中国，解放穷苦人民，抛头颅洒热血换来了今日的幸福生活。现在，我个人受点委屈算不得啥！像爸爸那样，为捍卫真理、捍卫人民，宁可被迫害之死去当屈死鬼，也不向那些造反派们低头“认罪”。“王大爷，俺坚信真正的共产党是会实事求是、正确对待天安门广场群众的呼声的。我相信，天安门广场事件终有一天会有一个公正的评判。”我像小孩子依偎在父辈的怀里一样，依偎在王公明大爷的怀里说着这些。

“嗯嗯，会的会的。”王大爷抚摸着我的头坚定地说。他一袋锅一袋锅地吸着那些老旱烟，不知又在想啥。

某日，老王大爷他在猪舍的草窝里捡到几个鸡蛋。“嗯，这是哪儿来的鸡，在这儿下蛋？”他也纳闷。实际上，不远处一排排家属房里，家家都养着鸡鸭。讲究的人家是圈养，自己搭建鸡鸭棚子。不讲究的家庭就散养，白天把鸡鸭放出去，让它们随便跑着自己觅食吃。特别是到春夏秋三季，天气暖和，野虫草仔野菜也多，这些鸡鸭到外边地里乱跑着，寻觅着草地、菜地里的小虫子吃。自然，它们总归是畜生，下蛋时也就随便了，走到哪儿也就把蛋下到哪儿。

老王大爷像是捡到宝贝似的，将捡到的鸡蛋轻轻放在煮猪食的锅里把蛋煮熟，用围裙把它们包好放在那儿。看我从外边清理猪圈回来，兴奋地就冲我喊：“小方小方，快来，我给你准备好吃的，趁热快吃了它。”说着，指向桌上围裙包裹着的熟鸡蛋。

“大爷您……”我看到桌上包裹着的熟鸡蛋，拿在手里还热乎嘞。

“嗨！你快吃吧，我吃过了。来，我替你去清理猪圈……”他像亲人照顾自己的孩子一样关爱着我，我心里非常高兴和激动，也正好干活累得肚里咕噜噜乱叫，啪啪两下打碎熟鸡蛋准备开吃。

“哟嗬，这是从哪儿偷的鸡蛋呀？生活得不错呀……”眼镜牛参谋推门进来，一眼看见我正在扒吃鸡蛋。

有时候，人倒霉，事事处处都被你赶上，真是喝凉水都塞牙。也就这么巧，自从他把我送到这儿十多天了，从没来看过我，也没找我谈话，偏偏今天他就来了，还被他碰见我吃鸡蛋，你说这事儿。

“方晨晨，你跟我们走，接受组织调查。”他不问青红皂白，不问清楚鸡蛋是怎么来的，说着伸手抓起鸡蛋，“给我带走。”没收了鸡蛋，还命令他身后边一起来的两个士兵，把我强制带走审查。

“为什么带我走？”我不服气地质问他。

他拿着鸡蛋狠狠往地上一摔，冷笑着：“先查清楚鸡蛋是从哪里偷来的？在这里你还不老实，嗯！”他咬牙切齿地冲我瞪着牛眼，像我们俩有八辈冤仇似的，都想一口把我吃掉。

“我没有偷鸡蛋，这是猪圈里捡的！我没偷，你们冤枉我……”我一边喊着，一边往后退躲闪着身子就是不走。两个战士上去强拉硬拽着，将我两条胳膊往后一背，强制架走了。

王公明从猪棚里跑过来。

晚矣，我已被他们拖走。王公明大爷在后边一路追赶着，喊叫着：“牛参谋，这事与小方无关，不是他偷的鸡蛋！是我在猪圈草窝里捡的，你们……”

两个士兵强制拽拖着我到一个偏僻的破院子里，把我推进一间小旧砖房中。这间破旧平房阴暗潮湿，看得出是专门关押被审讯人的地方，地上除一层多年未换的烂麦秸外，还有破旧的桌椅和刑具。这屋子没有窗户，只有屋顶部一个灰暗的电灯泡，多年没擦，布满了灰尘和蜘蛛网。人在屋里，如站在深夜月色中那么昏暗冷酷，使人毛骨悚然，不寒而栗。

牛宏紧随其后，砰的一声把门关上，阴沉着脸冲我问道：“方晨！说吧，鸡蛋是从哪里偷的？你痛快说出来，写份检讨，承认今后不再偷窃，我就放你回去。否则，你懂的……”

“鸡蛋不是我偷的！是……是王大爷在猪圈里捡的。”我不承认。

牛宏站在屋里，身体挡住门，咬牙切齿地冷笑道：“那你再去给我捡几个来，捡几个回来让我看看！嗯？”

我大胆气正的神情，迎着牛宏从眼镜片里射过来的凶狠的目光喊道：“反正……反正鸡蛋不是我偷的！是捡的！”

啪啪。牛宏上来就给我两个耳光。接着，又是当胸一拳，把我打了个趔趄。冲我喊道：“跪下！”他命令我。

此时牛宏的面目极其狰狞，一双细眼睛瞪得像刀刃一样，几乎要把那双与面部的比例不匹配的眼球顶出来。

我瞪眼看了看他，没有跪。心想，俺老方家的人不可能轻而易举地给人跪下。

奶奶曾说过：“男儿膝下有黄金，只有跪天地、跪父母！”我呸！我方晨晨没做错什么事，不可能向你跪。

这时的牛宏将眼镜摘下来，一只眼镜腿塞进口腔，拿牙齿咬着嚼着。两腮的肌肉像涝池里的青蛙一样翕动着，大概嚼得有滋有味，从他的嘴里发出来的金属般的声音极其冷酷。

他重新戴上眼镜。近前，看也没看我，就左一脚右一脚在我的小腿上乱踢："我叫你不跪，叫你不跪。看谁说了算？"

痛得我"哎哟哎哟"惨叫两声，仍没跪下。我挺了挺胸脯，心想：孙子，你就是把我的腿踢断也不会跪下！尽管他那样对我带来了极大的威胁；尽管，他那凶狠的目光像锥子一般锋利地刺向我，可我一点儿也不畏惧。

这时在外边的老王大爷，他急得去找农场武场长，上气不接下气地跑到武场长办公室门口，"武场长在吗？""不在，武场长去军里开会去了。"工作人员告诉他。

他又急匆匆去找农场田政委。在田政委办公室，"哎呀，老田同志，俺以党性保证，绝不是偷的。俺这么大年龄，当兵几十年这点觉悟还是有的。"他把捡鸡蛋的事详细说了一遍。

田政委很圆滑地说："老王啊，如果你反映的情况是真实的，我让他们把方晨晨早点放回去啊！你放心。我们是不会冤枉一个好人的，也不会放过一个坏人，啊，你回去吧……"

此时牛宏看我仍然不跪下，就大声问道："承不承认鸡蛋是你偷的？说不说？不说是吧……好，好！我看是你的嘴硬，还是我们的皮鞭硬……"他气急败坏地向那两名战士使眼神，意思是让那两个士兵给我上刑。

那两个战士七手八脚，把我用绳子捆绑固定在木桩上，用皮鞭抽打。

"啊、啊、啊……"我喊着。看上去打我的两名战士年龄与我相当，有一位可能比我还小些。他们在打我时，看上去有点害怕，打下去没那么狠，没有那么痛。

在一旁观看的牛宏，显他俩打得不够狠。向前从一战士手中抢夺过皮鞭，"我让你不说！让你不跪！打你丫子的，打你个不要脸的东西！"嘴里恶狠狠地述道着，使尽全身力气抽打我。

我被牛宏抽打几皮鞭后，身上的军棉衣立即被打破了，露出破棉花，也露出了我被打破的皮肉。他打的还真是鞭鞭见"血"。多亏了这件旧棉衣挡住我身上的皮肉，否则，还不全身开花呀。

他打过后，我只有脖颈部上和前胸上方有几道血痕，其他部位还无大碍。从前我在电影里看到国民党就是这样打共产党的。我心想，爸爸被造反派迫害死，是不是也是这样被打死的？

我坚定地咬了咬牙。我呸！老子没偷就是没偷，你还敢打死我不成？此话没敢说出口，只是心里这样想着。

王公明大爷从田政委办公室出来，回到养猪场，手掌互相搓着不知所措。他站在养猪房门前，两眼睛始终盯着关押我房子的方向，期盼着我的归来。自己也在不停地自责："嗨！都怨我不小心，妈的！哪想到我老头子好心竟变成，带给孩子的灾难和大祸呀？哎，孩子都怨你大爷我……"他老人家含着泪在那儿自言自语，只恨自己不小心。

牛宏对我进行了一天一夜的折磨。双方都筋疲力尽，却没有任何结果。他坐在椅子上，一面喝着水一面冲我呵斥道："方晨晨！今天老子先放你一马。回去给我老老实实地干活，不许你乱说乱动，手脚放干净点！以后不许再偷东西了，听见没？"牛宏冲我训斥问道。

我听说后，心里骂道："你龟孙没法了吧？老子就不屈服！"我不服气又无奈地少气无力回应他一句："听见了"。

"大点声！"

"听到了！"我强忍着，使出全身力气冲他喊道。

两个战士把我从小黑屋里放出来，穿着被打烂的旧军棉袄，踉踉跄跄往养猪场方向走去。

黑暗的夜晚，除去路边那些昏暗的路灯，没有行人。只听见呼啸的风声，和偶然远处传来的野鸟声，没有任何声音。

此时的我内心一阵阵感到锥扎似的剧痛，不自觉地攥紧拳头，咬紧牙关，踉踉跄跄往养猪场方向走去。

第二十八章 | 情深义重

我回到养猪场住处拉开土屋帘子时，看到王公明大爷躺在床上。我急忙跪到他床边："大爷！王大爷！你……你这是怎么啦？啊？这……"

他气喘吁吁不停地咳嗽着说："哎……小方你……你回来了？""俺回来了，大爷。"我感觉不妙，急忙伸手摸他老人家的额头，脑门很烫。"哎呀！大爷，大爷您发烧啦？"着急地问他。

他向我点头气喘吁吁地自责道："哎，小方，你……你回来了……他……他们没有难为你吧？"

"大爷，他……他们没有难为俺……"

"哎……都是我不小心……是我害得你……"

"大爷！您别这样说，是他们太……"我拉住王公明大爷的手，安慰他。

"好，好……回来就好啊，孩子，哎……"王公明大爷放心地长长叹了口气，又躺下了。

"大爷！您，您……发烧啦？"

"小方，我没事儿，只是有点感冒，睡上一觉出出汗就好了……没事啊。"

"大爷，我背您去医务室请医生看看吧……"我着急地去拉他。

"哎，不用，你……你赶紧找点吃的吧。我睡会儿就好啦。你吃点东西也好好休息吧，啊……"他用发烫的手推着我的手执意不去看医生。我看他的精神状态，感觉可能是为我着急上了火，又受点风寒。

我知道感冒发烧的土治法，小时候我们感冒发烧，奶奶都是弄点香菜根、大葱根、姜丝煮沸水，放点醋，或者是放些红糖喝下去，用被子捂严实，让身体发出汗来就好了。

我转身出了土屋，没顾那么多，仍穿着那身被打烂的旧棉袄，跑到干部食堂，找到炊事班郝文德班长说明来意。他二话没说将物品备齐，用报纸包好给我。我急速跑回猪房，把煮猪食的铁锅刷干净，用香菜、葱根、姜丝一起煮了一大碗汤，又放些老醋，让王公明大爷趁热喝了下去。

效果很好，他喝下这碗汤，足足睡了一夜，出了一身大汗，他的衬衣、衬裤全湿透了。第二天一早起来，感冒发烧就全好了，他精神气爽。王大爷他一边起床换衣服，一边笑呵呵地说:“小方，多亏你的香菜汤，大爷我一出大汗就不发烧了。唉，你看没事了，哈哈。唉，小方，前天的事儿啊，嗯都是我不小心，给那狗东西碰上了！让你受委屈了啊！对不住啊！”

“大爷，不能这么说，我知道您都是为了俺好，捡个鸡蛋还煮给俺吃，俺应该谢谢您的。”

“哎，要说谢谢，大爷我得谢谢你呀哈哈。你昨晚煮那碗汤还真中，这一发汗全好啦！”“大爷，要说谢还得谢郝班长，是他给俺的香菜、大葱根、姜丝和醋，要不俺往哪儿弄咧？”我一边说着，一边将他换下的一身汗湿的衣裤拿去洗。

“唉唉！小方，我这些臭脏衣服还是我自己洗吧。”他看见，急忙向前制止道。

“大爷，您感冒刚好，哪能沾凉水洗衣服呢。休息休息，俺一会儿就好。”

咱们再说说郝班长。他是干部食堂的炊事班班长，叫郝文德，一米七七的个头，是个大胖子，体重约有二百斤。1968 年入伍，老家在河南焦作博爱县的一个山区农村。农场的田政委是他一个远门亲戚，一直照顾他。因为他是当了八年的老兵，又有田政委的关照，在这农场没人敢欺负他，更不敢说他的不是。有时他看谁不顺眼就骂上几句，甚至有些参谋干事他都敢骂，他比有些参谋干事军龄都长，老兵嘛倚老卖老。

我与他相识还是前段刚来农场时的事。那天，我一个人去干部食堂后厨拉泔水，正好碰上郝文德。我前些天听别人喊他班长来着，我这见着他就恭敬地喊他:“班长好！俺来拉泔水咧，中不？”他听我口音像北方人，就随口说道:“中！咋不中嘞？拉吧！”此时的他又好奇地冲着我问:“唉，小方，你是哪咧呀？”

我一听他问俺是哪儿人，急忙放下手中的活，笑着说:“班长，俺是河南安阳咧。”他一听是河南老乡，激动地说:“咦！哎呀娘哎，咱还是老乡咧！俺是焦作咧。靠，在这千里之外，茫茫草原沼泽地里，日他娘！还能听到乡音，碰见河南老乡。靠！太难得啦！”他又激动地走近我:“靠！在这八年了没碰见一个河南老乡，哎呀娘啊，在这儿碰见你，他妈的真高兴，高兴啊。”也真是，在异地他乡遇见老乡格外亲，听到乡音，思乡之情油然而生。

郝文德激动地拉住我的手:“小方，你会不会唱河南豫剧？给俺弄两句，俺可想听豫剧了。靠！这龟孙地方，广播里总不放河南豫剧。”

“班长，俺唱得不好。”

“中中，不好也中，弄两句！”

“哪，俺给你唱两句豫剧《红灯记》李玉和的唱段吧？”他更加高兴地直拍手:“好好好！”

我就站在他面前，清了清嗓子，给他唱了李玉和“穷人的孩子早当家”的选段。

“好好好！”他连连拍手叫好，还激动地拉着我的手：“小方，在这儿有啥难事，遇到啥困难，跟俺说一声啊！我是你老乡又是大哥，你千万甭客气。”

“好好，谢谢您班长，谢谢。”就这样遇上了河南老乡，又多了一份亲情，办事自然方便多了。

“五一”国际劳动节到了，各单位放假一天，大草原深处的嫩江农场也不例外。农场各食堂也在改善伙食加餐，唯独我们“这类人”不但不放假，就连食堂也无动于衷，照样一日三餐高粱米、玉米渣子粥、杂面窝窝头和老咸菜。

晚上，我拉着泔水车去干部食堂后厨拉泔水时，正碰见老乡郝文德。干部食堂干部们都在会餐，郝文德刚喝完酒从食堂后门出来，看见我在装剩泔水。他醉醺醺走过来，满嘴酒气地冲我：“老乡！你……你吃饭了没……”

“哦，班长好，俺吃过了。”

“哎！你们食堂改善伙食了没……嗯加餐了没……”郝文德他嘴里吐着酒气，半醉半醒关心地问。

“哦，没……没有，我们这号人还能加啥餐嘞？”我自卑地对他实话实说。“你，你……你等等我……”他转身回厨房。看样子喝多了，走路脚跟都有点不稳。

还没等我把一桶桶泔水装完车，他从后厨房出来了：“给！……你给我拿着……”将报纸包好的一大包东西，塞到我手里。后厨外灯光不亮，我也看不清是什么东西。“班长……这？”不好意思也胆怯怯地说。“你……你拿回去吃吧！谁他妈的问，就……嗯……就说是我给的……啊！”他虽然酒喝多些，舌头在嘴里有点不太好使唤，但话说出来还很理直气壮。

“谢谢班长！谢谢班长！”我手接过那包东西，连声道谢。急忙把那包东西放在泔水车上，拉车离开了。

我吃力地拉着泔水车快到猪场时，透过微暗的灯光，看见那个牛宏参谋如幽灵一般，也到了我们猪舍门前。他好像掐算好时间在等着我。当我吃力地拉着泔水车到猪舍门前，还没等停下。只听见他故意大声喊道：“今天是特殊日子，为了安全，对你们这里进行安全检查！”

我心里咯噔一下：“妈的！越是怕鬼，可偏偏碰上鬼！呸！晦气。”在心里骂着也没有理他，只管从车上往下搬泔水桶。

“哎哟，牛参谋要检查什么呀啊？”王大爷出来笑呵呵迎着他问。

“老王头，什么都检查！”他眼睛四处巡视着，嘴里恶狠狠地说。

我心中微微冷笑道：“幸亏老子多了个心眼儿。”本来我就担心碰上别人说不清，提前把那包东西放到猪圈那边墙角的洞里了，准备等夜深人静时再拿回来和王大爷一起分享，以防不测。

“哟嗬，这大晚上的，怎么能听到哇啦哇啦的乌鸦叫啊？嗯？哪来的破乌鸦呀，啊？”突然听到身后大嗓门的声音在问。原来是郝文德喝了点酒身体燥得慌，刚好又放心不下我，就紧随我拉的泔水车来到猪场。正巧看见牛宏大呼小叫地对我们说要检查。他一听就知道是找茬儿来了，气就不打一处来，从黑影处装着醉醺醺地走出来，向牛宏嚷嚷道。他眯缝着眼看着牛宏，又装糊涂地说：“哟！这……这不是牛大参谋啊？哈哈哈，牛参谋代表哪位首长来猪场检查指导工……工作呀？啊？”郝文德他脚跟不稳地摇摆到牛宏身旁。

“哦，老郝……嗯，嗯，我是随便转转，嗯……那……那啥代表不代表的……”牛宏在郝文德面前只是个新兵蛋子，他更明白郝文德的背景。所以，他牛宏再牛，在郝文德面前，他还要低三分。这就叫一物降一物。

郝文德走到牛宏跟前，故装醉意手指着我道：“牛参谋，这小方是我老乡啊，你……嗯今后还……多……多照应点啊。他……他……他有什么不对的嗯……地方，给……给我说，我……我他妈地收拾他！啊……听……听到了吗？你……你没事快……快忙去吧，再……再见！”郝文德很不客气地对牛宏说，就像领导对部下做指示一样。

“是、是，郝班长，我一定按照您说的……”他灰溜溜地走了。

幸亏郝文德给我们解了围，要不然，这牛宏不知又要出啥花样折腾我和老王大爷呢。

牛宏狼狈地走了。我放好泔水车，急忙从猪圈那边墙角的洞里取回那包东西。在屋里灰暗的灯光下打开纸包，“啊？啊？”我和王大爷都看傻了。原来是四个大白馒头夹红烧肉，那大猪肉片，还有两个酱猪蹄。一股香喷喷的肉香味扑鼻而来，馋得我口水都流出来了。

王公明很感动，连连恭手说：“谢谢郝班长！谢谢您啦！我来这几年都没吃过这好东西了！谢谢，谢谢。”他说着拿起一个馒头加红烧肉就递给我。“唉，大爷，您……您先吃。我……”又推给王大爷让他先吃。我自己动手拿一个馒头夹红烧肉大口吃起来。嘿，甭甭说，这一口咬下去满嘴流油，那个香啊。

“感谢班长，感谢老乡……”我一边大口吃着肉馒头，一边冲郝文德说感谢的话。就如小孩子过年时，吃到父母从锅里拿出热腾腾大白馒头，再加上两片肥猪肉片，递进手里一样，美滋滋地嚼着，满嘴流油，那个激动。

郝文德他看着我们爷儿俩吃得那么香，用手摸着我的头顶笑嘻嘻地客气道：“不谢，不谢。今后，老王你俩想吃什么，就让小方这……小老乡找我说声，啊！甭客气，我……我能做到的，一定给你们办。嗯，说不定啊，以后我还需要你们帮忙呢。”他笑着又点了支纸烟，就离开我们爷俩。

“嗯嗯，郝班长只要能用着我俩的地方，那没说的。”王公明吃着向郝文德表示。

“班长你慢走啊。”我两个客气地把郝文德送出猪圈土屋。“再见，再见。”他挥手消失在夜幕中。

今天，我们爷俩也算是愉快地过了个“五一”节，高兴地洗洗就躺下休息。

深夜时分。“哎哟……哼,哎哟……”我闭眼抬头细听,是王公明大爷的呻吟声音。“大爷！您……您咋的啦？大爷！”急忙披上皮大衣下床，到他跟前弯腰问。

“哎哟，小方，我……我的胃……胃痛的厉害，哎哟……”他艰难地说着。这么冷的天，可我打开灯，在微弱的灯光下看他满头汗珠往下滴。“哎呀，哎呀大爷您这……”我急忙把衣服穿好,又给他身上披了一件皮大衣,背着他直奔农场医务室。

“医生！医生,快,快！他说胃痛。谢谢您,快点！麻烦您给看看吧！”到医务室，我着急地请求值班医生。

“好好，不要着急啊，我看看。”值班大夫急忙给王公明做检查。“嗯，你父亲是急性胰腺炎，需要马上住院治疗。小伙子，幸亏你送来的及时，如果大意，他会有生命危险的。马上在这里输液打针、吃药，稳定住就好了，甭担心……”那个值班大夫冲我肯定地说。我惊惶，“父亲？”想向值班大夫纠正他不是我父亲时，欲言又止。心想救人要紧，不管那么多了。“好的大夫，俺听您的。”

的确，在这农场里有多年的老职工，他们在此生儿育女工作几十年，直至退休都未离开这荒凉的大草原，和儿女们都在这农场默默生活一生。这一点值得我们年轻人学习他们这种精神。

大夫把王公明推进急诊室。我也松了口气，坐在门诊室外的长椅子上，还想着刚才大夫那句“你父亲是急性胰腺炎”的话。摇摇头，叹息道：“唉，要真是我父亲就好了。如果我父亲像王大爷这样有人照顾，在劳动改造时也不会死得那么惨。”想着想着，不自觉得眼泪像断线的珍珠，流落下来。

黑夜里，父亲死时躺在汽车上的棺材里惨状一幕，又浮现在我的眼前……

夜里，我在农场门诊所陪护着王大爷输液、打针、喂药，不敢离开一步。

王公明他不愧是经过战争磨炼出来的好身板，经过一天一夜的输液吃药，身体很快就稳定下来。大夫嘱咐我：“你可以让他少喝点白开水，如果没事的话，稍后再让他喝点小米稀汤。”

“大爷,大夫说您可以喝白开水了。”我开始喂王大爷一点白开水,看着他没事儿,我又到干部食堂找郝文德要些稀米汤喂他。慢慢王公明的脸色也开始有点红润，精神有些好转。他躺在病床上对我说：“小方，谢谢你！是你救了我这条老命。不是你，我死在那屋里都没人发现……”

“大爷，您快甭那么说，这是我做晚辈应该的……”

“哎，如果……如果我老头子有那么一天，会报答你小方的……”他拽住我的手说得有点激动，泪水汪汪地充满眼眶。“大爷，看您，又跟俺客气了不是？”

随后两天，我拉完泔水，喂完猪，把一切该干的事干完收拾好，就跑到农场卫生所去看望王公明大爷，并且给他老人家带些好吃的去。大夫说：“老王，你可以吃东西进食了，开始先吃点水果啥的。慢慢恢复，没事啊。”“谢谢您大夫。”我就跑到农场小卖部买了两个蜜桃水果罐头，到病房用热水加热后，喂给王大爷吃。他一边吃一边高兴地说：“你这个大侄子呀我认定啦！”

吃完半瓶罐头，他使劲握住我的手，看着我呵呵笑着说：“嗯，是个好孩子，没错！以后能成大器。”

我不理解他说的啥意思。“唉大爷，这只是我一个做晚辈应该尽的本分和责任。在这同命相依的苦日子中，我这个做小辈的去照顾您老人家是应该做的。您不要太客气啊。”当时，我对王大爷这番话并没有过多去想，更没想得到啥回报，只是出于做晚辈的责任。

可是，现在回头想想当时王公明那番话，的确是挺有意思的。

第二十九章 | 无颜面对

我被遣送到嫩江农场接受“组织调查”的事儿，在连队除林兵和梁东方知道外，其他人一概不知。在团机关也是极个别人知道，但也不知具体情况。在千里之外的我家里是更不知道此事的发生。我妈她们还以为我在部队过得很好、很愉快呢。

那个年代不像现在通信这么发达，人人都有手机，就是小学生的手腕上都有腕表式手机，有啥事手一动就通话，短信、微信、视频、抖音多样选择。买个东西都不用带钱包，用微信支付方便快捷，千里之外，如在面前。手机一拨，世界各地都能接听到，导航、定位、购物订餐、支付宝样样俱全。人们常说：科技发达了，地球变小了，人们的距离拉近了。过年过节，在微信群里问候一句，群里的亲朋好友都能收到。逢年过节不用出门，用微信支付发红包，手指一点就 OK 啦。甚至可以在群里发个红包，让群友抢一下，逗逗乐。一位退休朋友说：自从有了微信，就过上了从前皇帝般的生活，每天早晨醒来的第一件事就是像皇帝批阅奏折一样看朋友圈、刷微信、审阅天下大事，顺便再点几个赞，感觉不错的再留个言，告诉“文武大臣”“朕”知道了，这一天过得，那个充实！无论何时何地发生的事情，分分秒秒都会通过网络传遍每个角落、每个人。说不定若干年后啊，墓碑上也不写碑文了，只刻二维码，路过的人若对亡者感兴趣，随时拿出手机扫一扫二维码，此人一生的故事就出来了，爱过谁，恨过谁，还牵挂着谁，全有了，这才叫“扫墓”。哼！这还不算啥，最怕是你扫完后收到一条消息，上面写着：对方已同意添加你为好友，哈哈。

可在那个年代，写信才是日常生活中最主要的通信方式。如遇特殊情况只能到邮电局发电报，再急就是打长途电话。电话，也只有城市才有，农村就只能靠写信、发电报，别无选择。如果是偏僻的山区农村，即使是电报也要等两三天才可能收到。逢年过节只能是写封信或是发个明信片表示问候！对于国内各地发生的事情，只能是听中央人民广播台。就说这 1976 年“四五天安门事件”吧，由于通信不发达，信息闭塞，只有在现场亲眼看见的人才知道内情。由于当时“四人帮”掌控着广播电台和报纸等宣传工具，人们只能是听广播、看报纸里的一家之言，被“四人帮”的颠倒黑白、混淆是非所蒙蔽着。

所以呀，即使我在三一〇九嫩江农场接受组织调查，给家里写信仍是报喜不报忧：一切尚好，切勿挂念！在信封地址处，仍写“内详”的字样。他们收到信，仍然以为我在连队当着上士，生活过得有滋有味呢。哪里知道我出了这么大的事，受这么大的委屈。

也是啊，通信不发达也有不发达的好处。心静，不用过多担忧。如果是现在，三天打不通手机电话，看不到视频。那，家里不知会急成什么样呢？

我妈在来信还说，妹妹和王建社学习很用功。毛爱莲这孩子现在可懂事了，不但给我织了条毛围脖，还给姣姣织了一顶帽子，给奶奶织了两双毛袜子，奶奶可高兴了。毛爱莲来家里玩，奶奶可喜欢她了，常留她在家里吃饭。奶奶还常给妈妈念叨，小爱莲能做我们家的媳妇该多好啊！妈在信上问我个人问题有什么想法，还说，毛大臣他准备要结婚了。其实这些我都知道。他爸把他安排到了县邮政局开邮政车，专跑滑州至南阳这条南北线，两三天一个往返。毛大臣在武汉军区当兵拉练时，常跑这条路线很熟悉，经过哪个市、哪个县，甚至哪些村庄他都知道，轻车熟路的，工作很轻松。

说实话，我接到毛大臣的信后，心里在想：毛大臣这老小子，我们这么铁的哥们，自 1973 年你当兵走后，连封信都不给我写。还是我到部队后主动给你写的信。现在可好，你老小子要结婚了才给俺写信。于是，我写信拜托妈妈代我买个被面、暖壶或脸盆啥的送给毛大臣，以示祝贺。

这要说那个年代亲朋好友谁结婚办喜事，送个暖壶、脸盆、被面啥的，那就是大礼啦。一般都是送茶杯、肥皂、香皂盒、牙膏牙刷之类的。还有的是送副对联、一对纸花就算随礼了。的确，那时候人们工资低，生活贫困，物资极其匮乏。一个人挣工资三五十块钱，能养活一家四五口人吃饭过日子。鸡蛋五分一个，猪肉八角或一块钱一斤，冰棍两三分一根。可是，尽管人们生活困难，但精神生活很充实！听的是“样板戏”，学的是“老三篇”，吃的粗茶淡饭。逢年过节吃上点肉，心里感觉非常满足，幸福指数非常高。

实际上，信息闭塞有闭塞的好处。就拿我被“组织调查”这事说吧，全团知道的没有几个人，就算同时入伍的老乡也没几个人知道。还是后来，在团里的老乡张崇礼、李化新、常宽、高新宇、丁然他们之间，私下里传说才知道的。

其实，他们知道也是很偶然的。是钱干事私下在与他上海老乡闲聊天时说到我的事儿，被高新宇无意中听到的。钱正用上海话对老乡张勋说：“嗯！侬知道十九连那个方晨晨吗？他呀，嗨，没当几天兵，就当上上士啦。哼！咱们老乡徐兴荣住院，让他这小子掌管着连队的财政大权，可牛屁啦！到处拉关系，就如他已是司务长咧，哼！这下好嘞，看他还牛吧？”

“哟，他怎么啦？”张勋上海老乡用上海话问道。

“侬，还不知道呀？他，哼……他因传抄天安门广场‘反革命’诗词，被军里带走去劳教啦……”钱正用上海话得意地对张勋说。

“啊！是吗……怎么没听说呀！”张勋疑惑的自语道。

“唉！领导是不让说的啦。”钱正不满地对张勋说。有时候事情就那么巧，隔墙有耳，他俩的谈话正好被隔壁高新宇听见。

当高新宇听到钱正说我的事后，他立即通知张崇礼、冯为国、李化新、常宽、金春、丁然几位老乡晚饭后到团部礼堂放映室集合。高新宇在团政治处宣传科当放映员，他平时就在礼堂放映室办公，学习放映技术。自然而然团部礼堂放映室成了他活动的空间，平时不放电影，团里不开大会，无人去礼堂放映室。这样，礼堂放映室也就成了河南老乡聚会的地点。他把大家叫来，“唉哥们，给你们通报个不好的消息……”他把钱正说的我的消息向大家伙儿说了一遍。“你们听说过没有，这咋办嘞？”他想听听大家是否知道，怎么办才好。

其实这事冯为国是最早知道的，就是我被军里电话通知到团政治处时，他就知道了此事。我啥时候从连队被带走，送到什么地方被劳教，是谁接送的我，他都一清二楚。可他不敢对老乡说呀，一是，范林太副主任特意交代过，让他一定保密，不允许对任何人讲。如果有人打探此事，也不许说。二是，我的事发与他有关。在连队我对他特别强调不许给别人看。出现这种事儿，他内心感到非常愧疚，吃饭不香，夜不成寐。如果对几个老乡说出去，他担心受埋怨，又担心老乡骂他没良心，忘恩负义。所以，他在老乡面前咬紧牙关，装作无事一样地说笑，装傻充愣。可是他也最怕老乡在一起提起此事。心中有亏心事，最怕鬼叫门。可你越怕鬼，鬼偏来拍门找你。今天，高新宇把大家叫来，偏偏议论此事。

张崇礼、李化新、常宽、金春、丁然他们听高新宇说后，感到非常意外，七嘴八舌着急地议论起来。“哎呀！发生这么多天，我们怎么一点消息都没听到啊……”

李化新着急地：“那，方晨晨家里知不知道这事呀？”

“是呀！他家里知不知道啊？这……”张崇礼心急如焚，搓着手问。

常宽冷静地说：“嗨！这事我估计啊，方晨晨家里还是不知道，为什么呢？嗯……你们看呢，这事没有公开，我敢肯定！这事儿还是需要调查清楚的呀。不能随便冤枉一个人吧？哎……这事儿是怎么被军里知道呢……军里怎么知道十九连方晨晨传抄天安门广场“反革命”诗词的呢？唉，你……你们想想，是不是有人写告状信？啊……”

“嗨！那肯定的！要不……”金春气愤地说。

“对！肯定是有人告方晨晨的黑状。唉，这……他在连里是不是得罪什么人了啊？”李化新低头自言自语地分析道。

“可能，咱们团机关里他谁都不认识，除咱老乡几个外，他一年到头很少来一次，不会得罪团机关的人。在十九连时，他又是范林太副主任、林兵副参谋长的红人，他们俩不会整小方的，只有十九连的人。哎，冯为国，你是从十九连来的，听小方说你俩是好哥们。嗯，你调来时，小方还特意跟我说对你多照顾些呢……唉，你说说……”高新宇突然转头问冯为国。

这时，大家才忽然想起冯为国在此。几人的目光，像舞台上的白炽镁光灯一样，刷刷刷都集中到冯为国身上，都想听听他的说法。

“对，对对！为国你说说，晨晨在连里是有对手吗？他得罪谁啦？都什么人呢？怎么这么狠心往死里整他？这人够狠毒的啊……”李化新快嘴快舌地冲冯为国喊道。

冯为国正木呆呆地听大伙议论时，李化新突然指向他，让他说一说。他很不自然地欠了欠身体，如坐针毡，脸色红一阵白一阵，心中忐忑不安，紧张矛盾的心情，嘴里结巴着不知从何说起。“这，这事……我也不知道，在连里……没听说他得罪谁啦？嗯……”他也只能硬着头皮，对大伙说不知道此事。要是他一五一十地说出实情，这些老乡还不打扁他。

“好啦。现在我们不要纠缠在知不知道这件事上。大伙儿想一想，我们现在该为方晨晨做些啥……”常宽转身向大家说。

“嗯，对！大家想一想……”张崇礼点头同意。

常宽、张崇礼的这些话，一下为冯为国解了围。冯为国突然也如找到了解脱大家刺目眼光的出路，声音也调高了八度，急忙说：“对！我们想想办法，怎么帮帮小方……”

“要不这样，我们互相拿出点津贴，给方晨晨家寄去，以示安慰……”李化新提议。

“咦，那可不中，那不中。要是他家不知这事儿咧？咱们盲目把钱寄过去，本来他家还不知道这事儿，这一弄。他家里父母会咋想？不中！要是他家写信问方晨。这，这让方晨咋给家里解释咧？二来，他家并不缺钱花。嗯……我想这事儿咱们还是不要急。你们看这样中不中？大家分头先私下里打探一下真实情况，然后咱们再坐下来商量，你们看如何呀？”高新宇用河南话认真地冲大伙说道。

大伙听着新宇的说法有些道理，都点头同意：“中中中。”

“冯为国你说呢？”高新宇一晚上看着冯为国这么无精打采的样子，好像有心事。这可不是平时爱说爱笑、喜欢逗乐的冯为国的风格呀！所以高新宇就故意望着冯为国的脸问他一句，试探一下，看他有何反映。

“啊啊，好好，好……”冯为国很沮丧地应付着。他用眼角的余光偷偷扫了一下高新宇的表情，又突然收回眼神，未敢抬头正视大家低声回应道。

高新宇看到冯为国的表现，心里猛生疑虑，又不敢明讲，强装无事地说：“好啦！今晚不早啦，哥们都回去早点休息吧。平时多留点心，打探打探方晨晨的具体情况啊。”

老乡们从高新宇处解散，各自回宿舍洗漱休息。

冯为国回到宿舍，看到钱正干事在写材料，他也没心情去睡觉。自己从床头上取下一把二胡，溜出了团部大楼，顺羊肠小道走到团部最偏僻的饲养场外。从他内心是非常愧疚的，头脑中始终矛盾重重。我被组织调查这事儿，他也说不清，是他一时的疏忽而造成的，还是十九连里有人举报。特别是今晚老乡的议论，他多多少少感觉到老乡对他的疑虑，他很痛苦很内疚。我在连队时对他很好，处处都帮他说情，还调解李小瑞对他的误解。这一幕幕都在冯为国的头脑中闪过。

他自己又回想起钱正看他笔记本的那一幕，心想：难道是钱正这狗东西向军部举报的吗？他为啥举报方晨晨，不举报我呢？他不认识方晨晨，更不用说互相之间有什么恩怨。所以说这事不可能是钱正干的。那又是谁呢？

在这同时，我们连队营房外的山坡上。“唉！是我举报的方晨晨，要是被领导知道，被他们河南老乡知道，咋办呢？”李成林向艾小东在胆怯怯地嘀咕着。

“没事！你放心，不会知道的，谁都不会发现。我是在市里邮局发出去的。再说，咱们用的是匿名信，谁都不会往咱俩身上猜的。”艾小东很自信地安慰着李成林。

“可是，可是我心里还是不踏实。这几天我总是睡不好觉，闭上眼就看见方晨晨来掐我的脖子，还指着我骂。全连都指责我，林连长、范指导员还批评我。我……我真怕啊小东，咋办呀？”

“林兵连长、范林太都调团里去了，没有人再调查此事。再说，你这是革命行动，应受到上级表扬才是。”艾小东拍了拍李成林。

“唉唉，我可不要上级表扬，这表扬也不光彩，嗯……有点缺……”李成林向艾小东自责道。

“唉唉，什么缺不缺德的？这是正义行动，不要胡思乱想啦，自己吓唬自己。”

“那，以后方晨晨知道啦，你去解释呀？”

“哎哟，方晨晨他还能出来吗？你李成林太天真啦！尹中华都被开除党籍军籍，劳动改造去了。他方晨晨关上三年五载的还不复员回家去呀？你真是的。”

“那俺不是怕吗？”

“怕什么怕？他回不来了！放心吧您呐。走，走啊。”艾小东拍拍李成林的肩膀，又拉着他往营区走去。

夜深，团部大院里灯火昏暗。冯为国一人低着头，手中拿着二胡琴急匆匆向昏暗处走去。的确，冯为国无法向老乡去澄清，只有自己默默忍受着精神上的煎熬。

他也只能用拉二胡，抒发内心的苦闷。他坐在团部一处很偏僻的养猪场墙外砖块上，拉了一段《二泉映月》。在这夜深人静的时候，听着这《二泉映月》的二胡声，使人感到几分凄凉和悲伤。

每个人的生活同样也是一个世界。也许人一生仅仅有那么一两个辉煌的瞬间，甚至一生都可能在平淡生活无奇中度过。普通人时刻都在为具体的生活而伤神费力，尽管在某些超凡脱俗的雅士看来，这些芸芸众生的努力是那么不值一提……

第三十章 | 云开雾散

不知怎么了我近期心情不好，总是心神不定和烦躁。还是在连队时收到妈妈和毛大臣的来信，我也知道在这鬼地方，有信也不可能被转来。可我心中总有一种不祥的感觉要降临，右眼皮也不停地跳。唉，烦归烦，猪还得喂，泔水还得拉，猪舍脏了还得去打扫清理。

王公明大爷这几天不知咋的了，总是神神秘秘地出出进进，嘴里还不断哼哼唧唧唱上两句不着调的小曲，有时他自己还猫在屋里写写画画。我也没心思去打探他老人家的私事，只管把我们的工作做好，他老人家只要高兴就足矣。

某天，我像往常一样，穿着水鞋，拿着水管在猪舍里打扫卫生，冲洗猪的粪便。

王公明从场部田政委办公室出来，激动得满脸堆满笑容，哼哼着小曲，急速向猪场这边赶来。他那表情，犹如小学生在学校获奖，拿着奖状往家向大人报喜一样兴奋，都没等走到猪舍，他老远就喊我："小方，小方！来来，来！快过来！"

我抬头看他满面笑容，就停下手中的水管问："大爷，您有啥事呀？我在给猪舍冲水打扫卫生咧……"

"唉诶！大爷有喜事好事告诉你。先别干啦，快出来！"王公明笑嘻嘻地冲我招手道。

我放下手中的活计，跃出猪圈低墙，心里还纳闷地猜疑着，啥好事，使老头今天这么高兴？

"小方！我们终于盼到这一天啦！毛主席万岁！共产党万岁！党，没有忘记我们！没有抛弃我们啊……"王大爷也不顾我身上的污水，一把把我拉到他怀里紧紧地抱住，仰天大声喊道。我在他怀里，像孩子似地依偎着他的胸脯，都能听到他心脏激烈的跳动声。

我仰面疑惑地："大爷！您怎么啦？您怎么啦大爷？"说真的，我担心他老人家受到什么刺激，精神受到打击承受不了，他这样语无伦次地大喊大叫，精神上出啥问题。

"小方，我们解放了！我们自由了！嗯……刚才呀，场部田政委跟我谈话了，他们接到军区首长批示，暂时停止对我们进行组织调查，回原单位工作，回原单位工作啦！不用在这里喂猪啦！嗯，啊他还说，明天呐，原单位就来车接我们啦，让我们做好思想准备。啊……哈哈……”他此时此刻激动得不知如何是好，又双手抓住我的双肩膀使劲摇动，唯恐我听不懂他说的话。

我使劲点头，“大爷，我们？我？也走吗？”我心里又半信半疑地向他问道，却不敢相信，还以为听错了他说的意思。

“啊！是我们！也包括你呀傻小子，我的大侄子！怎么？不信大爷的话……”他脸色严肃起来冲我喊，有点想生气的样子。

“啊啊，相信相信。啊”松下一口气，仰天道：“天呢，真没想到，没想到这么快，我就被解放了？大爷！我……我不是在做梦吧？”“不是孩子，这是真的！”

我心里那个激动，做梦都盼着“组织调查”尽快结束，还我自由。没想到啊，这么快，更没敢想回原单位工作的这种奢望。苍天呐，您终于开眼了，共产党毛主席开眼啦！我的眼泪像开闸门的洪水一样，夺眶而出。我紧紧抓住王大爷：“信、信、信！一百个、一千个信您的话。我早就盼着这一天的呀，我的好大爷！”

“小方，我大胆地说一句。今年……今年咱们国家可能有惊天动地的变化！有可能是向好的变，也有可能向坏的变！我有这种预感。”嗯？他突然说出这样的话，让我始料不及，不敢问及。

人们常说：无论是人、社会，还是大自然，只要到一定极限时它必然发生巨变。在我们这个星球上，每天都要发生许多变化。有人倒霉了，也有人走运飞黄腾达了；有人在创造历史，当了历史的主裁者，也有些人会被历史抛弃或者遗忘。每一分钟都有新的生命欣喜地降生到这个世界，同时也会把另一些人送进天堂或地狱。这边万里无云阳光灿烂；那边就有可能风云骤起，暴风骤雨天崩地裂。世界没有一天是平静的，时刻都在变化着。从1月周恩来总理、7月朱德老总去世，紧接着唐山大地震，死了二十几万人。9月9日毛泽东主席去世，10月党中央一举粉碎“四人帮”等等，确实也证明了这一点。

晚上，我兴奋地围绕猪圈墙走了一圈，心里有种难以表达的滋味，是高兴激动的甜蜜，还是郁闷苦涩呢？我都说不清楚。这两个多月下来，我对猪儿们还是有感情的。虽然它们不会表达，但一定也很喜欢我这个勤快的小猪倌。

我坐在猪场外的空地上，让阵阵凉风吹拂着脸和身子，我仰望满天的星空，听着一群群列队飞翔的大雁的鸣叫声……自语道：“雁南飞，雁南飞，雁叫声声心如碎，心如碎！心……心如碎。”想家了，想我妈，想我奶奶，想姣姣和建社他们，她们都在做什么呢？奶奶你可好吗？我想你们啦……

“小方！你过来，我在小卖店买了两瓶富裕大曲酒，买了点花生米。唉，咱爷俩明天就分别了，今晚上，咱爷俩好好喝一场，啊……”王大爷他探出门帘子，笑呵呵地喊我回屋里去。

“唉，来了。”我应着王大爷，静了静神，起身回到屋里。

王公明他已把酒和花生米摆在小桌上。是呀，明天我们爷俩就要离开这鬼地方了，也应该庆祝一下，喝个离别酒。这一别，不知何年才能相见嘞？也有可能这一辈子就见不了面了。突然间，我想起老乡郝文德班长。自认识他这几个月，虽然时间不长，但我从内心还是非常感激他对我的照顾。不是他，那个牛宏参谋还不知怎么折腾我呢？应该好好感谢他这个老乡，与他告个别。我谨慎地问王大爷，“唉，大爷，我想去给郝班长道个别，行吗？”

他一听，“唉，好啊！……嗯……那这样，你去把郝班长请过来，咱爷们一块喝杯酒，感谢感谢他，啊……你快去。”“唉，好的。”我答应着。

我跑到干部食堂炊事班宿舍，找到郝文德，“班长，王大爷说，明天我们就可以回原部队了，结束组织调查。嗯，大爷买了瓶白酒，说是请你过去喝一杯。感谢您这几个月的关照。”

“咦！真的？”郝文德听后很高兴地问我。

“是真的，王大爷说明天单位都来车接俺咧。”

“好好好！嗯小方你先回去，俺马上就去啊！”“中，俺先回去啦班长。”我告别郝文德回猪房去了。

“大爷，郝班长说一会就来。”

“好好好。”他听说郝文德来，非常高兴。

“老王头，祝贺呀！”郝文德来到我和王大爷的小土屋前，拉开门帘子进来，哈哈笑着说。手里还提着两瓶白酒和一些下酒菜。

在三一〇九农场这不显眼的养猪场小土屋里，灰暗的灯光下，我们老、中、青三人互相对坐着说笑着。我给他们俩往茶缸里倒酒，彼此没有首长与士兵、领导与下属之分。甚至，彼此间成了友情、亲情。在当时的说法，就是没有了阶级立场，没有了革命的原则性。

在这昏暗的土屋里小床上，用报纸铺垫摆放着猪头肉、炸花生米、几根黄瓜和西红柿，两个军用陶瓷缸和一只陶瓷碗已盛满白酒。王公明和郝文德两人盘腿打坐在床上，我坐在一个泔水桶上。

王大爷他非常高兴：“来！为我爷俩获得解放，重新回单位工作；为感谢郝班长，这几个月对我们的关照。咱爷儿们先喝三杯再说，干！”

“干！”“干！”我们三人一阵推杯换盏，那个爽。

喝得差不多时，我站起来借着酒劲，大着胆敬酒：“王大爷，我敬您老一杯，感谢您老人家对我救命之恩和日常的关照！我先喝为敬！”说着仰头喝下。

“唉！小子，要说感谢救命之恩，还是我应该感谢你呢！来，咱爷俩一起喝！”他急忙抬手道。看我也一饮而下，他老人家也不敢慢，举杯喝了下去。

我先把酒给王大爷倒上，然后我又对郝文德说："班长，老乡谢谢您对俺的关照！我敬您一杯，先喝为敬了！"

我们用的都是军用陶瓷茶缸喝酒，待我和郝文德喝完酒后，这些酒下去少说也有七八两。接着我们彼此间，又互相碰杯敬酒，两瓶富裕大曲很快就喝干了。

我多个月没有喝酒，酒量也不知咋样，光顾喝酒，也没顾得吃菜。几杯急酒一下肚，我头脑有些发晕，感谢的话在肚里有很多很多。此时此刻不知怎么表达是好，其实心里很清楚，嘴皮子就是有些笨拙，舌头打弯不灵光，话一到嗓子眼就乱了套。本来想好的词，也不知哪个先哪个后的顺序，就又端起酒向王公明大爷敬酒，嘴笨拙道："大爷，我小方，我……我大恩不言谢！您是我的亲大爷……我……我今后……侍候您老……一辈子……"

你看我这是咋的啦？话说完自己都感觉不好意思。平时话头很溜的我，这酒一喝，话头都不利落了。不知是高兴过头，还是酒精起了作用，使我今日如此德行，几句感激的话都说不利落。

王公明他看我酒量有限，话头有点跟不上去，对我劝道："小方你等等。休息会儿。小郝，感谢你对我和小方的关照，谢谢！以后有时间去长春市找我王公明，我一定好好接待你，到时候咱爷们再痛痛快快喝几杯！这是我家的地址你留好。"他说着又打开一瓶酒。"来来来，咱爷们连干三杯，今晚一醉方休。"

我傻愣愣地在一旁瞪眼看着他们俩喝。王大爷他又回头对我说："小方，你是个好孩子。今后无论走到哪儿，你在工作上要认真负责，敢于担当；在做人上要坚守实事求是，甭搞那些假大空。嗯，要做老实人，说老实话，做老实事。咱们甭整人，不害人！你记住，老实人永远不会吃亏的。"我在一旁连连点头。

他望着我又嘱咐道："嗯，记住你大爷我的话。你还年轻，脚下的路还长着呐……"他说着伸手从衣袋里拿出一个纸条，递给我说："以后有机会你到长春市去，一定去看看你大爷我，不管你……做多大官，别忘了咱爷俩这点情分，这点革命友谊……"看来他老人家早有思想准备。我急忙两手在裤腿上擦了擦，猛地站起，躬身双手接过王大爷递过来的纸条。这是他老人家在长春市家庭住址及电话号码。我扑通一下双腿跪地，叩拜道："大爷！我一定不辜负您，永远不忘您的大恩大德！我……"他这不单单是一张纸条，是对我天大的信任，没有深厚的感情是不会随意将自家通信地址和电话给人的。人们常说：男人膝下有黄金。跪天地、跪父母、跪祖宗，不能随意跪别人。可王大爷是我人生中最需要跪拜的恩人呐！要不是他老人家写信给军区首长申诉，我不知在这里还要煎熬多少年呐？

"嗨嗨！傻小子，你客气啥呢，快给我起来。要不大爷我生气啦！弄啥咧？要说感谢，大爷我还得好好感谢你咧。唉！不是你小子救了我这条老命，早他妈地到马克思那里报到去啦。你，你快起来。要不，大爷我生气啦！"

郝文德在一旁急忙把我拉了起来，“来来来。我敬王大爷和小方你俩一杯，先喝为敬啊……”他一举杯仰头把酒喝了下去。

酒逢知己千杯少。在那简陋养猪场的土屋里，我们三人说着喝着。不知不觉两瓶富裕大曲和郝文德拿来的两瓶农场自酿白酒，已喝得只见瓶底。可是，老王大爷越喝越精神，看他是有很多话也想借酒精力量一吐为快。他“唉”地叹了一口长气，严肃地对我俩讲:“人生的路，难与易都得走，别走得太远。世间的情，冷与暖总会有，别看得太清。别说冤，因为没人替你去喊叫。智慧的人，不徘徊在过去；豁达的人，不忧患于未来；聪明的人，懂得把握现在。人生啊，就像一盘棋，输赢不定。再烦，也别忘微笑；再急，也要沉着冷静；再苦，也别忘坚持。不管现实如何残酷，都应坦然面对。”

他滔滔不绝地讲述着，不管我俩是否听得懂，就在那儿像领导在台上做报告似的，絮叨没完。自己端起酒杯喝了一口酒，好像说话说渴了似的。又对我们说：“你们俩要记住这四个字——尖、斌、卡、引。就是说人活在这个世界上，就得能大能小；就要能文能武，文武双全；像毛主席他老人家说的，革命干部要能上能下；再就是大老爷儿们，能屈能伸，生活中能够忍受各种不公平的待遇和委屈……你懂吗？”他瞪着眼问我。

“懂懂懂大爷。”我明白这是他几十年生活工作总结出来的体会，确实太精辟了。这也可能是他多年想说又无处说，今得一次宣泄倾诉的机会，一吐为快吧。

说真心话，我听后心里很是吃惊。我与他接触近三个月，平时他没过多的言语。我总认为他是土八路出身，又是飞行员，没啥文化。可他老人家这席话，从我内心更加佩服他了。他对人生总结得太精辟，哲理颇深。

我和郝文德像叩头机似地连连点头，还伸出大拇指称赞他。

“大爷！您的话我们都记住了。不管命运把自己抛向何处，都应泰然处之；不管现实如何残酷，都应坦然面对，能屈能伸。做人要实事求是，要能大能小，能上能下。”郝文德听到我向王大爷表态，也连连点头说:“对对对，我们……我们记住了。”

王公明“哈哈哈”欣慰地笑啦。他指着外边说：“天和这大自然一样，中国的春天就要来了。”

夜已很深了，我看到大家都已尽兴，“大爷，郝班长，嗯，咱的酒也喝完了。我提议，最后咱们干了杯中酒，就结束吧？明天……”

“中！干啦！”

郝文德看到王大爷举杯把酒喝了，他也不敢怠慢，“中！听王大爷的，干！”

王大爷放下酒杯笑着说：“郝班长，谢谢你！那咱都早点休息吧？刚才咱一起喝下最后一杯酒，以示友谊长存啊……”

“是大爷，咱们友谊长存！再见啊，祝你们一路平安。我明儿就不送你们了，今晚就算给您送行啦！”郝文德站起身双手合十说着与我们告辞。

“好好！谢谢……谢你郝……郝班长！嗯你……你慢慢走啊……”这时王大爷已表现出喝多的样子，舌头开始僵硬话不利落，站起身来，脚上无根基地在打晃。

我见此情，急忙上前搀扶他老人家坐床上，“大爷慢点，快坐床上休息一下，我代表您去送送郝班长，您快坐下吧。”

“嗯，嗯……”王大爷一屁股坐床上，手抬了抬想说又没说出来，眼睛发呆，有点睁不开，身体一软就躺下了。他终归快50岁的人了，不能和我们这些年轻人比呀。

我送走郝文德。急忙进屋端盆热水给他擦了擦脸，又用热水给他洗了洗脚，安顿好他老人家睡下。他真的喝多了，全然不顾，躺下就呼呼打起呼噜睡着了。

我简单洗漱后躺下，可怎么也睡不着，不知是酒精在作怪，还是……可刚才王大爷的话在耳旁一遍遍重复着……

我翻身下床，拿出日记本，把大爷说的那些话，全一一写在笔记本上。

第二天，天气朗，蓝天白云，太阳从东方地平线上冉冉升起，如一个大火球悬挂在那里。

范林太和梁东方二人一早就开车到达农场来接我。

告别王大爷，告别农场。我坐在北京吉普车上，看着窗外那无垠的嫩江大草原，冰雪已化，无名的小花已绽放。满目绿茵茵的草丛在微风吹动下，形成绿色波浪，各种鸟儿在飞翔鸣叫着，庆祝这春天的来临。

我们到了齐齐哈尔市后，也没停留。范林太事先安排人帮我和梁东方在齐齐哈尔火车站买了火车票，我俩就乘当天火车返回连队。

分别时，范林太非常认真地一再嘱咐梁东方：“回连队给同志们说，小方是结束在团里执行任务回连队正常工作的，其他不要过多解释。”

他又转身拍着我的肩膀，笑呵呵地叮嘱道：“小方，不要有任何思想包袱，这一篇就翻过去了。向前看，到连队该怎么工作就怎么工作，好好配合徐司务长、炊事班的工作，把连队伙食继续调剂好。林兵连长已调到团司令部任副参谋长了。本来他也要来看你的，由于战备紧张，在作战室值班走不开，有机会你到团里来再和他叙旧吧。回去好好工作，积极支持唐连长和梁指导员工作，积极要求进步，我等待你的好消息哦。”

后来我才知道，在我被送去接受“组织调查”期间，他和团政治处宋主任多次跑到军政治部，为我申诉冤情，以党性担保我不是天安门广场“反革命”诗抄的传播者。至于有人写匿名信举报我，那纯粹是别有用心混淆是非，扰乱人心，以达到破坏部队正常战备训练和政治学习为目的。军政治部有关领导，听到他们的汇报后，认为有一定道理，并且没有确切的证据证明我传抄，更没见到天安门广场“反革命”

诗抄那东西，只凭一封匿名信说明不了什么问题。于是，没再追查下去。

后来，还是王公明大爷向军政委刘实写了一封长信，诉说了自己的冤情，顺便提到我的事情。刘实政委是王公明一起入伍参加八路军的老战友，又是老乡。刘实政委在王公明的信件上批示：立即结束他们在农场的劳动，回原单位工作。就此我也沾了光，提前结束了“组织调查”。

林兵调团部后，唐明接任连长一职。我和梁东方到连队时，唐明连长带领杨生荣副连长和战友们列队欢迎，如欢迎胜利归来的英雄般，使我不知所措，不知怎么是好。

我同大家一一敬礼握手。

当我与艾小东握手时，发现他的脸色红一阵白一阵，笑得也很不自然。与我相互握住的手颤抖得厉害。我笑呵呵地看着他，又特意与他拥抱了一下，此时无声胜有声。

晚饭后，炊事班王雪，连部文书李晓书、卫生员申卫兵、张彪、韩城排长、李成林等都跑到我屋里来吹牛侃大山。

“祝贺你呀老韩。”

“谢谢你上士，有机会请你喝酒。”

“唉，韩排长，你可不能光请上士一人呐。”张彪在一旁逗韩城，转身问：“嗨！嗨，小李，你跟你姐写信说了没？她啥时候来看我呢？我还真有点想她……”张彪笑眯眯地问文书小李。

“去你的……”李晓书红着脸，抬手朝张彪肩膀上打了一巴掌。

“嗯……这？这怎么回事？你，你……你，又把我们俩拆散啦，咋的？另许他人了啊？”韩城假装惊讶，鬼迷迷地责问文书小李。

“唉，小李，你怎么乱答应啊？你，你怎么乱许人呢啊？”王雪也开李文书的玩笑。

“班长你……你乱掺和啥呀？”李晓书红着脸生气地责怪王雪。

“啊！那……那我呢？文书，咱们不是说好的吗？待我提了干，我……我就当你姐夫吗？怎么？许给别人啦又，啊……”申卫兵一旁也起哄架秧子。

“呸呸！不搭理你们这些坏东西……”李晓书被他们七嘴八舌说得，脸色红一阵白一阵。自己又感觉说不过他们这些愣小子们，只好自己溜为上策，夺门而出。

“唉，小舅子，别走啊！”张彪喊。

“唉！是不是给你姐写信去呀？告诉她……”韩城也冲李晓书喊。

逗得大伙哈哈一阵大笑。此时的李晓书已逃之夭夭。“呦！你这是……”唐明值班正好也想借此时间，来找我谈谈，李晓书拉门往外跑，正与唐明连长碰撞个满怀。

“唉，这么晚了，怎么还在这嘻嘻哈哈胡闹呢？啊……”唐明一副严肃的表情，吓得大伙像老鼠见猫似地都灰溜溜逃走了。

“连长！”我站起身敬了个军礼。“唉，小方坐，坐……”他顺手关上我的房门，以主人的身份，微笑着挥手招呼我坐。

“小方，这几个月，让你受苦啦。嗯……对于你的事，我们一刻也没有停止对你的保护。你走后，我和老林、老范、老梁，多次商量方案，向上级如何反映你的情况。老范多次跑军部找首长求情。唉，这下终于成功了。你总算回来了，嗯这样小方，你呢放下包袱，轻装上阵，一如既往，踏踏实实干好工作，至于其他啊，咱们不管它，爱咋地咋地……”唐明亲切地安慰我。

“连长，我……”

“小方，自你走后，咱们和军马场就无法联系上。嗯……连队伙食有点小小下滑，我和老梁都希望你尽快回来，好好把连队伙食抓抓，调剂好些。司务长老徐出院就回老家探亲休假了，可能还得一段时间才能回来，你就……”

“连长，我非常感谢你们，我会……”我想对他说几句感激的话。可是，唐明没容我说出来，他好像猜透我后面要说什么。“唉小方，天也不早了，你们坐了一天的车，还是早点休息吧。以后咱们来日方长，啊。你一定记住毛主席的话，前途是光明的，道路是曲折的。一定往前看……”他说着，起身伸手拍打两下我的肩膀转身走了。

唐明来给我鼓励，给我自信，扫除我思想上的阴霾。我暗下决心，一定不辜负领导的希望，脚踏实地干好本职工作。

唐明走后，我因尿急去厕所时，各班已经都闭灯休息了。我轻手轻脚走向走廊尽头时，隐约听到屋外面有人在嘀咕说悄悄话，我就忍住尿急，放慢了脚步。侧耳细听，是李成林和艾小东在说话，声音很低。隐约听到：“嘿，小东，你不是说他回不来吗？还让我等着看好呢……说啥三年五载回不来。这，这还不满三个月呢，回来啦！你这……”是李成林的声音。

“嗨，我也不知道这是怎么回事呀，这个钱干事给我说的，我咋知道啊！”这是艾小东的声音。

“唉小东，咱们这事儿，方晨晨他不会知道吧？其他人不会知道吧？要是……我还咋在连里待呀？你……”李成林胆怵地埋怨他。

“唉，不会！我不是给你说了吗，是匿名信没有写咱们的名字，谁也不会往咱俩身上……放心吧啊……”他安慰李成林。

“我看见方晨晨上士心里就紧张，这天天都要见面的，咋弄咧？”李成林为难地嘟囔着。

“没事，咱们就装着啥事都没发生过，啊。”

殊不知隔墙有耳。呸！我全明白了，是你们俩王八蛋干的好事！我咬紧牙关，使劲攥紧拳头，恨不得一下冲出去，狠狠打他俩几个耳光，踹他俩几脚都不解心头之恨。可是，忽然间又想起范林太副主任嘱咐我的话："……小方是结束了在团里执行的任务，才回连队正常工作的……"

常言道：大海波涛浅，小人方寸深；海枯终见底，人死不知心。我攥紧的拳头，使劲向厕所的墙上打了两下。范林太的话在我耳边响起："小心驶得万年船……放下思想包袱，配合好司务长、炊事班的工作，把连队伙食调剂好……我等着你的好消息哦。"

我从厕所出来，仔细听了听，门外没了声音。我心情非常气愤地回到屋里关上门。心想：我没有得罪他俩呀？甚至，平时我们都是黑板报小组的，互相都很尊重对方。真没想到啊！这俩狗东西……我坐在床上想不通，又胡乱抓起我在农场的笔记本，胡乱翻着，看到王公明临别前喝酒时的一番话："人生，就是一盘棋，输赢不定。人生又是场游戏，哭笑不得。生活是场风雨，变化不一。不管现实如何残酷，都应坦然面对。胸怀是委屈撑大的！人生在世，注定要受许多委屈，要学会一笑置之……"

我心里暗想：这事儿一定要告诉林兵副参谋长，告诉范林太副主任，告诉唐明连长、梁东方指导员。让他们知道是李成林、艾小东这王八蛋背后搞我的鬼。他们太坏了！太不是人了！平时，我方晨晨没得罪你们呢，没有给你俩使坏呀！为什么你俩背后往死里整我？要不是范林太、林兵他们，我的政治生命和一生的前途毁于你俩王八蛋手里。鳖孙王八蛋！你俩太可恶了！我一定要告诉大家，让大家知道知道你俩是个什么东西！

我坐在桌前望着台灯，手紧握住笔，思考着。怎么写信给范林太副主任，构思着如何开头写起，他俩人写我匿名信陷害我的事……

我陷入深深的思考中，再一次想起在齐齐哈尔市火车站与范林太离别时嘱咐我的话："回连队给同志们说，你是结束了在团里执行的任务，才回连队正常工作的……你不要有任何思想包袱，该怎么工作就怎么工作，好好配合徐兴荣司务长、炊事班工作，把连队伙食继续调剂好。"

我反复想这件事情，范林太他们会不会知道是谁写的匿名信？他跑到军政治部几次，应该能看到那封匿名信的，看到那信，字体他就能辨认出来。字体辨认出来了，他不就清楚是谁写的信了？这，还用我写信给范林太副主任去揭穿这个谜底吗？

我想起小时候奶奶说的那句话："事要往开里想，人要向好的念。"

我又想起范林太的话："……你是从团里帮助工作回来的，其他什么都不要说。"好，就按照范林太说的，什么都不说。

其实，从我这些年的工作经验来看，领导就是领导，有时他们讲话很讲究方式方法的。能讲半句表达意思，不讲一句。有些时候他吞吞吐吐，看起来讲话很困难，实际上不是。这是领导讲话的策略，他一边讲一边看看你的表情如何，他好再往下延伸。平时，有些领导讲话磨磨唧唧，如果你认为他没水平没能力。错！你大错特错！为什么有的领导批评人都是点到为止，吭吭哧哧不往明里说。聪明人听到领导批评或者不是那个意思，反应很快，马上纠正。有的人就慢些，非等领导发火，才知道不顺领导意思再去改，已经晚了。

此时此刻，我前思后想这封信暂时不给范林太副主任写了，等等看。对于艾、李他俩，我就在他俩面前装傻，装着啥事都没发生一样。这叫作哑巴吃饺子——心中有数。

我又想起奶奶曾对我说过的话："做人呢，仰无愧于天，俯无愧于地，行无愧于人，止无愧于心！宽容就是忘却，学会忘却，生活才会快乐；宽容就是忍耐，学会忍耐，灵魂才会安宁。退一步，海阔天空。宽容别人其实就是宽容自己，因为谁都不可能一辈子不需要别人的宽容……"

是呀！也不知是哪位哲学家说过：经过霜的柿子才会甜。人也同样，经过磨练才会成熟。我经过这档事儿也应该成熟起来了，不能像毛头愣小子了，遇事多思考多动脑筋。

夜深了，我把这件不愉快的事儿先放下，暂不想它。我翻看着近期妈妈的一封封来信，难以抑制我心中的苦衷，泪水夺眶而出。自去农场改造，接受"组织调查"，每次往家写信，信封上都是写着：地址内详。信中更是不敢泄漏一点我在农场"改造"这不幸的消息，都是说那些好听的场面话，搪塞家里的妈妈和奶奶她们。

在我无意时拆开其中一封信看时，瞬间被霹雳劈中一般，傻愣了。

隐约听到妈妈在对我哭诉："你上次回家，走后的第九天，4 月 14 日夜里凌晨，奶奶突然犯心脏病，经送医院抢救无效……去世了。考虑到你刚刚回到部队没几天，部队战备又紧，怕影响你工作，我和你妹妹商量就不给你说了。我想这事你奶奶她也会理解的，也会同意我们的想法。为此，就没发电报给你。两个月过去了，现写信告诉你，请你不要怨恨妈妈。我知道你是个很孝顺的孩子，从小跟奶奶长大有很深的感情。

晨儿，你现在是革命军人了。我们不能因为亲情、感情来影响革命工作，是不是？我想你看到信后，也会理解妈妈的一片良苦用心的。晨儿，你看信后，请不要过于悲伤影响工作，不要责怪妈妈，这些都是为你好。妈相信我的晨儿，你是个明智的人，会化悲痛为力量，干好本职工作。不辜负爸爸、奶奶的在天之灵，不辜负部队首长对你的教育培养，不辜负咱们全家人对你的殷切希望……"

我看着妈的来信，眼泪不停地滴落而下，打湿了手中的信纸。我急忙从抽屉里又翻出入伍时和奶奶照的全家福，奶奶慈祥的音容笑貌，再次呈现在我的眼前……

我冷静后，擦拭去眼泪，伏案挥笔写下《致我亲爱的奶奶》的悼词。悼词是这样写的：

亲爱的奶奶，您走了，走得那么的匆忙。匆忙地不等我见您最后一面，您知道吗奶奶？您孙子我是多么的痛苦和无奈吗？我的好奶奶！我哭啊！我的奶奶！您怎么就这么悄悄离开我们而去啊？

奶奶！现在我满脑子都是您那慈祥的面容和伟岸的身躯，您让我怎么能相信您就这样永远永远地离我们而去了呐？

奶奶，您的一生是平凡的一生，虽然您没留下什么丰功伟绩，但您用一双勤劳的双手养育了您的儿孙，这过程中的艰辛我深深地明白，也只有您才能承受，您用您农民特有的质朴带给了我永远用之不竭的精神财富。

您一辈子团结邻里，主动帮助有困难的人，不知多少次您拿自家的粮食给有困难的家庭，不知多少次您帮助他们解决邻里纠纷，不知多少次给乞讨要饭人食品衣物，但从不求任何回报，只希望人家都过得幸福无忧。您用您大公无私的行动谱写着您的淳朴和善良，无不受人尊重。

在家里，您从不停息您忙碌的小脚，做完家里的就去地里劳动，不论春夏秋冬从未间断，爷爷参加八路军，牺牲在外，您一人含辛茹苦一辈子，把儿女拉扯大，从不在人前哭诉叫苦，默默无闻地为这个家奉献着。

您用您默默无闻的行动谱写了您伟大的一生、灿烂的一生，同时也感化着我们子孙后辈们。但如今您就这样悄无声息地走了，都来不及倾听您最后的只言片语，更无法来回报您的抚育之恩。奶奶！我的好奶奶！您知道我有多么伤心痛苦吗？奶奶！现在即使千言万语，无奈悲痛惊天动地也无法唤回您和我们在一起幸福的一刹那了！也永远没有机会在您老人家面前叫您一声奶奶了。奶奶以后您就再也不那样累了，您也应该好好休息了。

奶奶！现在只能将千言万语和悲痛，化为对您深深的祝福，亲爱的奶奶您一路走好，在天堂您一定要学会休息，学会照顾自己，我们会永远想您，怀念您，奶奶！

安息吧！亲爱的奶奶，我们永远爱您！永远为您祈福！

孝孙：方晨晨 1976 年 6 月 30 日零时

我将写好的悼词收好，又给妈妈和妹妹回了信，告诉她们，我在部队一切尚好，勿念。一起装入信封贴上邮票，待天亮寄回老家去，以寄托我对奶奶的哀思。

夜已很深，我急忙简单洗漱，可躺下还是睡不着，大脑中像放电影一样，把近期发生的事情一幕幕地回放……

第三十一章　祸福相依

时间是治疗人们心灵创伤最好的良药。

我从被“组织调查”和奶奶去世的痛苦阴影中慢慢解脱出来，化悲痛为力量，在连队踏踏实实地工作着，又恢复到正常的生活中。多日未能去喜桂图旗市换面粉了，未能去看张丽她们娘俩，不知张丽她近期怎么样？自我被“组织调查”后，几个月时间里，心里还真有些惦念这位远在异地他乡的老同学。近期又没有去市里换面粉的安排，我也只能顺便到八一农场邮电局再给张丽寄上二十元钱，以补贴她生活之用吧。

时光如梭，转眼已到农历立秋的季节，草原上的草都结籽成熟了。每年在这个时候，也是我们连队要到呼伦贝尔草原上去打草、为连队喂养的羊过冬做准备饲料的好时节。

连里决定由杨生荣副连长和我负责此项工作，组织十一个人到草原深处去打草。我和炊事班张全按照以往经验，我们先将露宿帐篷和所需的行军锅等厨具、粮油酱盐等生活必需品，以及打草所用的大镰刀都准备齐全。这如打仗一样，兵马未动，粮草先行。我们这次执行打草任务，也是如此。我将该准备的都准备好了，包括卫生员小申也通知到了，还让他准备些常用药，防蚊虫叮咬和受伤的、感冒发烧、拉肚子的等药物。

天还没有大亮，参加打草的人员就已经集合完毕。炊事班王雪早早就将热腾腾的鸡蛋面条做好。大伙儿一吃完，副连长杨生荣就在走廊里催促着参加打草的人员：“上车出发了！抓紧时间！”

太阳还未升起时，在昼与夜相交的地平线已出现金灿灿的亮光，映照着东方半边天上的云朵，形成火红火红的霞光，煞是好看。

从阿尔山上向远处眺望，无穹的天际，就如一把五颜六色的油彩伞，笼罩着无边无际的草原这绿色的海洋，时不时还能看到鸟儿在中间穿行飞翔。

我和杨生荣、卫生员小申、韩城、张彪、史二柱、李成林、艾小东、丁宁、姜春山、张全十一人乘坐这辆破嘎斯车，浩浩荡荡向呼伦贝尔大草原进发。

待我们将车开进呼伦贝尔大草原深处后，在这无垠的草原上安营扎寨，大家伙齐动手，搭建窝棚的搭窝棚、张罗挖坑支灶的支灶，大家伙都忙起来了。

我们就吃住在草原上。白天，每人一把用农用大镰刀打草。晚上，坐在草地上望着天空数星星，互相之间讲着有趣的故事。

八月的夜晚，虽然已立秋。但是草原上的蚊子小虫还非常猖獗，这是它们最后的疯狂。睡觉时，如果不把帐篷里的蚊帐整理严实，进来蚊子能把你全身咬遍，严重的都能把人给咬死。这事儿你还真甭不相信，在这大草原上还真有被蚊虫咬死的事情发生过。那年，八一军马场里有位北京男知青，放羊回到牧点，晚上自己喝酒喝醉了，去屋外撒尿，醉倒在屋外草地里，被蚊子小虫活活咬伤中毒死亡。两天后，才被人发现，尸体已腐烂变形。

在呼伦贝尔大草原上，各种野生动物比较多。地上跑的狼、黄羊、兔子、野鼠、狐狸、野猪、野驴等；天上飞的各种鸟类更多，特别是野鸡、丹顶鹤、大雁等。还有一种大鸟当地人叫它老莆（pú），个头比大雁还大，这东西特傻、特笨，开车到跟前它都不飞。那个年代，人们没有保护动物意识，生活又艰苦，要想改善生活就要出去打猎。谁狩猎的动物多，说明这人有本事。生长在草原上、大山里的人们，业余时间出去打猎，打回来的野猪、野兔、黄羊、野鸡等，以贴补家里改善生活。这些都是平常事儿，也是人们提高生活水准的主要方式。

我和杨生荣、韩城、史二柱、李成林在打草空闲带上半自动步枪去打猎。草原上最好打的就是黄羊和老莆，一是数量多，二是这些东西反应迟钝。大草原的八月，正是草深羊肥鸟兽壮的时候。黄羊是群居动物，喜欢几十上百只一起成群结队地活动，对人们还没有过多的戒备心。不过后来到 90 年代，猎杀的人多了，它们警惕性才提高了，见人就跑。老莆这东西也一样，它们原来根本不怕人和车辆，到跟前都不飞，非常淡定。可慢慢地被猎杀的多了，警惕性也提高了，听见动静见人就飞。

杨生荣带着我们几个，拿上半自动步枪开着车，在草原上跑了十几公里。像练习打靶一样，不到半天工夫就拉回几只黄羊和老莆，给打草的弟兄们改善生活。黄羊的瘦肉多，比家养的羊肉吃起来香，口感好；老莆的肉丝特粗，可以炖蘑菇、炖土豆吃，如用青辣椒炒着吃也是别有风味。有一次，我们几个人开车走得远些，打的黄羊和老莆也多，就给连里捎回几只，让连里战备值班的弟兄们享受了一下口福，打下牙祭。

唐明、梁东方吃着那野味，连连夸赞好吃。并捎口信给杨生荣，让他多打些带回连队来。

七天过去，打草任务已接近尾声。下午，我们把打下的基本干透的部分干草装上汽车，准备往连队开始拉运。艾小东、张彪、史二柱、李成林、韩城在车下面，用木叉子把干草往车上装，我爬上车整理干草。

一不小心，一脚蹬空“哎呀”一声我从车上摔了下来。躺在地上全身疼痛难忍，呻吟，无法动弹，痛得我浑身冒虚汗。

正在远处打草的杨生荣，听说我从车上摔下来了，他扔下镰刀，“小申快快，方晨晨从车上摔下来了。”喊着卫生员小申跑过来。

申卫兵给我检查后说：“杨连长，小方他左小腿和右胳膊骨折，需要马上送医院救治。”

“你抓紧给他简单处理包扎固定下，尽快送市医院。小韩，你们抓紧把车上的草卸下，马上出发！”杨生荣急忙果断地吩咐。小申他简单给我擦药包扎固定左腿和右胳膊，痛得我大汗淋漓，“哎哟哎哟。”我的牙都咬破了下嘴唇。

司机韩城他们几个快速把车上的干草卸下，用两根木棍和绳扎成一个简易的单架，这是战地救治的最简陋方法。把我抬上车，用草铺平，让我身体躺稳。

在飞速颠簸的汽车上，杨生荣坐在我身旁伸手扶着我，并安慰道：“小方，你一定坚持，咱们很快就到市医院啊。”“哎哟哎哟！”我疼痛得无法克制呻吟着。卫生员坐在我身边手扶着我的腿，怕汽车颠簸晃动加重我的伤痛。

汽车一路颠簸用了三个多小时的时间，才把我拉到喜桂图旗市人民医院。杨生荣、小申、韩城和张彪把我抬进医院急诊室。

就在我躺在急诊室急救床上，镁光灯下大夫们处置时，杨生荣跑到邮局，给唐明连长打长途电话，向唐连长和梁东方报告了我摔伤的情况。

唐明在电话里明确告诉杨生荣：“你们先让医院急诊大夫处理包扎好，暂不要住院，等我去后看情况再定！”“好好好，放心连长。”

人民医院的急诊室医生给我做了检查，确定左小腿和右胳膊是粉碎性骨折。他们给我打了针止痛药止住痛，又对两处骨折进行了拍片。然后，做了上药包扎和固定处理。这些都是在麻醉中进行的，待我醒来后才知道。

一名大夫到急诊室门外喊：“哪位是病人的负责人？”

杨生荣正好从邮局打电话赶回来，听到大夫在喊，急忙跑上前：“大夫，我是，我是负责的。”

“给单子，你抓紧办理住院手续吧，伤已包扎处置好，骨折的两个部位暂时固定，还需要住院进一步检查治疗。”

杨生荣很不好意思地：“谢谢您大夫！人没事吧？”

“没事！左小腿和右胳膊两处粉碎性骨折，虽然无生命危险，但还需要住院进一步治疗。你快去办住院手续吧！这个单子你填写下，送到住院处窗口。”他把住院单交到杨生荣手里又进急诊室去了。

小申、韩城、张彪围上来问杨生荣：“连长，给唐连长打通电话了吗？要不先抓紧办住院手续吧？”

“不。唐连长说等他来后定，等等吧。”杨生荣手里拿着那住院单松了口气，说着一屁股坐到走廊的椅子上，明显心身有些疲惫。

晚上,唐明赶到市人民医院急诊室。简单听取了杨生荣的汇报后,他看了看手表,果断地说:“还来得及，我去给大夫说。今晚乘火车，把方晨晨送齐齐哈尔三二二陆军医院。那是咱们部队医院，技术设备和条件都好，万一在这医院耽误治疗留下什么后遗症，责任难担。嗯，你马上到火车站买三张去齐齐哈尔市的火车票，尽量卧铺,在候车室等我们。韩城、张彪、小申你们分别去准备单架,再准备点吃的喝的。事不宜迟，要快！我去找大夫。”此事，还是当领导的想得周全，说走就走。经他与急诊室医生协商，很快就办妥了转院手续。

当晚，人民医院派救护车把我和唐明、卫生员小申送上火车。由于太急促，卧铺票已售完，杨生荣只买到三张硬座票。到火车上，唐明找到列车长说明情况。列车长听说是解放军送重伤员，“哎呀，卧铺车厢确实没有铺位。这样吧，把你们安排到火车的餐车厢里休息好吗？”“行行。只要能放担架，我们的同志能躺就行。谢谢您费心。”唐明满足地说。

他们一起把我抬到餐车车厢。“来来来，用这个毛毯给铺垫好。”列车长还拿来了公用毛毯给我铺上。

就这样我躺在餐车过道的单架上，只听见列车在黑夜里轰隆轰隆飞驰着。唐明和小申都累得趴在饭桌上睡着了。小申他怕我在车上疼痛，又给我服了镇静药，又打了止痛针。我躺在那儿望着他们疲惫的身躯，听着轰隆轰隆火车奔驶的声音，昏昏沉沉地睡着了……

第二天早晨当我醒来时，已到达了齐齐哈尔三二二陆军医院骨科。医院一早就安排好接站的救护车和骨科的病房。

后来才知道，梁东方在连值班室按照唐明的安排，及时向团部范林太副主任报告了此事，请求范副主任给予方便。

范林太副主任的夫人李静巧在三二二陆军医院骨科当主任大夫，恰好那天她在值夜班，李静接到丈夫范林太的电话后，连夜在本科室作了救治方案，并安排救护车。她一大早亲自带着救护车到齐市火车站站台上接的我们。

住院后，李静大夫和几位医生给我做了全面检查，还给右胳膊、左小腿上了药，重新打了钢板和石膏。当我回到病房安顿好，已是下午三点多钟了。

我隐约听见唐明和李大夫在病房门外走廊里交谈。李大夫笑着说:“放心吧，你们来之前老范都指示过了，我们会全力以赴……”

唐明和李大夫进来笑呵呵地说:“小方，一切都安排妥了，这里有李主任，你在这安心养病吧。现在战备太紧，我和卫生员就回去了，还有什么需要捎来的东西没有啊？”

“谢谢李主任！麻烦您啦。”我腼腆地说道。

“客气啥，都是自己人。”李静笑着。

“谢谢您连长！嗯，如有人来，把我那套高中复习练习册捎来吧，我……我……”我感激地哽咽了。我知道，伤筋动骨，怎么也得治疗一段时间。这个样子，在医院怎么过呀？书是我人生中的恩人，自从离开家乡，书就成了我一生的相伴。书，闲来能做朋友与我相伴，忙时能帮助我，取得更多收获；失意时她最能安慰我，给我自信；成功时她能提醒我，使我不骄不躁……

唐明听后就哈哈笑道：“好啊，你这样子还没忘学习呀？没问题，待老徐或梁指导员谁来时，一定给你带来啊！你在这儿好好养病，听李主任的话。嗯，再见吧。”唐明离开了病房，卫生员小申也随唐明挥手向我告别走了。

我瞪眼看着他们走出病房的身影，心中突然感觉酸酸的，有一种失落和无助，眼泪又在眼眶里打转……

李静主任进来看到我在抹眼泪，走到我床前微笑：“怎么啦小伙子？嗯，这么大小伙子咋哭鼻子啦？来来……”她笑着把她身后跟着的一位护士拉过来对我说：“这是我们科王红梅护士，是专门负责照顾你的，有什么要求尽管给她讲，她会帮你解决的。”

一位白衣天使，一身洁白的护士服，一米六八的个头，亭亭玉立，如一朵含苞待放的莲花，头顶白色蓝边的护士帽，白净的圆脸上有两个小酒窝，一双水汪汪的大眼睛，高高的鼻梁，樱桃小嘴微微一笑，点头道：“你好！我叫王红梅，你就叫我小王吧。”说话爽快利落，没有一点羞羞答答的感觉，不愧是军人。

我看着她，努力将身体稍微欠了一下，礼貌地：“您好，麻烦您啦……”禁不住用眼睛的余光瞟了一下，像触电似的眼神马上迅速避开，又吃惊地瞪大眼睛瞟她一眼，不好意思地急忙回了一句，“唉……是你？”半张着嘴，再不知说啥好了。

“是你？”王红梅瞪大眼望着我惊讶地向前一步冲我喊道。

“哦，原来你们俩早认识呀？”李静主任很惊讶地问。此时，李静主任笑眯眯地对王红梅说：“好啊既然这样，小王，方晨晨交给你了，一切全由你负责。”

“是！请首长放心。”王红梅转身向李静俏皮地打了立正，做了个鬼脸。

李静拍了拍王红梅的肩笑眯眯地说：“淘气鬼！”她说着离开了病房。

“是她？”我的大脑中，迅速闪回今年年初的一幕……

那是今年二月某日，刚过完春节，我乘火车到团部出差办事。火车到齐齐哈尔市火车站，我随着下车的人流从火车站出口出来。在车站广场上听到火车站大楼上报时的钟声，已是凌晨三点。广场上人们都急匆匆赶路，找旅店找饭馆。

我背着公务包为难地想，现在这点去团部方向肯定是没公交车了。如果等乘公交车，那只能等到五点钟的早班车。这是等，还是现在步行走到团部呢？

说实在的，天气零下二十多度非常寒冷，距离团部大约有十公里左右的路程。夜色还是雾蒙蒙的，马路上的路灯不知多长时间没擦洗过，一个个都灰蒙蒙的混浊暗淡无光。

我想：革命军人，穿着军装，无人敢怎么着我。走！自己安慰着自己，像《智取威虎山》里的杨子荣。抖动下身上的皮大衣，整理一下歪斜挎的背包，大步走出火车站广场。

我沿着和平大道走去。虽然我大胆往前走，心里还是有点点的害怕，不是怕鬼，城市里也没有什么鬼，只是担心遇见上抢劫的。虽然身上没带多少钱，但包里有连队人员编制报表，这可是绝密的东西。自己就在路边捡起一根一米多长有黄瓜那么粗的木棍。拿在手里给自己壮胆，嘴里还哼唧着《智取威虎山》杨子荣打虎上山选段：穿林海，跨雪原，气冲霄汉……

“放开我！放开我……流氓！来人呐！抓流氓啊！抓流氓……”声音是从右边一个黑暗处喊出来的，细听是个姑娘声音。我一下来精神了，手握木棍循声跑过去。

不错！是一个年轻的姑娘，在昏暗处，被三个小流氓纠缠着、拉扯着，“嘿嘿，妹妹，陪哥哥玩……玩玩啊……”

“混蛋！流氓！臭不要脸……”这姑娘扯打着三个小流氓，嘴里不停地漫骂着他们。双方将持着，明显小姑娘打不过他们，很快被三个小流氓往黑暗深处的胡同里拽拖去……

“住手！住手！啰啥咧？黑天半夜咧还……”我三步并作两步，手持木棍冲过去。挥动着手中的木棍，朝他们打过去。好嘛，恰巧正打在一个流氓拉扯姑娘的胳膊上，他“哎哟”一声迅速放开那姑娘的手。我一个侧身跳跃步，一下把姑娘挡在我背后，手持木棍胡抡打着。嘴里还故意吓唬着对方喊道：“我是解放军！干啥咧？你们给我老实点！不然……”

他们看我穿着军大衣，被震慑住了。那时候解放军可是正义的化身，无论流氓，还是小偷看到解放军就胆战心惊。他们看我的动作以为来势不小会武功呢，互相使了个眼神，不知是谁喊“弟兄们，快跑吧”，他们像兔子一样，撒腿就跑。我抡起那木棍喊道“我让你他妈地跑……”后边那个矮个子慢了一步，被我抡打过去的木棍正好重重打在了他的后背上，“哎呀”一声，他们都消失在夜幕里……

打走三个流氓，我转身才发现，那姑娘她被吓坏了。她的两只手，向前死死抓住我的皮大衣，全身在发抖，嘴里还不停地说：“谢谢，谢谢你，谢谢大哥！”

我很随意地说道：“没事儿，不客气！”她看我在护着她，并轻松的样子，她的身心也放松下来了。低声冲我问道：“大哥，你……你是当兵的？你……你是哪个部队的？”我这时很男子汉的口气安慰她：“没事，没事啦！别怕。有我在，他们不会……哦，我是空军的。嗯，这不，也是刚下火车……”

“哦……大哥，我也是当兵的，是三二二陆军医院的护士。嗯，你看，我这探亲回来刚下火车，也是……就，就碰上小流氓啦……”她感激又哭泣着自我介绍道。

“是吗？我们都是当兵的？不哭，革命军人流血流汗不流泪，你说是不是啊？”我拍着她安慰又鼓励。我笑呵呵地又拍打着她肩膀，故意打趣她说：“唉，我们在这相遇是缘分，你说对不对呀？”我是想让她心情放轻松些，不要太紧张。

“您真……”她看我一眼说。

我看她不哭了，又问：“唉护士同志，你是回医院还是……”

她听我这么一问，明显没那么恐惧，精神也放松了好多，脸上出现了一点点笑容，对我道：“嗯，我要赶回医院去，假期今天已经超过两天啦，再不……”

我拉了一下她的衣服，“走！我送你回医院去。”这无形中我已表现出男子汉的气势和胆量。

“唉，大哥您？”

“嗨！没事，你看，离天亮还有段时间。嗯，如果现在让你自己走，黑灯瞎火的没有公交车，我……我咋能放心你呐，啊？不用担心我。”冲她贫嘴地笑道。

“谢谢大哥。”

实际上，她也有意思让我保驾送她到医院去，作为姑娘的她只是不好意思张口罢了。我这样一说送她，正合她意，急忙又羞涩地冲我道谢。

“走吧！谢啥呀？”我拉着她往三二二陆军医院方向走去。

在路上，我们之间互相东拉西扯地说笑着，到医院门口，“好了，你赶紧进去吧，我们就到这。唉，这是俺的通信地址，方便时……”我把写好的纸条递过去。“嗯大哥，这是俺的医院，在骨外科，您有时间来玩。俺姓王。”我俩互相交换了通信地址和姓名。

人生是有缘分的！有缘千里来相会，无缘对面不相识。人生就是讲一个缘分，如果有前世的缘，必然就有后世的份，结下的情谊。生命本来就是一场漂泊慢旅，遇见谁是一个美丽的意外，我们有幸相识相聚是一种机遇，是一种缘分。我和梅儿她认识真的是缘分，太偶然。如果不是那次英雄救美的举动，如果不是这次突然受伤来住院，我确信在茫茫人海中的她和我，今生今世注定参商永隔。这次受伤住院，就这么巧我住在她工作的骨科，又派她来护理我，世上就有这巧事儿，真是无巧不成书。这也可能是我和梅儿前世结下的缘，今世相见了。常言道：不是你前世欠我的情，就是我欠你的谊。来世，就一定会见面，还上前世情谊。

王红梅送走唐明和李静大夫，咯咯地笑着进来就说：“唉！那次你救我后，我还真到空军部队找过你唉。谁知道齐齐哈尔市有两个空军部队。嗯，我呢？先到大民屯航空兵飞行师。嗨！到警卫室一问没这人。我又坐公交车到空军雷达团问。嘿，还是没这个人。我心里想，完了！遇到活雷锋啦。我想，算了。人家不给俺傻姑娘说真话，俺也就放弃啦！哼，好啊！今天你自个儿送上门来啦……”看把这单纯率真的她高兴的，如失而复得的一件宝贝似的兴奋而又激动。

“是吗？”我被固定在病床上动不得，只能望着她说笑。

“是呀。”她像主人一样，忙碌地收拾病房的东西，又倒了杯开水端到我床头。她无拘无束地坐在我跟前笑着：“好了，就剩咱们俩了。嗯，现在你是首长，我是勤务员，你需要什么就说，只能动口不能动手。但是，治疗上，打针吃药，你得听我的，这方面我是首长。怎么样呀？方晨晨同志。”她那两只勾人灵魂的大眼睛，水灵灵的黑白相间的眼珠，在她眼眶里滴溜溜转动着，一张笑盈盈白里透着红润的鸭蛋脸，两个小酒窝随着说话的节奏，上下跳动着，俏皮地冲我咯咯咯地说逗着。外人不知道的还以为是老熟人呢，整个一疯丫头，无拘无束的爽朗。这，哪儿像才是第二次见面呢？哪儿像陌生人？哪儿还像病人与护士的关系呀？纯粹是多年未见面的老朋友。

她这样儿，我倒不好意思了。不敢正面看她，腼腆地：“好，我都听您的王护士。”对于我和她大半年前的邂逅，后来根本没有音信来往。当时我们虽然是互相留了通信地址，可谁也没主动写信呀？天下之大，人口之多，偏偏我俩在这儿又相遇了。不但相遇，还成为病人与护士的关系。你说，世上就有这么巧合的事？至于她说我：只能动口不能动手，我现在骨折成这德性，也只能有动口的份了，你王红梅让我动手，我也无能为力呀。

她咯咯地笑着：“好啊！你说了都听我的，不能后悔呀。”她没有一点陌生感，就如多年的老朋友到一起，对我没有任何矜持拘谨，我倒像小姑娘腼腆地点点头表示同意。

“等着啊，我取药去。”她一阵风似地跑出去了。在以政治挂帅，以阶级斗争为纲的年代，一颗红心永向党，自己的一切都听组织安排时，人们的阶级斗争意识特强，唯恐被阶级敌人拉下水，谁敢乱结交不了解的陌生人。就甭说那个特殊年代，就她一位漂亮的大姑娘，是女军人，如果家庭没点背景，怎么能当兵，又怎么能到这么大的部队医院当护士？平时，我见到的女兵、女军人傲气得很嘞。穿着一身得体的军装，脚蹬黑皮鞋，仰头挺胸，走起路来一步两晃牛气得很。见到我们这些农村小战士，不屑一顾。我是农村乡下人，心里无形中就有很大的落差感。而王红梅却不是那样，她没有女军人那种自我、高贵、傲气十足的表现，反而使人感觉亲切热情。可能我也是军人，小伙子长得很帅，一米八〇的个头，浓眉大眼，高鼻梁，声音浑厚，一听底气很足，标准的小帅哥，才打动了姑娘她的芳心。进一步说，我对她有救命之恩，还有英雄救美的一段情缘。再说，她的李静主任李大姐的爱人范林太副主任，又是我的老领导、老首长。我方晨晨站在人前，没有对不起王红梅的份儿，并且我又有男子汉的气质。她，王红梅对我又有啥可挑剔的?

我这么胡思乱想着，她从外边取药回来，笑呵呵顺手拿起床头柜上的水杯和吸管，“方同志，现在把药吃了。”

她喂完我药，坐在床边上，突然严肃地对我:“方晨……”

嗯方晨?她是第一次就这样称呼，让我吃惊，赶忙应道:“王护士您?”不解地叫了一声。

“嗯，您看啊，咱俩这样行不行?你别叫我王护士，怪难听的……别人称呼我是没办法。”

“那?我……”我不解地结巴着问她。此时的我，男人的阳刚之气显得微弱，她那女人阴柔之气倒显得强势。要说当时的气场，那整个是阴盛阳衰。她看我有点那个，就急忙大大方方地解释道:“嗯，晨哥!你看啊，你的岁数比我大一岁。嗯，我们家呢，就两个女孩，我还有个妹妹在上学。我呢，嗯……我很想有一个哥哥。你呢?很像我梦中的哥哥……嗯以后啊，我就叫你哥哥吧?你就叫我梅儿(妹)，好不好啊?”她说着，并借整理我后背棉垫的机会，手推了推我的左肩。她瞪着水灵灵的大眼，笑眯眯地望着我，等待我的回答。

她这样的称谓，使我始料不及，我急忙阻止说:“王护士，甭开玩笑啦，我……”我听后心里异常兴奋，但又不敢相信。不是在做梦吧?还没有异性这么大胆地向我提出这个问题，太突然了!我没有一点思想准备。更何况我是在受重伤不能动弹的时候，吃喝拉撒，全在病床上，整个是废人一个呀。万一,万一我这伤恢复不好，留下后遗症，成了半残人怎么办呢?“王护士，您甭开玩笑啦。俺这……咋能……”

“不是开玩笑，我是认真的!你……”她仰起脸不高兴地撅着小嘴又冲我说道:“哎呀,我是认真的,叫你哥怎么了?犯法吗?”她转身背对我站着,生气了。也可能，我这样的拒绝，伤了她姑娘的心，脸面上有点挂不住。

这事，人家姑娘大胆说出来，也可能是经过深思熟虑的，不是随便张口乱说的。你方晨晨，拒绝姑娘的好心，这也太伤人家姑娘的自尊心了吧?也太自不量力了!我看她真生气了，有点后悔，想急忙挽回这尴尬的场面，维护王红梅姑娘的自尊，赶忙说:“好好，行啊!只要你……”

她立刻转身过来，喜上眉梢地叫道:“哥，哥!”还上前撒娇地笑着冲我喊:“哥，你叫我呀!叫啊……”

我胆怯地小声叫道:“小妹。”“哎哎!哎……”她答应着，得到了满足。

此时她呵呵地笑着转身跑到门口关上门,又转身笑呵呵地对病床喊:“哥,哥。啊，我有哥哥啦!我从今天有哥哥啦!呵呵……”她的笑喊声中透着一股傻劲，那傻劲里透露着天真纯洁无瑕的暧昧。她的喊叫好像在向世人宣布，向世人显耀，她有哥哥啦。就如几辈子没有过哥哥，今天终于盼来哥哥一样迫切、激动、兴奋!

我都怀疑她精神上有些不正常，认了个哥哥就那么兴奋吗？但是，你如果站在她的角度想想，也可以让人理解。那个情窦初开的她，也正处在朦胧爱意溢满眼睛的时节里，有这种单纯的冲动是正常的，无可非议。

此时我也被她感染得非常激动。只是我心里的压力，和这身体上的伤势这么严重，无法预测治疗效果会如何？怎么都高兴不起来。

第三十二章 自愧不如

就这样我捡了个妹妹，像月亮那样明媚皎洁的好妹妹。

王红梅她也真把我当亲哥哥照顾，吃喝拉撒，洗脸擦背，穿衣戴帽，在轮椅上推着我遛弯，讲故事，成了形影不离的人。该她休息时也不休息，待张琴、金英两护士当班时，她也守护在我身边，当金英护士给我换药时她总站在一旁盯着，时不时心痛地说:“金英，你慢点，动作不能太大，伤口会痛的。”

她看着人家金英护士为我翻身换被褥。她唯恐弄痛我的伤口，“金英你轻点。来来来，还是我来吧。”她把金英护士说得不好意思，转身就离开了。

“看你，把人家金英都说跑了。你这样会得罪人的。”

“您甭管！哼，不是谁的人谁不心疼。”她也很生气的样子。

后来,梅儿不再允许别人给我打针、换被褥,她成了我的专一陪护。她还跟我说:“谁给你打针我都不放心，她们喂你饭和水，我都担心烫着你，张琴、金英她们为你换被褥我都怕弄痛你，没轻没重的。哼！不是谁的人谁都不心疼。”她这句话说得我心里暖暖的。不是谁的人谁不心疼，这么说我已经是她的人啦？真是一个痴情的傻姑娘、傻妹妹呀。

在夜深人静睡不着时，我的脑子里也会胡思乱想。自己问自己，我和王红梅护士这是在谈恋爱吗？可是她也没说与我处对象谈恋爱呀？王红梅她只是认我当哥哥，我也不要自作多情了。人家是城里有身份的双军人家庭，能跟我方晨晨处对象？嫁给我这个农村穷小子？真是癞蛤蟆想吃天鹅肉，知心妄想吧！我又把自己给否定了。

要说谈对象，六七十年代过来的人都知道，姑娘小伙子到谈婚论嫁的年龄时，是比较传统的，自由恋爱的是少数。大多数还是由媒人或者是介绍人，或者是单位组织出面，根据男女双方家庭、本人年龄长相情况，八九不离十。就将男女双方的情况给对方一一介绍，或者把男女双方拉到一起一见面。如果双方同意就淡，不同意就各自一走完事。如果是女方或者是男方，单方看上另一方，也要托媒人去说合的,没有一方直接去追另一方的。如果那样做被对方拒绝,自己感觉很没面子。后来，改革开放，人们的思想也开放啦，学着电影电视上的男女做法，才有你追我、我追你的自由恋情。

那个年代的人，可没有像现在社会中，男女双方你情我愿，不领结婚证就住到一起，同居在一起过上日子，老公老婆地喊叫着。过上三年两载的，俩人一闹矛盾一翻脸，就劳燕分飞各西东，谁也不欠谁的。还给自己起了文雅的名字，叫啥——试婚？

转眼十几天过去了。我的左腿和右膊打着石膏，虽然行动不便，但左脚可以动，右胳膊五个手指也能动弹，没有了疼痛。经过医院拍片进一步检查，梅儿她兴奋地告诉我“哥，你的伤恢复得不错，从片子上看，李大夫她们讲，骨骼已开始愈合，你可以适当运动，以防肌肉萎缩。”

“是吗？”我听后也非常高兴。我可以看书了，也可以下床了，这十几天我吃喝拉撒全在病床上，五花大绑不能动。这终于可以下床，到外边透透气了，快憋死我了。

有时间我就看看数理化和鲁迅文学集之类的书。一本好书，宛如洞察秋毫的大师、饱经沧桑的老者，指点你如何铲除浮躁，抚平你心灵的创伤。书，有时也是一把冷静的梳子，静静梳理你的心境，让你撒出孤独苦恼的心火，使你变得淡定坦然面对困境。书，是打开我暗室的钥匙。读书多了，感觉好多通道打通了，思考问题的方式改变了，遇到不幸的事情心态也从容了。虽未抵“腹有诗书气自华”之境，但书对我的浸染的确有潜移默化之功效。

在那“知识越多越反动，臭老九、白卷先生，我是中国人不需要学外国语言的革命小将的造反有理”的岁月里，我还傻乎乎地拼命看书学习，他们都说我是“神经病。”我与书相伴这几十年，感觉每本书都像一位恩人，在点化我、激励我，也在培育我、成就我。

下午 4 点钟左右（1976 年 9 月 9 日），我正躺在病床上看鲁迅小说《呐喊》。

梅儿哭丧着脸一头撞开我的病房门，扑到我床上抱头就哭，哽咽着：“哥，哥，伟大……毛主席……逝世了。”

啊？毛主席逝世了？几秒钟，我都没有反应过来。瞬间，在整个医院大院、走廊，哭声四起。窗外，医院大院里的广播喇叭里，连续播放着这个不幸的噩耗。

就这样，一个晴天霹雳，在中国九百六十万平方公里的大地上炸响。噩耗传来，人们几乎都由衷悲伤地失声痛哭。

梅儿的眼泪弄湿了我身上盖着的军被，那个伤心啊，哇哇地哭……失去父母也不过如此吧！你还甭说，人们都是这么发自内心说的：“天大地大，没有党的恩情大，爹亲娘亲，没有毛主席亲。”

我强忍着悲伤劝她：“你别哭了，哭得我好难受。”左手用手帕擦去梅儿她的眼泪和鼻涕。“你们都坚强点，光哭有啥用啊？你们……”只听走廊里李静主任在布置任务，严厉地说：“按照院领导的要求，各科室派人自己去买黑纱和制作花圈，咱们骨外科也赶快落实。”

这一夜，梅儿参加完科里制作的花圈临时灵堂和黑纱的分发佩戴任务后，已是凌晨两点多了。她疲惫地回到我的病房，一屁股坐在病床上，愁眉苦脸一声不吭地陪我在病房里并肩而坐。

东北的秋夜还是有些寒冷的。我俩无睡意默默地坐着，也不知在等什么，要干啥，我傻头傻脑地坐着。病房的走廊里，持续不断地听到不知是病号，还是医护人员的呜咽声，那么的凄凉和悲伤。犹如世界末日来临，地球将要毁灭，人类将要灭亡似的深沉凄凉。此时，的确让人们感到历史的进程已到头，既漫长又匆匆，不知来自哪里，又不知终归于何处。社会、人心，一切突然变得无序，无依无靠，感到茫然失措，天塌了，中国似乎到了末日……

梅儿的手，一直紧紧地缩握在我的手里，有种踏实的感觉。我俩从国内形势说到国际形势，又从国际形势说到了国内现状。我们不敢猜想中国的未来，很担心中国从今往后怎么发展，向何处去……

我对她说：“哎！许多人深爱着毛主席，但未必都能深刻认识到毛主席他老人家到底是谁？”

“哥！你傻了？全国人民、全世界都知道毛主席，毛主席就是毛泽东啊……”梅儿猛抬头惊讶地冲我说。

我用手刮了一下她的鼻子，呵呵冷笑着说：“傻丫头，我知道毛主席就是毛泽东。嗯，其实，毛主席已不再是一个具体的肉体，毛泽东早已成为中国社会民众的集体共识，一个巨大的精神符号，一个崇高的文化图腾！他老人家凝聚着无数人的意志，表达着普遍民众自身不能实现或者不敢实现的心灵渴望……”

王红梅她瞪大眼睛望着我，似懂非懂地听我说着，宛如一个儿童天真地在听一位长者讲故事。我又抚摸着她的头发，以老者的口气对她说道：“毛泽东是穷人翻身解放的渴望，是公平与正义的化身。他看不得社会上有人压榨别人，更容不得以强欺弱人吃人；毛泽东是无私无我的伟人。他不是一个封闭的自我，更不是一个自私的个体！他的生命与人民大众的生命连在一起，与我们心连心；毛泽东主席是智慧和力量的象征，他一生的政治、军事、经济、文化韬略，展示出极高的思想境界，产生出震古烁今的强大力量，成为无数人苦心参悟的哲学家；毛泽东主席是真诚和忠诚的象征，他有着赤子般的率真坦诚，他忠诚于人民，忠诚于信仰，忠诚于中华民族。他的忠诚，让那些玩弄权术、搞阴谋的政客们失魂落魄，显得黯然失色，猥琐不堪；在毛泽东主席身上充分体现出傲骨和大气、多情与浪漫、无情和冷严，是理想与理性、青春和朝气的化身。人类最可宝贵的各种精神元素，凝聚成了壮丽的毛泽东形象！成为人类进步文化的人格象征……”

梅儿她听着我对毛泽东主席的评价，没有任何的反对意见，总是连连点头赞成。

当时我是怎么总结出来的，现在我都说不清，回想起当时我那口气还好笑，纯粹是一个胡诌八扯之人。

天亮了，窗帘布外透出一丝丝光来，我俩也不知是啥时候睡着的。“慢点您。”我听到走廊里的说话声，突然睁开眼睛，哎呀！梅儿什么时候躺在我怀里。她枕着我的胸脯，我搂着她的脖子。看她眯缝着那双大眼睛，小嘴闭合着，小脸红润，像一朵含苞待放的睡莲花。

她还在梦乡，和着一身洁白的护士服睡得正甜，那隆起的高高的胸脯，随着均匀喘气而上下浮动着。我看她脑袋轰的一下，心跳加速，脸唰的一下就红了。这可怎么办呀？极度惶恐中,我想悄悄把左胳膊抽回来,没想到刚一动弹她就醒了。“嗯？哥！我啥时候睡着了？”她坐起身，用手擦了擦眼睛问。

“啊，啊……我也不知道……我也睡……”不好意思地说道。这就是我和梅儿第一次同床。在医院的病房里，我们相拥一夜。我自己虽然觉得害羞，可在内心没有丝毫的畏罪感和愧疚感。常言道：身正不怕影子斜，脚正不怕鞋歪。更不用说我受伤病倒到如此地步，就算有贼心，可没有做贼的体能啊！

可我还是在这慌乱中反复向她说:“梅儿,对……对不起呀！是我……是我……”她看见我语无伦次诚惶诚恐的样子，扑哧笑了，很镇静和无所谓的样子，大方地笑着说:“哥！看把你吓的。我也没说啥，这是我的事儿，嗯。哎，再说了，我们也没做什么呀！哈哈……”她真没把这当回事儿。

也许是上帝的刻意安排，就是这个住院的机遇，日后却在我和梅儿之间演绎了一场曲曲折折、悲欢离合的爱情故事。

9月18日，天安门广场隆重举行百万人追悼大会，为毛泽东主席送行，全国各地各单位同时也举行隆重的追悼仪式。

当时，梅儿她用轮椅推着我参加了三二二陆军医院在医院广场上举行的追悼毛泽东主席仪式。全体员工、医护人员、住院病人都佩戴黑纱，胸前别着小白花。还没等广播里播放追悼毛主席仪式的实况，广场上的人们就呜呜哭声一片。

我和梅儿在广场的队伍里，梅儿她站在那儿也泣不成声，她的手紧紧抓住我的手，依靠在我身旁的轮椅上，恐怕我跑掉似的。别看梅儿她快言快语，她的心是善良的，也是脆弱的；爱是深厚的，也是纯洁的。

我如大哥一样紧紧抓住她的手，不断安慰她:“不要哭，坚强些，我们要化悲痛为力量……”她看我眼里也含着泪又依靠到我身上，弯下腰，脸贴近我的脸，小声说:“哥,我好怕。周总理、朱总司令都不在了,毛主席又没了,国家怎么办呐……”我听她这么说，心想：小小年龄忧国忧民，真是长大了，不只是单纯天真的毛丫头了，成熟了，是个有思想的人了。真是使我对她刮目相看，从内心佩服。

“不怕，还有党中央呢！”我很坚信地对她说。虽然我嘴上这么对她说，可我心里也在打鼓犯嘀咕。是呀！1月8日周恩来总理逝世，7月6日朱德总司令逝世，7月28日唐山大地震，死亡二十几万人。现在，毛主席又逝世了，党中央失去主心骨，我们失去了伟大领袖，伟大统帅，以后怎么过呀？

这天下午，我一人静静地躺在病床上，似睡非睡。突然，我有一种触电的感觉，睁开双眼，“梅儿，你……”心里一阵惊喜。梅儿她坐在我的病床前，她那美丽的脸庞带着丝丝笑意，用那双勾我魂魄的眼睛，正关爱微笑地望着我不语。使我内心激动，心中的爱化作感激之情。

“哥，你醒啦？嘿嘿……你看！我给你拿什么来了？”她天真无邪地笑着，手指着床头柜上一网兜东西说。

“啊！”我望着她给我买的一网兜子国光苹果、菠萝罐头、蜂蜜。这些东西在当时来说，价格也不便宜，不是病人不会有这种口福的。

“哥，我在你睡觉时进来的，怕打扰你睡，就坐在你的床边，看着你这静静熟睡的模样真开心。”

我不好意思地：“梅儿，又叫你破费了。哎你看，我写了一首打油诗《赞毛泽东》，请你批评指正。嗯我是用左手练习写的，字体歪七扭八，不好意思啊，请你见谅。”我从枕头底下拿出一张纸条，递给梅儿。

“啊！是吗？哥，你还会写诗呐？我看看，学习学习……”她笑着接过我写的纸条，就大声地读起来。

赞毛泽东

武装革命，夺取政权；
依靠民众，为官清廉；
对内爱民，对外友善；
不怕封锁，不畏强权；
一穷二白，脊梁不弯；
自力更生，建设家园；
崇拜英雄，敬重模范；
全民一心，振奋向前；
整官治吏，运动频繁；
为政勤勉，贪腐胆寒；
美帝敢抗，苏修敢反；
抗美援朝，援越助柬；
整党强国，世界骇然；
丰功伟业，万代流传！

“好！好好，太好啦哥，我收藏了！”她笑呵呵地把我写的打油诗装了起来，还怕不牢靠，又用手拍了拍白护士服口袋。

梅儿她是个很细心的人，平时她怕我寂寞，怕我吃不好，在她不当班时也跑过来照顾我，顺便买些好吃的拿到病房来，和我在一起谈天聊地。

今天她又不当班，特意买些好吃的跑来，继续与我讨论鲁迅的《呐喊》和《祥林嫂》，俄国高尔基的散文《海燕》、奥斯特洛夫斯基《钢铁是怎样炼成的》等。实际上，我也是一瓶不满、半瓶晃荡的水平。一个农村来的穷小子，站在她面前，与之交往，心里很不自信。只能靠平时学的那点东西来逞能，在她面前表现一下。还好她是初中文化，好糊弄些。

就拿我给她讲百家姓中的人物历史故事来说吧，她还真不了解。我给她讲，我们姓方的历史上有哪些著名人物，她们王姓中历史上有哪些重要人物，这些姓氏的起源，她真不了解。听我说她还很好奇，“哥，你给我说说历史上王姓的起源和主要人物吧。”

我笑眯着眼，装腔作势地问：“说说？好，说说。”我先喝了一口水，润了润嗓子。卖关子地欠了下身体，使自己的身体躺得舒服些，装腔作势地说：“每一个人一出生就继承了家族姓氏，它既是我们与生俱来的代号，也是血缘关系的符号。你了解这个跟随自己一生的符号吗？它的本义是什么？主要发源地是哪儿？你王姓的王字来说，王字本义为天子、君王。在甲骨文中，该字是一个象形字，其字形很像一把很大的斧头，最上面是斧柄，下面则是宽刃。这强有力的武器，被视为实力和权威的象征。王姓主要有三种来源：第一种出自姬姓为周文王之后。后来衍化三支王姓族派。第二种出自妫姓，为齐王田和的后代。齐国被秦国灭亡后，田氏子孙被贬为庶民，但齐人们自称其为‘王家’，后人遂以‘王’为姓。第三种出自子姓，比干是商王太子的次子，为子姓，因此干本为王族，子孙改为姓王。现在的王氏族人一致把当年东周灵王太子晋的居地（今山西省太原市）作为发源地。要说王氏族人，是百家姓中的第二大姓。姓王的历史上有名的太多了，简单地说，有王昭君、王羲之、王献之、王维、王安石、王守仁、王良、王陵、王孝通、王孝杰、王杰、王国维、王铭章、王若飞、王明、王震、王进喜，还有电影演员王晓棠、王心刚。嗯，还有著名护士王红梅等等。王姓名人太多了！”梅儿听得正入神，突然一说她，她一愣神儿，没有反应过来。

待她反应过来后，用她那细白细白的小手连拍打我：“哥，你真坏，你真坏！我哪是名人，一个无名小卒。”

“哎哥，你们姓方的呢？”梅儿又拿水杯递过来问我道。

我接过水杯喝了口水，“嗯，要说我们姓方的也很厉害。相传上古黄帝神农氏之裔。方姓，以河南为发祥地，后来，南方各地出现的方姓，有些成为望族，均是河南方姓向南搬迁的结果。西汉末年，固始县籍，汝南尹方口，为躲避王莽之乱，迁移到安徽歙县东乡安家，其三孙之长子方赞的子孙繁衍迁徙于严、衢、婺、越，赞之二弟方观的子孙繁衍迁于九江、滁阳、莆田，其三弟方弘的子孙则分衍于徽、宣、池、秀、湖、常。隋唐以前，青州（今山东淄博）、河东（今山西永济）一带及北方的一些地区，也都有方姓居民。唐初，有河南方姓，随陈政、陈元光父子入闽开漳，并落籍漳州。唐德宗大中年间，都督长史方王叔，自安徽歙县回迁河南固始方龙山居住。方王叔有孙名廷滔，其后裔有迁饶、信、江、苏诸郡；另一孙方廷范因仕宦及避乱之原因，徙居莆田刺桐巷，并改其名曰方巷，其六子皆进士及第，后其子孙中有的与阿拉伯人通婚，并信奉伊斯兰教，后从中分出一支于宋元之际为避乱迁至海南岛琼州定居。此际，有一支方姓，从河南固始避乱南迁，先达福建福州，再迁漳州之龙溪。明初，方姓因方孝孺，遭受一次空前劫难，燕王诛杀方孝孺，同时灭其十族（九族加上学生），受株连而死者达八百七十余人，被充军者数以万计，有逃至河南钧州（今禹州）者，后发展成大族。同时，方姓作为明朝洪洞县大槐树迁民姓氏之一，被分迁至河南、河北、山东、安徽、陕西等地。清初，有漳州龙溪一支迁入台湾，不久闽、粤中的方姓人也有入台者，后有漂洋过海落籍异邦者。可见，方姓不仅在中原发展繁衍，而且多次南迁，相当广泛地分布于江南各省，有些成为当地的名门望族。如今，方姓在全国分布广泛，尤以安徽、河南二省为多。目前，方姓人口列全国第六十二位。近代方姓名人，有革命家方志敏，政治家方毅，抗日将领方振武，民国将领方声涛、方鼎英、方本仁，经济学家方显廷，史学家方国瑜、方豪等。还有文学家方晨晨，嘿嘿。”我说着嘿嘿笑。

“哎，哥你真坏！”梅儿正听得入神，我嘿嘿一笑她才反应过来，拍打病床撒娇地说我。

阳光照射在明亮的窗户上，是如此的明媚。爱情的光芒也照射到我心灵的窗户上。我的爱情在幼小的心灵里，仿佛在爱的土壤里种植出爱情的蜜果，正等着我去摘取它。

历练，仿佛使我成熟了很多，心里对爱的渴望和对爱的追求，是我一生的情感目标。我没有与任何人分享，我知道我的年龄不允许，我也知道我的出身家景不允许，这样盲目地去谈情说爱对谁都不利。因为，我还是一名普通战士，一个普通的农民家庭出身的人，还是一个“走资派畏罪自杀”人的子弟，更是一个不完整的家庭之人，在部队是没有家庭背景、没有靠山的无名小卒。要是在这儿谈情说爱，那只能是妄想！

转眼，我在医院治疗一个多月了，伤势有很大好转，胳膊腿虽然还打着钢钉和石膏夹板，但比原来好多了，时常坐着轮椅到院里呼吸呼吸新鲜空气，晒晒太阳。

十一国庆节那天，我正在看书。梅儿笑呵呵地推着轮椅进我病房：“哥！来，今天是国庆节，外边天气非常好，我推你出去转转。”

“好啊。你不休息到市里玩玩去？”

“哥，跟在一起不就是玩了吗？”

嗯，也是。我们出了病房，天气晴朗，蓝天白云，秋高气爽。

“啊真好。”我深深吸了一口新选鲜空气。医院里到处张灯结彩，好一派节日气氛。梅儿用轮椅推着我在医院的大院里、林荫道上、花园里转弯赏景。“哥，好玩吗？”“好玩，好玩。”

东北深秋的天空异常爽朗，湛蓝的天空挂着几朵白云，清爽的秋风吹来，让人心旷神怡。

我心情也非常愉悦，坐在轮椅上触景生情：“十月，是收获成熟与幸福的季节，也是播种未来与希望的季节。秋天，是五彩斑斓的调色板。虽然秋天只是四季中短暂的一瞬，但是秋天的果实对于春天的花蕾来说，那是一种圆满的回报；而秋天的落叶对于春天的芬芳来说，那是一种幸福的归宿。”

梅儿听后，惊讶地说：“啊？哥！很有诗意呀！嗯……哥，你能用秋天编首诗吗？”

我看花园深处，有几棵枫树的叶子红了，兴奋地冲梅儿说道：“梅儿，秋叶胜似花呀。远上寒山石径斜，白云生处有人家。停车坐爱枫林晚，霜叶红于二月花。”我信口背诵了唐朝诗人杜牧的诗《山行》。又对她说：“梅儿，我特别喜欢一首诗，不知这位诗人的姓甚名谁，诗是这样写的：春有百花秋有月，夏有凉风冬有雪，若无闲事在心头，便是人生好季节。”

梅儿激动地说：“哥，你真棒！”双手抱着我的头亲吻了一下。

“嗯哥！你是飞机上向下招手。”

“怎么讲？”我问。

“高手呵！你说起诗来，那真是陶器店里买钵头——一套一套的！”她伸出大拇指仰脸挺胸，趾高气扬地夸赞道。

她又突然天真地问：“哥，你们男孩子是不是都想当兵啊？”

“谁不想当啊？解放军是所革命大学校，保家卫国多光荣啊！嗯，当兵是我人生第一追求。”很坦诚地向她回答。

“哥，自从你住院以来，我看到你就这一身病服，还没看到你穿军装的样子。我想啊，你穿上军装，是不是很精神、很帅气呀？”

“哎，不对吧？年初我救你那一次，就是穿着军装的呀！”

“嗨！那次，俺害怕紧张又是黑灯瞎火的，谁还顾得上细看你呀。光吓就吓死我了。我光记住你的名字了，地址都不知道呐。”

“哦，那好吧！等我伤好了穿上军装让你看看，哥我精神不精神？”我说着从内心有种自豪感，冲她问道："梅儿，我想你穿着军装更精神吧？那家伙英姿飒爽的。嗯，你啥时候也换上军装让哥我看看呀？哥我特别崇拜、喜欢女兵，那真是我心中的女神啊！哎，你看电影《英雄儿女》中的王芳了吗？多漂亮、多精神呀！"

她咯咯地笑着，冲我问道："是吗？那我就是王芳！哥，你看像不像？报告首长！我是志愿军文工团团员王芳，前来报道！"她顽皮地跑到我轮椅前，敬上个不那么标准的军礼。

"你辛苦了王芳同志！"我一语双关地说着。说真心话，此时此刻她的形态、脸庞在我心里，就是电影里的王芳，特别是她笑起来脸上的两个小酒窝。我曾遐想，如果她们生在同一个年代里，说王芳是她姐姐，都有人相信。

自来医院，我曾几次想问她家庭情况，都未得机会。现在是时候了，试探地问："梅儿，你来当兵，也是不容易当的吧？嗯，那……你家里有当兵的吗？是替父从军，还是子承父业呢？"

她听我这一问，一仰脸嬉皮笑脸地说："我呀，嗯，我是为了听这熄灯号，才来当兵的……"

"熄灯号有啥？我听了这么长时间，怎么也没听出来有什么呀？"不解又傻乎乎地问她。

"我呀，从出生那天起就随父母在部队大院里生活，到现在都没离开部队，没离开过熄灯号声。"她自豪地说。

"你这叫熄灯号情结……"我半开玩笑地说，"梅儿，你父母都是当兵的？是什么兵种啊？"

"嗯，是空军。我爸在航空兵师，我妈在部队门诊部当护士长，我是子承母业。我还有个妹妹在上高中。哎，我呀，初中毕业没考上高中。爸妈急了，这怎么办？去干什么呢？当时我说，我去当兵。哥！我这人平时就喜欢跟男同学在一起玩。打架斗殴，什么都不怕！同学们都称我大姐大。妈一听我想当兵，激动地连声说，好！好！我支持你丫头。部队环境好，管得也严，我也放心！再说了，部队里男多女少，物以稀为贵，好找对象，过几年把个人问题解决了。哥，这不，我就继承了我妈这个革命军队里的白衣天使职业，来到这三二二医院。张院长是我爸的老部下，照顾我，把我安排到骨外科当护士。"

她连珠炮似的，一气说了这些。又嘿嘿笑着，两手抓住我说道："哥，就这么巧，遇上你这个哥哥。人家都说，人与人是有缘分的，什么有缘千里来相会，无缘撞见不相识。我自打年初那次一见到你，就觉得好像在哪儿见过你，共过事儿似的，没有陌生感。嗯，你就像我心中想象的大哥哥一样，有一种亲切感，见到你一下就喜欢上了。"她也不看我，自我陶醉地说着。"嗯……你说？咱俩是不是有缘呐？"她说得很动情，又撒娇地推推我问。

此时，我听得也很感动，连连点头：“嗯嗯，是缘分。”

我听她的话，心里忐忑不安。她是高干子女？军人家庭，这是我没想到的。原来我一直认为她也就是普通家庭子女，最多是个城市兵，工人阶级家庭。这么说，我能想象得到，她家住在长春部队大院，有一座别墅洋房，门口卫兵站岗，院里的绿化像公园一样。带有西洋风格的小楼坐落在浓荫之中，家的篱笆墙上都藤藤葛葛地挂满了丝瓜、南瓜、莓豆等各种植物。肥厚的青藤叶，悠闲自得地伸向篱笆墙外面，平坦的柏油马路一直通往小院门前。她爸肯定是一身戎装，腹部膨起，双手背在身后的将军，迈着四方步，一出门口，就有警卫人员和小汽车司机在迎候。贵族豪门，梅儿她是豪门里的千金小姐，金枝玉叶呀。

想到这儿，我胆怯了。一个乡下小县城出来的毛头小子，一个无名小战士，一个走资派黑五类人的孩子，怎能配上将军的千金大小姐呢？这不是癞蛤蟆想吃天鹅肉吗？纯粹是痴心妄想。不行！我得疏远她，保持革命同志的关系，保持病人与医护人员的关系。不能再沉浸在哥呀妹呀的资产阶级情调之中。我是一名战士，还要积极要求加入党组织，不能沉浸在男女谈情说爱之中。这样下去是很危险的，不能再重蹈李小瑞的覆辙呀！方晨晨你的问题够多的了：《红都女皇》手抄本、天安门广场诗抄刚刚平息，可千万不能再因住院治疗出现新的错误啊！你方晨晨有几个脑袋？还想不想进步了？如果……那你对得起死去的爸爸、奶奶吗？对得起家中的妈妈和妹妹吗？对得起林兵连长、范林太指导员对你的培养吗？怎么面对亲戚和同学战友？

我责问着自己。再说，战士不允许在当地谈恋爱、找对象，这是很清楚的事儿。如果……不但毁了我个人的前途，还毁了梅儿她一生的幸福生活。我现在悬崖勒马还来得及，不能再执迷不悟，继续错误地走下去了！

“哥，你家是哪的？是农村的吗？”梅儿她天真地笑着问。

“嗯，是农村的，我家在河南安阳滑州县。俺那儿，无法和你家相比，俺是农村乡下的，那地方穷的……”我特意把农村的三个字说得很重，还强调很穷的字句。目的就是让她明白，你王红梅千金小姐与我这穷小子无法相提并论，更不可能谈情说爱成为啥夫妻。

“哥，你家里爸妈是干啥的？”她又追问。

“嗨！我们家五口人，奶奶在农村，今年4月份刚刚去世。爸爸是副县长被打成‘走资派’，1970年被造反派迫害致死，到现在还背着畏罪自杀的罪名。哎！家里只剩妈妈和妹妹。妈妈在县一中当语文老师，教书的。妹妹，今年在上高一，我们家现在……”我哽咽说不下去了。说真的，提起我家，心里比针刺都疼。可是她既然问我也只好如实说了，这样也好早日打消她的念头。

“哎，哥对不起！让你伤心啦。”她听后很同情我。又说道：“哎哥！你们家也是革命干部家庭啊！”她这是安慰我，想让我开心。“哎，什么革命家庭？我们家现在只剩我和妈妈、妹妹啦，一个孤儿寡母的残缺家庭，什么革命干部家庭啊？‘走资本主义道路当权派黑五类’分子家庭！哪能与你相比呀！我……”我很伤心又自卑地说。

“哥，海内存知己，天涯若比邻，我们为了一个共同的革命目标，走到一起来了，成了革命战友，建立了革命友谊。让我们的革命友谊像松柏一样万古常青！”她说着把脸贴到我身上，紧紧拉住我的手安慰道。

我闻到她身上的体香味，又不敢大胆出气，屏住呼吸。心里在想，革命战士要意志坚强，思想不能糊涂，我要和她保持一定的距离。也可能，她说得无任何用义，更没有和我谈情说爱这种想法，只是革命同志之间，互相聊天，互相了解一下而已。我不能在这儿自作多情了，也不能把人家的热情关心照顾，当作与我谈情说爱去理解，更不能往深处歪处想它。再说了，人家也不可能与我方晨晨谈情说爱，人家嫁给我图什么呢？这个只是我方晨晨一厢情愿。这样去想，去理解人家王红梅护士那是大错特错，自作多情、自寻烦恼。

我多了个心眼，耍了个小聪明。突发奇想，考验考验她王红梅对我是真心还是假意。从今日起，我故意拉着脸不笑，故装严肃不理她、疏远她。无论她怎么逗弄我，我就不笑，故意使小性子，看她如何！

至此，她打饭来，说笑着喂我：“开饭啦，哥，吃饭了。”

我扭头拉着脸不高兴地说：“我不吃！不好吃。”她把菜喂到我嘴边，我不张嘴。她还以为我哪不舒服呢，急忙放下菜盆和饭勺，用手摸摸我脑门看是否发烧，又摸摸她自己脑门说道：“不烧啊？”她又端起菜盆吃了口青椒，“哦，哥，你不喜欢吃青椒啊？”她以为我不喜欢吃这个青椒菜，“那我去换个别的菜。”

就出去换了个红烧茄子菜来，笑着说：“好了，咱们又换了个红烧茄子菜，来吃吧。”她端着饭盒来喂我。

我执意不让她喂，自己逞强用左手抓起饭盒往嘴里倒，致使那些饭菜吃着撒着。

她站在一旁呵呵笑道：“看看看！吃的没倒的多！我来吧。”夺去我手中的饭盒。我紧紧抓住饭盒不放，继续往嘴里倒。确实，我倒嘴里的饭没有撒的多，弄得衣服上、病床上都是饭菜。

她看着我的举动和拉着阴沉的脸，又这么困难地吃饭，看在眼里痛在她心里。她使劲强夺回我手中的饭盒道：“过来吧，我的好哥哥，你不要再逞强了。看把衣服和被子都弄脏了。”又急忙擦去我衣服和床上的饭菜，喂起我来。

看得出，她是忍着性子喂完我饭的。把脏被单换下，又把我的脏衣服换下拿出去。

我借她去送脏被单时，自己架着拐到卫生间里，赌气地自己去洗衣服，不让她洗。我用洗脸盆一只手在盆里揉搓洗。实际上那不是洗，是在胡揉搓，根本洗不净。

她回来发现后，“哎呀！这是干啥呀这是？快快去躺着，我咋能让你自己洗呢。你这也不能洗呀？这洗得啥玩意儿呐！”她生气地说着，把我硬拉出卫生间，扶我躺下。平时，我的内衣内裤也是她帮我洗的，她一个姑娘家给一个男人洗这些，甚至擦洗身体，从不计较，我从内心都不好意思。

一天下午，我不小心从坐的椅子上滑落下去。她发现后急忙跑过来伸手去抱我，惊慌又心痛地问：“哎呀，摔破哪儿没有啊？痛吧？”

我阴沉着脸，赌气地将她的手推开，“不要管我，你走开！”我让她走开不要碰我，自己从地上往起爬。

她知道我在跟他置气，也知道她不抱我，我自己是不可能爬起来的。她忍受着内心的不快，“哎哟你这是干吗呐？逞啥能啊？”还是强制把我抱起扶到床上。

一连几天我对她阴冷着脸，都不言语。她自己伤心地躲在卫生间里偷偷抹眼泪，不让人看见。

那天，她终于沉不住气了。手拿湿热毛巾从卫生间出来，眼圈红红的，还是装着无事的样子，笑着给我擦脸擦手，还低声说：“哥，我想给你谈谈，我哪儿做得不好，请你……”

我拉着脸问：“谈啥呀？有什么好谈的。”

她从口袋里拿出一本红色毛主席诗词，这是有备而来的。天真幼稚地翻开毛主席诗词对我说：“哥，首先让我们共同学习一段伟大领袖毛主席的诗词：暮色苍茫看劲松，乱云飞渡仍从容，天生一个仙人洞，无限风光在险峰。我们这一代革命青年所共同经历的时代风雨……应该……嗯，这样说吧，我们虽然是陌生的，但也是相识的。嗯，虽然我们俩接触时间不长，彼此了解不深，可我能感觉到你为人的光明磊落和才能。在这段时间里，我哪里做得不对，你可以批评我。咱俩不说别的，就算是医患关系，你也不该对我发脾气，更不应该冷待我、躲避我。我是护士要对你负责，对病人负责，这是我的职责。更何况我们还是以兄妹相称呢？哥，你有什么不满意的，你就直接说出来，我立即改正。你这样的赌气，让我……让我很难受，啊？为什么呀？啊哥……”梅儿她越说越激动，说着说着哽咽了，泪水宛如珍珠一般，一串串从她两眼中滚落而下。

我听着她的话，心里也酸酸的。看到她那痛苦的心情，我有些不安和自责。强装着说道：“嗨，不为啥？我呀，不是党员，又不是干部，一个农村出来的穷小子黑五类。你这样无微不至地照顾我、关心我，让我心中很不落忍。再就是咱们俩这样，会让人家误会的。你是真……还是……”我不知从哪儿挤出这些话。

梅儿听我这么说，她气呼呼地站起对我说：“你，你，你说什么呀？哥！难道……你把我看成啥人啦啊？”

“那你，图我啥？”我傻乎乎又直愣愣地问了一句。

“哥！你你你，真是农民意识，少见多怪，不可理喻……”她瞪大眼睛望着我，气鼓鼓地，手发抖地指着我。她真的生气了，这也是第一次，我看见她生气发这么大的火。

人呐，有时鬼迷心窍。我听到她的话后，不但没去安慰她，反而火上加油。左手拍打着病床，冲她喊道：“王红梅！你，你……谁，谁农民意识？是谁不可理喻啊？你摸摸自己的后脑勺，想想你进城才几天？土腥气掉了没有？敢说我农民意识，你……”我不知从哪儿来的这么大的无名火，连声责问道。

梅儿她看到我拍打着病床，冲她大声喊叫，她被吓得脸都绿了，不知所措，哭着迅速跑出我的病房……

“走！都走！”我冲着梅儿跑出的门口喊道。

长这么大，我记得还是第一次冲小姑娘发这么大的火，也不知哪来的胆量。在一个悉心照料自己多日的小姑娘面前，毫无节制肆意妄为地大喊大叫。哎！现在想起都可笑。

我昏了头，竟寻思着在心里嚷嚷道：哼！我方晨晨不想做你们家的乘龙快婿，也没资格做，农村出身的穷小子，不可能一步登上豪门，门不当户不对的。你王红梅也甭假惺惺地在那儿给我装。哼，我心里清醒得很……

第三十三章 欲哭无泪

这次争吵把我俩的关系置于绝交的边缘。我在病床上躺着，心急如焚，坐卧不安。

是的，我后悔了！回想住院一个多月来，梅儿黑天白日精心照顾我、护理我，喂水喂饭，端屎端尿，打针换药形影不离。自己的亲生父母、亲兄妹也不过如此吧。更何况人家一个与你无亲无故的小姑娘。人呐，要知道感恩，要知恩图报！我应该感谢梅儿才对，不应该跟她置气，更不应该难为她，向她发脾气。我不该，不该往歪处想，去误解她的真情，不该把她的真情当成驴肝肺，不该把她的爱心往坏意去想，不该将她的辛勤付出当儿戏，不尊重、不珍惜呀！我一千个不该、一万个后悔，自己拍打着病床，拍打着自己脑袋，我后悔呀！我暗下决心，要当面向梅儿赔礼道歉，承认错误，也希望她能原谅我这无知小人。

一个小时过去，两个小时过去了。我躺在病床上望着墙上的闹钟，着急地数着一分一秒过去的时间。

正当我煎熬着的时候，李静主任笑呵呵地推门走进病房："小方，这是怎么啦？"一看到李静，我更是悲伤地流出悔恨的泪，耷拉着头哭丧着脸，愧疚地说："李主任，李阿姨！对不起！我对不起王护士她。我错了，都是我的不对……"我承认着错误，眼泪不受控制地流出。

"嗨，没事！小伙子知错改错就好！不要哭鼻子啦……"李静走到床前拿起毛巾为我擦去泪水，并安慰道："小方，红梅这姑娘可是个好姑娘。她在我们科里可是有名的好同志，心地善良，为人正直乐观，对人热情有爱心。你看，人长得又漂亮。一个女战士，积极要求进步，还是学习毛选积极分子咧。她呀，已是我们科发展预备党员的重点对象。人家姑娘这么好的条件，你怎么看不上人家呀啊……"

"阿姨，不是俺看不上她，是……是俺配不上她。嗯……人家是高干军人之家，俺家是农村的……这……门不当户不对，俺……俺更怕耽误王护士她的一生幸福……"我急忙向李静解释。

李静有点生气，她冲我说道："是吗？那，那你凭啥给人家使小性子呀？你这样做，不是太伤人家姑娘的心啦吗？人家姑娘知道你是农村的，不嫌弃你。人家是找你小方这个人，不是……"听李静的口气，我明白了梅儿她去告我的状了。可能，可能李静是受梅儿之托来找我谈话的吧？

“嗯阿姨，其实俺心里很矛盾。从俺内心很喜欢王护士。她心地善良，有爱心，肯吃苦，为我她付出了很多很多。可是，可是俺担心的也是这一点，一个农村孩子，没有背景没有靠山，更没有当官的亲戚，万一提不了干，复员回到河南老家，工作又不能保证。她能甘心情愿地跟俺吗？她不可能随俺去河南农村吧。更不要说结婚生子，与俺生活一辈子啦……到那时，俺真成了癞蛤蟆想吃天鹅肉，痴人说梦。被战友和家人耻笑，真……”我大胆地跟李静说明了真实想法。

李静可能听我说的有道理，笑着说：“那好，我在去找红梅姑娘谈谈，把你担心的事给她说清楚，看她丫头咋想的。不过……”

李静走后，我心里在想，李静是范林太副主任的夫人，部队里明文规定，战士不允许在当地谈恋爱，这些她应该比我清楚啊。既然李主任出面撮合我俩的事儿，想必她会征求范林太意见的，甚至是他俩商量好的。那，如果是这样，我还担心啥？假设范林太不知此事，有李静，李阿姨在这儿顶着，我又怕啥吗？我从内心真喜欢王红梅，她不但人长得漂亮单纯，心地善良有爱心，还勤奋肯吃苦，将来肯定是一位贤妻良母。我要是能娶上她做媳妇，正是我做梦都盼望着的，是我修的八辈子的福啊！只是，不知王红梅她是怎么想的？我还是心有余悸，不踏实。

李静将我的想法给梅儿说了后，梅儿表示不在意那些，只求得两人投缘，喜欢这个人就足矣。李静听完梅儿的态度后说：“丫头，你想好。如果真心喜欢小方，不嫌弃他的家庭和战士的身份，就去找小方大胆表明自己态度，向他表白。省得这小子前怕狼后怕虎的。”

晚饭时，梅儿像往常一样，又把饭菜给打来。我很愧疚地不敢正面看她，心里想当面向她赔礼道歉，又不知从哪儿开口，只有低头偷偷瞄她两眼。她仍像往常一样，如啥事都没发生，笑眯眯地冲我：“哥，吃饭啦！”大大方方坐在我病床边上，端着饭盒一口一口地喂我。

饭后，她把我剩余的饭菜，可能是怕浪费，自己整理整理全吃了。我看到此情此景心里更加不安：这丫头，咋也不显我脏？就这样……我望着她打量着。

她吃完这剩余饭菜，随后将饭盒洗涤干净收起，又端来热水，喂我吃药。一切收拾利落，她坐在床边望着我：“哥，李主任都给我说了，你不要想太多。李主任她爱人还夸你人品好，有知识，很聪明。这一段时间，咱们接触下来我也看得出，你是很爱学习、有上进心的人。嗯……你人也长得帅，很有男子汉的气质，是我梦想的样子。你家庭无论是农村还是县城，这些我王红梅都不在意，我喜欢的是你这个人。嗯，就算你是农村农民的儿子，我也一样喜欢你。我虽然是军人家庭出身，又是在部队大院里被父母呵护着长大的，从小没有吃过苦，更没有受累、受人欺负过，都是人们崇拜着我。我家部队大院里李司令的小儿子李军，和我从小一起长大。

在南京时，我家就与他们家做邻居，李军他爸妈从小就喜欢我。我们两家又一起搬到东北这长春来，又是做邻居。李军他总是在追我，今天请我去看电影，明天到他家吃饭、玩。可是，我不喜欢就是不喜欢。哥，我这人很怪异的，只要是自己看准的事儿，就要做下去。我喜欢看准了的人，一直要追下去。不喜欢的，说啥都没用！哥，我从心里就喜欢你，你就是我心目中的白马王子！哥，革命工作没有贵贱之分，革命家庭更没有高低贵贱之别。你不要自卑，要自信……好的生活是自己创造的。”她一点矜持害羞的意思都没有，大胆地敞开心扉对我诉说着、表白着。她那两只大眼睛勾魂摄魄地望着我，恨不得把我吸进去。弄得我不好意思，脸颊都有点发烧。

我矜持小心地对她说：“我没你说的那么好，只是一个农村穷小子……“黑五类”，一个小战士，家……”她急忙伸手捂住我的嘴，不让我往下讲。笑着说：“不！你这人呐，稳重大气不轻言，爱学习，知识面广，有才！是我最喜欢的，也是我梦想中的男人。嗯，我也听李主任说你积极要求进步，在连队工作积极上进，表现很突出，这是好事儿呀！哥，虽然我的家庭和我个人的条件是不错，追我的人也很多，我都懒得看他们一眼，真的！哥。你要有信心，入党提干都不是问题。工作踏踏实实地干好，组织上会考虑你的进步问题的，这不算什么事，只要……”

我没等她说完，打断她又进一步强调：“我是农民，如果……如果提不了干，复员回河南农村去种地，那你……”

她又一次捂住我的嘴：“哥，我家向上查两代也是农民，我爷爷是给地主家打长工给累死的，爸爸是随奶奶逃饭后，参加了八路军才有今天。嗯，新中国成立后我爸才结的婚，爸爸比我妈大十岁呢。因为爸爸工作忙，整天不能回家，所以我和妹妹都出生晚。”她冲我说明家庭出身，也说明不嫌弃农村农民。我心里稍稍踏实点。此时的她，有点羞涩地低头对我说：“嗯，哥！我爸爸可喜欢男孩儿了，可我妈连生了两个丫头片子，爸爸心里可不高兴啦，嘴上却从不说啥。哎哥，我要是把你领到我们家，你说让我爸看到这帅小伙儿，那该多高兴啊！嗯，你说是不是？”她说着冲我使了鬼脸。

梅儿她没说我怎么怎么爱你这种火辣辣的情话，一五一十说得很真诚实在。我清楚，也是向我表白她的真情真爱。听得我心里热乎乎的，不自觉地伸手抓住她那细嫩白净的手，说了句：“谢谢你梅儿……”

她急忙转身用双手拥抱我，脸颊贴到我耳边说：“哥，我爱你，咱俩的事儿你不要过多担心，啊？我都考虑过了……”虽然她的话语和她的体香味，像电流一样冲击着我，如痴如醉。但是，我的思想仍是顾虑重重。我很坦诚地对她说：“梅儿，咱俩的差距太大，你是军人家庭，父母都是军人，父亲还是高级军事干部。我虽然是一名干部家庭的孩子，在当地县里也能算是“高干”，可到外边一比又算得了啥呀？更何况我爸是个被造反派迫害致死畏罪自杀的“走资派黑五类”，我家是个不完整的家庭。嗯,你又是千金大小姐。咱俩,门不当户不对。我总感觉自己低人一等,高攀不上啊。”

梅儿她听我这么一说，噌地挺起身，双手放开我，坚定地说:“哥！以后咱俩的事儿，你不要顾虑那么多，我不是说了吗？以后的事，我都考虑过了，不用你担心，啊！你只要康复出院，到部队只管好好工作，相信组织，相信自己，坚定信心，一定会有好结果的。”

我扑哧一笑:“哦，没想到你把咱俩以后的事儿，都考虑啦？谢谢你！”

说真的，我从内心很佩服她的率真和纯洁无瑕，考虑问题这么成熟老练。此时此刻我不愿意，也不想细问她，怎么考虑安排我俩以后的事，也没必要。成与否，还待以后走着看。

梅儿又坐回我身边，双手抱着我，仰脸深情地望着我的眼睛说:“亲爱的，牛奶会有的，面包也会有的。”这是正在上映的苏联电影《列宁在一九一八》中瓦西里的一句台词。也可以说当时它在中国家喻户晓，深入人心，被引申、被抽象、被当作了包含多种意义的弦外之音。我明白她的喻义，心里由衷的踏实、温暖。

我用左手使劲握了一下梅儿的手，又深深地朝她脸上亲吻一口。“哎哟！你弄疼我啦！”由于我的手用劲过大,竟然握疼了梅儿的手。她喊叫着从我手中猛抽出,撒娇地举手拍打我一下，又紧紧抱住我的脖子，深情地说:“哥，我爱你，爱你一辈子！”

我笑着说:“梅儿，我也爱你……”

转眼，我住院三个月了。在医院骨外科大夫们和梅儿精心护理治疗下，已经康复可以出院了。

临走前一晚，我跟梅儿不得不告别。“亲爱的，我明天就要出院了，真想我的病永远不好……”她急忙用手捂住我的嘴，“呸！呸！呸！”不允许我再说下去。

我闪开她那香味细白的小手,急忙纠正道:“嗯……永远住在一起,天天看到你。”

“嗯哥，到连队，无论工作多忙一定给我写信，啊？我会想你的……”她依偎在我的怀里，一边说一边流眼泪。

“梅儿，我也希望能经常收到你的来信。我们各自都能守住各自的承诺。”

我这一说，她仰起泪汪汪的脸，使劲亲吻我两口，一头扎进我的怀里，双手紧紧抱着我……

相见时难，离别更难。

第二天上午,她到医院小卖店,给我买了好多好吃的,苹果、橘子、奶粉、肉罐头、糖块和蛋糕。帮我装好旅行包后，又抱着我嘱咐道:“亲爱的，到连队要按时吃药，注意身体，不要太劳累。一定给我写信，啊……我爱你。”

“我爱你！嗯放心,到连队我马上就给你写信……”两个人的脸互相紧贴着……

“护士，方晨晨住哪个病房？”高新宇的声音。

“三一五房。”值班护士金英的声音。

“哎，谢谢，谢谢！”我俩听到高新宇和李化新在走廊里找我的房间，急忙松开。梅儿她擦了擦眼泪，整理一下自己身上的白大衣，转身到床上继续整理我的旅行包。

“哎哟，方晨，还没收拾好呢？”李化新他俩推门就进来，开玩笑地大声问。

“收拾好啦，出院手续都办完了，就等你俩呢。”

梅儿还在那儿装着给我收拾东西的样子，手在拉旅行包的拉链，没敢抬头看他们俩。

高新宇：“那走吧，车在外边等着你呢。”

李化新看梅儿一眼，拿起旅行包说：“走吧！护士同志谢谢你呀！”

梅儿看着我说：“再见！”

“再见！”

李化新高新宇俩人在前边走，我在后边向值班的医生护士们告别。

当我走到走廊尽头回头看时，梅儿还站在我住院的病房门口，望着远走的我在发呆……

传说中是白马王子爱上一个灰姑娘，而我和梅儿俩却是白雪公主爱上个穷小子，七仙女爱上董永。

我回到连队后，开始与梅儿鸿雁传情。

我把她的每次来信都保留着，单独锁在我的床头柜抽屉里，晚上想念她时就拿出来看上一遍，宛如梅儿就在我身边谈笑风生。

哪承想这些信，最终竟成为我唯一保存下来梅儿的遗物。现在拿出来看，就如梅儿刚刚写来的一样亲切甜蜜。她那甜美的声音，时时在我耳边响起。

我亲爱的哥哥：

你好！见信如面。近日工作还是那么忙吗？受伤的腿和胳膊回去后没有疼痛过吧？你一定要注意休息，保重自己的身体。

哥，在这静静的夜晚，在这涓涓流淌的浪漫音乐声中，对你说说我早就想说而又一直没能对你说的心里话，好吗？夜很安静，无法安睡，我就是想你！我也不知道为什么会这样想你，想得这么强烈，恨不得一下钻进你温暖的怀抱里，脸贴着你那温暖的胸脯，静听你心跳的声音，那是我最幸福，也是最美最甜蜜的时刻。

哥！千言万语，归结一句话：认识你，真好！哥，你听到了吗？我感觉想你是一种幸福，也是一种痛苦，算是甜蜜的痛苦吧！世上有几亿人，而我偏偏认识了你，就如你说的是缘分吧！我说不清，我只知道，你有一种与众不同的气质吸引着我，让我陶醉痴迷！让我觉得很珍贵，使我觉得一切的一切都应该奉献给你，我亲爱的！我俩的相爱相恋，都值得我去珍惜和拥有！哥，不是我自私，有许多情感是无法用语言表达的，我对你也是如此。所以，我只能用千百年来无数人说烂了的俗语去表达了。哥，我真的真的喜欢你、想你、爱你！哥，我想给你很多，但我又问自己：我要给予的，是你所需要的吗？你会接受吗？是呀，除了爱、思念、牵挂，除了体贴和祝福，我好像没什么好东西可给你的。所以，我很惭愧、内疚。但是我想你是全世界几亿人之一，所以你对我来说，非常难得！我觉得无论如何，无论如何，都应该好好珍惜你，爱你的一切！哥，你知道吗？你已经牢牢地拴住了我，拴住了我的心！叫我……怎么说呢？这样说吧：你让我激情满怀，让我重新回到了情窦初开的少女时代！回到天真无邪的青春期。我曾经反复地问自己：你究竟有啥地方让我如此痴迷、痴情，如此狂热？我迄今无法说出非常满意的答案。哥，你甭笑话俺。我只能这样解释，红梅我自己可能前辈子，欠了你一笔很大的情债，这辈子到期了，该归还给你了……哥，我知道，这个解释很世俗，很虚渺。但是，我实在找不出更恰当的其他理由。我想，也许这就是，人们常说的缘分吧？这种缘分是心有灵犀，只可意会不得言传的事情吧……哥，我对你有一种期待，一种不可名状的躁动，我有了一种时时刻刻想见到你的渴望，很强烈，很冲动。我恨不得一下扑倒在你身上，把你吃掉，永远存放在我心里，存放在我的骨髓中血液里，让你和我溶化在一起，世世代代永不分离……哥，假如有一天，我说假如，假如我突然从你眼前消失，那就请你经常打开这封信看看，好吗？这封信是代表我对你永远的、最诚挚的祝福！千言万语，只一句：真的，真的……好想你！哥，我永远都不会离开你，一辈子，千万辈子都不会离开你的。哈哈……哥，你也在想我吗？

哥，夜深了，请你知道，在千里之外有一颗想你、念你、爱着你的心在跳动。有一双眼睛在期盼着你早日的到来！有一位姑娘她温暖的躯体，等待着你来拥抱！有一个粉红的嘴唇，等待你来亲吻！哥，哥！我在想你，我在想你呀，我亲爱的哥……吻你。

晚安！

想你的妹妹　梅

1977 年 5 月 16 日深夜

转眼到了 1978 年 6 月 5 日，我光荣地加入了中国共产党。和我一起加入党组织的有张晓东、申卫兵、艾小东、张彪、张全。梁东方指导员和王雪作为我的入党介绍人。梁东方指导员找我谈话，前边说了很多表扬肯定的话，可他话锋一转，笑道："小方，我问你个具体问题，请你如时回答。"

我心情激动地说："指导员，您请问。"他问道："你为什么入党？"嗨，这话问得唉。我笑着回答，"因为爷爷奶奶是党员，爸爸妈妈是党员，我们是党员之家。爷爷奶奶，爸妈他们都听党的话，跟党走！爷爷是我县地下党组织主要成员之一，又是为新中国成立而牺牲的。爸妈为国家为人民而兢兢业业工作。我从小就听奶奶讲爷爷参加游击队和八路军抗日的故事。我从小看了很多连环画和革命电影《雷锋》《黄继光》《方志敏》《邱少云》的故事。我早就下决心要像他们那样加入共产党，为共产主义奋斗终生。”

梁东方听后很满意地点点，说道：“好！希望你不辜负党组织对你的希望，不辜负家庭对你的希望。”

我们六人在梁东方指导员的带领下，站在庄严地党旗下向党宣誓：我志愿加入中国共产党，拥护党的纲领，遵守党的章程，履行党的义务，执行党的决定，严守党的纪律，保守党的秘密，对党忠诚，积极工作，按时交纳党费，为共产主义奋斗终生，随时准备为党和人民牺牲一切，永不叛党。

我将这个好消息写信告诉了妈妈和梅儿，让她们和我共同享受这快乐幸福。我还特别写信告诉她们说，连里把我选为提干后备人员。妈妈和梅儿很快也给我回了信，并嘱咐我再接再厉，努力工作。

人逢喜事精神爽。在连里，我看到什么都感到亲切，听见窗外的鸟叫声都感到比平时好听几分……

8 月某天的一个下午。我和炊事班的王雪、张全、李立、张亮等人，在厨房后门外的树荫里择菜。文书小李跑到我跟前说：“上士，梁指导员让你到他办公室去一下。”

“啥事？”

“不知道。”

这段时间，我和陈明亮、张晓东提干的事，在连里同志们之间都已传遍了，沸沸扬扬的。6 月，团政治处张震干事一行两人来连队考察干部时，连里已将我和陈明亮、张晓东作为提拔干部人选的考察材料已上报团里。那时候军队提拔干部基本上是从服役期满三年的优秀战士中选拔。加上平时，唐连长、梁指导员和司务长徐兴荣说话间，都带着话里有话地说：“你小方可不能辜负我们的希望。以后，你当家了，连队伙食只能好上加好，不能比现在次。如果比现在差，我们可不答应。”

昨天王雪他还悄悄说：“小方，等徐司务长当副连长，你当了司务长以后，能不能再留我两年？我家太穷，复员回去没事干，还不如在这儿多干两年。到时候你可替我美言几句呀。”

“放心班长！只要我能做到的，绝不含糊！”我还向他表态。

王雪听小李说梁指导员找我，急忙说：“小方，快，快去！有好消息，我们给你庆贺呀！”

“班长我去啦？”我向梁东方指导员办公室走去。在连队里，没有重大事情，连领导一般不这样正规严肃地叫人到办公室谈话，有事都是由文书转告，抓落实就行了，没那么烦琐。我一面走，心里一面想：我们提干命令下来，司务长找我谈谈提提要求就行了。甚至老规矩，在全连晚点名时，一宣布命令就行了吧，何必这么烦琐呀。嗯，可能不是这事？

我来到梁东方办公室门外，办公室门关着的，我听到里边正在打电话。梁的声音："这事儿，我们连领导都知道，范主任他最清楚，嗯，行行，好好，那我再给范主任打电话。好好。再见再见。"

我敲门喊："报告！"

"请进！"

"指导员，您找我？"

"哦，小方，来来，坐下。"梁东方客气地指着椅子让我坐下。"小方，我先给你透个信，你也好有思想准备。不过这事儿，我们还在为你努力争取。"

我听着梁东方的口气不大对劲，心里咚咚打起鼓来，由笑脸瞬间阴沉严肃起来。就如窗户外的天气，刚才还晴空万里、阳光明媚，瞬息之间阴云密布，雷雨大作。我的眼睛直愣愣望着梁东方。

梁东方看着我紧张的神情，笑着说："小方，人生的路上，谁不遇到沟沟坎坎呢？你不要有太多压力。你要相信组织，组织上会给你一个公正的。"

我听着着急，啥事呀？你快说吧！甭兜圈子了。我叹口气说："指导员，啥事呀？您说吧，我会正确对待的，我相信组织和你们领导的，放心！"

他看了看我说："是这样，咱们连里把你和陈明亮、张晓东同志，作为提干候选人报道团政治处，基本上同意。前段时间张震干事来考察也没问题。前几天，团长和政委突然收到匿名信。举报你，说你是天安门'反革命'诗抄的传播者；二是在这里乱搞男女关系，说什么那女的还找上部队来了。团领导非常重视这事，要求政治处和咱连里先调查清楚再作处理。嗯……这两件事，我已向范主任说了，他也知道。他的意见是：请你个人再把男女关系的事向组织书面写明，那是学雷锋做好事，我们领导都知道：二是他也在找政委、团长为你澄清事实。刚才你进门前，我们俩通了电话。小方，你是党员，希望你，我们也相信你会正确对待这个问题的。回去后，抓紧把帮助你老乡女同学的事写下，说明情况交给我。我亲自去一趟团里政治处，为你澄清事实。看你还有什么吗？"他说完看着我问。

我感觉梁东方像哄小孩似地在哄我。我看他一眼，思想非常乱，头脑里嗡嗡作响，少气无力说："没有，听你们的。"

他听我说完就站起身来，伸手拍了拍我肩膀说："好好，抓紧去写吧，相信组织、相信党。"

我从梁东方办公室出来，头脑昏昏沉沉，无目的地向营区的山间小道上走。我想透透气，胸闷得很，闷得我透不过气来。刚刚在择菜时，天还是万里无云，骄阳似火。可是，就在这瞬间，天阴云密布，满天乌云黑沉沉地压了下来。我的心如针扎似的疼痛，此时的我欲哭无泪呀。

渐渐的狂风开始用力地舞动起来，它呼啸着，旋转着，好像在告诉大家暴风雨就要来了，暴风雨就要来了。我仍然木呆呆地迎着狂风，向营区后边山坡上走去。雷电也好像看不惯这闷热的天气，它先是轰隆隆打着震耳欲聋的雷声，紧接着一道闪电撕裂了天空，一声霹雳在耳边炸响。

我真想让雷电把我劈死。我迎风站在山坡的大石头上，仰面天空，双手高高举起，大声呼喊:“暴风雨来了！暴风雨终于来了！老天爷，老天爷你用雷劈死我吧！劈死我吧！哈哈……”我哭喊着，狂笑着。

雨点噼里啪啦的打在地上，敲打着有节奏的鼓点。风儿在为它伴舞，闪电为它歌唱，它似乎给大地演奏了一曲动人的音乐会。

雨点噼里啪啦地打在我脸上，泪水伴着雨水顺着脸颊往下淌着，淌进嘴里，淌滴到白衬衫上。全身都被雨水打湿，我全然不顾。

这暴风雨给大地上的植物带来了灾难。山上的小松树被折断了枝条，小草被暴雨冲倒在地上，失去了往日的神采；山柳树姑娘那美丽的长发，也被暴风雨吹得乱七八糟，再也无法展现它美丽动人的面貌。

“小方！上士！上士！上士！”炊事班王雪和司务长徐兴荣、张全、卫生员小申一组。他们有穿着雨衣的，有打着雨伞的，顶着风冒着雨，在营区外的山坡上，呼喊着寻找着我。

“上士！小方！小方！”杨生荣、韩城、张晓东、文书小李一组，同样穿着雨衣打着伞，顶着风雨在营区养猪圈、羊圈边上喊叫着。

他们在暴雨中的喊叫声，把我从梦幻般的风雨中唤醒。我听到他们的喊叫声，稍微松口气，身体像泄气的皮球，瘫坐在大石头上。雨水打湿的头发和全身湿透的衣服，从身上往下淌滴着雨水，我双手紧抱住头，萎缩着身子，任凭他们怎么呼喊……

“小方！小方！你……你怎么在这儿呢？啊？大伙儿都在找你呢？快快快！赶紧跟我回房去！看看看看！把你淋成啥样啦，啊？不要命啦？”唐明上前一把，把我从大石头上拉下。

“连长，我……我……”

“我什么我！我在阵地检查天线。说好的，指导员先找你谈话，晚上我下班再找你。这好家伙！指导员一听说你失踪了，他到处打电话找人找你。我接到电话就下来了。这可不行啊！有啥想不开的？你老大不小了，也不是没有经历过事儿。这点事儿算啥呀？以后你当领导，更大的坎坷还多着呢！怎么办？遇事要冷静思考，沉着应对！你要相信组织、相信党，事情组织上会帮助你搞清楚的，会给你一个公正的！”我跟随着唐明下坡回到营区，自己都不知是啥滋味：“连长我……”

“上士！上士找到啦、上士回来啦！”还没等我向连长诉说苦衷。徐兴荣、杨生荣、王雪、张全、韩城、小申、小李呼啦啦围上我和唐明，激动地喊道。

梁东方指导员和其他同志听到喊声，也从屋里跑出来。

瞬间雨停了，风也变小了。太阳从西边云层中出现一道霞光，东边呈现出了一条彩虹，山野中又恢复了平静。

“王雪你们抓紧把上士扶屋里，换套干衣服，再做碗姜汤，甭受凉感冒啦。”唐明指示王雪。

“好嘞！”王雪、小申、小李扶着我到宿舍。

“谢谢你们，请你们先出去，我没事放心吧。”把一身湿衣服全换下，用毛巾又擦洗了下湿身，换上干衣服。

“上士！上士！来来来，我给你做了一碗鸡蛋面，抓紧把它吃了。小申他在给你煮姜汤呢，你呀抓紧吃，我开饭去了。”

“谢谢班长您，谢谢。”我连声道谢。“谢啥谢？不谢、不谢。”王雪说着走了。

我也有点饿，三下五除二就把一碗鸡蛋面吃下，咸淡都没品出来。

“上士来了。”卫生员小申将一军瓷缸姜汤端进来，扶着缸边上沿的左手，被瓷缸烫着了，“哎哟哎哟，噗噗……”地进屋，快速把滚烫的瓷缸放到我桌上，两手被烫得直摸耳朵。

“哎呀！烫坏了没？”我急忙不好意思地向前去问候。“没事没事，一会儿你把他喝了，我吃饭去啦。”

小申走后，我望着窗外还没有全黑下的天空，又看看山上层林尽染的绿色森林，大小各异的一棵棵树木和小草，在经受过暴风骤雨后的景象。又听着战友们在食堂里吃饭的嘈杂声，心里思绪万千。哎的一声，长长叹了一口气，在想：人生为什么这么难？为啥呀？

“小方，小方！”唐明和梁东方、徐兴荣司务长、韩城他们推门进来。“连长，指导员，司务长，老韩。”我礼貌地向前与他们打招呼。

“吃饭了吧？”唐明知道炊事班做给我吃的饭，他问我一句。

“吃了吃了。”

“吃点饭，哦，他们给你煮的姜汤，等会儿也趁热喝啦，好好休息。”梁东方说着，又往我身边站了站微笑着又说：“小方，人呐，经历过冷嘲热讽，人情冷暖，三番五次的跌倒打击，几乎到了绝望的境地，且咬紧牙关继续爬行。依然不忘初心，那才叫坚强。小方，要相信组织啊！”

“小方，一定要相信组织，组织上会给你一个公正的交代。他妈的！现在是八分钱，叫你组织忙半年的怪现象。但是，有人写匿名信组织上不能不理睬是不是？这事儿也确实太造蛋！太缺德！放心，我们查出来是咱们连谁干的，立马让他给我滚蛋！”唐明气愤地说。

“是，是他妈的造蛋！太缺德，损人不利己。”徐兴荣和韩城也附和道。

“好好，小方把姜汤喝啦，甭凉了，我们走了。”梁东方说着，他和唐明、徐兴荣退出走了。

“谢谢连长、指导员、司务长！”我送走他们关上门。

韩城没走，他坐我床上说：“你快点把姜汤水喝啦，一会儿就凉了。”

我把姜汤喝完，“啊”出了口长气，“老韩，你给我说实话。我和我老乡张丽的事儿，你最清楚。我相信你不会办这缺德事吧？那，谁还会知道呢？”

韩城红着脸着急地说：“小方，我韩城绝不会害你！我已提干了，更不会去办这缺八辈德的事。不过，你这事一出来，我就反复想。嗯，你知道吗？你在团部执行任务时，张丽她来连里找过你。”

“啊！她来连里找过我？那！后来呢？”我自回到连队后，近一年时间，没有张丽的任何消息，给她寄的钱不知是否收到，信也不给我一个，到底怎么回事？我始终不明白，多次去市里都是司务长去，我也没太在意。我这，我这还是第一次听说张丽来连队找过我。

韩城看我着急，接着：“嗯，就在你借调团里帮助工作时，有一天，营区门口站岗的给值班室打电话，说是有位女同志找你，站岗的给她说你不在。她说要找我，我到门口一看是你同学张丽老乡。当时她那狼狈样儿，我把她接到宿舍吃了点午饭。我问她找你有啥事，她还客气地说没事，路过这儿顺便看看。我就派艾小东开车把她送走了。艾小东说张丽是在八一军马场坐公共汽车去喜桂图旗市的。嗯这事，只有我和艾小东接待了她。在连里，她连来带走不到一小时的时间。连里人都知道啦。”

我听韩城说后，反复思考，艾小东是写匿名信的人，他的可能性非常大。举报天安门“反革命”诗抄就是他和李成林干的，这次提干又没有他，他心里肯定不平衡，做出这种伤天害理损人不利已的缺德事，是很有可能的。我故意问：“老韩，你推测会是谁写这封缺德信呢？”也想听听他的看法。

“这个，不好说，嘿嘿小方，这也不能乱说呀。”

“是呀，嗨，这也无所谓，大不了我方晨晨回老家就是了。”我把此事就撇开了。

连队吹过熄灯哨后，我简单洗漱后就关起门，回想韩城刚跟我说的话。这事儿，我浑然不知，太奇怪了。嗨！身正不怕影子斜，我方晨晨坐的正、行的端，管球它呢！我坐在宿舍桌前挥笔疾书，写了一份思想情况汇报。把从什么时间，什么地点，怎么认识了张丽，在老家从小和张丽的关系，后来到这里怎么见到的张丽，张丽个人的遭遇和家庭现状，我自己处于何等心情想帮助张丽的，此事都报告过连里那几位领导。我如竹筒里倒豆子，一五一十全部写了出来。

待我写完后，已到了深夜凌晨。我如释重负，心情轻松多了。但仍没一点点睡意，随手翻阅我的日记本，日记本里记载了奶奶曾跟我说过的一段话，我细看起来。

那还是我小时候过春节时，“奶奶在煮饺子，我在锅灶旁边帮忙烧着火。奶奶一边往开水锅里下饺子，一边感慨道：人生啊，就像这饺子，无论是被拖下水，还是扔下水，还是自己跳下水，一生中不趟一次浑水热水就不能成熟。人也是如此呀。孩儿，你懂吗？”

当时我不太理解奶奶说的啥意思，但是我很用心，饭后把奶奶说的话一一记在日记本里。

我脱衣服躺下，关上灯，闭眼心想着发生的一幕幕，感叹道：哎！江湖险恶，人心难测呀。

第二天早上。刚出完操，张彪没顾洗漱就跑到我屋，气愤地说：“小方，是他妈谁干的这缺德事儿？敢在背后打咱哥们的黑枪？他吃了熊心豹子胆啦他？你给我说是谁，我老张收拾他丫子的！”

我强装大度地说：“谢谢你哥们，谁知道是哪个鳖孙干的。嗨，也无所谓。”

张彪说：“哎！怎么是无所谓呢？这可是人生的大事，决定后辈子的生活呀！”

我无可奈何地苦笑着，两手一摊说：“哎，那又如何呐？”

张彪愤愤不平地，一边往外走，嘴里一边说：“嗯！你等着，我打听出来是谁干的，打丫他的。”

张彪的话，又引发我心里酸酸的。我哎地叹了口长气，无奈地摇摇头，暗想：还是奶奶说的对。人在生活中就像饺子那样，难免会被人狠狠捏一把，被滚烫的开水烫一下，再下锅里煮一下，被人们咬上几口。如果没有这些经历，饺子难以成熟，人也是如此呀。

我劝告自己：方晨晨你要坚强！你是男子汉，要尽快成熟起来，后边的路，还不知有多少坎坷和泥泞等着你。

第三十四章 雏鹰展翅

光阴似箭、岁月如梭。1978 年 12 月中国共产党第十一届三中全会召开。全国在拨乱反正，解放思想，实事求是，团结一致向前看。去年各大学都已恢复高考，今年军校也是如此。连里推荐我参加了雷达团政治处组织的考军校文化辅导学习培训班。从参加培训辅导班开始，一个月的突击辅导课，把三年高中的课程全部复习了一遍，作业题全部练习了两遍，辅导老师对我们这些丢失几年没学习的学生，像灌鸭子一样强制灌输。我也算坚持下来了，把老师灌输的东西也消化吸收了。

经过团里的统一安排，我又顺利地到长春参加了全军军校的高考，一连三天五门课程（语文、数学、物理、化学、英语）紧张的考试，把我累得筋疲力尽，竟瘦了十多斤。人呐，有得就有失，有失也就会有得，老天爷是公平的。虽然去年我没能如愿提干，可这次参加团军校考试培训班，又参加了全军高校招生考试，自己也算是欣慰啦。至于考试结果如何，是否能考中，我已经尽力了，就看老天爷他老人家是否给我这面子啦。

高考结束回到连队，我一口气睡了两天两夜，身体才恢复过来。我又把参加全军高校招生考试的情况写信告诉了我妈和梅儿，也让她们为我能参加高考而高兴。

我仍像往常一样，到炊事班帮助工作。“小方，你考试时紧张不紧张？”卫生员申卫兵好奇地问。“紧张！咋不紧张呢？你看啊，全军各单位选定出来的人，每个考场都是三四十人的大教室，每人一张桌，光监考老师都有五六个，一个个瞪着眼拉着个脸，像看小偷似的，总在你跟前走来走去晃悠，谁有一个不正常举动，他们马上就盯上你。就在我们考数学时，在我前排坐着的一个哥们，可能他不会做，也可能紧张出了汗，往衣袋里拿手帕擦汗呢，当场被两个老师架出考场，还听那哥们说一句我没作弊，我是……就已经被架出考场去了。那考场看得可紧啦。”我眉飞色舞地向他们讲述着。

“哎呀，要叫俺还不早吓尿啦。”张全在一边低声说道。

王雪拍打了张全的腿一下，开玩笑道：“靠！看你没出息样？”

“上士，考试题难不难？”小申在一边又好奇地问。

“难！咋不难呢？参加团培训辅导班的二十八人，有的半途嫌难就退出了。最后经过两次摸底考试，全团只剩下我们五人才得以去长春参加全军高考。那高考题，比培训的题还要难上好几倍咧，有些题我复习时看都没看到过。嗯，我也不知道这次能否考上，反正所有题我都做了。嘿嘿，等着吧。”

王雪和我们都正在后厨择菜聊着天。

“小方！连长、指导员让你到指导员办公室去一趟。”文书李晓书到厨房后喊我。

我问小李：“找我啥事呀？”

“不知道。”李晓书历来都是这样回答不知道，其实他知道也说不知道。可能这是他工作职责所在吧。

不会又出什么幺蛾子吧？我心里犯着嘀咕。嗨，无所谓！大风大浪我也算经过啦，什么也不怕了。像戏剧里的唱词那样，任凭风浪起，我稳坐钓鱼船。放平心态、沉着应对！我的胆量也大了，就像人们说的，鬼见多了也就不怕鬼，虱子多了也就不怕咬啦。

“报告！”我走到梁东方指导员办公室门外喊道。

“进来！”唐明连长、梁东方指导员他俩喊我进来。

“连长、指导员！”我看到他们俩都在，就打了立正举目礼。

唐明笑呵呵冲我说：“嗨！小方，好小子你，刚参加完高考，这又提了干，还要调入团技术处去当一名参谋。你小子，这是三喜临门呐！好事都让你占了啊？”

啊？我听后很是吃惊，不好意思地笑着冲唐明：“连长您甭拿俺开心啦，我……”

梁东方在一旁笑眯眯接着说道：“小方，是这样，你提干和调团工作的事，任命已到啦。任命你为团部技术处参谋，行政二十三级。团里要求接到任命后，即刻到团部政治处报到。你抓紧把连队账目手续移交给徐司务长。移交完，这两天就抓紧到团政治处报道。这事，徐司务长已经知道了，现在你就赶紧准备去吧。”

我嘿嘿地笑着说：“是……是！谢谢连长！谢谢指导员您！”此时此刻我又不知道怎么向他们表达感谢。

唐明笑着：“小方，你抓紧准备去吧。”

“是！我……”他们两位还没等我说什么，就摆摆手催促道：“去吧，抓紧啊。”

“是！”我抑制着激动的心，告别唐明和梁东方。

我退出了梁东方办公室，心中暗喜：这是天大的喜事！苍天有眼，我受到的伤害和委屈也算没有白受。毛主席万岁！共产党万岁！激动的我恨不得大声喊叫出来。我霎时又暗暗叮嘱自己：方晨你！这可万万不能啊，要低调，要冷静，遇到大事要冷静，越是这个时候，越要谨慎小心，谨言慎行。我心里这样想着，压抑着自己内心的喜悦，急速回到自己宿舍。

人呐，有时顺境也有时逆境，不可能处处是逆境和坎坷；人生有巅峰也有谷底和不幸，不可能永远是不幸。不摔一跤，不知痛的滋味；柿子不经霜雪和热水烫，永不会变甜。没有辛苦，哪儿来的收获？没有磨难，哪儿来的荣耀？真是千淘万漉虽辛苦，吹尽狂沙始到金。人的好运来了，好事喜事连连，挡都挡不住，这是天道。我不知得到哪方贵人相助，如此幸运。可心里又惴惴不安起来。我自入伍都在炊事班当上士，从未与雷达操作、无线电台、油机这些技术工作打过交道，调我到团部技术处当参谋？这些东西我是门外汉，怎么开展工作呀？此时我又自我安慰道：嗨，管他呢！车到山前必有路，走一步看一步吧。

紧闭门户，门上贴告示：暂时停止报销。我急忙整理账单和各种票据，经过一天时间，把账目结清，把发票账单装订成本后，全部移交给了徐兴荣司务长。

晚上，炊事班为我准备了几个菜，连队领导一同参加了欢送晚餐。唐明开始提议："同志们，我提议，大家共同喝下三杯酒，以示为小方庆贺，好不好？"

"好好好！"大家共同举杯。

然后，唐明对我嘱咐道："小方，你到团里好好干，为我们十九连争光，你是我们连的骄傲！今后，我们还要靠你多关照啊。嗯，今天我战备值班，就不陪你了，到团里好好干。""谢谢连长！我一定不辜负领导们的希望和帮助。"我向唐明表示了感谢。

唐明告辞战备值班去了。

"小方，你是咱们十九连的骄傲，无论你今后当多大官，走到哪里都不要忘了咱们十九连，别忘了咱们这些战友啊。来！我敬你杯酒，祝你工作顺利！"梁东方说着客气地站起来举杯。我急忙站起来，不好意思地说："谢谢指导员您对我的关照培养，我永远不会忘记！我永远不会忘记十九连的领导和战友们，谢谢您！我先喝为敬。"我把这杯酒喝下了。又给梁东方斟满酒杯。

我端起酒杯说："谢谢各位领导，谢谢司务长，谢谢王班长，谢谢炊事班各位战友，谢谢十九连全体战友们对我的帮助关心教育和培养。这杯酒我喝了，你们随便吧。"我与在座的各位战友一一碰杯后，一仰头把酒喝了。

人遇喜事精神爽。事业的成功是男人最好的营养，社会的宠爱是男人最好的滋补，名利简直就是男人生命活力的源泉。我一扫从前的蔫劲，精神抖擞，容光焕发。我和跑过来敬酒的杨生荣、刘海、韩成、陈明亮、张晓东、张彪、小申卫生员、李晓书文书、姜春山等等都一一碰杯喝了酒。

酒啥时候喝完散的场，我一概不知道……

还是第二天早上，韩成排长亲自开车送我到喜桂图旗市火车站的路上，韩成说："小方，你的酒量可以呀？你知道昨晚喝多少吗？"

"喝多少？"我问。

"两斤。"

"啥？我喝两斤？不会吧？"

“一点都不少，我们给你算了算。这还真是人逢喜事精神爽，人的酒量也见长啊。”韩成逗我笑道。

我乘火车到达齐齐哈尔雷达团政治处报道后，团技术处刘海洋处长亲自接我到技术处，又与同志们见了面，算是报道了。

我将背包行装安顿好，就向刘海洋处长请假：“处长，能否给我半天假？”

“干什么去呀？”刘海洋处长一米七六个头，湖南人，身材稍瘦，戴着一副黑框眼镜，未开口说话先笑着轻声问我。他一身书生气，后来听王立群参谋介绍，刘海洋处长他是无线电专科出身，武汉空军雷达学院的高才生。

我不好意思地：“我想……我想去陆军医院看看曾经为我治病的医生护士们，行吗？”

“哦，好好，去吧！明天上午正式上班，别耽误了。”刘海洋处长听我说去陆军医院看望为我治病的医生，他好像明白了什么，准许了我假。

我乘公交车跑到梅儿那里。

由于事先没有写信，她还不知我的到来。说实在话，这一年多的喜怒，我在给她写信中没敢透露一丝一毫。我的事情我自己承受着，不能给她天真纯洁的心灵上，添加一点点伤害和担忧。我不敢夸海口，如果告诉她有人告我黑状，去年未能提成干，你看她能急成啥样。幸亏我自己承受下来了，一切都风平浪静了。虽然我晚提一年干，可终归还是提了，而且又调入团机关，并参加了全军军校高考。哎，人呐。

我到医院骨科护士值班台看到金英，她给我说：“啊，王红梅今天不值班，在宿舍休息咧。”

我又跑到王红梅的单身宿舍去找她。她正在屋里趴在桌子前认真地给我写信呢，突然推门出现在她面前的我，让她惊喜异常，一下子就起来扑到我身上，紧紧拥抱住我，仰脸俏皮地嘿嘿笑着问我：“呀？哥，你……你咋来啦？也不事先告诉我。”

我抱住她亲吻着她的前额，兴奋地说：“梅儿，我提干了，并且调团部机关来了，你高兴吧？”

“啊？是吗？高兴高兴，太好啦！嗯，亲爱的……”她无所顾忌地对着我的脸亲吻了好几下。

我放开她，在她面前转了一圈，问道：“亲爱的，怎么样？”

我来时特意将四个口袋的军官服，钉上领章，整理穿好才出的门。这也是我多年的心愿实现了，我一定让她共同分享我的喜悦，也让她看看我方晨晨穿上军官服是多么的帅气。

“哥，啥咋样？”她沉浸在兴奋之中，还没反应过来我的问意。

“傻丫头，哥我穿着这身军官服啊？”

“哎呀！哥，太棒啦！你是我心中的男神。”她瞪着一双水灵灵的大眼睛，惊喜地伸出大拇指夸奖道。

我坏坏地笑着问道：“哎，宝贝，你心中的好男人是啥样子？”她未加思索冲我说道：“就像你这样的！稳重大气，信念坚定，不屈不挠！嗯，真正的男人不仅仅是身体的强壮，更是心胸的强大！”

嗯，知我者，梅儿也！

她转身推我坐在她床上说道：“看！我正在要给你写信呢，刚开……”

“啊！是吗？来让我看看，不用通过邮局啦。”我随手去拿她桌上的信纸。

“嗨，刚开个头还没写呢。”她不好意思地抢先将信纸递给我。

“亲爱的哥哥，你好！亲爱的哥哥！亲爱的……”我拿着她刚写个开头的信，故意逗着冲她反复读那开头的话。

“哎呀！哥别逗了。今天正好我休息，走！咱俩去市里照张合影像。”

她拉着我到齐齐哈尔市正阳照相馆，照了合影像。照完相又要拉着我去看电影，她说：“哥，我很长时间没有看电影啦，求你陪陪我吧哥。”我俩又跑到东方红电影院看了场电影《英雄儿女》。

我们看完电影，梅儿抱着我的胳膊撒娇的噘着小嘴说：“哥，我饿啦。”我又带她去向阳路人民饭店吃了饺子。

待我把她送到医院她单身宿舍楼下，已是夜灯初罩，晚间九点多钟啦。我拉着她的手说道：“梅儿，我该回部队了，明天还要上班嘞。”“不嘛！我想你再陪陪我，我们都几个月没见了吗。”她缠着我，非得让我再陪她一会儿，我只好把她送到宿舍。

到她宿舍里。“哥！你参加全军高考，考得咋样呀？”她关心地问。“嗯……自我感觉不错。咳，现在还没消息，听天由命吧！”我无所谓地说。的确我是这么想的，干已提了，还调到团机关来了，星期天、节假日也能和梅儿在一起了。至于能否被军校录取，那都无所谓的事儿。

同她宿舍里还住着其他两位护士，一位探亲去啦，另一位金英在病房值夜班不回来。

关起门，这已是她独立王国了。我坐到她的床上，她给我端茶喝。我俩不约而同地将外衣脱下，她俏皮地坐在我身边，笑眯眯拉住我的手望着我说：“哥，你不想我呀？”

“想，非常想，今天下车后，我把东西放单位就来找你，天天夜夜都想见到你。”

“那你为啥还着急走啊？我盼星星盼月亮把你盼来了，还不让我好好看看你。”她好像在外边大半天了还没看够，到屋里还要好好看。她瞪大眼深情地望着我，红润的脸蛋慢慢贴近我亲昵地说：“亲爱的，我在想你，在我心里用苦涩的泪水，想你！

想你激荡在我心坎上的笑容，想你洒在我肩头的笑声，想你牵着手的温暖，想你别时慢慢走远的背影。你知道吗？我多次在夜里梦见你都哭醒了，太想啦……”她那种可爱而绵密的话语，让我心旷神怡。她双颊通红，两眼粼粼闪光，依偎在我怀里，更显得屋里的燥热。她一会儿脱一件外套，一会儿脱一件衬衫，后来就脱得只剩下一件贴身的内衣。我不断地给她扇扇子，从她少女身上散发出来那温热诱人的体香，一阵又一阵地扑向我……

我也不禁浑身发热，躁动难耐，望着梅儿那勾魂摄魄的眼神，我也把衣服一件一件脱掉。她半真半假，试探拉扯地把我推倒在她床上……“啊！我……”我突然被这梦吓醒，全身的汗水把被子都沾湿了……我处男、她处女的身体就这样结束了。

深夜里，没有了城市里白天那样的喧嚣，只有稀少的人在街灯下奔走往家赶，破旧的公交车仍在马路上行驶运行。

我回到团部单身宿舍，洗漱完，坐在床上裸露着身体在发呆。真的很想梅儿，不想离开她，很想与她结婚。我又想，这是不可能的事儿，我十九岁，她才十八岁，国家法定婚龄是男二十五，女二十三，还有六七年的时间。我哎的一声叹了口气，只有自己劝慰自己：方晨晨！你小子耐心地等着吧！刚提干，刚调团机关来还没工作，十九岁的毛小子，就想结婚？说出来，还不让领导战友笑掉大牙啊？

上班第一天，刘海洋处长带我全面看了技术处的办公区和设备修理车间，与各位同事见了面，彼此认识一番。我又整理了自己的办公室。

中午在机关食堂吃饭时，见到了各位老乡。高新宇开玩笑地说道：“哎！晨晨，你调团部来，还没有请客呢！啥时候请哥几个喝喜酒啊？”

“喜酒？啥喜酒？”我惊疑地问。

“你还装啥糊涂啊？当然是你调团机关来高升的喜酒啦！冯为国调来时都请哥几个搓了一顿。哎，咱们老乡有个不成文的规定，谁高升谁请客。”高新宇嗤笑道。

“哦，好好！你们定、你们定。”吓我一跳，我还以为我和王红梅的事，被臭小子们发现了呢。

星期六晚上，李化新在人民大道老家火锅店预定了个包间。李化新、高新宇、常宽、张崇礼、冯为国、刘俊光、金春、韩民生、丁然和我，基本上在团机关提了干的老乡都齐了。我认识和不认识的，高新宇都一一做了介绍。

老乡到一起有种特别的亲切感，乡情不变，乡音不改，有说不完道不尽的话题。待火锅和凉菜上齐后，高新宇以老大哥的口气站起身说：“哥们，今晚方晨晨请客啊，庆祝他高升提干进机关，又参加全军高校考试三喜临门。我们为他庆贺啊，酒敞开喝！菜敞开吃！”

“好好，好！”大家齐喊着站起来，都与我碰杯庆贺。

大家将酒喝完，我又给大伙倒上酒，说道："谢谢哥们老乡，今后还要仰仗在座的大哥们多多关照，我敬大家一杯，先喝为敬。"

"哎！慢慢，你要一个个敬，不能一人喝一片。大家说，是不是？"李化新站起伸手拦住要举杯的大家伙。

"哎，你们去年提干的喜酒，我还没喝呢。"我有点不高兴说。

"我们哥几个已经轮流请过了，你没赶上怨谁呀？是不是哥们？"李化新说道。

我不能扫大家的兴，急忙道："好好。那，我从老高这开始。我与你们每个人喝一杯中吧？"我又说："你们之间也就随便吧？"

我与他们一个一个敬完酒坐下吃口菜。常宽邻近我坐，他小声贴到我耳上问："小方，天安门"反革命"诗抄怎么回事儿？"

"哎哎？你们俩甭开小会呀，大点声说。"李化新冲常宽映映道。

"我就问小方天安门"反革命"诗抄的事儿。"常宽忙解释道。

"哎哟，妈的，把这事儿忘了。方晨晨，你说怎么回事？不明不白把你送嫩江农场劳动几个月。我们哥几个听说后，可为你着急啦！"高新宇他本来已忘了那烂事儿，常宽一说他想起来了，放下手中夹菜的筷子，急忙冲我道。

我看看冯为国，他坐在那儿脸色红一阵白一阵的，低头在搓手。我又看看大家，哎的一声，长长叹了一口气，把事情的经过向大家说了一遍。

"哎，小方，写匿名信的那俩家伙还在连队吗？"张崇礼气愤地问。

"没有，去年年底，连里让他俩复员回家啦。"

"你在农场时，是不是像劳改犯那样，关到小黑屋里，和啥人在一起吃睡呀？"金春好奇地问。

"没有。让我去喂了几个月的猪。"

"那？我们去年提干时那一批，听说也有你，咋后来又没你呢？"李化新问我。

"哎哎！哪一壶不开你就提哪一壶啊？"高新宇责怪李化新道。

"嗨！也是他妈的那俩孙子，写的匿名信，无中生有！"我生气地说道。

"是，他妈的！不是说吗？八分钱，让你组织忙半年。这样损人不利己的缺德人，哼，有的是！"刘俊光气愤地说。

冯为国低着头只顾吃菜涮羊肉，不搭理我们。

高新宇急忙接话茬道："哎哎，诸位，今天是为方晨晨庆贺的，咋光说些不高兴的事儿，来来来！喝酒喝酒，人大难不死必有后辐！小方你……"

"哎哎，罚新宇酒！他又说不吉利话呢。"对对对，大伙都冲高新宇说。高新宇说："好好，我是说，人受点挫折是正常的，也可能是好事。"大家不依不饶地让高新宇自罚一杯酒。

大家把酒言欢，喝的晕晕乎乎结束了。

星期日下午，我同高新宇骑自行车到市里办事，也顺便到邮局给张丽寄上二十元钱。我刚从邮局内寄完钱出来，“抓住他！抓住他！抢劫了……”就突然听到，大街上有人喊叫。

我循声找去，只看见高新宇和几个人追赶一人，向路边胡同跑去。我知道这个胡同是通往百货大楼的。我急中生智，从侧面堵截住那小偷。果然不出我所料，那小偷被后边高新宇他们追踪着，正被我拦截在死胡同中抓获。“站住！干嘛呀？你个贼！站住……”我一声喊道。那贼是个小伙子，手里还拿着抢来的军帽，迎面看见我。他又向后面追来的人看一眼，无路可逃了。他扑通一声双腿向我跪下求饶，说：“军哥！解放军哥哥！饶恕我吧，我……我把帽子还给你们！饶了我吧……”

在那个穿衣比较单调的年代里，人们穿衣不是一身灰色，就是一身黑色或者是一身学生蓝，非常单调。如果谁能弄一身绿军装穿那是件很了不起的事，周围的人都会向你投来羡慕的眼光。所以，当时年轻人只要你有顶军帽戴，不管什么来路，伙伴们都很羡慕你。因此，没有门路弄套军装穿军帽戴的，也只有靠偷窃抢劫。当时盛行过一阵偷窃军装、大街上抢军帽的事情。当兵的上街一不留神，帽子就会被小流氓抢走。这个陆军哥们，身挎着军绿包走在大街上，就是被这小流氓给盯上的。幸亏这小流氓没骑自行车，他要是骑自行车抢，你就甭想追回来。

高新宇和陆军战士他俩追过来，“妈的，叫你抢！打死丫……”陆军兄弟气得蹬了小流氓两脚。

“哎，甭打他啦，他把帽子还给咱就行了……”我制止他。高新宇他望着我，意思是看我怎么处置这小子。

我说：“算啦！饶了他王八蛋！”这帽子是陆军大哥的，我把帽子还给了那位陆军哥们。

我对那个趴在地上的小流氓喊道：“滚！滚！今后不许再偷我们当兵的东西！如果发现，我轻饶不了你小子……”那小流氓急忙从地上爬起来，连声说着谢字，狼狈地跑走了。就这点小事，在当时年代里，如果把小偷押送当地派出所，至少拘留他三五天。

“谢谢你们！谢谢空军老大哥！”陆军战士点头说道。

我说：“不客气！以后出门小心些。”。

“是是，谢谢，谢谢！再见。”那陆军兄弟连声感谢地走了。

高新宇转身问道：“晨晨，到邮局干吗去了？”

“嗨！寄点钱。”

“寄钱？你还给家寄呐？”高新宇奇怪地问，意思是你方晨晨家还需要你寄钱回去吗？

“啊……”我啊地打着哈哈含糊应付过去。

没有必要过多给他去说明给谁寄钱，为什么要寄钱这事儿，以防再节外生枝。我虽然提干调团机关工作了，仍旧牵挂着张丽和孩子的生活问题。逢年过节，我始终坚持给她寄钱，以弥补她们生活所需。这是我的初衷，不管他人怎么看，只是表示我对孤儿寡母的同情而已，没有他意。可是，张丽仍没有音信，使我心生猜疑：她怎么了？连封信都不回？

第三十五章 | 节外生枝

时光如梭。我离开家乡到部队一晃四年过去啦。我们这批滑州籍入伍的战友们，高新宇、李化新、丁然、冯为国、刘俊光、金春，他们去年那批提干后，都已陆续探完亲回来。只有常宽、张崇礼和我三位，因其他情况没能回去。

说真的，我们这些农村兵提了干，当上军官，个个都想探亲回家看望父母。同时想让家人、亲戚朋友一起分享提干当了军官的喜悦。说白了，也有显摆自己多有能耐这种想法。的确，一个农村娃在部队提干，那就是鲤鱼跃龙门啦。从此，不再回农村那广阔天地里，面朝黄土背朝天地在土里刨食啦，祖上都会感到荣耀。

周六晚上，在团部机关的老乡们聚在一起打牌闲聊天。

“哎，方晨、新宇，听说你俩都参加高考啦，怎么样？有消息没？”张崇礼关心地问。

“嗨！没有，管它呢，无所谓。”我对张崇礼说。

“哎，为国你怎么没参加考试呀？”张崇礼扭头问冯为国。

“我……”冯为国无言答对。实际上，我和冯为国、高新宇都参加了团政治处组织的培训辅导班。高新宇当时已提干，无心再费力学习，加上辅导班的课程难度很大，他和冯为国在第一次摸底考试时，就被淘汰出局啦。现在我高考的事仍没一点消息，就如我刚才对张崇礼说的那样，不管它无所谓！心里这样想着。

“哎，你们听说没？那个瘪孙钱大干事，团里要让他转业咧？”李化新低声地向大家宣布此消息。

“知道了！”高新宇、刘俊光异口同声。

冯为国胆怯地也点了点头。

常宽坐在一旁椅上看着《解放军报》阴阳怪气地说：“无论是军官，还是士兵，都是党和人民给予军人的荣誉。这种荣誉是无数革命先烈用鲜血和生命换来的，既神圣又光荣。将军的军衔令人尊敬，士兵的称号也值得自豪。革命工作不分贵贱之分，都是人民的勤务员！我们每位军人都要珍惜这个荣誉，自尊自爱，安心服役，干好本职，以威武雄壮、斗志昂扬的新阵容，以更加出色的成绩，回报党和人民的期望。”

“嗨，你别神经了。哎，你们听说了没有？咱们可能要对越进行自卫反击战啦。

你们没有感觉到这几天战备特别紧张吗？你们还没有探亲回家的不抓紧呐，可就没时间啰。”常宽神秘地向大家说道。

“哎哎你甭说大家啦，你什么时候探亲呀？你不走我可走啦啊！”张崇礼讨厌地拍了拍常宽道。

“哎呀！我还没考虑好咧，我……”

“那，你没考虑好，我都准备好啦！哎，那我可先给咱卫生队孙队长请假了？我对象她都等不及了……”

“哎哟！是吗？”我们异口同声地笑问张崇礼，大伙哈哈哈大笑起来。把张崇礼弄了个大红脸，他不好意思低下头不言语。

实际上，对越自卫反击并没有开始，虽然我国多次声明，可是还没有真正地打。实际上参战的大部队已经向云南、广西集结。我们东北这边对苏联战备非常吃紧。苏联部队在我边境蠢蠢欲动，我方时刻警惕着苏联对我发动侵略战争。

高新宇在一旁问道：“为国，听说你去年假没休完就被团里叫回来了。嗯，你这新娘还在家等着你吧？啥时候还回去呀？”

听高新宇这么一问，我转脸看着冯为国闷闷不乐的样子，只是坐在那儿吃瓜子，也不搭理高新宇这话茬。其实冯为国、金春、丁然他们是元旦前回家探的亲，假期没休完就被部队电报给催回来了。

半天，冯为国从嘴里冒出一句：“我？嗯，我还没准备好咧，我想等……明年……嗯，我还……我还想参加明年高考咧。”他吞吞吐吐地说。

“嗨！我明年也想试试，考上考不上再说，反正我已提干没啥顾虑啦。你们说是不是？”李化新抢先道。

“嗯，是呀……”大伙都点头赞同李化新的意见。

其实谁都不知道冯为国的心思。冯为国他自去年年底探亲仓促结婚，新婚假期没过完就仓促回了部队，并不是部队电报催他回来，是他自个儿找的理由回来的。回来后他因心情不好，没有给新婚妻子李玉莲写信，李玉莲也没给他写信，双方都在互相赌着气。

这事还得从去年说起。冯为国很久没收到李玉莲的来信，并不是说冯为国盼望着李玉莲她的来信。其实对冯为国来说，收到李玉莲的来信正常，收不到也正常。他还巴不得李玉莲永远别来信，一辈子才好呢！也确实，这门婚事是冯为国当前最大的心事。它像一块重重的顽石压在冯为国内心深处，又像一块烫手的山芋拿在手中，想扔掉，却又难扔。当一个人对现实中的一件事很无奈的时候，只好先被动地搁置起来，顺其发展。但是，当断不断，必受其乱。冯为国生活就一直受着这份情感的折磨，也是他无法真正快乐起来的原因。

去年，也是冯为国提干考察之前，他在失眠了几个夜晚之后，终于给家里写了一封长信，谈了自己的“不良”想法。

一石激起千层浪。除了家人和父亲的来信训斥外，李玉莲更是迫切要来部队找他理论理论，要他当面给解释清楚，你冯为国为什么嫌弃俺，不要俺？是不是嫌弃俺是农村的？冯为国接到她来信后，头脑有点儿晕了，“啊！她要来部队？笑话？来部队做啥？我正面临着提干这节骨眼上，团里马上就要对我们这一批提干对象进行考察啦。这……这关键时刻，她来部队一闹，我……我还怎么提干吗我？这几年的辛苦，不就白白付之一炬吗？当务之急是平息事端，这后院绝不能起火！以保证我顺利提干成功。至于我和李玉莲的婚事，先稳住她不来部队闹就中，待以后再慢慢处理。”

就这样，冯为国他天天心事重重，坐卧不安，夜不成寐。心里想着：虽然我冯为国被列为提干候选人。可只是候选人，没有拿到任命之前，一切都是未知数，将来能否走出士兵这个行列，有多少个变数在考验着，只有天知地知。他耳边不断听到：“你冯为国还是小心点，不要高兴得太早了你！”这种莫名其妙的声音。

他暗下决心：不中，我得给李玉莲写封回信，在信中把我自己的想法委婉地解释一通，说明自己没有变心，是永远爱着你李玉莲姑娘的。我向李玉莲发誓，如果我冯为国变心让天打五雷轰。就这样，冯为国写信对李玉莲姑娘说了很多安慰话，并且保证战备不紧时一定早日回家探亲，到家立马跟你李玉莲结婚。

李玉莲姑娘收到冯为国的回信，心里一块石头落了地，才打消了来部队讨要说法的念头。

实际上，冯为国要不是因为提干这事儿，早想与老家农村的李玉莲提出分手的。他自从我们十九连调到团政治处宣传科以来，思想上就萌发了和农村对象李玉莲提出分手的想法，只是在等待机会而已。

我在连队时每逢节假日，李化新、张崇礼、刘俊光、常宽他们几个老乡，都使军用长途电话跟我问好聊天。当时我还纳闷：这几个臭小子路子够野的？战备这么紧，还能用军线打长途，是谁这么有能耐？待我调到团部机关后，这个谜底才解开。是冯为国认识团指挥连通讯班的一位女话务员，叫4703号，逢年过节为哥几个提供方便。

一次，几个老乡在闲聊天时，说起以后提干回家找对象的事。常宽他还阴阳怪气笑着贴近冯为国的脸上问：“哎！为国，是不是等和4703一起休假回家呐？”

“去你的！”冯为国羞涩地推常宽一把。

大伙都看向冯为国，他脸红一阵白一阵的不好意思。

“哎！为国啥时候请我们吃喜糖啊？”刘俊光冲他问。

“去你的！”冯为国红涨着脸。

“为国，这有啥不好意思的？我要是能在部队找个女兵，靠！我早就请哥几个喝上喜酒啦。是不是晨晨？”李化新冲我说道。弄得我也不好意思地应付道：“是是。”

其实他这事儿，在我没调团里之前就已经是老乡之间半公开的秘密了。记得有一次我来团里办事，在冯为国宿舍见过那个4703姑娘。那姑娘个头一米六八，齐耳短发，瓜子脸，大眼睛长长的睫毛，高鼻梁，白白净净。不仅人长得漂亮，还拥有一张城市户口，是吃商品粮的。冯为国清楚，他是个什么人物，一个穷当兵的，祖上八代都是泥腿子，若此婚事能成，冯为国他完全就能跳出贫穷的农村，过上城市人的生活。

“晨晨，你走不走啊？”张崇礼问我。

“走！东西都准备得差不多了。”我说。

实际上，我很渴望探亲。一是我考军校没消息；二是妈妈来信特意告诉我说，组织上已为我爸爸和王学政叔叔平了反，还我爸和王叔叔、袁华阿姨一个清白。全家人都等待着我回来为爸爸扫墓祭奠；再就是我妹妹方姣姣和王建社考上了哈尔滨理工大学，在等着我回来为她们庆贺呢。

我看到妈的信后，高兴得一晚上没有睡着觉。爸爸终于平反昭雪啦！这是我家天大的喜事。“梅儿梅儿我告诉你个好事。我爸爸平反啦，你高兴吗？”“高兴高兴，我祝贺你呀哥。”梅儿在电话那边开心地祝贺我。“哎，还有啊，妹妹她考上哈工大。”梅儿她也为我高兴，“哥哥祝贺你呀！有时间我们庆贺一下哦。”“好好，嗯梅儿，我想早点回家为爸爸扫墓去。”“中啊。那你们单位……你准备啥时候？”“我再考虑时间问题。”“好好，你假批下早点告诉我啊。”“哎哎。”

我与梅儿通过电话后，就正式向团技术处刘海洋处长请了假。虽然部队战备很紧张，刘处长考虑到处里的工作安排，还是同意我回去探亲休假。

我不动声色地问张崇礼：“你咧？”

“噢，我也回去。家里在安阳给介绍个对象，等俺回去见面呢……”他自豪地说。

“咦！好啊，还是大城市姑娘？你……你说说，这姑娘是干啥咧？肯定……”刘俊光、李化新惊讶地异口同声地追问。

“还没见，家里也没细说。”张崇礼他不好意思地低声道。

“那，咱们一块买票走吧？也好有个伴……”我急忙提议。

“中中，中！”他满口答，并扭头冲李化新说道：“哎，化新你路子野。那，帮哥们买两张到安阳的卧铺吧……”

“靠！咋又叫我咧？”李化新不太情愿。

“咋了？你办法多呗！”金春说。

老乡聚会结束,冯为国低头回到宿舍,屋里烟雾弥漫,一阵阵呛人烟雾扑面而来。

钱正干事嘴里叼着烟,低头伏案在给家里写信。冯为国进屋也没和钱正打招呼,就和衣服躺倒在床上,拉被子蒙上头睡去了。

他很想睡觉,想忘记这眼下的一切烦恼。老家的李玉莲实在不称心,一个无文化的村姑。退婚吧?家里父亲说啥不同意,就认准李玉莲她是老冯家的儿媳妇了,并且这已经是生米做成熟饭,无法退出。也是,冯为国你不同意这个婚事早些干吗呢?好!现在你提干了,当官了,地位高了,就看不上农村的了?你有本事探亲时就不应与人家李玉莲姑娘仓促结婚领证。哎,现在后悔了?

的确,4703——刘英真的是一位难得的好姑娘。人热情,善良,直率,美丽,多少男兵都想千方百计去巴结她,去讨她红颜一笑。

咱别人不讲,就拿卫生队老乡常宽来说吧,像苍蝇一样,动不动找个理由,打电话找 4703 聊上几句,没事找事没话找话。甚至,时不时地给她送点糖块瓜子。过年过节从食堂打些好吃的送过去献献殷勤,简直到了想为她 4703 卖命的地步了,使劲往上贴。可刘英她,对常宽不屑一顾。说起也怪,冯为国他也就是个乡巴佬,何德何能竟能得到她这么纯真的情愫呀?左边是可怜的农村姑娘李玉莲,右边是能歌善舞的城镇姑娘刘英。冯为国他失眠了,翻来覆去怎么也睡不着,脑海中全是 4703 的影子。

刘英来自沈阳一个普通工人家庭。父亲是一家大型企业的技术工人,母亲是一名幼儿园音乐老师。或许是继承了母亲的基因,她十分喜欢音乐,在读高中时就是班里的文体委员,能歌善舞,梦想着有一天能走上乐坛,成为一名受人尊敬的歌唱家。

命运有时也会捉弄一下热爱生活的人们。当刘英踌躇满志准备报考沈阳音乐学院实现人生梦想的时候,却因"文化大革命"停止了招生,使她与高等学府失之交臂,最终她选择了从军。有道是行千里路读万卷书,为自己的青春年华,抹一笔亮丽的色彩!当然,当兵也不是容易的事,特别是女兵,除了身体合格之外,应征入伍的名额极少,不是谁都能争取得到的。没有一定的背景,没有一定的关系,没有过人的特长,你最好靠边稍息甭凑这个热闹。结果这一次天遂人愿,刘英用歌声舞蹈战胜了许多的竞争对手,被空军录用,穿上了军装,当上了通信兵。由于聪慧勤奋,技术训练刻苦,她很快在同年兵中脱颖而出,成为雷达团指挥连通讯班的通信技术骨干,还当上了班长。这不,因能歌善舞还参加了雷达团"毛泽东思想宣传队",成为宣传队的队员。

雷达部队最大的特点是驻地分散,各个雷达连都分布在不同省、市和地区,还都是在偏远的高山上。哪个山头高,哪个地方偏僻,就有雷达兵驻扎在那里。各个雷达连,距离雷达团部都是上千里路。各雷达连去团里办事,没有三五天时间是不行的。团领导到部队检查战备工作,也是乘完火车乘汽车翻山越岭,一年跑不了几个连队。有的战士入伍四年，到复员离开部队，也没能见到雷达团团首长是个什么样。

冯为国自调入团政治处宣传科，参加团宣传队工作以来，他们经常深入各个偏远的雷达连队演出。但是，每次到偏远高山上的雷达连演出时，乘火车汽车的路途中，刘英都能注意到一位吹拉弹唱样样精通、平时却又少言寡语的小伙子冯为国。她主动接近他，关心他。到连队演出后，冯为国总是顾不上喝水吃饭，默默无闻地收拾整理演后的道具行装。在这个时候，刘英就主动把饭打来，送到在忙碌的冯为国手里。冯为国总是憨厚地嘿嘿一笑，说句："谢谢您！"没有任何表示。

一年春节前夕，团宣传队组织到加格达奇雷达连慰问演出。队员乘火车一天一夜长达二十个小时，又坐三个多小时的汽车，才到达了雷达连，已是傍晚七点多了。宣传队长要求今晚再晚也要演出完，由于时间紧，明天一早还赶到塔河下个连队演出。其他人员都抓紧吃饭化妆去了，只有冯为国和队长布置场地，没能顾得上吃饭。

看把刘英心痛的，没心思吃饭化妆了，专门跑食堂用军用饭盒，为冯为国和队长打些好吃的饭菜放在那儿。虽然，冯为国和队长没有吃就演出去了。当节目一结束，刘英就让炊事班的师傅们，又赶做了些热汤面条，亲自看着冯为国和队长他们吃下去，才放心地去卸妆洗漱。

第二天早起，她听说了冯为国昨晚受凉冻感冒了，又急忙跑到连队卫生员处拿些感冒药。临出发前特意让炊事班煮了些姜汤，装到行军壶里包好带上车。

演出队员在上火车时，刘英特意坐在冯为国对面。待她把大家伙安顿好坐稳，就把行军壶拿出来递给冯为国："为国，来！把这个喝了。""嗯，我……"冯为国还傻乎乎地不知刘英啥意思。

这事被宣传队指导员李香兰惊讶地发现了，就笑呵呵地看着问："哟！这是啥呀刘英？"

"嗨，早起我听说他感冒了，在离开连队前，让炊事班给煮了点姜汤，让他喝了排排寒气。"

"他感冒了？啊……"李香兰心知肚明地笑着看看刘英，又转脸再看看冯为国。

"咋了？我们都是来自五湖四海，为了一个共同的革命目标，走到一起来了。嗯……革命同志，都要互相关心、互相爱护、互相帮助！"刘英红着脸强词道。

"是吗？啊，哈哈哈……"李香兰指导员哈哈笑着，故意地问道。李香兰是团周副政委的老婆，已结婚生子几年，她是过来人，看着刘英的举动，什么都明白啦。她这样问，是在明知故问，逗刘英玩呢。

"大姐！您看您……"刘英红着脸不好意思地，侧身头贴到李香兰身上撒娇。李香兰急忙道："好好，我啥也没说，啥也没看见啊。"

逗得在场大家伙儿哈哈大笑……

冯为国像个听话的孩子，坐在那儿老实地拿着行军壶把姜汤一口一口喝下去。

也许，正是刘英在冯为国的心目中太完美，他认为哪怕有任何一点非分之想都是对刘英真挚友情的亵渎。所以，冯为国虽然已提干，又和李玉莲姑娘结婚，可从他内心又舍不得刘英姑娘，心中顾虑重重，矛盾重重，夜不能寐。今年高考未能参加上，自己还是想明年努力争取。

有天晚上，我来到宣传科办公室找高新宇、冯为国他们玩。可开着门，两人都不在屋里，我就坐在冯为国的椅子上翻看《电影画报》。

刘英迈着轻盈的脚步，哼着小曲儿向宣传科走来。整齐的军装，齐耳的短发，英姿飒爽，显得活泼而又精神。说真心话，刘英和梅儿有很多相似之处：说话的语调声音、走起路来那英姿飒爽的精气神儿、水灵灵的大眼睛、未说话先开口笑的面容……

刘英来到宣传科的门口，止住脚步，咚咚地敲打敞开的办公室门。她看到我在就问道:“小方？他……”她不愧是唱歌的，声音像枝头上的百灵鸟，那么清脆响亮。

我急忙站起身，嘿嘿笑着很客气地说：“刘班长，进来吧！”

刘英带着一阵清风，走进了宣传科办公桌前，四处瞄一眼笑着问道:“冯为国呢？嗯……他要的高考复习资料，我托人给他买了一套，麻烦你……”

“哦，为国不知去哪儿了，需要我去找他吗？”

“不啦！那就放这儿吧，谢谢！”刘英把一套《数理化语英》书放到我面前的桌子上，转身出门。

此时李化新正迎面进来，与刘英走对面。他惊异地问:“哎，刘班长，你怎么……哦！是来找为国的吧？”

刘英也没什么忌讳的，“嗨！我给他送套高考复习资料。”她急忙说着。

“哎，刘班长，我们要回河南老家探亲啦。嗯，你跟为国什么时候回去呀？”李化新挑逗地问刘英。

“嗨！你问他吧！”刘英她羞涩地笑着则身往外就跑走了。

李化新冲着刘英跑走的方向笑着说：“咳！这刘英……”后边他不知想说啥，打住没往下说。扭脸冲我道：“哥们，票给你们俩买来！两张卧铺太难弄啦。”

“是吗？好好！谢谢！你辛苦了。”我感谢着把两张火车票钱给了他。

我准备回家探亲的事情给梅儿说了。说真的，我跟她说之前，我还有些担心。没想到她很爽快地说：“好啊！我没有假期啦，如果有假期我和你一起回老家看看阿姨。嗯，我记得小时候回过一次山东老家。上学以后，爸妈工作也忙，老家也没什么最亲近的人，这十几年没回去过。哎，我很喜欢农村，那里空气好，吃的都是地里新摘回来的新鲜的。嗯，哥！下次咱俩事先请好假一起走，啊……”

“好好，下次咱俩一起回老家探亲……”看来我事先的担心是多余的。

“哥，明天你再来一趟，给我带些东西走。”她听说后可高兴啦，叮嘱我明天再来她这儿一趟。“不用了吧，我都准备得差不多了。”我明白她要干什么，就阻止道。

梅儿冲我笑着说：“傻瓜，你是你的，我是我的，这是两码事。”

第二天，她专门请半天假上街，给我买了些东北土特产，松仁、猴头、黑木耳、高粱饴糖块，两条人参牌好烟，两瓶北大仓牌好酒，又给我妈妈买了件纯毛呢子上衣。她听说妹妹考上了哈尔滨工程大学，还特意给妹妹买了条暗花粉色连衣裙。还给我准备了火车上吃的面包和哈尔滨香肠，装了满满一旅行包。

我走时，梅儿由于值班无法再请假，未能去火车站送我。

上了火车我还在后悔，咋没想到等着和她一块休假回河南老家看看咧？也许是我内心的不自信还在作怪，不敢大胆向梅儿提出来。你看人家梅儿，主动提出待下次休假，同我一起回河南老家去。此事怨我思想太复杂，不够开放，顾虑太多。再则，确实怨我回家心切，光想着爸爸平反昭雪，尽快修缮和立碑之事。心里只想尽快回家，告慰和祭奠老父亲，且忽视了梅儿。

王红梅跟我回河南老家之事，至今未能如愿。每当我想起此事，心中对她总有一种愧疚感。

第三十六章　告慰亡灵

傍晚，我妹方姣姣从家里走出来，一人在大街的路径上慢慢溜达着。县城路两边的梧桐树布满茂密的叶子。晚风和树叶在微风中发出哗哗啦啦的声响，宛如在向她表示祝贺的掌声。祝贺她和王建社顺利考上哈尔滨工程大学。

姣姣她仍是那种纯洁无瑕的气质，穿着得体的薄裙子，亭亭玉立，已有大家闺秀的风度。她后脑勺的两条小马尾辫，随着拨浪鼓一样的头在转动，又像是两只蝴蝶在她头顶飞舞，给她脸上带来那种骄傲的微笑。

这是一个美好的夜晚，滑州城里远近彩灯在闪烁着，五花山绿意朦胧，晚风吹来，空气中弥漫着瓜果甜丝丝的芳香。她忍不住在路边停下，面对着梧桐树那边升起的一轮明月，看着幽深的蓝天，吸吮着新鲜的气息，心里火辣辣的。便不由自主地嘻嘻一笑，转身稍微加快了脚步，向五花山公园深处走去。

有一个遐想在姣姣她的内心深处搅动着：待哈工大毕业后，我去干什么？这也是一个很现实的问题。这所学校是军工性质的，培养学生的目的就是毕业后到三线偏远山区军工厂当技术工程人员，一生当个军工技术人。长期待在那深山里度过青春年华，这可不是方姣姣喜欢的职业，对她来说也是难以想象的未来人生。军工，尽管在理性上承认这是一个崇高的职业，但绝不合她的心意。

姣姣我最了解她。从小就有一种想当中学教书匠的意识，像妈妈一样做一名教书先生，为国家培养大学人才。但是，自从她和王建社交往以来，在这几年的时间里，她对王建社这个人，从内心产生了某些微妙的变化。原来是可怜同情他，现在总是在心里想着他，牵挂着他。她时常有点心神不安地等待着星期日的到来，盼着在家里能和王建社一块吃饭，天南地北地谈论一番事情。这就是一个从不懂事的小姑娘，到亭亭玉立长成大姑娘成熟了的内心变化吧。用她自己的话讲，她自己发现那些同学中，还没有一个男生能代替王建社和她在广阔的范围内交流思想，谈论学习。这也不仅仅是为了交流思想和谈论学习，才如此渴望和他在一起。不！王建社这个人在很大程度上已经牵动了她内心那根情感的弦线，有时蓦然回头一想，情窦初开的两人，朦胧爱意溢满心间。

是爱情？但她又觉得一切还没那么明确。她朦胧地认为，爱情对她来说，大概还是一件相当遥远的事。是亲情？她有哥哥方晨晨我，跟王建社还没有亲到如一家人的那种程度。血缘上？也没有任何关系。但是，她发现王建社在学习上的进取心，和对未来事业的理想抱负，占据了她方姣姣的心，她从内心很佩服他。

她对个人问题的考虑缺乏一种强烈追求的意识。可是，为什么每当她一想起他，心头就会泛起一层温热的波澜？她为什么又常常渴望和他待在一块呢？甚至这次高考报志愿时，她也随他报考了同一个大学，同一个专业呢？

是爱情？也许这就是爱情！只不过她自己还没有明确承认罢了。不管怎样，姣姣觉得，她的生活中已经不能没有王建社这个人了。这个人和她对生活所采取的态度非常相似。当今社会，像王建社这样，在极端艰难条件下依然能坚强地笑对人生，甚至，他顽强地去拼搏去奋斗。真的，他太不容易了，太艰难了！家庭遭遇到的和他本人又遭人白眼冷酷的伤害，真令人目不忍睹，可他坚强地度过了。从这些看来，王建社应该有一种内在的品质和顽强的精神在支撑着他，而不是靠伪装和表演就能做到的。她最喜欢王建社不因生活的窘迫就感到活得没意义而坠落，甚至他对苦难更有一种骄傲感的认知。他！不愧是一个顶天立地男子汉……

姣姣坐在公园里的石头上想着她和王建社的事情，心里也在惦念着王建社今天去办理他爸妈平反的有关手续，说好晚上到这儿见面，却迟迟不见踪影。

在那遥远的地方，
有位好姑娘；
人们走过了她的帐房，
都要回头留恋地张……

她心里七上八下地担心着，突然听到王建社唱着歌曲来了。姣姣听到王建社的歌声，心想：哼！还嘚瑟上了。姣姣她急忙向王建社喊道："建社！你嘚瑟啥呀？你的……办得咋样啊？"

王建社得意地哼着小曲快步走到她面前："……张望"用舞蹈造型定格。

姣姣撒娇地站起身拍打王建社的肩膀一下，问："死鬼！你甭嘚瑟啦！你父母的事儿办得咋样？"

"办好啦！他们让我签了字。下一步准备给我父母补发工资和抚恤金，让我等消息。"王建社说着拥抱着姣姣，一屁股坐到那地大石头上。

"哎呀！小心点甭摔着啦！"姣姣在王建社怀里担心地说道。

"哎，姣姣，这下咱俩的大学费用没问题了。"

"嗨！谁用你的钱？我妈已经领取了我爸平反补发的工资和抚恤金。哎！建社，你可不能这样想啊！你父母平反补发的钱，得向你大哥商量商量怎么使用。你可不能私自做主乱花，上大学的费用我们家有。我妈也说了，家里还供得起咱俩上学的费用。"

“中中！我听俺老……”王建社鬼眯眯地望着姣姣的脸说。

“俺啥俺？王建社！我可告诉你啊！你不能对俺有孬想法啊！”姣姣红着脸，心里甜丝丝的，强装着生气的样子向王建社喊道。

“哎哎,俺可不敢往孬里想。”王建社急忙双手拉姣姣的手哄笑道,又说:“放心吧，我的好妹妹……”

“哎，我告诉你呀。我哥，我的亲哥！方晨晨明天就探家回来了。你要不老实，我可告你的状。让我哥收拾你这个坏蛋……”姣姣依偎在王建社的怀里，仰着头，脸颊紧贴王建社的耳朵上说道。实际上，她可不是吓唬他，而是女孩子天性撒娇的一种方式。也不怕别人看见，而是想更亲近些，以示心里是喜欢他的、爱他的。

“那，明天几点的火车？咱一起去接吧？”王建社急忙问道。

“明天上午十二点半在安阳下火车。我妈说了，要和咱俩一块去接呢。”

“好啊……”

轰隆轰隆的火车，在呜呜的汽笛声中奔驶在广阔的田野上。

火车过了邯郸站，刚进入河南界。我和张崇礼在火车上就开始坐不住了，大包小包地从车厢的行李架上往下拿。火车厢里的旅客很多，我俩担心到安阳站，火车停的时间短，下不了火车，就着急搬运行礼。我俩把所有东西能背的背身上，能提的提在手上，碰碰撞撞挤到车厢出口处。

我背着大包小包站在车厢出口处，两眼望着向后倒回去的一片片玉米、高粱，和那满园挂满枝头的苹果梨树，内心有种秋天大丰收的喜悦。

“呜！呜呜……”一辆满载旅客的列车拖着长笛声，进入安阳市火车站。

安阳火车站的月台上，早早就挤满了接站、送站和要上火车远行的人群。

我妈、姣姣和王建社也站在人群中，瞭望着将要进站的列车。

火车停稳后，我和张崇礼两人随着拥挤的人流下火车。“哥！哥，哥！”姣姣呼唤着，跑到我面前。她急忙接过我手中的提包。“嗨！真是女大十八变，越变越好看了，三年不见成大姑娘啦。”我看姣姣笑着夸奖道。

“晨晨！”王建社扶着我妈,也跑到我跟前。王建社他急忙接过我背上的行里包。

“方晨晨，咱们先再见。有时间我找你玩去啊。”张崇礼他来与我告别。“好的，好的，欢迎你到我们家去玩呀！”妈妈也向张崇礼他打着招呼。

张崇礼和他的家人，随人流往站外走去……

待我们乘长途公交车到滑州城家里，已是下午四点多钟了。

我到家放下东西，洗了把脸。立刻就跑到奶奶屋里，为爸爸、奶奶两个牌位遗像前点上三支香，向他们遗像三鞠躬，并说道：“爸，奶奶！我回来了，我在部队很好的。你看，我已提干了，当了空军军官，穿上了四个口袋的军装。爸，奶奶您高兴吧？爸、奶奶，我没有辜负您的希望，放心吧。”我望着爸爸、奶奶满面笑容的遗像，心里向爸爸、奶奶述说着，阵阵痛苦涌上心头，止不住泪水夺眶而下。心里暗想：爸、奶奶，您要是还活着多好啊？今天您看到我穿着这身军官服，一个标准的军人。您有这样的孩子该多高兴自豪啊！爸、奶奶……我情绪失控，扑通一声双膝跪拜在爸爸奶奶遗像前，双手抱起爸爸奶奶的遗像，大声哭喊着。多么想把爸爸奶奶唤醒，呼唤回来呀！我的亲爸爸，我的亲奶奶，您听到我叫您吗？听到了吗？爸，奶奶！我放声痛哭起来……

要说，我与奶奶的感情胜过与爸爸的感情。从记事起，由于爸爸他工作忙，很少管家，特别是“文化大革命”期间爸爸被打成“走资派”离开家，都是奶奶照顾我。所以，奶奶在我心中地位至高无上。

妈妈她们听到我的哭喊声，都跑过来。姣姣从我手中夺过爸爸奶奶的遗像，生气地说道：“哥！你这是弄啥咧？”

妈妈和建社架起我。妈妈辛酸又心疼地说道：“看看！刚到家就这样……哪……哪中？”她俩把我连拉代拖至客厅沙发上，妈妈帮我把上身军衣脱下。姣姣端来刚冲好的茶水，王建社拿来湿毛巾给我擦泪水。我坐在沙发上还没从伤心中挣脱出来，哎的一声长叹，傻愣愣地瘫坐在沙发里。

晚上，妈妈亲自下厨给我准备了一桌丰盛的晚饭，四个凉菜六个热菜。四个凉菜是：道口烧鸡，炸虾片，凉拌黄瓜，凉拌绿豆粉皮；六个热菜是：红烧扣肉，红烧带鱼，糖醋鱼，炒腰花，韭菜炒鸡蛋，清炒小油菜；还有一盘吊炉烧饼，这些都是我爱吃的菜。妈妈还特意拿出了她储藏几年的茅台酒。

望着这桌丰富的晚餐，望着幸福的一家人，我想象着爸爸和奶奶坐在那儿，看着我们高兴的笑容，泪水不由自主地从我眼中流下。我端起酒杯向奶奶卧室走去。

妈看着我并没有阻拦。

姣姣看了看妈难过的表情，急忙站起来走到爸爸、奶奶遗像前鞠了三个躬，然后拉着我就往外拖，嘴里生气地说：“哥，你还让不让我们吃饭了？你回来，妈和我们都很高兴。本来一是欢迎你回来，为你庆贺高升；二来为庆贺咱爸和王叔叔、袁阿姨平反昭雪，还他们老人家一个清白。本来是高兴的事，看你！这么一哭，妈也不好受，这饭……”姣姣一边埋怨着我，一边把毛巾递到我手里，让我擦干眼泪。

“姣儿……”妈在一旁制止妹妹。妈妈她理解我，非常明白我在奶奶去世时，未能赶回来见上奶奶最后一面的痛苦和愧疚。

饭桌上，除我们四人的碗筷外，也给爸爸、奶奶摆上了碗筷和凳子。这是我们家多年的规矩，还是奶奶在世时定的。每当过年过节，奶奶都让我们给死去的爸爸摆上碗筷和凳子，表示他没有离开我们，同样和我们一起吃饭，共享团聚的欢乐。

“好啦！今天，晨儿回来，我们全家团聚了。我弄些好吃的来庆贺。我储备这瓶茅台酒，就是等待这一天的。建社快把酒倒上了。哎，我提议，咱们连喝三杯……”

妈妈说道。

“妈！咱们先吃点菜吧，我都快饿死啦。”姣姣一边撇着嘴不高兴地说。

“好好，俺们先吃点菜啊？哎，我说这三杯，是有三层意思：一是为儿子提干高升，又考军校庆贺；二为你爸和王叔叔、袁阿姨平反，恢复名义庆贺；三为姣儿、建社你们俩考上大学庆贺。”

“妈，我提议，还是先敬我爸和奶奶，怎么样？”

“好好！咱们一起敬你爸和奶奶一杯酒。咱们一起干杯！”妈妈同意我的意见，并带头与摆放在那儿爸爸奶奶的杯子碰杯。

妈妈深情地说：“娘，老方，我和孩子们敬您酒啦，庆贺咱们晨儿提干考军校，姣儿和建社考上大学，你们都高兴吧？”妈妈说着也伤心地流下眼泪。

我看妈妈这样，不敢再说别的，仰头喝下这杯酒。姣姣和王建社看我喝了，她们俩也跟随喝了这杯酒。

我急忙把酒给妈和建社、姣姣及我自己倒上。说：“妈！您劳苦功高，我敬您一杯，这么多年您为我兄妹俩和这个家操劳辛苦啦……”

“哎哎，等等。”王建社站起来双手制止说：“晨晨，江阿姨。晨晨的提议非常好！我有个请求。您说的三条里，其中有我一条。江阿姨，晨晨，这么多年，我在您家吃喝，您把我当亲儿子一样的养育管教，我王建社有今天，全是江阿姨您的功劳。这样，我先敬您老人家！我先喝两杯，您随意。然后呐，咱们再一起喝，中不中？”

“好！”我拍手同意。

“好什么好？哥，他不会喝酒。妈，他喝醉了怎么办呢？”姣姣不同意，还向妈撒娇地乞求道。

我看出来了姣姣的心意，她是心疼王建社，怕他喝醉伤了身体。好啊！你这丫头，还没怎么着呢，就心疼呵护上了？待以后结了婚，又不知要护成什么样咧？

“好，建社，你说的都见外了。咱们两家多少年的关系啦。你爸、你妈在世时，咱们两家都如一家人一样亲，你爸和你方叔叔又是好兄弟，你是这个样子，我们照顾你还不应该呀？咱们慢慢喝吧。干啥非一起连干几杯呢？”妈妈很谦和地劝说道。

“晨晨！晨晨，江阿姨，晨……”邱童童还是那样，毛手毛脚地喊着，手里提着水果，后边跟着毛大臣，毛爱莲兄妹二人闯了进来。

“哟？来得早不如赶得巧啊！”毛大臣惊喜地望着丰盛的一桌好吃地说。

“江阿姨好！姣姣……”

“快坐下，正好，我们正准备吃呢。这不，酒刚倒上。”妈妈让着他们三人坐。“哎？你们的消息够灵通的啊？”我站起来向毛大臣他们开着玩笑说。

“咳！今天下午这不听爱莲说的吗。”毛大臣不好意思急忙解释道。

毛爱莲在一旁羞涩地赶紧辩解说：“嗯，我昨天听姣姣说的。”

“哦，建社……”毛大臣他看到王建社在座，礼貌地打了个招呼，没感到惊讶。王建社在我们家吃饭是多年的常事，包括他们三位也是如此，没什么大惊小怪的，很正常。

“来了。”姣姣将三人的餐具酒杯一一摆上。

“来，酒倒上。”我拿起茅台酒瓶给每位倒上酒时，毛爱莲惊慌失措地抓住我的手说：“哎哎！我不会喝酒晨晨！”她抓我的手，我感觉到她的手在颤抖，似乎都能听到她咚咚咚急促的心跳声。她那眼神，有意躲避开我，不想让我看到她很羞涩地红脸。

“爱莲，让晨晨少倒点。大家都随意，能者多劳，我们女的不会喝，意思到了就中，啊？”妈妈在旁边劝说着。妈妈很清楚爱莲的心情，又怕我尴尬，她这样急忙地劝说，也是给我解围……

把酒言欢。当我们的酒喝得差不多时，李小瑞不知听谁说的，也跑来凑热闹。甚至，他很有目的性，进来一屁股坐到毛爱莲身边。还主动举杯一个一个地敬酒，“江阿姨，谢谢您！我和爱莲敬您老一杯。”

“哎哎！等等，你小瑞来得晚，还没自罚三杯呢，怎么就敬上啦？先自罚三杯！”王建社站起来指着李小瑞说道。

“好好，我先喝三个再敬。”在李小瑞自罚三杯酒时，毛大臣和毛爱莲兄妹俩一起敬我妈酒：“谢谢江阿姨对我们俩的照顾。”

我端起酒杯向毛大臣敬酒，并说：“大臣，祝贺你，结婚时我没能赶来喝你喜酒，让我妈代我向你祝贺啦。”

“谢谢你晨晨！今天本来媳妇也要来的，由于她有身孕行动不便，不能来看你，对不起呀！”

“哦？你要当爹啦！祝贺啊。”在我和毛大臣互敬酒时。王建社、邱童童敬毛爱莲酒，“哎哎，对不起！她不会喝酒，我替爱莲喝。”李小瑞他主动替毛爱莲挡酒，并邀请毛爱莲和他一起敬大伙酒。明人都能看得出，他在追毛爱莲。

可是，毛爱莲很不情愿，又怕当着大家面让李小瑞难看下不来台，特别是哥哥毛大臣又在此坐着，不能让哥哥没面子。以后，怎么让哥哥做事做人呢？她强忍着一万个不情愿，阴沉着个脸陪李小瑞把酒一一敬完。她，迅速离开酒桌，跑到姣姣房间里，躺倒在床上装醉，偷偷抹眼泪在哭。

我妈看到这情况，说道：“你们多吃些菜，少喝些酒。你们哥几个多年不见慢慢喝，多聊聊天，我给你们准备点茶水。”我妈告辞离开酒桌冲茶水去了。

看到此情此景，我心里在猜测，李小瑞这小子在追毛爱莲？也能看出毛爱莲不喜欢李小瑞。我故意用挑拨离间的口气问：“哎，小瑞，你那位石家庄的李艳红怎么样了啊？你俩结婚没？”

我不清楚毛大臣做哥哥的什么想法，你毛大臣是否了解李小瑞的为人？我想借此机会打开窗户说亮话，问一问李小瑞和李艳红姑娘那段关系处理完了没？现在又死气白咧地纠缠着毛爱莲。毛爱莲这姑娘老实本分，家教好，本人又是公安民警，没你李小瑞小子那么多花花肠子。

“嗨！早就吹啦，她已回到石家庄安排工作上班啦，我不想两地生活……吹啦……嗯，喝酒，喝酒……”李小瑞很轻巧地说着。

毛大臣一听坐不住了，扭头问李小瑞：“啊！你还有什么红姑娘一段故事呀？你……”

“哎哎，大哥喝酒，喝酒……”邱童童急忙站起身端起酒杯，敬毛大臣酒为李小瑞解围。

“对对，大哥喝酒，喝酒……”王建社也急忙附合着站起身，端起酒杯赶紧敬毛大臣酒，怕再发生不愉快的事，扫了大家的兴。

我也赶紧端起酒杯说：“小瑞，我敬你个酒。”敬李小瑞酒是为他解围，怕他在大家伙面前太难看，太尴尬。

李小瑞他端着酒杯，贴到我耳朵上悄悄嘀咕道：“哎，哥们！我和李艳红后来就没来往。她调回石家庄后，来这里找过我，我没见她。吹啦！嗯，拜托啊哥们，今后甭再提这事啦！本来谁都不知道的，你这以……我以后不好……”

“哎！喝酒，喝酒……”我端起酒杯也给他打哈哈。

我们喝完茅台酒，又喝了两瓶北大仓酒。

夜已深了，我们的酒局也结束了。我把他们几人送走，收拾完。

妈妈坐下来告诉我，毛爱莲心里一直在暗恋着我，等着我。直到我给妈妈写信明确说我有王红梅这个女朋友，是一位部队医院的护士，当兵的，军人家庭。妈妈还把我的来信拿给毛爱莲看了。但是，毛爱莲看过我的信后，仍没有完全死心。不知有多少男孩在追她，无论是她公安局派出所的同事，还是哥哥毛大臣、爸爸毛东明局长的同事介绍，她都不同意，一一谢绝。直到现在，李小瑞的父亲李常新院长托媒人，几次到毛爱莲家提亲，她都没吐口。李小瑞对毛爱莲采取的是死缠硬磨的方法，赖着她，形影不离。甚至，毛爱莲在派出所上班时，李小瑞中午还找理由送点好吃的过去。李小瑞他爸到处对人讲毛爱莲是李小瑞的对象，未来的儿媳妇。我听妈妈讲后，心里有种不安，可又无能为力，我确实喜欢梅儿，梅儿她也喜欢我，无法割舍。

第二天上午，我跟随妈妈、姣姣和王建社一起坐车离开县城，走了十多里路，到了五花山山坡下。又沿着崎岖小山路，来到“滑州革命烈士陵园”。

我们走进陵园，沿着崎岖小路往里寻找。陵园内杂草丛生，多年无人管理，显得非常荒凉和杂乱，不像革命烈士陵园，倒像乱坟岗。幸亏妈妈每年要来几次为爸爸烧纸祭奠，很快就找到我爸爸的墓地。坟场杂草足有半人高，我来到墓前，用手拨开杂草，露出几块石头围成的圆圈，圈中还有一些变成灰土的纸灰。

我脱下军服，撸起袖子，拿起铁锹收拾墓地杂乱的草丛。

妈妈一边帮我清理爸爸坟头上的杂草，又一边指给我说："那边是你王学政叔叔和袁阿姨他们俩。"

这时，我看站在一旁与姣姣聊天的王建社，"哎！你小子咋这么不懂事？"看他我心里就来了气，气冲冲地向王建社喊道："你俩甭站着呀！建社去给你爸妈墓地清理一下……"

王建社听我一说，不好意思地拿起铁锹"哎哎"，到他爸妈墓前清理杂草去了。

我到底还是久未动过体力，墓地杂草快整理完时，手掌上已磨出来一个小水泡。腰也累得直不起来，额头上沁出些汗滴。我对在一旁帮妈妈拔草的姣姣说："不锻炼不中啊，干这点活儿就累出汗了？"妈妈看到我心疼地说："先休息一下吧，别累坏了。"

我用衣袖擦拭着额头上的汗水："不累，马上就清理完了。"

我妈和姣姣，将从家里带来的点心、水果摆上，又点燃三根香，烧了些纸钱。我给爸爸墓前插了些梅儿给带的人参牌香烟，又打开一瓶茅台酒，倒在小碗里。我知道爸爸生前不抽烟，喜欢喝酒，又舍不得喝好酒，今天我特意拿来一瓶茅台酒给爸爸喝。"爸您喜欢喝的茅台酒给您倒上，您慢慢用。还有您未来的儿媳妇王红梅她给您买的香烟，俺知道您不抽烟，嗯这是她的一点心意。"

妈妈不胜唏嘘地对我说："你爸当年多次给我提到，啥时候能痛痛快快喝次茅台酒啊？哎，可惜到死都没实现。"

我们坐在爸爸的坟前，说了一遍党组织将为我爸平反昭雪、恢复名义的情况。又把我提干调团部机关、考军校以及姣姣和王建社考上哈尔滨工程大学的事情，一一向爸详细叨咕了一遍。并向爸爸表决心："爸，请您老人家放心，我在部队一定好好干，不辜负您的期望！不为您和咱老方家人丢脸！"

不知不觉我们就在墓地待了三个多小时，将爸爸的墓地整理出来了，反而将其破败显露无遗。我对妈妈说："借我这次在家，这几天找人将爸爸的墓地彻底修缮一下，立一蹲石碑。不能这样啊妈，如果照这样破败下去，我爸这坟头，迟早会被淹没在杂草丛中的！"

我妈听了我的建议，感觉说得有道理。"嗯，那好！"她点头同意。

我和妈、姣姣又到王学政叔叔和袁阿姨坟上烧些纸钱，敬了些茅台酒。

我心里明白，在这个世界上，爸爸已经没有朋友了，也没有别的亲人，只有我们儿女这唯一的亲人。尽管当初他在县里当权一呼百应，可随着时光流逝，在多数人的印象中，他只是一个遥远的历史代号。

次日，我和妈妈、姣姣三人，又乘车到乡下杨家庄村，为奶奶上了坟。

通过为爸和奶奶上坟，使我感慨道:“子欲养而亲不在，这是人生的一大悲哀呀！”我们做儿女的，在父母老人健在时，多孝敬他们，工作再忙，多抽时间回家陪伴老人尽点孝心，比什么都强，免得以后父母不在世时后悔。对已去世的人来说，无论你为他烧多少纸钱都无济于事，不如在他们活着时多陪陪他们，和他们多聊聊天啥的。烧纸钱放鞭炮，搞什么纪念仪式，那只是一种自我安慰，让活着的人看看而已，不起任何作用。

晚上，妈妈到我房间，看到我在看书，轻盈利落地站到我的旁边，深情地望着我。可怜天下父母心！妈为我个人的问题确实费了不少的心，我也很理解妈。先为我的工作，后为婚事。我也知道妈妈的心思，她来到我跟前是想进一步明确下我的婚姻大事，怕儿子因工作错过好的机会，错过好的姑娘。的确，我这次探亲，也想把我和梅儿的事情给她老人家说清楚，明确下来，不想在让母亲为我的婚事操心着急。

“晨儿，你没出去呀？是不是……”妈妈先主动说话。我猜想到妈妈要往下说什么。好！现在也是该给她老人家交个实底的时候了。我起身扶妈妈，“妈您坐下。妈，关于我的个人问题，我想给您交个底。今后呢，您就甭为我婚姻的事儿操心了。您也辛苦大半辈子啦，过几年就该退休了。爸爸也平反了。姣姣呢，也考上大学了。我也提干了，说不定也能被军校录取的。家里没有什么负担，我们又不能守在您身边尽孝。您以后啊，得自己照顾好自己，别牵挂这个想着那个的。您呀，该享享清福了。”

“晨儿，你的婚事，真的是和那个王红梅姑娘定下啦？”她不放心问道。

“嗯！真的定下了妈！您儿子还能骗您吗？妈，我来时，红梅特意请假上街给您老买的衣服，给姣姣买的连衣裙。她呀！还说这次我回来她没假期啦，待下次我们一起回来看您老呢……”她听得很高兴，咯咯直笑。

我急忙将梅儿给妈买的衣服递过去，“妈，您穿穿试试是否合体？”

妈从里屋咯咯笑着出来冲我说:“咦，这妮子还怪有眼光咧，不大不小穿着正好。”“嘿，妈您甭说啊，穿上这新衣服，您显得更加年轻漂亮。”

“哈哈哈看你小儿说的。”

的确，妈妈穿上这新衣服非常合体。我又认真地对妈说:“妈，我告诉您吧，我们两个都商量好了。我呐，这也参加全军统一高考了不是？是否能考上，现在还没消息。但是，上军校我决心已定，红梅她也支持我报考军校。待我军校毕业时，我们俩就结婚！她呢，也争取再进修医生专业，争做一名部队军医。到那时，咱们家又增添一名军队医生。过几年您退休，跟着我俩住在一起，我们上班，你呢帮我们带孩子，上街买菜做饭。嗯，抱着大孙子，你该多自豪吧？妈您说是不是呀！”。

“好好，我不为你们着急操心就中啦。”妈妈高兴得合不拢嘴，呵呵笑着说。

“妈，我和梅儿都……”我贴近妈妈的耳朵上悄悄告诉她，我和梅儿的关系发展到什么地步，感情有多深，给妈妈透了个底。

“啊！可是？”妈妈担心地说。

“妈，我知道您的意思，别说了，梅儿她一定会等着我的。”

“听你说的，梅儿确实是个好姑娘。可是，这还得四年呢……万一她……”

“妈！”我打断她的话。

“我和梅儿已经商定好了。她说过的，一定要等着我，那……绝不可能……嗯，梅儿说了，趁我们都还年轻，国家又有高考这么好的政策，我们一定要努力拼搏一把。等老了，不给自己留遗憾。”

“晨儿，事物都是在变化着的。万一，她等不到四年变了心，你咋办？”妈妈终于说出她内心的担忧和不安。“嗨！您放心吧我的亲妈。您算呀，我今年二十岁，就算找一个对象，也得等四五年后才到国家法定的结婚年龄啊，是不是？不可能现在找一个马上就结婚吧？还得等……再说她，比我还小一岁，她今年才十九，不可能马上结婚的。”

妈妈听我解释着、辩解着，她无奈地长叹一声道：“哎，真是儿大不由娘啊！要是你爸爸、奶奶活着……”她很伤心地说着，转身进了里屋。

奶奶和我妈胜似亲娘俩一样，家里大小事都是奶奶说了算。奶奶是在1976年4月13日21时18分，因心脏病突发，治疗无效去世。实际上，4月13日那天也正是我被“组织调查”带到三一〇九农场劳教的那天。人们常说心有灵犀，我和奶奶不知是巧合，还是奶奶感知此事被气死的，只有天知道，只有奶奶知道。

我妈总感到没让爸爸、奶奶看到未来的儿媳妇、孙媳妇而深感遗憾。如果爸爸不被迫害致死，和奶奶都活着，健健康康那该多好？这点，我也有同感。我从内心也非常理解和同情妈妈。她自从爸爸被迫害致死后，和我们相依为命。我当兵走，奶奶一死，她就感到孤单，这次姣姣和王建社考上大学一走，家中就剩她一人独守空房，早晚下班回来连个说话人都没有，更不要说有个头痛感冒啥的。如果我晨晨能在这县城里给她找上个称心如意的儿媳妇，做个伴说个话，像她和奶奶那样亲昵着，那该多好啊。其实，那也是她最想要的结果。哎，这已经是不可能了。

次日，我花钱组织人员把父亲的墓已修缮好，又请人给爸爸和奶奶的坟上都立下石碑。这石碑立下，了却了我的一桩心事，也算是告慰了亡灵。

时间很快，一晃假期就结束，该回部队了。一要送姣姣和王建社到哈尔滨工程大学报到；二来呢，我也算思念梅儿。人吗，在青春期的年轻人，激情澎湃，如胶似漆，一日不见如隔三秋。我回家这十几天，太挂念梅儿啦。每当夜深人静时都想梅儿，猜想她在干什么呢？工作生活好不好啊？归心似箭，想尽快看见她。

梅儿她自从我回家探亲走后，天天翻看办公桌上的台历，天天数日子。天亮盼天黑，黑夜盼天亮。生活上丢三落四，魂不守舍。工作中常出差错，受护士长和李静主任的批评。

方姣姣和王建社他们两人在哈尔滨火车站下了火车，我乘坐火车继续北上。

晚上，梅儿特意请假到齐齐哈尔火车站接的我。“亲爱的，你把我快想疯啦都，你回家阿姨好吧？怎么瘦了呀？”她帮我拿着提包，挎着我的胳膊望着我关心地问。

“哦，我妈挺好。我因为想你休息不好，吃不好才瘦的。”我故意逗她笑着说。

“嗯，俺也想你……”她噘着小嘴俏皮地对我说。

我俩随着出站人流到了站前广场。“亲爱的，先到你那儿，还是先到我们单位？”

“嘿嘿……先到你们单位吧，我那俩姐妹一个在休息，不方便。我也好认认你单位的大门朝哪开。嗯，看你的宿舍咋样啊？”她执意要把我送到团部机关看看我的宿舍。“好啊。走着。”

到我宿舍已是晚上 9 点 10 分，我们整理一下十多天无人住的房间，她还帮我整理下床被。

我洗完坐下打开旅行包，给梅儿拿出一只道口烧鸡，“你辛苦了，尝尝俺家乡的特产。”我撕开一只让她尝尝味道。

她也饿了，拿起烧鸡腿就吃。“嗯，好吃，好香！”吃着还连声夸赞道口烧鸡好吃好香，“嗯，你也吃。”还时不时掰下块鸡肉往我嘴里塞，和她一起分享这美味佳肴。

呜呜呜……防空警报声拉响。瞬间全团机关大院一片漆黑，我屋里同样漆黑一片。还听见有人喊：“快快！快进防空洞……”人员混乱声伴随着呜呜呜的防空警报声，使人胆战心惊。

我宿舍里也同样伸手不见五指。梅儿她紧张地抱住我：“咋的咧？哥……”我能听出她急促的喘气声和紧张的咚咚心跳声。“没事没事，啊！不怕，有我呢……”我紧抱她安慰着。

“哥，咱俩用去钻防空洞吗？”

“不用！一会儿就解除啦……”其实我知道，自从年初越南对我国边境进行不断骚扰以来，南疆形势非常吃紧。但我们北疆这边苏联修正主义也虎视眈眈，对我东北地区时常骚扰，不断有飞机侵入我领空。这种情况我在连队时常也有的，自从我调团机关后，这还是第一次出现。

20 分钟后，电灯亮了，我知道是防空警报解除了。“哥！我也该走了。最近我们医院战备也特别紧，听说苏修总在咱边境捣乱啥的……”

“嗨！没事。捣乱失败再捣乱再失败。走！我送你去。”借着警报刚刚解除，人们还没有从防空洞回来之前我把梅儿送走，省得碰上熟人还要介绍她多费口舌。再说，我和梅儿这事还没有公开，只有范林太主任知道外，无人知晓，还是少人知晓为好。

我把梅儿送到陆军医院，再回到团机关已 11 点多钟。我看林兵参谋长办公室的灯还亮着。范林太主任家里也亮着灯。我随即将从老家带回来的土特产，道口烧鸡、绿豆粉皮和手工空心挂面等，分别给两位老领导家送上一份，也让他们尝尝河南老家的土特产。

第三十七章 被逼无奈

刘英和冯为国手牵着手，亲亲呢呢地从团部花园的假山后走出来，一人胳膊下还各自夹着一本《数学复习题解答》。快到团部机关大楼时，冯为国松开刘英的手，轻声轻语地说："亲爱的，你回去吧。明天我给你电话。啊，晚安！"

"晚安。"刘英很不情愿地松开手，抬头亲吻了冯为国的脸，嗲声嗲气地说："后天晚上打电话给我。"

"一定。"冯为国深情地望着刘英远去的背影。

多好的一对情侣，可惜呀！冯为国家中的父亲硬生生把两人拆散！他俩若能成，真是天缘一对。一个能歌善舞，一个是吹拉弹唱样样精通。听老乡高新宇说，去年春节团机关组织迎春联欢会时，刘英冯为国他俩对唱的河南豫剧《朝阳沟》银环拴保下乡时的唱段，把团长、政委和在场的所有人都给镇住了，一片叫好声。

要说他俩这事儿，还得慢慢道来。有一天，我到团机关办完事后，明天就准备回连队。晚上我从梅儿那回来，就跑去与冯为国高新宇他们告别，看看他们还需要我在连队有啥事给办的。

当我与高新宇在办公室东拉西扯闲聊天时，冯为国带着甜蜜的微笑回到办公室，看见我不好意思地问道："哦，晨晨来了？"

我笑着说："哎，找新宇你们俩来说声我明天就回连队了，看你们还有啥事没？你老小子跑哪儿去啦？我过来一直没看见你。"自从我 1976 年因天安门广场"反革命"诗抄被"组织调查"后，我原本很尊重他，后来也不尊重了，对他说话也不客气了。无论那事儿是否与他有无关系，我心里对他冯为国都有一种怨气。

此时，范林太副主任突然走进来，拿着一封加急电报说："冯干事，你的电报，你父亲病啦！"冯为国接过电报，看着电报上"父病速归"四个字，如晴天霹雳，五雷灌顶。

"已经给你请好假了，工作都安排好，你随时可以动身。不过，不要急。"范林太副主任对冯为国说，"我让小周去给你买明天中午的火车票了，你抓紧时间准备一下吧。"

"嗯嗯，谢谢主任！"

“小冯，代我向你家人问好！”范林太说着，并嘱咐冯为国道：“到家后有什么困难需要帮忙的，一定写信或发电报来……”

“嗯。”冯为国不知所措，木呆呆地应了一声。

“小高，小冯走后，工作你都担起来呀。”范林太又冲我笑着问：“嗯，小方，在连队安心工作，把学习搞好，高中那些数理化语文英语复习题得多学呀，以后会有用的。”

我急忙回答道：“挺好的，只是……”

范林太看我笑着又说道：“嗯，工作加学习比较辛苦，你呐，一定要克服困难，这对你是一个挑战！我相信你会克服一切困难，掌握这些知识的……你看小冯小高他们都已提干，你还要安心工作，正确对待呀！你回去向老唐、老梁他们问好啊。”

“是！谢谢主任，请您放心！”

“好，你们也早点休息，玩的不要太晚。”范林太走了。

我的心久久不能平静，范林太的话在我脑际盘旋……

冯为国手拿着电报不知所措，“太突然啦！太突然啦。”他脸色很难看，嘴里嘟囔着，手忙脚乱地紧收拾办公桌上的学习资料和文件。突然又想起刘英，拿起办公桌上的电话：“喂，你好！请找 4703 班长。”那边话务值班员在话筒里说：“对不起首长，班长今天休息不值班。”

“那，请你想办法找到 4703 班长，请她给我回电话，我是宣传科冯为国。”“好的，请稍等。”

冯为国入伍离家四年啦，这还是第一次探亲。虽然战友们走时他也想回家，但一想起家里与李玉莲的婚事、这里和刘英的关系，他就头痛，回家也只是个念想而已。可是现在“父病速归”的加急电报在手，他才感觉到归心似箭、一刻也不能耽搁的心情。

这时钱正阴沉着脸走了进来。“钱干事好。”我和高新宇很客气地与他打招呼，可他却不理我们。

钱正他也是正在气头上。本来他想在年底转业前，先请假回上海老家一趟，早点联系转业后的工作。家里已经联系好了几个单位，就等他回去和几位领导见个面，早日敲定这事。可冯为国家里突然来个加急电报，领导不问真假直接给了假，还给他安排了一大堆紧急工作。钱正心里越想越不服气，心里那个恼火，“看来在领导眼里，我钱正和冯为国比是一钱不值呀？他们领导都在宠着冯为国，我自己已没有多少分量。老子本来在团政治处宣传科也是响当当的，已是任命五年的正排职干事，而冯为国他还只是个刚提干才几个月的新兵蛋子。这是不是领导变相整我钱正，让我没面子呀啊？”他想到这儿十分恼火：“都是冯为国你这小子，处处想出风头，成心给我作对！你小子野心不小呀你！”

冯为国还不知道自己早惹恼了钱正，以为他遇到了什么不开心的事儿，便傻乎乎地："钱干事，怎么有点不高兴呀？"

"我高兴个屁！"钱正转身拉着脸，凶巴巴地冲他嚷道："侬，阿拉工作不积极，不像有的人会表现，让领导喜欢。话又说回来了啊，老子就侬个鸟样儿，死猪不怕开水烫咳！也用不着去拍谁的马屁啦！阿拉侬反正也不想干了……"他那几分挖苦的语气还带着浓浓的上海腔调。

我们三人感觉气氛不对，莫名其妙地也不知哪里得罪了他，互相交换了一下眼神，只好躲避离开。冯为国临走还对他说一句："哎，钱干事俺先走啦。"拿起东西离开办公室。

离开办公室后，我还特意问冯为国："明天就走，有啥困难没有？需要钱跟我说。"

"谢谢！不需要。"看他那表情没有心思与我说话，着急于回宿舍收拾东西，等待刘英去找他会面。

我与他和高新宇告别，回团招待所收拾自己物品，准备明白回连队。

"各位旅客请注意！各位旅客请注意！齐齐哈尔开往北京的180次列车，马上就要开车啦！没有上车的旅客请抓紧上车！"火车站大喇叭广播着一遍又一遍……

月台上，刘英向从列车车窗里探出头来的冯为国说："为国，路上注意安全。甭着急啊，家里有困难给我来信，我等着你回来。"

火车开动了。刘英追着开动的火车，一边说着一边眼含泪水依依不舍地望着远去的列车挥手。

"哎亲家你放心。电报是昨天拍的，听说那玩意儿比火车跑得还快呢！差不多应该到部队了。"冯建刚坐在桌前，正和未来的亲家李二狗合计着儿子冯为国和李玉莲的婚事儿。冯老汉拿起旱烟吸了一口，嘴里吐着烟雾，在一旁听着点头。

"唉，不知道为国这孩子回来是咋想咧？"李二狗叹了口气，又担心地说："邻村的几个孩儿，和为国一起去部队的，提干的没提干的都回来完婚啦。不瞒老哥呀，女大不由娘啊，儿大不由爹。这孩儿想在外面混个出息，我们都不反对。可是，可谁能保证他不变心咧……"

"哼！狗日的，他敢！"冯建刚把眼睛一瞪，旱烟袋往桌上一拍说，"变心？他娘的还反了他！只要我有一口气，他就甭想有啥花花肠子！"

"哎，玉莲这妮儿命苦她娘死得早，从小跟我长大，没享啥福。可，要人有人，要个儿有个儿，勤快又手巧，没啥可说吧？就算为国在外面混了个一官半职的，我妮儿玉莲也不丢他的面子吧？"李二狗夸赞他闺女李玉莲。

"是哩，是咧！"冯老汉插话说，"只要他回来，就让他俩去乡里办登记。这不，我们家早就把他们的新房准备出来了。我呢，准备明天把我家的那头大肥猪给杀了，让为国早些把玉莲娶到家里来，婚礼场面办得也排场点。早点办，免得他们年轻人夜长梦多……”

冯建刚起身，拉着李二狗的手说：“老弟，跟我来。”

他拉着李二狗到西房去看为冯为国和李玉莲俩人准备的婚房。他推开西房门，拉开电灯开关，指着为冯为国准备好的新婚房说：“老弟你看看，把玉莲娶到这里中吧？”

实际上，冯建刚在给冯为国发电报之前，他就为冯为国的新房安排好了。墙壁上都糊了满墙是《人民画报》的人物和风景彩照，门上、窗户上、床头上、桌椅和柜子上都贴了大小双喜字。床上的大红花被褥子都是新做的，新里新裱新棉花。从桌上暖瓶到洗脸盆架上的脸盆，全是一水新买的。还有两位新人穿的塑料拖鞋都是新买的。

“嗯，中中！这样好。登记了俺也就放心啦。让老哥你费心了哈哈……”李二狗满意地看着婚房，哈哈笑着连连点头。

“怕啥？一切有我咧！”冯建刚胸有成竹地拍着李二狗的手，自豪地说：“孩儿他当多大官儿，仍是他爹娘老子的娃！啊哈哈……”

“有您这话，兄弟我就放心了。哎！大哥，他们的婚礼……”

“我正想给你说呢，为国孩儿明天回来，后天就让他和玉莲到乡里登记办手续。大后天咱就举行婚礼，早点把闺女娶过来，你我两家都安心啦不是？嗯，这事儿，你回去给玉莲这孩儿说说，叫她做好准备，啊！”

“中！中中！天不早了，那我这就回去给妮儿说去。”李二狗打着手电筒满意地，还哼着小曲走了。

天刚刚蒙蒙亮。冯建刚家的院子里就传来“哇哇”刺耳的猪叫声。村里的杀猪匠冯有才把袖子挽起，嘴里牙咬着一把锋利的尖刀，正准备为冯为国办喜事而宰他家的那口大肥猪呢。冯建刚和二儿子冯为民在一旁抓着两条猪腿，把猪压在旧门板上。冯为国的大妹妹冯为社端着个脸盆，准备着接猪血。

此刻，二妹冯为爱和三弟冯为军在院子里打斗玩耍着。冯爷爷手拿拐杖坐在院旁边的凳子上，闭着眼，嘴里哼着小曲，享受着大孙子冯为国即将大婚的喜悦。

“哥，哥！喜糖，喜烟，喜酒都买回来了，你来看看吧！”冯为国的二叔冯建中，手推着半旧的二八飞鹰牌自行车，自行车后座上驮一大袋子东西，一边喊着推进院子里来。

“二叔回来了。”冯为爱和冯为军跑向冯建中，抢先说：“我要吃糖！我也要吃糖！”

“吃什么糖？滚一边去！”冯建刚扯着身上围裙一角，擦拭着沾满血迹的手。

冯建刚把办喜事用的一袋子东西放好，与二弟冯建中结清账后说：“中午啦，甭回去了，就在这吃吧。”冯建刚留冯建中弟弟在家吃午饭。这是不成文的规矩。因为今天家里杀了猪，必须招待杀猪匠和帮忙人吃顿饭。

冯建刚他呢安排今天中午吃猪肉烩菜招待杀猪匠，也顺便给全家人改善一下生活。“不啦哥，家里他婶也做好了，你们吃吧……”冯建中死活不留下。他知道哥哥家生活困难，就不在这儿凑热闹了，并且他还有一家子人等着他回去吃饭呢，就离开了。

冯为国从安阳下了火车。又转上开往淑阳市的长途汽车，在中途公路上下了汽车。身背大包小包，沿着通向杨家庄崎岖坎坷的小路走去。他回来也没有告诉任何人去接站。心里着急呀，还不知老父亲的病情如何，是住在医院呢，还是在家里？病得又有多严重？还是？一连串的未知数 ……汗流浃背的他快步往家赶，也不敢多想。

这季节，是严冬腊月冰天雪地的季节。农田里除去被冰雪覆盖着的冬小麦以外，别无他物，放眼望去，有种凄惨的感觉。冯为国他没那些闲心去看这些，一心只顾背着大小包往家里赶，尽快到家看到生病的老父亲。他走了一里又一里，冬日西斜，他迎着夕阳西行，见落日上方彤云膨胀，如牡丹芍药开放，云团上镶着灼目金边，鲜明得可怕。地面上，一群群乌鸦飞来飞去，抢夺着裸露在雪地上的草粒和小虫子，“呱啦呱啦”的叫声充满了凄凉……

当冯为国身背大小包，急匆匆赶到杨家庄村口时，村口住着的李大爷迎面过来。“为国回来了？”

这李大爷急忙接过冯为国手中的提包。“大爷您还好吧？”“好着呐，没病没灾的。”引领着冯为国往冯家走。

“老冯！为国回来了！”李大爷刚踏进冯为国家院子就喊。

冯建刚正在做晚饭，心里正着急冯为国还不回来这事儿呢。突听到喊声从厨房惊喜地冲出来喊道：“是吗？为国，孩儿可回来了！”

“爹！”冯为国抢先一步，看到李二狗也在，也叫声“二叔好！”

“你看看，还是部队的馒头养人呢！哈哈！这孩儿好像比以前长高了，白了也胖了。”李二狗高兴地望着冯为国这未来的女婿在一旁直夸奖，笑得嘴都合不上。

“嗯，是高了些，呵呵。”冯建刚笑眯眯地解下身上的围裙擦着手，不自然又羞涩地冲冯为国问：“孩儿，收到电报了？”

“爹，您的身体咋样了？”冯为国急忙放下手中的东西，向前拉着父亲的手急切地问。

“嗨，没多大的事儿，想你想的呗！”李二狗在一边抢道，“你这一回来呀，你爹比吃啥药都管用啊，病全好了哈哈哈全好了。”

“哦。”冯为国明白了，突然又想起爷爷，转头四处寻找着问父亲：“俺爷呢？”

“上街了。估计也快回来了”冯建刚轻松地说。

李大爷把冯为国的东西放好，看着他们亲热劲，就悄悄离开冯家走了。

冯为国站在那儿，看着父亲红光满面，做饭又忙家务没啥事，心里也放心了。他又转身看着家里的一草一木。入伍前，厨房门口那口水缸，依然在那里盛着全家的用水；自己上初中、高中时那辆破旧飞鹰牌自行车，依然还在那儿停着，为家里人所使用；家里的房屋还是那么破旧没有任何变化。他看着这些心里酸酸的，鼻子也有点儿酸溜溜的，泪水在他眼眶里直打转。他想哭又不敢哭，急忙向他父亲说声：“爹，我找爷爷去……”

“你这孩儿，还没站一下呢！水都没喝口。去吧，去吧，可能想爷爷了。你甭见怪啊。”冯建刚看到冯为国他对李二狗不太热情，怕他有想法，赶忙打圆场道。

“老哥，他俩这事这么说定了，我回去给玉莲说声儿。”李二狗也感觉到冯为国对他冷淡，就小声对冯建刚强调。

“放心，回来我给他说。让他先歇歇喘口气啊。”

“中中，那我先回去了。明天一早儿，就让玉莲她过来。”李二狗说着转身告别，回家给李玉莲报信去了。

晚上，全家高高兴兴地围坐在院里水泥制作的地桌前吃晚饭。冯建刚冲着儿子冯为国的面内疚地说：“哎，国儿，都是爹我不好，骗你回来。嗯，主要是想让你回来，早点与玉莲姑娘完婚。嗯，你老大不小啦，又提了军官。哎，我呢……哎，怕你不回来，我就……”

“啥？去和她登记结婚？”冯为国啃着一口老面馒头，差一点噎在喉咙里，惊奇地问一句。

“啊？怎么了？”冯建刚把眼睛一瞪，“新房都给你准备出来了，今天都把咱家养了一年多的那头大肥猪都给杀了。要不，今天晚上吃这肉菜哪儿来的？今夜再把婚宴席上用的肉煮出来，烟酒糖都已给你买回来啦。给玉莲家都订好日子啦！这啥心都不用你操，就等你回来去办手续咧。”

“不中！爹……”冯为国把饭碗一放，生气地对着他父亲说道。

“啥不中？你小儿当几天熊兵，啊？提成军官，就不知道自己几斤几两啦？我可告诉你小子，你甭想跟我动花花肠子啊！”冯建刚眼睛一瞪，怒不可遏冲冯为国嚷嚷道。

冯为国看看饭桌上的爷爷弟弟妹妹们，又对父亲说道：“爹，什么呀？我自己的事儿不用您老人家操心。”

“放屁！老子不操心谁操心？狗日的，提干了，翅膀硬了是不是？”

冯为国也有点儿控制不住情绪，感觉自己太压抑了，回击父亲一句：“您甭骂人中不中？”

“嗬！狗日的东西！老子骂你怎么了？”

此时的饭桌上，在座的弟弟妹妹们也不敢吃饭，停下来，阴沉着小脸看着冯为国父子俩的争吵。

“咦！孩儿几年才回来，你不能心平气和地对孩儿说呀？”冯为国的爷爷冯老汉在一旁看不下去了，把筷子往饭桌上啪的一拍，冲儿子冯建刚埋怨道。

“嗯，反正我不想结婚！”冯为国赌气地说。

“你敢！明天把绳捆也捆着你去和玉莲姑娘把婚给我结了！”

“我还……”冯为国还想争辩。

“你，你……你如果……”冯建刚老汉见自己的权威受到了挑衅，气得口吐白沫，一头晕倒在地上。

“快……快掐人中！”冯为国的爷爷冯老汉惊慌地，用手中的拐杖咚咚响地敲着地催促道。

冯为国慌忙上前，为他父亲掐人中又是捶背，弟弟妹妹们也拉着冯建刚的胳膊直喊，“爹，爹！爹，你醒醒啊，爹！”

冯家院里齐呼乱喊。乱了，全乱套了。

冯建刚他“哎”的一声长叹，总算醒过来了。但仍浑身打着哆嗦，脸色蜡黄，瘫痪在冯为国怀里，一句话说不出来。

弟弟妹妹眼巴巴地望着父亲，个个眼里含着泪水：“爹！爹，爹！”担心无助地在喊叫着。

爷爷在旁边着急地劝说道：“孩儿，快给你爹赔个不是吧。看把你爹气成啥样子啦！如果……如果你爹有个三长两短的，让我们这些老小咋过呀？”爷爷哭丧着脸哀求道。又用拐杖敲着地对冯为国说：“孩儿呀，难道让爷我跪下求你吗？啊？”爷爷这句话，如钢刀似的刺痛了冯为国的心，刺痛着他的每根神经。

他想：是呀！娘已经没有啦，全家老小全靠父亲一人支撑着这个穷家。如果父亲再有三长两短……弟弟妹妹这么小，爷爷又这么大年龄，腿脚又不好，这个家怎么办呢？他们该怎么生活呀？我、我、我不能把个人的幸福，建立在爷爷、弟弟、妹妹的痛苦之上，我不能把个人的美好家庭，建立在他们苦难的岁月中。我不能太自私，我不能太……如果那样会被街坊邻居、亲戚朋友耻笑我冯为国的！不能，不能啊！我冯为国宁可受苦受累，也要让他们过得快乐，我宁可不要幸福，也要让他们过得幸福！

冯为国强忍住自己的眼泪，给父亲冯建刚双腿跪地赔了不是。冯为国冲冯建刚说道："爹，儿我不孝，让您生气啦。"

冯建刚从冯为国怀里坐起，阴沉地拉着脸，眼睛直勾勾地望着冯为国说："我不要你道歉，我只要你一句话，你是想让我死，还是想让我活？"

冯建刚这一问，算是刺到了冯为国的心，"爹，您说吧……"冯为国像是被电击穿的气球，瘫坐在父亲身边，唯心无力地安慰道父亲。

"要是你不想让我死，不想让这个家散啦，你明天就和玉莲姑娘到公社里把结婚证领了。后天，把玉莲给我娶过来！"

冯为国心里想完了。他灵机一动，忙对冯建刚解释道："爹，不是我不同意，结婚要部队批的呀。"

"有这事儿？你小子甭糊弄俺！俺着……"

"真的爹，结婚是要部队开证明的。不信，你问问去。"冯为国争辩道。

"中，明天你和玉莲一起去，如果真像你说的，那就先举行婚礼拜堂成亲，把她娶过来。嗯，等部队证明来了再办结婚证。"冯建刚坚定地不让对方有任何争辩地逼迫道。

冯为国面对父亲寻死觅活的要挟，见此情此景，看来父亲是铁了心啦，心中的确不再忍心僵持下去。

也是，农村娶个媳妇不容易，准备新房，购买婚礼的东西，基本上花光了冯建刚多年的积蓄。更何况，冯建刚又把将近一年多功夫养成的大肥猪也杀了，那可是家庭主要经济来源呐。亲戚朋友，街坊邻居，三里八庄的都知道冯家要娶媳妇了。冯为国你回来，这说不结就不结？说不娶就不娶？你爷爷冯老汉，你父亲冯建刚，你冯家在三里五村，也是小有名气的"艺人"之家，在冯营村也是比较穷的家庭，没有哪个女人愿意与一群穷"和尚"之家过穷日子的。这事要说出去，让你爷爷、你父亲怎么向亲戚朋友说？让街坊邻居怎么看你冯家？更主要的是，你家怎么向人家李玉莲姑娘解释？人家李玉莲姑娘苦苦等你四年多呀！说不要就不要啦？你还怎么让李玉莲姑娘在村里见人做人，还怎么生活呀，以后还怎么嫁人？

冯为国思来想去，还是先稳住父亲，稳住这个家。他狠了狠心，咬着牙违心地对父亲冯建刚："哎，好吧。"他认怂了，深深叹了口长气，又无可奈何地说："爹，明天我去。"

爷爷听后高兴，弟弟妹妹听到也都很开心地笑了。冯建刚看到儿子答应了这桩婚事，并同意明天就去办理登记手续，瞬间也没了病。全家人算是顺顺当当吃了这顿团聚饭。吃完饭收拾完，父亲就开始准备煮婚宴用的猪肉和各种菜。家里又恢复了欢乐的气氛。

可是，冯为国他无论如何都高兴不起来，心中像吊着十五只水桶，七上八下矛盾重重。想着明天就去与李玉莲办理领取结婚证，心如刀割一样疼痛难受。又想起远在异乡的刘英姑娘，她还盼望他早日回去团聚，心里更加难受，痛不欲生。他唯一的希望，就是寄予在乡民政办公室的老同学开恩。为他按章办事，没有部队结婚证明不予办理登记手续这一关卡。只要这一关通不过，他冯为国就还有回旋余地。冯为国想到这些，稍稍心中踏实点。

爷爷高兴，又操起他老本行，在家门前摆上桌子和凳子自拉自唱，给邻居们献上河南坠子《道人生》。以示庆贺孙子冯为国当了军官，明天又是新婚大喜。人逢喜事精神爽，冯老汉精神抖擞不减当年地亮起他那浑厚的嗓音为乡亲们唱起来。

人生在世，多交人，为人处世要留神。
逢人要讲七分话，不可全露一片真。
画虎画皮难画骨，知人知面不知心。
朋友交的满天下，真正挚情有几人？
有茶有酒是兄弟，为难之时不见人。
穷在街头无人问，富在深山有远亲。
山高路远识马力，日久天长见人心。
……

冯为国在他的婚房里、新床上，翻来覆去睡不着。想想明天后天要经受的事，他回部队如何向她……心乱如麻，扯不断理更乱。此时的他，很想平静会儿，抓扯着自己头发，双手重重压住自己头顶，让大脑停止运转，不想那些揪心事。可是，他又想听听院外爷爷的河南坠子唱段……

人得一生搏为拼，得了饭碗养育恩。
父母的恩深如大海，夫妻情谊心连着心。
生儿育女防备老，人流百世草留根。
争名夺利几十载，一柱青烟化灰尘。
人生如同一场梦，转眼就是几十春。
不怕老人能耐小，就怕儿孙不成人。
千辛万苦都能耐，错交朋友最伤心。
……

冯为国听着爷爷的拉唱，犹如又回到了童年，他跟随着爷爷在十里八乡为人演唱这一幕幕的情景，又浮现在眼前……

你若爱，生活哪里都可爱；
你若恨，生活哪里都可恨；
你若感恩，处处可感恩，
做善事、献爱心，去帮助他人；

人生不在年龄，贵在的是真诚，

说实话、办实事，一身光明；

衣着不在时尚，贵在舒适干净；

膳食不在丰富，贵在营养均衡；

学习不在朝夕，贵在持之以恒；

夫妻恩爱不在嘴，贵在两人共度一生。

俺唱得不好，请大家你多多批评。

哗哗啦啦的掌声，一片的叫好声：“好好！老冯唱得真好……”乡亲们一阵阵的叫好声，赞扬声不断。

此时的冯为国，听着门外爷爷的唱段，自己由于几天乘火车路途的疲劳，也慢慢进入了梦乡……

第三十八章 夙心往志

探家回来几天过去了，我的高考结果仍然没有消息。

梅儿她担心我着急，和我在一起总是安慰："哥，别着急啊，今年不行，咱们明年再来，我相信你一定行。"

我冲她嘿嘿一笑，两手一摊，做出无所谓的样子道："嗯，我不着急！有你在我着啥急？"实际上我在心里很着急，寝食难安，也时常安慰自己："今年不行，明年再来，一定要考上军校，实现我的夙愿。"

一天，我正在办公室学习《无线电应用技术手册》时。"小方，在干啥咧？"突然，范林太推门进来。我慌忙站起身，回答道："主任，我在学习。"

"小方，祝贺你呀！你被空军勤务学院录取了，这是录取通知书。军政治部打电话来说，由于越对我国云南广西边境不断地骚扰和侵略，各军事学院都推迟了发放录取通知书，到9月1日正式开学。今天已8月27号了，你抓紧准备一下，后天就去学院报道。我看你报考的是光学物理专业，你到那儿可得好好学习呀，不能辜负组织上对你的培养。""是！谢谢主任！"我被巨大的喜悦一下子击中，已经说不出别的感激话来，向范林太打了个立正，傻愣愣杵在哪儿，只嘿嘿笑。

"好，你抓紧准备吧，我去给刘海洋同志说说，安排好工作。"

我送范林太出门，嘿嘿笑着说了句："谢谢您主任，再见！"这小事儿，范林太他还亲自给我送来。此特殊举动，使我心甚感激，又不知如何表达是好，就光知道嘿嘿傻笑。

送走范林太，我拿着空军勤务学院录取通知书，第一时间就给梅儿打电话报告喜讯："梅儿，我被空军勤务学院录取了……"

她在电话里那头激动地没等我把话说完，就连珠炮似地问我："真的？！哎呀，真让人高兴，祝贺哥！可惜今天我值班出不去，没法当面给你庆祝。哥，你啥时候走？"

"嗯，9月1号正式开学，我准备……嗯今天27号，29号走，30号到校，时间只有三四天，我得赶紧去报到。"

"哥，咱们明天晚上怎么样？我不值班，你早点来我这儿，我们一齐到街上，找个好点的饭馆，好好给你庆贺庆贺！”

“好的！那我抓紧把工作交接一下，准备准备，好吗？”

“好的，哥，我等着你，不见不散！”就这样，她给我的送行庆贺宴，就选定在8月28日晚上。

实际上我刚到团技术处没有更多工作可交接的。范林太将此事告诉刘海洋处长后，他将我分管的无线电修理组的事交给王国民同志。我与王国民简单作了交接。我急忙收拾个人东西，又拜托李化新为我买8月29号的火车票，老乡战友们听说后，也都来为我道喜祝贺。

可是让人没想到的是，就在我与梅儿打完电话的第二天，也就是1978年8月28日早上，三二二陆军医院接到军区总部的命令，抽调几名年轻医护人员赴广西前线，准备支援对越自卫反击战救护任务。医院领导及时召开紧急会议，根据军区点名确定参战人员名单后，向参战人员宣布命令。

医院院务部会议室里，医院张长胜院长亲自参加会议布置任务。“同志们，这是军区点名确定的你们几位业务骨干，也是组织对你的信任，你们五位同志是咱们医院的骄傲和光荣，希望你们出色完成这次光荣任务，为咱们医院争光！我们都等待着你们的凯旋。另外，此事一定保密，现在还没有公开，大家明白吗？”医院张长胜院长向在座的梅儿她们五位赴前线医护人员讲话。“明白！”大家回答。

“院长，啥时候出发？”王红梅心事重重地又问一句。

“啊，今天下午3点乘87次火车到沈阳军区总部集合。具体由刘主任带队负责安排。”张长胜笑着对大家说。

“啊……”梅儿她吃惊地啊一声没敢再说什么。张长胜院长看王红梅问道：“小王你有什么问题吗？”

王红梅不好意思地红着脸急忙答道：“没，没啥问题，请院长放心，我们一定完成好任务。”其实王红梅啊并没有其他意思，只是感到太突然，为亲爱的庆贺、告别的时间都没了，太突然。此时，已是28日上午10点多钟，下午3点就要乘火车离开三二二医院，离开齐齐哈尔市，赴沈阳军区总部集合。梅儿看着会议室上的闹钟，心乱如麻，事情来得太突然，没有时间与我见面了。

会议一结束，梅儿急忙跑到李静主任办公室给我打电话。她在电话上慌慌张张哭泣着告诉我突发的事情过程，乞求道：“哥！我想见你，你下午能到火车站送送我吗？我们……”

我听着梅儿在电话那头的哭声，仔细听到她们要去广西前线执行参战救护任务的情况安排，听着梅儿那边的哭泣声，又看看左手腕上的手表，已是上午11点10分。其实，今天中午技术处刘海洋处长，已安排全处同志为我欢送聚餐。原本定在晚上，由于与梅儿约定在晚上，我才与刘处长改调到中午啦。可这事儿我也不好意思再找刘处长改到晚上了，刘处长他已都安排妥当，在去改时间也来不及呀。我心里非常矛盾，这怎么办？怎么办？不能在变了。我只能控制住自己的情绪，平和地劝慰梅儿：“好妹妹，不哭，我现在赶紧把手头上事情处理完，下午一定去火车站送你啊！你等我，不哭啊，好妹妹……”我安慰梅儿，自己也哽咽了。

可又无法改变处里同事们此时欢送聚餐的安排，我们也只有在火车站见面送别啦。要是没有今天中午处里这个聚餐，我完全可以马上跑到梅儿那里去，与她一起吃个午饭也好安慰她一下的。可是，这……这也成了我的终生遗憾。

时间对我来说太珍贵，一分一秒都牵扯着我的心。我中午仓促应付了刘处长和处里同事们的欢送聚餐。

就急忙赶到齐齐哈尔市火车站。我还特意跑到副食品商店，给梅儿买了好多好吃的，有橘子、苹果、面包和香肠，好让她在火车上吃。

当我提着这些食品赶到火车站月台时，她们已上了火车。我顺着车厢逐个寻找时，梅儿也从车窗内探出头在寻找着我。“哥！哥！哥！方晨晨！我在这儿呢！哥……”她看到我就着急地大声呼喊。

我在嘈杂的人群中听到梅儿的喊叫声，望见她从车窗里探出半截身冲我这儿喊。冲破杂乱的送站人群，跑到梅儿的车窗下，将一网袋食品从火车的车窗递给她。此时激动的心和跑步累得气喘息息，不知说啥是好，只是望着她傻笑笑。

她的同伴们都用羡慕的眼神望着我们两个。我急忙把空军勤务学院的通信地址递给她，“梅儿，这是我们学校的通信地址，你到那边后就给我学校写信啊。”

她咯咯笑着，依依不舍地拉住我的手不放说：“哥，你放心吧，我记住了，到那儿就给你写信。哥，可能我们在战地空闲时间不多，到时我把通信地址给你，你可要多给我写信呐！”她说着，又俏皮地从自己身上斜背的军绿背包里，拿出我们俩的合影照片递给我：“哥，给你！”

我急忙接过她递出的照片，“啊我俩的合影？”她还在照片后面工整地写着：送给我永远的哥哥——你永远的梅 1978.8.28。

“哎梅儿，你现在把通信地址给我吧。”她咯咯笑着急忙道：“我的傻哥哥，我们具体去何地、啥部队都没有明确，我从哪儿给你弄地址呀？你等我的信吧啊。待我们确定下来，我立马给你写信，啊。”

“哎，你一定按我们学校地址给我写。”我又嘱咐她。“嗯呐。”她点点头明白了。

火车开动了，我俩的手还在紧握着。两只手随着火车缓缓地开动，才被拉扯开。她从窗里探出头喊道：“哥！哥等着我回来。哥！我爱你！等着我哥……”我追赶着远去的火车，挥着手与她告别……“梅儿，我爱你！我等着你……等你回来……”

梅儿走了。几天来我像丢失了魂似的，稀里糊涂赶到彭城空军勤务学院报了到。

1979 年 2 月 17 日我国正式向越南进行了自卫反击战。

我每天都在广播里听到前方的战况。虽然学校军训和学习课程安排得非常紧张，可心里总想念着梅儿。两个多月过去了，三个月过去了。可梅儿她一点儿消息都没有，我整天盼星星盼月亮一样，盼着梅儿的来信。我想给她写信，又不知她的通信地址，只有天天盼望她的来信。

一天中午，我刚吃过午饭回到宿舍躺下。学员队通讯员王安宁怀里抱着当日报纸和一沓信，到各班学员宿舍发送。“小方，你的信！怎么还有人从广西前线给你写信呢？”他笑呵呵，边说边把信给我。

我没顾上回答小王的问话，接过他递来的信封，急忙拆开看。这是她到广西前线后来的第一封信，内容写得很简短。

亲爱的哥哥：你好！见信如面。我们在广西作了简短的战地救护培训，现要到前沿战地去救治伤员。本来部队首长安排我在野战医院的，可我看到从前线战地转来的伤员因当时救治不及时……他们和我们都是同龄人，有的才十七八岁就因救治不及时而失去年轻的生命。还有的因救治不及时失去腿的，有的失去眼睛和胳膊的。哥，组织上决定组建战地救治小分队，我已向组织要求去前线，去战地救护我们的战友。这是我的决定，哥！我们都是军人，保家卫国，反击侵略者是我们的神圣职责，救治我们的战友兄弟更是我不可推卸的责任。亲爱的哥，来不及征求你的意见，我想你会支持我的，是吧哥？我爱你，我想你。时间关系不多述，有时间我会及时给你写信的。请你放心，多保重！你亲爱的梅儿。1979.4.26 于猫耳洞。

我很想给她回信，可她就没写具体通信地址，无法与她回信。她每次写信的时间有限，都是简短的问候和让我放心的嘱咐。我只能被动地等待她的来信。这样，使我天天牵挂着她心神不宁，正上着课思想就开了小差。

有一次就是。“……同学们，谁能解释电子波，受到外来物的干扰时会发生什么样的变化？”叶剑桥教授在为我们班讲电子波受到干扰时的变化，如何克制外来物体对电子波的干扰和破坏。叶教授站在教室的讲台上，他扫视了在座的全班同学一眼发问道：“谁能回答？”

我坐在教室里虽然两眼愣怔地望着黑板，望着讲台上在讲课的叶剑桥教授，思想已经走神。思想早已飞到广西边境的战场上去了，想着梅儿她在战地、战壕里为受伤战士包扎；在敌人的枪林弹雨中穿行，在抢救受伤的战友；又把一个个在战斗中受伤的年轻士兵背出战地，躲避在较安全的炸弹坑里为他们包扎伤口；她们救治下一个安顿好，又冲到战地上去救治另一个受伤的战友……梅儿她身上穿着的战训服已被汗水、血水打湿，浑身上下沾满了尘土……

我全然没有听到叶剑桥教授在讲的课程内容，耳朵里全是远方边境前线战斗中的枪炮声和梅儿她救治伤员的喊叫声……眼前全是战争场面……一颗炮弹向王红梅她们阵地呼啸而至……“啊梅儿……梅儿……”我担心地，不知不觉中喊出声音来。

确实，我从梅儿的来信中了解到她们是战地医疗救护小分队。她冒着敌人的枪林弹雨从战斗中抢救伤员。把战斗中负重伤的战士抬下来，躲避在猫耳洞里进行救治。虽然她在信中还特意说不要我为她担心，她会保护好自己的。可我，不可能不担心她。她是我的爱人，是我的亲人。她们女战士不顾个人的生死安危，勇敢地穿梭在炮火连天的战场上，去抢救受伤的战友……

同学们听到我的叫声，也很吃惊地都扭头看我。

“小方同学，请你回答这个问题。”叶剑桥教授在点我的名。啊！我突然听到叶剑桥教授提问我。思想从战场上回到教室，不知所措，丈二和尚摸不着头脑，哼哼哈哈地站起来，尴尬的不知叶剑桥教授问的啥问题，只能“嗯，我……我……”。

叶剑桥教授看我尴尬地样子，急忙道：“好好，请坐下吧。”我的脸颊红一阵白一阵，很不好意思地低头坐了下去。叶剑桥教授解释的什么我一概不知。

后来叶剑桥教授了解我上课不专心听讲的具体原因，还专门找我进行了谈话，他劝我：“小方，你一定要放下思想负担，安心学习，不能错过这么好的学习科学技术的时机呀……”

我听叶剑桥教授的劝说后，自己想想也是，从此在课堂上专心听教授们讲课。但是，我一下课，第一件事就是跑到系办公室文书小王那里，问是否有我的来信。我的确放心不下她，时刻担心着她的安危。我除每天到学员队娱乐室翻阅当天的各种报纸外，每晚 7 点我准时去收看中央电视台的新闻联播节目，查看收听关于广西云南前线的战况报道，希望能从中得到梅儿她们部队的消息。

转眼几个月过去了，让我盼星星盼月亮般祈盼的信终于来了。梅儿在信上写得很简短：

哥，我亲爱的！见信如面。您不要写信，写信我也收不到，部队流动性太大无居处。我想您，有时间我会给你写信的，等着我。待战争结束，我回去好好向您汇报这儿的战况和感人的故事。回去我好好陪陪您。现在外边战斗又打响了，我又要出去救治伤员了，再见吧我亲爱的！爱您的梅 1979 年 6 月 14 日于猫耳洞内。

这是我收到她的最后一封信。从此她在无任何音信，像人间蒸发一样。

时光如梭，转眼到了 1982 年。国内各大报纸和中央电视台整板大篇幅的报道，中国人民解放军对越自卫反击战取得决定性胜利，部分参战部队都已凯旋。电影电视剧也在全国上映，宣传对越自卫反击战的故事和英雄事迹铺天盖地。

可我却没有梅儿的一点点消息。我坐不住了，就连续向她参战部队的原通信地址写了数封信，都被一一退回：此部队不存在，地址不详。我又给齐齐哈尔市梅儿的三二二陆军医院写了多封信，也被退回：“查无此人”。我最遗憾是没有梅儿她家的地址，无法与她家写信联系，这是我们俩相识时没有问清楚的遗憾事。

在寒暑假期间，自己没有离开学院一步。总想着明天梅儿她会来找我，或者她很快就来信了。如果我离开学院，她来找我或来信，我不在怎么办？就这样想着念着，等着盼着，日复一日，昼夜难安，又加上专业课程的学习劳累，人渐渐消瘦了一大圈。

光阴似箭，岁月如梭。转眼到了1983年7月。军校四年的学习期已满，要毕业啦。可我一直盼等着的梅儿，没有任何消息……

毕业前夕，我们光学工程系领导安排了一次大的会餐，也可以说是给同学们滚蛋前举行的最后一次告别宴席。食堂管理员把那阵势安排得很是剽悍，与威虎山上年三十夜里“座山雕”大宴土匪的百鸡宴颇为神似。这会餐的菜肴，还是延续部队一贯的老传统。大盘装肉，中盘装凉菜，大盆盛汤，浓油赤酱，香飘四野。饭桌子中央，一只炖得硬撅撅的老母鸡，半个身子浸在油汪汪、热腾腾的汤水里，骄傲地支出半个屁股，犹如华清池中洗凝脂的杨贵妃经典造型，稳坐会餐宴上，成为压轴大牌交椅；一条糖醋松鼠大鲤鱼，在边上的盘子里甘拜下风。

李保德政委和余志大队长及其他队领导，也随我们学员依次进入就餐大厅。大家坐下后，余志站起喊道：“同学们！同学们静一静！现在请李政委讲话，大家欢迎！”

正在交头接耳议论纷纷的同学们，听到余志队长的喊声，大家都停下谈论，一起鼓起掌来。

李保德政委站起来，清了清嗓子说道：“同学们！你们四年的学员生活即将结束。每位同学都有了很多收获，学到了知识，掌握了科技本领。这里我就不多说了，按照军委的要求，你们从哪里来还要回到哪里去。我代表光学工程系各位领导，感谢你们四年来对我们工作的大力支持和配合！感谢你们为本系争取的荣誉和光荣！谢谢你们！”大家伙哗哗一阵鼓掌，不知是谁还打了个口哨。

李保德政委又接着讲：“同学们很快就要离开学院，各自奔赴新的工作岗位，希望你们在各自的工作岗位上充分发扬鸿鹄之志，为国防和军队建设奉献出你们的青春年华！以优异的成绩，回报党和人民对你们的培养教育。预祝同学们在新的岗位上再立新功！祝同学们一生平安，一路顺风。干杯！”

“干杯！干杯！”同学们在四年里结下了深厚的感情，眼看就要各奔东西了，不知何年再相聚，借这大会餐之际，把盏言欢，喝他个一醉方休。

在这里我再交代一下。我们这批入校的学员，基本上是在部队提了干的现役军人，有个别是军工厂的技术骨干，在单位多少大小是管人的，到这里是一个普通学生，被人管的。四年军校纪律的管教压抑即将结束，现在可以大胆地释放一下心中的不爽。同学们推杯换盏，忘记了自己还是一名军人。彭城虽然是江北，黄河边上，七月初的天气已经是很炎热了，同学们挽起衬衣袖子大干一场。酒一喝高，场面更是汪洋恣肆、风景浩瀚。

同学们一个个端着酒碗，守财奴一般，身体晃晃悠悠，逢人就敬酒。个别的敬完酒还互相敬军礼，喝高了，真喝高了。你看陈东他，在一边安安静静、规规矩矩、一板一眼地踢正步呢。

我正在看热闹时，被刚敬了一大圈酒的姜春生一步三晃地碰上。他又去拉上陈东来，醉醺醺地冲我们说："哥们，我……我姜春生敬……敬你们一个……"

"春……春生……我不……不能喝……喝啦……哼。"陈东、姜春生俩人互相拉扯着，立马成为连体婴儿，你走哪儿我跟哪儿绝不分离一般。

郝明从后面一把抱住我："哼啊，哼方……方哼晨……我……我没……没喝多……哼哼……"鼻涕眼泪可劲儿地往我洗净的白衬衣上蹭。"嗯，郝明！郝明你喝多啦，郝明走……我们不喝啦！啊，不喝啦。"我扶着烂泥般的郝明，坐到餐厅墙角的椅子上。

一时间，食堂里晃荡的都是非职业本色演员。平时，那些玩深沉耍清高的，甚至随和本分的面孔，一律都看不见了。满目都是任性而为的性情中人，在敬酒，在畅饮，在勾肩搭背诉说衷肠。个个舌头很快就失去了灵光，脸色红成关公。再仔细端详，平时喝酒不爱上脸的郝明，从人群中望着他那酒后苍白的脸，怎么看怎么有几分乱世枭雄曹操的阴险狡诈。

男生们勾肩搭背，四处游荡拉帮结伙寻老乡，寻找相好，寻找女生去表衷情。俗话说，酒壮怂人胆，平日里那个循规蹈矩、蔫头耷脑的郝明，突然从我身边站起，端起酒碗堵住班花王丽平去处，端稳了手里倒满酒的大碗，就开始玩梁山好汉的造型。"丽平，我……我敬你……一……杯。"但见他猛一仰头，把酒咕咚咕咚喝下去，而后一抹嘴一露齿，一往情深地逼视着伊人的双眼，道上一句："一……一切尽在不言中。"

王丽平宛然一笑。郝明脖子和脸的红涨程度，立即增高了八个指数。我敢打赌！这时如果王丽平让郝明喝敌敌畏毒药，他都能不眨眼地干了！有了那美人一笑，多少相思尽付酒水中。郝明四年来彻头彻尾地能获得美人这一笑，也就满足了。

我们系本班只有三位女生。一个叫张敏的女生，在大二那年，得了白血病退学了。三个宝贝只剩下两个，如国宝熊猫一样更加珍贵。

此酒间，陈娟提前退席不知去向。只有王丽平这朵班花，明显得到了酒精的充分浇灌。王丽平是沈阳军工厂来的姑娘，平日里略显绯红的脸蛋，时下酒后涂了胭脂一般，眼镜片后边那双丹凤眼，更加显现那种平日不多见的妩媚。她花枝乱颤，咯咯地一路娇笑着。在谢志平班长的带领下，她不断把酒碗举向弟兄们。平素不苟言笑的王丽平，一旦放开来，那举止做派还真有点国民党女军统特工的范儿。

巩常青红头涨脸地用肩膀顶顶坐在一旁的我，醉醺醺地向王丽平那边努努嘴道：

“嗯，嗯嗯！有意思吗？有意就追呀！”

“黑手啊？不敢高攀。”我回应道。

要说王丽平这个“黑手”，我可不敢恭维。还是第一学期刚开学那天进行军事训练课，尽管天落大雨，我们的训练课也没停止。训练的科目是匍匐前进。9月份，南方雨水多，从夜里就开始下雨哗哗啦啦一直没停，到早上已成瓢泼大雨。越是这样的天气，我们新生的训练科目难度就越大。

训练场的草地上，王丽平一路吃力地向前爬行。她本来并不畏惧这样的训练。她从东北来的，报到那天，她在我前边。她的身材，可称之为玉树临风那种，一张脸也生得十分耐看。她脑后拢着利落的齐耳短发，一件浅绿色的连衣裙，把她衬得芬芳四溢。最有特色的是她那双毛毛眼，睫毛密而长，仿佛眨一下就会掉下一根。她看人喜欢眯缝着眼睛，很有几分媚态。但我听说她不是故意的，因为王丽平她不喜欢戴眼镜的，可轻度近视眼都是这样看人。她显然是一朵黑牡丹，肤色黝黑得像西北少数民族少女。

我做完各种训练动作，正喘着粗气迎着风雨看她。风雨中的王丽平她艰难地做着动作。我心里还挺可怜她，这些姑娘真是可怜，不应该让她们在这恶劣的环境中训练，有必要吗？也不是在战场，如果在战场也用不着这些娘们往前冲，要我们这些大老爷们干啥咧？

万万没想到的是，王丽平她一下向我冲过来，伸手就给我脸上啪啪两记耳光。而后她一甩头哼，转身就走向收操的队伍里。

莫名其妙，她疯了？还是有病啊？我肚里急了一肚子的火，因为训练结束，指挥员在集合整理我们队伍，我无法找她理论，只能忍痛随队伍回校。

晚上，我找到女生宿舍。在走廊里喊道：“王丽平！你给我出来！凭啥打我耳光，还左右两个。干吗呢？我好好的，招你惹你啥啦？你是不是有病啊？”

此刻，女生宿舍里的王丽平听到我的喊声。她穿着一件睡裙出来，是一件半透明的粉红色的丝绸裙子。“干吗？你想干吗呀？”她红着脸，两手不停地抖落着睡裙。

“我不想干吗！你为什么打我耳光？”

“为什么打你？你耍流氓！”

“谁耍流氓？谁耍流氓？莫名其妙，你说清楚！”我气得浑身发抖质问着王丽平。

走廊里，女生们都从门里探头看究竟，还惊讶地看我俩争吵。

“别吵啦！别吵啦！”从一门里跑出来张敏，上前拉着王丽平就往宿舍里拽，嘴里劝说着“甭丢人现眼啦。”

“方晨晨同学，请你也消消气，误会！这是个误会！以后慢慢给你赔礼啊！”陈娟她穿着睡衣也从宿舍里跑出来推着我。

“她给我下黑手，太狠啦！”

“黑手她误会你啦，对不起啊！”陈娟说着送我出了女生宿舍。由此，王丽平黑手这个雅号，在班里男女生中叫起来了。

后来才听说。雨中训练的她，是因为身上大姨妈来了，这雨水一浇，穿着军用作训裤和着雨水及血水，像是黏在屁股上一样，令她感到很不自在。而且腹部也开始一阵紧似一阵地疼。人在地上爬，禁不住浑身流起冷汗来，挪动起来的动作没有那么灵便。王丽平她强硬撑着挪到了一个土坡前，按规定是要把身子横过来，而后一路滚动下去的。但这时她刚把身子横过去，只觉小腹部一阵剧痛难忍，她趴在地上喘着粗气，感觉身上像面条一样软弱一点力气都没有。她原本一直朝前仰着的头垂了下来，趴在地上一动不想动，想稍微积蓄一点力气再前进。

没想到她刚趴下，屁股上突然被人猛拍了一掌。王丽平回身望去，雨雾遮挡了视线，她一时分辨不清是班上哪个男生干的。想了想，或许是个误会吧，她于是忍了，又快速向前滚动了几下。她的腹部又剧烈疼痛起来。王丽平趴在地上一动不动。“嘿，你没事吧？”那男生跟了上来，王丽平的屁股上又挨了一下。士可杀不可辱，这还一而再再而三了？一下子，王丽平恼了。她不知从哪儿来的力气，突然跃身而起，腾一下就蹲坐在了土堆上。她看到我在偷看，以为是我打她的屁股呢，火冒三丈，就冲我打来。

四年啦，这事一直未找到是谁打的她，她也知道是误会我啦。多次向我示意示好，我都没搭理她。我心想就你？四只眼，小黄毛，像猴屁股似的脸蛋，呸，我看到从内心就恶心。

“哎！据……据……据我了解，她……她……她可对你有意思啊。”巩常青舌根发短嘴吃力地对我说道。

“哼，甭扯了。”我又对巩常青说：“你不知道啊？郝明已暗追四年了，到现在咋还不见效果咧？你看她倒跟老谢……”

“咳！你说……说……说实话。你……你心中的女人是什么样的？嗯……”巩常青他很热心执着地追问我。

我摇摇头说：“没啥样，我不敢高……高攀。”实际上，梅儿她就是我生活中的坐标，终身的女神，无人可以取代。

“方晨你……你……你怎么躲在这儿呀？我……我到处找你！来……来跟我喝酒！”王丽平晃晃悠悠端着瓷缸过来，非要我与她喝酒。

我看她已有几分醉意，急忙向前手扶着她说：“丽平，你不要喝啦，看你都醉了。”她顺势贴我身上，瞪着大眼睛对我说：“谁说我……我醉啦？我……我没醉。你……你喝！”她举着瓷缸，意思与我碰杯。我接过她的酒缸，仰头饮下。

巩常青看到这场景溜走了，又加入混乱敬酒的人群中。

“来来来！我们一起喝杯酒！”郝明拿着半瓶双沟大曲酒和谢志平过来。郝明先给我倒上后，又给王丽平倒上白酒说：“哥们，喝！”我把王丽平缸中酒倒到我瓷缸里喊道：“喝！”仰脸又喝了。

“不……不算……不算！王……王丽平没喝。”谢志平在愤愤不平。“老谢！老兄！她喝多了，不能再喝了。”我说道。

这时，陈娟不知从哪儿冒出来，上前拉住王丽平就往外拽。

“哎……哎哎……陈……陈娟，我敬你酒呢。”郝明追王丽平、陈娟去了。

谢志平晃晃悠悠，嘴里还嘀嘀噜噜说着也走啦。

我看李保德政委和余志队长悄悄溜出会餐大厅，就此我也装着上厕所溜之大吉。

这是一个美丽的夜晚。皎洁的月亮把余晖照射在校园那片树林的树梢上。这片树林在校区的一角，因少有人来，所以显得十分静谧，如同梦境一般迷人。

我坐在树林里的一块石头上，静静地仰望着天穹。扑棱棱……一只叫不出名的大鸟从我头顶飞过去，在空中打了个转，又轻巧地落在远处一棵大树上。我从地上捡起一颗石子，瞄了瞄，使劲掷向目标。鸟儿被吓飞了，石子划了个弧线，落在不远处的水塘里激起一波波涟漪。

每个男人心里都有这样一个女人，这个女人不一定是他的妻子或情人，她就是她。

四年过去了，一千四百六十个日日夜夜。我等待的女人——梅儿没有任何消息，她好像在这个地球上消失了。可是，我不相信，根本不相信。我坚信梅儿还活着，总有一天她会突然出现在我的面前。她说过的，从我们相识时，还有最后分别的时候，她都说得非常肯定：“哥，等着我！”我牢牢记住梅儿的这句话，等待那一天的到来。同时我也相信，这个地球上不能没有梅儿，她就在茫茫人海中。我不止一次地描绘，和梅儿相逢的情景，只是这期待太久太久，叫人不堪忍受煎熬。

“方晨晨，你咋跑这儿来了，你让我好找啊！”王丽平她跑过来，笑呵呵地冲我说。“嗯！你找我干吗？”我站起身不高兴地问她。“干吗？想你呀。”王丽平说着扑到我身上，满嘴酒气，身上透着清新的香味。这是她会完餐冲了个澡，换了件连衣裙出来的，头发都没吹干。

“想我？”我惊讶地问她。

她双手抓住我，嘿嘿笑着说：“不行啊？”我怕伤害姑娘一片真情，拉着脸忙对她说道：“行，咋不行？”

我怕摔着她，刚喝那么多酒，忙扶她坐到石头上。对她说：“丽平，我是有女朋友的人，我俩不可能……”

她脸色突然白一阵红一阵，很不自然地：“俺是给你开玩笑的，哈哈……”

我感觉出来她是冷笑，痛苦地笑，尴尬地笑。她急忙冲我又说：“方晨晨，俺问你毕业准备去哪儿？”

我安慰地拍拍她靠近我的身体说:“哦，今天李保德政委讲话时已很明确了。来自各个部队的学员，毕业分配的基本原则，就是从哪里来还回哪里去。我来自东北部队，自然就应回东北原雷达团部队的。我们雷达团里的范林太副政委和林兵副团长，他们都来信告诉我，盼望我毕业后回去呢。团部将我的去向已安排好了，嗯回团机关技术处当副处长。哎，丽平，你还回沈阳吗？”

王丽平看着我很真诚地说给她，她也没客气对我说:“嗨！我还不知道呢。哎，方晨晨，你回齐齐哈尔，我回沈阳，咱们都是东北那疙瘩，互相留个通信地址吧，咱们写信保持联系好不好啊？”

“好啊，等过这两天，我把地址写给你。”

说真心话，我有梅儿，不可能喜欢上她王丽平。就算没有梅儿，我也不喜欢她。一是她戴着那副眼镜，我从小就不喜欢戴眼镜的人，总感觉她那副眼镜后边藏着阴险，藏着不可告人的秘密。再就是，系里一次夜间突然紧急集合。她王丽平狼奔豕突之际，把睡裙当成件大褂穿到军装里面去，结果军装短袖后身拖出一大块粉红布。长跑结束，天色大亮，王丽平的粉红色尾巴惹出了众人的一片耻笑声。众目睽睽之下，她当即把那尾巴收入腰里，很是狼狈尴尬。为此，她在我们男生中成为茶余饭后的笑料，当大家看见她走过，男生们都会互相挤眉弄眼地小声嘀咕:“哎哎，长尾巴……哈哈哈。”就这样，她被我们班里传笑着“长尾巴的黑手”绰号。

军校的夜晚，一场暴雨骤降，彭城原本闷热潮湿的天气和我们激动的心情一样，陡然晴朗许多。雨后的夜晚显得十分清凉，蛙声此起彼伏，牵动着我的思绪。在这个喧闹的校园，很难有机会听到蛙声。多么熟悉的蛙声呀！这蛙声，仿佛来自老家村中的池塘，唤起了我很多的回忆。在梅儿走进我生活之后，生活是多么快乐呀，就是在紧张的学习工作的日子里，自己的生活也是一首歌，宛如一条欢快的小溪，无忧无虑地流淌。现在，却再也找不到过去的那种感觉了，难道这是我的命吗？哎，人海茫茫，何处觅知音呀……

命运似乎还是眷顾于我，昨天系里李保德政委找我谈话:“毕业时暂不要回原部队去，等待通知。这期间自己可以安排休假和在学校待命。”听李保德政委谈话后，我当然从内心有种欣喜，却又发愁。到底能分配到哪儿呢？不会从东北来再分配到大西北去吧？心里犯嘀咕。说心里话，我很想回东北去继续寻找我的梅儿。

我在等待着，等待着梅儿的信息。这种等待，像一块石头压得我喘不过气来。无论我怎么拼命，依然是在原地徘徊。我在等待梅儿，等待使我的双眼已经欲穿，使我的想象也早已枯干。我等待的梅儿她不曾到来，使我等待的一切无所期待！梅儿，你知道吗？你听得见吗？我在等你，我无时无刻都思念着你，期盼着你，等待着你呀梅儿！你知道吗？等待，使我的胸膛已经干瘪，我的眼泪已经流干！可你！梅儿，依然让我在这四年里等待，等待！我已经等待你四年了呀，梅儿！你在哪儿呀？梅儿……我一声声地呼唤无济于事。

我发誓，去寻找梅儿，哪怕上天入地也要找到她。

我借毕业待分配这段时间，乘火车去了齐齐哈尔。当火车途经长春市，就在此下车。先到我的恩人王公明大爷家看看，顺便将我在南方彭城给他老人家买的土特产送去，好让他老人家尝尝这些风味小吃。自从 1976 年 7 月我和他一同被解除“组织调查”，在三一〇九农场分手后，七年多没有见过面。平时，我们只是书信往来。

我按照通信地址找去。几经辗转，我来到了长春市斯大林大街樱花巷三号。这是一个典型的北方四合院，红色漆铁皮大门，四周是爬满紫藤的老青砖墙。我拍打着铁门喊：“里边有人吗？里边有人吗？”

“谁呀？”里边有一中年妇女的应声。

“我找王公明首长，这是王大爷家吗？”我对里边的人说道。

“你找谁？”里边出来一位四十多岁的中年妇女，中上等个头，齐耳短发，白净的脸庞，穿着一身没有领章很合体的女军装，腰间扎着围裙。她打开铁皮门，用疑虑的眼光望着我问。

“阿姨，不！首长！我找王公明大爷，这是他家吗？”我有点紧张，不知怎么她称呼是好。

“你是？”

“首长！我是方晨晨，雷达团的小方。我，我来看王公明首长！”

“哦，你就是老王常说的小方，方晨晨呢？快进来！这是从哪儿来呀？”

“报告首长！我是从彭城空军勤务学院来的。”

“上军校毕业了吗？”

“报告首长，我马上就毕业。”

“哎，小方，我姓张。嗯，你就叫我张阿姨吧。张口一个首长，闭口一个首长，叫得我怪不好意思嘞！”张阿姨羞涩地谦虚道。

“是首……是张阿姨。”我立即改口。

张阿姨是个慈眉善目的人，很热情地接待着我。把我领进一座欧式三层别墅里。从外面看很别致高雅，屋里家具很简单。进门大厅一个双人沙发，一张旧茶几，两边摆着两个单人沙发，这些实木沙发已多年，看上去很陈旧。据考证，这是新中国成立前某个国家驻长春的办事处。现在，房屋四周墙皮只是刷白一下，有的墙皮已脱。客厅正中央墙上挂着毛泽东标准画像，两边是“领导我们事业的核心力量是中国共产党；指导我们理论基础的是马克思列宁主义”大红条幅。从中看出，现本房主对本屋也没过高的要求和讲究。在楼梯口，立着一座立体式陈旧的钟表，还嘀嗒嘀嗒地摆动着，像这家主人一样，不停地工作着。

张阿姨告诉我：“你大伯呀，他负责作战和科研工作，天天忙得团团转。这不，他又下部队检查战备去了，还没准哪一天能回来呢。”

“哦，那我就不打扰您啦。这，这是给您带来的南方土特产，我还要赶火车回部队呢，张阿姨我就先走了。”我没等坐下喝水，擦干脸上的汗水，心里着急就告别张阿姨。

“小方！几点的火车呀？喝口水，阿姨现做饭去，你吃完饭再走吧。”张阿从厨房端着一杯茶水出来。听到我马上要走，着急地挽留我。

“谢谢阿姨！吃饭来不及了，时间有限，我得赶长春开往齐齐哈尔晚上八点十分的火车。”说着就往外走。

“小方！慢点,给你拿上面包,也好在路上吃啊！”张阿姨追赶着我到院大门口，手里举着面包和水果。

“谢谢阿姨！我有时间再来看您！再见！”我跑出王公明大爷家的院子，消失在樱花巷的夜色里。

“这孩子！”张阿姨站在家门口,眼看着跑远的我,惋惜地摇摇头长叹一声。此时，王公明已调北京,任命为空军副司令员,张阿姨没有告诉我,甚至还撒谎说下部队了。

清晨6点，火车到了齐齐哈尔火车站。我下车直奔三二二陆军医院，找到李静主任打听梅儿的情况。李静主任很惋惜地告诉我:“自从王红梅走后也只给我们科里来过一封信。可后来，医院领导告诉我王红梅同志在前线牺牲了。我们科里还专门给王红梅开了小型追悼会，以寄托我们的哀思。”她说得很伤心。我不相信梅儿她会牺牲，反问她:“不可能吧？”

“是的，我们这里去她们五人只回来三个。具体她们是……”

我没心思在听她说啥，急匆匆告别离开了。

我回到团部机关，向团领导林兵副团长，范林太副政委作了学习和毕业情况的思想汇报。范林太副政委安慰我说:“不要着急，听从组织安排吧。你回团里来，工作我们已经考虑了。不管是留下还是调到其他单位高就,我们都无条件地支持你。”

稍有时间，我坐在那儿就会想：难道梅儿真的牺牲了？她家在哪儿？她牺牲埋葬在哪儿？

晚上，我和几位老乡高新宇、刘俊光、李化新、张崇礼、常宽、金春跑到街上饭馆里，推杯换盏喝大酒去了，这叫借酒消愁。

在饭馆里，高新宇站起来说:“哦，今天，我提议为欢迎方晨晨的学习归来，干杯……”

“中中！一块干杯啊！”李化新抢先说。

大家一齐干了三杯。我问他们:“听说冯为国也考上军校了？他考哪儿啦？”

“他考到上海空军政治学院啦。明年也就毕业啦。他是1980年8月份走的。”李化新说。

“哎，刘英考上军校了吗？”我又好奇地问。

“没有！”常宽很惋惜地说：“可是，她考到沈阳音乐学院啦，也是四年，明年7月份毕业。”

“来来来,喝酒喝酒！”高新宇打断我们的交谈。高新宇他没考上军校实感遗憾，不想听这些让他寒心的事儿。

他们每人分别又给我干杯，我不知道自己喝多少酒，不知道怎么回到机关的。就记得我把高新宇送回宿舍。我把他搀扶到宿舍里后，他还吐了一地，我帮助他脱下衣服睡下，把地上污迹打扫干净，我才离开他的宿舍。

高新宇心里不高兴，喝了很多酒，这也是借酒消愁。人呐！工作不顺心，家庭生活不顺心，心里纠结郁闷沾酒就会醉，这是被证明了的真理。高新宇就是实例，你要问高新宇有什么事不顺心呢？那两当事儿就够他闹心的。一是没考上军校，家里父母和对象，知道后总是来信埋怨指责他；二是婚姻之事，他在安阳找了个对象，具体说是纺织工。自从俩人谈上对象，这几年她次次来信都催促高新宇转业，可高新宇不想转业，再待晋升一职，到地方好安排职务。可是对象不依不饶，并以不转业回来就分手相威胁。这三年了，她把高新宇折腾得翻天覆地，天天生活在纠结郁闷之中。

冯为国考上军校实现了自己的愿望，我也为他高兴。

再说我，头重脚轻迷迷糊糊回到宿舍，一头倒在床上，衣服没脱，脸没洗，躺在床上睡着了。

夜里,我清清楚楚看到梅儿在雾气腾腾的树林中,手举着纱巾,喊叫着“哥哥……哥哥！”向树林深处跑去……我在后边“梅儿！梅儿！”大声地呼喊着、追赶着……

我睁开眼看看四周，啊？这是在团部机关我的单身宿舍里。冥冥之中，似乎有个声音在说：梅儿她还活着，梅儿她没死……梅儿她还在找你嘞……

“她在找我？”我急出了一身汗，嘴里胡乱说着：“梅儿她在找我？她还活着，还活着她！”

我坐起来，随手拿起床头柜上的水杯，喝了口凉水，让自己清醒些。喝水后，我没了一点睡意。这个时候，我才读懂了白居易《长恨歌》的那句：天长地久有时尽，此恨绵绵无绝期！于是，我伏案提笔，给梅儿写了一封长信，以诉说我心中的思念……

我还真不相信梅儿她牺牲了！一个大活人就这样无声无息地消失了？活不见人，死不见尸。我一定要去看望我的梅儿，哪怕是见上她一面。如果梅儿真像李静主任说的已经牺牲啦，我也要去给她扫扫墓，悼念我的梅儿。

人生最可贵的两个词，一个叫认真，一个叫坚持。认真的人改变自己，坚持的人改变一切。有些事情，不是看到希望才去坚持，而是坚持了才有希望！

第三十九章 寻梅觅迹

为缘寻找，为爱坚守！

我起床洗漱后，与团部林兵副团长、范林太副政委告个别，没有与其他人打招呼，就告别了齐齐哈尔市踏上了南去的火车。

几经辗转，我到了广西凭样市驻地部队，又到市民政局询问，才得知参战部队已撤离，受伤人员已安排回原籍，在战争中牺牲的同志已统一安葬在市烈士陵园。我向市民政局的同志说明来意。不错，他很热情地帮我查找在册的烈士人员名单。找到了，名册中有王红梅烈士详细的资料记载。我不顾旅途劳累，详细打听着凭祥市烈士陵园的具体地理位置。

凭样市烈士陵园，在距离市区三十多里路的山坡上。这陵园坐北朝南，依山而建。7 月的季节，天气非常炎热，山坡上苍松翠柏，绿荫丛丛，满山遍野的山花灿烂。我向山上望去，一座直插云霄的汉白玉纪念碑屹立在山顶，上面金灿灿的八个大字："革命烈士永垂不朽"非常醒目，我拾台阶而上。

山坡上排列整齐的一排排烈士墓碑，我在里边找啊找……宛如坠入墓群的海洋，耳边不断响起辛酸的电影《小花》插曲"妹妹找哥泪花流……"我这是，哥哥找妹泪花流啊。

我在一排一排的墓碑前流连找寻。墓碑周围都长满了野草和各种开放的野花。就在夕阳将要西沉地平线时，"王红梅烈士之墓"几个大字突然跳入我的眼帘。就如梅儿藏在碑后跟我捉迷藏一样，被我发现等待我去捉她似的。我三步并成两步，两步并成一步，一下扑到梅儿碑前。两腿一软我坐在地上，心中痛苦万分，泪水从两眼滚落而下。我哭啊，我喊叫道："梅儿，我的梅儿，你……你让我找的好苦啊！我的梅儿！"

石碑上方还镶着梅儿穿军装免冠半身标准相片，她微笑着看着我。我无论怎样哭喊，她始终不应声，微笑着看着我。

我知道她也不可能回应我。我慢慢从挎包里把写给梅儿的那封长信掏出来念给她听。

梅儿：你好！

你近来可好吧？假如你能听到我的话，请不要难过，不要悲伤，保重好自己，去迎接那美好的未来！

梅儿，你知道吗？自你走后，我时时刻刻都在牵挂着你，天天都这样在想着你、念着你、盼着你的归来。可是四年呢！一千四百六十个日日夜夜，我都在这伤感、孤独、纠结、郁闷中度过。

梅儿，你说："你会像我爱你一样爱我！让我等着你！"你说你要陪我走下去，你说你要共我红尘，可是你却让我再次把你虚拟的世界品味，把你的文字捡起慢慢咀嚼，总是我在孤独中品尝爱你的滋味，思念的痛苦。定格了瞬间，而我却不能带你回到现实。

我沉浸在有你的天地里，无忧的快乐中，无彷徨的惊喜中，无折磨的渴望里。你说你会给我想要的幸福！可是，你知道吗？我想要的最大的幸福，就是你能来到我身边。你说我们永不分离！可是，我想你的时候，你在哪里？你在哪里呀啊？

梅儿，我爱在无尽的时空延长它的遒劲苍茫，美人迟暮，望断天涯路，你可知道这份爱有多沉重，压得我透不过气，就算孤独百年，百年孤独，当青春不能为你停泊，当孤身不能向你靠近，当等待里只有一个声音，当红颜渐远仅剩岁月做伴，我的爱人，我的梅儿！你还好吗？只因为你是我最爱、最爱的人。所以，我满怀信心，充满期待，期待着你的归来！梅儿！我的梅儿，你听见了吗？啊？梅儿！

梅儿，我知道，思念是一杯愈久愈香的琼浆玉液，是一朵萦思绕怀的五彩祥云。亲爱的，你何时来到我面前拥入我怀呀？我的梅儿！你知道吗？梅儿，有一种爱，不管你逃到哪里，我的目光依然追着、恋着、缠着你；有一种孤独，不管你置身何地，它总是如影随形十指相扣；而必定有一种等待，不管你用尽怎样的方式，麻木自己、放纵自己，永远忘记不了，如同死生契阔，刻骨铭心。因为，你一旦企图放弃了等待，同样也会丢弃了自己最美的现在。

梅儿，我心中的人呐！我一直在追问，等你到心碎、到地老天荒，到底有没有答案，我都不在意。

夕阳恋恋不舍地下沉，皎洁娇羞的月亮在微风满怀中上升，听风吹过树叶呼啦啦作响，我等待的梅儿，难道你还要一直隐藏下去吗？

梅儿！你知道吗？每当夜深人静的时候，我无尽的思念袭上心头，陪伴我的是孤独的希冀和尘封的回忆，抚慰我灵魂的是童话和音乐。我的眼角会有液体滑过时留下的痕迹，我已经没有勇气回到现实，音乐在漆黑的空间里回响，在我空落和脆弱的寸心间回荡。我的心已被纠结麻木。你听到了没有我的梅儿，我的梅儿！

梅儿，当容颜未老，我把感情寄托在远方的你，你却不知何处。我把心奉与你，亲爱的你如同我手足！每每落笔，笔下都有我踏实的印迹，每每想起你时，我眼波泛出笑意，感觉我并不孤独，只是有些茫然和无奈！我也曾拟举杯邀月，对影成人，幸拥美丽的你。但，月色虽是这样暧昧，影子是这样模糊。可我，可我依然盼望等待的人能悄悄地走到我的面前，走进我的梦境，慢慢地占据我寂寞圣地，和我在月色柳梢的交融中相约牵手，相约拥抱……

梅儿，人们常说：男人是天，女人是家。你走了，我没有了完整的家，一切都变得冷冷清清。你不但是我的家，更是我的天呢！没有了你的天，天不蓝！没有你的花，花不艳！没有你的饭，饭不香！没有你的眠，睡觉不甜呐！我亲爱的梅儿，你在哪儿啊？你听到了吗？

每当夜深时，我望着星空，在寻觅着你：亲爱的，你就在那明亮的星海中，我看到了一个同样凝视我的你呀……我的梅儿，每当我一个人走在路上的时候，我就会想起我俩以前手挽手、肩并肩的那幸福美好时光；每当我闲坐着时在想你，为你伤悲也为自己悲伤，想着你的音容笑貌，想着你和我的情谊！不能让自己心爱的人与我同乐，共同享受这幸福的生活。我恨，我恨我自己无能，恨我自己未能保护好你，我亲爱的！是我的错，千错万错，都是我的错。梅儿你听见了吗？你还能原谅我吗？

我亲爱的梅儿，你永远活在我心中！我等着你。我们约定，来生一定做夫妻！记住，别再爽约。到那时，我会加倍地爱你，呵护你！

亲爱的梅儿，我已经满足，满足于有你陪我一起在孤独中等待属于自己的那份爱！满足于孤独百年中想你的疯狂和眷恋。虽然今生不能见面，不能成为恩爱夫妻，也许等待比拥有更甜、更美！

亲爱的梅儿，我心中永远的爱人，安息吧！祝你在天堂幸福快乐！

念着你的哥哥　晨

于 1983 年夏夜

句句血声声泪。我把信念完，拿出打火机，在梅儿的碑前把那封信给烧了。希望梅儿在天之灵能看到这封信。我一边烧信，一边对梅儿哭诉道：“梅儿，你说，我天天想，夜夜盼你的归来，盼望着你的信息，多少天多少夜我无法入眠。想你盼你，思你念你！盼你，想你，我的心都碎了，泪都流干啦。梅儿，你听到了没有？我为找你，从彭城到东北，又从东北到这西南边陲。为找到你，我的脚都磨出水泡。为找到你，经过千里迢迢，不吃不喝，不顾劳累，跑到这里。万万没想到，没想到啊！你竟如此地藏在这里呀？梅……我的梅儿！你说话呀。你……你为什么不说话呀梅儿，我的梅儿……”

幻觉中，“哥，哥哥！我在这儿，你怎么才来呀？我想死你了！抱抱我哥，抱抱……”听到梅儿的喊声和咯咯的笑声……

几天的乘车疲劳，加上天气的炎热，心中的痛苦，不知何时我在梅儿的墓碑前睡着了。

“孩子，同志，同志！醒醒！”一位白发苍苍的老大娘拍着我肩膀。我迷迷糊糊地回应道：“啊！妈？”

“同志，俺不是你妈，俺是……”听她说着。我睁开浑浊的泪眼，是一位慈祥的大娘站在我身旁，微笑着向我摆摆手回应道。

我擦拭眼睛再看这位慈祥的大娘时，她是一位年近古稀之年的老人，身上穿着浅灰色斜对襟老粗布衬衣，头上扎一条陈旧变了色的白毛巾，一张疲惫布满皱纹的老脸在强装着笑容，手提着藤条编制的一个挎篮。对我说起话来，满口山东腔。

她看我醒来时，又耐心地冲我自我介绍道：“同志，我是来看俺孩儿的，俺儿子也埋在这里。看你，你这咋睡这儿呀？哎哟，地上潮湿，有虫怕不中啊！你快起来吧啊孩儿，嗯，同志……”大娘关心地说着弯腰去拉我胳膊。

“嗯，谢谢大娘！”我即刻起身向大娘致谢。我随意瞄了一下手腕上的表，已是凌晨四点。我又看一眼东方有点晨光。啊！这么说，我在梅儿墓碑前睡了一夜。

“嗯，同志，这姑娘是你……”大娘好奇地看看王红梅的墓碑，又问我。“哦，她是我爱人，是名护士。嗯，也是在这场战争中牺牲的。”

大娘向王红梅墓碑前走了两步说道：“多好的姑娘啊！”她伸出老手，抚摸着石碑上梅儿的照片，伤心又惋惜说道：“哎，这么年轻、漂亮就……”她哽咽了。

我怕大娘太伤心，急忙向前扶住她宽慰道：“大娘，战争是残酷的，他们为保卫国家、保卫我们的好日子，做出牺牲是值得的！他们是英雄，是大英雄！我们为他们这些英雄们骄傲、自豪！”

“对对对，是是！他们都是大英雄……我骄傲……我们自豪……我……”大娘她伤心地回应道，眼泪从她那一道道皱纹眼角处流了下来。

我猜想大娘她可能也是为亲人来的，就问：“大娘您这是……”

“俺呀……”大娘她告诉我，她今年七十岁啦，家是山东临沂山区农村的。她的儿子叫孟春柱，在济南军区部队当排长，在老家定的婚，是位县城吃商品粮的姑娘，本来是准备前年结婚的。可是，孟春柱他随部队到这儿参战就牺牲在这里，未婚妻也另嫁他人了。孟春柱他老爹听到儿子牺牲的消息后，一口气没上来也去世了。大娘还有一女儿已嫁人。这不，大娘她想儿心切，自己带着干粮从济南乘火车，经过几次转车打听才找到凭祥市，又一路打探找到这烈士陵园。大娘在这里边也是找了一大天的时间，才找到儿子孟春柱的墓碑。把儿子喜欢吃的小米煎饼和大葱，家乡的大红枣都给儿子送来让他尝尝。又给儿子说了一夜的心里话，在儿子墓前烧上了纸钱和一些香火，了却了老人家的心愿。她就在往回走时发现了我躺卧在这儿，还以为我生病了呢，急忙上前拍醒我。

我和梅儿的事情也向大娘细说了一遍。她听后直拍打我的肩膀，连声夸奖我，还特意伸出她的大拇指："好好，好孩子，好啊！做人就得这样啊孩子！"

我借大娘带来的香，也给梅儿烧上以保梅儿在那边儿、在天堂过得顺心愉快！

此时天已渐渐亮了。我扶着大娘："大娘咱们回吧？"

"好，咱们回……咱们回了……"大娘说着眼睛里噙着泪水，又向这无边的墓碑群望了望。我理解，她这是想最后在看儿子孟春柱一眼，再看看这些年轻的孩子们一眼。

我搀扶着大娘从山坡上，从一座座烈士墓碑丛中走出。我看着这一座座、一排排墓碑，心里在想：这都是一个个鲜活的生命啊！都是我们的好战友。为祖国的安全和领土完整，为人民生活安定奉献出宝贵的年轻生命。他们也正是"出师未捷身先死，长使英雄泪满襟；埋骨何须桑梓地，人生无处不青山"呐。

走出陵园，我带大娘在凭祥火车站前饭馆里吃了点早餐，买了返程火车票。

就这样我们乘凭祥至南宁12次火车踏上了返程之路。我们到达南宁后，在南宁火车站还需要办理转乘车手续。我把大娘安顿在南宁火车站候车大厅后，抓紧时间去购票窗口办理车票转签手续。

此时的候车大厅里一排排座椅上、过道上都是东倒西歪的一些等待转车的旅客，和来来往往地穿行购票办签字手续的旅客，人山人海。

我签完转车票后，又在售货店给大娘买了面包和水，刚刚回到大娘身边坐下开吃时，忽然听到："小偷，抓住他！抓住他！"

我听到喊声忙站起身，望着喊声方向看去，一个约十岁左右的小男孩在人群中夺路而逃。他在人群中奔跑，几个男女在后面人群中追喊着、打着。

"打死他……狠狠地打！往死……"几个男女喊叫着。有人抓住小男孩头发，狠狠在打孩子的脸；有个人扯着小男孩子的衣服，在用脚踢那孩子的身体。"打死他！打！往死里……"围观的人，看热闹的人也在起哄喊叫着。

我挤进人群查看清楚，是一个穿着破衣烂衫只有八九岁的小男孩，污头垢面，蓬乱着长发，他被几个男女大人厮打着。那个小男孩鼻子里嘴角上流着血，萎缩成一团，任人欺辱。我这人最看不惯也容不下的是以强欺弱、以大欺小这事。我扒开人群跑上去喊道："甭打啦！甭打啦！他还是孩子呢！咋回事呀……"我两手拉住男女两人的胳膊制止道。

"你谁呀？你……咋回事？你是他……"一个满头卷毛的年轻小伙子去推我。

"甭动！我告诉你们啊，我是当兵的，解放军！"我高声喊道，并使劲一把把手上的两个男女摔倒在地上。跃身随手将小男孩一把拉到我的身后，保护着。

"什么解放军？看你和他是一伙的吧？哈哈……"那对男女从地上爬起来，嘴里喊叫着，一边还想前去打我身后的小男孩。

"甭动啊！谁敢动他一指头，我可……"我拉开军校里学的军体拳姿势，还真管用，那几个男女看我这架势都愣住了，谁也不敢动。

“走开……走开！怎么回事？”这时铁路值班巡逻警察，看到大厅这边打架就赶过来大声冲我们喊。

“他偷吃我们东西！”那对男女气呼呼地指着那个满脸污垢的小男孩子嚷。

“我没偷吃！是他们不给我吃东西的。”小男孩站在我身后，看到警察叔叔来了，还有我的保护，他气愤地指着那对男女说。

“跟我们走！”一名年轻点的警察冲我们几个说。

“警察同志，他是我们的孩子，你看我们马上就要上车了，这孩子我们回去好好管教……”此时这对狗男女又用软话求警察，并赶忙到我身后去拉那个小男孩。

“我不跟他们走！我不认识他们！”小男孩躲闪着他们，并大声喊叫，极力想挣脱这俩狗男女。他机灵地从我身后，又躲跑到两位警察同志身后，像是找到救星和靠山似的。

“警察同志，我是军人，这是我的军校学员证。我要赶车，就不跟你们去调查了，我把通信地址给你们，有事可以联系我。”我拿出空军勤务学院学员证给他们看，又随手写下空军勤务学院的通信地址，以证明我的清白。

一位年长的老警察接过我的学员证看了看点点头，以示真实。又接过我随手写的通信地址看了一遍，收起笑道：“好的！谢谢你解放军同志，再见！”

“你们仨跟我走！”两位警察带着小男孩和那对狗男女走了。

我又回到大娘身旁的座位上。“孩儿，那是咋拉？”大娘看我回来问道。“嗨！没事，那些人打一个小男孩，说孩子偷他们东西吃，我交给警察了。大娘您吃好咱准备上车吧？”

“中！走吧。”

“各位旅客，由南宁开往济南的16次列车，现在开始检票上车啦，请你拿好自己的行礼物品，按秩序排队上车……”候车大厅里的喇叭一遍遍广播着。

我陪这位大娘，随人流上了南宁开往济南的16次列车。硬座车厢里人很多，也很拥挤。我刚把大娘按座号安顿坐好，放好物品，列车就开了。

就听呜呜一声长鸣，火车离开了南宁火车站。

火车犹如一条巨龙在深山里爬行。一会儿，看见山野间青山绿水；一会儿，车厢里灯光闪亮，只听外边轰隆轰隆的火车行驶在山洞里的响声。

车厢的广播里，播放着董文华的歌曲《十五的月亮》。我坐在火车厢里，听着这优美的歌曲，望着窗外被火车抛在后面的大山、森林和山洞，多少日日夜夜紧缩的心松了下来，不知不觉进入梦境……

“小方，小方！醒醒，醒醒。”大娘推着我喊道。我由于多天奔波太疲劳，并已见到梅儿的墓碑，心情有些放松，上火车坐下后，不知啥时候就睡着啦。

“嗯！大娘，怎么了？”我睁开眼问。

“这个，你往外坐点。让这孩儿……”大娘看看我不好意思的，又看看挤站在我旁边的小姑娘。“好的，来姑娘坐下。”我明白大娘的意思急忙站起，把挤站在我旁边的这个姑娘推到座位上。这是一个十三四岁的小姑娘，上身穿着一件旧式女军装，头上扎着两条马尾小辫，虽然几天没有洗脸有点脏，但长着一对炯炯有神的大眼睛，彰显出她纯洁的心灵。肤色有点黑，胖乎乎小圆脸，脸上两个小酒窝。她客气地微笑着：“谢谢奶奶！谢谢叔叔！”这姑娘说起话来很干练，双肩歪斜挎的军绿包上绣着“为人民服务”五个大字很耀眼。我猜想她出身军人家庭，或是一个崇拜军人的“追星族”。我低头问她：“小妹，你要去哪儿这是？”“我也不知道。”她看看大娘，又回头看看我，无助茫然地回答道。

“孩儿，我看你上车一直都没吃东西，你这是去哪儿咧？”大娘拉住姑娘的脏手关心地问道。那姑娘她没有作答，不好意思地只低头不语，还显得有点羞涩。

“来！闺女，吃点东西。”大娘从自己的提包里拿出一张山东大煎饼，递到小姑娘手里。那小姑娘没有拒绝，接过来就往嘴里放。实际上她已饿两天了。

我问后才明白，这孩子是因为跟家里生气，仓促跑出来。钱物在路上被小偷给偷光了，现又无脸面回家，就这样盲目地漂泊在火车上。

我将钱包里只剩的43元钱和21斤全国通用粮票都拿了出来，对姑娘说：“小朋友，你家是哪里的能告诉我吗？来，你把这些拿着，以便回家路上用。”

她不好意地对俺说：“嗯，谢谢叔叔，俺是山东德州夏县的……俺是给家赌气跑出来的，钱都……”又低下头不言语了。

我听她说后，心里确实对她不太放心。我又特地找到本车厢列车服务员，拿出我的军校学员证，向她说明具体情况：“同志，麻烦您，车到济南火车站后，麻烦您把她交到车站民警同志手里，请民警同志查清她家的具体住址，把她送上去德州夏县的长途汽车，安全把她送回家，这孩子还小路上不安全，谢谢您啦！给您添麻烦。”

女列车服务员是位四十来岁老服务员，听我介绍了这位小姑娘的情况后满口答应：“没问题！你就放心吧解放军同志。”列车员痛快地答应下，并笑呵呵地拍着在那儿坐着的小姑娘肩膀嘱咐道：“孩子，和这位奶奶坐这里不要乱跑啊，到济南站我来找你们啊。”这位服务员大姐很是热情，二话没说，就满口答应下来。大娘也感动直冲那位列车服务员大姐笑道：“谢谢您！让您费心啦。”“谢谢您大姐，谢谢！”我也一再次感谢那位列车服务员大姐的热情相助。

“谢谢您解放军叔叔！给您添麻烦啦。”那姑娘还客气地冲我说，并且天真地问：“叔叔，叔叔，您空军您是开飞机的吗？”我呵呵笑着说：“是空军，不一定都开飞机呀！”“呐？您是做啥咧吗？”姑娘好奇地追问。“呵呵我是搞技术的，是研究飞机的。”那姑娘听我说是研究飞机的，不理解地摇摇头道：“不懂，俺不懂。”姑娘好像突然想起啥，冲我问道：“叔叔！您叫啥名字，以后俺好到彭城空军学院找您。”我笑着说：“我姓方，叫方晨晨。嗯，以后我军校毕业还不知分配到哪儿去呢。你呀，只要好好学习，将来也争取去考军校怎么样？如果……如果我们有缘，我相信我们还会见面的。”“好好！我一好好学习，考上军校，当一名解放军！”

我不放心地又嘱咐她：“哎，你没事，在路上一定不要别乱跑，照顾好奶奶，到济南听列车员阿姨安排，找到警察叔叔，回到家好好上学，不要再乱跑啦啊，记住了吗？”

那姑娘听我劝说连连点头答应道：“嗯……中，俺记住了叔叔。”

列车到达彭城火车站后，已经是凌晨两点多，我与她们告别下了火车。从火车站出来，公交车已停运。幸亏这彭城火车北站离我们学院不远，我步行就回到了空军勤务学院。

第四十章 骨肉分离

咱们再回头来说说我的老同学张丽。

几年来，我始终坚持给她寄生活费、写信。直到我在军校里学习期间还仍坚持，可寄出的钱发出的信都如石沉大海，无任何音信。

后来才知道，张丽和孩子在生活中发生了很大的变故，家中发生了一场灾难。可以说是给张丽身心上一个毁灭性的打击，沉重的打击，终身的痛苦，只是我还不知情而已。

事情还得从1976年农历2月，那天扎兰屯庙会说起。为赶一年一度的扎兰屯庙会，张丽她早早备足了面粉和调拌好的饺子馅，把厨具和孩子放到平板三轮车上，一早就倒骑着平板车上了路。

她想早点在庙会占一个好的位置，多挣些钱。孩子已满两岁，再有四年也该上学了。虽然从小没了父亲，但不能让别人看不起，要让兰兰这孩子穿好吃好不受一点委屈。

庙会上，人山人海熙熙攘攘。牵牛赶羊的，卖衣服卖鞋袜的，卖菜卖肉的摊位，各种风味小吃比比皆是，叫卖声、喊叫声此起彼伏……。

此时此刻人群中有一对男女贼眉鼠眼四下寻找着什么，当他俩走到戏台前看演出的人群里，贼头贼脑根本无心看戏，而是在四处寻找猎物。他俩从看戏人群中走出，又走到旁边卖烧饼摊前坐下。男的拿钱让卖烧饼人装上几个烧饼，女的在紧盯着近处卖饺子的张丽和在一旁玩耍的兰兰。这真是，不怕贼偷，就怕贼惦记。只要贼惦记上你准没好。

张丽的饺子摊前，客人排队等待饺子出锅。“老板娘，你这饺子是真好吃啊，你这是咋整的？在哪学的技术啊？”还有客人夸奖张丽的饺子好吃，询问张丽是在哪儿学的技术。张丽她高兴得咯咯笑着回道：“哦，是俺自己学着做的，你要是喜欢呀，多过来吧。以后俺给你包更好的。”

“嗯呐！”

张丽忙上忙下应接不暇。今天的生意非常红火，准备的饺子很快全部卖完了。她擦了擦额头上的汗，刚想坐下休息累酸的腿和腰，蓦然间想起她的孩子。“兰兰，兰兰！我的孩子？徐兰兰！”她才想起在一旁玩耍的孩子兰兰。

放下一切，慌不择路地在人群中四处喊找兰兰，都没有见到孩子兰兰的踪影。

她再没有心做生意，从庙会上找到各条街上，从马路上找到荒芜的山坡上。“兰兰！兰兰！徐兰兰你在哪呀？”她的喊叫声回荡在四野，回荡在山谷中。

“兰兰！兰兰……”张丽一声声凄凉的喊叫声回荡在夜幕里……

张丽家的老公爹徐老汉和婆婆、弟弟妹妹都出来帮助寻找徐兰兰，街坊邻里也出来帮助寻找。

他们屯子里的胖婶、二丫、二大娘，街坊邻居都跑出来帮助寻找。生产徐队长跑扎兰屯乡派出所报了警，“民警同志你们可一定帮帮我们寻找孩子呀。她一个孤寡妇女，孩子又丢了。哎，太可怜……”“好了，我们已立案，一定想办法找到孩子的，放心回去等着吧。”“哎，哎。那俺谢谢您了，谢谢。”公安局也立了案在帮助查找徐兰兰。

几天过去了，十几天过去了，徐兰兰仍无消息。村里人都跑到张丽家里，好心来安慰她，柳嫂、张大妈、胖二婶、二丫她们都说：“他婶你想开点啊，没有事的，这孩子一定能找到的。”“是呀，有公安局帮咱们怕啥嘞？”她们好言相劝张丽想开些。“俺心思着啊，这孩子一定不会丢，只是一时没找得着啥的。”

张丽家院子里也有闲得无事跑来看热闹的人。这是山村里的一种习惯，不管村里发生大小事，有些人就喜欢前去看个究竟。他们在那里互相议论着，有人说：“兰兰这孩子恐怕是被人贩子拐走了吧？”有人说：“不可能！这穷乡僻壤的哪来的人贩子？肯定是孩子走迷了路，被山里的狼给叼走吃了。”二大娘：“呸呸呸，你竟说些不吉利的话，讨厌。”骂那个小子竟胡说八道；有人在一旁争辩道：“胡扯。这孩子大白天在庙会上丢的，哪儿来的野狼？”有人说：“嗯，这孩子呀，可能是自己走迷路了，被赶庙会的好心人收留了，只不定哪天就会送回来的。”

村里的傻子徐三在一旁嘿嘿笑着说：“丢了好，丢了好，我和她再生一个……生一个大胖……大胖小子嘿嘿……”

村东头刘二嫂从屋里刚劝完张丽出来，正听见徐三傻子在胡咧咧，一听就火了，上去伸手就打徐三一巴掌，“傻三！你胡说啥咧你！我打你个傻子！”她啪啪连打徐三个巴掌。徐三就躲，还嘿嘿嘿笑着：“你，你，你打呀你打呀。”“我打死你个傻子，打死你。”她追打着徐三满院躲藏。

“哎哎！大家别闹啦！也甭杵到这儿七嘴八舌说啥都没用。大家赶紧分头帮助找一找啊。嗯，有去乡里县城办事的，或是探亲访友的，也都留点心。大伙散了吧，散了！”刘村长过来招呼大家都去帮助张丽寻找孩子。

张丽失去女儿徐兰兰，就等于她失去了唯一的精神支柱。这精神支柱没了，她就如承受着生不如死的煎熬。几天了，都没吃没喝，如天塌地陷一般的痛苦。

张丽她是一个坚强的人，也是一个很顽强的人，是一个不达目的誓不罢休的人，也可以说她是一个永不服输的人。

你看，她寻找女儿，从农村找到乡镇，从乡镇集市又找到县市区。“兰兰，兰兰！快回来吧！妈妈想你呀闺女！徐兰兰你在哪儿呀？”张丽她一边喊叫着，一边寻找着。

她由于多日没好好进食和水，没有休息，脸也多日未洗，风餐露宿，人明显消瘦很多。她挎着藤条篮子，篮子里放着啃了几口的玉米面窝窝头和一个掉了瓷的喝水瓷缸，还有一条旧毛巾。就这样走着喊叫着，像“祥林嫂”一样。身上的旧衣服多日未有换洗，显得既脏又破，散乱着头发像疯子一样。手里拿着一根山木棍子，即是走路爬山作助力，又是防野狗、野狼的防御武器。嘴里不停地喊叫着：“兰兰……孩儿……兰兰闺女……回家啦，兰兰……”

她从春天找到夏天，又从秋天又找到冬天，四处不停地在找着……

一天夜里，鹅毛大雪从天而下。张丽为找徐兰兰在雪夜里迷路了，四处都是雾蒙蒙灰茫茫一片，她突然发现很远的雪山上有丝丝亮光。

她冒着大雪，踏着崎岖的山坡，吃力地向那山顶爬去，后边留下一串深深的脚印。她坚信那是女儿徐兰兰迷失藏身的地方，她艰辛地向上边那点亮光爬去。呼啸的狂风暴雪吹来，又覆盖了她踩过的一个个脚印。

常人不注意看山顶上那个亮光，还以为是雪夜中的一颗星在闪烁。

当张丽艰难地爬到山顶亮光处时，呈现她眼前的是一座尼姑庵的后门。那亮光，是尼姑庵后门门框上方的电灯在风雪中闪烁。她就使劲拍打着门，撕心裂肺地喊叫道：“有人吗？开门呢……我找……俺闺女……。兰兰……妈妈来啦。”

从里边打开山门出来的是一位尼姑。那尼姑看到风雪中被冻成雪人的张丽，急忙向前打礼道：“阿弥陀佛，施主，阿弥陀佛。”

“俺找俺的孩子……俺的孩子……”她冲尼姑结结巴巴地喊道。“阿弥陀佛，施主，”至此，那位尼姑赶忙把张丽让进屋里。

尼姑看张丽她的神色和浑身上下的装扮，急向前双手合十说道：“阿弥陀佛，施主不要着急，我先去给你准备点斋饭来，暖暖身子，阿弥陀佛。”

当那尼姑端来斋饭给张丽时，她无心吃饭，着急地要去找孩子，跺着双脚，冲尼姑喊道：“我要俺的兰兰……我的孩子……”“施主不要急，这里没有你的孩子，叫什么兰兰的。这里是尼姑庵，没有你要找的孩子。希望你吃点东西冷静下，这深更半夜的，外边又下着大雪，到哪里去找你的孩子呀？阿弥陀佛，施主吃点东西，明天一早再去找也不迟。阿弥陀佛。”好心的尼姑劝说着张丽。

张丽她心神不定。天微亮，她就早早上起来，跟随尼姑们念经去了。她因为疲劳过度而晕倒在大殿里，“快快快，掐人中。”一个住持对大家说。一个年纪稍微大点的掐张丽的人中。她被掐醒了，“阿弥陀佛，施主你喝口热水吧。”张丽她又喝了杯热水。“谢谢你们了。俺还要去找俺闺女。”她恢复精神执意要走。

尼姑庵住持看到她如此疲惫可怜，向前劝道：“施主不妨留下住些日子，待身体恢复好些再走。”

“谢谢你们！谢谢，谢谢！”张丽找女儿心切，婉言谢绝，又踏着冰雪，冒着严寒，爬上另一座山顶的寺庙去寻找女儿徐兰兰。

待她艰难地爬到那座寺庙里后，等待张丽的依然是永恒的失望……

“兰兰，你在哪儿？闺女快回来吧，妈妈想你！”一声声一句句不停地喊叫着，她踉踉跄跄地寻找着。

她到大街小巷，背着包袱，蓬头垢面地碰上人就赶忙上前：“您看到我女儿兰兰了吗？他叫徐兰兰，三岁多点一个小姑娘，请您告诉我吧，啊！”好心人看到她这样子，摆摆手躲避开走掉；碰上较缺德的人，瞪眼冲她嚷嚷道：“去去去！疯子，神经病！滚滚……”骂骂咧咧地躲避她。

爷爷徐老汉、叔叔和村里邻居们都帮着找，基本上十里八乡能去的地方，甚至全市、全省都找了，仍无踪影。

张丽她可能太无助了，就跑到我们连队那里去找我，想必也是想让我帮助她找孩子吧。可惜的是，我因被“组织调查”没在连队。我又没能及时写信告诉她我被“组织调查”的事情，错过了机会。她到连队找我时没能见到我，韩成又给她说：“小方他到齐齐哈尔团部出差执行任务去了，一时半会儿回不来。”其实，就在艾小东开车送她到军马场的路上。艾小东把我的真实情况告诉了张丽。艾小东：“哎，我不知道你和方晨晨是啥关系，我给你说实话吧，他是犯错误被送去劳动改造了。”张丽一听：“那他是犯啥错误啊？”问艾小东。“嗨，传抄天安门广场‘反革命’诗呗。”艾小东得意地说。张丽又不敢多问。

就这样她唯一的希望被破灭了。从八一农场乘车去了齐齐哈尔、哈尔滨找了几个月徐兰兰仍无结果。她收到我几次的信和汇钱，从内心很想给我写信，可又不知往哪儿写，又恐怕再连累我。

三年过去了，仍无兰兰这孩子的任何信息。1979 年 2 月春节刚刚过完，徐老汉过来告诉张丽：“俺请算卦先生算了一卦，说兰兰她在南方大城市嘞，暂无大碍……”

“啊！爹，在南方大城市？”她一听徐老汉说在南方。“爹，俺去找她。她到天涯海角俺也得找到她。”她很坚决地说。急忙收拾行装，把徐兰兰两岁过生日时照片翻出来，托人印刷寻人启事。又把徐兰兰唯一的照片装在身上就出发了。她为了省钱和怕漏掉找到徐兰兰的踪影，不坐任何车辆。沿路一个村、一个乡、一个县地寻找和散发着寻人启事。从吉林、辽宁、河北、河南寻找到湖北、湖南。

转眼到了 1982 年。大约三年半的时间，她一路向南寻找到广东的广州市。钱也花光了，仍靠乞讨要饭度日子，不停地寻找着孩子。

就是在这个时候，我给张丽家里写的信和寄去的钱，全部一一给我退了回来。自此，我们这两个老同学再次失去联系，断了音信。

再说张丽她。一路上也经历不少的好事和烦心事。当她走河北任丘时碰上一位老大娘在路边躺着，她向前去："大娘您咋了？" 那位大娘睁开眼说："闺女，你能把俺送医院吗？俺难受。" 她四处看看，这儿离前边村庄少说还有几里路。"大娘，俺把您送前边村里中不中？俺是外地人对这儿不熟悉。" "中啊中。" 张丽看大娘答应就搀扶起她来。没想到大娘她腿摔着了走不了路，张丽看着大娘也挺可怜就说："大娘俺背您走吧？" "哎呀姑娘那……" "没事的大娘，来吧。" 她说着就把大娘拉上后背。"姑娘你慢点。" 大娘担心地说。"大娘你家在哪儿呀？家里都有什么人呐？" "哎，俺家就我一人了。女儿就在前边的村庄，俺就是来看她的。哎没想到啊走在路上被摔着了。" 两人说着走着。突然前边来了一个拉平车的，大娘在张丽后背上看见来人是自己闺女。"闺女快把俺放下，把俺放下来。" 张丽满头大汗不解地问："咋啦咋啦大娘？" "闺女闺女，俺闺女接俺来，快把俺放下吧。"

大娘的闺女接上她们，千恩万谢地请张丽到家吃了顿饭。张丽为寻找女儿就把寻人启事给她们几份离开了。

还一次是在湖南衡阳街上，她看见一个小男孩最多有五六岁在乞讨。"孩子，你愿意跟俺走吗？不要饭。" 看着太可怜就让小男孩跟着她走不再乞讨。那小男孩很聪明，一听就满口答应："阿姨中，俺跟您过。"

白天两人发寻人启事，孩子饿了就给他买好吃的，晚上俩人住在一起，亲亲密密有说有笑，不知道的人还以为是娘俩。她没想到，突然一天晚上小男孩趁张丽睡着时逃走了。可他什么也没拿不辞而别。张丽她担心这孩子的安全，四处寻找也没找到那男孩的踪影，一人只好继续散发着寻人启事寻找着女儿。

一天晚上，她在广州市街头，看见一个小女孩在那里哭。她还以为是自己女儿兰兰呐，急忙跑向前看是一个三岁的孩子。不是兰兰，兰兰应该有八岁之余了。不管怎样她还是收留了这个小女孩，先给她买好吃，又给她洗澡，换一身新衣服。她把这孩子当兰兰养着，晚上跟着她睡。"我想妈妈，我找妈妈。" 小女孩哭叫着，张丽耐心地把小女孩哄睡。

白天她领着这小女孩去发寻人启事。"孩子！她偷我的孩子，来人呐抓小偷啊！孩子……" 一位妇女喊叫着扑向张丽她俩过来。把张丽吓坏了，"啊？俺俺……俺没偷你孩子。”

“还说没偷？过来乖乖。”那妇女向前一把把那个女孩从张丽手中抢过去。“妈妈，妈妈。”那个小女孩喊叫着也一头扑进那妇女怀里。其实，这个小女孩是白天跟她妈妈到商场购物时自己走丢的，双方互相找不着，天渐渐黑下来，小女孩更着急，一人就蹲在墙角哭，正好被张丽碰见就把她领走。双方把事情说清楚解除了误会。“谢谢你、谢谢你，嘿嘿这一点是我们的心意请你收下。”那位妇女还拿钱来感谢张丽。“不用不用，我也是在找我女儿的。来来来，你们如方便帮俺费费心。”她说拿出寻找徐兰兰的寻人启事给了那妇女她们一帮人手里。“好好好，一定一定，我们一定帮你找到孩子。”

“麻烦你们了，麻烦了。再见再见。”张丽与她们分别走了。

又一天晚上，张丽她拿着手里的寻人启事发给路上来往行人。她看天色已晚，准备回小旅馆休息，当走到小巷里时，迎面来三个年轻人，他们看见张丽有三分姿色。“哎，姑娘你这是去哪儿快活呀？”她被那三个年轻人围住。“大哥俺寻找俺闺女的。您如方便帮帮俺。”她说从包裹里拿出几张寻人启事来。

一个人向前“拿过来你！”劫夺走她唯一的布包裹。“大哥、大哥，您把那寻人启事给俺呐！”张丽喊叫着求他们把包里的寻人启事还给她时，那三人根本不理会她，跑得无影无踪。

她被那三人抢夺包裹里所有的钱，幸亏她手里紧紧握住的寻人启事和徐兰兰的照片没被抢去，身上一无所有。

此时张丽她手里拿着唯一一张寻人启事和孩子徐兰兰的照片，彻底绝望了。她想到爬上珠江大桥跳江自杀，一死了之。

当她泪汪汪地站立在珠江大桥上时，望着滚滚流淌的珠江水，又看看马路上川流不息的车水马龙，再回头看这街道上霓虹灯下，江边走廊长椅上，成双成对亲亲密密的年轻人时，她的心动摇了，她自己安慰着自己：张丽你不能啊，你绝不能死！兰兰不能没有妈妈呀！兰兰她要是想妈妈来找你不在时，孩子她该多难过呀？你张丽想过吗？你替孩子想过吗？她不能没有妈妈！她如果没有妈妈，孩子这后半生又该怎么生活呀？张丽不能啊！你一定不能死！你要活着！你一定要活着，活得好好的！请相信老天爷会帮助你的，你一定会找到女儿徐兰兰的！一定，一定能找到她！

为爱寻找。张丽想到这儿，她又坚定地踏上了寻找女儿的路程。一边乞讨要饭，一边寻找着女儿……

其实，自从1976年那天在庙会上，徐兰兰就是被那两个狗男女用一个烧饼加肉给骗走的。“小朋友，你爷爷给你买的烧饼加肉，你吃吗？”那个狗男人笑眯眯地拿着烧饼加肉，在徐兰兰面前晃来晃去，诱惑她。“不，我妈不让吃别人的东西。”徐兰兰摇头很懂事的样子对他们说。

“是你爷爷给买的，让我送来给你吃的，爷爷他又给你买糖去了，你去不去找他呀？”徐兰兰总归是孩子，辨不清是非，加上那热气腾腾香气扑鼻的烧饼夹肉，不会不动心的。徐兰兰最终没能抵住诱惑，她天真地接过烧饼，跟随着那对狗男女就走。

当徐兰兰醒来时，已经在山东德州一户人家的黑屋里。这屋里还有五个同样被骗来的三至五岁的孩子。他们都互相不认识，只知道哭着喊着：“找妈妈，妈妈，我要妈妈……”一个稍大些的女孩，大约有五岁左右，她拍打着上了锁的门哇哇哭喊着：“我要妈妈！爸爸你快来接我呀！”

突然门被打开，那个狗男人领着一对夫妇进来，看一遍几个孩子后，二话没说，就顺手抱走一个三岁男孩。其实，他们是专门拐卖儿童的人贩子。

然后，那两个狗男女进屋来，女的嘴里嗑着瓜子得意地依靠在门框上，男的嘴里叼着烟，凶巴巴地冲孩子们央道：“你们都给我听好啦！从今往后，你们都叫我爹，给她喊娘。记住了没有？谁叫的嘴甜给谁肉吃，谁不叫就不给他饭吃，饿死他扔山里喂狼。听到了没有啊？”孩子们都被凶神恶煞给吓住了，紧缩着身躯，胆怯怯地哭泣着说：“听到了……”

那个女贩子上前一步，冲这几个孩子恶狠狠地又说：“从今往后！谁也不准哭着喊着找妈妈、找爸爸！俺就是你们的爸爸妈妈！听到没？谁要不叫俺就撕烂谁的嘴！饿死他喂狼！”

四个孩子被他俩吓唬得躲在那儿一动不敢动。

就这样，四个没有被卖出去的孩子，每天就随着那对狗男女到大街上、汽车站、火车站、电影院人多的地方讨要钱。这些孩子谁如果一天下来讨钱少，晚上就不能吃饭和睡觉，就要受惩罚挨打挨饿。只要找到合适的买主，那狗男女立马就把这些孩子卖掉，如果卖不掉的，就跟随他俩以讨钱为生。

这样，天复一天，月复一月，年复一年地过去了。

徐兰兰她们四个孩子中，其中一个男孩也被卖掉接走了。另外一个男孩儿在一天夜里，因得急病未能得到及时救治，眼睁睁痛苦地死了。就剩下徐兰兰和比她大两岁的小霞姐姐两人。由于女孩不容易被买主买走，她二人只能跟随这对狗男女度日受煎熬。

小霞姐姐多次带兰兰逃跑都被抓了回来，并受到毒打。小霞身上多处受伤，受伤的地方被感染化脓，脓疱露在外边非常痛苦难闻。可那对狗男女不但不给治疗，甚至看着还高兴地咯咯冷笑着说：“这样更好，更容易讨到钱！卖不掉？嗯！可以做我们的摇钱树。”这狗男女的心比豺狼都狠毒，把孩子们当成他俩讨钱的工具。

又几个月过去了，小霞身上的伤奇迹般地痊愈了。

1979 年的某天早上，小霞姐姐带着兰兰趁那对狗男女去医院看病之机，逃了出来。她俩躲避到一个废弃的砖窑洞里，等到天黑才敢出来，沿着铁路线摸黑往北方向拼命跑。两人相依为命。累了，藏铁路边的杂草堆里睡觉，渴了，跑到河边喝上几口河水，饿了，找到村里向农户讨要点吃的，下雨下雪就跑到桥洞里躲避。两个人谁都不知爸爸妈妈在哪里，小霞姐姐就知道家是东北的，沿着铁路打探着往东北方向走。

一天晚上，小霞和徐兰兰两人逃跑到沧州县城里的一个胡同口时，看到一个菜市场下班时清理出来的烂菜叶子。她俩知道那垃圾堆里有好多青菜叶能够充饥。又饥又累的她们，就跑到垃圾堆里捡菜叶吃。这时候，一位老奶奶也来捡菜叶，她看到这俩孩子破衣烂衫污头垢面的可怜样儿。她心疼这两个女孩儿，就将推着的旧三轮车停稳后，走近小霞和兰兰跟前询问道：“孩子，你们是这儿的吗？”。

两人抬头看是一位老奶奶，对他们没有什么威胁，边捡着烂菜叶边说：“不是！”

“那，你们是哪儿的？”老奶奶怕吓着孩子，压低声音关心地问。

“我们也不知道……”

“哦？家里是哪儿的都不知道？你们爸妈叫啥名字呀？”善良的老奶奶为不惊吓孩子，贴近她俩一边捡一边问道，“你们不是这里的？”

“嗯！”小霞姐姐点点头。

“孩儿，我也是一个人，你俩跟我走好不好？我就住在这儿，给你俩做点好吃的，好吗？”老奶奶笑呵呵地跟她俩商量着，并且说：“等你俩吃饱了，再去慢慢找你们的父母，好不好啊？”小霞看着慈祥的奶奶不像坏人，就点了点头答应道：“嗯，好吧。”

天，渐渐黑了下来，县城的路灯已亮。她们俩和老奶奶捡拾到不少的烂菜叶和烂土豆、烂茄子。老奶奶骑着旧三轮车把她们两个拉到住处。说是住处，不如说是被废弃旧机场跑道边上一个飞机窝更准确些。老奶奶用捡来的烂菜叶和土豆，给她俩做的热乎乎饭菜吃。也可以说，两人自逃出那俩狗男女的控制以来，转眼就有半年之久，这是她俩吃的第一顿热饭热菜。老奶奶也是一个流浪之人，常年住在这废弃旧机场跑道边上一个飞机窝里。这是日伪时期的旧飞机场，新中国成立后就被废弃没用了。整个飞机场也没有具体哪个单位管理整修，这样久而久之，成了荒凉废墟的无人区。白天无人来，夜间无灯火，整个旧飞机场成了个鬼场。

小霞和兰兰渐渐与老奶奶熟悉起来。老奶奶把他俩当亲孙女照顾着，她俩也把老奶奶当亲奶奶看待喊叫着。时间长了，她们彼此之间有了感情，心里也消除了隔阂，慢慢相依为命，已成为难舍难分的亲情。小霞和兰兰开始时，还有想离开去寻找爸爸妈妈的想法，奶奶的热情温暖感化了她们，后来渐渐忘记了寻亲的念头，和老奶奶搭伙过上了日子。从老奶奶内心也不舍得她们俩走，孩子还小，担心她姐妹俩在路上再遇到不测。

转眼到了1982年。某天夜里，徐兰兰和小霞姐正睡得香甜，奶奶的咳喘声把霞姐吵醒了，“奶奶，奶奶！您咋的啦？奶奶！”小霞姐看到奶奶趴在床头，大口咳喘并吐血，吓坏了已十岁的霞姐。她慌忙爬起给奶奶端来一碗热水喝。老奶奶吃力地对小霞说：“孩子，我恐怕不行了……你一定照顾好兰妹妹，早日找到你们家……嗯，找……找到你们的爸妈……”

“奶奶！奶奶！兰兰快！兰兰快起来！咱把奶奶送医院，啊！快……”

一个十岁、一个八岁的她们俩，在这深夜通往县医院的街道上用旧三轮车拉着奶奶一边哭泣着，一边喊着：“奶奶！奶奶你坚持住啊！”两个孩子只顾拉着车子奔跑，没有注意车上奶奶的反映。她们拉着奶奶跑到县医院急诊室门外喊叫医生，当班医生从旧三轮车上把奶奶抬到急救室，给老奶奶诊断时，发现老奶奶心脏早已停止跳动，嘴里还吐着血，早已死亡。

医生走出急救室来，对门口站立着可怜的小霞和兰兰说：“孩子，你们进来看看奶奶吧，奶奶她已经走啦。”小霞和兰兰听到奶奶死的噩耗，双双扑到用白床单盖住的奶奶遗体上，哭喊着：“奶奶！奶奶……你不管我们了？奶奶……奶奶……”她俩一声声的哭喊声在医院的急救室里回荡，让在场抢救奶奶的医护人员听得心里酸酸的，他们也都低头流下了同情的眼泪。

老奶奶去世后。小霞姐带着徐兰兰，骑着奶奶留下的旧三轮车，又走上了流浪乞讨的寻亲之路……

那正是：一帆风雨路三秋，骨肉家园来捣散。恐哭损残年，告宝儿，娘把儿悬念。自古偷窃皆有之，离合两界难团圆。从今分两地，各自保平安。儿已去，两挂牵。

张丽和徐兰兰她们都各自一方，在寻亲的路上，慢慢地互相寻找着对方……

第四十一章 | 何去何从

当我回到军校，同学们随着一个个分配方向和单位日益清晰，私下里多少都有些想法。特别是想留校的，想去首都北京的，都有些惶惶不安。就拿我们班二十几个男生里，姜春生突然神秘起来，行踪不定、满面深沉，甚至好几次都是熄灯号响后才急匆匆奔回宿舍。据传，系里给我们班一个去边疆支边和一个留校充实师资队伍的名额。

这消息陡然间激发起大家献身边疆军旅的热情，大红的决心书一下挂满了学员队大墙。每个人都不甘心落后，争先恐后表红心，要求去守卫边疆建设边疆。实际去支边，也就是去新疆导弹发射基地，与我们雷达兵相比不分彼此。

次日，吃饭时遇上了李保德政委，他只是问了一句："小方回来了？"打个招呼，其他啥也没说。我该何去何从没有任何消息，心中也有些发毛，可又不敢去乱打探。哎，等着吧！只有等待。

我在寻找梅儿的出发前日，给王公明大爷写了信，具体汇报了要毕业的情况。回来后收到王大爷他老人家的回信，回信中不同于往常的那几句客套话外，又多了一句"听从组织安排吧"。我看后也没多想，兴许是他老人家工作太忙，没时间闲聊的缘故吧。

晚饭后，我在操场上跑步锻炼。又一次看见姜春生提着大包小包的东西，匆匆穿过操场，往学校家属区的方向走去。心想，他是在为那个留校名额做努力吧？虽然这是我的猜想，但还是有依据的。记得有一天，我们系刚从外地航空兵部队实习归来。姜春生的那个漂亮女朋友来找他，两人在军校西阁街旁边的饭馆里吃饭，正好被我和巩常青、谢志平、陈娟、陈东几人撞见，"哎！春生，吃饭也不叫上哥们！"巩常青笑嘻嘻走到姜春生和他女朋友桌前逗趣地问道。"哦，哦，不好意思啊，她今天休息，刚到这……嘿嘿。"

谢志平还是拿出班长的范儿，急忙向前解围道："你们吃你们的，甭听小巩胡咧咧啊。"我们几个都看他女朋友。他女朋友羞涩地低下头不言语。"哎哎！你们吃，你们吃。"我扬起两手示意大家赶快走，到楼上雅间去。

从此，姜春生像是突然被激活了一般，常常笑容满面，时不时哼哼上两句曲调。他鬼精鬼地看看周围没人的时候，悄悄跑到我跟前低声对我说："小方，我的靓妹家里已同意俺俩的恋情。她全家都在彭城工作，要求我必须想办法留在彭城。”他还笑嘻嘻地拿出靓妹的美人照片给我看，让我参谋参谋。“嗨！真人都见啦，还看啥照片吗？”我又说：“你小子真中！这么漂亮的姑娘咋被你捞着的？”我不了解靓妹的为人如何，只能微微一笑说：“好好！祝愿春生你梦想成真！”据说姜春生老家是贵州山村的，家里很穷，在这里能找到彭城市的姑娘，是他梦寐以求的。

按理说，班上这个留校名额应该给巩常青的，他不但学习好军事素质过硬，而且他家就是彭城这里的。那如今，姜春生盯上了这个名额，巩常青可怎么办呢？一个系留校名额就这一个。难道，还要把家在本地的巩常青分配到外地去不成吗？如果那样，连我都为巩常青打抱不平。我看到姜春生蠢蠢欲动，却不见巩常青他有任何动作，此事好像与他无关。我很想提醒巩常青他这傻子，但又不知道该怎样开口对巩常青去说。要说我在班里这么多同学中，与巩常青的关系最好，无话不谈，我也很喜欢他直爽的性格。生活中，是非分明，无论男女生只要做得不对，他都敢直言不讳。在课堂上，敢于大胆提出与老师不同的看法，有时他想彻底弄明白这个问题的根源和会带来的后果如何，会把老师问得当场无法回答他，很是尴尬。可是，我如果把姜春生私底下活动留校的事儿告诉巩常青，又担心背后嘀咕人产生不好的影响。尤其是在这决定人的前途命运关键时刻，我不能挑起他和姜春生的矛盾，思来想去，那样做不妥。我为他着急担心，可巩常青他倒不慌不忙，稳坐钓鱼台，天天跟陈东忙着练习打乒乓球。

毕业前夕，余志队长对我们学员的高压政策有所缓解，不用每天出早操了，晚饭后也不用踢正步了，在体力训练上有些轻松。这样，大家打发业余时间的花样就多了起来。有的男生与别的系里的师姐师妹们偷偷摸摸谈情说爱去了。但此举动，绝对要保密的，学生在校是绝不允许谈情说爱，男女生之间的事儿也只能更加隐蔽；还有些“旱鸭子”想借此机会学习学习游泳技术，专门买了游泳衣帽和泳具，办一张学院游泳馆的优惠卡，学游泳去了；喜欢羽毛球的哥们也借此找对手比试比试球技，锻炼下体能；想学网球的同学也借此机会，置办网球拍和网球鞋，邀请高手练习练习网球技术。巩常青专门买了一副新乒乓球拍，天天喊着陈东去打乒乓球，俩人在球技上不分高低，互相有点不服气，总是想一比高低。

后来我才知道，正是为了我，他们两个先后辞去了一次绝好的分配机会。正是为了缓解毕业分配前躲之不及的心理压力，他们重新练起了乒乓球。

在这无聊的时间里，我信手写了一篇散文诗《毕业来临》：

同学们，时光荏苒，从我们身边悄悄走过。

岁月如歌，在我们心头深深铭记。

多少个日夜，我们一同经历成长，多少个朝夕，我们一起耕耘、收获。

就在那一天，是命运的牵引。

五湖四海我们相聚彭城，热血青年冲破地域的陌生聚到一起。

——五公里，我们跑过了匆匆四年。

一个厚实的脚步，丈量着我们同学的生活。

——紧急集合，在划破深夜的哨声里，我们学会了军人的机警。

从慌张到冷静，也明白了老兵的稳重。

驻训，我们奔走在山林，穿行于山村部落，坚持、再坚持、快点、再快点……用鲜红锦旗的荣誉，回答兄弟期待的眼泪和满身泥泞。

四年，过得很快，还记得操场上的摸爬滚打；还记得考试前的挑灯夜战；还记得节日里的笑声欢语；还记得电影场上拉歌的呐喊吗？

忘不了啊！忘不了初任骨干的紧张忐忑；忘不了参加竞赛的绞尽脑汁；忘不了去图书馆占位的那段百米冲刺；忘不了在玩笑中互叫的绰号；忘不了军姿标准的每一个动作浸满了拼搏的汗水和磨练。

这七月，注定是你我分别的日子。因为成长，更是因为你我的梦想，将要分别，竟然也会凝噎无语。

四年前，我拎着简单的行李来到这里。而今我要再次收拾行囊，踏上征程。酸甜苦辣尽化为不舍，困苦艰难也觉比蜜还甜。

走完了，我不再是这里一员。我舍不得，情同手足的兄弟；我舍不得，挥洒汗水的操场；我舍不得，拼搏奋斗的青春；我舍不得，传授我知识的老师们；我舍不得呀……

路，终归伸向远方……去开辟新的天地。

再见，我的恩师！

再见，我的兄弟姐妹！

再见，我的母校！

再见，我的彭城！

我的毕业分配说起来也是一波三折。北京的空军819研究所来人考核时，老余志队长叫来了陈东，让陈东去见北京用人单位给予推荐。也是，四年以来陈东已经在几家有影响的学术刊物上，发表了数十篇学术论文，他是个能写很有才的高才生。所以呀，比其他人更加有优势，有资格到北京工作。

可陈东对空军研究所选调人员说："我的志向是去酒泉导弹基地。我建议把这个名额给方晨晨同学。他是从东北边防雷达部队来的，是一个爱钻研的人，更需要有个研究机构发挥他的才能。对不起让你们失望了。"陈东就此拒绝了去北京工作的机会，告别北京研究所的来人，站起离开办公室走了。

余志队长又找来巩常青谈："留校的名额已经有人选了，彭城留不下，你就去北京工作吧，北京总比彭城强吧，怎么样？"巩常青有一秒钟的迟疑，而后笑着说："余队，北京那个研究所更适合方晨晨呐。再说，既然我不能留校跟家人团圆，我还是想回四季如春的昆明部队去。在这儿我谢谢您的好意啦！”巩常青也一口拒绝了去北京工作的机会，更没有去见北京空军研究所的来人。巩常青想，此处不留爷，自有留爷处，我干吗要听你们的摆布。

当时发生的这些事我一概不知。还是多年后，我在北京请空军勤务学院各位老领导吃饭时，老余志队长在酒后吐露出来的。他对我说：“小方，你别恨我啊，有一件事多次想给你说都没敢开口。今天我给你说，那年你们毕业分配时，我当时绝对是秉公办事的。调北京的一个名额，说实在的，陈东和巩常青都比你强。他们就不能多一些选择的机会吗？因为你有无故离校去东北、去广西找你对象的事情。那件事儿，可以说是严重违反学院规定的，是有违纪行为的。所以，当研究所来考察时，我公平公正地推荐了巩常青和陈东同学，这点请你理解。可是他俩谁都不愿意来北京，那只好你了。”

哦，时至今日，十几年过去了，陈东和巩常青曾为我做的一切牺牲，他们谁都未向我吐露过一个字、一句话。我从内心感激他们，真是我的好兄弟啊！我为你们做过什么？值得你们为我做这么大的牺牲！我想起这件事内心就深感愧疚。

我清楚地记得那天在彭城火车站，送别陈东的时候。我和郝明、陈娟都哭了，姜春生也红着眼睛，巩常青则笑嘻嘻的。他还与陈东开玩笑：“陈东这是迎接新的革命工作，肩负着革命的重任，又不是被发配，哭啥吗？革命军人流血不流泪，是不是呀陈东？”

陈东呵呵笑着冲我们说：“就是，我们还是有很多机会见面的。这点离别算啥吗？”他这么一说，我们几个更觉辛酸。

开车铃声响起，火车缓缓启动。巩常青对着车厢里的陈东喊：“我提的建议，你要给我答复啊。绝对的，答案只能是肯定的啊！”

我看见陈东的眼泪在眼圈里打转，他满含深情地向我们挥手告别。火车呜呜地起动离开了站台，它把陈东带走了。

我们几个站在那里并没追远去的火车，我转身望见巩常青这个七尺男儿也在悄悄抹眼泪。

时至今日，我与巩常青、陈东已分别三十多年了，不知道他们过得怎么样？说句真心话，从那时起我所认识的巩常青、陈东，是历史上最真情的男子汉！一时同学，一世兄弟姐妹。同学、战友情谊是永恒的，是没有血缘的亲人。

我一个人坐在空旷的集体宿舍里，看着一张张空床，心中五味杂陈。同学，就像一杯浓烈的酒，晶莹剔透，此心永鉴。这杯酒存在的时间愈久，回味就愈加绵长。那浓浓的意味，那爽口的芳香，令我们在相聚时，会汹涌澎湃，壮志不已。当离别后，会细流涓涓源远流长。人生，因缘而聚，因情而暖。花开了，会谢。时光走了，不会再来。做自己该做的事，珍惜该珍惜的人，别在乎太多！

次日北京，在空军司令部大楼内人员进进出出，一片繁忙有序的工作景象。大楼七层一办公室内传出洪亮的男性声音："嗯，我不管！你们一定把人才选好，空军首长几次来询问我从各个院校选调的人员情况。嗯，你们要抓紧呢……" 这是王公明副司令员的声音，也是我王大爷在给空军 819 研究所布置任务。

同时，空军819研究所邓选达所长在自己的办公桌前站着，向电话那边的空军领导："是！首长，我们已初选了这些院校的应届毕业生，已呈报给您处，请您尽快批示。"

"老邓，邓所长。你们这次不但从部队院校选人，也可从地方各大院校选调一些人吗！嗯，好好好！你们看着合适就行。空军首长要求尽快落实人选和这个项目的研究工作。你们一定要跟上改革开放的步伐吗。思想一定要解放。"

"是是是！请首长放心！我们一定抓紧，尽快让他们早日来报到，让这些课题项目早日上马。但是那些学生……" 邓选达所长手里拿着电话向对方表着态，又提出问题看这样处理是否可以？

王公明副司令在电话里说："对对对，对对！我同意，好好！你们一定要抓紧。"

数日后，空军 819 研究所邓选达站立在办公桌前，手里拿着已批阅完的文件，问站在他桌旁边的人事科刘清华："小刘，新分来的三位大学生，安排得怎么样啦？"

"所长，全部安排妥当。两位女生住一个宿舍，那个男生先一人住着，待再来新同志一起住。" 刘清华向邓选达所长汇报着。

"好！小刘，你是人事科长，要多关心他们，无论从政治上，还是业务上都让他们尽快熟悉情况，特别是熟悉他们的科研内容。时间不等人呐，空军首长对咱们这些课题非常关心和支持。对他们严格要求，一定进行严格的保密教育。对他们所充实的工作，上不告诉父母，下不告妻室儿女。嗯写信地址，就写北京市海淀区 57 号邮箱即可。哎，对了，他们暂时都不得休假啊！先工作。"

"所长，您选调空军勤务学院光学工程系的那位方晨晨同学，学院那边想留他当教员。您看……怎么办？"

"没事，那是我的老根据地了。我已给学院光学工程系李保德政委通电话啦，他们同意放。我再找学院朱政委和张院长协调一下，让他们尽快放人。你先忙吧……" 邓选达所长十分有把握地对刘清华科长说。

"是！所长。" 刘清华退出邓选达所长办公室。

彭城空军勤务学院这边，已确定回原部队的同学陆续地走完了。只有待分配的我们个别人还未动，等待着学院的通知。这个时候也是最自由的时候。

晚上，系宿舍楼里失去了往日的喧嚣，空寂一片。一轮圆月在天穹高挂，繁星闪烁。虽然不记得农历是啥日子，月亮却是圆的。我爬上高高的宿舍楼楼顶，找了块空地盘腿而坐。只有在晚上，一个人独处的时候，万籁俱寂，才是我和梅儿对话的时刻。

我把梅儿送给我的照片从钱包里掏出来，久久地凝视着……照片上的梅儿，齐肩短发，一身军装英姿飒爽。这是她冬天站在龙沙公园龙沙湖旁，微笑地看着远方照的相。那青黛的双眉，明净的眼睛，恬静淡泊的神态，真像一枝傲雪的梅花，开在严冬的雪地上，那么靓丽鲜艳！

照片后面工整的蓝色小字写着："送给我永远的哥哥——你的梅儿。"这是梅儿留给我的纪念。看着它我更加思念梅儿。梅儿！你在天上能看到我吗？能看我拿着你的照片在流泪吗？梅儿，你听到我对你说的话了吗？你看到我了吗？如果你看到我，你能不能给我点提示，给我点声音，哪怕是一点点也行。我静静地坐着仰望着无穷星海……

此时此刻，我的心境有感而发，赋打油诗一首：

南疆倭寇侵扰我，
你意赴疆卫家国。
那日匆匆离我去，
战中救友数几何。
春夏秋冬无音信，
问妻你可还好吗？
风吹过云飘来去，
地上花开又花落。
梦醒泪流湿巾衣，
仍不见君你归何？
等你盼你望断路，
寻你寻你无着落。
没有你的日子里，
我心如芜大壁戈。
没有你的日子里，
我人成为空躯壳。
寻你觅你不知何，
你可听见吗？
我的爱妻！
梦中呼唤千万遍，
你可听见吗？
我的爱妻！
望着星海和月亮，我心碎了！

我仰天长啸，梅儿！你在哪里？梅儿！你在哪里？

夜深了，我仍然静坐在楼顶的平台上，仰望着一朵朵白云，月亮时而藏在白云里，时而像与我捉迷藏一样露出笑脸……我感觉万分的孤独和痛苦。梅儿，让我轻轻呼唤你，让我静静闭上眼睛想念着你！

次日上午，系区队办公室文书王安宁跑来，“小方，你的信，我还以为你走了呢，差点给你转走。”

“谢谢你小王！我走时会把具体地址告诉你，以后还少不了麻烦你给转信呢。”

“不客气，你尽管吩咐。再见啊！”王安宁笑着转身走了。

我打开妈妈的来信。妈妈告诉我：“晨儿，姣姣和王建社已大学毕业，被北京选调走了。你毕业回东北之前，无论如何回老家一趟，把个人问题解决了……”这真是儿行千里母担忧啊。我知道妈妈的心思，她听说梅儿几年没了音信，又在为我的婚事着急操心呢。我妈一人在家也很孤单，我有点时间也应该回去陪陪她老人家了。

我找到系李保德政委，“嗯，李政委，我的分配去向定了没有？”李保德政委安慰我说：“怎么？小方你着急啦？不要着急，再等等。”

“政委，如果还定不下来，我想回趟老家，啥时候定下给我家发电报通知我，随时就回来，您看中不中？”

李保德政委听我说后，他沉思了片刻，“嗯……中中。小方到时候，你可不能拖延时间呢。”他同意我暂时回老家一趟。“政委请放心，您发电报，我即刻就回来。”

就这样，我又回趟老家，陪了可怜的老妈几天。

我刚到家里放下物品没稳下神，妈妈就急不可待找我说：“晨儿，你也老大不小了，是不是……”“妈，我知道您的意思，别说了。虽然梅儿她牺牲了，我不想马上找！”

“妈知道梅儿是个好姑娘，可是这都四年了孩儿。对越自卫反击战几个节段都已结束，王红梅这姑娘没有一点消息。说不定啊，人家姑娘早有……”王红梅牺牲和我前段时间去广西找梅儿的事情，没给她老人家说。妈妈她也不知道梅儿牺牲的消息，妈妈说的这些话，只是她在猜疑和遐想。

“妈！”我打断她的话：“梅儿一定还在，她说过的，要我等她，那……绝不可能……”我从内心不想告诉妈梅儿牺牲的真相，故意顺着她的思路去争辩。

“如果找不到梅儿，难道你就一辈子不娶媳妇啦？”

“是的！如果真的是那样，我宁愿打一辈子光棍！”

“哎……”妈妈无助地长叹一声，又惋惜地说：“晨儿，爱莲多好的姑娘。可你……可她和李小瑞已结婚了。这不，又生了个大胖小子……”

“毛爱莲和李小瑞结婚啦？还生了大胖小子？”我吃惊地问。在我的意识里，从我对毛爱莲性格的了解，她不可能看得上李小瑞这种人。

“嗯！是呀！”我妈点点头。

自从1978年我那次探亲回去后。毛爱莲她知道了我在部队找了一名军人，对她精神上打击很大，伤了她的自尊心。她知道我已有人，在等没多大希望，就这样才无奈地与李小瑞结的婚。

说真的，他们俩的结合是无奈，是被迫。

事情还得从那天晚上说起。毛爱莲在派出所值完班回到家，脱下外衣准备洗漱早点休息。

父亲毛东明看准是机会，推门走到毛爱莲的屋里，着急地就直奔主题。毛东明叔叔是老公安出身说话很直爽，自从毛爱莲她妈孙晓群去世后这么多年，他可是既当爹又当妈的照料着毛大臣她兄妹俩。毛大臣复员回来，安排了工作成了家。就等毛爱莲结婚成家，就算是了却他老人家的夙愿。

平日里，他们父女两人都在公安系统工作，各自都很忙，也没有多少时间坐下与女儿爱莲好好谈谈她的婚姻大事。可县医院李常新院长托媒人多次找他说爱莲和李小瑞的婚事。开始他没太在意，并且他也听说爱莲闺女对李小瑞不太满意，也就没过多干涉她的婚事，他也想让女儿找个称心的男人。

这事还是在他前些日子得病住院时，儿子毛大臣说的一句话，刺痛了他的心：“爸，爱莲如果结了婚，咱们家该多好啊，也好让我妈在九泉之下安心啦，是不是爸？”儿子的话，促使他毛东明要尽快下决心，把女儿爱莲的婚姻大事办了，这也好给死去的爱妻孙晓群一个交代。

他和蔼地问毛爱莲：“你和李小瑞的事考虑得咋样了？”毛爱莲见父亲又问她这事儿，只好仍旧回答：“我还没考虑好嘞。”

“这么个事儿，你还要考虑几年咧？”

“爸……”

毛东明挥手打断女儿的话，耐心地说：“闺女，你听爸一句，这门亲事很不错的，你也老大不小了，差不多就中啦！据我了解，人家李小瑞也在学医，家庭条件也不错。为你的婚姻大事我和你哥你嫂一家人都很着急，现在就等你一句话。”

毛爱莲真痛苦。她最近不愿早点回这个家，就是想躲避他爸说的这个烦心事儿。想不到她这么晚一跨进门，就被她爸给堵上了。不过，爸爸这把年纪，平时在家即当爹又当妈的，他确实不容易。再说爸早早给安排好工作，不就是想……毛爱莲怎忍心伤他老人家的心？想到此，毛爱莲她很礼貌地说：“爸，我知道你的好意，但我……”

毛爱莲不知该怎么说。自我方晨晨在部队找了对象王红梅开始，这已经一年多过去，可她还是不甘心放弃我……不甘心归不甘心，我和梅儿的事实已明摆在那儿，是不会再与她结合了。毛爱莲她从思想上也慢慢恢复了一些，接受了现实。她也不愿意再伤老父亲的一片苦心，再伤自己，也不想继续再把这伤口抓得血淋淋的。

毛东明看毛爱莲还是原来的样子，就只好把这件事背后的“那种意思”往外挑了。他耐心地对毛爱莲说：“闺女，你可不知情啊！李常新院长是咱家的大恩人呐，咱家一辈子都报答不完的。嗯是这样闺女，‘文化大革命’中你妈自杀后，我当时还在农场改造，因过度生气和伤心，得了严重的肺结核病，整天不能吃不能喝，还咳吐血。农场劳改人员中只有李常新他是医生，那时候他也是‘臭老九’、被改造对象，和我们关在一起。我病得那么严重，造反派们还要拉我去游乡批斗。”

“这时李常新就跪下乞求他们不能这样，否则我就完蛋了！造反派们根本不理睬他。你常新叔就跪在地上啊闺女，他一个大男人向造反派们苦苦哀求才得以同意。他又请求替代我去受批斗游街！那时候他晚上被批斗一天回来，还不顾一切地熬中药给我喝。私下里给我说：‘毛大哥你可不能死，你要是再有三长两短的，留下两不懂事的孩儿可咋办咧？毛大哥，我一定会想办法治好你的病，让你身体健健康康的。’”

“的确闺女，经过他半个月时间的精心治疗，我活过来了。哎！闺女，如果他不给我精心治病，不替我去受批斗游街。那后果，我不用说你也会懂的吧？哎，闺女，你要是拒绝了这门亲事，我……我，哎！”毛东明说到动情之处，手都有些颤抖。他又无奈地长长叹了一口气，不想再往下说了。

毛爱莲被爸爸的一番话给镇住了。天啊！她没想到，在这门亲事的后面还有这么重的人情啊？她一下子不知如何是好，脑子重新被搅得天昏地暗。那一幕幕往事又在她眼前重复出现……

爸爸妈妈被批斗游街；妈妈自杀身亡，她和哥哥哭天喊地却无人理睬；爸爸在农场小土屋里咳嗽吐血，李常新在给病入膏肓的爸爸喂汤药……

毛东明见毛爱莲陷入沉思不语，又说道：“哎，闺女，我先走了，你好好考虑一下吧，咱得知恩图报啊！”毛东明又扬扬手，“闺女你早点休息吧。”他难过地离开毛爱莲屋子。

毛东明出了门以后，毛爱莲仍旧手里拿着牙膏牙刷呆立在那儿发愣。

她突然醒悟：哎呀！事情原来是这样啊！早就觉得爸爸对李家有什么亏欠。原来有这么深的恩情在里边，所以爸爸一直都没明确提出反对意见，始终都是在观察我的态度和表现。

毛爱莲她内心又像狂风暴雨一般翻腾起来，“这叫俺咋办呢？”在她的心中父亲像座山，屹立在她的身旁。父亲又不是山，父亲如一棵老树，岁月的沧桑书写在一道沟壑纵横的皱纹里，五十七道年轮在他的生命中清晰昭然。

毛爱莲心里在想：我的老父亲！我们总是向你索取，却不曾说谢谢；每次离开你，总是装作轻松的样子；直到今天，才懂得你不容易。您是世界上最严肃的那个人，也是最爱护我的人。供我上学，给我安排工作。平时给我买最喜欢的衣鞋穿，就是买一毛钱的水果糖，也是给我吃。爸爸您也是最孤独的那个人，母亲去世后，您拒绝了多少好心人给你说媒介绍老伴。可您为我和哥哥不受伤害，没有另娶他人。沉重的父爱，我感受到了吗？父亲不是山，却使人仰视！

毛爱莲她心疼爸爸，她愿意为爸爸去偿还这份恩情债。可是，她并不爱李小瑞呀！怎么办？怎么办呐……

第四十二章 无可奈何

夜深了，毛爱莲陷入深深的痛苦和矛盾之中。一个女孩儿冲毛爱莲说：不能答应这门亲事！因为你毛爱莲从内心就不爱李小瑞，你爱的人是方晨晨；可另一个女孩儿，又劝毛爱莲：你别傻啦！方晨晨早已定了部队女军人了，你就死了这条心吧，再等也没戏；还有一个女孩儿也对毛爱莲说：你呀，你一生也许不会再碰上一个称心如意的人啦。你最终还要和一个自己不满意的人结婚，这是你命中注定的，逃脱不了的。依我看呐，那还不如趁早就把这门亲事应承下来和李小瑞结婚安心过日子算了；又有一个女孩儿在一旁插嘴道：就是就是！这样你们家就不亏欠这份恩情债啦。嗯，也了却了你老爸的心病，这不是一举两得的事吗，还犹豫啥嘞吗？

女孩子们的七嘴八舌，说的毛爱莲心也开始动摇，她无法支撑如此巨大的精神压力。当然，除受客观社会压力外，她主观上的素养本来也不够深厚。是的，她现在还不能从更高意义上来理解自身和社会。尽管她是一个正直善良的人。懂事，甚至也有较鲜明的个性，但并不具有深刻的思想和广阔的眼界。因此，最终她毛爱莲还是不能掌握自己的命运。毛爱莲经过一段波澜起伏的爱情周折，最后还是没有逃脱她不情愿的结局。她想亲近的人远离了她；而她想远离的人终于没能摆脱掉。

从古到今，人世间有过多少这样的阴差阳错？这类生活悲剧的出现，不能简单地归结为一个人的命运，而常常是一时社会的各种矛盾所造成的。我会不会遭遇与毛爱莲同样的结局呢？我心里惶惶不安起来……

早饭后，我在看书。妈妈买菜回来，以最严厉的语气说："华晨，有个姑娘，你见也得见，不见也得见！现在由不得你了，我的儿子我做主。"我看妈说话的语气和脸部的表情，妈对我个人婚姻之事真生气了。我不敢犟嘴，不敢惹她老人家生气，她孤单单在家里也不容易，只有诺诺连声答应下来才是。

热心的朱阿姨过来对我介绍说："孩子，这姑娘是咱县城新华书店的营业员，人长得俊俏，小你一岁，她非常稳重，不爱说话。还有个妹妹上高中，父亲是现役军人，在县武装部当副部长，和你邱叔叔是同事。"

初听这个消息，我一点感觉也没有，反倒使我更加想念我的梅儿，梅儿小我一岁，她是军人，她爸爸妈妈也是军人。知子莫若母，妈妈在一旁宽慰我说："知道你对那个王红梅姑娘有感情，总放不下。所以呀，我和你朱阿姨商量，给你介绍这个姑娘和王红梅长相差不多。最后答不答应你说了算。嗯，今个儿呐，看不看你必须听我们老人的安排，去见上一面，也好给人家有个交代不是。”

妈妈像领导给下级布置任务一样，继续对我说道：“见面地点，安排在县红星电影院，你们一起看电影，互相见个面，同不同意都等回来说，不要太那个了。”

朱阿姨又特意叮嘱我：“孩儿，你是军官又是大学生，你见了人家姑娘自然些，大方点。嗯，你是见过世面的人，见了姑娘主动些，心里是否中意，面上还得说些好听话是不？小伙子嘴甜点没啥不好的。哎！可不能傲气呀，更不能像木头橛子似的一脚踢不出个屁来。大胆点，这么帅的小伙子，我相信你会让这姑娘动心的。”我听着朱阿姨的意思，心里就有点不爽！好像是我找不着对象，非求着姑娘似的。什么？在姑娘面前还要放下架子，主动出击啦。

“对！晨儿，你见到人家姑娘主动些，啊！你可千……”

“妈！”我生气地打断妈妈的话，又冲妈妈撒娇似地喊道：“我知道了妈！”好像我方晨晨找不到对象，去求婚似的，妈的话我不想再听下去。可我又不敢，也不想在两位老人面前摔面，只能强装笑脸应到。妈的心思我明白，早盼望我找个对象，经多人介绍，都没能达到她理想的儿媳妇标准，这是比较中意的一个。她总是以毛爱莲的标准来要求别的姑娘。就这一个，也是她看了多次，对人家姑娘家庭不知询问打听了多少人，全部了解清楚了，心里较满意了，才开始动员我出击的。

妈妈又耐心地对我叮咛道：“那姑娘姓刘，叫春燕，她就坐在你的右手，千万不要搞错了。你也可以什么都不说，主要是先见个面儿，看看互相的印象，别的事回来咱再说。”

朱阿姨是邱叔叔的夫人，是邱童童的妈，我们两家关系很好。我小时候，朱阿姨也很疼我，是看着我长起来的，我也听朱阿姨的话。我和邱童童是同岁，邱叔叔在“文化大革命”中也被打成“走资派”，和我爸一样被批斗劳动改造。现已平反，恢复原职。邱童童他靠父母的老关系，也被安排在县工商局工作，已结婚两年，还生了个大胖小子。我妈看到朱阿姨抱孙子，心里也是痒痒的。

我在激烈的思想斗争中走进影院，电影已经开始了。我在影院引导员手电筒光亮的导引下，找到了自己的座位坐下。才明白是新上映的电影，名字叫《凯旋在子夜》，影院里鸦雀无声。在我的左边和右边各有一位身着草绿军装的姑娘，右边的年纪稍长，由于戴着口罩看不清面庞，眼睛始终盯着屏幕，我的到来似乎没能引起她的丝毫注意；左边的姑娘略小些，圆脸大眼睛马尾辫，表情丰富。银幕上不断出现激战的战争场面。不由我想起梅儿，也很想从战斗的画面中寻找到梅儿在战场上抢救伤员的影子。我看着看着一个个年轻鲜活的生命就这样瞬间倒下，永远地离开了父母和兄弟姐妹，离开了战友。他们为了人民的安宁，为了祖国的大好河山完整，把自己的热血洒在那里，把自己的身躯埋葬在那里。我心里想念梅儿，我哭了，泪水从我的眼眶里涌出。此时，我左手的小姑娘借对电影某些情节的看法，偷偷看我一眼，向我右边的姐姐说道：“姐，我高中毕业，也要去当兵，上战场！”右边的姐姐转脸瞄我一眼后，急忙又收回没有言语。她管她叫姐，原来是姐妹俩。我注意到，每当妹妹探过头和姐姐说话的时候，眼睛的余光都在我的脸上扫一下。这是为多看我一眼，没话找话。而那位姐姐仍目不斜视，对妹妹的话语也不吭气。我受不了这血腥风雨刺激的战争场面，梅儿就是牺牲在这种环境中。梅儿，我太想梅儿了……不看了，我站起身很礼貌地离开座位，离开电影院。

说心里话，我倒觉得那个妹妹很像我的梅儿，而那个不苟言笑的姐姐，我有一种陌生甚至厌恶的感觉。她的高傲刺伤了我的自尊，什么呀？你看不上我，我他妈地还看不上你呢！不敢想象，和这样女人相伴一生，还有什么幸福和快乐而言。

回到家中，当母亲和朱阿姨问我都和姑娘说了什么话时，我硬邦邦地回答说：“哼！人家根本就没看我一眼。”

“怎么会呢？都说好的呀！”朱阿姨半信半疑地说。

“怎么会呢？哼！这是咋说咧？我怎么说要貌有貌、一米八的帅小伙儿吧，又是军校毕业的革命军官。呵，她戴个大口罩，看都没看我一眼。她以为她是谁呀？一个县武装部副部长的女儿牛哄哄的，难道她长得像天仙女那么漂亮不成？漂亮的七仙女还爱穷苦人董永呢。啊？她甭看不上我，我还没看上她呢！”我故意装作生气的样子，向妈妈描述了看电影时姐姐的样子和姿态。

母亲长叹一声说：“哎，婚姻都要讲个缘分，强扭的瓜不甜。明个儿让你朱阿姨去问问人家姑娘是啥意见。”

“好，我现在就去。”朱阿姨急脾气，说去就去。

“哎，她姨！人家如果不同意，千万别强求啊！俺孩儿不是找不到媳妇。”母亲这话我爱听。

爱恋的梅儿，我和她那才是千里姻缘一线牵呢。我心里只有梅儿，不想有任何人占据梅儿在我心中的位置。虽然梅儿她已牺牲，但她在我心里还活着，梅儿她没有死，永远伴随着我！

次日上午，我在家里收拾东西。“晨儿，华晨，你学院来电报啦！你看，让你接报后速回学院呢！”妈妈兴奋地拿着电报从外边回来。

电报上写道：“接报后，速回。”

我妈还是担心我的婚事，一边急忙帮助我收拾着东西，一边说：“那边儿也没个回话，是同意还是不同意？你朱阿姨也不来说声，给俺个准信。”

“妈！我不想找了。”

“啥？不想找？是不是还想着王红梅姑娘啊？傻孩子，她不是已经牺牲了吗？你还想……”

“妈！再说吧，啊。”我对妈妈使了鬼脸说。

对于我的个人问题始终没有解决，不是不想解决，而是没有那个心思。虽然梅儿牺牲了，可是我总不甘心。不是有那么一句话吗：“曾经沧海难为水，除却巫山不是云。”诗中的意蕴恰恰是我那时心境的写照。

晚上，我探家回到学院系里，整栋学员宿舍楼静悄悄的。我由于乘火车长途的奔波，人非常疲劳，回到宿舍简单洗漱就睡下了……

一片大森林，云雾廖绕，晨光穿过森林，照耀着树林，树林中射出一道道霞光。哥，哥……哥！我在这儿呢。梅儿在喊我，她躲藏在一棵大松树后面，似隐似现，清晰地听到她咯咯咯的笑声和喊叫声。我着急地奔跑在森林中，晨雾的霞光里四处寻找，我大声地呼喊着：梅儿！梅儿！自己把自己喊醒了，我原来是在做梦，一场梦。

第二天一早，老乡谢志平班长来向我告别。他听宿舍管理员张大爷说起昨晚我探家回来了，他过来给我说：“小方，我要走了，听说你昨晚很晚探家回来，辛苦了！听说你分配到北京一个研究所了，向你祝贺啊！”

“嗨！我还没接到通知咧，光发电报让我回来，没说分配到哪儿。哎，老谢你分配到哪儿了？”我关心地问他。

“嗯，我被分配到保定的一家军工单位，档案已调走。今天就去保定军工厂报到。哎，小方，前天我听李保德政委说你调北京了？以后咱们比较近，保持常联系啊！”

“好啊！如果我到北京工作，咱们比较近，一定常联系。哎！老谢，你怎么不去北京呀？”

他苦笑了一下，摇摇头没说什么。

我把谢志平送到盐城开往保定的火车上。

谢志平走了。

送走谢志平，我回到学院系宿舍时，本系办公室文书王安宁来找我说李保德政委找我谈话。

李保德政委见到我，很客气地说：“小方同学，祝贺你呀！我正式通知你，你被空军 819 研究所选调到北京去工作，请你准备准备，到学院政治部人事科办理人事关系，抓紧去北京报到吧。一些具体事项，人事科的同志会给你交代的。”

我听后兴奋地说：“谢谢政委！感谢您的关心和帮助，我会努力工作，一定不辜负您的希望！”

“好啦！不用客气啦，抓紧去办理手续吧。”李保德政委笑呵呵地把我送出他的办公室。

我跑到学院人事科办理手续时才知道，学院为了加强师资力量，扩大师资队伍，从各系学习优秀生中留一名学员。准备再经过一年的集中学习培训后，充实到各教研室教师伍中去。我，因为空军 819 研究所执意要调走，学院只能以大局为重，把我留校的指标不得不重新选择了他人。

我太激动了，没承想这么个大馅饼砸到我身上，是苍天眷顾我，还是梅儿她在天堂帮助我？我这个无背景无靠山的农村孩子，做梦都未敢想能去北京工作。太不可思议呀！是哪座寺庙里的神仙显灵啊？是哪位贵人在暗中帮助我？百思不得其解。

我回到宿舍收拾好行装，向系政委李保德、余志队长告别，向为我们辛勤耕耘传授知识的老师们一一告别。我依依不舍地告别彭城，告别空军后勤学院。

踏上了北去的火车……

在北去的火车上，我望着窗外广阔的田野，回想起在校这四年曾发生过有趣的故事。

具体说临近毕业的前半年。我们班上晚自习课，没有到齐过，老师和队长、政委他们都心知肚明，睁只眼闭只眼就过去了。节假日和星期天就更是如此。但是，学院明令禁止：学生在校学习期间不许谈恋爱。如果谁谈对象，被学校发现是要处分的，严重的甚至会被开除学籍。

可这事儿真在我们班里发生了。那时寒假刚刚结束，在正月里，虽然已立春，苏北的天气已然寒冷。那天，张学智悄悄告诉我，帮他向班长和老师请个假。他对象是华东医学院的，国家派出一个医疗专家小组要赴南非三年时间开展救助工作。他对象被选上了，明天到北京去报到，今晚乘坐火车来彭城要与他见上一面。这一走他们三年后才能见上面，无论如何他都要去接她对象来学院住上一夜。张学智本想让对象住学院内部招待所的，但招待所规定住宿必须有系领导批条才行，他又不想让领导知道此事。想安排到市里宾馆开房吧，可是又要结婚证，没结婚哪来的证？并且，张学智的对象在电话上告诉他不要费事，吃个饭，见个面，晚上十一点半的火车，还必须走，明天一早得赶到北京卫生部援外处报到。张学智想和她多待段时间，也正好今天又是他对象的二十五岁生日，要好好给她过个浪漫的生日。于是，张学智和对象两人找了彭城最好的罗马赛克斯西餐厅。

酒足饭饱后，张学智感觉还没尽兴，看表时间还早，他就把对象带到学院里来了。彭城夜里还是很寒冷的，学校大院里也是没有避寒的地方，他又不想让系里领导和同学们知道此事，不能往集体宿舍领。为此，他就把对象领到一座被学院废弃的试验楼里。这地方我们都熟悉，平时没有人来，临中期或末期考试时，需要背诵默记课文，也需要一个安静的环境，个别同学才跑到这里复习课文。晚上没电，同学们就点蜡烛照明。

张学智知道这个地方，也知道这里被扔掉的剩余蜡烛也很多，他就带着对象上了这栋二楼的空房里。他把蜡烛一个个点上摆成心字，又把地上的旧垫子铺好。俩人喝了些洋酒，一经凉风吹过头有些晕，他看着烛光里的对象，心花怒放，心潮澎湃，热血沸腾，他一下把对象扑倒在垫子上。对象来此，也是想和张学智亲热。要不，她们之间还要再等三年后才能见面。张学智的冲动，他对象也没有反抗拒绝……

谁知道，在俩人刚进楼时，就已被学院巡逻的警卫战士小丁和小李发现了。两个小战士一路跟踪到此，他们悄无声息地从一楼各房间查找到二楼各房间。等到达走廊最顶头边上的房间里发现了他们俩。此时，两位战士没有上去打扰，而是兵分两路。小丁先下楼去报告警卫排长，小李在远处盯住那房间的动静。

当警卫战士小丁带着排长冲到房间时，张学智和对象两人正亲热着进入高潮。就此，他们俩被当场抓了个正着。

警卫把张学智和对象带到院务部警卫连值班室，排长问清两人的具体情况后，已是深夜十一点钟。排长为不耽误女同志赶火车，当即先放女同志赶火车去了。学院知道张学智此事后，准备要做严厉处理，树个反面典型。我们系李保德政委了解内情后，专门向院领导汇报并求情，才把张学智领回系里。系里对张学智只是作了批评教育，大事化小，小事化了。可是，学院保卫部门和个别校领导就不同意这样处理。死抓住此事不放，要求系里必须开除张学智学籍，送回原部队处理。说实话，20 世纪 80 年代初期，个别院领导受“左倾”思想影响还是很严重的，总是想把一点小事做大，彰显他们的权威和势力。要是在 21 世纪的今天，张学智的事情算什么呀?

我们班里同学一听说张学智要被送回原部队，开除学籍。大家议论纷纷，都在为他打抱不平，深感惋惜。说归说，谁也无能力还他一个公平。

后来听说，张学智回到原部队就被处理转业了，这几十年都没有他的消息，非常可惜的一个人才。张学智的音乐天赋很高的，每到星期六学院法定放电影日子时，各系学员列队带着统一配发的小马扎凳子，列队前往露天电影场看电影。在电影开演前，各系之间，各学员队之间，会掀起热烈的拉歌比赛，互不相让，竞赛歌声一浪高过一浪，形成赛歌浪潮，也成为学院放电影前的一道景观。有部队生活经历的人都知道，就是两个以上的团体之间，一应一和地相互比赛。比的不是歌唱的水平如何，比的是气势。在这样的场合，军校师生们大多激情澎湃、斗志昂扬，唱得热血沸腾、气冲霄汉。不知是谁挑衅地喊了一声：“光学工程系的来一个！光学工程系的来一个要不要！”每到这时，张学智就主动冲到队伍前，指挥大家高歌几曲。于是同学们迎战，或是挑战，在张学智那嘹亮清脆的嗓音的领唱下，准能大获全胜，使对方不敢应战。

自从张学智事件发生后，在学院里再没发生过像张学智同学那样的事情。但也并不是像有些领导所说的那样“杀一儆百”，起到了很好震慑的效果。我知道，就在张学智事件处理后的高压政策下，有些人只是做得更加隐蔽，更加保密罢了。我们班里还悄悄地成功了三对情侣。不过，这是在临毕业前才半公开的。还有隐藏着的，没有暴露的不知还有几对呢？就拿我们光学工程系二班的金宝明来说吧，他找了学院院务部郝副部长的女儿，叫郝俊秀，在彭城上班，到毕业离校他金宝明的恋情都没泄露一点点。还是金宝明毕业回济南某航空师办理调空军后勤学院当教员的手续时，大家伙才得知此事。这保密工作做得多好！

还有一个有趣的人,我永远不会忘记。他就是我们三班刘林同学,他二十三四岁，陕西宝鸡人，个子一米七三，体重达一百六七十斤，上身短粗，腿倒长，穿着四号军装上身还显长一节，可裤子不够长，穿上去明显裤子短一节，军需部门称他为特体人。圆脸胖乎乎的，理发爱理小平头，爱吸烟，他的口头禅是“无所谓”。班里同学对他不提大名，只要一提“无所谓”都只知道是说刘林的。每当出操跑步，刘林都是最后一个，气喘吁吁的。系医务室的许大夫多次提醒他节制饮食，可他呢，只要往餐桌边上一坐就全忘了。你说咋整吧，这么个人，简直就像个小孩儿，记吃不记打。我们大家也都好心劝他,他刘林总是嘿嘿一笑,带着陕西腔调说“无所谓。”还振振有词地对我们说:“我从小在农村长大，做梦都想吃这么好的东西。当兵前，我放过羊，做过筛炭工，当过泥瓦匠，从来没有吃饱过。嘿嘿，我了当兵提干又上军校，这么多好吃的，不多吃点多亏？吃胖点无所谓。”

一次,系里组织学员五公里全副武装的野营急行军拉练。大家伙包括女生在内，在余志队长的带领下，争先恐后地跑完了全程，往回返时，他还大汗淋漓气喘吁吁地才跑到向前三公里处。余志队长生气地批评道:“刘林！你跑不完五公里就甭回来。”结束后，系里对这次野营急行军拉练进行总结时，点名批评了刘林，我们同学脸上都有些挂不住。班长谢志平担心他想不通，找他谈心做思想工作时，他仍笑呵呵不在乎地说:“无所谓。”

第一个学年的“八一”节前夕，全院进行卫生大检查，包括室内卫生。全院动员大扫除，铲除院各个角落杂草杂物。擦拭教学楼、宿舍、新实验楼的门窗玻璃，整理内务，脸盆里的洗漱用品摆放，床上被子叠成豆腐块，床下鞋摆放都用尺子丈量。刘林看着这些，不高兴地发牢骚道:“我是来学习知识的，不是来干这一套无聊的杂活的，要干活回部队去干！”他一百个不在乎，也不行动。大伙为班里的荣誉帮助他收拾、替他干，可他坐在一旁手里摔着擦布，嘴里叼着烟，理都不理睬大家，表现出一副“无所谓”的样子，谁也奈何不得他。

还有，学院每到夏季进行灭蝇虫活动。学院给每人分配灭二百只苍蝇的任务，还必须以实物为证。否则，光报虚数不算。同学们为早日完成任务，牺牲中午和星期天的休息时间。有跑厕所去抓苍蝇的；有跑市里卖肉副食店去抓苍蝇的；还有人跑到彭城肉联厂去抓苍蝇的。大家是八仙过海，想尽办法完成或超额完成抓苍蝇的任务，为班里夺取灭苍蝇卫生小红旗称号各显其能。可刘林他无动于衷，除到教室和宿舍寻找以外，他哪儿都不去。他还责怪我们大家道:“哼！你们都不是实事求是！纯粹是形式主义的东西，学院号召灭蝇虫活动，是为学院教室宿舍食堂有个良好的卫生环境。可你们倒好，跑到市里肉联厂去抓苍蝇凑数，那能达到学院卫生无蝇虫吗？净扯淡！”我们班谢志平班长为完成抓苍蝇总数量第一的目标，为班里在本系中夺得“无蝇虫卫生小红旗”荣誉，只好让其他同学多抓些苍蝇弥补上刘林这个缺数。

至此，无论刘林走到哪里，大伙对刘林这“无所谓”的窃窃私语就议论到哪里。班里女生私下说他是“怪物。”

“各位旅客，我们的首都北京到了，请拿好自己的行礼物品，按顺序下车。”列车广播员一遍遍地广播着。

我背着行囊随着人流下车走出了北京火车站。

第四十三章 | 初出茅庐

我乘坐 106 路公交电车到航天桥站下了车，行李背在身上，手里还提着一个大大的军用旅行包。按照学院人事科给的地址，我一路沿街走着，寻找空军 819 研究所的门牌。八月初的北京，虽然还只是早上八点多钟，但天气已是很炎热了。马路上车水马龙，汽车的喇叭声，伴随着路边人行道上男女妇幼的嬉闹声，呈现出一派大都市的喧嚣氛围。不顾这些，我只顾向前，尽快找到研究所。

“方晨晨！”

忽然听到有人喊我。

我循声找去：“嘿！王丽平？”我放下包冲她惊奇问：“你怎么在这儿？”

她嘿嘿笑着跑到我跟前，望着我俏皮地说：“接你呀！”

“接我？你怎么知道我来北京？”

她没解释，问我：“你这是刚下车还没吃早饭吧？走走！我带你去吃点早饭。”她一边说着，一边弯腰提起我地上的旅行包。“不啦！我还是先到单位报到吧。”我伸手去夺她手中的包。“已经来到了，还急啥？先吃点东西再说。”她一把拉住我的胳膊就往路边卖早点的小饭馆走。我坐了一晚上的火车，又斩转了几回公交车，这么长时间肚子也确实有点饿了。

我们坐下，她要了三根油条，一碗豆腐脑，忙示意道：“你快吃吧，我已吃过早饭啦。”

我一边吃着，一边好奇地问：“王丽平，你不是回沈阳了吗？”她嬉皮笑脸地冲我嘻嘻笑道：“我呀，要是回了沈阳，怎么还能见到你呢？我呀，分配到这里啦！”“分到这儿啦？哪个单位？”我愈加好奇地问。她正屈身看我大口吃饭，听我问道后，身体往上挺了挺，自豪地笑着说：“空军 819 研究所呀！就在这儿旁边不远处。”

哇噻！天下竟有这等巧合？没等我再问下去，她开口道：“哎！晨晨你分配哪儿啦？咱俩不会是一个单位吧？”她看着我心疑地问。“是，我就是来 819 研究所报到的……”我嘴里吃着东西低声回应。

她听后“啊”的一声站起来，把周围吃早点的几个人吓一跳，都扭头看我们俩。我赶紧挥手：“快坐下。”她也感觉有点过分，赶紧坐下来，低头用手捂着嘴嘿嘿笑。

她笑得我有些莫名其妙。我对她送去略带惊讶的眼神儿，笑着问她，“王丽平，你怎么调这儿啦？”她很不以为然地说：“嗨，是我姨夫在总政给帮的忙。”“哦，你姨夫？”我惊奇地。

“嗨！我父母都在沈阳兵工厂。说是沈阳，可实际上是在本溪县的大山沟里，四面环山。哼！穷山恶水。距离沈阳还有八十多公里呢！我毕业后才不想在回到那穷山沟里，像父母一样在那里扎根一辈子，贡献完青春，再献子孙。我从毕业前，就开始给姨夫写信，几次写信他都不肯帮忙。这一毕业，我就住到北京他们家里，向姨夫软磨硬泡十多天，姨夫他才松口。这不，他就联系了空军领导把我给安排到这儿来啦！”

哦！原来是这样的，看来我这同学软磨硬泡的功夫还不弱。吃罢早饭，她执意要帮我拿旅行包，整的我一个大男人怪不习惯的。走出饭馆，王丽平指着对前面的一个很气派的大门说：“那就是咱们单位。”

“你对这儿很熟悉呀？”

“嗨！我也是刚来报到两天，不太熟悉。”

我们俩一边聊着，一边就走到了研究所的院大门口。“哎哎，同志你们是？”门口传达室里的人探出脑袋问。“我们是这里新来的。呶，这是我的同学刚来报到。”王丽平对传达室里的人说。“嗯你们都叫什么名字啊？”“啊，我叫王丽平，他叫方晨晨。”“那你们请稍等啊。”传达室里的人马上给里边打电话报告。

“同志，你们进吧。”传达室里的人挥手告诉我们。我俩刚刚进到院里。“方晨晨同志欢迎你呀。”从对面楼里跑出一位年轻人。他跑到我跟前就自我介绍道：“方晨晨同志欢迎你啊，我是人事科长叫刘清华。”“哦，刘科长，谢谢您，谢谢。”我急忙放下手中的提包与他握手。

“方晨晨同志，这就是你们的单身宿舍。嘿嘿，由于单位条件有限，宿舍是两人共用，你的新室友是从武汉空军雷达学院分配来的，他叫姚民。”他热心地送我到单身宿舍。

“好好好，谢谢您刘科长。”我送走刘科长。转头问王丽平：“你的宿舍在哪儿？”“哦，我们的宿舍在那边不远。我与聂蓉蓉、朱建铭她俩同住一个宿舍。她俩是从哈尔滨工程学院刚分来的地方大学生。”

研究所小会议室里。“同志们，这是分配到我们研究所的方晨晨同志，大家欢迎！”大家一阵鼓掌。邓选达接着说道：“小方同志，好学上进。嗯，他的毕业论文写得很好，对我们未来光学理论的研究与应用有很高的参考价值。哎老叶，方晨晨同志先到你们研究组吧。”邓选达所长把我向大家做了介绍，并安排了我进入具体的研究小组工作。

听完邓选达主任的介绍，老叶走上前来，很客气地握住我的手说："好的！欢迎方晨晨同志！"其实叶老我们认识，他叫叶剑桥，到空军勤务学院给我们讲过课。可这两年没见，他有些变老。虽然还戴着那副高度近视眼镜，可头顶的头发全部脱光，只有脑袋周围稀疏的白发还在。消瘦的脸庞却很显白净，穿着一身肥肥大大的七五式军装，还是老知识分子模样。

叶剑桥教授他青年时代留英，于 20 世纪 50 年代末回国，投笔从戎开始参加国家光学重大科研项目的研究工作，主要课题方向是光学理论的研究与应用。他在研究所属于最年长的博士，造诣很深，在光学界也是大名鼎鼎，为人诚实和气。听说他和邓选达所长是老同学，都是从英国留学回来的。在"文化大革命"中被打成反革命特务坐了几年牢，又被拉到西北军马场接受劳动改造，直到 1979 年才被解放回到原单位空军研究所。1981 年他曾到我们学院授过一个学期的课，我向他请教过很多问题，他都能给予耐心解答。有时观点不同争论起来，他也不生气，总是平心静气地把问题逐步分析透彻。他也曾对我说："我喜欢像你这样爱钻牛角、打烂砂锅问到底的学生。争论会使双方获取更多知识。"那学期结束，我们还成了忘年之交。我毕业时写的那篇《关于光学在未来战争中的主导作用》的论文，被他看重和推崇。他自 1981 年又回到北京研究所从事研究工作，组建光学研究课题项目。叶剑桥教授在研究所里学术成果最出众、资格最老，大家对叶剑桥教授都很尊重，日常皆尊称他叶老。

叶剑桥教授找我单独谈话，他介绍了研究小组人员情况，以及正在进行着的几个重点课题科研项目。作为我们这个专业的研究人员奇缺，于是还没等我到研究小组报到，叶剑桥教授就已经给我安排研究任务了。我们研究小组共有八人：组长叶剑桥，组员王丽平、朱建铭、张广西、冯德利、聂蓉蓉、姚民和我。

叶剑桥召集了研究小组全体同志开会，布置了具体任务和分工。"同志们，我们光学研究小组的人员已经全部到位了。我军在这次对越自卫反击战中吃了不少苦头，损失惨重。上级指示我们，要尽快攻破"夜间作战枪械瞄准仪"这个课题，争取早日装备部队使用。这个任务，由我和方晨晨、王丽平、聂蓉蓉四位同志负责。姚民、张广西、朱建铭、冯德利你们几位负责"立体四面主动相控雷达系统"的研究，这也是总部交给我们研究所的一项重大任务，更是西方发达国家正在主攻的科研主题之一，由姚民同志牵头。我们研究小组是分工不分家，工作中要互相配合，资料数据共享。这些项目都是尖端科技，当前国内没有可参考的资料。国际上有也是很难得到，我们大家要有信心，攻克难关。大家有没有信心呐？"

"有！"大家异口同声地回答。

叶剑桥教授带领我和聂蓉蓉、王丽平三个人投入了紧张的工作，共同研制"夜间作战枪械瞄准仪”这个课题项目。聂蓉蓉也是个东北女孩，个子有点高挑，一米六七，腰细腿长，短发圆脸，白净，高鼻梁，黄眼球长睫毛，像俄罗斯人，说出话来声音不高，但干脆利落，没过多的废话。她和我妹妹方姣姣是同班同学，都是哈尔滨工程学院船舶系的。听姣姣说，她和聂蓉蓉、朱建铭在大学四年同住一个宿舍，亲如姐妹。聂蓉蓉是黑龙江伊春人，父亲是林场的伐木工，母亲是林场幼儿园阿姨，弟弟在伊春市上高中，妹妹在林场上小学，是个典型的普通林场工人家庭。聂蓉蓉学习刻苦，在大学四年里她的学习成绩始终保持前一二名，是个爱学习的尖子生，难怪叶老把她安排到我们研究小组里。而朱建铭是位北京女孩，个子一米六四，齐耳短发，单眼皮小眼睛，小鼻子，两个扇风耳，说起话来慢条斯理，没有军人那种火辣劲，倒很有传统知识女性的味道。因为父母都是北京军区部队的干部，她从小是在西山军区部队大院长大的，对部队很有情结，在班里也是尖子生，对一些问题也很有自己独特的看法，深受老师们的青睐，毕业分配更是自己主动要求到空军819研究所来的。我妹妹和王建社被分配到中国远洋船舶集团研究所工作。我来北京报到后只与她通了个电话，还没有去看望他们俩。我接收到研究课题任务后，就开始心无旁骛地为课题项目做着资料准备。我到这儿后本该好好休息，陪妹妹姣姣和王建社去逛逛天安门、故宫等地放松一下的。也正如妈妈来信嘱咐的那样：“你刚到一个这么好的新单位，一定踏实地安心工作，不要辜负领导对你希望……”可好！星期天也没得喘口气，所有时间全部用来准备了。不是去图书馆查阅资料，就是从老同志用过的资料堆里收集数据，忙到连衣服脏了都没顾上洗。还是聂蓉蓉细心，发现后悄悄洗净晒干再给我送回来的。弄得我很不好意思：“谢谢你啊，聂蓉蓉！”“不客气！”聂蓉蓉笑呵呵地谦虚道。

这时我才发现，自己的单身汉生活忙得真是一团糟。

转眼到了1984年7月，我们的课题在叶剑桥的带领下取得很大进展。室内的各种模拟试验均取得重大成功，接下来就是去野外进行各种环境条件下的实地试验。

夏日午后，天空湛蓝、万里无云。叶剑桥带着我们爬上了香山最高点。炙热的阳光直射在山顶的石头上，地表温度已达四十多度。为了测试仪器在高温强光照射下的效果，我们必须在这样的环境里做现场试验。叶剑桥望着远方一个目标，指导我和王丽平调试仪器，聂蓉蓉在一旁认真记录我读出的试验数据：050、089、150、450、1105、1522……虽然我们都戴着太阳帽，可几个小时的试验下来，大家的衣服全部湿透。每个人的脸上都是汗水顺着脸颊往下淌过的痕迹，湿了又干、干了又湿。王丽平用毛巾不停地帮我擦汗，以防止汗水模糊双眼，影响数据观测。我们就这样在炎热的高温下，用汗水换取了最珍贵的数据资料。

为了证实研制的成果，在所领导的批准下，叶剑桥带着我们又马不停蹄地赶往甘肃一个陆军坦克团，准备在戈壁滩、大沙漠、暴风雨等多种复杂环境里反复试验。

这不但是对仪器的试验，更是对我们身体和精神意志的试验。

坦克团的领导非常重视这次试验工作，特意给我们配备了一辆保障车和野外帐篷、炊事用具等装备。我们到达后略做休整，就开始向戈壁深处进发。

这戈壁滩开始还有路，后来走着走着就只有一片荒芜不见青草的干沙路，不停奔驰的军用大卡车身后留下一团团黄色的沙尘雾。我曾多次听人说：戈壁荒滩，没有人烟；山上不长草，风吹石头跑。今天一见果然如此呀！我坐在这颠簸的汽车上，望着这空旷、邈远的荒凉景象，心里在想：亿万年来，在风雨的销蚀下，这里到处是沟坎连着沟坎，丘陵连着丘陵，真像饱经沧桑老人的面孔，布满折皱，黝黑浑黄，打不起精神。我们坐在汽车的敞篷里，被颠得晕头转向。王丽平靠在我身旁，双手牢牢抓住我的胳膊，一头扎在我怀里，她的脸色发白，像死人脸一样没有血色，哇哇地干呕又吐不出来。我用手拍打着她的后背，不停地安慰："坚持啊，快到了，想吐就吐吧。"

我又扭头看看聂蓉蓉。确实她身体素质不错，依然坐在颠簸的车厢里，两手牢牢抓住车上的设备箱，人还很镇静。不知是怕把设备颠簸坏，还是在借助设备箱少受颠簸之苦，只有她自己明白。我看着车外这戈壁滩，心里又想到千百年来，许多边塞诗人，曾经用雄浑苍凉的笔触刻画出大西北这种特有的景况。南朝著名诗人鲍照写道：疾风冲塞起，沙砾自飘扬；马毛缩如猬，角弓不可张。还有唐朝诗人岑参也曾写道：一川碎石大如斗，随风满地石乱走！塞外衰草，牧马悲鸣，长河落日，大漠孤烟。

"下车啦！同志们！这就是咱们的目的地。"叶剑桥从驾驶室里下来，招呼着我们下车。

我把王丽平扶下车，她捂着肚子难受地蹲在地上。我看聂蓉蓉跳下车，还帮着两名战士从车上抬设备仪器箱和帐篷。我过去打把手，顺便问她："怎样？你没事吧？"聂蓉蓉回应道："没事，你没事吧？注意身体呀。"

我们齐动手，把三个帐篷搭建好。要说野外搭帐篷，我有连队每年在草原上打草的经历，这点活不算啥难题，干起来动作娴熟干练。聂蓉蓉一边为我当助手，还一边夸赞道："方晨晨同志可以呀，平时看不出来，干这还很熟练吗！""嗯，我原来在部队时干过这活。"

当我们把野炊灶等一切都安顿好，才发现不远处有一个大水泡。叶剑桥指着那个大水泡说："同志们，看到那儿的大水泡了吗？那是我们这几天的生活用水。"

我们兴奋地奔跑过去，看着不远，走起来足有一公里多路。这个水泡不大，约有二三百平方米大，水周围长满了野草。大地的自然界有时也很神奇，方圆上几百里的大戈壁滩上，还有一坛子清水在这里，供放牧人和路过之人享用，不可思议。

八月，在甘肃虽然已是夏天，天气变化却是无常的。有时中午吃西瓜热得很，晚上突然得守着火炉穿皮衣。令我特别难忘的那一次夜里试验，天气晴朗，皓月当空。我们在夜里距离营地有二里多远的高岗上做试验。就在我们借助深夜的星光、月光实验时，突然听到呜呜的声响，只见从西北方的天际铺天盖地的沙尘暴正向我们扑来。叶剑桥在新疆军马场劳动经历过，很有经验，他果断地对我们说："快快快！停止试验，收起设备仪器！全部卧倒趴在低洼处。全部穿上皮大衣！戴上皮帽蒙好头！将头抱紧朝沙尘暴袭来的方向趴下，无论如何不要动！"说时迟那时快，沙尘暴已到跟前，"快！快趴下！"叶剑桥趴下喊叫着我们。我们在这飞沙走石的狂风沙尘中，这墨黑一般的夜幕中，抱头紧紧闭上双眼。夜暗阴沉黑无边际，伸手不见五指，犹如置身于美国好莱坞灾难大片里一样惊恐万分。耳边是呜呜呼啸的风沙走石声。

此时，"方晨！方……晨！叶老……叶……老！"我隐约听到王丽平的喊叫声，我一只手抱住头上的皮帽，一只手摸到聂蓉蓉问："是不是王丽平喊叫？"聂蓉蓉移靠我身边，脸贴在我耳朵上喊道："没听见！没……没听见！"我的脸又贴近聂蓉蓉的脸喊道："你趴好……趴好……千万别动！"我嘱咐聂蓉蓉。

狂风呼啸，风吹黄沙唰唰作响。我又冒着狂风沙暴移动这边去摸喊："王丽平！王丽……平！"我怎么喊叫都没回声。叶剑桥听见我的喊声，喊我："小方！小……方！怎么了？怎么了？"我在这狂风中隐约听到叶剑桥的喊叫声。"王丽平！王丽平呢？王……"我喊问道，被一阵飞沙呛入口腔里，差一点背过气去。"啊？快……快找！小王？小王！"叶剑桥听到我喊叫王丽平，他感觉不好，他着急地也在喊叫。"都别动！叶老您别动……我们找去……您千万……千万……"我翻身一手拉起聂蓉蓉，一手抓住头顶上的皮帽子，并嘱咐他不要动。聂蓉蓉非常聪明，她以一个跃身拉住了我的胳膊。我和聂蓉蓉俩胳膊互相挎着，艰难地喊叫着："王丽平！王……王丽平！"跟随我们一起来的司机小王，听到我们俩的喊声，他也赶忙起身靠拢我们。就这样，我们互相抓扯着，一起喊叫着："王工！王工……"

我们三人肩并肩手挽手，蹒跚在恍恍惚惚的梦境一般狂风沙尘暴的黑夜之中。如果一个人不小心，手稍微松点就会被狂风卷走。就此，我们三人的呼喊声伴随着狂风呜呜地呼啸声，在这黑暗中传递……

突然间，风渐渐小了下来。我们三人喊叫着，顺着风势往岗下找去。聂蓉蓉突然对我说："听听听！那边有声音！"我们又一起喊叫："王……丽……平！王丽……平！"

我们又蹲下身侧耳细听，细微能听到："我……我在这儿，我……我在……在这儿……快救我……"王丽平微弱的声音，断断续续从左后边传来。

我听到了！我隐约听见王丽平的声音就大声呼喊："王丽平，王……丽平！"

聂蓉蓉他们俩跟随我跑到一凹处。我们看见此时的王丽平被风沙埋着下半截身体，两只手挥动着，头上的皮帽也被风吹没了，短发被风沙吹炸着。就如社会青年烫的那种爆炸头，又像一只炸开刺的大刺猬，在风沙中晃动。我急忙跳进凹坑里把她拉起来，“丽平！你怎么样？啊！”

聂蓉蓉和小王也急忙向前扶着王丽平问：“王丽平伤着没？王工……”

她一头扑到我身上呜呜地哭将起来。一边哭，嘴里还一边絮叨着：“我……我还以为见……见不到你们嘞……”此时的她，就像一个失散多日的孩子一样，找到了父母伤心地哇哇哭将起来。聂蓉蓉也拍着她说：“没事，没事了啊！我们都在找你呢，不要哭了。”我不知说她什么好，一直拍着她的肩膀给予安慰。

那位战士不愧是位老兵，对这儿地形地貌比较熟悉，他对我说：“方工，用不用把王工送到营地休息下，这边不远就是咱们的营地。哎！你们看！这儿还能看见咱们营地的灯光呐。”这时风暴也停了，天空又露出了星光，确实能看到营地帐篷里的灯光在晃动。

我们三人把王丽平送到营地。在灯光下才看清，我们每个人的小脸就如从水泥袋里钻出来一般，只看见一对眼睛和一口两排小白牙，全是沙尘。王丽平她小黑边近视眼镜也在混乱中丢失了，坐在那儿像个傻小子不言语，只管掉眼泪。

是啊，王丽平、聂蓉蓉都是小女孩，却肩背仪器，随我们在艰苦的环境中摸爬滚打，做试验、整理数据都认真而坚持，真是太难为她们俩了。

试验结束后，我们回到北京所里。对各种数据进行了几天几夜的修改和调整，并大胆地调整设备结构和重量，反复论证之下应该说百分之百成功了。可叶剑桥他出于老科学家最质朴的严谨精神，还是不放心地说道：“从这么多次在不同环境中的试验数据来看，可以说我们是成功了！但是，为了确保万无一失，我们还要在高寒条件下重复实验，还要到高温潮湿的山野里、丛林中去试验！只有这样严格标准的测试，才能达到我们全面需要的数据资料。使它的使用性、准确性以及适应各种复杂环境的稳定性，都能达到部队所需要的水准和价值。同志们，有信心吗？”

“有！”我和王丽平、聂蓉蓉异口同声地回答。

借助八月份南方的天气，就这样我们再次出发，又去了云南西双版纳傣族自治州的热带森林中。这次王丽平由于要去上海购进一批我们试验所需的设备和材料，未能同行。

我们到云南红河哈尼族彝族自治州的个旧市，在当地武警部队的配合下，在高温潮湿的山谷里、树丛中、山洞里作了多项试验。虽然说，前几年我军对越自卫反击战已取得了决定性胜利，但还有零星的收尾小战斗仍在继续。我和聂蓉蓉都没打过仗，很想去体验一下战争的滋味。于是主动要求去对越自卫反击战的前沿金平县、屏边县实地测试设备。可惜没有得到空军总部的批准，未能成行。不过叶剑桥说得好：“年轻人，我们的任务是科研，是为战争服务的，是制止战争的！嗯……不是让你们去体验战争的……”

“是，老师。”我和聂蓉蓉回应道。

经过几天的试验，检验了我们 YSJ83N 型夜视仪技术的精密度和使用性。就是在这高温潮湿地区试验时，闷热潮湿的天气外加各种蚊虫的叮咬，让我们的皮肤不同程度的发炎感染。我们几个从小生长在北方，都没有经受过这样的潮湿气候。特别是聂蓉蓉她一个女孩子家，细皮嫩肉的，哪能经受起这恶劣环境的折磨呢？我从她手脚上看到皮肤的红肿很严重。可她一声不吭，坚强地忍受着病痛的折磨，和我们一道摸爬滚打地为试验默默地工作着，真是巾帼不让须眉。她还时常细心地搀扶叶老，上山爬坡，钻洞过沟，甚至扛仪器设备，都从未叫苦叫累过。我从内心佩服这位坚强勇敢、不骄不媚的好姑娘！暗暗夸赞她“蓉蓉好样的”！

此时此刻，又让我想起梅儿，她在对越自卫反击战中，在这恶劣危险的环境中，冒着敌人枪林弹雨去抢救受伤的战友，她为了祖国和人民安宁，不畏艰难险阻，不惜自己的青春芳华，甚至宝贵的生命，她太伟大了！我没有理由不好好工作，没有资格说怕苦怕累！我暗下决心，再苦再累，一定把我们这些试验搞成功，早日配发给部队使用，才对得起梅儿她的在天之灵。

也许聂蓉蓉她也是这样想的。比如，我们在黑龙江的那次试验时，三九严寒的冬天，在叶剑桥的带领下，我们又跑到祖国北疆漠河的一个边防连队，在零下四十多度的雪地里，穿着笨重的皮大衣、毛皮鞋，戴着大皮帽、皮手套，肩扛手提着试验所用的仪器设备，艰难地爬行在半米多深的雪地里。特别是在大雪纷飞的天气里和大雾迷漫的深夜中，在白天的雪地里和夜间的雪地里都做了对比性试验，采集了各种不同的数据值。可聂蓉蓉还能嘻嘻哈哈地和我们争着抢着干活。不像王丽平还时不时娇滴滴地发几句牢骚说：“受不了，有必要这么试验吗？这纯粹是跟自己过不去。”甚至她有时偷懒不想干活就选择装病，我们到野外试验，她却躲在招待所里睡大觉。可聂蓉蓉从不叫苦叫累，默默地配合叶老做试验，记录数据，我从心里佩服她，有点怜香惜玉地心疼她，又担心叶老身体吃不消被累倒。叶剑桥他已近六十岁的人，和我们年轻人一样，风里来雨里去，经受严寒酷暑。

在闲暇时，我好奇地问叶剑桥教授：“叶教授，你已近六十的人啦，干吗还这么拼命啊？为啥呀？”

他看看我和聂蓉蓉，嘿嘿笑笑说：“我为啥？我什么都不为，也都为。嗯，你们知道我年轻时在英国留学那么好的条件不留下，为啥？就是为了我们一穷二白的祖国！小方、小聂你们还年轻不太理解。这样说吧，我们科技工作者，不为名利遮望眼。科技是精益求精的事业，要有奉献精神，奉献就要潜心研究，静心笃志、心无旁骛。小方，科学是持之以恒的事业，有奉献精神就要淡泊名利、力戒浮躁，不为虚名所扰，不被功利所惑。”叶剑桥教授一席话，在我脑海里留下了深深的烙印。

我和聂蓉蓉连连点头:“是是是。”我在想:我们还有什么理由不踏实地把此项科研项目搞好呢?

功夫不负有心人。我们小组在叶剑桥老师的带领下,经过两年多的不懈努力,紧锣密鼓的试验和研制终于修成正果。研制出三种不同类型、可供部队在多种环境中使用的 YSJ83N 型夜视仪。这份沉甸甸的研究成果摆上了我部研究所的研究成果桌,并上报了空军总部领导和有关部门。

“同志们!我们自主研发的 YSJ83N 型夜视仪成功啦!总部首长指示,准备在特种兵部队小范围试用,如果没有问题,随后即大范围装备部队。在这里,我代表空军首长向研究所全体同志表示祝贺!向 YSJ83N 型夜视仪研制小组的同志们表示祝贺!经空军首长批准,给叶剑桥同志记个人二等功!给叶剑桥研究小组记集体三等功!大家鼓掌!”王公明副司令作了简短的讲话,并宣布了空军嘉奖令。

然后,王公明与我们受奖人员照了合影像。

合影后王公明走过来拉住我的手笑呵呵地说道:“小方!几年没见,小伙子越来越精神啦啊!”王公明副司令员,我的王大爷,说话还是那么爽快,平易近人。他穿着八四式空军新军装,更加精神,彰显出他那将军的气魄。

“首长,我……”王公明,我王大爷的出现,使我非常吃惊和意外,虽然我到北京后由于研究工作太忙,写信少些。但是我给他老人家写信了,汇报了毕业分配北京工作情况,他老人家还在回信中祝贺我,并嘱咐我好好工作,为部队科技建设做贡献。这也是怨我只顾科研没看报纸的后果。

“嗯,我听你阿姨说了,你到长春家去看过我,呵呵不巧啊我不在家。你阿姨都给我说啦!可以呀小子,大爷工作太忙哈哈……咱爷俩也没见上面。好!在北京,在这里哈哈……咱爷俩见面了啊?这一晃多少年啦啊?”

是呀,一晃将近九年啦。可是他调空军总部,他老人家可从没给我提过呀,张阿姨也没说起过,这保密工作做得好。我现在突然见到他老人家,又不知道怎么称呼他。“首长,我……”

“嗯,今后啊,甭首长首长的叫,咱爷俩呀,还叫我大爷吧啊?哈哈……”

他这一说,逗得在场的大伙也哈哈大笑起来。他们只是笑,确实不知我们俩的缘由。“是!首长,嗯大爷……”我很尴尬,又不好意思羞涩地说道。

“好啦!你在这好好干啊!待我家搬来,再到家里坐,让你张阿姨给你小子做些好吃的啊?哈哈……”

王公明他说着转身上车,刚坐上又下来,又招手邓选达所长、张德明政委和叶老到他跟前嘱咐道:“哎!老邓,老叶,你们抓紧那项课题的研究。现在,改革开放,思想要解放啊!今后要打科技战、核战、原子战!你们科研部门要尽快拿出具体的,应对未来战争的课题研究项目。”他们连连点头:“是!好!请王司令放心,我们一有初步设想马上向您报上去方案。”

我的王大爷坐车走了。他现在是空军负责科技和作训工作的副司令。我没想到，在这里能见到他老人家，还当上了我们空军首长了！真是风水轮流转呐。

我们这么多年的通信地址，始终都是长春市呀，他在信中从不谈工作的事。可我来研究所工作只顾埋头学习收集查阅资料，研究课题项目，也没注意报纸，特别是空军报。要知道他老人家在空军总部，我应主动去拜访他老人家才是呀，内心愧疚啊。说真的，自从上了四年大学的专业学习，自己也感觉到研究社会关系学少了，钻研专业技术课本多了，也许像人们所说的“书读多了，成书呆子啦”。

“方晨晨，你咋认识王司令呢？啊……”王丽平、聂蓉蓉、姚民、朱建铭、张广西、冯德利等同事围起我问。她们对我都投来惊奇和羡慕的目光。我哈哈一笑说：“保密。”

王丽平：“方晨晨你卖啥关子呀，跟我们说说呗。”聂蓉蓉她们也看着我期待着。

第四十四章　冰心融化

“嗨！要说起来。那还得从八年前说起，那是我在东北雷达团时认识的王大爷……”我随便应对她们一句。

说实在的，1976年在嫩江农场劳动改造的事，是我心中的伤痛，一种不能触摸的痛，在任何时候我都不想去触及它。对家人，对同事都是如此。

“方晨晨，你……”王丽平不知又想说什么，我及时打断她的话：“哎，我提议咱们去外边饭馆庆祝一下咋样？我请客！”

“好好，好我同意，我同意……”王丽平、聂蓉蓉和姚民、朱建铭等人开心地高喊着同意。

王丽平抢着说：“那，你们先把东西放办公室。我去找最好的饭馆。”

我请上了叶剑桥老师，和聂蓉蓉、姚民、朱建铭，一起到了研究所附近新开的一家烧鹅仔酒楼。服务生热情地引导我们上了二楼，王丽平已在楼上的包间里等候我们。

20世纪80年代后期，粤菜刚到北京时很受欢迎，请客聚会吃广东粤菜都是很上档次的选择。那时普通老百姓的工资收入不高，还无法到这种级别的酒楼消费。就说我自己吧，当时是正连二十二级，每月才六十多块钱，如果让我选择，肯定不会到这么昂贵的鬼地方来呢，这一顿饭下来，我半年的积蓄可就没啦。不过，既来之则安之，我方晨晨也不是那种小气矫情的人。

王丽平和聂蓉蓉两个人抢着点菜，好像我是大款不吃白不吃似的，专捡贵的点。看看她俩点的几个菜：白灼虾半斤；大龙虾三吃：生吃，椒盐和煲粥；烧鹅掌米饭；爆炒蛤蜊；清蒸深海石斑鱼；芥末鸭掌；卤水拼盘；外加一个蒜茸空心菜和牛肉炒荷粉一份，整整一大桌子！叶剑桥教授从家里带来两瓶古井贡白酒。

我看菜已上齐，酒也斟上了，就恭敬地说：“叶老师，您发话吧，菜都已上齐啦。”

“啊！我发什么话？”叶剑桥纳闷地冲我问。意思是说你方晨晨请客，应该由你说话。

王丽平也说：“叶老师，您说了话我们才敢动啊。”看得出，王丽平他们几个看这丰盛的菜肴，早就馋得直流口水啦。“对！老师，您说几句吧。”聂蓉蓉和朱建铭、姚民也都请求叶剑桥作开场白。

叶剑桥又扭头看看我，还是很谦虚地不好意思先讲，“我……”

“您说吧叶老师。”我恳请叶剑桥老师道。

这时他老人家才笑眯眯地看看在座的我们客气地说：“那我说几句？”大家一齐鼓掌欢迎：“好好好。”

“好！那我就啰唆几句啊？感谢大家的齐心协力，经过两年时间，我们不辞辛苦，完成了 YSJ83N 型夜视仪研发工作，感谢大家对我工作的支持。嗯……这只是初步完成，下一步装备个别特种部队试用，还需要我们去跟踪检验改进完善。后边还有大量的工作需要小方、小聂、小王大家一起去做。嗯，这个，再就是小姚、小朱你们，对立体四面主动相控雷达系统的研制开发，还要下大功夫，加快速度。姚民同志是武汉雷达学院高才生，朱建铭是哈工院船舶光学系抗干扰专业高才生。嗯，同学们，下一步，空军首长要求我们全力以赴，去攻克这个“立体四面主动相控雷达系统”的硬骨头。艰巨的任务等待着我们呢！嗯大家知道科技的高峰是无尽头的，艰苦的工作还在后头，我们不要高兴得太早。未来的科技高峰，还需要你们年轻人去攀登，去超越！哈哈……好，我说完啦。”

我和王丽平、聂蓉蓉、姚民、朱建铭大家又一起鼓掌，连声：“好好好！”

坐在叶剑桥左手的我，站起身拿起酒杯说：“叶老师刚才说得非常好！我们刚刚取得一点点成绩，不能高兴得太早，未来的科技高峰，还需要我们年轻人去攀登、去超越！嗯我提议，咱们今天为庆贺，为我们攀登未来的科技高峰，大家都喝白酒怎么样啊？”

“哦，那得征求一下她们的意见呀呐，啊？哈哈……”叶剑桥看看聂蓉蓉、王丽平、朱建铭、姚民她们笑着说。

我很自信地说：“叶老师，他们都没意见。我知道王丽平她能喝白酒，聂蓉蓉在咱们下部队搞试验时，也能喝白酒。姚民他更不用说，一见白酒就馋得流口水。朱建铭……嗯听说也能喝，这都没啥问题啊。”我给叶剑桥老师一一介绍了他们的喝酒情况。朱建铭在一边笑眯眯地低头把眼镜框往上抬了抬说：“哎哎，我可不能喝啊，甭都一概而论。”

“哦，是吗？好！咱们能不能都喝白的，能者多劳啊？哈哈……”叶剑桥听我介绍后，也赞同在座的人都喝白酒。

甭看叶剑桥教授近六十岁的人了，说起话来底气十足，瓮声瓮气的。据说啊，“文化大革命”时他被发配到西北军马场劳动改造，倒是锻炼出一个强壮的好身板，酒量也是在那时给练出来的。就我们这两年在野外试验时，爬山钻洞，雨里来雪里去的，他老人家和我们年轻人一样摸爬滚打，身体没有一点事儿，棒棒的，说起来甚至比王丽平这丫头还厉害呢。

“老师我提议呀，大伙先敬您一杯，祝贺您老荣立二等功！我们大家都喝完，您老随意吧啊？”我提议道。

“嗯，哪儿能行啊！我也得喝呀，来，大家一起干杯！”叶剑桥不服老，也坚持同大家都一起干杯。

聂蓉蓉在一旁看着大家把酒都喝完了，就拿起酒瓶给大家重新斟上。然后站到叶剑桥跟前说：“老师，第二杯我们大家一起敬您。在您的精心教育培养下，使我们小组研制的 YSJ83N 型夜视仪获得成功！”

“对！老师，我们一起感谢您！”我马上接着聂蓉蓉的话说。

“好！谢谢蓉蓉，喝！”叶剑桥和聂蓉蓉碰杯喝了。

“嗯！叶老师，这第三杯是我个人敬您一杯，我喝完，您随意……”朱建铭坐在叶剑桥老师右边，也站起敬叶剑桥，她爽快地也喝下了。

这时，姚民他坐不住了，站起身拿着酒瓶笑嘻嘻地走到叶剑桥跟前：“老师，我和丽平两人一起敬您，感谢您把我们俩要到您的小组里，要不，俺俩还不知分哪儿咧……”

“哦，好！我得问你俩，啥时候请我喝喜酒啊？吃……吃喜糖啊？”叶剑桥逗着姚民问道。

“嗯，这……这得问她啦。”姚民红着脸，不好意思地冲着王丽平说。“你看我干吗呀？这与我有啥关系？”王丽平红着脸不高兴地冲姚民嚷道。

王丽平这一说，把大伙都说愣住了。实际上，我也有耳闻，姚民在追王丽平，时常还向王丽平献些殷勤。社会上流行的苹果牌牛仔裤、金属框太阳镜、女式牛皮坤包，姚民都一一买来殷勤送上。听说啊，王丽平还一一笑纳。所里老少都知道姚民和王丽平在谈恋爱。

说起来，前段时间某周六的晚上，姚民邀请王丽平去蓝天大厦舞厅跳舞，他早早就守候在舞厅里，两眼炯炯望着舞厅门口，等待心中公主的出现。终于，他望见了一个款款而来的窈窕身影，眼睛一下就直了。当晚的王丽平，纯白色的衬衣扎在一条水磨蓝的背带牛仔裤里，纤纤细腰勾勒地仿佛盈手可握。王丽平一路走来，姚民太熟悉那条背带牛仔裤了，那正是他亲自为她挑选的。王丽平边走边抖开一条红色的羊绒披风围在肩头。瞬间，仿佛舞池里翩然而至一朵红玫瑰，一下吸引了众多的目光，整个舞厅仿佛陡然间明亮了好几分。姚民赶紧飞奔过去，低头弯腰伸手向王丽平发出共舞的邀请。王丽平于是把一只手放在了姚民摊开的手心里。两个人晃动到舞池中央的时候，王丽平已被姚民踩了好几脚了，奶白色的高跟皮鞋上已经落下了点点污迹。姚民在武汉空军雷达学院只专心学习，根本没学过跳舞，对舞步一窍不通。王丽平面色绯红，几次想停下舞步终止合作，但这个唐突的舞伴却很执着，一只手顽强地揽着她的腰，根本不撒手。另一只手则握住王丽平的手迟迟不肯放开，身体还紧紧贴着，使她胸部挤压得闷气。并且舞伴的一张脸已经红得像她的披肩一般耀眼，令王丽平着实不忍断然抽身。几圈子绕下来，王丽平出了一身的汗，脸上也汗涔涔的，舞曲终于停下来。姚民急忙到吧台端来两杯果汁递给王丽平，王丽平不忘礼貌地冲姚民一笑。天呐，姚民被王丽平这美人一笑弄得啊，立刻就天旋地转眼冒金花起来。他完全找不着了北啦!

等姚民从厕所回到座位上时，又一首舞曲已经在舞厅里悠然响起。此时，姚民一眼望去王丽平正跟一个一身白色西装的帅小伙舞蹈着，两个人步伐配合默契，舞步如行云流水。

姚民醋劲大发：敢抢我的女人？你他妈个婊子养的，看老子怎么收拾你。他已把王丽平认得就是自己的女人了，突然站起身冲着舞池中的王丽平走去。

舞厅里的人们成双成对起舞翩跹，安然享受着这愉快的周末时光，完全没想到，一场冲突即将发生。只听见“噼里啪啦”两声，一身白西装的小伙被突如其来的两个耳光打醒了。白色西装小伙他反击一拳将上来打他的姚民摔倒，又上去就连踢带踹，嘴里还不停地骂着：“哪儿来的狗东西，你他妈地敢打爷我？没看看你爷我是谁呀？”“别打啦！别打啦！”王丽平拉住白色西装小伙嚷求道。

“啊！打架了，打架了！”舞池中的人本能地都躲闪开，舞曲也停了，舞厅大灯已亮。那白色西装小伙还在不依不饶地猛踹躺在地上的姚民。姚民他则双手抱头躺在地上一动不动，任凭白衣男子踢打。

不知谁啥时候报的警，当地派出所民警过来，将他们三人都带走了。

此事发生还是邓选达所长到派出所把他俩给领回来的。“小姚，你们是咋回事呀，跳舞就跳舞吧，怎么打起架来。”当邓选达问姚民。姚民倒是眼睛都不眨一下，理直气壮地说：“他抢我女朋友！我就打了他。”“女朋友？你和王丽平？”邓先达才明白。从此，所里私下就传开了：“姚民和王丽平谈恋爱啦。”

叶剑桥今天借喝酒聚会的机会，想问姚民和王丽平他俩计划啥时候结婚也想早日喝上他俩的喜酒。没想到王丽平这么回答，把大伙弄得一头雾水。为打消瞬间大家的尴尬，我笑着说：“叶老，我和聂蓉蓉敬您一杯。”聂蓉蓉也笑着说：“对！叶老，我们敬您！”

我和聂蓉蓉俩人站起身端杯与叶剑桥碰杯时，“还有我呢！”王丽平急忙站起说，她要与我们一起敬这杯酒。

同饮下后，聂蓉蓉又给大家倒上酒。

叶剑桥他看看我，又看看聂蓉蓉和王丽平，笑嘻嘻地问：“小方，你有没有目标呀？”叶剑桥开玩笑地问我。他当着大伙的面问我个人问题，我没防备，一下子很不好意思回答他。涨红着脸，偷偷瞄了聂蓉蓉一眼嘿嘿笑着：“没……没有……”

就那一眼被叶剑桥发现了。“哦……”叶剑桥好像心中有数一样地哦了一声，又转脸问身边的朱建铭："建铭，你打算啥时候结婚呢？"

"报告老师，明后年吧，我和对象没商量好，主要是房子……"朱建铭无奈地说。

再说姚民。他家是湖北农村的，今年28岁，武汉空军雷达学院八二年毕业分配这里来的。他很想在北京找个对象，可是介绍了几个都未成。只因为他个子矮，一米七四，本身又瘦。听说有同事给他介绍我们空军蓝天幼儿园的老师，见面后女方不同意。现在他又死活追着王丽平。可王丽平对他是爱答不理的，成了剃头挑子一头热。

据小道消息说，朱建铭是在谈着呢，是她爸在西山军区大院看上一个正连职参谋。这参谋，人很不错长得又帅，因为没上大学，高中毕业后就当了兵，文化程度有点低。家里又是山西晋北农村的，俩人见了一次面，朱建铭不太满意，也没明确同意和不同意，就这样似是而非地挂着。叶剑桥问她啥时候结婚，她说明后年，看住房情况再定，那只是一个说辞而已。

"来来来，咱们共同干杯啊。"我提议。"干干干。"就这样我们大家伙把盏言欢。

正当酒喝在兴头上时，只听叶剑桥衣兜里的呼机嘀嘀嗒嗒响个不停。叶老一看是老伴呼叫他，"对不起呀诸位，你阿姨呼叫我。"他赶紧跑到服务台给家里回了电话。那个时候还没手机这东西，也有，很少很少，极个别极个别大老板才有，拿在手里像个大砖头块。

叶老伴钟阿姨在电话上对他说："老叶，家里来了外地几个亲戚，你赶紧回来接待安置吧。""好好好，我马上回去啊，你别着急。"就此，叶老师急匆匆离席回家去了。

只剩我们几个年轻人无拘无束，"来来来我们放开的喝呀。我提议啊。咱们白酒喝完，喝红酒，红酒喝完，喝啤酒怎么样？"我提议。"好好，今天咱们喝他个一醉方修。"姚民他们也同意。

"来来，王丽平咱俩先来。"我和王丽平两人，什么师哥师妹地对着喝起来。"哎，我们一起吧。"姚民看见我们俩喝他也参进来。我们三人痛快淋漓地喝起来。噼啪噼啪互相碰杯，就这样推杯换盏地喝着。

朱建铭和聂蓉蓉担心我们仨喝多，在一旁极力劝阻，却无济于事。我们三人在喝、喝、喝地交盏碰杯中喝得昏天黑地，喝醉啦……

当我醒来时，已是深夜。聂蓉蓉还在我和姚民的宿舍里打扫卫生，洗晾我的脏衣服。

她看我睁开眼，急忙跑过来微笑着："你醒啦？来，喝点茶水解解酒。"急忙扶我坐起来，将泡好的茶水递到我手里。我看她，穿着一身天蓝色的裙装。身上散发着一股茉莉花的清香，笑容似乎从来没有今天这么妩媚娇羞。一双大眼睛，烟波含情，粉面绯红还带着羞涩，恰似一朵盛开在春风里的挑花，那么妩媚好看。

喝完她为我冲泡的茶水后，她从外边端盆凉水进来，“来擦把脸，醒醒酒。”她伸手给我擦拭脸。我急忙抓住毛巾说：“不好意思啊，谢谢！我自己来吧……”

心想，我真遇上仙女下凡了？这一刻，我的心醉了。我敢打赌，在这环境里，所有男人都会“缴械投降”的。她带着空前绝后的美丽，走向我的王国。我的女神！什么叫天造地设举世无双？上天在铺排我们这对时，一定是特别用心，给我俩同时使用了特殊的魔法。男人就应该像我这样钢硬如山，女人就应该像她一样一泓柔波。我心动了，我此生除了梅儿，见无数女人从没有像她这样让我心动。说真的，自失去梅儿后，她是第一个打开我心扉的人。我痴情地望着她再次说声：“谢谢！不好意思啊。”

“没事，有啥不好意思呢？我把你吐赃的衣服都洗了，等干了你自己去收回来吧。”她很大方地冲我说。

我扭头看姚民没在床上，就问：“哎，姚民呢？”

“他呀！和王丽平两人都喝多了，跑到我们宿舍那儿赖着不走，非要陪王丽平，于是我就自告奋勇来照顾你了。朱建铭她在我们宿舍看着他们俩呐。”

女生宿舍里，姚民他仰面八叉地躺在王丽平床上，嘴里吐出很多污渍，基本上吃进去的和喝进去的都吐出来了。

“哎呀！你个死鬼，醒醒啦？真讨厌！”王丽平晕头晕脑地躺在朱建铭的床上，冲未醒过来的姚民嚷嚷着。

朱建铭在为姚民收拾着身上和王丽平床上的污渍……

聂蓉蓉她看我醒酒没事了，又转身看看床头柜上的闹钟，时间已近零点十二时。她温柔地微笑着：“你没事啦，我就走了啊！我去看看王丽平、姚民他俩怎么样啦。你早点休息吧。”她起身又给茶杯里加了开水，放到我身旁桌子上。

我不好意思地说：“好，谢谢你蓉蓉！”在告别她前的那一瞬间，我很想向前拥抱住她吻上几口，可我又不敢，担心她有男朋友，不敢轻举妄动。“不客气，你早点休息啊。”她说着出门走了。

我笑着送她出门。心里在想：她身上有种挥之不去的书卷气质，宛如一块温润之玉的秀雅和亭亭玉立含苞待放的莲花，那么美丽动人。真是个好媳妇，心地善良，谁要是娶上她，真是福气。

第四十五章 | 不遗余力

按照研究所及叶剑桥的要求，我和聂蓉蓉要到内蒙古边防连队，跟踪检验YSJ83N型夜视仪的使用情况，听取试用部队官兵的意见和需要改进的建议。

临出发上车前，王丽平提着大箱小包来了。“是你？聂蓉蓉呢？”我不客气地质问。王丽平嘿嘿笑着急忙解释说：“哦，聂蓉蓉有事，让我替她去。”“有事？什么事比工作重要？”我看着王丽平替聂蓉蓉来就有些生气，没好气地说道。

我又看着王丽平她手里拿拉着大箱小包的这么多东西。“出个差三天就回来，怎么像出门旅游似的？你们女同志就是麻烦。”我心里更加不爽地说道。心想：可能聂蓉蓉真有啥急事走不开。她为啥连个招呼都不打，说不去就不去了，真是不懂规矩。

我们去首都机场的路上，看把王丽平高兴的，就像没有出过远门的小孩，终于能出去玩了，坐在车上嘴里不停地哼着潘美辰的歌曲《我想有个家》。看她的这身打扮不像是出差公干，像是新婚燕儿外出游行结婚。穿着一身时尚的浅粉色休闲运动装，戴着一顶高尔夫白色运动帽，脚穿一双休闲运动鞋，我心里更加不爽。

到机场后，我忙上忙下给她搬行李、办手续，她却昂首挺胸地只顾跟着走，像个大小姐。她这身打扮，在人群中非常显眼，整个现代港澳女郎，可又像个盛气凌人的贵夫人，我心里那个反感。在登机时她主动挎上我的胳膊，就像一对新婚情侣一样儿黏着我，使我很难看，又不好意思拒绝她，只有忍着。在飞机上她更是放肆，将头歪靠在我肩膀上，一脸甜蜜地享受着旅途生活。我很尴尬地又推脱不开她，只好心烦意乱地由她去。

我俩到了呼和浩特市后，又改乘火车到了锡林郭勒盟红格尔边防连队。连队领导对我们的到来非常重视，一早就把吃住安排妥当，还派专车到火车站接我们。赶到红格尔边防连队已是夜里十一点钟，刘建军连长、张震中指导员亲自接待我们，还客气地说：“方工，王工对不起呀，我们连队的条件有限，让两位首长您受委屈啦。”

“刘连长，张指导员你们太客气啦，我们来给你们添麻烦了，不好意思。”我客气地对他们说。实际上，前些天他们连接到军区的电报通知后就开始准备，比如野外试验、座谈、住宿、饮食、安全等等都做了很详细的安排，唯恐怠慢我们北京机关来的。

我俩到连队食堂简单吃了点肉丝面条，就洗漱准备休息。边防连队很艰苦，住在这沙漠戈壁深处，距离红格尔旗还有一百多里路。营房是红砖土墙，生活所需品全靠到红格尔旗购买。吃水要到几十里路外，从与蒙古国搭界处的一个无名湖里拉水吃。平时，连队靠业余时间养羊、养猪、养鸡，大塑料棚种些青菜提升连队的生活水平。他们连队负责一百五六十公里的边防线，沿线上设立几个巡视点，担负着巡逻任务。日常巡逻靠骑马和人步行，无论刮风下雨下雪天都未曾间断过。据刘建军连长介绍，为了国家的疆土完整、人民群众的生命安全，这个连队自建立到现在，已经有十三名干部战士牺牲在巡逻的边防线上。连队专门在营房旁边设立了一块红格尔边防连烈士陵园，以纪念死去的英魂！牺牲的这些战友们，不是在暴风雨中牺牲的，就是在大雪夜里或沙尘暴中牺牲的。我心里默默为他们祈祷：出师未捷身先死，长使英雄泪满襟。埋骨何须桑梓地，人生无处不青山。他们都是当之无愧的英雄！还有一次是蒙古国的武装偷渡客被我巡逻小分队发现，双方一场激战下来，活捉了三人，打死九人，我方却也牺牲四人。因此次事件，该连还被北京军区授予“英雄边防连”称号。

我们俩住的这两间房，还是连队领导临时来队探亲家属住的。他们接到任务通知，临时收拾出来的。房间很简陋，一张双人床，一张两屉桌，两把木椅子，一个洗脸盆，一个铁皮暖壶，门里放了一桶水，说是洗漱用水。我看到这些，感觉又回到了几年前的老连队生活。我们老连队是在青山绿水的原始森林中，大氧吧里，喝的山泉水。可这儿却是荒芜戈壁沙漠，兔子都不拉屎的地方。我从北京带来茉莉花茶，用这的开水一泡，茶水变成了红墨色。喝一口，又苦又涩，无法下咽。

我刚洗漱完准备睡觉，突听噼里啪啦哐哐当当，“啊！啊！有老鼠！有……”王丽平狼狈地穿着睡裙闯进我屋里来。她两手抱膀，身体紧缩，惊慌失措地喊着，一下扑到我怀里。我急忙扶着她问：“怎么啦？怎么啦？哪有老鼠？啊！”她战战兢兢地说：“我怕！我怕老鼠……蟑螂……”说着呜呜哭上了。嘿！一副大小姐的娇情劲儿就上来了。“哪儿呐？”我拉她去看看她屋里的老鼠蟑螂。她拖扯着我说啥就不去，并哭泣着说道：“不！我怕……”她牢牢抱住我的胳膊不放，好像一放手就会被老鼠蟑螂吃掉似的。“那怎么办？也不能这样待着吧？”我笑着又说道：“王丽平，我们当兵要上战场杀敌呢，怎么被这小小老鼠蟑螂给吓破胆啦？以后怎么上战场啊？”她扭扭捏捏撒娇地说：“嗯，哪里会嘛。”

我心里暗暗骂道：“看你这熊样儿，还他妈当兵的！这还没让你上前线打仗呢，要让你上战场还不吓尿裤啊？”我心里再不高兴也不能冲她发脾气不是，还得耐着性子和她商量。我耐心地说：“这样好不好？我去把屋里的老鼠赶跑，蟑螂找一找打死，你在屋里睡，我在外边站岗，你发现有老鼠随时叫我，好不好？”“不吗！我要和你一起睡！”“啊？王丽平，你开什么玩笑？”我严肃地瞪着她问。“我没开玩笑！我是认真的！”她还气呼呼委屈地争辩。

“哇噻！你跟我睡？不开玩笑也不行！我们虽然是同学、是同事，那也不行。两个未婚青年，军人，又是党员干部，借出差同居，让单位领导同事知道怎么解释？甭说我们不是情人恋人，是情人恋人也不能这么放肆。我们是革命军人，是部队，不能让人指责。你是认真的，我也是认真的，我们都还年轻，仕途刚刚开始，不能超越做人的底线，绝对不能！”我坚决地说。我说后，看她愁眉苦脸的样子，又怕她承受不了，就笑着又问她：“丽平你说，就这么一张床怎么睡？”

“嗯，我睡里边，你睡外边挡着我，咱俩互不侵犯，互不干扰。”嘿，她好像早考虑好似的，手指着双人床很轻松地说道。

天呐！两个未婚青年男女，正在这情窦开放的年纪，荷尔蒙鼎盛阶段，都是些干燥透的干柴，遇火星就能燃烧，这怎么能行啊！

她又穿着那件在军校时曾穿过的透明丝绸缎睡裙。胸前那两个挺直圆圆的，把睡裙顶得很高。她还外露出大腿白细柔软的皮肤，让人的荷尔蒙直往头顶上蹿，无法抑制。

忽然间我看到她那双近视眼镜，顿时情泄三分。我生气地把她推到一旁，无奈地说：“好吧，我去把你的被子拿来。”

她睡床里边，我睡床外边。她用被子捂住睡去了，我却难以入睡，思绪万千。我为稳定自己的心境，想起柳下惠“坐怀不乱”的故事……

第二天早起，王丽平她用暖壶的热水洗脸，嘴里还叨叨着：“这破地方，水太难喝啦！这桶里的水能刷牙吗？脏哩叭叽的！”

我在一旁收拾东西，旁敲侧击地说：“这就是我们革命战友常年生活使用的。你呀，就将就点吧我的大小姐同志。”

我俩早上和战士们一起在食堂就餐。张震中指导员亲切地问：“方工您俩休息的好吗？”

“好好，挺好的。”我赶忙说。王丽平她红着脸只低头吃饭，不言语。这个季节连队还有蔬菜吃，早餐是馒头和渣子粥，每个桌上有两盆炒菜和一份酱豆腐。我俩和连队领导坐一个餐桌，桌上特意给我俩煎了两个鸡蛋。“张指导员这可不行啊，不能搞特殊化。”我执意不搞特殊将那煎鸡蛋撤走。从王丽平的表情看，她还有点不大高兴。

上午和战士们座谈，听取他们对使用三种 YSJ83N 型夜视仪的意见和建议。座谈中我们将他们提出的意见和建议都一一记下。下午，我俩穿着作训服跟随刘建军连长开车到中蒙边界处，在无名湖旁边找到一处凹地，进行三种 YSJ83N 型夜视镜的试用。

晚饭，我们就地简单吃了点压缩饼干。当夜幕降临后，四周一片黑暗。北疆中秋的夜晚，天气有些寒冷，天空挂着片片云朵，把天际星光遮掩。我和刘建军连长专注地测试着夜视仪，王丽平不断地往我身上靠拢，以挡寒风侵袭。突然，从蒙古国那边跑来几十头野驴，互相追跑着，宛如正在进行一场越野竞赛似的，互不相让，朝着我们这边跑来。也好像它们知道我们在迎接它们的到来，看谁能先到达我们这边，谁就是胜利者。我通过夜视仪看清了野驴群，大部分是成年驴，还有三个小幼驴，驴的身高、身长，驴脸驴耳朵、驴眼睛，特别草驴和叫驴都能看得清清楚楚。我激动地说："哎呀！八个叫驴，一、三、五、十，十三个草驴，还有三个小幼驴仔。太清楚啦！来了来了，五十、三十米……"

"来来来！让我看看……"王丽平从我手中夺去夜视仪观察。我还是第一次看见野驴群，原来听说内蒙古地区野驴很多，还有野马。我这目睹了这一切，好奇地问刘建军："哎刘连长，这些野驴……"

"哦，这些野驴无定点，多得很。哪儿草水丰富，就往哪儿跑。嗯，你们来之前，我们还特意打了一头野驴，今晚回去咱们就尝尝野驴肉。这个地方常年可以捕猎野驴、野马，野羊、野猪、野兔更不用说了，多得很。不过自去年，国家专门下了严禁猎杀野马、野驴、野羊的通知，现在控制了。否则，这些野家伙都跑蒙古国去啦。"刘建军介绍着。我随声道："是呀！应该控制，让它们和人类共存，我们人类保护它们，反过来同样它们会保护我们人类的。否则……"

的确，我们这三种 YSJ83N 型夜视镜在黑暗中，在两公里外还看非常清楚。它们的一举一动我们都看得清清楚楚。这下我放心了，高兴了，成功了。

晚上十点，我们回到连里共进晚餐，炊事班专门为我们准备了野驴宴。张震中指导员客气地说："来来，方工、王工辛苦啦！先喝一杯酒。这，即是欢迎又是欢送酒啊！"

"谢谢你指导员，谢谢你刘连长，给你们添麻烦了！我俩应该先敬你们才对。"我客气地站起回应道。"那我们共同干了这杯酒。共同庆贺你们的成功，也感谢你们的辛苦啊。"

我们共同喝了第一杯酒。刘建军连长对桌上的各种驴肉菜一一做了介绍："这是红烧野兔肉、驴肉炖扁豆、葱爆驴蹄筋、洋葱炒驴肥肠。凉菜是凉拌驴皮，女同志吃是最好的，阿胶就是它做的；酱驴肝、驴腰、驴宝肉，特别是这驴钱肉最香，是最精华的上品菜；还有这……"

没等刘建军连长介绍完菜，王丽平就迫不及待夹了一块驴钱肉吃，她吃到嘴里很香，就好奇地问："这驴钱肉是驴身上哪个地方的呀？这么香，嗯好吃。"

她这一问，把在场的人都问愣了。我们互相看看，不知怎么回答她。"哦，是驴……"我急忙打圆场道，"驴钱肉就是叫驴身上的肉。叫驴，在内蒙古这儿当地叫驴就是公驴，雄性的，草驴是母驴，雌性的驴。”

她看看我天真地问：“草驴身上有吗？”

我说：“嗯没有！”

“哪，为什么草驴身上没有？”

嗨！她是真傻还是假傻呀？我红着脸急忙冲她说：“嗯，那是男驴的专利！”这一说，逗得大家都哈哈笑了。

酒后，刘建军连长、张震中指导员客气地对我俩说：“本来想多留你们几天，可连队条件有限，无能为力啦。明天吃过早饭，我们已安排好，派车把你俩安全送到二连浩特市。那，你们早点休息吧”

“谢谢你们，我们来给你们添麻烦了！”

“不客气！这是我们应该做的。要说谢呀，我们还应感谢你们科学家咧！为我们设计这么好武器装备。”张震中指导员在一旁也对我俩客气道。

我们俩回到宿舍。王丽平仍执意与我同住一个屋，甚至她把东西已全搬过来啦。“哎呀，王丽平同志这样不好吧？”弄得我很为难。“有啥不好？俺害怕老鼠蟑螂吗。俺一个小女孩家出门在外，你们大老爷们不保护俺那咋办呢？哼哼。”她跺脚撒起娇来。

可我又细想，站在她的角度也是。在这荒芜的戈壁沙漠上，她一个女孩子家确实害怕。我是一个男人，又是战友，总不能袖手旁观不管吧？想到这里：罢罢罢！她一个女孩子家都不担心影响啊啥的，我一个堂堂正正的男子汉又怕什么？不做超越底线的事儿，心里坦荡，身正不怕影子歪！就这样默许认可她王丽平的纠缠，住在了一个双人床上。

晚上她起夜小便，一人不敢到房外公共厕所去，我也懒得往外跑，只好将洗脚盆给她当尿盆用，让她在屋里一角的洗脚盆里小便。

第二天一早，连队小车把我们俩送二连浩特市上飞机回北京。

到二连浩特市天已经是晚上七点多钟。到民航售票处一问才知道，去北京的飞机航班已没有，只有明天一个航班，我把飞机票买好。只好住市宾馆，等待赶乘明天的航班飞北京。

我俩入住二连浩特市宾馆。这二连浩特市改革开放的步伐还刚刚开始，就说这个宾馆，实际上只是一个招待所的水平。房间墙壁又黑又脏，白墙已发黄，有些地方还脱着墙皮，房顶日光灯多年未擦，沾满灰尘，光线发暗。床上的被褥、枕头虽然换了外套，牛羊肉的疝气味很浓。床边一双拖鞋不知穿多少年，鞋后跟都磨平了。床头的台灯，我怎么按开关都不亮。卫生间配发一条毛巾，已毛边开线，看得出是多次使用过洗的结果。浴池旁贴着一张发黄多年的通知条，上边还能看清内容：早八点至晚十点供热水洗澡。

“哎呀！我要和你住一起吗，那床下有蟑螂！屋里……嗯……”王丽平拉旅行箱，手提旅行包噘着嘴推门进来嚷嚷道。

“哎呀，王丽平同志，哪儿都有蟑螂！你住这屋没蟑螂的，我住有蟑螂的行吗！”我生气地说着去拉箱子和提包，意欲与她调换房间。

“不不不，不吗！”她两手拉着东西，两腿一叉，挡住了我的去路。

“丽平，你能不能不闹？”我瞪眼冲着她说道。我真生气了，在连队那里我已谦让你了，蹬鼻子上脸是不是？太过分。

她看我真生气了，使出受委屈娇小姐那个撒泼劲来，蛮不讲理地争辩道：“嗯我没闹！我是……”

“没闹？那你这……”我看着她问道。

“这鬼地方，我害怕吗！又脏又有蟑螂！”她哭丧着脸争辩道。

“那不行，咱退房去找干净地方行吗？”我高声冲她嚷道。

“哪儿有啊？这儿，是市唯一的宾馆，别的地方还不一定有这里好呐！”她低声又解释道。

我听她说，心里也在想：狗东西！你不是挺明白的吗。我接着说道：“那不得啦！丽平！咱们是出差，差不多就得啦，你哪儿那么多讲究啊？”

“我没讲究，我怕蟑螂吗……”她说着委屈地去撇嘴想哭。

我看她赶忙说：“好好好！没讲究，没讲究。”我看看腕子上的手表，已是晚上八点五十分，坐了一天的汽车，颠簸的也饿了，我压住内心的火气，静气地与她商道：“要不这样？ 10点钟就没热水啦，咱们分头去洗个热水澡，然后再去吃饭，怎么样？”

王丽平不大情愿低声说：“那好吧。”

“你在这屋洗，我到那屋去洗。”我从行礼包里拿上换洗的内衣内裤，到隔壁房间洗澡去了。

秋天，二连浩特市的晚上已是很凉的，不到十点钟，稍微大点的饭店已打烊。我爱吃羊肉，王丽平也爱吃羊肉。我俩就到宾馆附近一个小烧烤店，要了两个凉菜，凉拌羊头肉和芹菜花生米。烤羊肉十串、羊板肋十串，烤羊腰子两个，还要了一瓶当地白酒。我们俩还是中午在半路上的马路边小饭馆吃的一碗面条，更何况现在又洗了个澡，浑身也舒服了，肚子里更加饥饿。

两人先一阵狂吃，肚子里有点东西后，又喝了两杯白酒，浑身上下感觉特爽。“丽平来！我敬你一个”“不！咱俩一起喝！”“好好，一起走个，走！”我俩推杯换盏，不知不觉一瓶老烧酒喝完。她好像还没尽兴，烤羊肉串也没吃完，“老板娘，再来一瓶。”她又让老板娘拿来一瓶老烧酒接着喝。

待到第二瓶白酒喝完，我头有点晕，她也红头涨脸的。“丽平！我们俩的……我俩不……不可能！”我结结巴巴的给她说。实际上我是想对她明说咱俩不可能成婚。

她可能也听出我的意思，急忙道："来瓶啤酒！咱俩回去再说咱俩的事！"她冲饭店老板喊道，"老板，拿两瓶啤酒来！"

此时她又现出了在军校毕业会餐时的那种女军统特务的形象来了，喊着我："方晨！方……方工……来！干……干完回去！"

我突发奇想，王丽平你到底能有多大酒量？小样，跟我较劲。笑着冲她说："丽平，干完再来一瓶啤酒？"

"没……没问题！来……来瓶白……白酒……都没事！"她结巴着逞能。

我看着她有点多了，心想：哼！吹牛吧你。"老板娘，再来两瓶啤酒。"我又让老板娘拿来两瓶打开。我没用酒杯，拿啤酒瓶对嘴咕咚咕咚喝完了。说真的，喝完白酒又吃那么多烤羊串，本身很燥热，两瓶啤酒下去，全身很爽，头脑也清醒多了。

王丽平吃着烤羊腰，看我一口喝下一瓶啤酒，她眼镜后边的眼神都有点不服气。把烤串往桌上一放，"哼，看我的。"拿起那瓶已开盖的啤酒瓶，仰头张嘴就往嘴里倒，咕咚咕咚……哗啦啦，啤酒从她嘴里溢出来。她咳嗽着把啤酒和吃到肚里的东西，一下全吐出来了。

"怎么啦？怎么啦丽平？"急忙站起来去扶她，又去拍她后背。

她又咳嗽两声，推开我的另一只手说："没事，没事，喝呛着了。"

"咱不喝了啊，抓紧回去，明天还坐飞机嘞。"我制止着她，去结账买单。

结完账，就扶着她回宾馆。她晃晃悠悠使劲抱着我的胳膊："晨，我爱你，你……你知道……吗？在……在军校俺第……第一学年就……就喜欢你啦！"

晚上冷风一吹，我的头脑更加清醒，酒力已经过去似的。我急忙对她说："丽平，你喝多啦，我们俩不可能！""啥？咋不可能？"她可能也清醒了些，舌头灵活了些。就是身体不自主地往我身上贴，两腿还有些发软，东倒西歪地冲我道。

我把她扶进宾馆房间。把她放到床上，将外罩脱掉，让她躺好。我正准备去给她倒杯开水喝时，她突然跳起一把抓住我的胳膊，使劲往身后床上躺。

"哎哎，丽平丽平！你喝多啦？"

她死死抱住我嘿嘿笑着说："我没喝多，我爱你晨，我爱你！"

我使劲挣脱她的手，从她身上爬起来："王丽平，你要是这样！我到那屋去住啦，不管你了！"

"不不不！你不能走晨，我怕……我怕！"

"好好，好你怕。不让我走是吧？我去给你倒杯茶水喝好不好？"我推开她，并安慰道。

她又坐起来拉住我的衣服，像无助的孩子，两眼望着我点点头说："好，你别走？"

"好！我不走。你放开我坐好，不动，甭动啊！"

房间里温度较高，我把外衣脱掉，洗了洗手，给她冲泡了一杯茉莉花茶水，端到床头柜上。她可能累了，也可能喝多了酒，也可能困了，已经闭上眼睛仰面躺着。我近她床边说道："丽平，你快去洗漱，换上睡衣早些休息吧，明天咱们一早还赶到机场回北京呐，啊？"

"我不困，我等你呢！"她突然坐起拉住我的胳膊，就往怀里拽。

"丽平，咱们俩是不可能成的，我已经有女朋友了。"

"哈哈哈……就你那个女护士，不早就牺牲了吗？什么有……"

"嗯！你是怎么……"我惊奇地看着她问。是呀，我在军校时从未向人提过我有女朋友，更没给任何人说过我和梅儿的事，她是怎么知道的？

"我是怎么知道的是不是呀？嗨，晨晨，咱们班里，嗯……你们二十三个男生，每个人的情况，我们……我们三姐妹都……都摸得一清二楚，嗯……"王丽平似睁非睁着眼，半醒半醉地抱住我的胳膊得意说道。

"哦？那陈东追你暗恋四年，你怎么……"

"嗨！你不知道吧？他俩陈娟……早已情订终身啦！哼，他……他对我是表面的。那是烟幕弹……扯淡！嗯……真正张敏是爱陈东的。哎！可惜……可惜呀……她得了白血病。哼！你们男人就是那样，张敏生死竭力爱着陈东，可……可陈东那兔小子，张敏住院时他陈东理都不理……去都没去看一眼。哎，张敏就像我爱你一样痴情啊……你知道吗方晨晨同学？"

"丽平，我已有心上人了，你不要再浪费心思和时间，更不要耽误你的幸福，啊。""谁？在哪儿？我不管！我就要你……"说着又要往怀里拉我。

我使劲扯着，并严肃地："王丽平！你不要这样！这样的话，我走啦！我们不可能！你死了这条心吧！"我生气地喊叫着扯开她两只手，起身走了。

"呜呜呜……"她哭啦？非常伤心地趴在床上哭起来，还自言自语絮叨地说："你没良心的！我哪儿不好？她们能做的……我王丽平都能做……她们不能做的……我也会做呀啊……"

说到这儿，有人会说我真傻！这么好的机会，借此把她给办了吧。送上口的肥肉，不吃白不吃。我不是傻，我不喜欢她，不能那样办。那还是人吗？一是对她个人负责，也是对我个人负责。再说，我从心里厌恶她，不喜欢她。就如一个人不喜欢吃的食物，你强迫把食物塞进他嘴里，他不但不吃，反而还恶心呕吐。我对王丽平就是如此。

我没理会她的哭闹，就到卫生间洗漱更换睡衣去了。

她看我洗漱完毕竟然穿着睡衣出来。她，嗖的一下站起来，跑到卫生间洗漱去了。

我也累了，喝了些水躺下不知不觉就睡着啦。

实际上她跑到卫生间洗漱完，又将我和她洗澡时换下的内衣内裤给洗出晾晒起来。具体她啥时候洗漱完出来睡得觉，我全然不知。

早上起来,我在收拾物品。她在卫生间洗漱照着镜子自我欣赏着,大声问我:“晨,你说我不漂亮不美丽吗?”她突然发问,使我很难回答。说真话说假话都不妥,我随口说:“美丽与漂亮是不同的,漂亮更多的是外貌,美丽不仅是指外貌,更重要是指心灵。”

“嗯,我认为我很美,很漂亮!”她咯咯笑着很自信地对我说道。“嗯,那就好!每个人对自己都要有自信。否则……”我应对她说。可心里暗骂她:不懂美与羞,不知廉耻和自尊的家伙!

我俩回到北京后,根据部队所提出的改进意见和建议,向叶剑桥教授做了具体汇报。特别是部队提出的关于使用电池问题,两节 1.5V 干电池使用寿命太短,只能使用 12 个小时。就此,我们小组作了仔细研究,又大胆地提出利用光能解决用电池的问题,叶剑桥同意大家的想法。

闲暇时,我悄悄问聂蓉蓉:“你有什么急事呀?这次出差你不去让王丽平去?”

“怎么?丽平跟你去不也挺好吗?听她回来说非常好!非常愉快开心,听她说你们在连队时还……”

“还什么?我问你为啥不去?”我有点生气,大声问她。

“不为啥,王丽平听说咱俩去出差,她晚上不睡觉纠缠着要求我把这次机会让给她。哼,还说什么你俩是同学,还没单独出去过,在学校时做梦都想和你一起出差。还央求我说:‘咱俩是好姐妹,请你让我这一次吧啊,以后啊我什么都让你,好吗?’你听听她王丽平说的话?我不可能不给她这点面子吧?我们是同事,又是东北老乡。”聂蓉蓉一肚委屈地向我发泄道。

我担心王丽平对她胡说八道,又问聂蓉蓉:“她回来还给你说啥啦?”

聂蓉蓉说:“没说啥,光说收获非常大,非常开心,还给我们糖吃,朱建铭还问王丽平这是喜糖吗?她光嘿嘿笑不解释,你俩……”

我急忙解释道:“你甭胡猜疑呀,我可是清白的!”

聂蓉蓉笑着说:“清白就清白呗,你紧张啥?”

王丽平看到我俩说得很热闹,也过来说:“哎,啥清白?”聂蓉蓉笑着说:“做人要清白。”说着就躲开了。

我看王丽平来了也起身,忙自己的事去了。

这时,姚民笑嘻嘻地过来问王丽平,“哎,亲爱的,你出差回来带啥好吃的啦?”王丽平正好在我们俩那儿碰一鼻子灰,一肚子火无处发泄,正好姚民送上门来。“什么亲爱的?谁是你亲爱的?好吃你个头啊!”王丽平生气地冲姚民发一通火。

我们大家都扭头看王丽平和姚民。姚民很尴尬地冷笑一声,无趣地回到自己办公桌前低头干活去了。

第四十六章 | 棒打鸳鸯

一天，我桌子上的资料放得凌乱不堪，正想把查找的资料整理下。叶剑桥桌上的电话铃响起，谁呀？大星期天的，闲着没事往这儿打啥电话？讨厌。我很不情愿去接听，“喂，您好！”我虽然心里不高兴，但接电话的语气还是很平和的。

“请问你们研究小组有个叫方晨晨的吗？”传达室值班人打来的电话。

“哦，我就是。”

“哎，大门口有个姓冯的同志找，请你来接一下吧。”“好好。”

姓冯的？我出办公室去大门口传达室的路上，脑子里还在想：姓冯的来找我？我在北京没啥亲戚朋友啊。说真的，我在北京这两年多工作，还是第一次有人找。

我推门走进警卫传达室。“嗨！冯为国！”一眼就看见凳子上坐着的冯为国。他穿着一身整齐的八四式新军装，手里还拿着行李，从额头大沿军帽底下淌着汗珠。我跑上前去喊：“冯为国！你小子！这是从哪儿来呀？还找到我啦。这，这大热天的，干吗还穿那么规矩？又不是参加什么正规的重大活动。”他嘿嘿地笑着站起身拉住我的手，“我从老家来。”

冯为国他是比我晚一年考上军校的。他在上海空军政治学院学习毕业后，又回到原雷达团政治处工作，听老首长范林太政委和老乡战友们说，我毕业分配到北京工作啦，他们也都为我高兴和自豪。冯为国这次回老家探亲，跑到我家里，妈妈告诉他我在北京的通信地址。他就借着在北京转火车的空间，专门来这里看看我。

晚上，我带他到研究所外的饭馆里，痛快地喝了一顿。正好同住的姚民到外地出差床空出来。我就顺便安排冯为国睡在他的床上。我俩躺在床上，东拉西扯有说不完的话题。先说他毕业后回到原部队雷达团政治处工作情况，又说到我们几位老乡战友的个人发展进步情况，等等。

当他说到团领导班子调整变化情况时，他说范林太当了团政委。听战友们讲起老连队唐明连长他 1984 年就转业了，安排在喜桂图旗市，工作不理想就和老伴辞职经商去了俄罗斯，专门从国内倒服装到俄罗斯去卖，挣了不少的钱，但也经历过生与死的考验。几次在国内开往俄罗斯的国际列车上被抢劫，特别是在俄罗斯的时候，有一次还被黑社会剁掉了一根手指，落下了终身残疾。不过，后来夫妻俩留在乌克兰开饭店，做中餐，日子过得很是不错。

“哎，晨晨你还记得梁东方指导员吗？”

“那我怎么不记得呀，他怎么样啊？”

“梁东方他听说转业到湖南长沙市皮件厂当了个保卫科长。”冯为国他又很羡慕地说：“方晨，你知道吗？林兵团长也调北京来啦。嗯，听说是空军成立个航空港集团总公司，林兵团长来当啥蓝天总公司经理？具体地址我也不知道。”

我惊奇地一下坐起：“是吗？我在这里一心搞专业技术研究，很少与外界联系。嗯，有时间我得找找他！那可是我的老首长嘞，也是大恩人。”

“晨晨，你和王红梅结婚了吗？”冯为国他关心地问我。

“哎，没有！”我很遗憾地把这几年与梅儿发生的事情给他说了一遍……

他好心地劝我：“哦，你在这大北京，有合适的还是找一个早些结婚吧，一晃你都二十五六了吧？”他笑着自豪地对我说，又拿出儿子的照片给我看：“哎，你看我儿子已经三岁啦，都会打酱油了。”

“哎，为国哥，你是和 4703 刘英结的婚吗？”

冯为国他听到刘英的名字，内心一阵绞痛，正憨笑着的脸突然凝重起来，哎地长叹一声。“说起和刘英的恋情，我的内心还是非常愧疚，对不起刘英那姑娘，看来我这辈子都无法弥补这份情债啦。”

我真不知内情，不是故意揭他冯为国的痛处。冯为国他愧疚地向我细说了他不幸的婚姻情况……

那是 1978 年冬。他接到“父病速回”的加急电报后,冯为国的就急匆匆赶回家。他到家一看，父亲冯建刚无病，又看到家里把他婚礼的事情都已安排妥当，该花钱的地方，家里全部都置买好啦。家里养了一年的大肥猪也杀了，待客的猪肉已烧煮好，待客的馒头已蒸齐，喜烟喜酒喜糖全买来了。父亲冯建刚寻死觅活的步步紧逼他和李玉莲姑娘结婚。

冯为国在父亲和爷爷的苦苦哀求和紧逼下，他无奈只好投降。冯为国答应父亲后，一早赶到乡政府，李玉莲早已在乡政府门前等着他了。

冯为国找了个理由，没有和李玉莲她一起来乡政府。冯为国知道，来也是白来，没有部队的证明信，绝对拿不到结婚证的。所以，他骑着家里那辆旧飞鹰牌自行车单个来的，以便不让外人误会。

“请坐。”乡政府民政助理王朝阳，在办公室里很热情地接待了冯为国，并开玩笑地说：“老同学，几年不见。原来你当兵去了，还当官提干啦？祝贺呀！”

“谢谢！是，我走四年了，也没给你通信，对不起你啊朝阳。”冯为国面对昔日的初中同学，也感到自己很自豪。虽然同学中专毕业当了乡干部，自己也没怎么逊色，就互相客气了一番。

“怎么？来请我喝喜酒啊？”王朝阳冲着冯为国和李玉莲打趣道。

“老同学，我到时会请你的。”冯为国呵呵笑着说。

“嗯，这还差不多。好多同学当官了看不起俺这乡下人，现在都不联系，这太没意思了！”王朝阳冲冯为国笑着讽刺地又说道：“为国，你当了大官，不会看不起俺这农村人吧，啊？哈哈哈……”

这话很刺激冯为国的心。“哪能，我本身就是农村的。”冯为国不好意思的争辩道。

“你们今天是来登记的呀？”王朝阳翻看着李玉莲递过来的证明材料。看了看李玉莲又笑着冲冯为国讽刺道：“嗯，为国不错呀？当了官还不嫌弃农村对象。”

“是的，不过……我这次来得匆忙，我没有开部队的证明。这……这恐怕……”冯为国提高嗓音说道，想引起王朝阳的注意，或者说是，提醒王朝阳他可要公事公办，我不需要你老同学开绿灯哦。

王朝阳嘘的一声，用手一指门外，对他们说：“小声点儿。”

“我真没有！”冯为国不但不小声，嗓门更提高了，对王朝阳再次强调。他想自己不能明说实情，只想让王朝阳明白他的意思。

可偏偏王朝阳不理解冯为国的心思。还更加卖力地说：“没关系、没关系，老同学，别人肯定不行。不过，咱们老同学，你的事儿还不是我的事儿吗？这点忙我一定得帮地，哈哈……我还等着去喝你的喜酒咧！”

王朝阳说笑着，认真地在登记本上登记着，并从铁皮柜里拿来红色《结婚证》本本，认真地把冯为国和李玉莲两人的内容情况填写在《结婚证》上。

“这……”冯为国哭笑不得，气得差点晕倒。想去向王朝阳解释，当着李玉莲的面又不敢明说，可他又不等冯为国暗地里给他王朝阳使眼色就给办理了。此时此刻，冯为国气的心里就骂道：“朝阳啊朝阳，你这个糊涂蛋呐！当领导也是个无原则、无规矩的领导干部。嗨！公社领导咋看你这块费料啦！真他妈糊涂啊。”

“好啦！”王朝阳把两本红红的《结婚证》书往冯为国手里一塞说：“记住啊！一定要请我喝你们俩的喜酒哟。”

在七八十年代，领结婚证很简易，两个当事人的名字、出生年月日、多大岁数这些信息，是民政工作人员用墨水笔在《结婚证》书上填写的，填写好盖章即可。不像现在的《结婚证》，精装的红本本，上边还贴着两人的合影照片。结婚证的书心，还都是用电脑正式打印出来的，显得很严肃很正规。那时候可不是。

要说结婚本身是很严肃的事情，也是人生一件大事情。它不仅仅是一个证而已，是青年男女由孩子转变成成年人的标志和转折点。在我们老家河南滑州当地，对男女孩子结婚叫成人。成人的意思，也就是说男女双方已长大成大人了，肩负起家庭的责任，不再让父母操劳了。在我老家那里，家长之间见面，关心对方孩子的婚姻大事，可她们之间不是直白问你孩子结没结婚，而是很隐晦地问：“他婶他叔，孩儿他（她）成人了没有？”地方就是这么个风俗习惯。

男女双方结婚，是两人组合新家庭的起点，是两人肩负人类繁衍生息的起点，也是男女之间互相负责任生活的开始！这就是说，男女之间结婚，组合成新的家庭，那男女双方在日常的生活里，有福同享，有难同当。不能像现在个别年轻人所说的：“结婚证不就是一张纸片吗？有啥呀？”没那么轻松，那么不值钱的。特别是还在谈着恋爱，将要领取结婚证的年轻人，千万甭轻看那小小一张纸片，它背后隐藏着使命和责任。

咱们再说说此时的冯为国。他手里拿着那结婚证书，感觉那证书就像块红红的电烙铁，把他冯为国烫得两手刺心的疼。瞬时他一失手，把结婚证书掉在地上了。

“嘿！为国……”王朝阳看到冯为国把结婚证书掉地上，他说着就弯腰替冯为国捡了起来，并用嘴吹了吹结婚证书上面的尘土，开玩笑着说：“为国！看把你激动的啊？证书都拿不好啦！”

冯为国很想当场唾他王朝阳一口唾沫星。

人生中，还有什么打击能比得上与相爱的人不能结婚，不相爱的人却偏偏强迫结合成婚这种打击呐？处在那一刻，冯为国的人感到整个世界都一片昏暗。尤其像他这样，对刘英一个心爱的姑娘产生了热烈的爱情，甚至深陷而不能自拔，可又不能结婚，使这强烈的渴望落了空。反而，不相爱的李玉莲，却已结合，将成为他的新娘，伴他终生！冯为国他怎能不痛苦，不纠结？他怎么能从这黑暗中走出，从这种痛苦中解脱出来呢？

当然，冯为国是一个明智的人，并不是一个抱恨终生、饱食终日的庸人。面对他家庭的现实，冯为国心里也明白，爷爷老了，弟妹们都还小，爹冯建刚已近六十岁的人了，不能在冯家这穷光蛋的家庭里，又当爹又当娘地那样操劳家务了。这个家，急需有个女人进来代替父亲这个角色，支撑起这个破烂的家。他现在与李玉莲结婚，把这个农村姑娘娶进家来，是件大好事，也是雪中送炭。冯为国在心里也反复问自己，很快就从痛苦中解脱出来。

他从乡政府门里出来，打发走了李玉莲。自己手摸了摸头，才感觉到头发太长，该理个发利落点了。这也是做新郎官之前必须的，不能让父老乡亲失望，更不能让李玉莲姑娘失望，这终归是洞房花烛之时，人生之大事。

冯为国他在镇上找了个比较好的理发店。这个理发店，是王朝阳的弟弟开的，叫向阳理发店。说这个理发店，实际上只有王向阳一个人；只不过小房子里有一把转椅，墙上挂一面很大的旧镜子，理发家具，也很像县城里的理发馆一样那么新潮。王向阳比他哥还帅些，恐怕四间房乡镇大街上，再没比他王向阳更赶新潮的人，头发染成多色，身穿牛仔喇叭裤，后脑壳上整天挂着蛤蟆镜，屋里喇叭里不停地播放着港台摇滚音乐，整个留固东西半条街上都能听得见这喇叭声。

物以殊为贵，人也以殊为荣。因为留固镇上就这么一个专业理发师，新潮的理发店。冯为国花了一块钱理个发，他站起来，在那面大镜子前，端详了一下自己的容颜，觉得王向阳的手艺就是不错，比部队里的理发师剪得还好看，还精神些，这钱没白花。

冯为国孤独地低垂着头，推着自行车迈着沉重的脚步往冯营村的家里走去。他不想进这个家，可以说他不想尽早骑着自行车到这个不如意的穷家。他推着自行车，心里想着远在异乡的刘英姑娘。他思量着，如果刘英跟他牵着手，蹦蹦跳跳，说说笑笑着一起来冯营村多好？到村里向乡亲们招着手，散发着喜糖进家门，那是多么的幸福和高兴啊？哎！可惜那只是梦境与幻想，他感到自己眼窝里热辣辣的。冯为国从梦幻中醒来，实感可惜。他心里想着，这就是命运就该如此吧？其实他冯为国很想跑到一个没人的地方，痛痛快快哭上一场，又无处可去。就这样糊里糊涂往家走，自己都不知道是怎样走回家的……

冯为国的婚礼很简朴。他和自家的弟弟、同学，骑上三辆自行车，把自行车的车前上方各拴着一朵大红色纸花，这就算是迎接新娘的专车啦。他们骑车到村东头李二狗家，把李玉莲接过来。在他家院里的新婚房门前，冯为国和李玉莲胸前戴着红花，站在前来贺喜的亲戚朋友面前，弯腰鞠上三个躬，向双方长辈老人鞠躬敬了茶，这就算举行了婚礼。

婚庆宴，他们请亲戚朋友和村干部摆上了五桌酒席。这酒席最大的官算是同学乡民政干事王朝阳啦。其他同学和他一同入伍当兵复员回来的战友一个都没请，也没通知。就这样，他草草地和李玉莲姑娘把婚结了。

冯为国在家连来带走总共住了十天。他给新婚的妻子李玉莲和父亲冯建刚说："部队战备太紧，需抓紧回部队去。"就这样仓促地告别新婚妻子，踏上了回部队的路。

冯为国因此事内火攻心，在回部队的火车上就感冒了。到部队后他冯为国一句都不敢泄漏自己结婚的事情，特别是对刘英更不敢提及此事。这事把冯为国折磨得坐卧不安，心情烦躁，想见刘英又不敢面对，只能以感冒发烧为借口不见刘英。

可刘英听老乡说冯为国探亲回来就病了。这可把刘英她着急坏了，急得她哟团团转，在通讯班战备值班都心神不定。一下班就跑到连队炊事班，求炊事班长做病号饭给冯为国端到宿舍床头，又跑卫生队找大夫，给冯为国开些感冒药。刘英她守候在冯为国床边，不是端水喂药，就是削苹果给他吃，那真是无微不至一百个真情，一万个真心对冯为国。

"哎！晨晨，这是我有生以来做得最浑的一件事儿，就这样也葬送了俺俩真的爱情和幸福。朝阳呀朝阳！你在我面前讲哪门子的哥们义气呀！你作为一名政府工作人员，就可以随便放弃原则吗？你的片刻草率将导致我终身痛苦啊！"冯为国激动又痛心地对我诉说着，"晨晨你说，我是不是太悲催啦？太没良心啦？太缺德啦？"

冯为国哭丧着脸悔恨地问我。

“哎，为国哥，刘英她现在知道你结婚这事儿吗？”

“不知道！”冯为国坚定地又很怜惜地对我说：“晨晨，到现在她都不知道啊。”

“啊？是吗？”我惊奇地问。

冯为国向我解释道：“我在部队感冒好后，一字未敢提。刘英她还以为我老父亲病重被劳累的，把她心痛的！给我买营养品，又是安慰我。让我不要着急，还给我五百元钱，非让我寄回家给父亲看病。哎！我一直没勇气告诉她。平时，我们俩一起共同复习功课做习题。这不，她考上了沈阳艺术音乐学院，我这……在校这几年，她总坚持给我写信，有次寒假她非要到上海去看我，我骗她说学院安排我们重走长征路，需要整个学期都在外地跋涉，没让她去看我。我平时不给她写信，也不给她回信，我在逐步地想法冷淡她，可……”看得出冯为国甜蜜的回忆，并加着他对刘英的那种纯真恋情的无奈。

冯为国哎地叹了口长气，又说：“刘英她毕业分配到沈阳军区歌舞团，经常写信催我去沈阳看她。我总是推辞说部队战备任务紧请不了假，她还盼着去雷达团那里慰问演出呢。嗯，她还说等空闲下来，能休假的话还到齐齐哈尔团部找我去咧。这……这，晨晨，你说我……”

我听后，非常同情冯为国，很理解他内心的痛苦和纠结。我劝他：“为国哥，回部队给刘英写封信，早些告诉她你已结婚的真相吧。千万不要在这无尽头的恋情中游荡和牵扯啦，千万不能再伤害刘英姑娘的感情了！不能再耽误刘英姑娘的幸福生活。刘英是个好姑娘，我很同情和理解你俩的感情。但是，这终归有个结局吧，不可能瞒她一辈子呀？时间越长，对刘英姑娘的伤害越深！常言说，该断不断，必留后患！为国，这些不用我多说，你懂的……”

冯为国嗯嗯地点头，同意我的意见，并表示：“好！我回去就给她写信……”

次日一早，我把冯为国送到北京火车站，在火车站的月台上，我对车厢里的他说：“为国哥，向范林太政委问好！向老乡高新宇、李化新、刘后光、王景波、张崇礼、常宽、金春、丁然他们问好，祝他们工作顺利！你和刘英姑娘的关系，不能再拖啦啊！”我又提醒他一句。

火车缓缓离开车站月台，我向远去的列车挥手告别。想着冯为国和刘英、李玉莲的婚姻就为他们惋惜，那真是有意栽花花不开，无心插柳柳成荫。

冯为国告诉我林兵老团长已调北京来的事后。我下决心，一定要想办法找到他，找到这敬爱的老连长。在20世纪80年代后期，全国改革开放、解放思想，一切向前看，已经进行到如火如荼的阶段。部队也是如此，抽调思想比较解放、有经济头脑的大批军人，专门成立生产经营部，成立各种大小公司，大搞生产经营。不论黑猫白猫，把经济搞上去就是好样的。

我的老连长林兵，他看透了中国改革开放的形势，顺应时代的发展，通过老父亲与总部的关系，调进了北京，进入部队这批生产经营大军中来，成为空军航空港集团总公司蓝天生产经营发展投资公司法人经理。

找林兵这事儿，我还是通过老战友张彪找到了林兵在北京的联系电话。

我又到林兵老领导所在空军航空港集团总公司办公地，看望了他老人家。在我们交谈中，听老领导介绍，他们公司也就十多人，都是不穿军装的现役军人，每个人出去谈生意西装革履，一幅大老板模样，很有派头。他们利用部队的优势条件，生意搞得非常红火，除毒品不经营外，无论军火、石油，还是农副产品，只要能赚钱的生意都做，每年为空军上交上亿元的利润资金，深受部队首长的赞赏。

第四十七章 | 两情相悦

星期天，我妹方姣姣和王建社邀请我出来吃饭，多日不见了想聚一聚。她定在我们单位附近的烧鹅仔酒楼。晚上五点半，我准时到达进入包间。“嗯，聂蓉蓉？”我猛吃一惊，心想她怎么也来了？又想起她和我妹妹是同班同学。聂蓉蓉看我进来很礼貌地站起身笑着说：“你好！”“你好！”我回应她一句，又问她们：“哎，我没迟到吧？”

“哥！没人说你迟到啊！”方姣姣笑着说。王建社叫服务员已点完菜。

我们四人吃着饭聊着天很快就吃完结束。就在马上结束时，我一起身不小心扯到餐桌台布，“哎哟”一声，使满桌盛菜汤撒了一桌一地。我急忙起身去拿拖把。

“没事，哎我来吧……你甭动！”聂蓉蓉笑呵呵地说着，拿纸巾将撒在我夹克衫上的菜汤擦干净，和服务员一起把餐具收走，“请你换一套新吧。”她让服务员收走又换了一套新的来。

姣姣借聂蓉蓉去洗手间洗手这空档。“哥，你是咋回事呀？人家蓉蓉，是个多好的姑娘啊，人家处处都照顾着你，你咋无动于衷嘞？”她小声责怪着我。

“嗯，我知道，可是……”

“可是啥呀？嗯哥，我给你说，人家聂蓉蓉姑娘眼皮儿可是高着嘞！在大学时，班里多少个男同学追她。她理都不理睬一眼，我最清楚她。她在我面前多次夸奖你什么爱学习、爱钻研动脑筋。我都没想到她对你还真那个……”姣姣她这么一说，我还怀疑她怎么这么清楚，就问她：“哎，你咋知道，她聂蓉蓉喜欢上我？”

其实，我在日常工作中也感觉到聂蓉蓉她对我的关心体贴，我故意反问她。

“嗨！哥，每次你们出差回来，蓉蓉她到我们家里玩，都滔滔不绝地夸你怎么能干，怎么能吃苦，怎么用心深钻技术。哎，哥！以后你也不能给她说是我告的密呀。嗯，你现在就保证，你保证！”她冲我小嘴一撅撒娇地说。

我哈哈笑着举手说：“好好好，我保证！为方姣姣保密行了吧？绝不对聂蓉蓉她说。这中吧……”

方姣姣她悄悄附到我的耳朵上说：“我看到她写的日记啦！嗯，还有一次，她住在我那儿，夜里睡觉她喊叫你，当时把我都叫醒啦！”

"是吗？"我吃惊地问。

"是的哥，平时你没发现她对你那个吗？嗯……"方姣姣她俏皮地冲我笑笑，又说："哥，我想有这样的嫂子……嗯？"

必须承认，聂蓉蓉虽然不是绝色美女，日常不苟言笑的性格和忧郁的神情，也让人感到冷漠。但在她身上，绝对蕴含一种楚楚动人的优雅气质，尤其是当她穿着得体的军装，身材高挑韵致，如亭亭玉立的荷花。说真的，她聂蓉蓉有些地方近似梅儿，走在街上时，总以旁若无人的公主气质征服他人，招来行人驻足观看和一片啧啧的赞叹声。她也感到了压力，所以外出经常戴着口罩，刻意把她美丽的面庞遮掩起来，让很多人难以见到她的"庐山真面目"，给人一种神秘感。

我自从分配到研究所，同她在叶剑桥教授的领导下，开展研究商讨一些事情时，两人还起到很多争论，甚至争得面红耳赤。但每次，都是她先宣告退却而停止。我俩争归争、吵归吵，相处时间久了，心里渐渐就有了亲近的感觉。日常，我们跑部队做试验调研，彼此产生出互相爱慕之情。她主动关心体贴我，这也是难免我揣着明白装糊涂。有时，在星期天或节假日，她都跑到我宿舍问，上街是否需要带啥东西不？有时晚上，我在办公室查阅资料、计算一些数据、绘制修改图纸时，她主动向前问我是否需要她帮忙啊，等等。我不是傻子，心里都明白，只是不敢开口。并且梅儿永远在我心里无法忘却。有时，我故意冷落她，很少主动邀请她帮忙。聂蓉蓉倒大度，星期天主动到我的宿舍看我，我换下的脏衣服，无论放到哪里，她都能毫不费力地找到，默不作声地洗好，待衣服晾干她再收起叠整齐放好，才离开。这点，王丽平无法与她比，她是我喜欢的那种类型的女人。人漂亮不张扬，不娇气，为人低调，做事默默无闻不争名利。生活上不奢侈，不乱花钱。日常除军装外，从没见她穿过花枝招展的衣服，是个居家过日子的好女人。晚上，在办公室加班，如果没有别的事情需要讨论研究的，我们就各自默默看书互不打扰。

记得有一次，她在洗我的衣服时，见到了我和梅儿的合影照片。她的手好像微微颤抖了一下，凝视照片好半天没作声。我坐在那儿看书一点不理会她。她洗完衣服，收拾完屋里的卫生，轻缓地走到我身边说道："我走了……"

我这时才站起身笑着说："谢谢你啊！我送送你吧。"

她微微一笑轻声说："不用客气。"独自默默离去。

我冷漠，只因为我心里只装着梅儿。在我心里谁都替代不了梅儿的位置。可是，聂蓉蓉的郁郁寡欢呢？我不知道。难道这就是那个时代，两个青年人应有的恋爱方程式吗？我有时问自己，而每次我的回答都是，不！这叫完成任务，是妈妈留给我的任务，必须去完成。

我和方姣姣、王建社、聂蓉蓉从烧鹅仔酒楼出来，已是晚上八点多钟。马路上的小汽车、公交车川流不息，逛商场购物的男女老少熙熙攘攘。街道两旁商店铺面前的各种彩灯明亮如昼，北京人的夜生活才刚刚开始。

“哥，建社我们俩还要回公司加班，就不陪你们咯。再见啊”方姣姣和王建社他俩就与我俩告别。方姣姣还跑过来，悄悄附到聂蓉蓉的耳朵上小声说：“加油，我未来的嫂子……”“去你的！”聂蓉蓉她红着脸羞涩地抬手拍打姣姣她肩膀一下。我在一旁，装着啥都没有听见，急忙说：“出租来了，你俩快上车吧。”

“拜拜。”“拜拜。”当方姣姣和王建社两人乘出租车离开后，聂蓉蓉她望着我轻声问：“你能不能抽时间陪我出去转一转？”

“好啊！你想去哪儿？走，我陪你去。”我急忙爽快地答应。我也正好想找机会单独与聂蓉蓉她接触下。她这一说，正随我愿。

“嗯……我想去八一湖看夜景行吗？”

“行啊！哪有啥不行的，走！”

我俩来到八一湖。夜晚的八一湖彩灯闪烁，男女老幼熙熙攘攘，都是来这里休闲散步和观赏夜景的。我俩怕碰见熟人，故意绕道走在湖边的林荫小路上，不时见到湖边树丛闪现浓情蜜意情侣的倩影。

而我和聂蓉蓉原本也该是他们中的一对儿。可是，我和她大约拉开一尺的距离，她前我后，默然无语，只能证明是一个男人和一个女人在这里不期而遇。静默许久，她忽然停下脚步，抬头凝望天空。原来是月亮升起来了，像一个带着花纹的白圆瓷盘挂在天际。月儿是那么光华，与公园内的彩灯遥相呼应，四野刹那间明亮了。树木，草丛，小花，带着浓重的身影，静静地伫立着，承受着天上倾泻的银白色光辉。星星一颗又一颗亮了，像镶嵌在天幕上的蓝宝石，闪耀晶莹的光芒。没多久，大地升起一片淡淡的雾气，先是在地表面凝聚，然后渐渐地扩散。我俩被包裹在柔曼的轻纱之中，和天地融为一体。

面对这难以忘怀的美丽景色，置身这亘古不变的湖光月色里。我情不自禁地想起梅儿，也许天上的月亮就是我的梅儿，她在高远清冷的天际，正在向我眺望，默默倾诉对我的绵绵思念……

瞬息之间，使我想起那年和梅儿在齐齐哈尔龙江边上的一幕……我俩望着滔滔东去的江水，江面上飞过一只只水鸟。梅儿撒娇地依偎在我怀里，说：“哥！我很喜欢高尔基的散文诗《海燕》，你会吗？”我很自信地笑着说：“太熟悉啦！那是苏联作家高尔基的代表作呀！”

“哥，你给俺朗诵几句好吗？我想听……哼……想听嘛！”梅儿仰面望着我撒娇地央求道。我站起身来，面对浪花翻滚的龙江，大声地朗诵道：“在苍茫的大海上，狂风卷集着乌云。在乌云和大海之间，海燕像黑色的闪电，在高傲地飞翔。乌云越来越暗，越来越低，向海面直压下来，而波浪一边唱歌，一边冲向高空，去迎接那雷声。雷声轰响。波浪在愤怒的飞沫中呼叫，跟狂风争鸣。看吧！狂风紧紧抱起一层层巨浪，恶狠狠地将它们甩到悬崖上，把这些大块的翡翠摔成尘雾和碎末。看吧！海燕飞舞着，像个精灵……高傲的、黑色的暴风雨的精灵……它在大笑，它又在号叫……它笑那些乌云，它因为欢乐而号叫！这个敏感的精灵……它从雷声的震怒里，早就听出了困乏，它深信，乌云遮不住太阳……是的，遮不住的！勇敢的海燕，在怒吼的大海上，在闪电中间，高傲地飞翔；这是胜利的预言家在叫喊：……让暴风雨来得更猛烈些吧！”

“好好，哥！太好啦！太好啦！”梅儿咯咯的笑声渐渐远去……

我的眼睛顿时湿润了。唉的一声长叹，情不自禁地自语道：“大自然是多么的美好，而一个人的生命又是何等短暂，一个人是何等微不足道啊！也许若干年后，这个世界会干净彻底地把我们遗忘，那也没有什么，因为我们曾经来过，也曾经爱过和被爱过，这就足够啦！”

聂蓉蓉仍仰望天空，目光迷离缓缓说道：“是啊，多么希望人和人之间，就像这天上的月儿和星星一样，幸福地互相守望着，微笑着，牵挂着，永不分离，那该多好。”

月光下的聂蓉蓉，此刻好像掘开了心泉，泪光在她那长长睫毛稍上抖动，轮廓分明的面庞，凝聚着难以言喻的凄美。她那诗一般的话语不啻天籁之音，搅得我心海顿生波澜，心旌摇曳不止！这绝非一位浅白的姑娘，真正进入她的情感世界需要好好的品读。从她那双迷蒙的泪光和忧郁的神情里面，蓦地我好像有一种新的感悟，她的隐蔽的心灵深处，一定珍藏着和我一样的情感秘密，只是她不肯浅白地展示罢了。

“诶，花前月夜动春心，谁忍相思不见君……”我叹息一声，随口说出唐朝那位君主的一句诗。

她惊奇地看我一眼，笑吟吟地摇摇头说：“嗯，你说的不准确……”

“哦，是吗？”我吃惊地望着她，心里在想，你还懂诗？

她笑眯眯地对我说：“嗯，应该是，花朝月夜动春心，花朝，不是花前。嗯，下句是，谁忍相思不相见。不是，谁忍相思不见君。”

“意思都差不多吗……”我争辩道。

“不不！意思差不多不行！我们搞科研的，就得一是一，二是二。嗯，这句诗反映了当事人，此时此刻的心情。”她笑吟吟拉住我的手，又说道，“唐朝武则天还有一首充满哀怨的诗，《如意娘》，我给你背一下好吗？”

“好啊！好好，洗耳恭听。”我笑着冲她说。

她眼神脉脉含情地望着我背诵道：“看朱成碧思纷纷，憔悴支离为忆君。不信比来常下泪，开箱验取石榴裙。嗯，这是唐太宗死后，武则天被逼到感业寺削发为尼。她在寺院里深深思念着太子李治，写下了这首充满哀怨的诗，以抒发对相爱之人的思恋之情。我说的对不对呀方晨君，嗯？”她调皮地冲我问。

我急忙笑着冲她说道："对对对！聂蓉蓉同学，非常对！"

她不好意思地依偎着我矜持地说："看你……"

她，真让我刮目相看！我本来是处境生情，随意说出一句，以抒发对梅儿的思念之情。没想到啊，她对此诗句如此熟悉，并能讲出这里内在的故事。她在个人感情方面，是否也有过与我同样的经历？既然如此，也许我有资格探寻她内心情感的秘密。不！我不能那样做。就让每个人都能自由地保留一块私密的角落吧，天长地久并不意味着完全裸露。也许有一天，珍藏的私密会成为一生最幸福的回忆，讲给我们的后人，让他们分享我们幸福的岁月。

我仰望天空，长叹一声道："诶……山静松声远，秋清泉气香。"聂蓉蓉她没能理解我此时的感慨，使劲抓住我的手无语。

从那夜晚后，我对聂蓉蓉的感情开始发生变化，心中基本认可她。我总以为，爱一个人，会一生一世地爱下去，等下去，直到沧桑变色，海枯石烂。当所有人都告诉我，不要执迷，其实并不是你想象的那样时，我仍宁可相信自己给自己编织的童话，也不愿相信身边人说的。总以为，爱上一个人，我就必须是一辈子不变心，总以为我们是能等到冥冥中的缘分再度重逢。千里姻缘一线牵，当云雾散尽，当两条相交线错开，我才知道自己不过是当局者迷。总以为我自己很爱梅儿，爱到一生一世，能为她做一辈子的事，爱到华丽的背景下直到你那一记落寞地转身。当谁先不爱，谁先离开。总觉得，第一个转身的人是最好的，看着最爱的人远去，我以为就是一辈子，这一辈子，就她了，除她，我谁都不会再爱了。

我爱梅儿，爱得痴情，爱得发狂！爱的心已麻木，眼泪已经流尽，还有什么是自己一直坚守，一直等候的呢？有些事情，也许并没有像我想象得那样美好，我也没有像自己想象得那样脆弱。聂蓉蓉的出现，使我心动，使我迷惘和纠结，我该怎么办？等着梅儿，还是于此停止，转身去与聂蓉蓉相处？就这样，我心里在这两难的境地中徘徊、彷徨。

不知不觉中时间已到深夜，公园里没有了什么人。我和聂蓉蓉在沉默中走出公园大门。

我与聂蓉蓉没敢一起回单位，我看着她走进单位大门后。我才从后边跟来。

"方晨！方晨，你给我站住！"王丽平从路旁一棵雪松后边跑出来，一把抓住我的胳膊气势汹汹地喊我。我听到是王丽平的声音，停下脚步扭头看着她，故装冷静地问："干吗？叫我干吗？"她急不可耐问道："你是不是和聂蓉蓉聚会啦？"我很冷静，又有些反感地问："啊，聚会怎么啦？她和我妹妹是同班同学，这你是知道的，我妹请客在一起吃个饭，还要告诉你不成？"她又急躁地问道："吃完饭，你俩是不是去八一湖玩啦？"我一听火气就上了，摔开她的手置疑地问道："你跟踪我们？太过分了吧？我们是去玩啦，跟你有半毛关系？啊！你管得着吗？我们爱去哪儿玩

去哪儿玩！用不着向你报告！”我向她吼完，转身就要走。

她死死抓住我的胳膊不放，并哭喊道：“我爱你！我……我……我怀孕啦，怎么办呢？啊？”我听到她的话心中一震，马上冷静回忆这次出差，虽然同床但绝对没做那个事，我始终很清醒，绝对不会！她不知又想出啥幺蛾子呢？我冷静地笑着说：“王丽平啊王丽平，你太小儿科了吧？吓唬谁呀？咱们都是搞科研的，这些基本的科学常识都不懂啊？亏得你还是科技工作者呢！走吧，你想干啥？”

已是晚上十一点多钟，幸亏街上的行人还少些，我担心被单位同事看见。就拽扯着她走，我生气地冲她说：“丽平，我们俩在内蒙古出差时，我已明确告诉过你，我们俩不合适，我已经有人了，不要耽误你的幸福。你怎么就听不进去呢？总纠缠着我干吗？”

她哭丧着脸，眼镜片后面的眼里含着泪花，委屈地说：“我哪点比聂蓉蓉差呀？她好在哪儿？”

我站下，冲她耐心地说道：“丽平，咱俩在军校四年，这单位又两年了吧？彼此非常了解啦，我和聂蓉蓉才接触两年，还不太了解。我呢，说不上你比她差哪儿，她比你优秀多少。我想接触以后再说，好不好？我这人有个性，在家小时候就这德性，不喜欢的东西就不要！别逼我。我喜欢的，谁也甭想从我这儿抢走！你知道吗王丽平？”

她不傻，她也听到点意思，可怜兮兮地拉住我的手直晃问：“那，我们俩？”

我拽住她一边走一边说：“我们还是好同学和好同事呀！各自踏实工作，各谈各的互不影响。”

她哭丧着脸，可怜兮兮地对我说：“那，我等你。到时，你们俩如果不成……咱俩……”我听她这么一说，心里轻松多了，好言答应道：“好好好！……咱们呢……互相别耽误啊！”我安慰着她，说着进了单位大门。

她突然拥抱住我，没有思想准备的我吓一跳，她仰脸笑着对我说：“晚安，再见！”

我和聂蓉蓉谈对象的事情，不胫而走，全所上下都知道了。姚民吃午饭时还神经兮兮地贴我耳朵上问：“哥们，你把王丽平甩啦？”我一愣冲他生气地说：“说啥呐？我啥时候把她甩啦？我们本来就是普通的同学关系。哎！你可别瞎说啊，我和蓉蓉才是……”

姚民他听我这么一说，明白几分，冲我笑道：“哦，我明白了，那我就大胆追丽平啦？”我拍了拍姚民的肩膀，鼓励道：“哥们，追呀！大胆地去追吧，我全力支持，放心！到时咱们一起举行婚礼。”姚民嘿嘿傻笑道：“谢谢哥们！”

叶剑桥在和我们几个研究激光远程制导定位仪的设想方案，刚谈完问题，大家放松下心情喝口水时。叶剑桥他突然给我开玩笑说：“嘿嘿，小方啊。我本想当一次月下老呢，看来当不成啦。”

“哦，怎么啦叶老师？”我不解地问他。

“嗨！你问问她！”叶剑桥冲聂蓉蓉笑着说。

“老师您……”聂蓉蓉羞涩地。

姚民鬼精地急忙说道：“嗨！你和聂蓉蓉的事儿呀，大家伙都知道了，都等着喝你们喜酒，吃你们俩的喜糖咧！”

聂蓉蓉扭头不好意思地冲姚民说：“讨厌……”

我转头看了看王丽平没在这儿，就拍打姚民一下，努努嘴冲王丽平办公桌说：“哥们！你和她怎么样啦？抓紧呢！到时咱们一块举行婚礼，好不好？”逗得在场人哈哈大笑。

周末吃过晚饭，聂蓉蓉主动将我的餐盘收走，又去收朱建铭的，朱建铭不好意思地两人拉扯着一同去了。姚民立马将王丽平的餐盘收走了。王丽平看看她们都走了，她蹭到我身边撒娇又嗲声嗲气地说：“亲爱的，我最后求你一件事，今后再永远不打扰你们俩。求求你啦，好吗？最后一次。”

我看着她眼镜片后边那双妩媚又可怜的眼睛。我这人心软，经不住女人的纠缠，就问：“啥事？”她急忙说：“现在香山的红叶非常漂亮，明天星期天休息，你陪我去登香山赏红叶怎么样？”

我听说香山的红叶非常漂亮，特别是现在深秋季节，我说道：“嗯，那好吧，把蓉蓉、朱建铭、姚民都叫上。”她一听满脸不快，又撒娇地晃着我胳膊说：“不嘛！就咱俩去，谁也不叫！”

我看看餐厅四周，急忙把她的手从我胳膊上推开，心里暗想：她也做不出啥幺蛾子的事情来，就满足她一次。我大度地说：“好吧，啥时候？”她一听我同意，马上激动地说：“明天上午九点，在106公交站见面，不见不散！”

“好。”

“哟，两个老同学又说啥好事呢？这么高兴？”姚民和聂蓉蓉、朱建铭走过来，看见我们俩嘀咕什么，姚民笑哈哈问道。

“去去去！没你啥事！”王丽平冲姚民不高兴地说。

聂蓉蓉看看我也没说什么。

我们出了食堂，我故意放慢脚步在后边，朱建铭是一个很聪明的女孩，她放开聂蓉蓉的胳膊，追姚民和王丽平去了。

聂蓉蓉也故意放慢脚步靠近我。我急忙低声对她说：“王丽平邀请我明天陪她去登香山赏红叶，还不让告诉你们。”

聂蓉蓉听后，看我愣了一下神，冷笑着说：“好啊！陪她去吧！注意安全。”

我不好意思地说：“你不去了？那你……”

“我你就甭管啦！”她气呼呼地说着走开了。

第四十八章 化险为夷

第二天上午九点我和王丽平在106公交车站准时见面，一同上了开往香山的360公交车。她还是穿着去内蒙古出差时那套休闲装，头上换了一顶美式牛仔帽，一幅蛤蟆太阳镜，身背旅行包。没等我问，坐在旁边的她就主动解释说："这帽子，这太阳镜，还有这个傻瓜照相机，都是我姨夫出访日本给带回来的，好看吗？"

"好看"我回应道。在20世纪80年代的北京街头，这身打扮还是很摩登的，人群中很是显眼超众，在公交车上招来很多双眼睛观看，我坐在她旁边都有点不自在。的确，她的这些物品，在当时的北京市场上很难买到，除非到建国门外的友谊商店用外汇券才能买，就王府井百货大楼都没这些进口物品。

我们俩在香山前一站植物园站下了车，她熟练地带我进了北京植物园。王丽平对我说："咱们不去香山公园，哪儿人太多，在这边人少，景色比那边更美！""哦，是吗？听你的。"

我们俩随游客购票进了植物园。刚进植物园南门里就听到潺潺的流水声，闻着各种植物散发出的阵阵清香，给人一种心旷神怡的感觉。我们沿着神道来到卧佛寺，这是历经几百年的古刹。"哎，王丽平，这是毛主席带领党中央进驻北京城前夕，来这里烧过香、卜过卦的寺庙啊。"王丽平对我说的这些却并不感兴趣，也没有进去看的意思，我也没再强求她。

我们又走到曹雪芹故居旁边。我对曹雪芹故居很感兴趣，很想进去参观一下这位伟大文学家的住所。我对王丽平说道："要是说曹雪芹故居呀，他可是在这里完成《红楼梦》这个鸿篇巨作的，这是我国文化宝库中一颗耀眼的明珠，太了不起啦！咱们进去参观下吧？"哪知她依然不感兴趣，拉着我说："走吧！这个破房子有啥看的？走吧，咱们从这边樱桃沟上山，人少，景色也好，抓紧上山吧啊。"无奈，我只好顺从她。

我俩顺着樱桃沟崎岖的山路往前走。这个樱桃沟没有樱桃树，是从山顶冲击而下的一个弯弯曲曲的山涧。樱桃沟两旁的植物绿荫丛丛，一棵棵红杉树和各种植物散发着清香，滋人心菲，天然的大氧吧。我仰望山顶，山上一片红色，好像熊熊的烈火在燃烧，又像天边飘落下来的一片彩霞，罩住了整个山顶，赏心悦目，让人兴奋，心潮澎湃。我看见山间小路旁的枫树，有的还是金灿灿的黄色，有的是半黄半红，还有的则是火一般的红色。王丽平拿着傻瓜照相机不停地拍照，时不时还让我给她与枫树的合影拍照。我俩一边拍照，一边欣赏这美景，踏着一阶一景的台阶而上。

沿途，头顶的黄叶黄得炫目，脚边的红叶红得耀眼。我站在台阶上，远看那枫树林似一片片火海，近看像滚滚的金浪，令我感觉仿佛就置身于一片仙境之中。我抬头仰望山峰，色彩斑斓。我想：山上的景色一定会更美吧？

转眼间，我俩就爬到了半山腰，几棵红黄枫叶的树相间其中，美丽极了。我一边登山一边赏景，时不时停下脚步俯身往下看。这里确实没什么人来，山石间落满了五颜六色的枫叶，红的、黄的、绿的。王丽平她激动地捡起一片，说："留着回去做书签吧！"

"好！"我们俩争先恐后地抢拾起了落叶。有号称烟树的黄栌叶，有果穗红艳的火炬树叶，有长年鲜红的槭树叶，还有个别柿子树，紫叶李、卫矛等树的落叶，为香山增添了美丽，真是景色迷人。

终于，我俩气喘吁吁地爬上了山顶。我再抑制不住心里的喜悦，站在山顶上极目远眺。层层叠叠的黄色枫叶好像黄昏时分的云朵，一片一片，为香山增添了一抹亮丽的色彩；似火的红色枫叶，宛若傍晚时刻的彩霞，一团一团，为香山晕染了一份迷人的景观。我深深地陶醉在这美景中，信口说出一句："霜叶红于二月花。"

忽而一阵微风轻拂和阳光的照耀下，满山遍野的各色枫叶顿时演奏出一阵沙沙的轻响，一曲美妙的音乐，真是悦耳极了！"香山的景色真绚丽啊！我爱这美丽的香山，我爱这绚丽夺目的红叶！"我站在山顶悬崖边高喊道。使我想起金代诗人周昂的诗句："山林朝市两茫然，红叶黄花自一川。"还有宋代陈日朝写的："秋回人不归，独留山中醉。"

王丽平也很高兴，在山顶上不停地变换着照相的角度，拍下这美丽的风景。她又把相机设置成自动状态，固定在一棵松树的枝杈上，拉着我要与她照合影。我依着她，随她站在悬崖上边。我回头看，背后是层层叠叠的山峦，满山遍野的枫树林，就像毛泽东主席那句诗所描绘的："万山红遍，层林尽染。""你再往我背后站一点，扶着我的双肩亲热点。"她让我站在她后边紧靠着她。"对！就这样，就这样你别动啊！"她去设定好相机自动曝光时间后，立刻跑过来扑在我怀里待曝光。我背后就是悬崖，急忙对她喊道："不行不行！后边是万丈深渊！我恐高！"

这时她很不高兴地说："好好，咱俩都蹲下试试……"她急忙又去调试了一下相机镜头，跑过来蹲在我前边，一边说着，一边往我怀里斜靠，意思是亲密点。此时她左胳膊肘一不小心往后一顶，正好顶撞击着我的胸部。我下意识地一闪身，瞬时左脚踏空……我从悬崖边上堕落下去，我不由得“啊！啊……”地大叫起来。模糊的景色从后往前眨眼而过，一瞬间的重力加速度让我惊恐极了。

王丽平转头看到我真的掉下悬崖，也被吓坏了，啊的一声急忙喊道：“晨晨！方晨……救人呐！……救命啊！……”她不知所措，喊叫着跑去喊人了。

瞬时间我下坠的身体被重重撞击一下，全身疼痛难耐。我睁眼一看，原来是两棵长在悬崖峭壁上的歪脖松树托住了我。我两手吃力地死死抓住这唯一能救命的松树枝，这时的树干想要摆脱我似地在不停地摆动着。其实这两棵松树的树龄不长，支撑我这一百四十斤的身体还真有些困难，我闭着眼睛不敢往下看。就这样，我挂在半悬崖空中的松树上，甚至不敢使劲大声喊救命，怕使劲松树枝子承受不住我的重量掉下山崖。我整个身子，在这两棵并肩生长的松枝子上托着，像断线的风筝，在半空中晃荡着，命悬一线。我心中绝望地想：完了，我这条小命怕是要丢到这香山的深山里啦！我绝望又后悔，不该和她来这里，不该……

突然间从悬崖上垂下来一根绳索，只听见有人喊道：“方晨晨！方晨……快快……快抓住绳索！快呀……快……”还没有等我听见是谁的声音时，那根绳已放到我身边。我急忙使出全身力气，牢牢抓住从上方垂下来的绳索。这就是人被水淹死之前像抓住一根能救命的稻草一样，我牢牢抓住它。“稳住！不要动！稳住……一定不要动……”我听见是聂蓉蓉的声音，还以为是我的幻觉。我双手牢牢抓住绳索，一动不动。“听我的，抓紧绳子不要动！”她麻利地又放下一根绳索，“你慢慢地把这根绳系在腰里，一定小心，慢着点啊！”聂蓉蓉大声叮嘱我，让我想法系到腰里拴好。

此时的我一只手牢牢抓住绳子，另一只手慢慢去抓从上方掉下来的另一根绳子。待我将另一根绳子系过两腿裤裆部后，自己感觉已拴紧，向上方喊道：“好啦！我拴好啦！”这时的我大汗淋漓衣服已被汗水湿透，全身酸痛，筋疲力尽。只听聂蓉蓉对我喊道：“坚持住！抓紧绳子！配合我们……用腿登山石！使劲……使劲……”我用尽吃奶的力气，身体一点一点往山石崖上升着……

终于，她和朱建铭一起把我从半悬崖空中拉到山顶。

我被她们拉到山顶，绳索都未顾得解开，一下就瘫坐在地上，哎的一声，深深叹了一口气：“我的娘啊！”聂蓉蓉和朱建铭急忙帮我解下绳索，冲我埋怨道：“咋这么不小心呐？你们也……”聂蓉蓉说着又从背囊中取出医药盒，赶紧给我被山石和树枝擦破的手脚处擦药，并做了简单的包扎。还好，我只是擦破了手背和两小腿部的皮，没有大害。我疑惑地问聂蓉蓉：“你俩……你俩咋赶来了？这么巧啊？”她生气又心痛地冲我说：“傻瓜！我俩不赶过来，你还有命啊？”

我羞愧无语。

“在这儿……在这儿呢！”王丽平领着姚民和几名登山游玩的大学生模样的人

慌慌张张、气喘吁吁地跑过来喊道。她又惊奇地冲聂蓉蓉、朱建铭问道："啊！啊你们……"王丽平她看到我被聂蓉蓉救上来，一屁股坐地上，不知说啥是好了。

这时的聂蓉蓉和朱建铭，只顾收拾着登山救护用具，也没搭理一旁的王丽平。

"方晨……方晨，你没事吧？"姚民跑到我身边关心地问。"我没事，谢谢你啊姚民。"

坐在地上的王丽平突然回过神来急忙爬过来问我："方晨晨，你没事吧？"我哼的一声冷笑道："没事，这不还活着吗？还活得好好的呀。"

聂蓉蓉和朱建铭收拾好背包。聂蓉蓉阴沉着脸也不搭理王丽平，走过来对我说："晨晨走吧！不要再玩啦！"她伸手扶起着我，又关心地问道："咋样？能走路吗？"我站起来，伸伸胳膊，又蹬了两下腿，只是擦破几处皮有点痛，别无大害。幸好没伤着骨头，我真担心曾经受过伤害的胳膊和腿，没事。就开玩笑地冲她笑着说："没事！老天爷保佑我，有你们保护我，不会有事的，走！"

那几位大学生模样的游客，看我被救上没事，已离开游玩去了。

我们一起下山，王丽平只好尴尬地随着我们往回走。聂蓉蓉担心我非要扶着我走，"没事，你放心吧。"我扯开聂蓉蓉的手，弯腰随手从地上捡到一段干树枝做拐杖，以防万一。

这样，我们俩和朱建铭在前边走，姚民扶着王丽平在后边跟着。聂蓉蓉贴近我问："怎么样？身上没感觉哪儿不舒服吧？"我笑着对她说："没有，我这人命大福大造化大！老天爷都罩着我！没伤筋动骨的。""哼！别吹牛啦，算你幸运！"聂蓉蓉生气地冲我责怪道。也是，现在你方晨晨吹啥牛皮？这也幸亏那悬崖空中的两棵松树了，要不早就呜呼了，还能活到现在？要不是聂蓉蓉和朱建铭她俩及时赶到，说不定松树支撑不了，也就坠入深渊喂野兽了。

我好奇地贴近聂蓉蓉耳朵旁小声问道："哎！你们俩怎么来的这么及时呀？"

聂蓉蓉抬头看看前边背着绳索走着的朱建铭，又往后看看姚民、王丽平他们俩，瞪我一眼生气地说："哼！还来得及时呢，不及时行吗？啊？"

朱建铭在前边听到聂蓉蓉的话，放慢脚步，又看看后边的王丽平一眼，在一旁冲我解释说："蓉蓉听说你和她来香山玩，心里很是不放心。昨晚就把登山救护工具和衣服准备齐了。嗯，今早吃过饭，你和王丽平乘车走，我们俩就上了另一辆公交车在后边跟着。到山上，我俩始终跟着你们。所以你坠悬崖时，我俩就在旁边呐。嗯，这事儿，你应该好好感谢聂蓉蓉！要不是她……"

哦，原来如此！我歉疚地冲她俩说道："是是是！好好感谢你们两个。哎，蓉蓉，你们俩这些装备？"聂蓉蓉自豪地说道："我俩这些装备，还是在学校时购买的。我们系里有野外登山救护和海里潜水救护这些课程，也是我们的专修课。我为自己锻炼身体，到北京来，这些东西都没舍得扔掉。空余时间我们还经常外出登山玩，方姣姣她和我一样有这种爱好，香山、百花山，还有房山的上方山，我们都登过。哼！没想到吧？嗯建铭，今天咱们还真用上了啊？”

是呀！用上了。我从内心感谢感激聂蓉蓉，她是我的救命恩人和救护神。否则，还不知道我现在会摔成什么样呢？粉身碎骨，还是骨折肠断呢？不敢想。而当我想起“王丽平”这三个字，看到她，更是从内心发恨：她这小尾巴黑手的本性一点也没改呀！哼，还想与我恋爱、结婚，没门！太可怕了这样的女人！我心里这样想着，恨着，情不自禁地咬了咬牙。

“哎，小方，你没事吧？”姚民又紧走几步跟上我，关心地问。我笑着说：“谢谢你呀，没事，没事。”姚民替王丽平向我解释道：“丽平她很内疚，她不是故意的，你也多原谅她啊。”我急忙笑道：“哥们，这就说远了。这是我自己不小心，咋能怨丽平呢？你说呢？”我又笑着问：“哎？哥们，你今天咋也爬山来啦？”姚民嘿嘿笑着不好意思地手抓了抓头皮说道：“嗨，我呀，在办公室闲着没事，也来玩了。嗯，丽平在山上喊叫人时，我正好跟随几名登山的北大学生走到附近，一听到喊声就跑过来了，巧合巧合。”

我听姚民这样一解释心里明白几分，急忙笑道：“哎，老姚，你跟丽平说声，这事儿不怨她啊！都怨我不小心。她呀，也甭愧疚啊！”

我们下山又乘公交车，已近中午一点时分。我们肚子也都已饿，单位中午开饭点已过。我提议，就在单位附近的小饭馆里，要几个炒菜，随便请大家简单吃了些饭。王丽平可能真的感觉不好意思，吃饭时只低头吃饭，一言不发。我还特意嘱咐大家，“哎，今天爬山发生的事儿，只限在咱们五人当中知道，要保密！今后在单位不允许再提此事啊。”

饭后，大家各自回单位。这时，聂蓉蓉她愤愤不平地走到我身边私下里问我：“唉！怎么着？就这样儿算啦？你真够大度的，又傻又笨！”

我知道她聂蓉蓉的埋怨是为我好，笑着对她说：“善不是笨，忍让不是傻。善忍是人最好的退路。嗯，大度点，没必要与她计较，心里清楚就中啦。”聂蓉蓉听我说后，她也没说啥，不大高兴地走开了。

我是这样想的：男人遇到吃亏事儿，一定要表现出大度，别人才能看得起、佩服你。

周一上班，邓选达所长的一位老同学从深圳给他打来电话，推荐一家香港公司，可以供货给我们解决 YSJ83N 型夜视仪的电池问题，也就是说利用光能转换成电能的一种光能板，这家香港公司从美国进口来的。只要我们买回来做进一步改造，就解决了 YSJ83N 型夜视仪用电这个难题了。

研究所领导得到这个信息后，立马开会研究派人前去联系采购。会议决定，由王丽平经深圳赴香港接受这项采购任务。由于上次王丽平赴上海采购器材很顺利，她也有经验，这次还派她去完成此项任务。

下午，我们在办公桌前各忙各的，聂蓉蓉和朱建铭去机场送王丽平。我心里还想：王丽平的架子够大的？出个差还用两人送，不就几天吗？也不是不回来了。

此时我们桌子上电话叮铃铃的响起，拿起，“小方吗？来我办公室一下。”是邓选达所长打来的。

“好的。”我放下电话。心里在想，难道昨天香山的事儿，被他老人家知道了？

第四十九章 喜结良缘

我抱着坎坷的心，跑到办公楼三层邓选达办公室门口敲门：“报告！”“请进！”

待我进屋，“小方快坐下。”邓选达笑呵呵，对我说道：“小方，空军首长为我们研究所在西郊机场附近，解决了几套三居室的职工住房。嗯，这下，我们的职工多年没住房的问题可缓解一部分。你们来所里的单身青年，都面临着结婚。我们所领导研究啊，为你们面临要结婚的同志，解决一间老宿舍楼里的住房。叶老和几位专家都已经搬到新房里去了。现在这几间旧房子已腾出来，所里考虑分给你一间结婚用，这是钥匙。你简单收拾一下，随时都可以搬进去住。这房子呀，原先是咱们所的办公用房，后来建了这栋新办公楼，那儿就被当作职工宿舍使用啦。哎，听说你和聂蓉蓉在处对象？准备啥时候办婚礼呀？”

“谢谢您所长！谢谢领导！嗯，我俩还没商量这事儿呢。她……”我接过邓选达手中的房钥匙，激动地连连鞠躬感谢。邓选达突然问我和聂蓉蓉啥时结婚这事儿，还真把我一下给问住了。我俩才交往两个多月，所领导都知道了，消息还真灵通啊。

邓选达以长辈的口气说：“这样好不好？咱们所里王丽平、姚民、张广西、朱建铭，还有你和聂蓉蓉，都老大不小了。嗯，明年五一节，在咱所里给你们办一场集体婚礼，你看咋样啊？”领导想的就是周到，把我们的婚姻大事都考虑好啦。我急忙说：“好好好！我回去跟聂蓉蓉商量商量。”

邓选达运筹帷幄地呵呵笑着说：“那好！咱们就这样定了啊？”

研究所领导为我们解决结婚用房，我从内心高兴和感激。其实那房子我多少也知道点，就是叶剑桥老师和几位专家原来住的那栋筒子楼，是五六十年代建的办公楼。

叶剑桥家我去过，内设简陋，一间一间的单间房。公用水房，公用厕所，家家都在楼道里一户一灶做饭炒菜。谁家做好吃的全楼道住户都能闻得到。过来过去都看得见，没有一点私密性。

平日里，各家吃完饭都跑到公用水房去洗涮，就算洗脸刷牙、洗衣物都在公用水房里，特别热闹。早起床，上厕所都得排队等候。如果谁拉肚子就倒霉了，厕所里边的人不出来，你就得在外边强忍着。谁家男人勤快会做饭洗衣服，谁家媳妇做的菜好吃，谁家昨晚夜里又吵架啦等等，张家长李家短的，全楼道住户都知道，根本没有保密那一说。

可是话又说回来，八九十年代在北京机关里，年轻人在结婚前能分到这样一间房子，那还真是阿弥陀佛啦！有多少机关单位都还没这个条件的。有的男女结婚几年，都还各自挤在单位集体宿舍里，两人打着“游击”不能同床共枕。

我从邓选达办公室拿着房钥匙出来，回到办公室。朱建铭、聂蓉蓉也回来了，姚民、张广西、冯德利他们都在。他们看我进屋就向前围剿过来问：“邓所长找你啥好事呀啊？”

原来这帮人早就知道了。张广西、姚民、冯德利都已拿到房间钥匙了，就我书呆子，两耳不闻窗外事，一心钻到课题上，啥都不知道。我还高兴地冲他们拿出房间钥匙说：“所里分配给我一间房子，让我……”

“让你啥呀？”他们调皮地齐声问我。我发现他们个个挤眉弄眼的,我两手一摊，就故意逗着他们说：“没了”，房钥匙在手掌上亮着。

这帮小子继续逗趣地问：“哦，真的没了吗？”

“嗯，邓所长还问……”我看聂蓉蓉一眼，不好意思地红着脸。“快说！还问啥呀？”“嗯，问……问我啥时候结婚……”他们故意逗我哈哈哈笑着问：“那你啥时候结婚呐？”

在这里需说明一下，所里有个不成文的规定，男女双方结婚，优先安排男职工用房。女职工结婚，男方不在本所工作，确实又没有住房的，才给女职工安排住房。如果男方有住房，就不给女职工分房。所以，王丽平、朱建铭、聂蓉蓉暂没分配住房，就等她们结婚时看男方情况而定。

实际上我去邓选达所长办公室之前。邓选达已分别找了冯德利、张广西、姚民等其他同志，并给了他们钥匙，也敲定明年五一所里为我们举行集体婚礼之事。姚民这“大嘴巴”回来就给他们都宣布了这项秘密。待我回来，这是他们事先商量好逗我玩的。

拿到住房钥匙，我和聂蓉蓉就邀请方姣姣和王建社她们俩下班后来我们俩分配的这间房看看。她俩看后齐声夸赞：“不错，不错。”连连称赞。不错，的确不错，聂蓉蓉到我们未来的新房，激动地看一遍后，还撒娇地拥抱着我说：“亲爱的，我们有窝了，有我们自己的空间了。啊！我要好好把它装饰一番。亲爱的……”我在一旁看着聂蓉蓉那激动劲儿，附合她道：“好，听你的。”

“王建社！咱们单位没说给咱分房啊？”方姣姣羡慕地质问一旁的王建社。“亲爱的，咱们还没向公司提出结婚呀！我听说，集团总公司对已婚青年最低都是分两居室房，无论新旧远近。”王建社牛屁哄哄自豪地冲我们说。

她向前拍打王建社:“真的？你个死鬼,咋不早点给我说呀？”王建社躲闪着说：“哎，亲爱的，你也没说啥时候结婚呐？”

“明天！明天就写报告结婚。哥！中不中？”方姣姣好像与谁赌气似地又扭头问我。“中！中中！你们俩商量吧，日子定下给我俩说声，我们好为你们庆贺啊。”我看看聂蓉蓉笑着说。

我和聂蓉蓉这婚事儿的确让我矛盾些日子。聂蓉蓉是个好姑娘，我相信她也会是个好妻子。工作上，也会是我的好帮手。虽然她没有梅儿那么完美，但有些地方也近似梅儿，这一点是我喜欢的。我明知梅儿她已牺牲，人死不能复生，但心中时常想着她，还总是拿她与别人相比较，这点我也知道是不对的。每个人与每个人不可能完全相同，多多少少都有些差别。再说聂蓉蓉她一心一意在追着我，虽然她嘴上不说，可她的实际行动完全可以证明。

几天来我思来想去，自己也老大不小了，妈妈早盼着给她娶个儿媳妇来呢。自己也在心里劝说着自己：不能再拖了，就她聂蓉蓉吧！早日了却妈妈的心愿。我决心已下，就给妈妈写信汇报了我与聂蓉蓉的婚事儿。

妈看信后非常高兴，并回信来说，抽时间来京看看未来的儿媳妇，也看看我和妹妹的工作单位、工作环境以及单位分配的住房。说真的，自从我毕业分配到北京工作，姣姣和王建社分配到中国远洋船舶集团总公司工作。不知不觉几年过去了，妈妈她还不知道我们研究所的大门朝哪开呢。

收到妈妈的回信后，我决定对聂蓉蓉进行一下测试。周六晚上，我在办公室对聂蓉蓉说:“蓉蓉，我妈要来看我啦，咋办咧？”

她听我说后，微微略带调皮地笑着说:“好啊！这有啥难的，啥时候来？咱们早做准备吧。”

“可能过几天吧……这……”我装作为难地说。

“哎，晨晨，妈来是好事儿呀。咱们总不能让她老人家住招待所旅馆吧？咱尽快把你那间房子收拾出来，让她住咱们新房多好啊！你书呆子……”女同胞就是心细，我把这事儿给忘了。我急忙回应道:“嗯，好！好好！”

为此，我把姣姣和王建社叫到一起说:“妈来信说近期要来看咱们，我和蓉蓉商量，你俩抽空帮助我俩把所里分配的那间房子收拾出来，等妈妈来时住，你俩有啥想法？”

“哥，我们单位已经给我们俩一套两居室的房子，就在西三环边上，是旧房，现就等着这家人搬走我们就可以拿到钥匙。到时候让咱妈住我们那儿……”姣姣抢先表态，她看都没看王建社一眼说道。

“好好！建社那咱就这么定啦？”我问王建社。

"中！大哥，姣姣说过了，我没意见。"王建社笑着说。

"这样，咱们先把我这间房子收拾出来，这是现成的，妈妈啥时候来，随时可以住。你们那套房子，待拿到钥匙再好好收拾出来，怎么样？以后让妈住你们的大房子也方便些。""好好好。"她们三个都同意我的意见，我笑着说："那就这么定了。"

周日，我们四人跑到北京建材市场买了一桶好的立邦漆，又买了两个刷漆的工具。我们每人穿一件以前试验用的废旧蓝大褂，头顶上戴着报纸叠成的纸帽，自己动手，粉刷我们这间房子。我和王建社站在凳子上负责刷漆，蓉蓉和姣姣给我俩打下手，提水调漆清理墙壁上的杂物。活，没请别人，自己就干起来了……

经过一天的努力，我们将房子粉刷一新。

又经过几天通风放气，旧房子焕然一新。我从研究所总务科借了一张双人木板床和一张三屉桌，几把椅子。聂蓉蓉和姣姣她俩下班后，结伴跑到王府井百货商场买了一套全新被褥和生活用品。

我找熟人托关系，在燃气公司买了一套燃气罐和灶台。那个时候，居民家中做饭用燃气罐必须托关系找熟人才能买到，否则是买不到的。买到燃气罐还必须有《北京市居民燃气供应证》才能换取煤气，光有罐没证，或者有证没有罐都不行，两样齐全才能正常做饭。否则，只能到黑市上买煤球烧。居民烧煤球也是凭证供应的。所以，家中有一套燃气罐和燃气供应本可是宝贝，比啥都金贵。大部分家中有燃气罐的，特别是住筒子楼和大杂院的家庭，都特注意保管。自己动手做一个立式木箱安上锁，把燃气罐放里边。用时打开，不用时把它锁上，防止被小偷偷走燃气罐。嗯，那年月北京市里偷燃气罐的比比皆是，不防不行，甚至防着还被偷走呢。

我和王建社又去买了锅碗瓢盆用具，米面和油盐酱醋及调料，东西全部准备齐全，就等待妈妈的到来啦。

两周后，我收到妈妈的电报："妈23日上午乘6次长沙至北京特快下午到京，请接站。"我看过电报就对聂蓉蓉说："明天下午，我妈到京，我和姣姣、建社一起去。嗯，你去吗？去合适不合适？"聂蓉蓉她笑着说："有啥合适不合适的！我应该和你们一起去接站呐，接受她老人家的检阅，丑媳妇早晚要见公婆的，你总不会反对吧？"说着她还给我使出个鬼脸。

在北京站的月台上，我们接到了妈妈。姣姣抱着我妈就亲，还撒娇地说："妈！想死我了！"

"好好！妈也想你们呐！"妈妈说着松开姣姣，冲着站在一旁的聂蓉蓉说："啊！这就是蓉蓉姑娘吧？"

我急忙向前介绍道："妈！是的。"聂蓉蓉也急忙向前拉住我妈的手，大方地叫道："阿姨好！我是聂蓉蓉。阿姨您辛苦啦……""不辛苦，不辛苦。看看！还让你们都跑来了，这耽误工作多不好啊！"我妈客气地冲聂蓉蓉说着，眼睛不停地上下打量着她未来的儿媳妇。“阿姨客气啦，您大老远来北京，我们做小辈的，再忙也得接站不是？应该的。”聂蓉蓉笑着对我妈讲，一点也不矜持。

母亲不顾我和妹妹、王建社，从出站到回到单位宿舍里，始终拉住聂蓉蓉的手不放，恐怕跑掉似的。就是到屋里坐下后还笑呵呵地拍着聂蓉蓉的手背，连声说：“好！好闺女儿啊！”嘴里说着，眼睛还不停地端详着看。弄得聂蓉蓉羞涩地不知说啥好，只是低头傻乎乎地笑。

妈来之前，我和蓉蓉已经到市场上买了些副食品和菜。妈妈、姣姣和聂蓉蓉三个人都抢着做晚饭。妈妈自见到未来的儿媳妇，生怕出现半点纰漏。她前前后后紧张地张罗着择菜、切肉，百般阻挡不让聂蓉蓉下厨，姣姣在一旁劝我妈：“妈！让蓉蓉，不！让我嫂子她做吧，也好让您老人家检验一下她做的饭菜是不是符合您老的胃口哦。”

妈妈拍打姣姣一下，嘿嘿笑着说：“咦，你个死妮子，蓉蓉人家姑娘还没过门咧。这哪能……”

聂蓉蓉笑吟吟地说：“阿姨，您见外啦，我们晚辈来做饭菜是应该……”

“蓉蓉你还叫阿姨啊？随我，喊妈！喊妈呀！”姣姣用肩膀顶了顶聂蓉蓉一下。聂蓉蓉红着脸看姣姣一眼，没说啥，继续忙活着手中的炒菜锅。

没多大功夫，也算丰盛的菜肴就摆满一桌。吃饭当中，聂蓉蓉的表现是那样的得体大方，既没有少女那种矜持做作，也没有女军人和小知识分子那种高傲的样子，非常热情地为我妈夹菜打饭，没有一点点陌生感。

吃完饭后，聂蓉蓉她又主动收拾碗筷和盘子，端着一盆碗盘到公用水房去洗，妈妈怕累着未来儿媳，紧跟着到公用水房去。我和姣姣、建社在房间里擦桌子扫地。我听到水房里不时传出聂蓉蓉她和我妈私语后开心的笑声。聂蓉蓉她在我妈妈面前言谈举止落落大方，不惧不放，分寸掌握得十分恰当，我心里也踏实了很多。

邻居王阿姨看到聂蓉蓉和我妈那个亲热劲，就上前问：“小聂，你妈这是刚来北京啊？”

我妈也客气地说：“大姐吃完饭啦？”

那王阿姨冲我妈说：“哦，吃完啦，吃完啦。哎呀，大妹子，你看您闺女多好啊，又漂亮又勤快，真好！”“是是！谢谢您！”我妈听着王阿姨的夸奖，心里肯定甜蜜蜜的，笑嘻嘻地回应着王阿姨。

母亲非常认同聂蓉蓉。饭后，母亲悄悄地把我叫到一旁，对我说：“晨儿，你必须好好对待人家姑娘，这样的媳妇就是打着灯笼也难找啊。凡事都要主动让着点人家姑娘，如果你俩出了差错，我先拿你是问，听到没？”说心里话，我还担心妈妈她……没想到妈还担心我。

王丽平去深圳，开始发来一些小件光能板，经过我们的改制使用到 YSJ83N 型夜视仪上非常理想。大伙儿都等着王丽平继续大批货发来，正式投入安装使用时。突然一天，收到她从香港打来的电话说："供货方听说是用到我军武器上的，要终止履行合同，让所里尽快想办法和派人来。"

研究所领导决定，待圣诞节过后，由邓选达所长和姚民前去。西方的圣诞节，当时改革开放初期，在我国开放早些的南方城市，如广州、深圳、香港非常流行。特别是香港，人家正在过节去也办不成事。此时，邓选达的一位老同学，在空军驻深圳办事处当主任，叫梁思成。邓选达去找他协调香港那家公司的有关事情。这事儿，本来所里邓选达要我跟他去，我一听说见王丽平头就大，推辞说："嗯所长，我妹妹家装修房子人手不够，我得帮帮她。这事让姚民去比较合适，他近期不太忙，并且他和王丽平那个……"大家都知道姚民在追王丽平，我就顺便把他推荐出去，这是比较合适的。"嗯也好。"邓先达点点头。

就这样邓选达带姚民奔赴了深圳。邓选达他们去后很不顺利，他通过老同学梁思成主任了解到，王丽平和香港那家公司的副总经理暗地里谈上了恋爱，对方收买了她。

一天晚上，王丽平和梁思成都住在香港四海大酒店，白天谈完事情晚上无事。王丽平她看着香港这大楼林立，灯红酒绿下的洋人成群结队，男男女女卿卿我我的大千世界，感到好玩。她从小在沈阳远郊那山沟沟里长大，哪见过这种景象。虽然在大学彭城和毕业后在北京几年，特别是国内改革开放后，城市面貌有很大变化，但哪有这里的香港繁华呀？她闲得无聊就到酒店楼下小酒屋里去坐坐。"小姐您好，您需要点什么？"一位男服务生很礼貌地过来向她鞠躬问好。她看看四周昏暗的灯光下，坐着成双成对的男女在喝着什么，嘻嘻哈哈地说笑着。她如果在这里干坐着不好意思，就拿来英中文单子看了一眼，啊！好家伙。一杯白兰地洋酒就要五十八元港币？她骂道："妈的，我一个月的工资呀。"她又看看最便宜的柠檬水一杯还九港元。她又不好意思就这样离开，就硬着头皮要了一杯柠檬水。

其实，从她进来就有一个人在不远处的茶座上观察着她。那人就是美国中央情报局亚洲地区负责人，也是高级特工托尼斯。自从王丽平从深圳入港第一天他就盯上她了。他非常清楚王来港的目的，时刻关注王的一举一动。"哈喽，你好！我是美国驻香港地区科技投资股份有限公司负责人，我叫托尼斯・扑来德。你就叫我托尼斯吧。"他用英语作着自我介绍，就坐在王丽平对面。还没等王丽平说话，他就喊服务生端来两杯白兰地洋酒。"我……我不认识你，对不起。"王丽平说着就想起身走人。"尊敬的王小姐。我们以前是不认识，一次生两次就熟了吗。"

王丽平一听他喊她王小姐心里纳闷"他怎么知道俺"？不自然的又坐下。他看王丽平坐下就举杯道："王丽平小姐我敬您一杯，我们在这里相识是缘分呐。"

这时的王丽平更加好奇，又看他笑眯眯地端着酒杯敬她酒。心里想，这个人看着挺帅的，又是美国什么什么公司负责人？那肯定是大老板了。管他嘞，先认识一个朋友再说。她笑着端起酒杯很礼貌地说："谢谢您，谢谢。"托尼斯急忙也客气地与她碰杯："不客气王小姐。"

两人话很投机，酒喝地也很爽，互相推杯换盏喝到凌晨。

王丽平虽然自感喝白酒是大量，可不知洋酒和白酒不同。洋酒也不能像喝白酒那样喝。托尼斯看她醉了就趁机问她："亲爱的你来香港是做什么生意，我能否帮助你啊？"他这是明知故问。

王丽平醉醺地也顺口："嗨，就是来谈 YSJ83N 型夜视仪光能板的事，是解决 YSJ83N 型夜视仪的电池问题。哇，哇哇……"她要吐酒。"慢慢慢，亲爱的。"托尼斯急忙站起搀扶她回房间去。

就这样，王丽平她把我方的真实用途全部透露给对方。对方知道后，宁可违约也不肯为我们供货，还故意卡我们。

邓选达他们经过几个月多方协调，对方才同意履行合同，但是必须经过第三方公司代理。直到春节前夕，邓选达和姚民才回到北京。

经过我方安全人员调查清楚，此事是因王丽平在港违犯纪律与外国人谈恋爱，泄露军事秘密被单位开除。此事说起来，姚民他也非常恼火，他生气地对我们大家说："她是被资本主义的香风熏晕了，被金钱所迷惑了，忘记了自己，忘记了军人的神圣职责，忘记了祖宗！不可理喻，不可救药。"至此，姚民对王丽平也失去了信心，重新选择了追求目标。

转眼到了"五一"节，我和聂蓉蓉正式领取了结婚证。按照研究所里的安排，"五一"节是我们的良辰吉日，举行集体婚礼。

婚礼当日，研究所政委张德明主持，结婚的新人有我和聂蓉蓉、姚民和朱建铭、张广西和白春燕。参加婚礼人员，除研究所领导同事以外，还有我们各自请来的亲朋好友。我妈、方姣姣和王建社、聂蓉蓉的爸妈、林兵和李小萌两口，他们坐在一个桌上。姚民和张广西他们的亲朋好友都各自坐着。来宾的每张桌上摆着喜糖一盘，喜烟一盒，炒花生、炒瓜子、大红枣都各一盘，每人茶水一杯，非常简单。

张德明政委宣布："空军 819 研究所集体婚礼开始，请新郎新娘入场！"我们三对新人，身穿八四式新式军服，佩戴红花，每对新人手挽手，踩着音乐走向舞台。

张德明政委说："现在由证婚人，研究所邓选达所长宣读结婚证书。"邓选达上台宣读了我们三对新人的结婚证书。

张德明政委又宣布："现在由新人向来宾敬军礼，请听我口令。首先，向全体来宾敬军礼，听口令，敬礼！再向各自长辈亲人敬军礼，听口令，敬礼！三是夫妻双方互敬军礼，听口令，敬礼！"

主持人张德明："现在，请叶剑桥教授，代表来宾讲话。大家欢迎！"一片掌声。

叶剑桥讲："谢谢大家！我代表研究小组全体同志祝三对新人，新婚幸福！百头偕老！百事孝为先，希望你们一定孝敬双方父母，把对方父母视为自己的亲生父母去尊重，去孝敬顺从！希望你们夫妻双方，在事业上，永做比翼双飞的雄鹰，为国防科技发展永攀高峰！在单位，服从领导，尊重新老同志，齐心协力做好科研项目的开发研究，贡献出你们的青春年华！在家庭生活中，做互敬、互爱、互帮、互学、互相理解包容，永葆恩爱情怀的好夫妻、好丈夫、好妻子！谢谢你们，谢谢大家！"大家一片掌声。

叶剑桥几句语重深情的话，打动了在场的各位来宾，也包括我们三对新人，我们不约而同地向他老人家敬了军礼。大家再一次掌声响起。

主持人张德明政委宣布："空军819研究所集体婚礼到此结束！谢谢大家！"婚礼就这么简单地结束了。

本来我们举行集体婚礼，我第一个去邀请王公明副司令、我的王大爷他出席的。不巧，他来电话告诉我，今天上午他要参加总部召开的作训会，届时他在会上还要代表空军，介绍我军在作训工作中的经验和做法。他在电话上还特意向我说："小方，实在抱歉啦，我不能参加你们的婚礼。哪天有时间，我和你张阿姨专门请你两口来家里坐坐，为你们俩做顿好吃的庆贺庆贺。"

五六十时年代出生的人都会记得，在那八九十年代的结婚形式本来就很简单。如果是单位举行集体婚礼，更加简陋，买点好烟、糖果和瓜子往桌上一摆，来宾每人一杯清茶，就OK啦。远没有现在年轻人举行婚礼的奢华和阔气。当然，那时有物质经济条件所限是一个主要原因，而更重要的是观念上的不同，在那"革命化"口号的催化下，婚礼也变得简单而淳朴。

当时我们的婚房布置也很简陋，一间房，一张双人床，两床被褥，一张两梯桌，两个大木箱。加上锅碗瓢盆和水暖瓶，一个新的家庭就这样组合起来了。

我、聂蓉蓉和王建社、方姣姣四人事先约定好的，今天五一节就算是我们四人的结婚日。并且王建社和姣姣已领完结婚证，新房已搬进去住了。虽然他们两人没有举行婚礼，可他们也不准备再举行婚礼了。就借今天我和聂蓉蓉的婚庆日，也就算他们的结婚喜庆日了。要说为什么，就因为王建社家里没有什么人，我妈妈一来也就算都到齐了。为此他们两人也算是结婚了，不再搞那种形式的东西。

我们的婚礼结束后，姚民他邀请了张德明政委，张广西他邀请了邓选达所长，他们都比我抢先一步邀请的。我只好邀请恩师叶剑桥夫妇了。我们把双方的父母，亲朋好友都请到烧鹅仔酒楼，在那儿预定了包间，预先订好的酒菜，请家人大团圆以示庆贺。

烧鹅仔酒楼的大包间里，在座的有我妈，也有聂蓉蓉她爸妈，也就是我岳父母大人。还有我的恩师叶剑桥教授和他的老伴于阿姨，于阿姨是海淀区人民检察院检察官。我还专门邀请了林兵和他夫人李小萌嫂子。林兵是我的老领导，现任空军蓝天生产经营投资公司总经理，李小萌嫂子现在是海淀区第二实验中学语文教师。

十一人坐满了一大桌子，我把来宾做了一一介绍。

这时服务员已把茅台酒打开，为在座的每位都一一倒上，凉菜已上齐。我妈非常高兴地站起来说："亲家，各位老领导，今天是我们家娶媳妇又嫁闺女的大喜日子，双喜临门！我代表全家敬亲家和两位领导老师，感谢你们对孩子们的培养教育，谢谢你们啦！来！我敬你们……"我妈对他们都一一碰杯致敬。

的确，我家今天是双喜临门，娶媳妇又嫁闺女的。王建社两位哥哥来信说，由于工作忙就不来参加他们的婚礼，具体事情由我妈全权代表。虽然说姣姣嫁给王建社，嫁闺女成人家的人，可王建社从小在我家长大，妈妈在老家常对别人讲，把王建社当成亲儿子供养的。这下好啦，王建社即是女婿又是儿子了。

我私下也曾几次逗王建社说："你小子呀，今后你好好表现吧啊！不老实，看我和蓉蓉怎么收拾你！"王建社胆怯地向我表决心说："哎哟，大哥，咱们这么多年，你还不了解我？阿姨就是我亲爹亲娘！我比你还要更加孝敬她老人家才是，不可能让妈生气。"我笑着对他说："那就看你以后的实际行动啦！"

我妈敬完酒，我马上站起来说："妈！我们四人先敬您们三位老人，再敬叶老师，林总吧？""对妈。"聂蓉蓉附合道。我和聂蓉蓉、王建社和姣姣四位新人一起敬三位父母，我们一起说："感谢你们老人家的养育之恩！"

然后我们又分别敬叶剑桥老师和林兵夫妇酒，我说："叶老师，林总和嫂子，感谢你们对我们多年的培养关心之情……"叶老笑着说："小方你太客气了……这……"林兵和李小萌在一旁马上接话道："就是，太客气，我们这么多年过来彼此都互相了解，何必那么客气呀？快快喝酒吧，今天我们可要多喝呀，这是盼了多年的喜酒啊！"李小萌在一旁笑着冲聂蓉蓉说道："我们还等着看你们的大胖小子啊。"我急忙说："没问题嫂子，您等着吧。"聂蓉蓉红着脸不好意思地说："看你……"林兵哈哈地在一旁急忙说："好好，快喝酒，快喝酒吧。"

我们敬完酒坐下，又互相之间夹菜倒酒倒茶的。我妈和岳父母他们老亲家又互相敬酒客气一番。林兵夫妇站起来很礼貌地先敬我妈，又敬我岳父母，再敬叶剑桥老师他老两口酒，互相都很客气地说些祝福祝贺的客套话。一桌人互相之间推杯换盏，其乐融融。

聂蓉蓉的父亲，我的老岳父酒喝得正高兴，坐在那儿拉住我的手不放，很兴奋地说："小方、蓉蓉，你们俩从今天起，就是一家人啦！我们当父母的也就完成了任务，尽到了责任。常言说呀，天行健君子以自强不息，地势坤君子以厚德载物。没有辛苦，哪儿来收获？没有磨难，哪儿来荣耀？没有挫折，哪儿来辉煌？嗯，今后你们的日子过好过坏全靠你们的努力啦。我和你妈，不可能关照你们一辈子，我们也都老啦，具体你们有无孝心，咱不说。希望你们四人在这大北京，在这么好的单位一定要努力工作，不辜负领导和我们当家长的希望就中啦。咱们不图高官和荣华富贵，只图你们为军队科技建设做好本职工作，取得好成绩！我们当父母的也感到光荣和自豪。孩子，今后就看你的啦。”

我急忙安慰道他老人家：“爸，您老两口放心吧！我们一定不辜负您的希望。我们俩会孝敬您的，在这儿会努力工作，把事业和家庭生活经营好，您老尽管放心！”我岳父虽是伊春市林业局林场伐木工，谈吐间尽显儒雅之气，其知识之广博、举止之大气，让我暗暗佩服。幸亏酒我还没有喝醉，应对得还算得体。

从我的观察判断，老岳父对我的考察还算顺利。聂蓉蓉的妈妈眼睛也一直都在我的身上，频频给我夹菜，慈祥的目光中透着融融暖意。我觉得，我即将成为这个家庭的重要常客。我的未来，我的今生今世，不管面临多少风雨和挫折，都将和这个家庭结成剪不断的联系。

聂蓉蓉坐在她妈妈一侧，依旧默言不语，只是偶尔瞟我一眼，担心我喝多。在大家的鼓励下，她代表我向双方父母，叶老师和林兵夫妇单独敬上了感谢酒，两腮现出平日少有的红润。人，显得更加美丽漂亮。

姣姣和王建社也很有礼貌地向三位父母和叶老师夫妇、林兵夫妇敬了酒，并表示感谢他们来参加我们的婚宴。

庆婚宴在欢喜笑乐中结束了。

第二天，蓉蓉她爸妈还牵挂着家中一个上高中、一个上初中两个孩子的生活，就着急乘火车回伊春。我还客气地说：“爸妈，您也没好好在北京玩几天就这么走了。”老岳父大人笑着说：“待以后我俩都退休了，你们也有地方住了。到那时，我俩来就不走了，再好好看看这大北京城啊！”

可惜呀！老人家回家没几个月突发心脏病去世了。北京再也没有来成，我和聂蓉蓉想起此事，对他老人家就有一种愧疚感。

第五十章 浑然不觉

叶剑桥带领我、聂蓉蓉、张广西、冯德利、姚民等研究成员在小会议室，听取姚民关于“立体四面主动相控雷达系统”进展情况的汇报，并研究我国使用远警雷达波段的具体数据。叶剑桥教授听取姚民同志汇报及大家对我国远警雷达波段的议论。叶剑桥说：“我国现装备部队的远警雷达，其波段已经远远落后于美国、英国和德国。我们现在研制，200~1000 兆赫波段；1000~2000 兆赫波段；2000~4000 兆赫波段；4000~8000 兆赫波段；8000~12500 千兆赫；12500~18000 千兆赫；18000~260000 千兆赫波段。雷达的波长、频率越高，则精度越好。我想：我们研究立体四面主动相控雷达探测精度要高，适用于捕捉和锁定目标，为将来我们舰船提供安全保证，还必须具备抗干扰的隐蔽性，有力保证自己的安全，严厉打击敌方目标。

研究所办公室通讯员小张跑进来，附在我的耳朵上小声说：“电话，找你的。”

我到办公室拿起电话，是王公明副司令员的孙秘书打来的。“小方吗？首长让我告诉你，明天，就是星期天上午，请你带着爱人聂蓉蓉同志到王副司令家里去。”“好的，谢谢你孙秘书，我们明天会准时到首长家。谢谢，谢谢！嗯，再见！”

星期天，我和聂蓉蓉一早吃完饭。穿上便装，又到商场买了些水果之类的东西。

乘公交车到西郊空司大院王公明副司令家里。这是典型的将军楼，每栋小楼都是一个独院，院里种的各种花卉和蔬菜。王公明家里的公务员战士小朱，很有礼貌地开门问清来由，热情地接过我俩手中的东西，让我们进屋坐大厅的沙发上，他上楼报告去了。我进门就看见对面墙上一幅山水画《旭日东升》占满整面墙壁。画中群山环抱，苍松翠柏绿荫丛丛，一轮红日从山间后面冉冉升起，映红了整片群山大地；飞流直下的瀑布从山涧溢出，落入山下一积水潭中，激起一片片浪花和涟漪；一群鸿雁从山涧飞过，栩栩如生，仿佛能听见鸿雁的嘶鸣声。没有近前细看这幅山水画，出自哪位大师之手，很有意境。

等待首长时，看着这么大的房子，我俩没敢坐下，站在那儿四下张望。这房内是中式装饰，既简单又大气。大厅里摆放着单双人和三人真牛皮沙发，紫红色大茶几，茶几上准备了香蕉、苹果、梨三种水果和两盘干果，炒花生和开心果；一套讲究的福建烤漆器茶具摆在那儿。进门左手是卫生间；右手两间是卧室，可能是供勤务员小朱和厨师住的；紧邻卫生间是一小间临时仓房，门关闭着；再往里就是厨房和餐厅，供主人和客人用餐的地方。在这高大敞亮的会客厅里，除这迎面墙上《旭日东升》的山水画外，右边三人沙发后面墙上还有一首毛主席诗词《沁园春·雪》，没细看出自姓甚名谁大书法家之笔。这草书写得苍劲有力，又如行云流水，布局、结构都很合理，看着非常舒畅。

“哈哈……嗯小方来了？好好！老张，小方和他媳妇来了，快下来呀，哈哈……”我一早就听见王公明我的王大爷他在楼梯上喊张阿姨的声音。

王公明穿着休闲服从楼上下来。我俩急忙站起跑上前去，以军人的举目礼说：“首长好！”

王公明笑呵呵地说：“好好好，哎，小方，在家里就不要喊首长首长的。还叫大爷，啊？又好听又亲切！你说是不是呀？”

“是呀，这大爷喊十多年啦，自己人别外气啊？小方，小聂……”张阿姨和王红花从楼上下来向前说道。

我和聂蓉蓉看到张阿姨下来，急忙向前扶住张阿姨的胳膊说：“那多不礼貌啊！”

“哦，这姑娘长得真漂亮，我还是第一次看到呐。这细皮嫩肉的，叫蓉蓉是吧小方？”张阿姨拉住我俩笑着问道。

聂蓉蓉笑着对张阿姨说：“是的阿姨，我叫聂蓉蓉，六一年生人，今年25岁。”

这时旁边站着的那位笑盈盈的小姑娘，大约二十岁上下，一米六五的个头，圆脸，高鼻梁，双眼皮，一双水泠泠大眼睛，樱桃嘴柳叶眉，头上一双马尾辫。很像一个人，瞬时又记不起来。她很礼貌地向我俩微笑着点头问好：“方哥好，嫂子好。”

“您好。”我急忙回应她道。

“小方、小聂，这是你的妹妹花儿，前天听说你俩要来，她特意从哈尔滨工学院请假跑回来的，嗯这……”

“哦，是吗？太感谢你啦。哈尔滨工学院？你俩还是同学呢，你是哪个专业呀？”我指着聂蓉蓉向王红花介绍问道。王红花一听聂蓉蓉也是哈工院的同学，更加激动亲切地问道：“啊？是吗？我是船舶工程系的。”

聂蓉蓉激动地咯咯笑着说：“哎呀！我们俩还是一个系的，你是我师妹呀！”俩人亲热地拥抱在一起。我在一旁也为她俩高兴，说道：“哈工院的同学遍天下呀！”

“哎！老伴，看看咱们的刘大师傅，菜做的咋样啦？把我准备几年的茅台酒拿出来啊！今天借这喜事俺爷俩喝个痛快！他奶奶的！自从1976年俺爷俩分别，这么多年还没在一起喝过酒嘞。”

张阿姨说：“老头子，看把你急的，才十点半，俺给刘师傅说了十一点半准时开饭。”

“嗯，那……小花，嗯你带小聂到楼上看看，啊……第一次来先熟悉熟悉家里的地理位置情况，嗯以后来好……”

“是！老爸。”王红花俏皮答应道。

其实我们来之前，我心里都有些不安。我见到他怎么说，该说些啥呀？虽然我和王大爷多年没好好在一起聊天了，可他老人家现在是我们司令员了，大首长啊，我们的领导在他面前都敬畏几分。我可再不敢没礼貌地对他老人家胡说八道了，万一我说错哪儿，那可了得。所以，我听他说让王红花带聂蓉蓉去看看他们这房子的布局，我也想借此机会去看看吧，不敢在王大爷他这儿说太多的话。“阿姨，大爷，我也去参观参观……”我站起身急忙请求道。

张阿姨笑着看看王公明，谦虚地说：“嗨，那有啥参观的，乱得很。好好去吧，嗯去吧……”她说着抬抬手示意我也跟着花儿、蓉蓉一同上去。

王红花在一旁俏皮地躬身，打出右手一个手势，说：“大哥嫂子请！”

这是一座地下一层，地上三层，标准式的独栋别墅。地下一层为储藏室，存放各种暂时不需用的闲置物件以及水果蔬菜、酒类的生活用品等。

王红花引领我俩直接上了二层。二层是主人的书房、卧室、健身房、卫生间等。王公明大爷和张阿姨的卧室我们就没看，这是个人私密空间。我们直接参观了健身房。王红花指着跑步机和各种哑铃道：“这些都是老爷子喜欢的玩意儿。”我急忙手扶跑步机说：“哎呀！这好啊！无论天阴下雨都不耽误锻炼身体。你不锻炼呐？”我问王红花。“哼！我学习都完不成，哪儿还有工夫锻炼？”

我们转身出健身房，又去参观了王公明的书房。我进书房门一眼就看见后背墙上有一幅楷书诗词，诗是这样写的：为天地立心，为生民立命，为往圣继绝学，为万世开太平！这楷书写得非常工整，体现出主人翁的人格作风。近前一张老板式大办公桌，上面摆放着笔筒，台历和红、黑两部电话机。在办公桌一角非常抢眼的地方，摆有一架腾空而起的歼机模型。桌后一把真皮靠背转椅，椅子两边靠墙立着中国共产党党旗和中华人民共和国五星红旗。进门在往右边细看，一面墙是一个大书架，近前看书架上的书有《毛泽东文选》《邓小平文选》《毛泽东诗词》《中国共产党重大事件纪实》《毛泽东评点二十四史》《容斋随笔》《中国通史》《中国上下五千年》《史记》《辞源》《中国军事战争纪实》《西游记》《红楼梦》《三国演义》《水浒传》《毛泽东传》《十大元帅传》《中国空军航空史》《军事与未来科技》等等，琳琅满目，各类书籍应有尽有。我又向左边看，墙上是两幅地图，一幅是中国地图，另一幅是世界地图。我看后从内心很佩服王公明大爷这种读书和胸怀祖国眼观世界的精神情怀。

王红花又引领我俩参观三层。三层是子女的住房。我们进王红花一间闺房，“不好意思啊，嗯我这儿比较乱，对不起啊。”

我看到墙上、床头上贴的王心刚、唐国强、王晓棠、刘晓庆、郭凯敏、李敏等年轻明星演员照片。床上、桌上除学习书籍外，都是洋娃娃。一看不用介绍，就知道这是小女孩儿的闺房。

我们又到另一间房参观。王红花她一面开门，一面介绍道："这是我姐的房，她没在……"门被打开，一张双人床没有被褥床单，光板大木床；一个三门实木大衣柜，中间是一面梳妆穿衣镜；一张三屉桌，一把椅子。除此之外，没有任何家具和被褥，空空如也。

我正在纳闷时，突然扎入我眼的是在桌上摆放着的一个十几寸大的木镜框，里边是一位穿着七四式军服的笑眯眯的女孩。我瞬时仿佛被定格了，巨大的吃惊让我一刹那间愣在当场："她？她？她就是王红梅……居然是我的梅儿！"我向前一把抱起那个镜框，两眼一黑，泪水如开放的闸门奔流而下。我双腿跪到地上，再也控制不住，也不顾聂蓉蓉在场的感受，大声喊叫道："梅儿！红梅……梅儿……"我喊着呜呜嚎啕大哭起来……

聂蓉蓉站在那儿，也被眼前的一幕惊呆了，不知如何是好，傻乎乎站着，眼睛含泪望着我。

这突然间，王红花也不知咋回事，看我那样儿她莫名其妙，也被这一幕弄蒙了，转身慌张跑下楼去喊王公明、张阿姨。"爸！妈！爸！快来呀！方晨哥他……"

王公明和张阿姨听到楼上花儿的喊叫声，不知发生什么事。俩人急忙放下手中的茶杯，往三楼上跑来。

此时的我将梅儿的照片紧紧抱在怀里，哭诉着："梅儿……你让我找的好苦啊……你知道吗……"

王公明和张阿姨进屋来，惊讶地看到我的此举，急忙向前："哎呀！哎呀小方，快快……快起来！甭这样啊！"他们看到我抱住王红梅的照片，跪在地上痛哭流涕的。两人架住我的胳膊一把拉起，放到为王红梅准备的光板木床上说道："小方，男子汉大丈夫，不要哭了……"此时王公明他也坐到椅子上，悲伤地劝告我。

此时，可能张阿姨也明白了，她哽咽着随手从抽屉桌里拿出一个军用挎包。

我一看这包我认识，是王红梅生前的，挎包上"为人民服务"五个大红绒字，还是王红梅自己学绣的。

张阿姨打开包将里边的一张照片拿出来，是我和王红梅的合影，还有一封没有写完的信也递给了我。信是这样写的："亲爱的哥：你好！见信如面。经过几天的激烈战斗，和在战斗中的抢救，现在我们终于找到一个较安全的猫耳洞。我是在猫耳洞里点着蜡烛给你写的信。我一切都很好，请放心！哥！我很想你！你想我吗？哎哟！对不起！战斗又打响了，等我上去接回伤员，回来接着写，吻你！"这是一封没有写完的信。我的手颤颤巍巍拿着、看着这个未写完的信，心碎了，只觉天昏地暗。我强打精神，把我和王红梅的事情，原原本本地给王公明、张阿姨他们二老诉说了一遍……

王公明听后，从我手里接过王红梅的挎包、照片和信，慈祥地抚摸着我，伤心地对我说道："唉！这是红梅孩儿唯一留下的遗物……"他对我回忆道。

"那是 1982 年 8 月份的一天，我正在昆明前方指挥所里和首长们研究作战方案，作战参谋进来喊我出去。我出去看到陆军同志向前给我敬礼，他告诉我王红梅上月在广西战场上……光荣牺牲了！'首长，这是王红梅同志留下的遗物，请您收好。'我打开包里一看，一个笔记本，一支笔，还有一封没有写完的信，笔记本里夹着你俩在齐齐哈尔北方照相馆照的合影像片。当时我由于伤心，没有细看这些遗物，就要求那位广西前线指挥部的同志：'请你回去后再好好侦察清楚，王红梅同志是在几月几日何时，哪个阵地，在哪场战斗中，怎么牺牲的。写个情况报告给我寄来。嗯……当然了，如果有牺牲时的现场照片更好。谢谢你！'就这样，我晚上回到宿舍静下来时，才翻看红梅孩子牺牲时留下的这唯一遗物。当我看完书信时心里还在纳闷，给哥哥没写完的信？我当时看到你俩的合影时心里才明白，是你这个臭小子……你？你怎么也没有给我提起过呀？"

张阿姨在一旁含着泪悲伤地对我们说："梅儿牺牲得很惨烈，活不见人，死不见尸。梅儿参加了她们前线医院，随战斗部队在前沿阵地上组成的救护小组。在战斗中，随时将受伤的战友抢救下来，再送到后边接应的医疗队里。部队在攻打一个无名山头时损伤惨重，梅儿和她的三名战友，从阵地上往回抬救伤员的路上，被埋伏的越军游击队给伏击了，她们四名同志全部遇难……"张阿姨用毛巾擦了擦眼泪，哎地叹了口长气，又对我俩和王红花继续说道："唉，红梅她们的部队，经过多次多方搜救都无下落，直到她们参战部队全部结束。她们部队才将梅儿她生前的遗物和她牺牲的消息告诉了在昆明前指的你王大爷，将她生前的物品全部移送给老王手里。你王大爷当时也没敢告诉我们……还……还是从前线回来，才告诉我梅儿牺牲的消息……"张阿姨说着就哽咽了。

聂蓉蓉向前给张阿姨拍了拍后背，劝说道："阿姨不哭，咱们……"她意思是，请张阿姨不要着急慢慢说。张阿姨又遗憾地说："唉，最后也没能见梅儿一面，埋在什么地方？我至今……也没能去看孩子她一眼。"

我急忙对她说："张阿姨、大爷，我毕业那年，1983 年 7 月我专程去了广西凭祥烈士陵园，找到了梅儿，替您为她上了香……"

王公明低语道："唉！我从昆明前线指挥部回来后，给你阿姨说了你俩的事，你阿姨也感到很惋惜。可也没有办法呀！嗯，所以，我和你阿姨商量，先不告诉你实情，也不给任何人透露红梅和你恋爱的事情……"

张阿姨很真情地抓住我的手说道："小方，如果……如果你不嫌弃的话，你就经常来看看阿姨和首长，还有红花妹妹她，啊？只当我拿女儿换了个儿子吧，怎么样？”这太突然了，我没有一点思想准备，又怕伤着她老人家的心，急忙就连连点头答应道：“嗯，中中中！行行！”实际上我也没有想高攀，只是对老人的安慰而已。聂蓉蓉在旁边也高兴地答应道：“好好！我们会经常来家里看您和红花妹妹的。”

王红花一听更是兴奋：“好好好！我有哥哥啦，大哥！嗯也有嫂子啦……”她急忙跑到我跟前拉着我的手连声叫“大哥，大哥。”叫得我还有点脸红不好意思。又拉着聂蓉蓉叫道：“嫂子嫂子……”

这时在一旁的张阿姨脸上也有了笑容，看着我继续说：“小方，你到家多次看望我们，我都没敢提起此事。红梅这孩子她既然为国捐躯了，说明你俩有缘无分，让她在那里永远爱着你，保护着你们。唉，过去的事儿，就让它过去吧！一切向前看啊。我看呐，这也很好吗？我们有你……哈哈……”

是呀！我浑然不知和梅儿有这层缘分，她也从未告诉过我。这也怨我没有过多地追问她家庭详情，真没想到啊，还出现这层关系。

王公明在旁边听着我们的对话，由悲转喜，哈哈笑着说：“对呀！有你小子，还给俺领来个闺女，啊？儿媳妇，哈哈……如果梅儿她看到你俩这么幸福的一对，她也会高兴的！你们说是不是呀……”

张阿姨、聂蓉蓉和王红花都被王公明逗笑啦。可我悲伤的心情怎么逗，都笑不出来。

我心里也在想：是呀！如果梅儿在天有灵，希望她为我俩祝福，为我俩高兴。

张阿姨笑着又从另外一个桌屉子里拿出一个大相册说：“这是梅儿的影集，你们看看吧。”

我赶紧接过相册道：“谢谢阿姨！”这相册是王红梅不同年代时期的照片。我翻看着梅儿她小时候的照片，她是那么活泼可爱，中学时梅儿长得都那么漂亮，在同学中很是出类拔萃。翻阅着这一张张照片，使我心中更加想念梅儿，多么希望她立刻出现在我眼前。要是她看见我就在她的家里，在她房间里，翻看她过去的照片，她该会高兴吧？说不定她会一下子扑进我的怀里，十分快活地摇晃着我，惊喜地说道：“哥！你可来了，想死梅儿啦……”

我看着王红梅一张张喜笑颜开的照片，控制不住悲伤的情绪涌上心头，大声喊道：“梅儿，红梅！你在哪儿呀？我的好妹妹，实指望结良缘夫唱妇随……红梅……可怜你撇下俺抛尸他乡……牺牲战场……我……我的好……”

王公明、张阿姨、聂蓉蓉他们看到我突然这样儿，个个都愣住了。王红花拉个脸非常不高兴地责怪道我：“哥！你干吗呀？你甭这样啊。你看你！你这……弄得大家心里都不舒服。我爸妈他们本来已好好的，可你这……又让他们伤心不是？干啥呀你！”

我听王红花小妹这么一说，突然意识到自己的行为欠妥，有些失态，两位老人还在此呀。我心里咯噔一下，突然意识到我错了，不能再刺激老人家他们受伤害的心了。再说聂蓉蓉在此看着我这样，她有何想法呢？我急忙擦拭眼泪道："对不起！都怨我不懂事，对不起啊大爷、张阿姨。"

王公明不愧是见过世面的大领导，呵呵笑着无所谓的样子，赶忙拉上我的手说道："走！走！陪大爷喝两杯！你和红梅这事就到此为止，翻篇了啊。今后，你们来家里不许这样啊，上来看看梅儿可以，但不能……嗯，以后我退休了，这屋子让你阿姨收拾出来，你们俩来住一住，陪我们老两口聊聊天。小聂，你说中不中啊？哈哈……"

"中中中！大爷，俺俩一有时间就来看您和阿姨，到时您可甭烦呢？"聂蓉蓉笑呵呵地说着，还特意抓住张阿姨如撒娇一样，使劲往张阿姨身上靠。

"不会不会！走走，吃饭去！"王公明、张阿姨两人笑呵呵地说着拉我们俩下楼。

王公明招呼我，"小方你坐我旁边，咱爷俩好喝酒。哎小聂，你坐在你张阿姨旁边，你们娘俩好说话聊天啊。"只听到王红花冲王公明他说道："嗯！想半辈子儿子啦，这下可满意了吧，啊王司令同志？"王红花坐在餐桌边冲王公明说着，还做了个鬼脸动作。

王公明他扭头对着女儿笑呵呵地说："丫头咋啦？有了儿子儿媳妇，我就是高兴，哼！"

这时公务员小朱给我们都已斟完酒，笑着说："首长，菜已齐啦。"

王公明手指着这满满一桌菜道："好！小方小聂！今天特意请刘厨师，做了几个山东家乡菜，你们尝尝啊！"他又指着餐桌上这丰富的菜肴介绍道："这是油焖大虾、糖醋鲤鱼、葱烧海参、红烧肥肠、蘑菇炖柴鸡、红烧扣肉、爆炒腰花、炸花生、凉拌黄瓜、酱牛肉、德州扒鸡，哦，这个是酸辣乌鱼汤。来来来！大家都饿了，咱们先吃菜再喝酒啊。小聂吃，在家千万别客气啊！"

"谢谢大爷！我和小方敬您和阿姨一杯酒，给您添麻烦了。"聂蓉蓉端起酒杯，说着拉我站起来去敬王公明和张阿姨酒。

"小聂又客气啦。好好！咱们一起吧？我和你阿姨祝你们新婚幸福……"还没等王公明说完，王红花在一边大声说道："对！祝愿哥跟嫂子白头偕老！"

张阿姨在一旁笑着说："对！祝你两口子幸福安康，白头偕老！"说着说着大家都站起来了。王公明说道："对，咱们共同喝了这杯喜酒！喜酒啊。"我们大家共同干了这杯酒。

这样，我们推杯换盏互相敬酒地喝起来……

可我心里似翻江倒海一般难过，总感觉梅儿在我眼前挥之不去。这酒喝得我如诗所是：

昨日寻你千百度，今日相会在家中。
相聚共饮庆婚酒，不见爱妻是她人。
人醉在酒里，情碎在心扉。
端起伤心的酒，一杯接一杯。
喝着辛辣的酒，流着伤心的泪。
丢失的情，再也找不回。
昨天的誓言，今日如烟灰飞。
南国的红豆，变成北方的鬼……

我感冒发烧，到空军总医院门诊部挂号看病。刚好，王红梅她也去拿药，当时她戴着口罩坐在轮椅上，妹妹王红花推着她。王红梅她穿着便装和普通病人没别样，我一时没能认得出。我穿着军装，可能是她先认出了我，故意扭过头去避开眼不看我。王红花也好像认出我，看我一眼想说未敢张嘴。我隐约听到王红梅催促王红花道："快走！快……"

我脑子里瞬间，梅儿？梅儿！

这时候，她俩背着我仓促向门外走廊那边走去。

我转身撕心裂肺地大声喊了一句："梅儿！"就追过去一把抓住轮椅的推手。

王红梅她在轮椅上，低着头说："对不起，您认错人了……"我从她的声音一下子就辨出她就是王红梅，我急切地冲旁边的王红花争辩道："红花！连你也不认大哥啦？"

王红花眼里浸着泪，无奈地看着我不知所措。

我向前一下拉住王红梅的手，她的手在发抖，冰凉。她的泪水从眼里滚落而下。我说："梅儿！你怎么了这是？你回来也不说，为什么不找我呀？这是怎么回事？"她低着头无语。

看到她坐在轮椅车上，腿上还搭盖着小毛毯，我急切想知道这是怎么回事，急切问："梅儿，你这是怎么啦？腿怎么啦？"

"没事，挺好的……"她左手不自觉地拉了一下小毛毯，忍着悲伤，低声哼唧了一句。不注意听是不会听到的。

我突然松开她的手，一把拉开她腿上的小毛毯。我惊呆了，我傻了！她毫无防备，突然被我惊吓得身体抖颤一下。

她只剩一条腿，畏缩在轮椅上。我两腿一软，跪在王红梅身旁，眼睛直瞪瞪看着王红梅的残疾腿，失态地大声惊叫："梅儿！你！你……你这是怎么回事呀？啊？"门诊楼走廊里的人们听到我的喊叫声，都驻足观看。我控制不住自己的感情，泪水像决口的河水奔流而下。都说男儿有泪不轻弹，只因未到伤心处。我终于找到了我日夜思念的梅儿啦，这是我激动的泪水，看到她这个样子，我很心痛，这也是悲痛伤心的泪水。

周围驻足观看的人群，七嘴八舌地互相议论着什么。“大哥，快起来，咱们回家说吧。”小妹王红花为我们解围，可能怕影响不好，也可能……

轮椅上的王红梅，她变了。已不是八年前，天真活泼、快言快语的梅儿了，变得少言寡语，多愁善感。也是的，时下的情况下谁都会变的。可以想象，她从身体到精神，经历了多少磨难，多少痛苦……当时，一个晶莹剔透、天真纯洁的十八岁花季少女，经过战争，变成这样。

踏破铁鞋无觅处。我踏遍了山山水水，等待多少个日日夜夜……“梅儿，你说，我千辛万苦地寻找你。就说从广西凭祥烈士陵园看过你的墓碑后吧，我心里还总不死心，总幻想着你没牺牲，还活着，说不定哪天你就回来了。这真让我猜中了啊？你终于回来了！梅儿，你回来为什么不找我呢？为什么？为什么？不是今天在医院碰上，难道我们就不见面了吗？啊！你说呀！”我生气地责问她。

王红梅不停地擦着泪，低声道：“哥，我时时刻刻都在想你，想见到你。可是……可是我这个样儿，怎能见你？一个废人，一个不能自理的人！不能给你幸福，只能带给你负担和痛苦，我不能对不起你……”

“我们是怎么约定的？难道你全都忘了吗啊？”我紧紧地拉着梅儿的手。

王红梅痛心地又说道：“哥，你的情况，我时刻都关注着，就说你毕业调北京工作，还是我求爸爸给办的……”天呐！我说呢，全班二十多人只我一人调北京，其他都各自回原部队了，别人问我是不是找人调北京的？我还说没有找关系。原来……原来是你梅儿暗地里在帮我呀啊！

“哥，我听说你找了个漂亮的姑娘，要结婚了？我祝你们幸福！”王红梅藏在心中的痛苦，我是看出来的，她的祝福不是真心的，用强装的笑容，正好表露了她内心的痛苦和伤感。

“梅儿，我们还没有结婚！有你在，我只要你！任何人都不能取代你，你是我的唯一！”我跪在王红梅的轮椅前，坚定地说。

“哥，我不能耽误你，不能连累你，更不能给你增加负担！祝福你和聂蓉蓉嫂子幸福……祝福你们幸福……”

瞬间，王红梅流着眼泪，消失在茫茫夜幕中……

“不！梅儿……你不要走！梅儿！梅儿……”我哭喊着，手伸向茫茫无际的夜空里。多想抓住她，留住她，可无济于事，王红梅走了！她消失得无影无踪。

“晨晨，晨晨！我是蓉蓉，我是蓉蓉啊……”聂蓉蓉她听见我的喊叫声，从厨房迅速跑过来，身上的围裙都没顾的解掉，双手拽住我晃动，想喊醒在梦境中的我。

我冥冥之中听到聂蓉蓉在喊我。“啊！我……”我睁开眼，看见聂蓉蓉着急的表情。聂蓉蓉她看我醒了，急忙说道：“哎你呀！又做梦了吧？看把你急得？来喝口绿豆汤醒醒酒。一会儿，你起来洗个热水澡吧，喝那么多酒，看看身上的衣服都湿了，脱下来我给你洗洗……”

我从头到脚大汗淋漓，衬衣裤全部湿透。“对不起……对不起蓉蓉！”我对聂蓉蓉说着，接过她递过来的绿豆汤喝下。

因为在王公明家高兴，又伤心悲痛，酒喝多了。具体我们怎么回的家，大脑全断片了。喝完绿豆汤，我大脑有点清醒，想起上午我俩到王公明家吃饭去了，就问聂蓉蓉：“蓉蓉，我们啥时候离开王大爷家的？”

聂蓉蓉大度地说：“你呀，酒喝多了，当场就吐了酒，还乱说胡话。还是王大爷派他的司机和公务员小朱，还有红花妹妹把俺们送回来的，把张阿姨都吓坏了。你去洗个澡吧，我去找个公用电话给张阿姨说一声，你没事了，不要让她们惦记你啦。”

吃过晚饭后，聂蓉蓉想让我带她去看电影。当时，电影《高山下的花环》正在北京各大电影院上映，引起社会上很大轰动。我知道是描写对越自卫反击战的，我怕再看到那场景，又想起梅儿她，太伤感了。我就推辞说：“唉，等咱俩结完婚了，再走初次谈恋爱的路吧？好不好？”聂蓉蓉她也可能猜测到我的心思。她点头同意道：“嗯，好吧。”说真的，到现在这几十年过去了，我至今都不敢看《高山下的花环》《凯旋在子夜》等等一些描写对越自卫反击战题材的电影、电视剧以及文学作品，我怕刺痛我对梅儿思念的心。

我和聂蓉蓉又来到八一湖边的柳荫下，还是那条弯弯曲曲的林间小路，还是那样悠悠前行。所不同的是，聂蓉蓉已大胆地挽住了我的右臂，半个身子依偎着我。不像初恋时那样拘谨。虽然她紧紧依偎着，可我还是感到她的身体像风中树叶似的瑟瑟抖动，呼吸也变得急促。我低头看她时，月光下她的脸庞娇艳如花，煞是美丽漂亮。我也不禁心旌摇曳，神不守舍，很想把她搂在怀里，可偏偏脑海里倏地出现梅儿的影子。暮色中似乎梅儿正张开双臂向我跑来，口里不停地叫着：“哥，哥！我来啦！”然后扑进我的怀里。当然这只能是幻觉，可我这时候才真正明白，虽然我和梅儿没有结成婚，虽然我试图努力控制自己不再思念梅儿，可我和梅儿的灵魂已融为一体。谁要想把我们俩生生切割开来，实在是做不到，也太难了！此时的我也极力按捺住自己冲动的情绪，不去想梅儿。我和聂蓉蓉已为夫妻，不能在心猿意马、三心二意不负责任呐。

我把胳膊使劲抱住聂蓉蓉，望着聂蓉蓉歉意道：“对不起蓉蓉！我想和你讲讲我的过去的事，而你必须知道我的过去，这对你是很重要的。不然的话，我这一辈子的心都不会安宁，我……”

聂蓉蓉立刻用她的小手捂住我的嘴：“我不听！我也不想知道你的过去，什么也没有现在的你重要！”

我挪开聂蓉蓉柔若无骨的双手，坚持要她听我说：“蓉蓉，你不听会后悔的。你是一位好姑娘，我不能欺骗你，我要把我的过去，原原本本地讲给你，否则，我心里永远都感觉亏欠你……”

聂蓉蓉再次挡住我的话，“傻瓜，你以为蓉儿是那么小心眼吗？”她仍然不让我再说下去。

此时，我俩走到公园的椅子前坐下。聂蓉蓉她将身体侧倒到我的怀里，依然喃喃而语：“晨晨，你知道吗，蓉儿从第一天见到你，就深深地爱上你啦！也把终身托付给你啦！姣姣几次说起你，嗯，我不管你过去做过什么，反正你今生今世就是我的丈夫！我们在一起这几年工作中，我没敢大胆向你示爱，只是默默在心里爱着你、呵护着你。用我的实际行动感化着你，可几次你都无动于衷。嗯，莫不是你嫌蓉儿长得丑吧？我的好哥哥，我的傻丈夫。请你低头看看蓉儿，你今天的媳妇，好不好看呀？比谁差呀？”聂蓉蓉她仰面对我笑着，含情脉脉地望着我说道。

月光下，天真淳朴的蓉儿，俊俏的脸蛋儿，似刚出水的芙蓉花，炯炯有神的大眼，摄人魂魄的丽质，更加靓丽，我的心醉了……

我在想：王子公主天真的爱情，应该忘记吧！我和聂蓉蓉其实是生活在现实中，很多事情必须建立在现实的基础上，不能妄想。爱上一个人，其实是一种感觉，只有她才能给的感觉。不爱一个人，就是因为感觉没了。不爱了就是不爱了，再勉强自己也没有用。如果问你，你会怀念曾经爱过的人什么？一定是海誓山盟，海枯石烂，一颗心！我们说会等一个人，其实等的已经不是这个人了，只是一种心情，不甘心忽然一个活生生的人，说离开就离开了，无声无息，无影无踪。如果她重新回来，你，还会一如既往地爱她、包容她的一切吗？不要那么轻易地说会，用你的心说，你，真的会吗？陷在感情中无法自拔的你，在这个季节里，真的领悟到了吗？对曾经的那个人，也许你真的很爱她，很思念她！但你要明白，你很爱的那个人，只不过是爱那个不可能得到的背影和那已经摸不着的回忆时，何不选择就此放下！要放下，必须放下！因为，我们自己希望幸福！我自己要幸福，我要自己成全自己的幸福……

聂蓉蓉她看着我咯咯地笑着说：“傻瓜，咱们的任务呀，嗯，尽快把所里的研制项目落实，拿出成果，到部队去验证各种数据和模式的准确度和使用性。嗯，再呀，再就是为你们方家早早生个‘小接班人’，别人是无法替代的！小傻瓜，你说是不是呀，啊？”

我笑着回应聂蓉蓉道：“那就看你的了！”

聂蓉蓉羞涩地撒娇道：“你真坏！你坏……”

常言说：好夫妻，不但是生活中的好伴侣，工作中更要是好帮手、好参谋！那才是天生一对，地造一双啊。

某日，我办公室电话铃突然响起。我拿起电话只听：“小方，请你过来下。”邓先达所长叫我。“好的。”我放下电话就过去。

“小方你坐，是这样，空军首长安排你去英国牛津大学进修四年，学习动力学。我知道你们孩子还小，聂蓉蓉她……”“所长，您放心，革命军人服从命令为天职。家里再大的困难也要服从组织安排。”

“那，小聂她……”

“没事儿，我想她会支持我的，请您放心吧。”

就这样我踏上去英国牛津大学的征程……

第五十一章 天道轮回

光阴如梭，转眼到了 1994 年夏，我从英国牛津大学取得硕士研究生学位归来。我儿子已满四岁半满地跑，喊爸爸又给我拿东西，胖乎乎的十分聪明可爱。研究所又在西郊机场附近，为我解决了一套南北通透的三居室房子，140 多平方米。这小区内共有六栋家属楼，住着司令部、政治部、装备部和直供部部分营团职干部，还有少数师职干部。此房均是板楼，总高二十二层，两梯四户。我们家住第五栋楼三单元门，第十九层 1902 房。这房全部是精装修，直接提包入住，除大小床、大衣柜、桌椅沙发、电视、冰箱、洗衣机自己买以外，房间空调、厨房灶台、油烟机、消毒柜、橱柜都已配齐。

我拿到房钥匙后，就和聂蓉蓉利用空余时间把房里打扫得干净整齐。我俩跑电器城、家具店，将房里的所需物品都购买齐备，安装好，布置利落。特别是妈妈和儿子的房子收拾得很温馨。我请著名画家段云华大师为客厅画了一幅桂林山水画，书房里请大书法家李奇为我写了一幅“千淘万漉虽辛苦，吹尽狂沙始到金”的行草大字。我们俩的卧室里，在双人床头上方挂着我和蓉蓉穿军装的结婚大照片。

房子全部布置好后，我就把妈妈从方姣姣、王建社那里接过来。说真的，我住在研究所内筒子楼里时，妈妈虽然已退休来北京，可我也没法安置妈妈住，想孝敬她老人家都无能为力，只能把她送到姣姣那里住着。聂蓉蓉也多次埋怨我“爸妈就你一个儿子，妈退休了还不能享你的福，住在姣姣那儿，我当儿媳的都不好意思。”现在好啦！我就把妈妈从妹妹那儿接过来，和我们一起生活，尽一尽我做儿子的孝心。

妈妈来到我们家后，也没能清闲着享福。家住的距离幼儿园远了，她老人家每天还要帮我们俩去幼儿园接送孩子。虽然妈妈辛苦，但我们在一起生活，全家过得还是其乐融融很幸福的。

一天，我在办公室忙工作查阅资料。聂蓉蓉走过来小声跟我说：“王丽平回来啦！她电话说晚上请咱们全家吃饭，已经预订好顺峰酒楼。”我一听就讨厌，不高兴地说道：“不去！干吗非要吃她那顿饭呐？”聂蓉蓉一笑：“傻样儿！还记人家仇呐？男子汉大度些，亏得你们还是同学呢，人家都不计前嫌，你这又何必呢？”

我说不过她，只好带着一家子准时到了西三环顺峰酒楼。王丽平早已等候在包厢里。“哎呀！大妈您好您好！”她热情得拉住我母亲的手一个劲地问好。又看到聂蓉蓉怀抱着的晨曦，急忙向前去：“哦，这就是你们的宝贝儿子呀？叫啥名字？”她从聂蓉蓉手中接过四岁多儿子，更是像几年没见的亲儿子一样。聂蓉蓉笑着说道：“叫方晨曦，是他姑姑给起的名字。”“哎呀！晨曦？方晨曦，好啊好啊！”王丽平抱住我儿子亲来亲去。儿子倒也乖巧，被她亲得咯咯直笑，没有一点陌生感。好久不见，她像发了大财回来一样，给我们每个人都准备了礼物。送给我妈妈的米色大披肩。送给我的一套领带、腰带和高级电子防风打火机。给聂蓉蓉的是一款精致的小牛皮坤包，当时国内市场很少见到。给我儿子晨曦的是一副纯金小手镯，当场就给戴上。王丽平又让聂蓉蓉从她包里拿出照相机，为她和我儿子照了合影。她把儿子递给我妈，又为我们全家照了合影。王丽平说：“这照片待洗好，我给你啊蓉蓉。”

“谢谢你丽平！无功不受禄，我们这……”我觉得挺不好意思地对她说道。我妈一面逗着孙子，一面笑着问：“王总在哪儿发财呀？看来你这是发大财回来的呀，买这么多好东西，多不合适！”

她笑呵呵地说：“大妈！发啥财呀？这些在香港不值钱的。和晨晨、蓉蓉他们这几年没见，应该的。晨曦这小家伙又帅又可爱，以后也是我儿子啦！乖晨曦，叫干妈啊！”她说着又去逗我儿子。

聂蓉蓉看看我，问王丽平：“丽平你还没要孩子呀？”我忍不住接道：“甭光顾挣钱把后代给耽误啦。”王丽平说：“嗨，他不想要那么早，这不，又在北京中关村开了一家公司，让我全权负责，哪儿有功夫要孩子呀？晨曦以后是你们儿子，也是我儿子！曦曦叫妈妈……”王丽平一边说着一边把方晨曦往自己怀里抱，逗着让方晨曦喊她妈妈。

方晨曦已四岁多，虽然不太理解世事，还是很听话，教干什么就干什么。他乖乖地冲王丽平幼稚拙笨地叫了声“妈妈”。把王丽平兴奋得直掉眼泪，抱着我儿子方晨曦使劲地在小脸蛋上亲，还说“好儿子，好宝贝”地一劲夸奖。我在想：她这眼泪是高兴的眼泪，也可能是伤心的泪？如果当年我们俩结了婚，她的亲生儿子也有这么大了，她内心多盼望这一刻呀，可惜未能如愿。不管怎么说，我和聂蓉蓉没反对她认方晨曦做干儿子，难得儿子也喜欢她，这应该是她高兴的泪吧。

酒楼服务员把各种菜肴和饮料已摆满餐桌，我们吃着聊着……

再说 20 世纪 90 年代的北京中关村，是刚刚起步，还没什么影响。王丽平这个公司在那里注册落地，算是为数不多的几家外资公司之一。“丽平，你这公司做什么业务？”我随口问道。本来是不至于在吃饭时冷场，是闲聊天随便问上一句。她却误会以为我这么关心是在想寻求合作，放下筷子急忙说：“嗨，啥都做，科技开发、业务咨询、进出口贸易等等都做，只要能赚钱。”

“好啊！一切向钱看，凭你的能力，以后会做好的.”我鼓励她。“那，以后你们俩可得多支持我呀。”她冲我笑着说。我微笑着忙去为照顾晨曦的我老妈夹菜，“妈，你别光看孩子，你也得吃呀妈。”我装着没听见王丽平的话，也没回应她。聂蓉蓉看了看我，“没问题丽平！”她急忙向王丽平表态。

晚上的聚会，就这样在欢声笑语中结束了。

数月后，我们的“立体四面主动相控雷达系统”项目研制进入收尾阶段。我和姚民、聂蓉蓉、朱建铭都在单位加班，挑灯夜战。我孩子上幼儿园，只有靠老母亲负责接送了。甚至我俩夜里十一点多才能回去，太晚了，妈妈陪孙子方晨曦早已睡觉。

一天晚上，大部分同事都已经下班回家，只有我和聂蓉蓉、姚民、朱建铭几个人，还在电脑前对“立体四面主动相控雷达系统”研究的数据进行修改完善。

聂蓉蓉她听到大门口传达室门卫喊她，没敢打扰我们自已悄无声息地出去了。

此时研究室办公桌上的电话，突然叮呤呤响起。我起身到办公桌前拿起电话：“您好！”

只听电话那头“喂！请找819研究所方晨晨同志！”

找我的？我很客气地说：“我就是方晨晨。”

“请你拿上身份证、户口本，到海淀公安分局四季青派出所来一趟！马上！”。“唉，有什么……”我还没问完，那头把电话就给挂了。

放下电话，我还纳闷，派出所找我干吗？还拿身份证、户口本？此时，聂蓉蓉神情慌张地从办公楼外的传达室跑进来，脸色苍白：“晨……晨晨！快……快！妈来电话啦，晨曦，方晨曦他丢了！快！快快去找吧啊？我的儿子……”

我突然明白啦，冷静地安慰她道：“甭着急啊！甭着急！刚才，公安局来电话，让我带着身份证、户口本过去。很可能儿子就在那儿！咱们这就去。”

姚民、朱建铭一听我儿子丢了，急忙过来说：“咱们抓紧去找吧？”我对他们说：“不要着急，你们在这里等我的电话和其他消息。蓉蓉咱们马上走。”我拉上聂蓉蓉驱车前往四季青派出所。

刚进派出所值班室，一眼看到方晨曦正在一位女民警怀里安安静静地坐着，滴溜溜的大眼睛好奇地四处观看，没有一点受到惊吓和惶恐的意思。聂蓉蓉跑上前一把抱住：“晨曦！好儿子！”

“同志！你是孩子的妈妈？你是孩子的爸爸方晨晨吗？”一位二十多岁的男民警走过来问我俩。

“是是！她是我爱人,孩子他妈！”我向那两位民警介绍道。那男民警向我说道：“请把您的身份证、户口本拿来我看看。”

我将我的军官证、户口本递到那位男民警手里。他反复确认后说：“是这样，你的孩子是被这位好心大姐给救回来的。要不是她，你儿子就被人贩子给骗走啦。”

啊！他这一说，真是把我给吓出一身冷汗。我这才注意到，值班室墙边的长椅上还坐着一位中年妇女。我急忙上前连声感谢道："谢谢！谢谢您大姐！"

大姐是位朴实的农村妇女，胖墩个子，大眼睛，在灯光的照射下，被日光充分滋润下的脸蛋健康红润，配着被染成浅黄色的短发，利落干练，一看就知道年轻时也是个美女。此时，聂蓉蓉赶忙从衣服兜里拿钱给她。"不不不！你们太见外了！俺可不是为了钱，这事让谁碰见都会管嘞！你快收起吧大姐。"那位朴实、心直口快的农妇连声推脱拒绝道，说什么都不接受聂蓉蓉拿给她的钱。

原来事情是这样的。我妈从幼儿园接了方晨曦，到公交车站台等乘 360 路公交车时，这位好心大姐，也在等车。方晨曦这孩子一眼看到马路对面商亭的雪糕广告，哭着喊着非要吃冰激凌，妈妈估摸着公交车快到了，担心一起过去走路太慢，只好让小晨曦原地等着，自己一路小跑过马路去买冰激凌。我妈妈刚安顿好方晨曦离开，就过来一个身背旅行包的胖女人，贼眉鼠眼的，上前拉着孩子的手，一边手指着马路对面售货亭，一边笑眯眯地说："宝贝，你奶奶让你过去吃雪糕咧，还给你买了好多冰激凌呢，快跟阿姨过去吧。"方晨曦信以为真，被那胖女人牵着小手，抬腿就要跟着走。此时，旁边站着的那位好心大姐，从头到尾都看得清清楚楚，她急忙向前拉住方晨曦孩子的另一只手，操着浓重的鲁西北口音严厉地说道："不去孩子！在这儿等奶奶啊！咱哪儿都不去！"

胖女贩子一看这位管闲事的农妇，就向前恶狠狠地推开她说道："你是老几呀？少管闲事！"

好心大姐一听火冒三丈，紧紧抓住方晨曦孩子的胳膊，咬着牙说："嘿！今天老娘就管定啦！咋的！咱不去孩儿！"两人就打起了争夺战，方晨曦在她俩中间被争来夺去来回拉扯之下，他无助地只是使劲地哭喊："我要奶奶！奶奶……奶奶，我要……"

此时天已黑了，母亲被川流不息的车辆阻在对面，看不到也听不见这边发生的一切。这时，正在值勤巡逻的警察同志路过，恰好看到路边公交车站牌下，两个女人争夺孩子这一幕，周围还有一群不明真相的群众在看热闹。这两位民警急忙下车向前问询怎么回事时，那胖女贩子恶人先告状："是她抢俺孩子！民警同志……"

好心大姐一听更加气愤："呸！呸呸呸！你个不要脸的！民警同志这不是她的孩子！"。

两位民警一听是这回事，向她们两位喊道："都住手！"

另一位民警向前夺过那胖女人手中的方晨曦，呵斥着她们两人："走！随我们到派出所做调查。"就这样她们俩都被带到派出所。

到四季青派出所后，民警分别控制住两个大人询问情况。又私下里问孩子方晨曦叫啥名字，爸妈都叫啥名字，爸妈的电话等等。这点幸亏聂蓉蓉平时在家里教儿子爸妈叫啥名字，爸妈的电话是多少，晨曦幼儿园的电话是多少。这孩子天资聪明，教他几次都记住了。这关键时用上了。民警根据孩子提供的情况，把电话打到幼儿园证实后，又顺藤把电话打到研究所找到我。

这位好心大姐把事情原委说完后，又打量着我小声问："解放军同志，看您是空军部队的？"

我急忙点头回答："嗯！是呀？"

"那，不好意思啊，您是不是在彭城上过军校啊？"嗯？我突然也好奇起来："是啊！"

她一下激动起来，冲我咯咯地笑着说："哎呀！大哥！您，您还记得那年吗？嗯，就是从南宁到济南的火车上，您和那位大娘给一位小姑娘让座吗？您到彭城临下火车前还把身上的四十多元钱和二十斤全国通用粮票都给了那个小姑娘。临下车还特意嘱咐列车服务员，到济南火车站后，一定让警察把她送到家人手里。"

听她这么一说，我立刻回想起来当时的情形……。忙点头："嗯，那你是？"

"我！我就是那个小姑娘呀，大哥！"好心大姐激动地说，向前拉住我的手用力晃着。

"哦，这位好心大姐……我知道了。原来你就是当年车上那位离家出走的小姑娘啊！变化真是大，从当年的瘦弱清秀变成了现在的健康红润，不过看样子，那敢想敢做的硬朗气还没丢咧！"我对她说道。

她听我这一说，更加激动，眼泪汪汪的："大哥！俺叫刘晓燕。那次，好心的民警同志把俺送到家后，俺就在家里踏踏实实干活，再也不胡乱跑了。嗯，这几年政策好了，家里生活条件也好啦，俺多次去山东沂蒙山区看望大娘。每次大娘都让俺去找你，她老人家说恁是个大好人！我到彭城空军部队找过您好多次，都说没有您这个人。哎呀！大哥！原来咱们的缘分在这呐……真好！真好！"

"哎，晓燕，你现在……"我不解地问。

"嗨！大哥，我已经结婚有两孩子啦，老家德州夏县农村虽然还是很穷，可现在国家政策好啦，我和孩子他爹在北京做点小买卖。嘿嘿，真好，专门找您还找不着呢，今天……今天倒把恩人找到啦！"

我听她讲分别后这么多年的情形变化，也是满心欢喜。

再说我母亲她买完雪糕从商店出来，被川流不息的车辆阻挡。只好绕道过天桥跑回 360 公交车站牌旁，突然发现孩子不见啦，四处找啊喊啊，都没见着孙子的踪影。她心慌地赶紧找公用电话给我打电话，可我们的电话却一直占线打不通，无奈又打给所里传达室才联系到了聂蓉蓉。

幸好此事有惊无险，老人家也可以心安一些啦。

"方晨晨同志，请你来做个笔录签字。"那位男民警，叫我到另一间屋去做笔录并签字。

他客气地对我说："方晨晨同志，您还记得南宁火车站候车室里，你曾经保护过一个流浪男孩子吗？"被他这突然一问，我还真有点愣神……

哦！我脑子里开始浮现出南宁火车站候车室里曾经的一幕：一个流浪男孩被一对男女追赶着打，那蓬头垢面的男孩子在人群里胡乱跑着，我实在看不下去，就上前把男孩拉到身后，冲那对男女喊："住手！不许打人！"

我有些疑惑："记得啊！有啥事吗？"

只见他从桌子的抽屉里拿出一封信："方同志，这是不是写给你的信？"

我接过信很不解，我认真一看是写我的名字方晨晨同志收。这是谁把写给我的信送到这儿呢？只见信封上明明写着，江苏彭城空军后勤学院光学工程系方晨晨同志收，落款是广西南宁市公安局铁路公安分局。"这？我……"

那位民警笑着又说："同志，这封信是十多年前发给你的，你看后面：查无此人，退回去啦。嗯，你在火车站候车室保护的小男孩，就是我朱军呐！"那位男民警哈哈笑着冲我说道："没想到吧？有缘千里来相会哦，多年找您，巧合巧合，今天在这里找到您啦。"

我心想这相会还真是突然，我拿着信问道："那，这封信？"

"哦！是这样方同志！当年你一离开南宁火车站，我就被铁路警察带到铁路公安处了，那对狗男女死咬着说我是他儿子。我打死也不承认！我是个孤儿，父母和爷爷奶奶早已去世，是他们把我从广西个旧市的偏僻山里骗出来的。他们说要领养我到南宁读书，过好日子。一路上，他们不给我吃不给喝，我坚持了两天两夜，饿得头晕眼花。在南宁火车站他俩又是买吃又是买喝的，仍不管我。我偷听到他们俩嘀咕说还要转车走。当时实在饿得不行了，就偷偷从他们旅行包里拿面包吃。谁知道被她们发现了，这就往死里追着打我……幸好遇到了你。"

"那，我离开后？"我又好奇地问。

民警朱军继续说："警察把我们带到铁路公安处，他们又哭又喊，非说我是他们儿子，一起去北方亲戚家串门。任他俩怎么胡说八道，我就是不承认。还是那警察张叔叔有经验，把我们分开问话。我跟张叔叔说清我是怎么被他们骗到南宁的，我家是啥地方，去世的父母叫啥名字，家里还有什么亲戚，张叔叔一听就明白啦。他把那对狗男女反复审讯，才终于搞清是拐卖妇女儿童的人贩子。其实他们有一个团伙，专门在广西山区干这个。后来这帮人全被抓获。张叔叔说多亏了您，我才被救下来。所以，张叔叔以铁路公安分局的名义给您单位发了感谢信。可是不知道为啥，发给您个人的感谢信，两次都因为'查无此人'被退了回来。"

我又问："那你，怎么当上了警察，还是在这里？"

朱军咧着嘴笑道："是这样，张叔叔他们把我送到南宁市孤儿福利院。市福利院一直供我上学，从小学到高中毕业，张叔叔逢年过节都会来到学校看我，鼓励我好好学习，听老师的话。高中毕业后，我报考了广西警察专科学校。毕业时，因为我学习成绩比较突出，就被北京市公安局选调来了。临毕业的时候，张叔叔还专门跟我说，他快要退休了，将来若有机会找到您，一定要把信转交到救命恩人手中！这不，这事情就是这么巧！刚才，我把孩子带到这里问他叫啥名字呀，爸爸妈妈叫啥名字呀？嘿！这孩子把恁的名字记得清清楚楚，爸爸叫啥名，在哪儿工作，妈妈叫啥名字，在哪儿工作。嗯，我也叫您方叔叔吧！方叔，您儿子聪明，太聪明啦！你们可好好培养啊！这个，当我听小晨曦说他爸叫方晨晨，在空军819研究所工作。我心里还犯嘀咕呢，是不是我多年找的恩人呢？好！哈哈……还真是！啊……太巧啦！”

朱军说得眉飞色舞的，突然停下来说：“方叔叔，我要好好谢谢您当年的恩情！”

“哎！还是叫同志吧。”我不好意思地推辞道，“你大小伙子，穿着警服，喊我叔叔还真不习惯。”

这时，先前的女民警进来对朱军说：“嗨！小朱，我把那个偷孩子的妇女送看守所去，手续都齐啦。刚刚她已承认是有人指使她这样干的，看来咱们还需要进一步调查取证。”

“好！你们在路上慢点。哎！那位好心大姐呢？”朱军问。

“嗯！没事，她做完笔录也可以走啦。”

“好的！慢点啊！”朱军不放心地又嘱咐一句。

“唉！方叔，天不早啦！你们也可以走啦，改天有时间，我再去看您和阿姨好吗？”

“谢谢你！小朱同志！谢谢，谢谢！”我与小朱警官握手告别出来。我心里总想着那位女民警的话：她承认是有人指使她干的。有人指使她干的？谁呀？我没有得罪过谁呀？是谁向我儿子下黑手呢？

我出来派出所时，蓉蓉跟我说，已让赶来的姣姣和建社先带着晨曦回家了，怕母亲在家着急。那位好心姑娘刘晓燕也走啦！蓉蓉还把家里的电话地址留给了她，希望她在北京有困难来找我们。

人的一生，往往会发生很多不可思议的事情。有时候我们对别人举手之劳的一个小帮助，竟然可能在冥冥之中，带来不可预知的回报。就好比1983年，在南宁火车站候车室和火车上发生的这两件微不足道的小事情，本来早就被我抛到九霄云外了，却没承想，今天又在儿子身上得到了善意的传承和轮回。

要说传承，后来还真发生了。儿子方晨曦已从西安解放军第四军医大学毕业，被分配到北京武警总医院呼吸科当医生。一天晚上，他回来跟我说：“爸！前些天，我们呼吸科收住一个病人，确诊是肺癌，她肺上的瘤为恶性肿瘤，需要马上做手术治疗，费用需交二十万元押金。她家里是山东德州农村的，她们怎么也揍不够二十万元。我的意见是有多少先交上，钱慢慢筹集，做手术甭耽误了。是我给她做的手术，很成功，切除一半肺，慢慢化疗治疗会好的，幸亏没有大面积扩散。真逗爸！那阿姨非给我红包，被我拒绝了。那天晚上我值夜班去查房，她突然拉住我的手说，方大夫，您是叫方晨曦吗？我点头说是。她又问我，方晨晨聂蓉蓉你认识吗？我给她说认识，那是俺爸俺妈。”

她拍着我的手笑呵呵地说：“好，好！”

“哎，爸！你说她一个农村老太太，咋会认识您呢？”方晨曦一说，我就听明白啦！我敢肯定她就是刘晓燕那个善良的好姑娘。“曦儿，她是不是叫刘晓燕啊？”

“是啊！爸你怎么……”

聂蓉蓉在一旁，急忙说：“咦，傻孩子！那是你的救命恩人，也是咱们全家的大恩人！”

聂蓉蓉看着方晨曦困惑的样子，就把当年晨曦小时候怎么被救的过程说了一遍给他听……

我对晨曦说道：“曦儿，你今后无论走到哪儿都别忘了行善事，怀善心，做善人！特别你是当医生的，更应如此。”

我们就此召开家庭会，商定资助刘晓燕十万元治疗费。第二天，我和聂蓉蓉专门去医院看望了刘晓燕。刘晓燕感动得热泪盈眶，拉住蓉蓉的手说：“谢谢大姐你们！谢谢你们！以后俺有钱一定加倍还您！您真是俺大恩人呐！”

聂蓉蓉笑着说：“晓燕，你可别这么说，还啥还？等以后再说。你啥也别多想，听大夫的，好好在这里安心治病，早日康复，也好早日回家团聚。在这儿有啥困难，你直接给方晨曦我儿子说，可千万不要客气。我们单位还很忙，过几天有时间，我再来看你啊！好好休息，早日康复。”

我对刘晓燕的爱人小张说：“小刘想吃啥你给她就买啥，别不舍得花钱，营养好也是很重要的一方面。”

“唉，谢谢您，我不会让她受委屈的。”小张憨厚地说着，一直把我们送到电梯口。

刘晓燕康复出院后，我们这两家的关系一直保持着，有时逢年过节刘晓燕他两口还跑到我家坐坐，还特意拿点家乡的土特产啥的。

人呢，有善心，有善行，自然就有善果！合伙做事也好，人际交往也好，都应珍惜缘分，以善为念，学会感恩，必得善果！善恶有报，天道轮回。

第五十二章 茶前饭后

时间转眼到了2010年春。这天，我坐在午后和煦的春光里发呆，宁和的光铺满了整个办公室。我回想这十几年，刻苦研究的几个重大科研项目，都获得了国家和全军科技进步奖，其中由我们研发的“立体四面主动相控雷达系统”在技术上也已相当成熟。姚民政委带队到东海、南海舰队作适用性试验的效果也非常好。如果不出意外，很快就会在一线舰船、飞机和导弹部队装备使用。

常言说得好：人到五十，天过午。我和聂蓉蓉去年被授予大校军衔，恩师邓选达所长和叶剑桥教授都已光荣退休。而我，作为空军819研究所所长已有三年啦，我们正在攻关研制的“激光远程制导定位仪”，由于经费不足不得不暂时搁置，向总部几次报告都无音信，心里实感纠结和不快。

正在此时，突然老领导林兵打电话来通知我：“小方，咱们和为国三家好久没聚了。今天是周末，晚上六点到东北酒家，一起吃顿饭热闹热闹吧。”

我满口答应：“好好好！我通知冯为国他们。”我心中正好不爽时，林兵老人家来电话相邀喝酒，太好啦！正合我意。林兵现在可是空军蓝天生产经营投资公司总经理哦，了不得！嗯……不对，现在应称林兵为蓝天投资股份有限公司董事长，他已不是空军蓝天生产经营投资公司总经理了。因为，去年军委要求部队撤销所有生产经营工作，以作战训练为主，加强和提高部队的战斗力和凝聚力。所以，林兵的空军蓝天生产经营投资公司，已与空军全部脱钩，就地转业成为独立法人。公司同时改名为蓝天投资股份有限公司，林兵任公司法人、董事长。

有时候啊，人算不如天算。有时你想不到的事它就发生了，想着不可能成的事它就成了，就这么蹊跷。

咱就拿冯为国他来说吧。他自从1984年空军上海政治学院军校毕业回到雷达团政治处工作，与家里农村的李玉莲结婚后，就一直想与心爱的刘英彻底断掉关系。一次他大着胆，写信将与老家李玉莲结婚生子的情况全盘托出。没想到是刘英看到他的信后，不但没生气，还回信安慰他与老家李玉莲嫂子好好过日子，照顾好家庭，教育好孩子，使冯为国始料不及。

冯为国本来生活也就这样按部就班地与老家李玉莲生活着，心也踏实，别无所求。岂知人算不如天算，命中注定他和刘英还有一段拆不散躲不开的缘分。也就是 1984 年冯为国军校毕业回老家探亲时，不小心让老婆李玉莲怀上了第二个孩子。当时全国也包括部队对计划生育政策执行得非常严格。李玉莲虽是一个农村妇女，却是个明事理之人，她怕影响冯为国的前途，考虑再三这第二个孩子不能要，如果偷偷在农村生下这第二个孩子的话，也不是不行，可是……当时她没与冯为国写信商量，也没给冯建刚老公爹说，自己就主动到乡医院做了人工引产。

的确是，那个年代全国计划生育政策都非常严，一对夫妇只准生一个孩儿。如果超生，农民是罚款抄家，罚得你倾家荡产。如果是工人超生开除公职，打破你的铁饭碗。如果是军人家属，军人开除军籍，按战士复员回家自谋生路。当时，如果孕妇你外逃到外地去偷生，被抓回来，不但做人工引产，还得拘留重罚。那时候，育龄妇女做人流的很多，医院里应接不暇。对孕妇也不会做特别检查，只要是做人流的来者不拒。当时孕妇做完人流出来，更没什么讲究，和无事人一样照常工作生活。就这样李玉莲也没跟家人打招呼，自己就跑到乡镇医院做了人流。她做完人流回来，不顾下身还在出血，戴着卫生纸巾就下地干活去了。一天忙东忙西下来很是辛苦，她也没在意自己身体，直到深夜下身血越流越多，才感到头晕恶心，坚持不住才喊了冯为国的妹妹来，把她送到乡镇医院。李玉莲她还没等到乡医院，人已因失血过多呜呼哀哉了。

这件事给冯为国的打击很大，犹如晴天霹雳。老婆突然离世，撇下一个四岁多不懂事的娃娃，父亲冯建刚在家里又不得不承担起一家老小生活的重担。

这时候，刘英已调北京总政歌舞团。她听说冯为国家里发生的事情后，立即请假乘火车跑到齐齐哈尔雷达团，向冯为国表明自己的态度，并安慰冯为国道："为国，你不要难过，这不还有我吗？嫂子走了，可我永远爱着你，而且你放心，我不嫌弃你结过婚、有儿子的，我爱你，也爱你的儿子！我一定把他当作亲生孩子来关心教育。亲爱的，我们结婚吧？"

"刘英，我对不起……"刘英向前捂住冯为国的嘴，不让他往下说，并抱住冯为国道："你不要再说了，我决心已定，咱们结婚吧为国。"就这样，两人在齐齐哈尔办的结婚手续，在雷达团举行了简单的婚礼。

刘英回到北京，通过关系把冯为国从齐齐哈尔雷达团调北京空军后勤直供部当政工干事。后来又把冯为国的儿子从河南农村接到北京上小学，当作自己的亲生儿子一般照顾培养。两人后来又生育了一个女儿，家庭生活倒也幸福美满。

当时我们听说冯为国和刘英的事后，非常佩服刘英。我们三家在一起吃饭时，林兵和李小萌就当面夸奖刘英。"刘英你真是好同志、好妻子、好女人啊，不简单。冯为国你今后可得对人家小刘好些呀。否则，我们都不依你，听到了没小冯？"冯为国在一旁嘿嘿傻笑道："听到啦，听到啦。"

的确刘英不简单。后来刘英通过关系，又把冯为国从空后直供部调至空军政治部纪委办公室工作。

时至今日。我们从东北空军雷达团到北京工作的三人中，林兵老领导在商界风生水起，当了董事长有经济实力。我和冯为国两人在部队也算是勤恳努力工作，职务步步升迁，家庭生活幸福美满。终归是在东北雷达团工作战斗过的老领导、老战友，情感依旧深厚。为此，逢年过节我们三家人总要在一起聚聚、聊聊家长里短的。

今天我们聚会的饭店林兵定在东北酒家。这个餐馆算是中高档，这里既有大饭店的干净雅致，又有小饭店的自在随便，不同档次的食客都很喜欢此地。

我们三家聚在一起吃饭，按三家聚餐的老规矩，老领导林兵坐上位，我和冯为国一左一右，三位夫人随意坐。孩子们大了，不愿意参加我们这样的聚餐，各自都未出席。大家聚在一起互相问候聊天各自的工作情况和家长里短的小事。

林兵看服务员菜还没上齐，他喝口茶咳嗽声微笑着说道："诸位！今天聚会，是我听说一个好消息，通报给大家，我们的方晨晨同志被列为晋升少将军衔的后备人选之一，两年之内就会加官晋爵！咱们今天要先庆贺一下啊！"

我听后心中一震，赶忙不在意地哈哈一笑说："老领导，想喝酒了吧您？随便找个由头出来，这种不靠谱的马路消息，您也信？纪委的领导在这儿，小心他们找你算账啊，说你造谣惑众……"这时聂蓉蓉和李小萌、刘英她们正聊天热闹呐，突然听林兵这么一说，都愣住了。还是刘英反应快急忙笑道："啊？是吗？"

冯为国也看看我想说啥。我急忙笑道："是啥呀是，你们别听他老人家胡说啊，他呀是想喝酒嘞，没得说了。"这时我看服务员已把凉菜上齐，酒已倒上，顺势又说道："来来来，我提议为了我们的身体健康、家庭幸福，干杯！"众人哈哈一笑，都举起杯来共饮，气氛其乐融融。其实我心里清楚，在研究所的正师级大校中，要说提升，我会是第一人选的，无人可比，无人可争。就说姚民他还比我晚提一年正师级呢。我也明白林兵的消息不会假，甭看林兵现在只是个民营公司董事长，与部队行政上完全脱离，老百姓一个，可实际上与部队高层的关系依然千丝万缕。他能在私人聚会上这样讲，那就说明事情比较靠谱，我心中暗喜。只是，这种事只有见到"命令"才算数，岂能提前庆贺？在部队混迹半生的我，也早已深谙个中之道，更不敢轻易露出半点的欣喜。我拿起桌上的公用筷子，为林兵夫妇和冯为国、刘英他们夹菜。我又单独敬林兵老领导大恩人酒，笑着说道："老首长，我方晨晨有今天，全是您和嫂子的帮助关心的结果！我和蓉蓉敬您，我喝两杯，你们随便。"我拿着酒杯酒瓶走到林兵身边，聂蓉蓉也赶忙站起走到李小萌嫂子身边，给李小萌端起酒杯。我对他们道："我先喝为敬，你们可随便啊。"我连续喝了两杯白酒。

随后，我又对为国说道："为国，我们两口敬你和小刘一杯。"冯为国和刘英赶忙站起笑道："我们互敬吧，咱们两家还那么客气干吗？""好，咱们一起干啦！"

我和冯为国碰杯，聂蓉蓉与刘英碰杯互相客气地敬了酒。

喝毕，我冲冯为国问："你最近很忙吗？"

冯为国吸一口手中的烟，叹一口气道："唉，干我们这一行，还能不忙吗？"他又问我道："哎晨晨，你们上次去参观的那个反腐败展览，怎么样？值得看吗？"他这一问，我脑子里还有一点点的印象，我急忙说道："当然值得一看，应该让所有军官们都去看看，不要仅限于团级以上干部看，让全体人员都受点教育，以警示他人。"我又问冯为国："哎，那个空后油运局长叫啥名字？"

"陈海。"冯为国答道。

林兵吃惊道："陈海？我认识他呀，那次总后油运部李副部长来我们公司检查工作，我在顺峰酒楼请的客，陈海他也在呀，我还和他喝了几杯酒，这个人性情豪放，而且酒量惊人呐。"

"嗯，我在朋友聚会时也见过他几次，是内蒙古人，非常痛快一个人。"我努力回忆着说。

林兵的兴致来了："这陈海啊，可是个才华横溢的人，能说英、法两种语言，经常参与交通运输、机场、港口建设方面的谈判，当年为空军经济建设可是立过功的。"

冯为国点点头说："人都会变的，这年头，抗不住诱惑就会出事。他太让人惋惜了。"

我听着心上不免有些沉重。记忆中的陈海干练利落，豪爽中不失谦谦君子的温和。真没想到他能出问题，而且是那么大的问题。人呐，真得处处小心谨慎，一步都不能踏错。

"命能保住吗？"林兵又问冯为国。

"估计呀，最低也是无期。"冯为国吸一口烟，又惋惜地说道："为了讨一个年轻女人的欢心，把自己的政治前途和家庭全赔进去了，不值得，太亏啦。"

"亏啥？不亏！"聂蓉蓉这时接茬："放着好好日子不过，去偷腥，去犯贱，不治他还得了？没王法了真是！"

冯为国的妻子刘英也跟着说："就是，花心就该付出代价，听说他的老婆挺漂亮的，也是军人！他不好好心疼老婆，为别的女人买房买车，浪摆啥呀？呸活该！"

李小萌嫂子在一旁也附和道："我们都是女人，不能说女人都不好。可是有些女人就是祸水，为了金钱不顾自己的人格道德，去断送男人的大好前景，害了他人，害了家庭，也害了自己。"

聂蓉蓉在一旁气愤地说道："有些男人也不是好东西……"我听聂蓉蓉这么说，赶忙制止道："哎哎哎！话说过啦！"

说真的，我还是第一次听到聂蓉蓉说这么狠的话。我怕伤着林兵和冯为国他们，赶忙制止她不要再说下去。再则，听她们这么一说，我的心里都猛地一缩，发紧。幸好我经历多，心情很快又慢慢放松下来，一丝暗喜渐渐生出来。心想：幸亏我严以律己，一直注意不跟年轻女子有过多来往，要不，保不准也会出事的。

“你们三个也得小心点！男人都有偷腥的毛病，管不住自己，到时候后悔都来不及！”李小萌朝林兵、我和冯为国一指，故作严肃地发出警告。

女人们哈哈笑了。我也笑了，悄然舒一口气。

林兵笑道：“放心吧你，我们三个都是久经考验的老牌优秀丈夫了，没有谁会犯傻去违犯国法、军纪、家规的，要是我们三个中真有人犯了这种错误，就把他永久开除家籍，是不是方晨……”

林兵的话，逗得大家又是哈哈一阵大笑……

是呀！人，赤条条来，赤裸裸去，两手空空。再多的财富，死后都是别人的。也正是金满箱，银满箱，哪知为此把命丧。你人谤，他人谤，最终落个精光光。

人生的每个年龄段，都有需要谨慎对待的事情。

我现在和年轻女人们打交道，特别是有点姿色、又会卖弄风骚的女人打交道，也开始变得格外谨慎。尤其这几年，夫人聂蓉蓉进入更年期阶段，神经有点敏感，每逢有女人来电话找我，不管是上级还是部下，甚至是地方有工作联系的同志，她都要竖起耳朵在旁边听一听。末了还要问一句：“她是谁？听着还挺年轻的啊？”弄得我哭笑不得。我也理解她，一是有王丽平这个女同学，总是以儿子干妈的身份随便到家里来玩、吃饭啥的，聂蓉蓉她多少有些吃醋；二是她进入更年期以后心理上更加敏感，只要听到女人来电话的声音，立刻警觉。我理解她的心情，也会特别多加注意。对年轻女人，一般不给对方留电话，更不和谁单独相处。再者，这些年因与年轻漂亮女人有染而下台，甚至走向犯罪被判刑的官员不计其数。就像陈海那样的优秀男人，因为没能控制住自己，和那女人搅和在一起，为了她去贪污受贿，使自己奋斗半生的成果付之东流，太亏啦，太不值得啦！我从一个农村来的小战士，一级一级干到现在这空军大校，当上了研究所所长，其间付出多少心血和汗水，绝不能让哪个年轻漂亮女人毁掉自己的前途。因此，我常常在心里警告自己：“方晨晨，你得小心些，少让你的眼睛朝年轻漂亮的女人身上瞄！甭动歪念头，你得把持住自己！”

严格自律之下，我的生活因此而变得简单、规律、有效，只要不下部队不开会，生活轨迹基本两点一线。从家里到研究所，再从研究所到家里。我们研究所是空军的重点科研单位，平日和军队、地方上的很多单位打交道，需要应酬的事也很多，可我很少参加那些应酬性的活动，对因工作方面而有的饭局，也多是借口忙，让姚民政委去参加。何况最近的工作也确实忙，不但要抓科研项目的研制试验，还要抓政治教育，按照中央部署，领导带头讲党课，我常常晚上加班写党课发言稿，比如向研究所党员干部宣讲《中国共产党党员领导干部廉洁从政若干准则》的辅导报告，还有《深刻认识反腐倡廉工作的艰巨性、复杂性和长期性》的形势报告等等一些稿件。

只是，人毕竟不是一根紧绷的弦，总有需要舒缓的时候。

有一天周五上午，我在办公室电脑上正准备着科学发展观教育，党员干部对照检查征求意见稿时，接到老家安阳驻京办事处李主任的电话，他在电话说："市里周市长来京，借今天周五晚上，请几位在京工作的老乡吃个便饭。"

我当时没有立刻答应，握住话筒犹豫着找啥理由回绝比较好。后来一想家乡的地方官来了，自己不去也不好，人家会说咱官小架子大。正好这几天聂蓉蓉出差到外地不在京，儿子方晨曦从西安第四军医大学毕业分配到武警总医院呼吸科当大夫，今早走时还特意说，今晚在医院值夜班不回家吃晚饭。我回家也是独守空房，最终改口应道："好吧，我按时到。"

安阳驻京办事处，就在京城南四环路边上，是一栋不大的六层小楼，装修一般，但每次来这里，家乡气息很浓、很亲切。一听到接待人员说家乡话，吃上正宗的道口烧鸡、凉拌荆芥、大刀羊肉、吊炉烧饼和蒸槐花这些地道的豫北饭菜，我便有种回到老家的感觉。

我一边和周副市长还有几位安阳籍的老乡见面寒暄，一边向宴会厅走着。突然眼睛一亮，只见前边不远处站着一位穿着休闲的年轻女子，身材曼妙举止高雅。我不由自主多看了她几眼，同时心中暗暗称奇：办事处还能招聘到这么优秀的女孩？

"诸位领导，晚上好！"那女子见我们一行人走过来，边躬身施礼，边用标准的普通话打声招呼，声音柔美。

周副市长停下脚步，向那名小姑娘问道："你是……"显然，周副市长也是第一次见到她。办事处李主任急忙趋前介绍："周市长，这是环球时报的小岚记者，也是咱河南老乡。"

"嗬，我说嘛，这气质和电视台明星一样。"周副市长笑眯眯地与她握了握手夸奖道。她紧随周副市长进宴会厅同台落座。我们大家也随后落座。我坐后忍不住又看了她一眼，在心里暗暗惊叹，谁家竟能养出这样靓丽的美女？不过很快就撇开了惊奇，开始同边上就座的同乡搭讪聊天……

就在我们入座聊天时，办事处李主任从包间外又领进一个人来。这个人身材不高一米七三四样子，年龄与我相当，一身休闲装，稍黑的脸庞又没刮满脸的胡须，显得更加黑，是个很不讲究的人。李主任进来向已落座的大家和周副市长介绍道："这位是我们安阳老乡，著名的诗人。"此人赶紧谦虚地打躬道："哪里哪里，顶多算个文学爱好者，不才之人吴军。"大家听说是诗人都不以为然。

李主任请吴军坐下后，他向吴军介绍在座其他人。"这是咱们市政府周市长，市政府王秘书长，819研究所方所长，国家民政部法规处刘处长，教育部朱处长，中粮集团市场部李处长，审计总署孔处长，中国环球时报小岚记者……”介绍完毕。

周副市长坐在首席，他开始向诸位老乡汇报了家乡的发展情况和下一步的打算，并请大家对家乡的经济提些意见和建议。大家随意交谈起来。我的职业特点很难在经济建设上谈些啥，只好耐心听诸位老乡建言。

此时，市政府王副秘书长问办事处李主任：“老同学，让你请中组部张处长怎么没来呀？”“哦，我与他联系三次，特意说周市长请他的。唉，他总是说忙没时间，我也没办法呀。”吴军在一旁插话道：“你们说是张明军吧？他是我高中、大学同学，这小子还摆谱啊，下次我叫他！让他‘谦修’点别那样吗，都是家乡人。”李主任说：“哎呀，那太好了！”大家听着仍不以为然。

中粮集团市场部张处长问吴军：“听你口音，老家是临县的吧？我认识一个领导，和你一样把‘谦虚’说成‘谦修’，‘需求’说成‘修求’。”吴军笑道：“俺是临县人，就这一口山野腔，一开口就露了底。不知道你说的是哪位领导？”张处长说：“嗨，就是咱省发改委规划司冯处长。”吴军听后又笑道：“冯建明啊？他是我妹夫，你们认识？”

王副秘书长听后赶忙站起来，惊讶地冲吴军道：“您原来是领导的冯处长的大……哥呀？失敬失敬，你过来坐我这儿，你那是上菜的地方不方便。”吴军客气地摆摆手说：“不用不用……”

李主任几个人见此情况，七手八脚把吴军拉扯到周副市长边上。

周副市长若有所思地对吴军说道：“建明处长我也认识，他大舅哥……他大……哥不是国家发改委农经司副司长吗？莫非你……”吴军笑道：“呵呵，他只有我这一个大哥。”

周副市长马上哎呀一声，心里明白啦，急忙拉起椅子就往旁边移：“来来来，坐到我这儿，你咋能坐那儿快快快……”

他意思是让吴军坐首席。没等吴军反应过来，众人已齐心协力把他连同椅子推到首席位置上。吴军还谦恭地不肯坐，互相拉扯着，互相客气着。

我在一旁看到此情此景摇摇头，心里想：“这就是社会，这就是现实。”

酒过三巡，已陪同就座在一旁的小岚记者，笑盈盈地起身道：“各位领导，今天是个难得的机会，我就大着胆子敬各位，既是领导，又是老乡一杯酒，同时向你们发出请求，有时间到我们环球时报驻京联络处参观指导，多支持我这个老乡的工作！”

周副市长笑着问她：“你真是河南人？”

“真真正正的河南人！我是吃百家饭穿百家衣长大的。”她一边说着，一边很大方地和大家一一碰杯。她在与大家碰杯的时候，李主任就跟随她，一个一个地介绍着大家。

当李主任向她介绍完我时，只听她笑声道：“方所长，我们报社离你们研究所不远，咱们可是近邻呐，还望以后多联系啦。”见惯各种大场面的我，对这个浑身散发着诱人气息的美女，我一起身端酒杯时，没小心竟然把酒杯子碰倒了。“看看、看看美女一到身边，我们的方大所长激动得酒杯都端不好了。”不知是哪位老乡冒出一句，逗得大家哈哈笑。

我确实是有点狼狈。我急忙又让服务员加了酒，对她无言，一口喝了下去。竟发现小岚记者她朝我灿烂地一笑道：“谢谢恁方所长。”临坐下时，我低头不敢正视她。她的一举一笑都那么勾人魂魄，特别是她冲你抛出的媚眼，让你终生难忘，永存脑际。

那小岚记者敬完酒又娇笑道：“冒昧地提个小小要求，各位领导首长、老乡，能否给俺留个联系电话？日后好联系大家。”

有位处长就开玩笑的应声道：“这么漂亮的美女要电话，我们当然是求之不得啦，中，快拿笔来！”

服务员将纸笔送上。就从那位处长开始挨个轮流写电话、姓名，甚至有些将单位职务都写得一清二楚。当轮到我时，犹豫了一下，我们所是重点科研单位，外界太多人都想渗透进来。若我和这样漂亮年轻的女人有联系，是极易引起人们注意和非议的。可是别人都留了，自己若不写，面子上又过不去。想了想，我还是留下了日常对外联系的一部手机号码。

当小岚记者拿过我写的姓名和手机号码纸条时，特意朝我妩媚地一笑说：“呦！方所长的字写得真漂亮、真好。”

当晚我回到家，像往常一样到书房去看书。那阵子我正在读历史学家、美籍华人黄仁宇先生的著作《万历十五年》。这本书很精彩，可就是看不进去，字里行间总有小岚记者那美丽的身影在晃动。我的思绪开始飘忽，脑际里总是在问：“她有多大？二十几还是三十上下？反正不会超过三十岁的！她的皮肤可真是白嫩，红润的脸蛋，两条柳叶眉下水凌凌的大眼睛忽闪忽闪，那紧身休闲上装，使丰满的胸部显得更加饱满坚挺！看上去很是诱人魂魄；特别是那披肩秀发发型，在脑后摆动，恰到好处的美，把一张圆脸衬托得格外迷人；她用的是啥香水？不浓不淡，可那味儿真是撩人心魂……”

我啪地打自己脸一下，在心里骂自己：“方晨晨，你真是无聊！一个五十岁的革命军人，领导一百多号人的大校所长，怎么变成了这样？你这样是会出事的，懂吗？这样下去很危险的！”我在心里告诫自己，把多余的精力放到正经事情上去。你既然有时间去想那些乱七八糟的事，就证明你在工作之外还可以再做些额外的事。我思量着，可做些啥事呢？对！去写书，我不是从小都喜欢文学吗？这么多年学习了不少的文学作品，自己也常写些小小说、诗词、散文诗啥的。现在把本职工作做好了，业余时间就去写作吧！可用两至三年的业余时间，写出一本长篇小说，小说的名字暂叫啥呢？我想着想着就睡着了，进入了梦乡……

梦中的我很迷茫地走入深山中。我绝望地看着四周悬崖峭壁的大山，不知向何处去？突然间一位老者腾云驾雾降临到我面前，只见他白须长发，身穿灰色长衫，手特长璎珞子，笑呵呵道：“是不是迷路啦？”我急忙向前打躬道：“老先生，这天将要黑了，我往哪里走才能走出这大山呢？天这么黑。”老者望我一眼，手理了理一把胡子，对我说道：“不要怕！只要你心里的灯不灭，向前坚持走下去，就会走出大山的，你记住了吗？心里要永远有一盏不灭的灯！”心里有一个永不灭的灯？我手抓了抓自己的头，不得其解地自语道：“心灯不灭？心里有不灭的灯？”当我再去问老者心里不灭的灯是什么意思时？那位老者感慨地笑着对我说：“是呀，心灯不灭！”他又手指天空满天繁星的宇宙道：“人在宇宙中，犹如沧海一粟；生命脆弱，好像风中之烛。大千世界，万象人生，是非成败，悲欢离合，常常在转念之间。所以，古人把我们的生存称之为浮生，是一种悬浮的状态。生而为人，需要一盏不灭的心灯来照亮人生之路。这心灯是梦想，是信念，是责任，是热爱生活的生生不息的力量。思者无涯，梦者无疆。梦想，就是头顶的这个星空。梦想越远大，心力越强大。保持好你心中不灭的灯吧！你在黑暗深山中，它会永远光明、永远照耀你前行的。只要有它在，你会走出这一时黑暗的深山的，你明白吗？”

“那我……”当我还想去问他何时能走出这深山时，他突然消失了，消失得无影无踪。

我醒后才知道这是个梦。我又想到我创作长篇小说的名字来，心生萌动，小说的名字就叫《心灯》。以个人的生活经历为主线，去创作一部长篇小说，无论成功与否，都去尝试一下。至此，既然自己下了决心，就要去行动，不能食言。于是，我开始构思自己的长篇小说《心灯》的框架和内容……

每当夜幕降临，最后一缕阳光散落在忙碌了一天的北京城里。彩灯亮起，璀璨无比，形成一道独特的风景。那是灯的海洋，光的世界。一座座立交桥犹如一道道彩虹，在天空里划下美丽的弧线。川流不息的汽车灯光不停闪烁，交相辉映，像美丽跳动的音符，上演着光的旋律。街上的各种灯光或近或远，或明或暗，或隐或现，四周的灯光重重叠叠，勾勒出一幢幢建筑物的不同姿态，让人浮想联翩。

只要不加班，晚饭后我一般都要在机场边上，望着一架架银鹰起起落落，穿梭着进行夜航训练的战机。我沿着香山脚下昆玉河岸边上的石径小路，往颐和园方向悠然散步，呼吸着清新空气。河边的亭子，一束束灯光照射着，它倒映在清澈的河水里，银光闪闪，多了白天所没有的宁静和诗意。如今，我打羽毛球那类激烈运动已经不太适合。当年我也是业余羽毛球队员之一，现在散步成了我唯一的锻炼项目，只要聂蓉蓉不加班、不出差，我都带着她在这夜灯蒙蒙的昆玉河边上，聊着天散着步，天南海北地聊，身心全部放松。甚至，有时候给她讲个小幽默故事逗她乐。

一天，我签批完一堆文件，坐在那里正要抽支烟，对外手机忽然响了，是个陌生号码，我以为是骚扰电话随手就关了。烟刚点着，手机又响了，还是那个号码。我按下接听键，是一个细嫩的女人声音：“喂，您好！是方所长吗？很抱歉打扰您，不知您还记得？我是环球时报的小岚记者，在安阳驻京办事处我们一起吃过饭。”

的确，最近忙着工作和写作，没有再去想那次在安阳驻京办事处的事情，那个小岚记者就渐渐沉没在我的脑海记忆之外。她的电话让我很意外，但我几乎立刻就听出她的声音，她的声音很特别，与我多年前熟悉的——梅儿的声音很相似。短暂的惊讶过后，我的心里涌上了一股欢喜，这个漂亮女人真打电话来了。我故作镇静地说：“哦，哦。你好，你有事吗？”

“方所长，我们老板给我一个任务，让我明天晚上出面请附近几个大机关相熟的朋友吃饭，多个朋友多条路，我也想借此机会和您这老乡喝杯酒说说话，不知您肯不肯赏光？”

我刚要开口答应，欲言又止。我想起了自己给自己的那个警告：你要把持住自己！这样一个美女请你吃饭，你敢说不感谢人家？现在没有白吃的宴席，吃人家的嘴短，拿人家的手短，好多人出事犯错都是从这美色开始的！罢、罢，还是不去为好，这种事还是甭开头，一旦开了头，恐怕收回就难了。既然咱想走仕途，就必须拒绝或压制住与年轻漂亮女人的交往欲望,有一得就必有一失。想到这里,我狠下心，深深吸了一口烟，用很为难的口气说：“嗯，很抱歉，我明晚不巧有个公务上的应酬，抽不出时间参加。”

她在电话那头说道：“哦,那就算了,我也知道您忙,那您先忙吧,下次咱们再约。”

我顺势说道：“很抱歉。”刚要想放下电话，只听她在电话里又说：“方所长，后天晚上首都体育馆有一支俄罗斯的大型歌舞团演出，我这里有票，不知您有无兴趣去观看？听说里边有苏联国家歌舞团的功勋演员。”

我有点心动，也知道再以忙工作为借口是不太妥当，要不就去看看？心里这么想着。正好聂蓉蓉出差不在京，让别人去更不合适。我去，万一和她坐在一起，让别人看见会怎么想？一个中年男人与一个年轻貌美的女子看节目，一旦有熟人看见，你能解释得清楚吗？还是打消这个念头，一旦开了头结束更不容易。我再次狠下心说道：“谢谢你的盛情，我去俄罗斯访问时，在莫斯科和圣得堡看过他们顶尖演员的演出，嗯，我就不去了，很抱歉。”

只听她在电话里遗憾地笑着说：“哦，不知您去过俄罗斯，真不好意思，那我们以后再找相聚的机会……”

放下电话，我觉得心里又生出一丝遗憾，不就是吃个饭看场表演嘛，你方晨晨干吗要想那么复杂？美女都会引人变坏吗？不见得。世界上不是有那么多美女在当贤妻良母吗？你是不是有些神经过敏？和这样的女人在一起吃饭，应该是一种享受，常言道：漂亮的女人养眼，聪明的女人养脑，善良的女人养心，温柔的女人养神，才气的女人养性。不说别的，单是看着她的笑脸，闻着她的体香，听着她的声音，就会让你的身心放松和愉悦。嗨，算了，既然已经回绝了人家，就别再后悔啦！自己在劝慰着自己。

那天晚上，我没去散步，坐在书房里静静的，一丝说不清是后悔还是歉疚的感觉缠绕心头久久挥之不去。我是不是太过分了？她一个年轻女子，向一个老男人发出邀请，也是经过反复考虑才决定的，我这样不给面子，她会不会很伤心？可她为啥如此热情邀请我？是为了本职业务，还是对我有好感？她本人长得倒很像一个人，不可能？如果那人到了我这个岁数，身段面容也错不到哪儿去。嗨，我这把年纪，满脸皱纹，两鬓有了白发，她一个光彩靓丽的女子会看上我？别自作多情了，做你的春秋大梦去吧！当她爹还差不多。唉，这年头也难说，二十八岁的姑娘爱上八十二岁的老汉，二十岁找个五十岁的也有，不是少见多怪。呸！方晨晨，你的家庭这么幸福，聂蓉蓉这么好的媳妇，贤惠善良，漂亮又有才，儿子医科大学毕业又在部队医院当大夫，说不准，也很快找对象成家了，不用几年你就当爷爷啦，还胡思乱想，你还想干啥？啊！真是无聊加猥琐，你想不想当这个研究所所长了？还想不想进步晋升了？想到这儿，我自问道："我这是不是在堕落？可得小心点啦……"

还好，小岚记者没有再和我联系。我既要忙上级指派下来的新科研项目的布置，又要做"立体四面主动相控雷达系统"最后的试用征求意见工作，特别是王公明副司令来电话告诉我："我们的'立体四面主动相控雷达系统'项目，一定要申报全军科技特别奖和全国科技一等奖。"我们研究所也是这样想的，也是向这方向努力的。所里还有很多其他事务的工作需要我去处理，再加上我对《心灯》的创作也占去了不少的业余时间。就此，小岚记者的事情又慢慢淡化下来。

转眼几个月过去，这天我在办公室正和姚民政委研究工作，那个用于日常对外联系的手机响起，不好意思扫兴我们的谈话，我就把它关掉了。姚民讲完事情离开我的办公室后，我刚把那部手机打开，它就又响起。我很不耐烦地打开一看，是小岚记者的电话号码，心想：现在是工作上班时间，她找我有啥事？我任那手机响去，不接。我听手机仍然在响，心中起了波动，在接还是不接之间摇摆，后来见它一直执着地响个不停，便假装不知对方是谁打开便问道："喂，你好，你找谁？"

"喂，方所长您好！我是小岚记者，我告诉您，社里决定调我到蒙古国去见习两年，我不想去，您有时间出来一下吗？我想与您商量一下该怎么办呢？啊……"她带着伤心为难的声音。我心想：你去否与我没半毛钱关系？找我商量有屁用！可又想：姑娘既然找我商量，那是信任我。大家都是出门在外闯荡不易，遇到难事找人说说、商量商量帮着拿个主意，这也是人之常情啊。我想到这儿，又看看办公室墙上的闹钟，已是上午十一点钟，再有半个小时就到吃饭点了，我就说："好吧，在哪儿见面？”

小岚记者听到我同意见面，在电话那头激动地说道：“嗯，那就到北洼路上一家竹荪鹅火锅店吧，咱们吃火锅好吗？我把地址发给您，不见不散。”我答应道：“好的。”

我准时到达竹荪鹅火锅店。小岚记者专门安排一个小包间，她看见我的到来，喜出望外地拉住我的手，宛如多年没见的好朋友一样激动说：“对不起啊，我心里实在太难受，不知怎么办才好，就给您打电话，耽误您的工作啦。我知道您是个大忙人，真不好意思啊。”小岚说着眼圈都有点红。我这人就经不住女人哭鼻子掉眼泪的，急忙说：“没事，没事。我的确很忙。”我看了看腕上手表已十二点多，我催促服务员抓紧上火锅、上菜，又对小岚说：“嗯，咱们边吃边说啊……”

“方所长，您的关心让我想起我的一个姐姐，我是河南人，是位姐姐带我吃百家饭穿百家衣长大的。那时候我特别想有个哥哥保护我们。唉！可惜没这个命啊。俺见过的男人也不少，一看就能让我信任的还没有。自从见到您，您身上那股军人的正气让人感觉特别可靠，我能叫您一声大哥吗？”小岚说着说着羞涩地望着我，那种乞求的目光使人心动、情动。“当然可以，随你怎么叫都中！”我心里感到一丝快乐，这么漂亮年轻的女人做我妹妹太好了！

我们在安阳驻京办事处第一次见面时，没敢细看，这下我可看清楚了。她的长相，从脸蛋到眼睛，以及站立着的身材和神态，就像王红梅再世，看着她真有梅儿又回来的感觉……

小岚记者笑着说道：“方所长，不，哥！我在北京有哥哥您，心里就有依靠啦。”

我随声回道：“是吗？那好，以后有谁敢欺负你，只管告诉我。”我边说边用筷子给小岚记者碗里夹着菜，还真有当哥哥的范儿。

小岚记者含笑着端起杯子道：“这么说，我以后在北京再不孤单了，我有哥哥照顾啦？大哥，我敬您一杯！”

我也急忙端起啤酒杯子碰过去……

这顿饭一直吃到午后一点多钟。小岚边吃边向我讲了许多自己家里情况，养父母是河南农村的没有孩子，她三四岁时被领养到这家，养父母省吃俭用供养到小学毕业，养父要她早些嫁人。这时，养母娘家的一个远房亲戚从广东来河南做什么事，看到她很聪明，就把她带到广东湛江供她上中学，又供她上大学。她与在大学里的同学恋爱四年，毕业后那同学去了加拿大继承遗产，一去杳无音信。她参加了工作见过几个男生，没有一个顺意，就发誓过单身生活，时至今日未找对象嫁人。

我们刚刚认识接触，对她的家庭出身如何我不太在意，也没有往下过多询问她。我们只是边吃边聊，不经意间看到小岚那双饱含激情的大眼睛，我从内心夸赞道：真是一双多么幽深而美丽的眼睛啊，男人咋能让这双眼睛流泪呢？我顺势对她夸赞道:“小岚,你这名字叫得好,岚是山间的云雾,神秘又美丽。茅屋山岚,柴门海浪连。气沉沙，山岚过野红。好字。”

她听到我夸赞她的好名字，兴奋地说:“嗨！我实际上养父姓柯，我从小只记得叫兰兰，工作当记者后笔名叫小岚，那个“兰”字就是两点三横的“兰”。我当记者感到太俗，就改成这个山风“岚”字，我很喜欢这个名字。”小岚用筷子在餐桌上写了一遍两个兰字。

她笑着又说道:“方哥，我不想在环球时报社干啦，条条框框太多。他们又让我去蒙古国工作两年，那地方太穷，太没意思啦。我联系了新加坡的联合早报，收入比环球时报多两倍还多，每年还有半个月世界游的假期。入社前，有半年到新加坡国内培训时间，您看怎么样？”

我听到这儿，就顺着她说:“好啊！你去应聘了没有？”

小岚说道:“昨天去的，他们一看我的材料，满口答应。”

“哦，啥时候去呀？”我问道。

“这不，就等我在环球时报办完辞职手续，随时就可以走。嗯，我拿不准，今天想听听您的意见，您看……”

“好事呀！人往高处吗，你说是不是？”

说到这儿，我看了看手表已是中午一点四十分。我急忙起身说:“哦，对不起，下午两点半我还有个会,得赶紧回去,你回头有事需要帮忙,可随时打电话,再见！”

她看我很急，也忙站起来送我，“再见，方大哥，谢谢您！半年后我培训回来，会再找您的。”

“好的。”我打的走了。

这十几年来，分到我们所里不少高才生，能力都很强。特别是从法国归来的博士生康强，他在核动力方面很有独到研究，也敢于创新，我特别喜欢这样的人才。下午研讨会结束，我和姚民商量，对“立体四面主动相控雷达系统”由我带几个助手去葫芦岛舰队基地再做一次试验，如果这一次检验没有问题，就可以正式向国家、军委申报正式装备部队。

这次我们按照总部要求，轻车简从。为保密，不预先通知抵达时间，不预先告知做哪些方面的试验。

“首长好！”一位基地作战参谋看到我们汽车的到来，急忙跑过来向我敬礼，我随带这几辆车和仪器设备目标是很大的，不可能瞒着自己的行动，我向前和他握手寒暄。

晚饭是临时准备的，基地张景明主任让通信员拿来了茅台酒，我刚想开口把酒撤下去，年轻的张景明说:“方所长，我们这么多年打交道，我知道你给自己规定过，在基层部队不喝酒。可是对你来说基地也是你的半个家了，今天回老家，无论如何也要喝几杯。这酒是我从家里拿来的，你不用担心招待超标问题，不要担心喝假酒。我们也不多喝,每人三杯。”张景明主任说完,又向后厨方向高叫一声:“把郝贵叫来！”

一个个头不高很精干的小伙子，穿着厨师服应声跑进来:“主任，郝贵到！”

张景明主任下命令似地对那位郝贵说道:“你小子立马给我做你最拿手的那四道啥龟菜？让我们的老首长尝尝！”

“是！”郝贵应声转身出去。我见状不好再说啥，怕执意不喝会让张主任难堪，就端起杯道:“这三杯酒我喝，但是这次我们一行来试验，还需要张主任网开一面，给予大力支持。”

“首长放心，大家都只喝三杯酒，在咱们基地你说怎么干？一声令下，全力配合！希望这个新家伙早日装备我们舰队。哎，咱们可说好啊，如果正式启用，你可第一个想着我们这儿呀！这家伙如果装备到我们这些船舰上，那家伙可真是猛虎添翼啦。”

“那一定！我们这次来就专门带来一套给你们用的。”

张景明主任一听更高兴了，惊讶地冲我问道:“啊！真的？那我们一定派技术最好同志来试用，为今后全面装备部队培养教官。”

我说:“好好好！你们一定做好使用日记，出现各种情况都记录好，我派康强经常与你们保持联系，为今后全面装备部队打好基础！”

张景明主任道:“一定！专舰专人。来来，欢迎老首长再次回到葫芦岛基地，大家干！”张景明主任举酒杯，分别与大家碰了杯，一口喝下去了。

我们三杯酒刚喝下，只见那个郝贵的厨师用一只托盘端着四个盘子进来。他盘子往桌上一放，随我来的那几个同事都禁不住惊叹的夸赞道:“嗬！真漂亮，这叫艺术啊。”原来那四个盘子中，是四个形态不同惟妙惟肖的四种动物。郝贵躬身手指那四个盘子中的“动物”介绍道:“各位首长，这是四道菜肴。这个是只老母鸡勾头叫‘贵妃洗浴’；这个是只猴子扬头叫‘猴子望月’；这个是只肉兔作揖叫‘玉兔拜寿’；这个是只甲鱼叫‘常胜将军’……”还没等郝贵介绍完，大家都按捺不住好好好鼓起掌来。

“来来，请大家动筷尝尝！”张景明招呼大家。

我们同来几人尝了之后更是意外，原来这四种动物是用不同的蔬菜做出来的，完全是绿色食品，而且味道绝美。

张景明看着大家赞不绝口吃得很香，笑着问:“怎么样？还可以入口吧？”

“好好！你这厨师不简单呐。能把蔬菜做到这个份上，不简单，不简单！”我连声夸奖道。

“实话给老首长说，我们这里常有上级的工作组来，可原来苦于没一个像样的厨师，做出的大路菜人家都不喜欢。后来基地从外边饭店把郝贵给招聘进来，我们基地离他家近，他也想到我们这儿来。我还听说他在北京的大酒店学过厨艺，就让他来试用一下。嗨！这家伙，手艺还真不错！就这样，我们把他给留下了。”

我点点头，示意张景明做得好，挖掘人才为我所用，好好！

“郝贵，你来给首长说说你的经历。”张景明喊叫郝贵近前。

郝贵惧怯地走近餐桌前站着，冲我说道：“报告首长，我原来是跟着我爸做饭的，后来爸爸送我到北京新大都酒店学习中西餐两年，没想到刚结业，我爸去世，为了就近照顾我妈，来到这里工作。”

在他介绍自己时，我观察他的神态和言情。嗯，怎么看这小伙子长得很像我三十多年前的一个恩人呐？我猜疑地问他道：“你爸也是厨师？他叫什么名字？”

郝贵说道：“报告首长，我爸叫郝文德，也是在部队做饭的”。嗯！还真不错，就是他的孩子，郝文德去世了，这孩子今后有啥困难，也许我还可以帮帮他，心里这么想。我又想：不能这么轻率相认关系，对谁都不太好，还是交往交往再说吧。我笑着夸奖道：“好！小郝，你的手艺不错，咱们常联系啊。嗯这是我家地址和联络电话。”我随便扯了一块纸，写上我日常对外联系的手机号码，递给郝贵。

“谢谢首长！”郝贵激动地接过我递过去的那纸条。

其他人都感到意外。张景明还以为我要挖走他基地的炊事员，笑着说：“如果你们研究所需要炊事员，我们全力支持啊……”

我无法向他们解释什么，只能哈哈笑道：“好啊！我先谢谢你啦……来，我们再喝一个。”

我们在葫芦岛基地船舰上做了七昼夜的试验。从试验测算数据来看还是有点问题，但不影响使用。我们把几个关键点进行了调整。康强给我建议道：“方老师，咱们回去再认真测算一下数据，没有大的问题，就可以向总部写报告，参加海上实战演习。通过实战演习进一步检验和发现问题，再进一步修改。到那时，老师，我们的研究成果，可以正式装备海空军和二炮部队使用啦。”

“嗯是是。”我点头赞同康强的想法。

要说康强这个孩子，我从内心喜欢他。聂蓉蓉她对康强呵护有加，康强这孩子也总是老师老师地围绕着聂蓉蓉转，工作配合也非常默契，他不愧是出国归来的高才生，总是有自己的独特之道，他不但聪明，还有创新精神。所以我这次来葫芦岛基地带上他，并且让他与舰队基地领导联系，多到舰船上看看，熟悉熟悉舰船上的复杂情况，为以后他搞科研工作打下坚实的基础。

我们回到北京。他们年轻人加班测算数据，我和姚民商量尽快给空军分管科研的王公明副司令写专题报告。申请我研发的“立体四面主动相控雷达系统”参加海军、空军的联合演习活动，进步检验该系统的科学性、使用性。本报告由姚民政委负责，由该系统研究专家小组起草，最后交研究所领导审批上报。

第五十三章 恪守底线

这天晚饭后，我和聂蓉蓉都不用加班。按往常习惯，我俩换上休闲装，顺着昆玉河岸边的石径路散步。走着走着，聂蓉蓉她突然靠近我，拉住我的手温柔地："老方，我想给你说点事儿……"

"嗯，啥事？"我莫名其妙地问。

"嗯，你听了肯定会高兴的……"

我更加好奇地说："哦？啥好事快说。"

"嗯，我呀，让儿子在网上给开了个账户，用咱们的存款呢买了点股票，最近赚了点钱……"

我一听就火了，把胳膊从她手里抽出，生气地说："蓉蓉！你是一个科研工作者，是一名党员，又是堂堂的大校军人，上级党委多次开会强调，党员干部不允许炒股、买基金，你没听见吗啊？明天叫儿子给退出来。今后……"

"不！我不退！你每个月把工资扔给我就完事啦，从不操心家里吃喝拉撒的事情。你看人家后勤处徐敏处长，当初他用借款和夫人炒股票，也就两年多的时间，听说净赚了四十多万呐，已在三环外买了两居室房子；我听说空司装备部的李俊成局长的夫人，人家光靠买基金，一年能赚八九万；还有，还有咱们总务科姜助理，支持老婆炒股票，四个月就赚了十多万。你呐，你做啥了？成天不是钻进你的科研里搞研制，就是搞政治教育上党课，再就是跑部队搞实验，跑来钱了吗？跑来房了吗？儿子晨曦马上面临找对象结婚啦，结婚后总不能还让他和咱们住在一起吧？嗯，这个家你还管不管啦啊？"她还越说越来劲，质问起我来啦。

我一时气急，不知如何回答她，就向她嚷道："咱们家是没粮吃了还是没衣穿了？还是少你钱花啦？"

"嗬，你是说有吃有喝有穿就满足了？真是个书呆子！你啥时候才能跟上潮流？你没看见好多人都有私家车了，好多人周末都跑郊区别墅里休息了？妹妹和建社都带着孩子出国旅游啦，还去坐豪华游轮玩哩，你就满足于能吃上饭穿上衣呀？说出去都能让人笑掉大牙！土老帽！我儿子晨曦，已经二十多了，很快就该找对象结婚啦，总不能跟我们住这破房子里吧？还有你的同学王丽平，最近又买了一辆奔驰

S600，前天她让我上去坐了坐，那个舒服呀！”聂蓉蓉她那样说着，心里羡慕着别人那种奢侈的生活方式。

“她是靠公司运营赚的钱，你能和她比吗？”我辩解地冲她说道。

“公司怎么啦？她公司的生意可火啦！”聂蓉蓉很羡慕地说。

“是吗？要不你辞职过去……”我的气话没说完，手机响了。我一看是个陌生电话，就没接挂掉了。

聂蓉蓉她看我一眼，说：“你怎么不接电话呀？”

手机电话又响起。我担心是小岚记者的电话，打开看又不是，就接道：“喂。”电话那边声音很大的说：“喂！是方所长吗？我是郝贵，葫芦岛基地的炊事员，你到我们那儿检查工作时，是俺给您做的四喜菜……”

郝贵？啊啊。我想起来了，就向电话问道：“郝贵？你有事吗？”“方所长，我就在您家的大门口，门口传达室保安不让进，非让家里人来接，嗯……”

“哦是吗？好好，我们在外边散步。那请你在大门口稍等，我马上回去接你啊。”

“走，家里来客人啦。”我一边和聂蓉蓉往回走，一边对她说道：“蓉蓉，你给我说的那些事儿，我都清楚。是，儿子毕业回来工作啦，他是需要找对象结婚啦。确实，不能和我们挤住在这房子里，可他们医院还是有希望分房的呀，这个你不用担心。至于，姣姣和建社在中远集团总公司，人家收入比我们高，这个我们不能攀比，人家是国企，咱们是部队供给制，你说是不是不能相比？至于，王丽平她公司……那就更甭比……”

“方所长、阿姨你们好。”

“你这是……”我和聂蓉蓉接上郝贵寒暄。只听郝贵他高兴地说：“我从这周开始休假，我姐让俺陪她来北京买辆帕萨特小轿车，下午我把车买好了。嗯，俺从葫芦岛带点土特产来看看首长，向首长表示真诚的感谢。”

“谢我什么呀？”我有点不明白地问他。

“嗯您去基地之前，我在那儿干了一年多，光说考验我，一直不给办理正式聘用手续。您在那一夸我，还给我留了电话，嗨，基地领导一高兴，第二天就给俺办了调动手续，您说俺不该来当面向您表示感谢吗？首长……”

“哦，是这样？那你就该为干部战士服好务，好好干，把伙食花样调剂好，那是最好的回报啊？”我对郝贵嘱咐道。

“嗯，小郝，你姐能买得起帕萨特汽车，收入肯定不错，她是干啥的？”聂蓉蓉把茶杯递到郝贵面前的茶几上，好奇地问。

“嗨，她呀，啥也不干，就炒股票。嗯，她当初上大学是学的金融专业，毕业后没有关系，也进不了国家机关、国企啥的。她就是喜欢研究股票，她说中国股市在经历了近十年的熊市之后，最近开始向牛市进发。因此她把自己的所有积蓄都投进了股市，目前已经赚了近千万。好，这一赚钱，她就不知道自己姓啥名谁了，非要买一辆奥迪 A6 不可，我劝她还是少显摆吧，买辆帕萨特就行了，不显山不露水的。宝马几系都太惹眼，很容易被坏人盯上被算计，嗯她听俺的劝，这就买辆帕萨特。”

郝贵说得滔滔不绝，聂蓉蓉听得认真，她动情地问：“是吗？炒股还能赚那么多钱呐？”

我也听着惊奇，随口问道：“有那么邪乎吗？”

郝贵将喝口茶水的杯子放下，又说道：“首长，您是没关注这些日子的股市，牛的厉害，一片飘红，有人说傻瓜进去都能赚钱。我姐说这是千载难逢的机会，她估摸这个势头不会持续太久，一定要抓紧赚钱的机会。她还说，在这波行情里再赚他一个亿，就转行不干了。”

“一个亿？真的？”聂蓉蓉听得也很吃惊，但她也有些疑虑，就问郝贵：“你姐这话里肯定有水分吧，不过能赚钱是一定的。”

“怎么？阿姨您对股票也有兴趣？”郝贵看聂蓉蓉问道。

“嗨！这不是听你说你姐姐在股市上赚钱那么容易，还真让人心动。嗯不过，我对股市一窍不通，有兴趣也是白搭不是？”

“阿姨，要是这样，我就让俺姐帮您，股票就是买进卖出的事，您可以听俺姐的电话指导，她让您买啥，您就买啥，她让您卖啥，您就卖啥，保准能赚钱。”郝贵激动地承诺道。

我在一旁泼冷水道：“哎，咱家哪有闲钱去炒股票？说得容易，还得开账户，天天还要上班忙工作，哪有工夫打理它？”

“也是，不行让晨曦他负责看着。”聂蓉蓉她有意地说。

郝贵急忙说：“首长，阿姨，您看这样办好不好，您先把身份证号和电话告诉我，不用先拿钱给我，我让俺姐先代替您炒几笔试试，赚了是您的，也证明俺姐有点本事；赔了算俺姐的，反正她已赚了那么多，也不在乎这点，行吗？”

“那多……不好意思。”聂蓉蓉笑着拒绝，她回屋去了。

就在我和郝贵喝茶聊天空隙。可她却还是悄悄把自己写好的纸条塞给了郝贵，还怕我看见。

郝贵他很聪明。他与我说着话，看墙上的闹钟已指向十点二十分，起身告辞道：“首长、阿姨，天太晚了，不打扰您休息，我该走了。”

我起身送客，并说道：“小郝，谢谢你的好意，股票，你阿姨就不炒了，工作那么忙。还有，你拿的那些啥玩意儿？还是拿走吧。”说着指了一下那个黑塑料袋子。

“嗨，首长，没拿啥玩意儿，都是些老家的核桃、小米、大枣，都是自家产的。首长再见……再见。”郝贵抓挠着头笑着，与我们告别。

我们送走郝贵后，关上门打开黑塑料袋后才发现的，不是他所说的什么土特产，实际是海鲜、大对虾、鲍鱼和干海参，可是人已走了，无法再退还给他，只好收下。

由于近期工作太忙，我也没把郝贵到家串门说股票的事太当真。可没想到的是，郝贵这小伙子还真是说话算数，十几天后的一个晚上，他兴冲冲给聂蓉蓉打电话："聂阿姨，恭喜您！您的八万元股金在我离开您第三天，就被我姐全买了科技建业的股票，当时买的一万三千股，每股六块一毛。今天上午，这只股已涨到十五块钱，每股净赚八块七毛，你现在已拥有九万五千块钱。我姐让我问您，是继续委托她炒下去还是提现退出来？"

聂蓉蓉握着话筒先是惊喜地怔在那儿，随后就又喜又疑地问："真的？""真的阿姨！我没骗您，您打开电脑上网查一下代码230160科技建业的股价，看是不是已涨到十五块一股。"

聂蓉蓉的电脑本身开着在查看股市情况，她买的那个华南基金股又下跌了，每股四块买的现跌到两块一毛钱，正在犯愁呢。郝贵告诉她这好消息，她急忙打开科技建业股票一看，果然是涨到十五块钱。"可我们还没把那垫买股票的八万块钱给你姐呢。"聂蓉蓉觉得有必要把话说清楚，以防有啥差错。"那有啥要紧的阿姨？不是您口头委托我办这件事了吗？我姐是为您才买的这只股票，也就是说，这赚钱是您老的福气，而不是别人的。在股市上，无论大炒还是小炒都是自己的福气，不能去挤占别人的，否则会倒霉的。"

聂蓉蓉看着电脑上自己炒的股票总是往下跌，不知为何人家就能赚。她顺口就说："那请你姐把那本金扣除，剩余的有多少就还继续委托你姐炒吧。"

一天上午，我参加完上级部门召开的党政一把手工作会议后，正好聂蓉蓉在家休假，就让司机送我回家吃午饭。原以为进屋会看见聂蓉蓉和上夜班的儿子在饭桌前等着我吃饭呢。没想到母子俩都趴在电脑前聚精会神地看着屏幕，聂蓉蓉还边看边对着电话话筒喊："好，全卖了！我们也不想再炒啦，请把所有钱打到我账户上。"

电话里传来一个女人的声音："行，阿姨，我马上去办，随后转到您的账户上。"

"卖啥？"我凑到电脑前一看，原来电脑屏幕上正呈现着当下股市行情。

"股票。"方晨曦看见我，回头激动地冲我笑道："老爸，我们又赚了大笔！那位姓郝的姐姐把咱们的八万块钱全买了首钢建工，一开始四块八一股，经过这几天跟踪，已涨到每股二十三块一股，每股净赚十八快钱。我妈刚才当机立断，让那位姐姐全卖了。我们现在已赚二十九万块钱，加上八万块钱的本金，是三十七万呐老爸。扣除税费和其他支出，差不多还有三十四五万块钱。嗯我妈怕贪心被套，全部清仓，下午钱就会到账。太棒了我的老爸！"

我一听就有点不高兴，严肃地对他们说："赚大钱？谁赚了大钱？咱们这样，是不是有点那个……"

"哪个呀？炒股票就是带点赌博性质。输赢都是很快决定的，赔也赔得快，赚也赚得快，这有啥呀？"聂蓉蓉得意地对我笑道。

"可这并不是你亲自在股市炒来的啊？"我不高兴地冲她强调说。

"炒股并不需要每个人都去股票大厅盯着，委托代理是这个行当最常见的事情。郝贵自愿让他姐为我们代理买卖股票，咱们又没使用职权胁迫他姐为我们代理，这都是愿打愿挨的事儿，有啥担心的？再说，郝贵当初不是接受过你的帮助嘛？我们和他也算朋友了，朋友间互相帮个忙有啥了不起的？"聂蓉蓉也冲我争辩道。

"我那是帮助他？只不过夸赞他做的菜好。人家是客气，你可就当真啦？

"你这人就是树叶落下来也怕砸伤脑袋，干啥都是小心谨慎，能干成大事吗？"聂蓉蓉不高兴地埋怨我。

"嘿，你！不可理喻……"我生气地向聂蓉蓉嚷道。

方晨曦在一旁看着我们就要发生争执。他急忙拉我到一旁，岔开话题说道："老爸老爸，真是的，自己赚不来钱，妈赚的钱您甭说三道四了。好啦！今天我出钱请老爸老妈吃饭咋样？嗯您老不是最爱吃涮羊肉吗？走！咱们吃老北京涮羊肉去。"

我和聂蓉蓉一路上没有话说，他们娘俩倒一路上有说有笑的。就这样我们三口跑到涮肉馆吃老北京火锅。聂蓉蓉一边吃着一边问儿子："曦儿，我跟你说的事，你考虑得咋样啊？你刘英阿姨还等着信嘞。"

我莫名其妙地问："啥事？"

"嗨！爸，就是冯叔叔家的冯莹，要跟我处对象！我……"方晨曦很不高兴地放下筷子，对我说道。

"嗯？我咋不知道。"

"嗨，这不是私下先征求曦儿的意见嘛，我和刘英商量私下先征求俩孩子的意见后，再给你和冯为国说也不迟。"

方晨曦看看他妈又看看我说道："妈，我还年轻，我还准备出国进修几年，这婚事待以后再说吧。"

我明白他的意思，我支持儿子的想法，男儿应该有所作为后再考虑儿女情长的事。我儿子像我，一米八五的个头，浓眉大眼高鼻梁，脸蛋圆润有点像他妈聂蓉蓉，标准的男子汉。我们虽不富，但又高又帅，还怕找不到对象？他今年才这二十五岁，就谈对象？的确过早。我的眼睛冲儿子方晨曦眨巴眨眼，暗示支持他，微微点了下头。儿子他已明白我的意思。

聂蓉蓉一听儿子的话，她有点着急就问我："老方，你的意见是？"。

“嗯，听儿子的吧……”我在一旁打圆场道：“唉，儿大不由娘哦。”

第二天午饭后，林兵给我来电话说：“方晨晨，你们家小聂还有多少钱在股市上？你听好啦，不管有多少，让她都立马卖掉提现。”

我哈哈笑道：“老首长，咋的啦？听到啥风声了？我们家股市上没有一分钱，全撤出了。”

“那就好，我有个朋友人称股神，这些年在股市里从没失过手，他经过多方分析后断定，中国股市很快要大幅下跌，我和你嫂子小萌，凭直觉相信那哥们的判断有道理，我怕你们吃亏，所以才打电话提醒你们。”

“谢谢老首长，谢谢嫂子！”

“小方，你们炒股票还是要谨慎，不要太不靠谱啥的，啊！”林兵说完把电话挂了。

我放下电话，细想林兵在电话里说的啥意思呀？俺老婆聂蓉蓉在股市上赚点钱，有啥问题吗？她这是别人帮忙赚的，而且最初那八万块钱，也是人家给垫的，没还给人家小郝他姐，这就是说，俺还从没出本金，也没怎么出力，更没担啥风险，轻轻松松就把钱赚了。是不是他听到啥了？还是有人质疑我老婆赚这三十多万块钱的合法性，这是我最担心的。赚了钱当然是好事，但赚的钱如果不合法，带来麻烦，那就不划算了。委托别人代买卖股票，这合法吗？从股市赚的钱提现存起为己有，这是合理合法的。难道问题就出在第一笔本金是郝贵他姐代垫的？别人会说这笔钱是郝贵他姐赚的，人家赚到手后送给方家的，可我们已把钱还给他们了呀？谁还会来质疑这笔钱的合法性呢？机关里无人知道我老婆赚了这笔钱，组织上还没有要求申报这类收入，知道这件事的除了我家三口，就是郝贵姐弟俩，只要他们俩不说出去，这事儿谁知道？话再说回来，是他们主动要帮忙的，我家又没强求他们，他们会说出去吗？想到这儿，我立刻拿起军线电话，要到海军葫芦岛基地招待所，想再听听郝贵的口气。

电话拨通后，对方说郝贵辞职走了不在基地招待所干了。晚上我回到家里，我又让老婆查找出郝贵的手机号，用手机才联系上郝贵，郝贵一听是我的声音忙问：“方所长，您有事吗？”

我问郝贵：“当初，你聂阿姨委托你姐姐向股市上投的本金，是你姐垫的？现在想起来我们觉得有些不妥……”我把自己担心的问题说了出来，想看看郝贵啥反应。

“嗨！这还不是应该的，在股市上，彼此拆借钱还不是正常的事？我姐有时候急用资金，也向别人借，您千万甭把这事放在心上。再说了，您没让她垫多久，几天就还了，她没啥损失，她赚的那些钱放在手里不也是闲着吗？阿姨这次能小赚一笔，归根结底是阿姨的运气，财运来了，挡都挡不住。”

“哦……”郝贵这番话差不多打消了我的顾虑。看来，这事情对郝贵他姐来说，的确是一个顺把手可办的事，根本没啥大不了的。从郝贵通话的语气上来看，人家一点也没把这挡事儿放在心上，是不是我们自己有些多虑了？想到这儿，我的心情轻松起来，自劝道：别自己吓唬自己啦，更不能给老婆她增加心理负担。

这件事就算结束了……

那天，我在办公室电脑前起草819研究所“如何抓好反腐倡廉工作落实情况的汇报”稿。“哎，老方啊，你们单位的汇报材料弄得如何了？”冯为国来电话催促我尽快把落实情况报上去，他在汇总各单位情况，要向空后领导做专题汇报。

说完那事后，我又请教冯为国说：“哎，为国，有个朋友让我问问你，他老婆委托别人炒股赚了三十万块钱，拿这笔钱算不算违纪？”

“委托他人炒股赚钱，是国家允许的，嗯，应该不算违纪。”冯为国慢吞吞地回答。

“口头委托也可以吧？”我还是不放心，进一步问。

“口头委托？没有任何凭证？钱和股票的来往竟然不立字据，那该是生死之交的哥们。你说细点，你那个朋友怎么个委托法？”

“哦，具体我不太清楚。大概是这样……”我就将委托的经过简单向他说了一遍。只是把当事人的真实姓名和身份隐去了。

冯为国听后沉吟了一阵：“这笔钱拿了也不是不可以。但是……嗯可能有后患。你那位朋友若不在政界，拿了也没啥；若是在政界走仕途，你劝他还是别拿，我不能保证他没麻烦。没有不要任何回报的投资，这年头，外边请你吃个饭，还要求你帮助他们做事情咧，都没无故请吃饭的，更何况这金钱嘞。金钱交往更没不附加条件的，只是早晚而已。”

“有道理，谢谢！谢谢！”我听到这里，放下冯为国的电话。我心里矛盾重重，左右为难，始终没弄明白：金钱，究竟是走好人生道路的铺路石，还是导致腐败的催化剂？再想想刚才冯为国的话，确实有一定的道理。常言道：人为财死，鸟为食亡！无论如何，退还！犯不着为这点钱，毁了我自己的前程，毁了我们这个家庭。

冯为国的话坚定了我退还郝贵姐钱财的决心。可我知道，要说服聂蓉蓉和方晨曦同意退还这笔钱，可不是简单的事情。事先得想出个办法来，能让她俩服气，自愿退给郝贵他姐帮助赚的这三十万块钱。

晚上，我特意下班稍晚些。回到家时，聂蓉蓉已经做好饭菜，跟儿子方晨曦在饭桌前有说有笑地等我。

我进门故意带着愁眉苦脸的表情。娘俩看到我进门，正准备开饭。方晨曦发现我脸色不大对劲，连忙问：“爸，您哪儿不舒服啊？来给我看看，怎么了这是？”他扶着我坐到客厅沙发上，不愧是搞医的，时刻观察人的表情和动作。“咋的了？咋的了这是？”聂蓉蓉也急忙起身过来，摸了摸我脑门看是否发烧。

儿子晨曦从卧室拿来听诊器和血压计要给我量血压听心率，我推开他们，又阻止曦儿给我量血压："没事儿，我没病。"

聂蓉蓉着急地问："老方，你咋的啦这是？"

我冲她唉声叹气地说："哎，蓉蓉，吃完饭给我准备些出门用品，我明天要出门，衣服多拿些，这次出去的时间可能很长、很长。"

"干啥？又要下部队呀？没听说所里要安排出差呀？"聂蓉蓉不解地问我。这在一个单位工作就是这样，一点点活动，有点啥事随时就知道。

"唉！这次不是下部队，时间长短不是我能决定的。"我哭丧着脸故意说得慢吞吞的。

"爸，那是去干啥？"方晨曦也听得莫名其妙，不解地问。

我看着他们俩说道："这可能与双规有点近似，就是到上级领导指定的地方，让我去说清楚问题。"

"啥？咋的啦？咋的啦这是？"聂蓉蓉吃惊了。我看她的表情有点害怕啦。

方晨曦也急忙连声问："爸！出啥事了？出啥事了爸？你可甭吓我们呀！"

"嗨，都怨我没给你们说清楚，才惹出这桩麻烦。"我又叹着气说。

"老方，究竟是因为啥事？你能不能说快点，急死人了。"聂蓉蓉握住我的手催促道。

"唉，就是我们炒股的事，上边领导现在知道了，认为我们有受贿的嫌疑，要求我去向组织说清楚。"我装作非常难过的样子说。

"我们这咋能是受贿呢？哪位领导怀疑的？我找他理论理论去，这不是故意整人吗？还讲不讲理啦啊？"聂蓉蓉生气道，又说："冯为国总知道情况吧？他是纪检部门的，我去问问他，凭啥这样诬陷我们老实人？"

"怕倒不需要怕，我们不是故意索贿受贿，我们又没使用职权去做违法乱纪的交易，再说这钱我们没花一分，郝贵他姐给了我们，我们再原封不动地退给郝贵他姐，就应该没啥事了。"我看他们这样，心里想有门，就对他们劝说道。

"爸，要是马上退了，组织上是不是就不会再让你去说清楚问题了？"方晨曦担心地问。其实他刚到部队工作没几年还不太了解情况。

我急忙说道："应该是的，我们光明磊落问心无愧，郝贵他姐有给我们的自由，我们也有退还给她的自由。"

"嗨，老方，那就赶紧还吧！没想到钱没赚着，倒落了一身不是，咱可犯不着为这点钱去坐牢。钱可以慢慢赚，有些东西失去是无法挽回的。"聂蓉蓉此刻的表现很大气，很明事理。她又无奈地对我说："好吧，就按你说的办。"

我向她点点头："嗯嗯。"心里松了一口气，本来一场艰难的劝说，就这样如此顺利解决了。

“老方，你不要着急啊，咱们先吃饭，吃完饭，我就给郝贵他姐打电话啊，把钱退给她不就是啦，啊！”聂蓉蓉她怕我有三长两短的，耐心地劝我。“谢谢你蓉蓉，你这样说我就放心啦。”微微向她一笑。

“走爸，咱们吃饭去。”方晨曦也高兴地拉起我。

吃过晚饭后，聂蓉蓉打电话给郝贵，把还钱的事说了一遍。郝贵显然有些意外，坚持说这是我们应该得的，根本不应给他姐姐。聂蓉蓉表示感谢之后，不容对方再多说别的，就挂上了电话。

我和晨曦在客厅喝茶看电视，听着聂蓉蓉给郝贵打电话。晨曦感叹了一句：“唉，我们空喜一场啊。”

我听到方晨曦的话，赶忙说道：“总比让爸落个受贿的罪名声强吧？儿子，你爸奋斗了大半生，以后你爸我有机会还想进步嘞，俺可不能因这三十万块钱给毁了，把咱们这个家毁了。”

这时聂蓉蓉打完电话，从卧室出来听见我说的话，她又补充道：“对呀，不能因小失大。啥叫一失足成千古恨呐？儿子你以后在工作中也得小心谨慎，可不能因贪便易吃大亏呀！”

我听着聂蓉蓉的话，心里深深舒了一口气。我忽然想起大门口那个收破烂的老孙，年初闲聊时，老孙头他望着我不好意思地说：“老方，庶我冒昧地说句不吉利的话，你今年可能要遭遇点灾……”“哦？是吗？”我当时没太在意他的话。现在我想想：“难道这就是老孙头说的灾祸吗？那如果这算一次灾祸的话，这它就被我躲过去了吧？”我唉地叹了声气，自语道：“只是让她娘俩空喜一场，白忙活了。”我又想起叶剑桥老教授的话，“我们科技工作者，不为名利遮望眼……”

突然间，转脸向坐在我身旁沙发上看电视的聂蓉蓉特意嘱咐一句：“老伴，你明天办完，把汇款单保管好，以备今后万一核查啥的。”聂蓉蓉很随意地说“嗯，我知道。”

第二天上午，聂蓉蓉把三十多万块钱全汇过去了。郝贵他姐收到钱后，来电话告知聂蓉蓉：“阿姨，既然你们执意不要属于你们的钱，我只能先收下为你们保管着，嗯您啥时候需要告诉我……”

晚上，我下班回家吃晚饭时，聂蓉蓉给我说事情全办妥了，让我放心。我听后心里多少生出点后悔，说实话：“也许我真的是过于小心了，如果不退还给郝贵他姐三十多万块钱，也并不会出啥问题，毕竟是郝贵他姐代我们炒股赚的，正当理由是有的。三十多万呐，不是个小数，我们俩靠工资，啥时候能赚这个数？再说回来，人家郝贵他姐也是好心好意想帮助俺。我们这样做，是不是太不近人情啦？好像人家是真要贿赂你家似的，今后谁还敢与你交往？也许，我真是有点小题大做，过于严格自己了？”

其实，这女人就是女人，想事做事就是简单，聂蓉蓉她以为把这钱还给人家就万事大吉啦？其实不然，事情并不那么简单。这背后说不定还有更大的阴谋在等待我们呐，只是我们不知道而已。

我回想到这儿，就不敢往别处多想，自己还是安慰自己道："算了算了，既然事情已经过去，就不要思三虑四的，挤出点时间赶紧安心写长篇小说《心灯》吧。"这要说起长篇小说《心灯》，我这几个月利用晚上业余时间，已写完第三章节了，写起来还是比较顺利，自己有种自豪感、满足感。

某日晚饭后，我在家里正要去准备第二天出差所带的换洗衣物时。家里座机电话响起，我拿起一听原来是冯为国，他说有几个上海空政院的老同学来北京出差，想让我陪他们去酒吧喝酒。我当即就说："为国哥对不起啊，明天一早我要去沈阳出差，这不还要到几个航空兵部队调研一些业务上的事情，还要准备好多材料，这啥都没准备呢。嗯现在肯定是去不了啦，对不起了啊。哎，你在那边有啥事没？嗯你也问问刘英她去沈阳那边有啥事没，需要带啥东西吗？有啥事一会告诉我啊。她有需要带的东西，你让刘英她给我送过来吧，我和聂蓉蓉都在家呢。"

"嗯没啥事，刘英她可能也没啥事，谢谢你晨晨。那我们就去酒吧啦，你如果能赶过来就过来一起玩玩，也好互相认识一下交个朋友。""对不起了为国哥。"

就这样我们俩聊后，就挂了电话。原本我无任何的感觉，谁知道啊，就这个不经意的电话。它却给我人生带来又一次的灾难，斩断了我方晨晨辉煌的仕途和命运。

第五十四章 初露端倪

第二天，我带上康强、张扬两名同志到东北地区空军航空兵部队进行调研。从齐齐哈尔到哈尔滨、长春，经过十几天的部队调研。然后回到沈阳，住进了空军驻沈阳军代局办事处内部一个宾馆。住下安顿好后，在没吃饭前，我让康强、张扬两位到我房间，总结下这十几天到航空兵部队调研工作的情况，以便回去写调研报告。

就在我们讨论基本结束时，康强他大胆提出一个问题："老师，在与航空兵部队飞行员的座谈中，我突然想到这样一个问题。虽然咱们的'立体四面相控雷达系统'现在安装在飞机上非常好，很受飞行员们欢迎。确实已大大提高了我们的战斗力，都说咱们做了一件大好事、大实事。但是我想啊老师，如果战争爆发，我们的飞机有这个东西能及时发现敌人的目标非常好，无论他从任何一个方向来，我们都能发现他。可是，你们想过没有？我们的飞机现在因燃料携带受限，飞行时间、飞行距离太短，飞行速度、飞行时间赶不上敌人的飞机那怎么办？那只能眼看着敌机对我进行攻击，无能力去反击是不是？这……这太可怕了吧！老师，我想啊，咱能否用气冷反应堆来开发核动力，解决发动机的燃料问题、飞行速度问题？"

我一听，"好啊。我在英国牛津学习时就跟我的导师提出来，可他没否定也没肯定。我回来后也在考虑，你这样想太好啦。"我非常支持康强的想法，正中我意。说真的，我从内心佩服他，不愧是海归回来的博士生，还是年轻人敢想啊！正如我们科学界的前辈钱学森说的，敢为天下先。我急忙点头："太好啦！只要我们利用核动力，飞机的飞行时间、飞行速度全解决了。再配上我们'立体四面相控雷达系统'，到那时我们的飞机所向披靡，无敌于天下。"我又给康强、张扬他们两人说："咱们回去就成立这课题小组，向空军首长写报告。作为我们研究所下一步的重点科研项目去攻克这个难题。""好好好，所长我们一定不辜负您的希望，加油！"康强和张扬听我一说，他俩激动地急忙表态。

其实，前些日子我也曾多次跟聂蓉蓉探讨飞机动力问题，很想让她这个动力课题组组长去实现我的梦想，可她始终没给我明确的意见和答复。

今天康强提出这个问题，是我没有意想到的。她们年轻人太可爱啦，无愧是我们科技界的未来。青年强则国强。我又向他们两人嘱咐道："哎，这个项目绝对保密啊，对外界绝不能透露一点点信息。对父母、兄弟姐妹、亲戚朋友都一样保密！”

“保密！”他俩异口同声对我笑着说。

晚上吃饭时间到，我的老战友张彪，在空军驻沈阳军代局办事处听说我来了，非要尽地主之谊。要说张彪，几十年没见，可他没有大变样，除了身体发福些，性格还是那么火爆义气。他自1980年复员回到沈阳后，一直在建筑队打工。后来抓住机遇自己当老板搞房地产开发，与空军军代处高峰领导们关系处得特别铁，军代处有什么活就找张彪他们来干，一来二去互相之间不分彼此。

我们本来是就在军代处内部食堂简单吃点就行了，可张彪他不同意，“您这北京的大官来啦，咋能让您吃这玩意呐？客随主便吧，我的老战友、老领导。”他执意拉着我去外边吃，无奈也只好一同前往。

我们去的是沈阳海天大酒楼。说真的，我这次下部队很顺利，尤其是还有意外的收获。我心中敞亮，对老战友的酒来者不拒，杯杯见底，很快就有些醉意。

饭局将要结束时，饭店的年轻老板端着酒杯来了，说是欢迎诸位首长光临特意来敬酒。我一看那西装革履的老板竟是郝贵那小子，很是意外：“嗨，这不是郝贵吗？”郝贵当时也认出了我，欢喜地扑过来一把抓住我的手，连连说：“哎呀，哎呀！原来重要客人是首长您呐？老首长能来俺这小店吃饭，蓬荜生辉啊！我太荣幸了，今晚这顿饭免单，请张总一定给我这个机会。”

我笑着问郝贵：“你不是在葫芦岛海军基地干吗？怎么跑沈阳开起大酒店了？”郝贵回道：“嗨！这不是我姐她炒股赚了钱吗。总嫌我在部队当炊事员没出息，挣钱太少，非让我离开部队到这儿承包个酒店不可。钱是她投的，我来当经理。真没想到在这儿又碰上您，咱们还真是有缘呀！”我拿起酒杯与郝贵碰杯，还想借此向他解释上次退还股票款项一事，因旁边人多，我就含糊地说道：“是，是！咱俩来喝一杯！嗯，上次的事太谢谢你了，只是上边有规定，我们才……”

郝贵拦住我的话，“首长甭说了，我敬重您，您那样做证明您真是一个好首长、好干部！”然后他又附在我耳朵上小声说：“我们饭店还办了个练歌房，请您和诸位领导吃完饭再给我个面子，移步去看看，也给我带来点发财喜气。”

张彪和军代处的高峰主任都看了看我，说明他们都听见了。我觉得郝贵的邀请带着真情，拒绝了好像有点不近情理，就点头说：“那就去看看，嗯小康小张你俩一会儿先回宾馆早点休息。”

酒毕，我和高峰主任、张彪一行几人，在郝贵的带领下来到酒楼地下练歌房。进门之后才发现，这练歌房被隔成了一个个小包间，装修得富丽堂皇又不失雅致。我们跟着郝贵进了一个较大的、有帷幕相隔的包间，包间里灯光灿灿。我被郝贵让座到沙发上时才发现只有张彪和我进了这个包间。我扭头问郝贵：“高主任他们呢？”他笑着说：“去别的房间了，这儿的房间很多。”我正想起身，张彪已醉醺醺地躺倒旁边沙发上。此时冷不防一个漂亮姑娘，穿着露大胸的紧身连衣超短裙，突然由布帘后闪了出来，不由分说一屁股坐到我的大腿上。我大吃一惊，赶紧推开她，哪知那姑娘嗲声嗲气地用双手拥抱着我脖颈“大哥，我陪你唱歌好吗？”

由于太过意外，我霎时被惊愣在那儿。郝贵不知啥时候已离开房间，那小姐又扑哧一口在我脸上亲了一下，吓得我整个人往后一仰，几乎摔倒在沙发上。那小姐又把脸强贴到我胸部笑着说：“俺就是陪哥哥唱个歌嘛！你干吗那么紧张吗？”我急忙把那小姐推开：“我是来参观不是来唱歌的，谢谢。”此时的我本身酒已喝多，外加那小姐身上一阵阵低档香水味，一股股恶心往上涌，心里烦透了。我站起身四处没找到郝贵，一把拉起还在睡觉的张彪就往门口走。郝贵不知从哪儿冒出，急忙跑来连声对我说：“对不起首长！对不起！”还扭头冲那个姑娘训一句：“没看清楚这是首长吗？真是胡来，赶紧滚。”他把那个姑娘轰走了。

由进去到出来也就是几分钟工夫。高峰主任听到我们出来，也不知从哪儿就跟过来了。这件事让我愉快的心情一下子受到惊吓，但也不好对其他人说啥，只能在心里默默后悔。不该听郝贵他来看这什么练歌房……

回到北京后，我们所专门成立课题小组，我兼任组长。王公明副司令打电话告诉我：“小方，你们的报告空军首长都批了，你们抓紧开展研究工作吧。嗯，这可是个大项目啊，我和首长都全力支持你们。咱们可说好啦，你们可一定要成功，不能失败！为我军建设，为我国航天事业再放一颗‘卫星’！哈哈哈……”

我听电话后：“是首长，我们已开始研究了。”其实这项目，不是在为我军放一颗“卫星”的问题，是震惊世界科技界的一重大创举。

我一心扑在“飞机气冷反应堆核动力开发可行性”研究上，很快就把在沈阳海天大酒楼练歌房不愉快的一事，抛之脑后。根本没想到练歌房的事会给我带来那么大的伤害，它顽固地留在我的生活和记忆中，永远无法抹去。

我把康强“关于飞机气冷反应堆开发核动力可行性报告”拷贝到我的笔记本电脑上，查阅大量的国际上关于这方面资料，在单位加班加点修改补充内容数据。

晚饭时，我家三口坐在饭桌前吃饭，方晨曦这孩子认真地说：“爸妈，我们单位领导通知我，同意我出国进修学习，但是费用自理，单位不出这笔费用。”

“好啊，这是好事，你准备去哪儿呀？钱得多少？”我高兴地问他。

“嗯，我准备去法国斯特拉斯堡大学，我一个同学在那里学习。我咨询了他，两年时间至少需要三十万。”

“啊？三十万？”聂蓉蓉在旁边听得惊讶。“啊，我这还是少说呢，如果加上别的还不止这些。”晨曦怏怏不乐地解释道。

我安慰儿子说：“没事，我们想办法，啊？”

“你想啥办法？向谁借去？要不是你执意把炒股赚的钱还给郝贵他姐，给孩子出国用多好，这可……”聂蓉蓉饭也不吃了，把筷子往桌上一摔，埋怨起我来了。

我冲她瞪眼道：“那是两回事！你不要拿那事儿来埋怨我啊！当时是咱们商量过的。嗯，你看看家里一共能凑多少，我找姣姣她两口借些。”

聂蓉蓉怨气吞声地说：“还找姣姣她两口借点？前些日子姣姣她给我打电话还说王燕去英国学习，钱还不够。我没钱，都没敢应声。”

方晨曦看我们两口很为难，他说：“爸，不中找我干妈借点？她大老板有的是钱！”

我也知道王丽平有的是钱，可这么多年来，我始终不想沾惹她。多年之前的不愉快经历，总是让我对她少了些亲切，多了几分戒备。她总拉着聂蓉蓉给她提供些技术上的指点帮忙，虽然我没有阻拦过，但还是多次告诫聂蓉蓉：“咱们研究开发的项目千万不能泄露给王丽平。”所幸她在这点上，分寸把握得很好。两家、两人好归好，她对王丽平我们单位工作上的事一概不讲，这样王丽平她倒也说不出啥来。我心里也很清楚，如果去年不救济刘晓燕她住院看病那十万块钱的话，也许家里会好些，不至于这么紧张。

事情过去就不说了，不再提了。我看方晨曦也很为难，我不露声色地对方晨曦说：“你该准备啥就准备吧，我怎么都能保证你按时走，啊。”

方晨曦看我和聂蓉蓉起争执，也没心情再吃饭，起身回自己屋去了。我心里也酸酸的，这钱确实是个好东西，需要时没有真是难。常言道：一分钱，能难倒英雄汉。这一点不假，穷人遇到急需钱时拿不出来，那真是难呐。

聂蓉蓉她知道我不会同意向王丽平借钱的，就在屋里翻箱倒柜凑上所有存折和本月工资，勉强才凑齐七万多块。她出来很为难地对我说：“老方，全找齐，还差二十多万呐。”

我在脑子想了一圈亲戚朋友，也只有林兵这老领导有能力有可能帮我。看来这事也只好厚着脸皮找他老人家啦。我拿起电话，就开门见山地说：“儿子他要出国进修，还需要你老大哥借点钱给我，待以后有了就还给你们。”

电话那头的林兵听说儿子出国进修，很爽快说：“甭说那些了，这是好事，你们需要多少吧？”林兵他对我们家，对我始终是一如既往的爽快，说出事情了从不打犇。

“二十多万吧。”我没敢说太多，只是含糊地说句。

“好，明天上午，让蓉蓉找你嫂子。我给她说一下，提前准备好。哎，二十五万够吗？”

“够够。谢谢，谢谢你和嫂子！”我激动地说，没想到他答应这么痛快，真不愧是老关系。“甭客气啦！你给晨曦说，他啥时候走提前跟我说下，咱们三家在一起聚聚吃顿饭，好给他送行啊。”林兵在电话那边又嘱咐道。

“好，好好，一定一定。”我放下电话，到方晨曦房间告诉他：“儿子，你林伯伯借给咱二十五万，还说要在你走之前，为你送行咧。”

方晨曦一听非常高兴，笑着说：“爸妈，你们看林伯伯当大老板的，就是有钱。哼！你们搞科研的，永远都是穷光蛋！”

“臭小子，甭胡咧咧了，你……”他还没等我说完哐当一声把门关上啦。我冲他紧闭的门摇头说道：“这孩子！”

洗漱完，我们夫妻俩上床躺下，聂蓉蓉依偎在我的怀里，撒娇地说：“老方，我有个事儿一直想给你说，没敢开口……”我一愣又看她：“哦，啥事？”

她怯生生地仰头望着我：“我说了，你可甭生气啊？”这一点我不是吹牛，聂蓉蓉这么多年始终对我很尊重，无论在单位还是在家里都是如此，自然我有点大男子主义。

我向她脸贴近一点亲近地笑着说：“嗨，老夫老妻几十年过来了，有啥就直说呗。”

“那我说啦？”她望着我笑着问。我点了点头。她又往我怀里依了依说：“我想转业，我给你说过丽平的公司在中关村做得很大，现在有上亿资产，她多次动员我到她那儿去干，让我当业务副总经理，年薪八十万。”聂蓉蓉看看我有啥反应，她看我没啥表情，又接着说：“老方，你我都快五十岁的人啦，人常说，人过五十天过午，咱们都这把年龄了，还辛辛苦苦地工作。到头来，钱没有钱，房没房。这儿子出国还得向朋友借，这点工资猴年马月才能还上？房子吧，就这个破房，人家现在都住别墅和大洋房了，咱们呢？你是研究所所长，做事不能有半点闪失。我在单位同样夹着尾巴做人，处处谨慎小心。唉……老方，你如果同意，我明天一上班就找姚政委谈去。”

聂蓉蓉的话让我很吃惊。我对转业这件事情从没有半点思想准备，也从没想过。在部队工作生活了几十年，我对这里有着深厚的感情，特别是科研这项工作。每项科技项目成功，装备到部队正式使用时，都让我心里有种说不出的成就感、荣誉感、自豪感。她这么多年都是协助我搞科研开发，给了我很大的帮助，甚至付出了很大的心血和汗水。就说这次飞机气冷反应堆开发核动力的工作吧，我虽然是组长，但是还需要她牵头去带领大家去研发，后边的工作只是万里长征迈出的第一步，有很多事情需要她们去干呐。此时此刻，我无法回答她同意还是不同意，只能是模棱两可地对她说：“待我考虑考虑再说吧，这事儿有点太突然……”

聂蓉蓉听我这么个态度，有点生气，“老方！你总是前怕狼后怕虎的……”她说着自己转身拉被子睡去了，不再理我。

我躺在床上，望着天花板却毫无睡意。她也是为我们这个家好，我非常理解，结婚成家都是想过上富裕幸福的日子，特别是一个有知识有理想的人，更是想把事业做出成绩，把家庭经营得红火富足。我们不比别人差在哪儿，事业上还算是有很大成绩的。就光荣获国家级、军队级科技奖就有七八个。可是家庭经济为啥这么捉襟见肘呢？儿子出国的费用都拿不出来。周围这些朋友、同学个个都比我家强，开的小汽车，住的别墅洋房，孩子出国的出国，当老板的当老板，穿戴名牌。就请客吃饭这点，他们都是出入高档酒店。可我，可我们这样又是为了啥呢？为了谁？我心里胡乱想着……

一天下午，我在办公室里和张广西、冯德明、康强、张扬在研究机械动力方面的问题。手机突然响了一声，我看一眼是小岚记者发来的短信："哥，我已培训结束，你还好吧？我到北京安排好后，再给你打电话，想你。"我看了看没理会。

晚上回家，聂蓉蓉已把饭菜做好。当我们都坐下待吃饭时，聂蓉蓉从屋里把银行卡拿出来摆在桌子上，向方晨曦面前一推说："曦儿，这卡一共三十二万，借你林伯伯家二十五万，咱自己凑了七万，你收好。嗯密码是你的生日。爸妈就这么大能耐啦，够不够就这么多。"

方晨曦高兴地收起银行卡，笑着说："谢谢！谢谢爸妈，够，够啦。嗯，今后我挣钱还给你们。"

我在一边打断他说："傻儿子，不是还我们，是还你林伯伯他们家。"聂蓉蓉瞪儿子一眼，"就是，我们把你养这么大，还要你还？"

这时，方晨曦感到自己失言，红着脸不好意思地说："嗯……爸妈，我和法国斯特拉斯堡大学联系好啦，准备后天动身。"

"啥？后天？"我和聂蓉蓉同声惊问。方晨曦很冷静地说："是呀，后天是星期天，中午的飞机，从北京直飞斯特拉斯堡市。"

我急忙向他们吩咐道："你林伯伯还说要在你走之前，咱们三家聚聚，为你送行呢。唉，这样吧，咱们吃完饭，蓉蓉你给冯为国他老婆刘英打电话，我给老林他家打电话。曦儿，你准备自己的东西，需要带啥物品就告诉你妈。"

饭后，林兵接到我的电话非常高兴，他说他负责订房和买单，就订在明天晚上六点的东北酒家。

第二天晚上，我们家三口都到了，林兵和李小萌来了，因在澳洲留学后留在当地娶妻生子开公司的大儿子林继兵和在电视台当记者的女儿林徽因有事不能前来，只有林兵李小萌老两口。冯为国、刘英和女儿冯莹都来了。冯为国的大儿子冯连军已结婚单独生活，一般不参加我们这样的聚会。说真的，这三家人有一阵子没聚齐过啦。

冯莹看到方晨曦激动地叫道："哥，祝贺你呀！"她一屁股坐到方晨曦跟前。她比我儿子方晨曦小三岁，今年才二十一，刚上大二。

按规矩老林坐上位，我和冯为国坐老林左右，三个媳妇和两个孩子随便坐在一起。方晨曦、冯莹这两个孩子到一起那个亲热劲，有说不完的话题。

菜上齐了，服务员已把酒和饮料为大家斟满。老大哥林兵首先开口：“今天我们三家聚会，是专门为晨曦出国进修庆贺和送行的！我提议大家都举杯，能喝白酒的喝白酒，能喝红酒的喝红酒，不喝酒的喝饮料，来，干杯！”

大家站起互相碰杯庆贺干完杯后，冯为国的女儿冯莹坐下后问林兵：“林大大，我能向晨曦哥提个问题吗？”冯莹这孩子长得很像刘英年轻时的模样，率直纯真，不畏惧任何场合。

“好啊，我们都听听。”林兵笑道。

冯为国和刘英坐不住了，刘英急忙瞪冯莹一眼道：“你，胡乱说啥？”“我没胡乱说，我想问晨曦哥去啥地方进修学习。”冯莹辩驳道。

“哦，我去法国斯特拉斯堡大学进修。嗯，学习需要两年时间。”方晨曦很有礼貌地回答在座的长辈和冯莹。

“法国什么斯堡？”刘英没听说过这个大学。

方晨曦笑着说：“法国的斯特拉斯堡。嗯，斯特拉斯堡市位于德国法国边境，也是边境名城。”他用法语嘀噜咕噜地说了一串。“斯特拉斯堡大学成立于1538年，1971年因法国‘五月风暴’影响拆分为三个独立大学，2009年1月这三所大学重新合并为今天的斯特拉斯堡大学。他是法国第一批实行自治大学，也是世界学术百强大学之一。”

“晨曦哥，嗯，那你学习两年。哎，我正好大学毕业，我去斯特拉斯堡读研去，行吗？”冯莹天真地问。

方晨曦对冯莹说：“好啊！你大学毕业，正好我学完，你要去的话，我在那儿等你，把你安排好……”“好好，谢谢晨曦哥，咱们一言为定！来，干杯！”冯莹兴奋地说着要与方晨曦干杯。

“干杯。”我们大家也附和她们干杯。

李小萌在一边笑嘻嘻地说：“莹莹，加油！”我和聂蓉蓉对视了一下也会意地笑了。

刘英笑着说：“俺莹莹会加油的，有你晨曦哥在那儿等你，是不是闺女？”她逗得大家哈哈大笑起来。“妈！看你……”冯莹羞涩地看了妈妈刘英一眼，低头不讲话了。

我和聂蓉蓉也会意地笑了。我举杯提议道：“我们三口一起敬您老首长和嫂子一杯，感谢您的帮助和支持！使曦儿能顺利出国进修。”我拉着聂蓉蓉和方晨曦向林兵两口敬酒。冯为国和刘英互相看一眼，不理解我话中的意思。

我们和林兵李小萌碰完杯。“来！为国、刘英、冯莹，我们一家敬你们一家，感谢你们的关心啊！莹莹好好学习，叫你妈好好攒钱，到时像你晨曦哥一样出国读研去。”“嗯，谢谢方大大！我妈有钱！”冯莹俏皮地说。“哦，是吗？”聂蓉蓉拍了拍冯莹问道。

冯为国一听，瞪冯莹一眼紧张地说“莹莹，胡乱说啥呢？”冯莹天真地反驳道：“我没胡说，我妈说的！嗯，我干妈还说今后保证我出国留学的费用呐。”

“干妈？”我愣住啦，聂蓉蓉，林兵两口也愣住了。

“好好！有你干妈做后盾，还怕我们莹莹出不了国？”聂蓉蓉赶忙逗着冯莹风趣地打圆场道。

刘英在一旁不好意思地拉着脸，红一阵白一阵。

李小萌嫂子看看林兵，赶忙打圆场道：“好好，今天喝晨曦的酒，哎，下次咱们喝莹莹出国留学的喜酒啊，来来来，大家举杯庆贺啦！”

聚会后，我们回到家，我问聂蓉蓉：“哎，冯莹干妈是干啥的？这么有钱呀？”

聂蓉蓉随意道：“嗨！你还不知道啊？我以为你知道了呢，就是王丽平啊！”

“王丽平？”我吃惊地问。

聂蓉蓉把前前后后王丽平怎么与刘英认识的，怎么又认冯莹为干女儿的，她们两家互相来往的大概情况给我说了一遍，这些都是人情往来，我听后也没往多处去想它。

次日，星期天中午，我们用两个小车送方晨曦去机场，我和冯为国、刘英坐在一个车上，方晨曦、冯莹、聂蓉蓉和王丽平一个车。我们在首都机场第三航站楼出港安检口，方晨曦与我们送行人一一握手拥抱告别。

我们送走方晨曦后。聂蓉蓉看看手表道：“老方，我和丽平有点事，你和冯为国他们回去吧，中午吃饭不用等我。”

我和冯为国一家三口在回城的路上，我还在想：她们女人的事，都是好朋友、干亲戚，怎么不叫上刘英她娘俩呢？

第五十五章 | 情同姐妹

聂蓉蓉和王丽平走在王府井步行街上，这是她俩刚从东风商场购物出来，又要去美容会所做抗皱护理。两人手提着购物袋边走边聊，一股秋风迎面袭来，王丽平高挑儿的身板不禁打了个寒噤。看着在冷飕飕的风中飞旋的枯黄叶子，她陡生悲凉："女人的脸蛋儿，如植物的生长荣枯，怎么收拾也阻挡不了岁月的侵袭，终会老去。"

聂蓉蓉摘下落在王丽平肩上的两片银杏叶子说："丽平，这是自然现象，不必担心惧怕。有姐在你啥都不要怕，我陪你一起老去。"

王丽平点着头，好像下了很大决心说："既然这是规律，那我们办事就该有个时间观念，一切抓紧。你何必还在那鬼地方熬着呀？抓紧过来咱们一起干吧，老了也有钱花。"

俩人一边聊着一边走进王丽平常去的那家美容会所……

自从王丽平泄露军事秘密被单位开除，她和外国人结婚之后一直没有生育孩子。她借助势力，打着外资公司的名义在北京中关村注册公司，自己当起了老板。由于公司业务与自己专业对口，再加上旧友的人脉关系，业务开展得顺风顺水。有时公司遇到的技术难点，她会邀请聂蓉蓉去指点，她公司好多业务骨干都认识和尊重聂蓉蓉，每次见到她都围着老师长老师短地问个不停。她俩人的关系无须细说，人人都知道她们是死党，情同姐妹。

当然，依照功绩，王丽平应该给聂蓉蓉最高的年薪，可聂蓉蓉不是公司员工，不能领取一分钱的酬金，这一点也是聂蓉蓉自己把握得好。王丽平总是以早日转业到公司任副总经理为由，拉着聂蓉蓉给予技术指导和项目开发。聂蓉蓉又是个老实人，没想过这样的帮助能给王丽平带来多少的利益。

就这样，买个手提包呀，做做美容啊，吃个海鲜喝喝咖啡啥的，王丽平对聂蓉蓉施的小恩小惠从不间断。而这次王丽平也是真心想让聂蓉蓉转业来帮她，近期市场竞争非常激烈，海归派如雨后春笋一样，在中关村占领了主导地位，再不想办法，公司很快就会被别人挤垮掉。

她想借方晨曦的事情，再做一次动员。做完美容，她笑眯眯地："咋样蓉蓉？感觉年轻好几岁吧？有钱做啥都好使。哎，你转业的事儿跟老公说了没？"

“说啦，他说考虑考虑，这几天净忙儿子的事儿了，他没说我也没顾得上问他。嗯，我估摸着，他不同意的可能性大。”聂蓉蓉说着，又想起我给她说要开发核动力的项目，她对王丽平说：“老方给我说还要开发一个新项目，那啥，还准备让我牵头。”

王丽平一听到说要开发新项目，顿时眼睛一转。她边吃着水果，一边笑着说：“没事，等老方考虑好再说。嗯，你们要开发啥新项目？如果让你牵头咱们合作如何？”聂蓉蓉这点警惕性还是有的，她故作糊涂地摇摇头：“不知道，老方没给我说。”聂蓉蓉清楚，虽然她和王丽平是老同事，又是多年好姐妹，可终归她是民营的外资公司，有些边界底线还是要把握好的。

王丽平的老公托尼斯单尼是个不务正业的花花公子，整天在外边花天酒地拈花惹草。王丽平没办法，只好各玩各的。尽管如此，老公对自己老婆还是步步怀疑，盯得很紧。他就是大家说的：吃着碗里的，看着锅里的。

去年深秋，一场秋雨过后，聂蓉蓉正在看窗外树枝上一滴一滴向下滑落的雨滴。突然接到王丽平老公托尼斯单尼的电话。

托尼斯单尼在电话里：“蓉蓉姐，你送给王丽平的LV限量包，是在哪个店买的？”

聂蓉蓉听后愣住了，她的确知道王丽平最近多了一只上万元的LV包，说是老公送她的生日礼物。这很显然，是王丽平说了谎。这只LV包有些来路不明。

尽管她挺生气，可聂蓉蓉知道这可不是较真的时候，灵机一动说：“你问这个干吗？怀疑是高仿，还是也想买一只送人呢？”

托尼斯单尼沉吟了一下，有些意味深长地说：“没什么，我就是问一下，那么昂贵的包说送人就送人了，看来你俩真的是铁姐妹呀！”

“那是，我和丽平情如亲姐妹，你还不知道啊？”“哦，我知道了。”对方就挂了电话。

聂蓉蓉紧张得汗都下来了，这还是她第一次揣着明白装糊涂。她是个骨子里很传统的人，而且把职业和生活分得很开，在职场上伶俐泼辣、精益求精。在生活中，又实在是个干净本分的人，从不撒谎。若不是为了王丽平，她绝不会去撒谎骗人的。

第二天一上班，聂蓉蓉就给王丽平打电话，要一个解释。可是王丽平听到聂蓉蓉说她老公托尼斯打电话问LV包的事时，啥也说不出来，只是支支吾吾地啥也没说。这下，聂蓉蓉也就不好意思再多问下去了。

就在聂蓉蓉渐渐淡忘了“LV事件”后，王丽平的一次提议，却又让她老公旧事重提。

那天，王丽平对聂蓉蓉说：“十一国庆节你们老方不外出的话，咱们两家人聚一聚吧，四个人过节总比两个人过热闹。”

聂蓉蓉当然很高兴地答应了。

十一国庆节那天，我们四个人一起到东北酒家吃饭。我和王丽平她老公托尼斯单尼聊起现在生意不好做，钱呢确实不好挣，市场竞争太激烈等等无聊的话题。托尼斯突然说:“方所长，你们研究所有什么好项目，资金紧张的话，咱们可以合作呀。我们公司出资金，你们单位出技术，咱们两家合作开发，双方共同受益怎么样？产品可以由我们负责销售。”

我心中一惊，他怎么知道我们研究所资金紧缺？我冷静地笑笑说:“谢谢，我们不缺资金，都是国家和部队保障的项目，资金不缺。嗯，再说，你也知道我们研制的都是军品,市场上不会认可,也不允许进入市场的。”他很熟悉中国国情地说道:“嗯，中国改革开放，个别军工产品可以民化进入市场了！”我急忙说:“那是个别军工产品，尖端的还是有限制的。托尼斯先生听王丽平说你生意很忙的？最近在忙哪方面的？你看我们家聂蓉蓉这个女强人吧，也是不好当的，早出晚归，加班加点干工作，可她有时候也要点小脾气还使点小心眼。”我故意把话题岔开。

托尼斯言辞闪烁，颇多意味地说:“我家丽平她很好强，为公司的事情，她黑天白日地在外边跑，顾不上家，也顾不上我……”

我是个实在人，心直口快夸奖聂蓉蓉两句，并提醒他不要小心眼，“嗨，俺家蓉蓉除了和我在单位上班外，业余时间她到外边跑，我对她一百个放心。嗯，老弟呀，你对王丽平呀也甭管得太细啦。她当总经理不容易，像个男人一样为公司奔波，求人还需要去应酬请人吃喝，作为男人我看着心里都不落忍。你看我从来不管蓉蓉她几点回家，很放心的。这人吗，总有个人的活动空间吧，你说是不是老弟？”

我知道，王丽平多次在我家对聂蓉蓉叫苦，说她老公托尼斯不务正业，在外边拈花惹草，但对她一百个不放心，看管得很紧。如果王丽平回家晚些，他总是问长问短不放心。她老公虽然是个美国人，但他在中国生活几十年，对中国文化人情世故一门清。

托尼斯他听我说后冷冷地一笑说:“傻子才不管呢！”

聂蓉蓉见气氛僵硬，便赶紧举起酒杯提议说:“来来，咱们四人干一杯。”

凑着酒兴，王丽平的老公托尼斯突然问我:“方先生，你知道你们中国这个酒字的来历吗？这个字为什么叫酒字？”他拿着筷子在餐桌上画写着这个酒字。我一下还真被他问住啦，说不出话来，“啊、啊”两声。

聂蓉蓉看看我也有点紧张，不知如何回答他。

王丽平笑眯眯地偷着乐。

“哎，这样吧……”我突然想起小时候奶奶给我讲的一个故事来。笑着对他说:“我给你讲个故事你就明白了。”

他们三个人用疑虑的眼光看着我。我喝一口水，咳嗽了一声，“从前呐，有一农夫，秋收时不慎将一口袋高粱倒入水缸中，数日后缸内飘出异香，农夫惊诧。这时，过来一仙风道骨的长者，告诉农夫，你缸内要出琼浆玉液了。但是，你得按照我吩咐的去做。农夫忙问，如何去做？长者说，明天你要想法找到三个人，每人给缸内滴一滴血，方可。于是，第二天一早农夫用车推着这缸酒在大街上等人。一会儿，过来一个文人，风度翩翩，农夫说明所求之事。文人慨然允许，给了一滴血。时近中午，又过来一位武将，也给了一滴血。下午，路上一直没人，等到酉时，天已昏黑。过来一个疯子，农夫无奈只好让疯子滴了一滴血。此时，缸内突然飘出奇异的香味，尝之，醇香溢口，清凉甘烈。农夫于是在缸上做了个记号，写了个酉时的酉字，点了三点，意思是那三个人的三滴血，于是就有了酒字。时至今日，喝酒之人，一开始文质彬彬，是享受那个文人的气质，喝到中途，意气风发，斗志昂扬，表现的是武将的风范。酒喝到最后，语无伦次，体面全无，就是那个疯子的血作的怪！哎，你们看看喝酒的人是不是这样的？爱悠悠，恨悠悠，小酒一喝晃悠悠。”我说着呵呵一笑，他们三人也都笑了。

托尼斯冷不防冲聂蓉蓉问：“大姐您送王丽平的 LV 包，您自己为啥不使用呢？”

这的确是个问题，看来王丽平老公还念念不忘那件事呢。聂蓉蓉笑笑说：“我当然不能用了。你看我这身份能背它吗？平时背着这么高档的包那……”

“哎蓉蓉，这可不是你的风格呀！哎，是这样托尼斯先生，我去年让别人从国外给她买了一个，她非常喜欢，但是我们是公职人员，上下班背着这么昂贵的包影响不好，收起来了，这平时不敢用啊。”聂蓉蓉自己说完都感觉脸上火辣辣的，她看我一眼，我哈哈大笑地打圆场道。

我的话音刚落，看到王丽平的脸红了，她老公的脸也红了。聂蓉蓉打圆场说：“是是是，他又是所长，怕影响不好，今天都没敢背出来。”

我假装生气的样子，责怪聂蓉蓉道：“你这个死心眼，今天是朋友聚会，你怕啥呢？这样的聚会不背，还等啥时背呢？王丽平你说是不是？”

这么多年，我跟王丽平的老公还是第一次见面。王丽平原来不是说他不在国内，就是公司业务忙没时间，总是用各种理由来搪塞。聂蓉蓉私下里听王丽平向她抱怨，老公是个不务正业的花花公子，世界各地拈花惹草，吃喝嫖赌四项俱全。

可今天一见，不像王丽平所描述的那样，倒是一个很懂礼数的美国人，讲话也很有分寸。只是我发现，她俩不像夫妻，倒更像是生意上的合作伙伴。你们看呐！我们吃完饭从酒店出来，王丽平走上奔驰车驾驶位去开车，她老公却坐在了后排座。这些不正常的细小举动，令人生疑。

这件事就这样过去了。一天，北京迎来刚入冬的第一场大雪，这雪比往年来得都早，整座城市都被白雪的光芒笼罩着。聂蓉蓉喜欢看雪，她喜欢在雪花飞舞的时候，回忆一些或淡忘一些事情。突然，王丽平的老公单尼打来电话：“蓉蓉姐，我俩都被蒙骗了，我调查清楚了，那只 LV 包是你老公买给王丽平的。”

“什么？”聂蓉蓉惊呆了，马上反问道：“你甭胡说八道啊！你说是我们家老方给王丽平买的？有啥证据？”

王丽平老公愤怒地说：“还要啥证据吗？王丽平她都承认了，是你老公送她的。”

放下电话的聂蓉蓉，一脸迷茫，泪水流出来。泪眼迷蒙中，聂蓉蓉又去看窗外的雪，那一片片白色小精灵，在聂蓉蓉眼里瞬间变成了丈夫那张丑陋的脸，还有王丽平的容貌，不停地在她面前重重叠叠闪现着……一种从未有过的恶心在全身爆发开来，她立即跑去卫生间大口呕吐。

从卫生间出来的聂蓉蓉，又站在窗前看雪。她此时的面孔是冷峻的。习惯在雪花飞舞的时候淡忘一些事情的聂蓉蓉，觉得这件事她无论如何也淡忘不掉。

晚上，我和朋友聚会后回到家，刚进屋落座，就收到一阵劈头盖脸地嚷嚷：“方晨晨，你中呀！表面上你挺老实，原来你是个闷骚男！”

我本来和哥几个吃涮羊肉喝了点酒挺高兴的事，她一喊，我莫名其妙地看着聂蓉蓉说：“你发什么疯？咋的了这是？”

她横眉怒眼，恶狠狠地说：“咋的了？你自己做了什么你自己清楚！”我俩结婚这二十多年啦，还是第一次看她发这么大的火。“我不清楚！瞎嚷嚷啥呀你！”不做亏心事不怕鬼叫门，我在外边没做对不起她聂蓉蓉的事，理直气壮得很，不知不觉声音也大了起来。

聂蓉蓉走进卧室，把我的被子抱进书房：“方晨晨，我不想像审犯人那样逼你交代，那没意思，我让你在这儿好好想想，对我讲出事情的全部真相，这是我做事的原则。”

我很纳闷，浑身有些发软问道：“蓉蓉，是啥事？你让我给你全部说清楚？”我酒喝得有点多，日常男人的气度也没有了。

聂蓉蓉越来越激动：“你还装是不是？”

我委屈地争辩道：“我装啥？我做错啥事啦？哪一点对不住你了啦？你说清楚。否则……”

“否则咋啦？”聂蓉蓉步步紧逼。

实际上我心里怦怦地跳，以为是我和小岚记者的接触被她发现咧，还故装镇静地说道：“否则不理你啦。咱们老夫老妻，有啥不能当面锣对面鼓地直说，不要这样斗气，互相不说明白。”人就是这样，做了亏心事就怕鬼叫门，我心里不安起来。

“那好，我问你，王丽平的 LV 包是你给她买的吧？”聂蓉蓉向我问道。

听后，我悬殊紧张的心一下松了下来。赶忙争辩道：“是呀！这……这不是你把包给她收的钱吗？”我心里如释重负。说完，又接着对她说：“是你让我托出国的朋友给王丽平买了一个，还是你亲手送给了她。嗯，还跟我说好姐妹，有好事想着对方，是吧蓉蓉？”

我这一说，她好像突然想起来了。不好意思地拍打着沙发说：“你……你干吗不早点说呀？”“我一进门，鼻子不鼻子，脸不是脸地冲我大喊大叫，谁知道你生哪门子气呀。”我说。

聂蓉蓉深感理亏，又像小孩子那样儿，撒娇地起来抱着我说：“呃，对不起老公，对不起了……”

这件事，也算这样平息了。

一天，我上班后，空军王公明副司令把我和姚民政委叫到他办公室说：“你们关于‘飞机气冷反应堆核动力’开发可行性的设想很好，总部首长也很支持，希望你们加倍努力把它研发成功，抓紧工作。今天让你俩来还有一件事，为更好加快你们的研发速度和质量，经空军领导研究决定，派你所聂蓉蓉同志公费去德国斯图加特大学进修学习一年，看看你们有啥意见。”

“没啥意见，嗯，那个核动力开发的事，我和老方商量，准备还让她牵头咧……”姚民说。

王公明胸有成竹地说：“空军领导考虑就是让她牵头，才送她去德国进修学习的啊……”

“聂蓉蓉她岁数大了点，能否让年轻人去呀？”我找借口说。我不想让聂蓉蓉去，一是她岁数大了，我们家里也离不开她；再就是我想让年轻人去学习学习。

“年龄不是问题。你小方是不是舍不得她离开你呀？啊……”王公明坚定地哈哈笑着说我。

“不不，首长，我们时刻听从组织安排。”我急忙表明态度。

我和姚民告别王公明回到研究所，由姚民负责与聂蓉蓉谈话。我心想：聂蓉蓉啊聂蓉蓉，还想转业，没门！你老老实实去德国学习吧，空军领导对你抱有很大希望，你甭想转业一走了事，待把气冷反应堆开发为核动力，装备我海空军航空兵后再说吧。到那时，你老太婆也该退休回家带孙子喽。说句实在话，从我内心不想让聂蓉蓉去进修学习，这么大年龄了，出门在外我也不放心。学得技术还能用几年？年轻人重点培养下，学习回来好好为军事科技工作还多做些贡献。现在，我们研究所受社会上的“一切向钱看”思潮影响，部分年轻人思想动摇，感觉在部队研究所受限制太多，工资待遇又低，在社会上的公司里开发一个新项目新产品，少说几十万、上百万的收入到手。就拿我们所研制的 YSJ83N 型夜视仪，我的同学王丽平多次劝说我将此项技术转让给她们公司，开发应用到民用产品中，几千万上亿元钱都能赚到手里。我作为公职人员和一名军人，国家用多少年培养出来的，应该死心塌地地效忠国家、效忠国防建设，这不是能用金钱来衡量的，我更不能为一己私利而抛弃国家的根本利益。

聂蓉蓉去德国学习的事，在所里也引起了一阵风波，说啥的都有。有人说，人家老公是所长，这公费出国学习的好事，肯定是先考虑自己老婆啦；还有人说，这是为自己退休在国外养老，做准备的；有人说，这可以借此机会不回来，在国外高薪聘请，留下挣大钱咧。

我听到这些闲言碎语装着没听见，一笑了之。可聂蓉蓉不行，听到这些风言风语回家就给我发脾气，“老方！我不去啦，你给姚民政委说吧，你们想派谁去谁去，我不去了！当你老婆算是倒了八辈子霉啦，好事我一点不能沾，光干活行，这啥玩意？”

我哈哈笑着安抚她说：“这生啥气咧，你去是空军领导定的，又不是咱们所里说让谁去的。我还不想让你去咧，组织决定我也得服从不是？”

为给聂蓉蓉她送行，我做东请林兵两口、冯为国两口、王丽平一人，在东北酒家聚会，孩子们都没来。王丽平老公说是回美国了，也可能有去年不愉快那档事儿，他不好意思来吧。

就我们几个老弟兄姐妹聚会。在寒暄中，聂蓉蓉端起酒杯说：“林大哥、大嫂我敬你俩一杯，欠您的二十多万块钱，眼下还不了你们，请宽让一段时间吧。”

“弟妹见外了，以后有富裕就……没有，待以后再说，啊！甭把这点小事儿总挂在嘴上，见面总提，以后咱们还不好见面啦啊。”林兵笑哈哈地说。

聂蓉蓉看王丽平一眼，又冲林兵、冯为国说：“大哥，为国你们对我们家老方多关心点，他一个人在家……。”

“放心走吧，有我们在，老方没事的……”林兵笑着说，冯为国也附和着点头。

“我这五十来岁的人啦，还有啥不放心的？”我向聂蓉蓉开玩笑地说。

李小萌急忙说：“就是，太呵护你家老方啦，来来，喝酒喝酒……”

刘英也笑着说：“放心吧，有我们在，他们老哥们都互相关照着呢，你在那儿放心学习，早日安全归来，可别到外边嗯……不回来哦。”

王丽平在一边插话道：“蓉蓉，我有时间看你去啊……”

聚会结束后，王丽平跑我家非要给聂蓉蓉五万块美金，让她在国外做零花钱。我在一旁严肃地说：“丽平，你这就不对了！蓉蓉是公派学习，到那里用不着花钱。再说啦，你这样是让我们俩犯错误啊？绝不能收！”“就是，我到那里用不着花啥钱。”

我和聂蓉蓉执意不收，最后还是让王丽平把钱拿回去了。聂蓉蓉是公费学习，我们按出国规定已兑换了外币。我妹方姣姣和王建社听说了这事，也特意给聂蓉蓉送来三万块欧元作零用钱。王建社和姣姣还说：“晨曦走时确实困难，没表示很抱歉。”我俩倒没觉得什么，也不愿多想。

王丽平看我们的态度很坚决，只好说：“那好吧，蓉蓉到那儿有啥困难一定要给我说，咱姐妹千万不要客气，过些时间，我专门去看你呀！”

第五十六章 | 意外重逢

聂蓉蓉出国了，我的时间继续被研发工作和写作填满。

这个双休日有康强、张扬、冯德利他们加班查找资料。我不用加班，吃过早饭准备去西单图书大厦，看看能不能找到详细介绍关于动力学和核动力技术之类的书籍。常言道：书到用时方恨少。

西单图书大厦仍像往常那样熙熙攘攘。我穿着便装在人群中熟练地穿行，很快就来到三楼摆满科技方面的书架前。我在书架前转悠了许久，翻了好几本书，都没找到一本能详细介绍核动力方面的书籍。我不想空手而归。就买了黄祖洽老前辈的《核反应堆动力学基础》、(美)山卡的《量子力学原理》等书籍，准备回家认真拜读这些大师们的名著，继续研究我们的“核动力超高速远程飞行器”。

抱着满满的收获，心情非常好。就在西单图书大厦门前等公交车时，忽听有人喊我：“方大哥！大哥……是我小岚……”就在我搜寻来往人群时，小岚已笑眯眯地出现在我的面前，一把抱住了我的胳膊。

“咦，你咋知道我在这儿？”我惊奇地问她。

“我刚从图书大厦出来，一眼就看到你了……”她俏皮地说。又好奇地问：“哥，今天不加班了？还有时间来买这么多书啊？”

我说道：“嗯，上午有点时间，就抽空来逛逛图书大厦。人呐，也需要不断充电。”

“哥，走，我请你去吃饭，我知道有个饭馆东西很特别，也很好吃。”她拉着我很热情地说道。

我看看手表已十一点四十分，不好意思地推开她手，跟随她到地下停车场，坐上豪车宝马。我疑虑地问：“小岚，这车是……”她自豪地笑着说：“这车是我买的，哥，我现在比原来收入好多了，我在西山二号院还买了一栋房呢，离你家不远。要不，咱吃完饭去看看？”

我羡慕地看了看正在开车的她，心想：这丫头出去半年多，混得不错，在北京自己能买得起房，还能买起这豪车，在外资报社干就是比国内报社干挣钱多啊。

我们来到一家看起来不太起眼的老边饺子馆。没想到里边装饰考究，大厅有六张桌子用来接待散客，另外又有五个包间，有大有小。小岚熟门熟路地领着我进了一个小包间，最多能坐四人，两个人面对面坐着很是宽敞，又不失温馨。

她大方坐下介绍道："这是新来的一个老板娘开的，开张没几天，她这里的饺子特别好吃，薄皮大馅，就像我小时候吃的一样，开张后我常来吃。哥，她这里的凉拌小菜也好吃。"

说着小岚喊来服务生点了四个小菜：芥末鸭掌，三文鱼片，蒜蓉荆芥，道口烧鸡；三两大葱猪肉馅，二两韭菜鸡蛋馅饺子，两瓶啤酒。我看着她点的凉菜，笑着说："你这是南北结合呀，两个广东菜，两个河南菜。"

"嗯，哥，这都是我喜欢吃的。"她像小孩子在大人面前撒娇地说。她对我没有一点陌生感，好像我就是她亲哥一样无拘无束。这样也好，我也渐渐放松下来，而且毕竟好久没见，也真是打心眼里高兴，我对她劝说道："你还开车呢，别喝酒了。"

她把啤酒倒上，笑着说："没事，我家离这儿就几十步远，走过去都行。哥，嗯……我走了七个月零二十六天，今天我们又见面了，好高兴。来，先喝一杯！"我端起酒杯与她碰了一下。

饭后，小岚说带我到她的房子里参观，我强调说："你喝酒了，不要开车。"她满不在乎地说："上车吧哥，您看我车上有这个。"她拿车上放着的"记者采访证"给我看。

的确不远，离开老边饺子馆上路开出三百米左边就到，进院就是西山二号别墅区。她住的是一栋两层别墅。走进去看不太大，总共二百多平方米。一层是客厅，厨房和一间卧室带卫生间。二楼是一间向阳带卫生间的大主卧房，还有健身房、可以上网的书房。一楼客厅是向阳落地窗外加大阳台，整个房子装饰非常讲究，能体现主人文化修养的风格。小岚拉着我参观完房间后，又拉着我走进大主卧室，她顺手将身上外衣脱掉，她身上的幽香伴着那阿娜娇媚的身姿，让我有些心醉神迷。

"哥，我该怎样感谢你？"她歪着头俏皮地笑问我。

"你感谢我干吗？我也没做啥？"我想挣开她的手，却又舍不得真用力。她的手小巧温软，让人握住她的手，我有一种奇妙的舒适感。

"在我最困难最无助的时候，是你给我指点帮助，才有我今天这样的生活，我一定要感谢你！"小岚动情地冲我说道。

在这样一个密闭独立的空间里，让一个靓丽的女人抓着手摇晃，娇声软语，我渐渐有些受不了了，只觉得浑身燥热，心跳加速，两条腿有些抖起来，我分明觉出自己的手想用力把她拉向怀里。你想干什么？我内心向自己吼了一声，赶紧挣回手说："时间不早了，我还要到办公室有事，得赶紧走了。"说罢，急忙起身往屋门外楼下走。

"哥，瞧你慌的，我还有事与你说呢……"小岚追到屋门外楼梯旁说。我实在不敢让自己再待下去了，匆匆下楼拿起客厅茶几上自己买的几本书说："我的确还有急事，抱歉不能陪你，再见！”我说完，逃也似地夺门而出，向院外奔去……

从西山二号别墅小区到我们家不到三公里，用不着打出租车，我跑步不到五十分钟就到了家。心想，这丫头怎么偏偏买房买到这里？不，不，以后再不能见小岚了，到此为止吧。要不然你必有把持不住自己的时候，趁现在还来得及，停止！

我跑回家进屋把书放下，烧壶开水把茶冲上，心里还在警告自己的时候，门外咚咚有敲门声。我刚要去开门，就听见冯为国在喊：“老方，在家吗？”

我略微一愣：难道冯为国这小子闻到了啥味儿？机关里谁都知道，只要纪检干部找上门，八成不是好事。但是我们两家的关系在这摆着呢，他还能咋的？我静了静心，起身拉开房门道：“是为国呀？怎么今天没加班呀？”

“加啦！上午加了一个上午班，下周要开个纪检工作会，有个汇报材料需赶出来。”冯为国说着走进客厅。我把刚才为自己冲的茶递过去，“卫国你喝茶。”冯为国接过我递过去的茶水，一边屁股往沙发上坐，一边呵呵笑说：“你哥们现在讲究了，媳妇不在家，还在身上抹香水臭美啦？抹这么香干吗呀？”

我暗中一惊，明白是刚才小岚抓我手和靠我身上时，把香味弄到了身上的，这小子的鼻子还真灵。我急中生智摇头道：“嗨，我哪儿还抹什么香水？刚才收拾东西，不小心把蓉蓉的香水瓶掉地上，收拾的时候沾我手上了。”

“估计你也没时尚到抹香水的地步。”冯为国又笑着问道：“蓉蓉到那儿还可以吧？”我急忙点头道：“挺好的，她来电话还说向你和刘英问好呢。”

冯为国接着：“我可告诉你一件事，我们家冯莹可正在与你宝贝儿子晨曦谈对象呢。两人在网上谈得可热乎啦，我家刘英怕你们不知道，非让我过来给你说一下，你有时间也跟聂蓉蓉讲下。哎，你们可不能嫌贫爱富，看不起我们家闺女呀！”

哇噻，原来是为这事。我心里顿时轻松起来，笑道：“嗨，孩子的事由孩子自己做主，我们不过多干预和插手，只要两个孩子愿意，我们还能有啥意见？”

“好！有你这样表态我们就放心了。我闺女早就催俺给你两口说说这事儿，今天中午刘英还非让我来找你。”冯为国高兴地把水杯蹾到茶几上又道：“他们俩到时候一结婚，我和刘英又多了个儿子，你和蓉蓉又多个闺女，咱们可是两全其美呀！”冯为国说得自己哈哈直乐。

我心里有点不高兴，现在就说到结婚了，是不是有点过早？我儿子方晨曦还有一年半才能回国，冯莹虽然大二啦，可那次她也说毕业还要去国外读研呢。我心里是这样想，可嘴上没敢说别的，只冲冯为国问：“莹莹大学毕业后，你们准备怎么安排？”

“哦，我和刘英初步商量，就在你们研究所里找个事做。”

“是吗？她不是说还要出国读研吗？”

“读啥研呐？我和刘英商量了，借我们在台上还能照顾她，女孩子家，早点安排一个稳定单位有个工作，有碗饭吃就行了，现在有多少孩子大学毕业没工作的，早点把她安排好，我们也就踏实了。”

“是吗？那你俩可得让孩子好好学习，今后事业都是她们年轻人的。”

“嗯！到时，还需要你和蓉蓉好好培养啊。”冯为国说着起身告辞就走了。

我心里一百个不爽。莫名其妙？现在就开始张罗孩子的事儿。难怪现在社会上流行“拼爹”的说法。

晚上，儿子方晨曦来电话说：“爸，您放心吧，我在这里一切都很好，我已与俺妈打电话了，她让我告诉您不要牵挂她，在家照顾好自己。”

“嗯，你们放心吧，我很好的。”

方晨曦在那头电话里说道：“嗯爸，俺干妈让她的一个好朋友在这里照顾我的生活，还给我买了一辆二手车，让我使用。”我一听王丽平给他买了辆二手车，着急地问：“嗯！儿子，一辆车需要多钱呢？”

“爸，没多钱，才几千欧元。”

我嘱咐方晨曦道：“儿子，在那儿好好学习，不要随便收受别人的东西和钱。”

“我知道爸，放心吧！”可方晨曦一提到她这个干妈王丽平，我从内心有一百个不放心，总担心她另有其图。这些担心是否多余，我自己都拿不准。

又一周过去了。还好，小岚记者没有再和我联系。因为研发工作繁忙，再加上晚上回到家又专心《心灯》的创作，时间安排得满满的。

今天是星期天，自己在家写作写得很累，懒得做饭，我就跑到那个老边饺子馆吃饺子去。中午吃饭时间饭馆的生意很红火，大厅里六张桌子人已坐满。服务员看我进来用餐，赶忙向前热情地接待我说：“先生大厅已满，还有一个小包间无人”。“好好。”我应着，就跟随服务员进去。

进去一看，呵，还是前些日子我和小岚共进午餐的那间房。我记忆较深的就是墙上这幅油画：是一对情侣坐在海边眼望远处升起的一轮弯弯的月亮。那幅油画太有诗意，让人看着浮想联翩……

服务员看我全神贯注那幅油画，很有礼貌地小声道：“先生，您喝茶，您想吃点啥？是现在点还是待会儿点菜？”我突然想起是来吃饭的，扭过头急忙说道：“哦，对不起，现在就点菜。”我一个人点了一个凉拌荆芥，一盘道口烧鸡，一瓶啤酒，半斤猪肉大葱馅饺子。我对服务员开玩笑说：“饺子就酒，越喝越有。”

点完菜，我突然想起上次和小岚吃饭时点的菜，小岚说老板娘是新来的，开张没几天时间。这小饭馆看着不大，从内部装饰到服务人员的服务态度，广东菜、河南菜都有。心想，这个老板是哪儿人呢？我好奇地问服务员：“你们老板是哪里人？”。服务员笑着说道：“哦，我们老板娘是广东人。”广东人？我又好奇地问：“那，你们这里咋还有河南菜道口烧鸡、凉拌荆芥呢？”我追问道。

服务员摇摇头："不知道。"

我的确是好奇。在北京大小饭店酒楼里，特别是这个不太显眼的老边饺子馆里，能吃到地道的河南菜凉拌荆芥、道口烧鸡，这烧鸡味道绝对正宗，我甚至怀疑广东老板与我们河南有关系。

借服务员上菜，我又说："哎，麻烦你请老板来下好吗？"服务员马上脸色一红紧张地说："好好，先生请稍等。"这服务员以为是她服务上有什么不对呢，急忙跑去找老板去啦。

"先生您好，是您找我？"我在低头吃饺子，突听有人问话，抬头一看，是位中年妇女，穿着一身很讲究的工作装，体态丰满，恭敬温柔地站在那里微笑。我看着惊呆啦，"啊！张丽，你是张丽吗？"我惊喊道。她与三十年前的张丽，从脸面上看没啥大变化，只是略微胖点，光泽红润，显得成熟，更加好看，体态丰满，更有女人味。

此时此刻，她也认出我来了，激动地向前一步："方晨……晨晨？"

我更是激动得一下跳起来，拉着她的手："是！是我……""哎呀我的天呐！我可找到你啦！这么多年你跑哪儿啦？"张丽激动得眼睛圈红啦，啥也不顾一下扯开我的手，紧紧拥抱住我说。我俩宛如多年不见的亲人一样，牢牢拥着恐怕再跑掉似的。服务员看到这种场面，急忙转身退出包间。

我急忙说："张丽，咱们坐下慢慢说好吗？"她像小孩子似地点点头，松开我。

张丽坐在我对面，我给她倒上杯茶水。她激动的心情还没完全平静，一双眼睛始终望着我问："你是在北京工作啊，还是来北京出差？"

"哦，我在这儿工作，家住在就离这儿不远。张丽，我们有三十多年没见面了！"

"是呀，我去连队找过你，你连的司机告诉……哎对了，你那一年是不是出啥事了……""嗯，没有啊。我还给你寄了几次钱写了几封信，都是'查无此人'，给我打回来了。后来，我考上军校毕业就分到北京来了，中间我几次写信联系也都没有结果。唉，真快，转眼三十多年了！我们今天在这里居然又见面了。"我急忙打断她的问话。其实我不想把我被送农场"调查"事再提起，更不想让她知道此事。

她一听我追问给她多次寄邮钱和信的话题，"哦，是我收到你寄了的钱信。可……唉，孩子在庙会上我把她给弄丢了……"她越说越激动，脸一下子阴沉下来，哽咽说不下去，抑制不住地的泪水如珍珠似的，一串串落下。

"啊，是吗？后来孩子找到了吗？"她摇摇头："没有……"见此，我急忙拿餐巾纸给她，不好意思地说："对不起啊张丽，我不……"

"嗨嗨……"她强装作微笑地拉住我的手，"没事。唉，孩子至今没有消息……"又伤心地叹口气道："如果还有兰兰的话，也应该当妈妈了，今年她都三十六岁啦呀。"

"唉，当时你报警了吗？抽血留样了吗？现在公安局可以做DNA鉴定。公安部还专门成立了打拐办公室，只要孩子那边抽血留样，DNA配对成功，很快就能确定是你的孩子。嗯，后来你找孩子了吗？”我急忙问。

张丽沮丧地说：“找了，至今我都没停地找她。我从北到南，把东北三省所有的地方几乎都找遍啦！从河北、河南、湖南、湖北，特别是广东各个地方，上海都没有徐兰兰她的音信。我寻思啊北京地方大，人多，找到的希望会大些。唉……这不又跑北京来找啦吗，不知道能不能找到……”

我忙安慰张丽她：“能，一定能。哎，张丽你怎么找到广东那边去了？四川、山东、江苏、安徽其他省市找了吗？”

张丽听我这一问，她唉的一声，“晨晨，一言难尽呐。”她陷入了深深的回忆之中……

第五十七章 千里寻孤

晚上，张丽在广东街头被几个小流氓抢了包，变得身无分文，唯有手里死死抓住的寻人启事。举目无亲，上天无路入地无门，踉踉跄跄地流浪在广州夜幕的霓虹灯中。肚子饿了，她就跑到小饭馆里讨点残羹冷炙。连这些都讨不到的时候，她只好像野猫野狗一样去翻垃圾桶。天冷了、下雨了，就去桥墩旁、涵洞里躲避风寒……

她日复一日、年复一年地过着流浪乞讨的生活。

突然一天，她正在捡拾破烂。一对穿着讲究的中年男女，走到她跟前热情地说："大妹子，你不是在找孩子吗？我亲戚说，在他们那里看到你女儿了，你想去找她吗？"

张丽一听有女儿徐兰兰的消息，激动地把脏手往自己身上擦了擦，向前鞠躬拉住那个中年妇女的手说："想去想去……"

那对中年男女热情地拉住张丽笑着说："那你跟我们走吧，把你送过去，就见到你女儿了。"

"好好好，谢谢！谢谢！"张丽连连向那对男女鞠躬致谢。真以为遇到好人啦，帮她找到女儿。这样，她跟随那对中年男女乘火车、坐汽车、乘船只。一连三天两夜走入大山里，又翻山越岭步行走了几个小时的山路。

夜深时，才摸黑到达了一个小山村。

这个山村没有几户人家。那对男女又带张丽摸黑进了一户农家。一座破烂的两间草屋，一位中年男子，多天没有洗脸刮胡子了，身上穿着一件脏兮兮的衬衫，一只腿好像有点残疾，站都站不直身子。他一瘸一拐地笑迎上前："你们来啦？快屋里坐。"

当她们进屋后，那个男的赶紧上前拉住男主人往门外拽。那个女人一把将张丽推倒在屋里大床上，急忙往外跑，又把屋门反锁上。

当张丽回过神来时，他们已把她锁屋里，门又被他们给锁死。张丽她看看屋里除一张破旧的蚊帐大床，一张没了抽屉的旧桌子，桌上点着一只蝇头大小光亮的煤油灯，还有一只用竹片编制的旧箱子，没有什么家具。她突然回过神来，"我的兰兰？我是来找我女儿的。"她起身去使劲拍打被锁住的屋门，并喊叫道："孩子！我的孩子呢？我的女儿呢？开门呀！开门……”无论张丽怎么喊叫，拍打屋门都无人搭理。

在这漆黑的小山村里，除了能听到几声山上野虫的鸣叫声外，只有她张丽撕心裂肺凄凉的喊叫声。再没任何可听得见的声音了，张丽凄凉的喊叫声，在这偏远的小山村的夜空中回荡着……

其实张丽不知道，她是被这对人贩子卖到这里来的，根本不是帮助她来找孩子的，找孩子只是一个说辞。

院子里，那对男女在漆黑的夜里，着急地对那个中年残疾人说：“哎，人，我们可给你带来了，下面就看你的了啊。快快把钱给俺，俺们今天还赶回去呢。”“到屋……到屋我给你们……给你做点吃的吧？这老……老大远来了，我多……”“快快！哪那么多啰唆，快快把钱给我们就走。”那对男女没等他说完。

那个中年残疾人就从自己那破衣服里翻出一些钱，还没等他数数，那个男人一把抢过去：“行行行就这些吧，我们知道你个穷鬼。”他们拿着钱扬长而去。

“哎哎……”那个中年残疾人看着消失在夜幕里的他们，“这……”跺着脚无所适从。

那个中年残疾人叫韩宏兵。从小顽皮，有次从山上摔下，命虽保住了，可摔断的右腿没钱治疗，变成了个站不稳的瘸子。他家是地主出身，家境又不好，个子不到一米六五，长相一般，是个大秃头。在那个唯成份论的年代里，媒婆也给他介绍过多个姑娘，可都是一见面甚至刚一来打听就没了下文。这么一拖就好多年，四十岁出头了他还是个老单身汉。好在韩宏兵聪明好学，跟着村里一位老人学了一手做粤菜的手艺。三里五村的，谁家有个红白喜事，都请他去帮忙做酒席。久而久之，他独创了一套粤菜烹饪秘诀，也能挣些小钱养活自己。

这时的韩宏兵，很怕用八千块钱买来的年轻漂亮媳妇跑了。黑天白日地看管得很紧，把门窗都锁得严严实实，吃喝拉撒都在小草屋里。村里人听说韩瘸子买了个漂亮媳妇，都跑来看热闹，却什么也看不到。

这屋里的张丽想女儿心切，又惊恐于陷入这鬼地方，日夜撕心裂肺地喊叫：“兰兰！兰兰！我的女儿，妈妈想你呀，兰兰！兰兰！”几天哭闹，不吃不喝内火攻心，她发起三十九度多的高烧，开始抽筋说胡话。

韩宏兵见状也开始害怕，于是请来山区里的土中医，精心号脉开了几服中草药。他亲自熬煎后，又一勺一勺喂张丽。张丽身体也算壮实，在韩的精心照顾之下，几天工夫也就慢慢恢复了健康。韩宏兵看着张丽一天天好起来，才开始放心。他冲着张丽嘿嘿傻笑：“嗯，你好了点吧？可把我吓坏了，我给你做了皮蛋白米粥，喝点吧？我知道，你不喜欢我，这样好不好？你吃些东西待身体壮实，我们一起去找你的女儿，两人做个伴，总比你一个女人安全些，你说是不是呀？”

张丽看着眼前这个男人，虽然长相丑陋，身体残疾，可自己一生病，他找中医又煎药，熬汤端饭看着倒不像个坏人。渐渐地也少了些抵触情绪，就开始张口吃饭，还不忘表示谢意："谢谢你大哥。"

韩宏兵长这么大还从来没听过一个漂亮女人说谢他，还叫他大哥。又见张丽开始吃他做的饭，真是高兴地不知如何是好，他抓耳挠腮地嘿嘿直乐，连声说："不谢，不谢！"

张丽看着这个憨厚老实的男人，心想：眼下找我女儿要紧，我要保护好自己，还要想法找到女儿兰兰。我这样一个弱女子，在外边这几年确实吃了不少的苦，也吃了不少的亏，何不找个依靠来助我一臂之力呢？她前思后想，决心一定，开始跟韩宏兵约法三章。张丽她冲韩宏兵问道："你想和我在一起生活吗？"

韩宏兵看着这个漂亮的媳妇，喜盈盈地跟自己说话，激动得不知如何是好，一劲地点头道："想，想！"头像小鸡叨米似地点着。

张丽看到这个男人如此厚道，故装撒娇地对他强调道："那你得听我的？"

韩宏兵急忙点头道："中！中！我都听你的，嘿嘿……"

张丽端起饭碗又吃了两口皮蛋白米粥，冲韩宏兵说道："嗯，我跟着你，你啥事都得听我的，不能难为我？你得陪着我去找女儿，啥时候找到我女儿，咱俩啥时候结婚，好不好？"

韩宏兵一听结婚两字，心中激动得不知咋好了，连连点头道："好！好！好，啥都听你的，嘿嘿。"韩宏兵回应着张丽。

只听张丽唉声叹气地说："我俩呀，老韩他到死都没与我结成婚，他陪我这么多年东奔西跑找女儿、挣钱，一直遵守承诺，一切都不难为我，从没碰过我身体一次。唉，有时我一个人晚上躺着想想，真有些对不住他老韩。"我们俩坐在饺子馆小包间里，听着张丽的哭诉。

我好奇地问她："那，你咋想起来北京呐？"

"嗨，那时我给韩宏兵约法三章后，他真跟着我出来找女儿啦……韩宏兵他住的那鬼地方，是广东省揭阳市叫啥乡啥村，我都记不得啦，是山区，出门就是大山。他带着我出来先到揭阳市租了一间小平房住下。用他手里唯一的几百块钱，每人在地摊上买了套像样的衣服穿上。白天他去饭馆里给人家打工做饭，我就去散发寻找女儿的寻人启事。南方人夜生活很丰富，晚上有时候他回来住，有时饭馆里忙到很晚他就不回来住。就这样我们在揭阳两年，到当地公安局派出所登记问了多次，女儿兰兰没有一点音信。我整天闷闷不乐，心里发急，动不动就冲他发脾气扔东西，他也从来不言语。那天我向他提出要到别的城市去找，尽管他对自己的工作很舍不得，可他看我执意要走，也就二话不说辞了职。当时饭馆老板看上他技术好，也竭力挽留，许诺加工钱都没留住他。我们俩又去了汕头市，有了之前的经验，他挺顺利进了汕头市潮州酒店当大厨，工钱高了不少。改革开放之后，那边的人很会做生意，饭馆生意越做越好，我们的收入也多了起来。后来老韩看我寻找女儿多年未果，就想让我也有点事情做分散些心思。他跟我商量，让我随他在潮州酒店学配菜。就这样，我俩在那家酒店干了六年，我也跟他学到些粤菜的烹饪技术，一起攒了些钱。

我找女儿的心一刻也没停。他听说深圳的改革开放比较早，人员流动很大，饭店生意很红火，就又带我去了深圳。他到一家潮州海鲜大酒店当大厨，我做他的助手，客人们都反映潮州口味很正宗，酒店生意一天比一天好，老板对我俩非常满意。我依然不肯放弃寻找女儿，业余时间去公安局派出所登记寻找孩子的信息，一有点空闲下来就去贴寻人启事，就是在平时来酒店吃饭的客人当中，我也很留心年轻女孩的五官长像。

记得有一天晚上，大约十一点多钟，饭馆还在营业，我在后厨忙完坐到大厅收银台喝茶，看着来往的食客。突然有位二十多来岁的时尚女孩刚从歌厅出来，带着一位中年男人来吃夜宵，长得特别像兰兰，我跑上去抓住她的胳膊，连声叫兰兰！徐兰兰！妈妈可找到你啦！那个女孩被突如其来的我吓了一跳，她啊的一声，甩开我的手躲在那男人身后，喊道：‘我不是兰兰！徐兰兰是谁？我不认识……’那男人挡住我，用广东普通话说：‘她是青青啦，你有没有搞错的啦？’

我失控地向前去想抓住那女孩道：她就是兰兰！我的女儿，徐兰兰，妈妈找你好多年啦孩子……

‘神经病啊你？神经病！’那个男人说着抓住女孩就跑掉啦。我追着喊：‘兰兰！兰兰！徐兰兰……’那两人开车跑掉了，我蹲在酒店门口大声哭喊……

最后，还是老板出来劝我回屋的。老板以为那人真是我的女儿徐兰兰嘞，刚巧他认识那个中年男人，于是第二天还专门找到那男人问个清楚，那男人告诉老板：那女孩是湖南常德人，在歌厅当三陪女，不是我要找的徐兰兰。老板不甘心，又从公安局派出所他好朋友掌握的情况查证，又参考家庭信息和比对血型DNA，最后证实，那女孩子她真不是徐兰兰。

我俩在深圳干了九年，可徐兰兰一点线索都没有。我感觉失望，韩宏兵也看出我的情绪不好，他笑着说：‘阿丽，听人家说上海现在搞得很红火，你想不想去上海找你女儿呀？’我急忙冲他说：‘当然想去啦！’

就这样，我俩又跑到上海。刚到上海并不是很顺利。韩宏兵没有高级厨师证书，无法去高档大酒店应聘，去小饭店又不甘心。两个月下来都没有找到工作，我俩在浦东租了间房，他天天陪我上街贴寻人启事。不像汕头和深圳贴寻人启事无人管，在上海往往是前边贴后边就有人给清掉。一天晚上，我在贴寻人启事时被几个城管抓个正着，非要罚款，我说没钱，他们就把我关了起来。哪知道夜里一个城管不怀好意，进到关我的屋里想占便宜。我才不怕那臭男人，大喊救命，还与他厮打起来，最后我竟挣脱跑了出来。

那天夜里可把韩宏兵急坏了，他不吃不喝到处找我不见踪影。直到我逃跑回来，他才双腿跪地抱住我嚎啕大哭。经过这件事情，他感到我俩这样没着没落四处乱撞地生活不行。他又经过考察寻访，跑到一家不太景气的酒楼当起了主厨，拿出自己的绝活，一下子把这个不景气的酒楼带红火起来啦。那酒楼老板姓李，也是个实在人。他高兴地夸奖老韩说：‘你老韩是个福星啊！自从你来后我的生意一天比一天好啊，真得好好谢谢你。’老韩嘿嘿傻笑道：‘我不是福星，我老伴才是福星咧。’

李老板一听韩宏兵还有个福星老婆，马上说：‘是吗？把你老伴也请来中不中？’你别看韩宏兵老实，人却一点都不傻：‘嗯，你给俺这点工钱，她才不来干呐！’这李老板一听，‘嗨，只要生意好，涨工钱还不容易。’随口说道：‘这样，我给你们老两口每月开两万块钱，干不干？’

韩宏兵说那我回去跟她商量商量？李老板怕韩宏兵嫌少，又紧说道：‘给你们俩每月三万吧，但咱们要签三年的劳动合同，行吧？’

韩宏兵又说好是好，就是我俩上下班太远，能不能安排个住房啊？

李老板也真看上韩宏兵这个人才啦，当即答应道：‘行！老韩咱就这样说定了？明天带你老婆过来签合同。’实际上老板也想让大厨师住近些，好加班干活不是。

就这样，我们俩人在李老板那酒楼一干就是三年。三年后，李老板在浦东金融街又开了一家高档潮州海鲜店，强烈要求我俩与他再续签三年合同。我和韩宏兵商量咱们已存些钱了，不能光给人家打工，还是咱自己开个饭馆单干吧。老韩担心自己经营干不好，‘嗯，咱们能行吗？’我鼓励他说：‘怎么不行啊？没事，你负责烹饪内厨，我负责前台和对外这块，咱们先租个小点的面铺，试着干。以后如果好了，咱再往大的开。’

说干就干，我俩在上海市大街小巷跑了几天，最后确定在浦东开发区商业广场旁，租到一个临街铺面。四百多平方米，除去后厨，还能再摆下九张桌子。周围是休闲购物广场和一片写字楼。各大公司不断入住这些各栋写字楼办公，我看好这地界的发展前景。

经过两个多月的装修和办理各种营业手续，6 月 18 日那天正式开张，主打潮州菜。正式开张前三天，客人可以半价试吃。同时一人一张寻人启事，凡是能提供线索帮我找到女儿的，再奖励十万块钱。饭馆生意非常好，从上午十一点开门到夜里十二点，每天都是等号排队的，客流不断。有位老大妈几乎每天中午都来，她拉住我的手说：‘姑娘呀，我在上海几十年，从未吃过这么正宗的潮州菜。’我说：‘大妈，您如果喜欢，就天天来，我给您半价，好不好啊？’这位大妈是汕头人，走南闯北，吃过不少的粤菜潮汕菜，对饮食上很讲究，竟也这么认可我们的手艺。

还有一次，有一位穿着讲究的先生，到我们店悄无声息要了两个潮州菜，吃完后却非要见老板。待我紧张地上去招呼时，他却慢条斯理地问我是广东人吗？我说不是。他执意要见厨师,我问他有啥事?他才笑呵呵地说:‘你的厨师长是汕头人吧?我给他年薪八十万,到我的东方明珠大酒楼干吧!’当时,在上海这个价格是很高的啦。可是我委婉地谢绝了他的好意。对不起,他是我先生,他不是为了钱,而是他喜欢自由自在地干事,不想受人管制约束。当时那位先生他遗憾地摇摇头,从衣袋里拿出一张名片说道,好吧,你们有需要可以随时打电话给我。‘谢谢您,谢谢。’我送走他,看了名片才知道,原来他是上海东方明珠海鲜大酒楼的董事长。他是听别人说我们这个小店最近生意很火爆,专程慕名而来亲自品尝的。他品尝后,实感名不虚传,才找我谈话的。

一天我正在做饭,老韩跑来喊我:‘阿丽!阿丽!你女儿兰兰找到啦,快来看她在北京给你的信和照片。’我跑上前去抓住女儿兰兰的照片,眼含泪水看到一位二十多岁的大姑娘,亭亭玉立笑眯眯地站在那儿喊我:‘妈妈,妈妈!我好想你妈妈!’她一下扑进我的怀里。我紧紧拥抱着她,好女儿,我的女儿,妈也想你呀孩子……突然,女儿徐兰兰腾云驾雾起来,向我说:‘妈妈,我还有事儿……’她消失在茫茫无际的夜空中,我望着夜空使劲喊兰兰,兰兰,我的兰兰……老韩被我的喊声惊醒,他使劲晃我,‘阿丽!阿丽!醒醒阿丽!’

醒来后,我才知道又是在做梦。

当我睡不着觉的时候,就想女儿兰兰真的是在北京的吗?果真在北京?那我……我暗下决心,待休假到北京旅游一趟,说不定还真能找到女儿兰兰。

时间不知不觉就到了2007年,我们的小饭馆越做越好,也就是九年零十个多月的光景,已经发展成一个中档饭馆。老韩也越来越忙,经常要忙到凌晨三四点钟才能休息。那天晚上凌晨三点多钟,我已经睡下,突然听到他喊阿丽,阿丽!阿……

我急忙起来,一看他满头汗脸色苍白。只听他吃力地喊:‘阿丽,我胸口闷,快打开窗户透透气……’

我急忙打开窗户,又倒杯白开水给他喝几口。他说还是难受,我急忙拨打120救护车来。

救护车把他送进华东医院急诊室,我坐立不安地等在外面。良久,急救室一位女大夫打开半扇急救室门,站在门口问哪位是韩宏兵家属?我心神慌张地点头:‘我……我是他爱人。’

那大夫又四处看看外边问我还有别的亲属吗?

‘没有,就我。’那大夫对我说:‘他是突发心脏病,心血管大面积梗阻,发现太晚了。对不起,我们已尽力了,你进来看看吧。’

那一刻,我宛如五雷轰顶,大脑一片空白,人像一个木乃伊,瞪着眼半张着嘴站在那儿一动不动,不知如何是好……

那女大夫看我这样,一把抓住我,大声喊:‘大姐!大姐!快看看你老伴去吧。’

我晕晕乎乎进里边，看到老韩直挺挺地躺在急救床上，各种急救仪器设备还在闪烁翁鸣，只是心脏显示记录仪上的心率线已变成一条直线……韩宏兵已闭上眼。我急步扑上去抱住他，大喊大叫：‘老韩！老韩！你醒醒！你醒醒啊老韩……’可任凭我怎么叫他，都无动于衷。

女护士拉起我，让我在急救单上签名。其他大夫就动手从韩宏兵身上撤掉各种急救仪器，用白床单把韩宏兵盖上。老韩给我说过，他家里也没什么亲人，有两个姐姐因家庭出身不好，地主成分，嫁出去后就没来往过，他父母去世时两个姐姐都没来看一眼。

这样，我在上海龙华殡仪馆给老韩办理了后事，将他的骨灰存放在那里。

事后，我再没心思去经营那个饭馆了。唉，人生就是一条河，深浅都得过。老韩走了，又剩下我一个人孤孤单单的。想找到女儿兰兰的心思愈发迫切，就做梦也梦到兰兰在北京。终于，我一狠心以七十八万的价格，把那个饭馆全部转让出去，只身来到北京。人生一晃几十年，我又回到了独自一人，异地寻亲的境地。茫茫人海无处下手，我就到海淀、东城、西城、朝阳、顺义、通州、大兴、房山、门头沟等各个区的公安局派出所登记信息、查找，都没消息。我没事就在大街上闲转，商场、书城、公园、动物园，总之哪里人多我就到哪里。一天，我刚从世纪金源购物中心出来，走到过街天桥上，看到一个七十多岁的要饭老汉，污头垢面，穿得破烂不堪，跪倒在那儿，跟前放着一个破烂碗，等待过往行人恩赐。我自己也曾落魄过，知道乞讨生存的不易，这么多年辗转各地养成了习惯，见到讨饭的就多少给点钱，能帮点是点，也算给这个世界多些善念。我习惯性地拿出一百块钱递过去，老人颤巍巍地接过。当我挺身要离开时，那老人开口，大姐请留步，你有很大的心病没解决呀。嗯！我有心病？我好奇地停下脚步，又蹲下点头问那位老人：‘老师傅，我有啥心病啊？’那位讨饭的老大爷抬头看我一眼说：‘你女儿还没找到吧？快了！’

我更加奇怪，这个讨饭的流浪老人，我们素不相识，他怎么知道我在找女儿？还说快了，难道他知道我女儿徐兰兰的下落不成？我又追问他：‘老师傅，你咋知道我在找女儿啊？你说快找到了，你认识她吗？’

那位讨饭的老人头摇得像拨浪鼓似地说：‘不，不，不知道，天机不可泄露。你抓紧在这附近开个饭馆吧，以粤菜、豫菜为主，机缘自然就来了。’

我听后半信半疑，就问他：‘你说啥时候开好嘞？’他看都没看，低着头就说越快越好。

‘那，我开了，如果再找不到，你还有啥法没？’随我怎么再问，他就是低头不语。

溺水之人，往往看到一根轻飘飘的稻草都能带来全新的希望。也许，是上天看到了我的虔诚。也许，真的快要见到我的女儿啦！我立即开始张罗开饭馆的事情，谈了好几个地方都没谈妥。那天，我开车路过这地方，看到门上贴着本店转让的告示。我就打了电话约谈，没承想很顺利就谈妥啦，跟房东签了五年的承包合同。

当初，我就按那位讨饭老人的赐教，粤菜、豫菜齐上，特别是道口烧鸡、荆芥是咱滑州老乡供应的，特别新鲜，来的食客都很喜欢。唉，现在开张两个月了，生意做得很红火，可我每天都盼望着能见到女儿兰兰她跑进来喊我妈妈。唉，可是，可是兰兰，徐兰兰好闺女！你在哪儿呐？妈妈想你呀……”

张丽的一声声喊叫，把我从她的回忆中唤回到现实。我看她眼圈红红地噙着泪。急忙安慰她：“张丽，我们大家帮你一块找，早晚会找到的啊？甭着急。”

“嗯，晨晨你在这儿工作认识人也多，你也多费心帮俺找着点。”

“嗯呐。”

事后，张丽找女儿徐兰兰这事儿，我也向几位朋友打了招呼，请他们也都留心帮忙。这失散三十多年了，确实也很难寻找。

第五十八章 | 情染漓江

周一上午。我和康强、张扬在研究“气冷反应堆转化为核动力这个设想方案”。我特意强调：“这个核动力应用到飞机上，使这飞机巡航速度要达到3.5马赫以上，可在大气层中不停高速飞行两至三个月时间，要能配带多枚核弹头，如果再装上立体四面主动相控雷达系统和激光远程制导定位器，那就更具有攻击性和防范性啦。”“唉，老师，那咱们研究最后命名为“核动力战略远程轰炸机飞行器”咋样？”“好啊。我看中。”

“方老师，我们的激光远程制导定位器，啥时候能上马呀？”张扬有情绪地责问我。

“快了，只要总部经费拨下来，我们就开始研制。”我也无奈地安抚道。

康强也带有情绪地问：“老师，咱这个项目不会再待产吧？如果……”

“方所长，姚政委请你到他办公室去。”研究所办公室主任张涛，跑来喊我到姚民政委办公室去，打断了康强的话。

“老方，中科院在桂林要召开全国科技工作情况交流会，会期三天，要求各科研部门派一名主管人员参加。呶，这是王公明副司令员在通知上的批示，点名请你这个老朋友参加。”姚民说着将通知书和王司令在上面的批示递交到我手里。

我谦让地说：“这，老姚，应该你去呀，桂林你又没去过，这是多好的机会呀。”说真的，这样的会我确实不想参加，要求得很严，不能带随员，只限制一人。会议保密程度又很高，可实际会议组织得很懒散。会上，各科研单位只是互相之间通报一下近期新的科研项目进展情况，屁事解决不了。有点时间，还不如在家写我的书呢，我这样想着。

姚民笑着说：“王司令这样批的，还是你去吧。再说，我家里还有点其他事儿。”

此次会议安排在桂林漓江边上的漓水情大酒店。每人一个单间，我的房间被安排在二十七层，站在房间的落地窗前。这夏日漓江上如梭的游船，和对岸桂林市区车水马龙的街道一览无余。错落不等的各种建筑楼群，在桂林山水的怀抱下，衬托在蓝天白云之中，宛如一幅美丽的水墨画。

三天的会议安排，不算太紧凑，每天上午大会发言交流，下午由会议组委会安排参会人员游桂林景区，晚上个人自行活动。会议第一天上午，就安排了我们空军819研究所和海军612研究所武所长、二炮314研究所的李所长发言。我在会上重点介绍了激光远程制导定位器设想方案，做了详细阐述，受到大家的热烈鼓掌和好评。会议一结束，就有多名同行和记者围上我问："方先生，请问此设计到什么程度，能透露点信息吗？"我礼貌地微笑道："无可奉告。"

午饭后，我回到房间休息。正在想着是否参加会议组委会安排的参观七星岩景点时，平时对外联系的手机响了。打开一看原来是小岚记者，我心想：她还真会挑时间呐。

"喂，你好！"

小岚在电话那头问道："你好哥！哥，你吃完饭了吗？"

"嗯，我刚吃完上来。"我压住心情，尽量平静地说。

"哥,你下午没事了吧？"她急切地问。我故装镇静地说："嗯。下午没啥。""那，哥，我到酒店接你，咱们到市里转转行吗？"接我？到市里转转？我故意装糊涂问道："傻丫头，你在北京，我在桂林，人都离十万八千里到市里转啥转？"

"哥！看你，你不是在桂林这儿开会吗？住在漓水情大酒店。"她很有把握地说道。"嗯？你在哪儿？"我奇怪地问道。"哥，我也在桂林呀！"她咯咯笑着回答。

"你在桂林？啥时候来的？"我疑惑不解地追问。心想,这丫头消息咋这么灵通？行动这么迅速，我到桂林开会她怎么知道的？甚至我住哪个酒店，她都清楚，真不愧是当记者的，嗅觉这么灵敏。

"哥，你在酒店大堂等着，我几分钟就到啊。"

电话毕，也正好会议安排也是玩，我就收拾一下，提上笔记本电脑包，锁上房间门，乘电梯下到一层大堂。包里是我的手提笔记本电脑，里面有机密的科研资料以及我的长篇小说草稿。我不敢把电脑留在酒店房间里，走到哪儿都必须随身携带，这可比生命重要，万万大意不得。

我刚在大堂休息区的沙发上坐下来，就听见远处小岚清脆的声音："哥，哥。"

我循声望去，小岚穿着一件浅米花色的连衣裙，像一阵青春洋溢的风向我这边跑来。紧身连衣裙，显得她身材更加亭亭玉立。不盈一握的细腰，饱满的前胸，人既年轻又靓丽。这曼妙的女子，伴着高跟皮鞋咔嗒咔嗒的响声一路跑来，引得大堂里不少的人都驻足关注。

我这人脸皮薄，特别不愿意在众人面前张扬。看到她疯癫的样子，我急忙起身迎上去抓住她就往外走。"哥，轻点，抓痛我啦！"她一只手拎着真皮小坤包，跟不上我大步流星的步幅，往后坠扯着往门外走。她胳膊被我拽得有点痛，使她狼狈地龇牙咧嘴嚷嚷。

我拽着她走出酒店大堂门口，一辆奔驰车嘎吱一个急刹车，刚好停在了我俩面前。司机迅速下车毕恭毕敬喊了声：“小岚记者……”

小岚挣脱我的手，走向左边后车门自己进入车后坐。此时，门童迅速帮我拉开右后车门老板的位置，做了个请的手势，我下意识地上了车后坐。

司机将车开离酒店上了马路。我这才反应过来，我俩都坐在后排座位上。我假装生气拉着脸问她：“咱们这是去哪儿呀？”

小岚妩媚地一笑，本已紧挨着的身体又向我靠了靠，大方地拉住我的手。她温柔和气地：“哥，你没来过桂林吧？咱们去几个景点看看好吗？”

在这个狭小的空间里，小岚身上的香味立刻就包围了我，她软绵白嫩的手有一种强烈的冲击波，让我一阵轻微的迷醉。刚才上车前发生的一幕，看得出她并没有在意，更没有生气的迹象。幽香伴着那娇媚的话语，钻进鼻孔和耳朵里，让我更有些心醉神迷，刚才的气早已消失得无影无踪。我勉强压下自己心动神驰的神色，假装镇静地应声道：“好。”

她陪我游玩了桂林市区的象鼻山、七星岩、叠彩山、独秀峰等景点。晚上又驱车四十多分钟，到远离市区的阳朔县城逛了著名的风情西街。这西街上开发的街面店铺琳琅满目，霓虹灯在闪烁，人头攒动。当地的风味小吃丰富多彩，如桂林米粉、灵川狗肉、五香田螺、酸味竹笋鸡、油煎糍粑、桂花糖等等。

我们就坐在一个小吃摊位前吃晚饭。饭后她还未尽兴，缠着非要我陪她去看印象刘三姐演出。我说：“天不早了，我还要赶回酒店去呐。明天还要开会。”她娇滴滴地抓住我，像小孩在大人面前撒着娇道：“不嘛，我还没看过刘三姐大舞台的演出呢，听朋友说很好看的。哥，咱俩在一起不容易，你陪陪我吧，好吗？我求求你啦哥，嗯……”她嚼着樱桃小口，满目乞求，神色期待。

看着她楚楚可怜的样子，心想：她这样真诚地邀请坚持不去就有点不近人情啦。你方晨晨有啥牛气的？不就是一个空军大校吗？连个小姑娘的小小要求都满足不了。你现在穿着这身便装，走在大街上，谁知道你是谁呀，普通百姓一个。若不是小岚，谁会花钱请你去看演出？其他人才不搭理你张三李四。你还拿啥臭架子？快点去吧，美女陪你看节目，这么便宜的美事到哪找去？想到这儿，我不由自主地点点头：“好吧。”

路上，我为逗小岚开心，就把之前了解到的刘三姐大舞台的简单情况说给她听。“小岚，你知道吗？其实呀，这刘三姐大舞台是张艺谋执导大型实景舞台剧《印象·刘三姐》后演变而成的。刘三姐人漂亮，歌好听！刘三姐是我们少年时迷恋的电影偶像，更是那个年代找对象的标准；在30岁以上人的心目中，刘三姐的歌声是他们童年时代的耳熟能详的调子。直到今天，对于许多中年人来说，刘三姐和黄婉秋仍然是不可分离的形象。翩若惊鸿的刘三姐经过黄婉秋的演绎，在这一代人的心目中有着完美的定格。她娇艳妩媚、纯真纯情、率真泼辣，活生生一个红土地的美精灵。著名词作家洛兵在他的一篇名为《红光电影院》的回忆文章里写道：很小的时候，一天晚上，我走进红光电影院，看了一个电影叫《刘三姐》，黄婉秋顿时成为横亘我整个童年的第一美女。其实黄婉秋是从 12 岁开始艰苦学艺生涯的，师从老艺术家尹羲、苏芝仙，在他们的严格打磨和精雕细刻下，成了一名歌舞兼擅、形神俱佳的桂剧新秀。1961 年,黄婉秋不满 18 岁,被电影导演苏里选择了她出演《刘三姐》时，她已是椟中之珠、匣中之剑了，因主演电影《刘三姐》而名扬天下。”

小岚听我介绍完，惊奇地冲我笑道:“哥，你真是全才，不但在科技方面有研究，在文艺这方面还知道的不少咧。”“那当然！美女当前，我可从不谦虚。”

“哥,真是我的好哥！更加喜欢你啦。”她笑眯眯地将脸贴在我耳朵上,小声地说。

“嗯！”我嗯了一声，表情有点不自在，实际上心里美滋滋的。心想：那当然！待我以后写出长篇小说来，更会让你吃惊。你以为光你们记者会玩文字游戏呀？我们当兵的依然如此。嗯！你以为我们当兵的都是傻大兵啊？我们军人个个都是好样的，能文能武。各路精英里都有我们军人出身的人，这一点谁不服气？

当我们走进剧场，节目已经开始，我俩被服务生领到座位。小岚侧身依偎在我身上，将头轻轻地靠在我肩上。舞台上节目很精彩，从侗族大歌、电筒舞、葫芦丝、苗岭春晓等大型舞蹈到轻松雅致的对山歌，每个节目结束时，台下观众都报以热烈的掌声。从歌声和舞蹈中可以感觉出少数民族那种团结一致、对爱情忠贞不渝和共庆丰收的热情气氛。

节目结束，已是夜近十一点钟。奔驰司机拉着我俩往回走，我还以为会送我回酒店呐，谁知车七拐八转却到了山坡上的一栋别墅门口，气派堂皇的大门旁边，是鸡血红大理石雕刻的四个大字——“漓洑山莊”。

司机说道：“领导，我们到了，请下车。”他把我俩放下，随即开车扬长而去。我一抬手，刚想说待会儿送我回酒店时，车已消失在山路的夜色中。

小岚在门墙的密码盘上熟练地敲击了几下，大门旁的一个电动小门自动打开，待我俩进去后又自动关闭。踏进别墅院门的我，突然被美景击中：静水微澜间，看繁花似锦的花坛，望繁星闪烁的夜空，看彩灯闪耀的漓江两岸，有种山间才一日，世间已千年之感。

“哥，走吧，有你看的。”小岚挎着我进到别墅。屋里摆着实木仿古的中式家具，全立体的镂空书房，360 度全景落地玻璃窗。别墅坐落于群山环绕之中，面朝群山，依傍漓江伊水，中庭挑空，容纳星空山海，与室外遥相呼应，屋顶花园可以看山间日出。心灵读物加精致茶艺，24 小时氧吧，山水自然调节温度，方圆百米无蚊虫，洑波山泉水泡洑波山茶，漓江露珠浴肌肤，山野果仁润甘甜。真是个好地方啊！

我又纳闷地望向小岚。她也感觉到我的疑虑，笑眯眯地解释道：“哥，这是我们报社驻桂林记者站的休养点，平时就一个厨师。”我一听，哦，原来是这样，果然是大报社呀，财大气粗又精于生活。

我就去了一趟卫生间的工夫，小岚就像变魔术似的，摆好了一桌子丰盛的小菜和面点。她换了一件轻薄的细纱裙装，妩媚地笑道："哥，饿了吧？我已经饿了，来！咱俩随便吃点，喝杯酒吧。"

"你，我……"我结巴着不知说啥，从何说起。

她妩媚地笑着冲我说："哥，瞧把你惊得，还是军人呢，平时你那军人的胆魄哪儿去啦？"她说着，就伸手帮我把外衣脱了下来，把我按坐到椅子上："说啥你啊我的，快吃吧……"

我坐下来，看着小岚那张如花似玉的脸，看着她那高挺诱人的胸脯，看着她那颀长柔韧的白腿，还有她那双满含柔情蜜意的让人心醉的眼。不由得心跳加速，激情澎湃的时刻，不由自主地想起我的梅儿。我望着她，就如梅儿又回到我身边。她的言谈举止和笑声，就与梅儿别无两样。此时此刻我完全陷入与梅儿同欢的情景之中……

我俩推杯换盏不知喝了多少酒，喝完白酒喝啤酒，喝完啤酒又喝洋酒，酒不醉人人自醉……

我和梅儿在大海里游泳，游啊游，游到海边，两人穿着泳衣在沙滩上打闹。梅儿咯咯咯笑着在前边跑，我在后边奔跑追逐……

"哥，哥，起床吃饭啦。"小岚穿着睡衣站在大床边笑嘻嘻地拍打着被子喊我。我突然从梦中醒来，睁开昏睡的眼睛，啊！这是？我掀起被子一看又赶紧盖上，身体赤裸一丝不挂，连件内裤都没穿，我还从来没有喝醉酒到这样不省人事的情况。我急忙躺下，冲着站在床边的小岚问道："这……这是怎么回事……"

她很俏皮地说："你呀，你昨晚喝多了，吐得全身都是，我给你洗了，这不都干了，又给你熨烫好了。哥，你睡得真香，快起来吃饭吧。"

我非常不好意思："你，你出去一下。"她出去关上房门，我急忙起身穿上内衣裤，进卫生间简单洗漱后，穿好衣服出来。墙上的挂钟时针已指向10点46分。

小岚迎上来："走，吃点东西吧，昨晚吃的全吐出来了。"

"我还是回酒店开会吧。"

"哥，开啥会呀！你看都几点啦？还开会。"我看了看时间，心想也是，待赶到酒店也都中午了，下午晚上又是自由安排。我肚里空空的，也真感觉饿了，口又有些渴。就随小岚来到了餐桌前。桌上摆满了丰盛的早餐，有面包片、牛奶、煎鸡蛋、馄饨、汤圆、清炖甲鱼、水果拼盘，每人面前还放一杯咖啡。我不管三七二十一，先喝了杯牛奶。再去喝咖啡时，却被小岚拦住："哥，等等，现在不能喝咖啡。"

"嗯，我……"

"哥，先喝碗甲鱼汤，你想吃馄饨还是汤圆？咱吃完饭再喝咖啡好吗？"她很体贴地冲我说。

嗯，看来她对饮食很讲究啊，那可比聂蓉蓉强些，会体贴人，又懂饮食。聂蓉蓉啥都好，就是吃喝上没那么多讲究，做熟能吃饱就中，都是东北那些大锅炖的做法。能吃啥不能吃啥她聂蓉蓉从来不管也不想，而我也只能做啥吃啥，实在吃烦了就在单位食堂或者朋友小聚的时候改善一下伙食。实际上，女人应该不止有知识、有文化，生活上更应该有品位，特别是饮食上要讲究，会调剂食物的品种，讲究营养的搭配，让家人吃得顺心、吃得健康，这比啥都重要。人们常说：女人要想拴住男人的心，首先要抓住男人的胃。这一点都不假，女人呢女人！要想家庭生活过得幸福，做女人就要用心去经营这个家庭的生活，把家庭伙食调剂得种类繁多，营养荤素搭配合理，为家庭、为男人、为孩子甘心付出，敢于奉献，才是称职的家庭主妇。

“哥，哥！你在想啥呐？”小岚打断我的思绪，对我又说道：“咱俩吃完饭到后山上的寺庙里烧香去吧？那里的香火很旺，有求必应。”看着她那纯真可爱的表情，我应声道：“行啊！”我点头同意。心想：行啊！反正已经如此，既来之则安之吧！正好爬爬山，呼吸呼吸这大氧吧的负氧离子。

她看我点头同意，高兴地拍手叫好：“哥，哥！你真是我亲爱的好哥哥！”

饭后，我俩走出漓洑山莊别墅，顺着一条羊肠小道往山上爬去。南方的大山植被茂密，各种植物树种繁多，山里的各种野鸟飞虫也很多。我俩往上爬时不断惊得树林草丛中的野鸟飞起，吓得小岚抓住我的胳膊不敢松开，一副怕被野生动物叼走的可怜样。

我俩累得呼哧带喘爬上山，看到那座寺庙就在眼前。这座寺庙叫凌空寺，它依山而建。寺庙门前是一块平地，正好作为香客们的停车场。站在凌空寺旁的石阶上，向山下鸟瞰远眺，桂林城在青山绿水的环抱中，像一个少女坐在男人怀中撒娇；那缓缓而动、弯弯曲曲的漓江，在阳光的照射下，她像一条飘动的银丝带。游弋的船只就像点缀在银丝带上的朵朵小花，使她更加美丽和漂亮。我不由诗情大发，赋诗道：“群山城池与水连，江枫渔火难休眠。漓洑山上凌空寺，如似天堂落人间。”

“哥！快走啊。”小岚买完门票在喊我。我俩随着善男信女们的人流，进入寺庙大院。这寺庙门两旁门联较为醒目：山静尘清水参如是观；天高云淡月喻本来心。进入大门迎面就是弥勒佛大殿，门联是：大肚包容了却人间多少事；满腔欢喜笑开天下古今愁。善男信女，烧香磕头跪拜络绎不绝。小岚买了些香烛，刚准备到旁边燃烧蜡烛处点香时，被门旁松树下坐在桌子前一位白须老者招呼道：“姑娘、先生来卜卦吧，不灵不收钱。”

我以为他喊别人，我四处张望一下，身旁没看见有其他人。再看他时，才明白他就是冲我俩说的。小岚好奇地放下香，拉着我走过说：“师傅，给我俩算算吧。”

那老者双手合十地说道：“阿弥陀佛……”他拿起桌上一个笔筒哗啦啦摇晃着

里边的竹签。摇晃后他手示小岚从笔筒里抽出一竹签。小岚笑着看我，我点头示意她大胆抽，她双手合十说句阿弥陀佛，两手搓了搓从笔筒中抽出一签，递给那位老者。

老者接过竹签看了看，又抬头看了我俩一眼，口中念叨："阿弥陀佛，有情有缘难成名，有缘唯利需慎重！阿弥陀佛，祝你们好运。"小岚不解地问："啥意思呀？能详细解释下吗？"

那位老者接着说道："阿弥陀佛，珍惜吧，前世修缘，今生相见，不可因利而毁缘，善哉善哉。"

这时候，又围上来了几位善男信女也要卜卦，我怕小岚听不懂再追问下去，闹出笑话。就急忙从钱包里拿出五十块钱给老者，拉起小岚就上香去啦。

我心里也在思量那老者的话是啥意思：有情有缘难成名，是否指我和小岚虽有缘相识，有情意成为朋友，难以成为夫妻给不了她名分？有缘唯利需慎重，是不是我俩有缘千里来相会，就是成朋友成情人都可以，就不能因为利益来伤害彼此，遇到利益时需慎重行事，不可妄行呢？我回想自与小岚相识，我没有因为她的利益而做出违法乱纪之事。她也没有向我索要啥钱物，处处都是在为我付出辛苦，尽可能使我开心高兴，没有利益上的来往，像兄妹一样相处的。这样看来，我们俩的相识是前世修来的缘分，今生可以做兄妹，甚至可以做彼此互不伤害的情人吧……

我俩烧完香从寺庙里出来。在回来的山间小路上，小岚扶着我俏皮地问道："哥，你说那个卜卦的老者，他说的啥意思呀？有缘有情难成名，前世修缘今世见，什么利呀的，乱七八糟，啥意思呀？我不明白。唉！哥，你明白吗？"我心想：她这么聪明的人，难道真没听懂，真不明白？还是故意在我面前装糊涂，装不懂？不管你是否明白，是听懂装糊涂，还是真没听懂，真不明白，我都不会去给你解释的，我也要糊涂点好，没必要说明。我便摇摇头说："是呀！说的啥呀？我是搞科研的，不信这些鬼东西。"

"嗯，哥！你是专家，是搞科学的。最近我在网上看到一段笑话，你想听吗？"

我随问道："啥笑话？说来听听。"

小岚她鬼迷微微笑道："有几位古生物专家，有一天进山里考察，在山洞里看到两只乌龟，头对头一动不动。这时专家问带路的老农：'这两只乌龟怎么回事儿？'老农明白地说：'它俩在比耐力，谁先动谁就输了。'这时一位资深专家拿出放大镜对着一只背有甲骨文图案的老龟看了看，然后说：'据我多年研究，此龟已死千年以上。'其他专家纷纷应声赞许。这时，另一只乌龟伸出头来说：'造！死了也不吱声，害得老子干等这么多年！'话音刚落，那只有甲骨文的老龟伸出头大笑道：'龟孙子，输了吧？这年头，专家的话你也信？'"

"啊！你骂我？你真坏，你真坏……"我抓她身上的痒痒处，逗得她哈哈大笑地直跑，我在后面追打着……

我俩打闹着回到漓洑山荘别墅。这时的我，又如回到青年时一样，完全忘记了自己的身份、年龄。她与我没有任何的代沟和年龄上差异的隔阂，如同龄人的嬉笑打闹。

我们都出了一身臭汗，她进屋换衣服前说："哥，我先去冲个凉，我洗完你再洗啊？坐下先喝杯茶水吧。"

我说："不了，我回酒店洗，你先让司机送我回去……"

她撒娇道："嗯，不！吃完饭我送你回酒店，啊！你待我洗完也洗洗吧，一身臭汗的。"她笑着进房间洗澡去了。

我静坐在这院里的茶艺桌旁，用烧开的泉水冲泡着洑波山的绿茶，喝上一口甘甜的茶水，再看看这山荘院里的花花草草，看看几棵茂盛的银杏树和两棵如伞塔的雪松，望远处群山环绕的美景，宛如人间仙境、世外桃源……

她冲完澡穿着薄纱睡衣站在门口，喊道："哥，快过来洗澡。"

我实在不好意思在这里洗澡，执意推辞："算了，你还是送我回酒店去洗吧。"

"不嘛，快洗洗这身臭汗，吃完饭我送你啊……"她说着走过来拽着我就往屋里拖。"好好好，别拽了，我自个儿来……"我狼狈地被她拖着实在是有失大雅。她在拽我的那一瞬间，一股体香伴随着淡淡的香水味扑鼻而来，让我心头产生出一种躁动。她，恍若隔世的梅儿，亭亭玉立笑嘻嘻向我走来，我恨不得立刻抱住她闭上眼睛亲吻起来……不！我还是克制着自己，推开了她的手，自己进屋洗澡去了。

我在一边冲凉，一边在脑子里警告着自己：方晨晨你是个有身份的人，有妻室儿女，在部队受教育这么多年，不能被这些香风美女所俘虏。不能让美女和别墅冲昏头脑，牢牢记住！每个出问题的领导干部，就是这样没有把握住自己，没有守住做人的底线，被金钱美女所诱惑，走上了犯罪道路，一失足成千古恨，警惕呀！

我洗完澡出来，小岚已将晚饭摆上了餐桌。一天爬山游玩下来，肚子确实很饿，我喝了杯啤酒，吃了不少饭菜。

饭后，小岚亲自开车把我送到酒店，临别时还依依惜别："哥，咱北京见……"

"好，北京见。"

第五十九章　深陷其中

我回到北京又走入日常的研发工作和业余的创作之中。在桂林的事情以及小岚的笑容，便在我的记忆中渐渐淡化。开发核动力战略远程轰炸飞行器的研究工作也在紧张地进行中……

晚上，我回到家里，刚想坐下休息，家里的电话响了。我拿起来一听就是聂蓉蓉打来的："哎，老方，你还好吗？"我急忙说："我挺好的，蓉蓉你怎么样啊？学习紧张吗？"聂蓉蓉在电话那头说："不紧张，我挺好的，最近王丽平还专门跑来陪我，你放心吧啊！老方，你自己在家一定照顾好自己，生活上别受委屈啊！""啊，你放心吧，没事的。"我一边回应她。心里一边想，王丽平还真中，照顾我儿子，又照顾我老婆，真不愧是老同学呀！这么多年，我对她王丽平是不是太过苛刻啦？她的一片真情，我是不是误会她啦？我急忙又回应电话那头的聂蓉蓉道："好的！有王丽平照顾你，我就更加放心啦。我这里很好，你安心学习吧，早点学成回来。我们的研发工作还等着你呐。"

一天，我正在办公室电脑上整理核动力资料，日常用于对外联系的手机起了振动。我打开一看，是小岚的号码，我有些意外，上班时间她从不打电话打扰我，今天她找我干吗？心在接还是不接之间摇摆不定。嘀嘀嘀……又见手机一直执着地响个不停，我只好打开接："你好，有啥急事吗？"

"哥，我……我不……"她的声音微弱而断续，我心头一惊，急忙问道："小岚，小岚，你怎么啦？"

"哥，我……我不舒服，发……发烧得厉害……无力下床……哥中午下班时……帮我去药店买点退烧和止咳的药……打扰你哥……"天呐，病成这样？我心里一阵说不出的怜悯，忙说："我这就过去，你等着！"我急忙给所办公室主任张涛打了招呼，说我有急事要出去一趟，有急事打我电话。

我乘坐出租车到一家药店，让司机在药店门前等着，急匆匆地进去买了退烧和止咳的药，又慌张地坐出租车向西山二号别墅院奔去。一下车我就直奔她家，边走还边想，幸亏今天没开会，如果开会研究重要事情没法离开怎么办？心中全是对小岚病情的担忧。

敲了很长时间的门，小岚才边咳着边微声应着来开门。她穿着睡衣，鬓发散乱，一脸病容，门刚打开，身子一软就要倒下去。我急忙伸手抱住，扶着她向二楼大卧室走上去。她的身体几乎全依在我身上，能感觉到她是在发烧，我闻到了她那撩人的体香，我暗暗摇头，怕自己会被那美滋滋的香味弄乱心境；她的睡衣是丝质的，柔软而透明，她身上那些凸凹的部位看得很清楚，我不敢让自己的眼光在她身上停下，担心自己的目光会被那些诱人的地方吸引住，离不开。在桂林漓湫山荘的时候我都没敢正眼细看，今天是来照顾病人的，一切都必须合乎礼貌和护理规矩，更不能有非分之想！我小心地扶她在床上躺下，拉一个薄被给她盖上。"哥……抱歉……让你耽误工作。"她用微弱的声抱歉说道。

我看她眼中含着泪珠，忙摇头说："你早些给我打电话说呀。"我责怪着倒了一杯开水，用嘴吹着热气，用舌尖小心试了水温，拿到床边。我坐在床头边上，半抱起她的上身，让她半躺在我怀里服下退烧药，又喝两口止咳糖浆。

她无力地低声说："我昨天着了凉，夜里就……"

我把她放倒躺下安慰道："别着急，可能是感冒，吃了药应该会好些的。"

她无力地躺在那儿，我坐在床边看着她双目微阖的脸。病，并没有让她减去一丝一毫的美，相反，那种软弱而无力的病容，更使她增添一种娇柔之美。我看着看着，手不由得伸过去，替她抿了一下额头上散乱的鬓发。

"哥……非常感谢你……在北京，我只有你这一个亲人……"她睁开眼睛，努力笑了一下说。

我点点头，又关切地问："从早上到现在是不是一直没吃东西？"

"吃不下，也没做饭的力气……"

"不吃东西怎么行？我去给你做点吃的。"我不由分说就到一楼厨房里，拉开冰箱拿出两个鸡蛋，又在墙上的橱柜里找到挂面，打开炉子，用热油爆个葱花，下了一碗鸡蛋面。这是我的拿手饭，平日在家里，聂蓉蓉出差不在家时，事情多，做复杂的炒菜啥的太浪费时间，自己就做这样的鸡蛋面吃，既省时间又方便。

饭做好，我扶小岚靠坐在床头。端过饭碗，她笑着说："我担心我的手端碗会抖。""不用你端，我来喂你！"我边说边拿起筷子，小心地挑起面条，吹冷了些，喂到她的嘴里。她那对红唇张开的时候，我的心莫名地悸动了一下，喂这么个美人吃饭，让我感到了一种前所未有的甜蜜。我感到自己的心跳在加快，血液开始向头上涌，身上热得出奇，额头上出现了汗珠，呼吸由粗变急。我觉得此时此刻非常想朝她那美丽的脸颊俯下身去吻上一口。不知咋的，今天有那么强烈的欲望，在桂林时那么好的机会和环境，几次机会都没所表示。突然间耳旁响起一种声音："老方，你现在是来照顾病人的，你忘记了你自己的承诺了吗？现在你不能做任何出格的事情！"我听到这警告自己的声音，没敢再多想，坚持着把饭喂完。

“哥，你……这样照顾我……我该怎么谢你？”

“咱俩说啥客气话？你有了病，我来照顾，还不是应该的！”

“哥……”她忽然抬手抓住我的手，高耸的胸脯起伏着：“你是我最爱的男人……”

我的心忽一下向上悬起，悠来荡去，我本能地也想握紧她的手。但理智也倏然一下提醒我：如果你做出了进一步的举动，那你刚才的助人行为，都可以作为另一种理解了。我没容自己再犹豫，挣出手说：“小岚，你先休息休息，感冒就得好好睡觉，晚上下班后我再来看你，那时，你应该能退烧了。”

“谢谢……哥你……”她向我致谢道。此时此刻，她的脸不知是因为激动还是因为刚吃了热饭，或是发烧的缘故，粉里透红格外地好看漂亮。我对她再次嘱咐道：“记住多喝水啊，感冒就得多喝白开水……”我又给她倒了杯水放在旁边，把热水壶也拿到她床头柜上。

“哥……这是门上的钥匙……你晚上来时不用再敲门……我怕没退烧无力去开门……”小岚她把别墅门上的钥匙递到我手里。当时我一愣神。一个女人把自己的屋门钥匙交给你，这意味着什么？意味着你随时可以走进她最私密的闺房；意味着她随时都想看到你；意味着她对你有最大的信任和没有任何的保留。这怎么可以？拿了这把钥匙，不就意味着你和她有了新的关系？不，不。我想放下钥匙，却又怕伤害了她的自尊心。也许，她并没有别的意思。如果有，在桂林她有大把机会，可能就像她说的，只是让我晚上进屋时不用敲门等待吧。别胡乱想太多啦！

“好吧。”我接过她递过来的那把钥匙，朝她微微一笑，向门口走去。下楼，我随手带上了别墅大门。

这一世所有的相遇，都是上一世的重逢。爱了，是续写前世的故事，是了却前尘仇怨。没有哪次相遇可以准备，没有哪次重逢可以预演。

回到单位正好是吃午饭时间。在食堂吃饭时，办公室主任张涛跑过来通知我说：“所长，空司孙秘书电话通知，下午一点钟有一个关于核动力战略远程轰炸飞行器研讨会。地点是咱们研究所大会议室，等级绝密。空军王公明副司令带中科院和航天部等几位动力专家一同参加，参会人不得带手机和录音设备。王司令并明确说由您负责向首长和专家介绍拟定的方案。我们已经将会议室准备好了。”

下午会议，由王公明副司令主持。我向王副司令和中科院几位动力专家“关于核动力战略远程轰炸飞行器设想方案”做了具体汇报。几位专家对我们的方案提出了看法和要求。

大家讨论得非常热烈。我聚精会神地听取每个专家的发言，并迅速对专家提出的意见建议，一字不落地都记录了下来。

会议开得很有效率也很紧张，直到傍晚才结束。

最后王公明强调道：“刚才各位专家提出了非常好的意见和建议，方所长、姚政委你们下去，要按照专家意见认真修改，尽快拿出可行的研究报告，以便尽早报总部立项审批。我国建国六十华诞来不及了，力争在建国六十五华诞时为祖国献上一份大礼，你们有没有决心呐？”

“有！请首长和各位专家放心。”我和姚民立即表态。

会后，我将方案和文字记录放进办公室的绝密保险柜中时，才发现时间已近晚上七点二十分。我猛地想起小岚那边还等着我过去。

于是我把其他事情安排好，急忙出门。出门时我看到所里轿车就在办公楼门前停着等待着我。我担心让公车送目标太大，影响不好。于是向前“小王，我还有其他事情，你就不用送我啦，你抓紧回家吃饭去吧。”

“所长那您？”“没事儿,我你就甭管啦。你回家休息吧。”我让司机把车开走了。

此时我急匆匆赶到大门口，挥手拦住了一辆出租车。

晚间的北京大街上，像一条川流不息的河流，无数开着车灯的轿车像湍急水中争相前游的鱼群，一会这个游到前边，一会儿那个游到前边。站在街边等着过街的行人，就像站在河边看景致的游客，在观察着哪条鱼能游到最前面并激起更大的浪花一般。我无心观看北京城这美丽的夜景，只在心里祝愿和祈祷小岚的病快好起来。下了出租车后，我跑进一家超市，买了些熟食，然后三步并作两步走进她住的别墅门前，匆匆掏出钥匙去开门，心情急迫得连手都有些抖。推开门放下食物，几步跑上楼进小岚大卧室，却吃惊地站住了，床上没有小岚。“小岚？”我转身喊。

“哥，我在冲热水澡嘞。哥，我已经好了，烧退啦。”淋浴间里传来了小岚甜美的声音。“好。”我这时才松口气。

“哥，不好意思，还得麻烦你一下，我刚才把换洗衣服都放在床上了，请帮我拿过来。”小岚在浴室里说道。

“好好。”我答应着走到床前，一看摊在床上的那几样女人内衣。我的脸唰地就红了，慌里慌张地拿起它们来，质地很轻，且带着香味。我却像拎着一颗炸弹似的紧张，到了淋浴间，我刚敲了一下门，门便哗啦一声半打开，一股热香气味扑鼻而来。小岚她探出光裸的上身，只用一只手捂住胸部，还是露出了白肌丰满的那个挺立的乳房。我只觉头轰的一声，头顶热血沸腾，急忙我把衣服递到她手上，转身下楼来到客厅，像条离开水高度缺氧的鱼，坐在那儿大口呼吸着空气。都一个五十岁的人啦，至于吗？没他妈的出息！我坐在那儿骂着自己。

小岚从楼上下来笑着：“哥，你快坐啊，我下午就退烧啦。我呢做了几样菜，放在厨房灶台上，我一直等着你。嗯，你还没吃饭吧？来，咱们一块吃吧？”我仔细看着新沐浴过的她，像出水芙蓉，没了一点病态。她满脸笑容地说着把厨房的菜一一端上来。还拉我在饭桌前坐下，又利落地把两杯干红葡萄酒倒上。“哥，我得向你表示真诚的感谢，我们相识后所经过的事情，让我明白遇到了一个真正的好人，一个可以依靠的男人，一个可以完全信赖的军人。来，先喝酒。”她把酒杯端起当的一声碰过来。在此，我也只好喝啦。

三杯酒下去，小岚的双颊更如桃花般的艳红、漂亮。她转身去打开了大厅里的音响，一支优美的二胡独奏曲立刻在室内飘荡开来，那旋律像一股跳跃着的溪水，在脚下叮咚着，让我又回到漓湫山荘青山绿水间的感觉，使人陶醉。

她随即又拿起酒瓶：“哥，我们再来一杯！”

“小岚，你感冒刚好，不能再喝了。”

“喝，今晚我一定再和你喝个尽兴。”小岚又给我杯里倒了酒，“哥，自从我那个曾和我山盟海誓的未婚夫，在加拿大跟了别的女人之后，我又和几个男人有过接触，他们都越来越让我认同那个说法，即天下的好男人和世上的幸福一样，量都很少。唉，没想到啊！上苍让我碰上一个。嗯……这个人就是你！我亲爱的哥哥。”

“小岚，你喝多了。”我笑着说。其实我听着这漂亮美女的夸奖，心里美滋滋的。就像小时候在学校受到班主任表扬时的那种感觉，心里那个美呀。

小岚妩媚地看着说：“哥，就借这酒的帮助，妹妹我大着胆子说句话。”

“哦，说吧。”我笑着，估计她会说一句很中听的话。

小岚说：“哥，从今往后，这栋别墅里的一切，你都可以随便拿走，包括人！”

“人？”我有一瞬间哪儿没听明白，但只是很短的一瞬，我的脸和小岚的脸一样，鲜红鲜红了。我嗫嚅着：“小岚，你别……我怎可能……”我有点语无伦次，心里咚咚地打鼓。其实我只是估计到她会说一句好听的话，没想到会好到这种程度，我心里还真有点发慌。

“哥，我虽然没有结过婚。但是已尝过婚姻苦涩味道，再也不想结婚了。我只想找一个值得我倾心的人，把我堆积起来的爱，全身心地给他。我没有任何别的祈求，就是让我爱他，让他快乐幸福一辈子……”

我知道她现在表白的都是什么，我从内心是非常喜欢，极愿意听凭事情发展下去，尽情享受在聂蓉蓉那里缺乏的味道和情趣。可是，可是还没有消失的理智催促我很快清醒起来，我急忙说：“小岚，时间不早了，你的感冒刚好，早点休息吧，我该走了。”我要告辞，立刻告辞！不能再待下去了，这样会出事的，会出大事的！

小岚看我站起来要走，她猛地抓住我的一只手喊道：“哥！”

我的胳膊哆嗦了一下，心狂跳起来。此时此刻我如果往前给她一点点的暗示，或者随波逐流，就有可能发出狂风暴雨般的搏击。不行啊，一千个不行，一万个不行！倏然之间，聂蓉蓉的身影出现了，只听她冷笑了一声：“嗬！方晨晨，方晨……你也想养个小蜜啦？啊？”

又听冯为国严厉地说道：“为了讨一个年轻女人的欢心，把自己的政治前途和家庭全赔进去了，多亏呀！”

“亏啥？不亏！”聂蓉蓉这时接茬道：“放着好好日子不过，去偷腥，去犯贱，不治他还得了？没王法了？”

又听到冯为国的妻子刘英也附和着说：“就是！他花心就该付出代价，听说他的老婆挺漂亮的，也是军人，他不好好心疼老婆，和别的女人胡乱搞，还是个男人吗？”

我听到这些声音，浑身打了个寒战。急忙挣开小岚的手，狼狈地向门口快步走去。

小岚在后边追喊：“哥……”

我没敢回身径直往门外跑。我怕一回身，就再也无力走出这个别墅了……

大街两边的霓虹灯闪烁得五彩缤纷。霎时，那些五彩的霓虹灯渐渐变成了小岚的两只眸子，那两只眸子闪得非常美丽。我快步地往家奔跑着，心里想：如果我想那样，在桂林漓湫山庄就是最佳时机，还能等到现在？我又时刻提醒自己，“方晨晨，你是一个军人，是党员领导干部。万万不可一时冲动，为一时的痛快，毁掉你终身的大好前程和幸福的家庭啊！”

不知不觉跑到了我家大门口，传达室老孙头看见我回来，急忙起身给我开了大门的小旁门。他又把今天的报纸递给我。

我打房门进屋，把报纸往沙发上一扔，脱下外衣进行了洗漱。洗漱后，想躺下抓紧睡觉，忘掉今天不愉快的事情。可谁知却翻来覆去睡不着，我起身拿起今天的《法制晚报》看。突然眼珠却被那报纸的头版头条吸引住了，上边赫然印着一行大字：某某省厅级干部雇凶杀死情人。

仅仅这个题目，就让我倒吸一口冷气。一些贪官走上死路，都与“色”有着千丝万缕的联系。

午夜时分，我怎么也睡不着，与小岚的关系，我如何选择？是彻底断掉，还是做秘密情人？按照她今晚的暗示和在桂林的活动看，她随时愿意做情人，不是兄妹。甚至，她已经当情人关系去拓展了。怎么办？断掉，的确有些不舍，遇到这么一个心仪自己，又可心漂亮的女人确实不容易。那么就做情人？

恍惚之中，心中有几个小人在不停地做口舌交战：一个冲我说：“若是和小岚做了情人，接下来两个人一直以兄妹之称，有情有义地交往下去，互不干涉各自的日常生活工作，想念时见上一面多好啊。但是这种秘密终会被发现的，永久保守秘密是不可能的。常言道：要想人不知，除非己莫为。到那时，便会闹得满城风雨，倘若再让聂蓉蓉知道，必会闹得惊天动地，你自己的名声势必会受到影响，今后的晋升也就泡汤，自己的政治生命也就宣告结束啦。”

另一个对我却笑着说：“没事的，小岚不是那种纠缠男人死不放手的小女人，小岚她还有自己的工作生活，你俩各自忙自己的工作，偶然相见一次没那么巧合就会被发现。再则小岚有别墅，相见时在别墅里也不是在外边酒店。退一步说，有人发现问起时，你也可以说是表妹或者是亲戚，完全都可以搪塞过去。”

听过这些人七嘴八舌的交谈，我的心还是不踏实，还是有些担心，自问道：“做了情人，虽然她收入很丰厚，生活上也很节俭，但逢年过节总要给她买些礼物吧？而我的工资卡，都是被聂蓉蓉掌握着的，根本无法拿出来。现在家里因儿子出国学习，还欠着林兵家二十五万外债，没有钱怎么办？总不能像那些贪官一样，想法贪占国家的钱财吧？研究所里搞科研都缺资金，哪有资金可让我去贪去占呢？”

这时候，又听到另一个人冲我笑着说：“人家小岚有的是钱，不用你担心，一个单身女人有车、有房，每月工资收入相当丰厚，有的是存款，你有困难人家姑娘还会帮助你的！你和她相识后，每次外出游玩吃喝不都是小岚她买单吗？这一点你放心！她不会因为金钱让你去犯罪。你犯罪被关进监狱，她能得到啥好处呐？只有痛苦！她有能力全身心地保护好你，过着她想得到的小日子。”

我还是在担心地冲他们说道：“哼，就算一开始我们过着她想得到的小日子，其乐融融。可随着我俩交往时间的延长，她必将不再满足于情人的身份，纠缠着要结婚那怎么办？这种事情太多了，毕竟，女人只当一个隐形的情人，痛苦太多。当她的不满足积存到一定程度时，她就会要求自己的正当权利，要求当正式的妻子。到那时，麻烦就会来了，就会有哭闹、威胁、跪求，就会有眼泪、争吵和咒骂。就像那个厅长一样，因不堪情人的纠缠，而生了杀人的心吗？无论是雇人用刀、用炸药，还是制造车祸，把当初如胶似漆爱在一起的情人杀死，走到那一步，当了杀人犯，你说这一生不就白奋斗白辛苦了吗？”

又一个小人哈哈大笑道：“方晨晨，你也太多虑了！小岚已经明确说了呀，这辈子再也不想结婚，也没有任何祈求，只想让你幸福快乐地生活。你呀，就等着享受人间的幸福吧！哈哈……”

这时，突然一位白须老者哈哈对我笑道：“牡丹花好空结无，枣花虽小结果实……”老者呵呵笑着飘然而去。

当我突然惊醒时，才知道是在做梦，又是一个梦。我想：牡丹花好空，枣花虽小实在。人生的精彩恰恰在于未知。我不知道会遇到一个什么样的人，不知道会发生什么样的故事，也无法预知将来的自己会处于什么样的境遇。我知道，即将到来的事都是装在盒子里的礼物，新鲜而神秘，等待我们去探索和发现，去感受和经历。

由于昨晚没有休息好。我是打着哈欠走进办公室的。刚沏上一杯普洱茶，坐到电脑桌前，根据昨天下午专家们的意见，进一步修改核动力飞行器的研发方案。这时手机铃声响起，打开一看是林兵大哥的电话：“喂，林总您好。”

电话那头林兵问：“小方，在忙啥呢？”

“嗯，没忙啥……”我不知他老首长有何事急忙应道。

“那你中午到我公司来一趟。”“行，我吃完中午饭就过去。”

中午，我在单位食堂匆匆吃完午饭，让司机把我送到北四环阳光大厦门口。不知道林兵找我有啥事？但我知道肯定有事，无事的话他老人家是不会在工作时间找我的，最多是约个三家聚会的时间，不可能这样让我跑到他公司来的，要来谈，肯定是有大事。那么，会有啥要紧事呐？不在电话上说，非要我大中午不休息跑来？我让司机在楼下等着我，乘电梯上到他公司二十九层办公室。我咚咚敲门，他在里边说："请进！"我刚推门而入，"大哥，我来了……"话音未落，忽然林兵他怒叫了声："小方！想不到你表面上道貌岸然，背地里你竟敢干出这种事情？"林兵气呼呼从办公桌后面的座椅上站起来向我吼道。

显然这是他专门在等我的到来，并冲我劈头盖脸的说来。弄得我有点丈二和尚摸不着头脑，就小声冲他笑道："大哥……"他没等我往下问，就又劈头一句："这……这是怎么回事呀？"

我被他这突然的变故弄懵了，赶忙问："大哥，你为啥这么大火呀？咋的了这是？"

"咋的啦？看看你做的好事！"林兵怒气冲冲边叫边把几张放大的照片向我扔过来。我没能接住他扔过的那东西，只见飘落到了地板上。我低头一看头皮便倏然一麻，脸一下子红了，是些不堪入目的照片。"这东西是……从哪里来的？"我慌乱中，一边捡拾地上的照片，一边无力地问道。

"你先说照片上的那个男人是不是你吧？"林兵咬牙切齿地冲我问了一句。

我尴尬至极，艰难地咽口唾沫，手里拿着照片想向他解释："大哥，老领导，你听我说……这……这些照片我不知道是谁拍的，但我可以告诉您，这个拍照片的人肯定别有用心。我向您保证，我没做任何违纪违规对不起组织、对不起家庭，对不起蓉蓉的事情，您放心……"

"你还让我放心？你……你这样胆大包天，跟年轻女人弄到一起。"

"大哥，您听我说……"我红着脸想解释清楚。

"嗨！小方，我们男人谁都有喜欢年轻漂亮女人的心。可是！你和我们这些当老板的不一样啊兄弟！你是走仕途的人，在政治上还要求进步的呀！你……你当领导干部，特别是你现在，更要处处谨慎小心。虽然你不害人，未必就无人害你了我的好兄弟呀。"

听到林兵的话，我无奈地叹口气："唉……大哥，我……"委屈得我眼泪都掉下来了。

林兵看我委屈的样儿，他对我的为人也很清楚，不会做出太出格的事情来。他可能后悔刚才冲我发的火，又和气地对我说道："这样小方，我把这些照片，再让张彪给我查清楚，到底是谁在搞这些害人的小动作，看看有没有流落到别人手里。唉，现在是你面临晋升将军的关键时刻，可千万要小心，不能出任何的差错。"我无语，傻愣看着林兵和气地嘱咐。我刚才听林兵说让张彪查清楚这些照片，哦，我突然想起来了，这些照片是从沈阳海天大酒楼里传出来的?

林兵看我委屈的样子，把我按到沙发上接着说道:“嗯，你也不要有思想负担，一所之长,有好多事情需要你去处理,几项尖端的科研项目都需要你去完成。嗯……今天的事情就在咱俩这里消化掉，以后不再提起此事。你回去好好工作只当啥事都没发生过。你可千万不要把这事儿放心上影响工作、影响思想情绪。待张彪那边查清后，我再告诉你，回去吧啊。我说的话记住啦。”

此时此刻我不知说啥是好，只是说了句:“嗯，谢谢大哥！”就告别了林兵。

从他办公楼里出来，我坐在车上还在想：这些照片是谁偷拍的? 那天晚上在沈阳海天酒楼练歌房里，我就待几分钟，也没发现有人拍照啊? 这是谁要害我呀? 真他妈的太黑、太狠啦! 这些照片怎么到了林兵手里? 谁寄给他的? 什么意思? 唉! 无论如何，林兵真不愧是我的好大哥，我的大恩人，关键时刻他都能挺身而出保护我,真是我的保护神。我这一辈子都不能忘恩,都无法去还清他这笔恩情账啊。不! 还有我儿子这一代也可以代替我去偿还，世代都得好好感谢他们老两口这份恩情。

第六十章 | 错失良机

转眼到了聂蓉蓉和儿子方晨曦在外进修一年多时间，再有几个月就该回来了。

部队9月份，也是人事组织部门对干部调整职务的时间。空军已经开始着手研究一批干部晋升问题。特别是大校晋升少将军衔的问题，据说人选我的名字也在其中。营职晋升团职，团职晋升师职，师职晋升少将，这是军官晋升之路上的一个至关重要的门槛。特别是师职晋升少将，谁过了这道门槛，就成了国家和部队的高级干部，成为中华人民共和国的将军。在部队几十年摸爬滚打，风里来雨里去的，有几个不想做将军的，可名额有限，机遇难求。成为将军，那该是多么荣耀的事，那真是祖上修了八辈子德啦!

前年，林兵说的晋升职务那消息的确是真的。现在研究所里和空军机关院里都在风传，我被定为大校晋升少将的预提对象之一。近几天，自己在所里较亲近的几个同事、学生已在暗地里准备定下酒席为我祝贺。从面上看，我对晋升的事漠不关心，脸上总是一副云淡风轻的表情，对于这些贺喜也都是一笑了之。心里却是异常兴奋和祈盼，我一个农村孩子，往上查多少辈，只出现过爷爷一位枪林弹雨中诞生的团长，父亲则是一位副县级干部。如果在我这代人里出位将军，对于方家该是件了不起的大事，也是祖坟上真冒青烟啦！心里已不止一次地想：我任空军819研究所所长，马上就满五年啦，和姚民政委相比我任职时间比他早一年，我又是科研技术方面的主管，就算此次所里只有一个名额，也非我莫属！大家的议论传言不是没有道理。只是，我听人私下里给我讲，姚民也是多方找人托关系蠢蠢欲动。

一天中午，在食堂吃午饭时，学生康强端着饭盘和一碗汤走到我桌旁坐下，神经兮兮地小声说："老师，听说下午，空军首长研究正师职干部晋升问题，您……我们可等着为您庆祝呢！"

"庆祝啥？那张红头文件不下来，都不为准。我呀无所谓，等着吧。"我很平静地对他说。

说归说，我吃完午饭回到办公室，立刻给王公明副司令的孙秘书通了电话，证实了这消息是真实的。孙秘书在电话里还笑着说："下午是研究正师职干部晋升问题。等着吧，有好消息马上告诉您，把好酒准备好啊！""谢谢，谢谢！我这里有三十多年的茅台酒给你留着呐，哈哈……”

我放下电话，本想躺下睡会儿午觉，可一阵阵兴奋像吃了药一样无睡意，心里总是惦念着啥时候能挂上少将肩章？啥时候把这消息告诉妈妈，啥时候给聂蓉蓉和儿子晨曦打电话报喜呢？想着想着，又有一缕莫名的担忧油然而生，开始在我脑海中浮现出疑虑和不安。下午的会上对我的晋升会不会有反对意见？别的竞争者会不会对我捣乱使坏呀？

已到五点半下班时间，我还没有听到孙秘书的电话，有点坐不住了，心里那个着急啊。在心里问：“那个会议到底结没结束啊？孙秘书也没来电话，情况会是咋样的？”我先是在办公室里踱了一阵步，又安慰自己：“甭着急，等等孙秘书的电话，他说让你等着，就耐心等吧。”

我坐在办公室里默默地喝水，静静地等着孙秘书的电话，估计孙秘书很快就会来电话向我报喜的。但是，一直等到六点半钟还没孙秘书的电话。我有些奇怪，是会议还没结束？还是孙秘书从首长那里没有打听到消息？这种事情向来是保不住密的，甚至有些人事变动的会议，还没等会议开完内容都已传出，今天是咋的啦？

就在我坐在办公桌前发愣时，办公桌上的那部红机突然响起。我赶紧拿起电话，立刻听到王公明的声音：“马上立即，来我办公室一趟。”“唉。”我应了一声，心一下轻松起来，站起身夹起文件包就往办公室楼外走。坐上小车直奔空司大院，我心里还美滋滋地想：“这还用王公明大爷亲自告诉我呀，真是我的好大爷，是不是还要给我提些更高的要求啊？这也是人之常情吗。我很愿意洗耳聆听他老人家的教诲，想着这些，脸上不自主地露出了一丝笑意。

人逢喜事精神爽。我高兴地在王公明门前喊了声“报告”，然后走了进去，敬了个标准的军礼。打完军礼后我才发现王公明不像往日那样和气亲切，而面孔阴沉带着怒气。我的心咯噔一下：“这，这咋的啦？看来不是向我报喜提要求的，那又会是啥事呀我的祖宗？”

“小方，你上次到东北空军部队调研，调研结束后回到沈阳，住在军代处内部招待所是不是？”我一惊，心里砰砰乱跳。王公明的问话语气、声音太不寻常。我平日深得他老人家的赏识，同我说话历来是亲切而随意，从来没有用过这种冷冰冰的语气。我又观察他老人家的表情，更加阴沉可怕。

“那天晚上是住在军代处招待所里，要不……您问军代处高峰主任他们……”我不知他老人家今天何以突然问这个？是不是……我的心里突如其来的一阵惊慌，唯有硬着头皮，老老实实地回答他。

“我知道你们住招待所，我问的是当晚干啥去了？”他用手中的铅笔嗒嗒地敲打着桌面对我嚷道。

我一下子就明白他的意思了。这就是你越怕啥鬼，啥鬼就越会找上门！尽管已经开始头皮发麻，但我还是尽量让自己平静些，硬着头向他说道："那天晚上，过去我的一个老战友叫张彪，听说我来沈阳了，非要尽地主之谊，请我和军代处高主任几个到海天大酒店吃饭，那个酒店老板是你熟悉的郝文德班长的儿子郝贵。大家异地重逢很惊喜，饭后又执意要带我们到饭店新设的练歌房去参观……""你去了吗？"他威严的眼睛直盯住我，像家长审问犯错的孩子一般。

我在他老人家面前更不敢撒谎，就说："我不好意思拒绝，嗯……就和军代处高峰主任几个人进去了一会儿。可我……"

"可你，可你到歌房后做了些啥？"他步步紧逼。

"我知道领导干部不能进地方营业性歌厅，因为不好驳小郝的面子而已。我们只是去参观，嗯，分别看了几个包间……"

"包间里有什么人？"

"别人的包间我不清楚……我和张彪进去的那个包间里有个陪唱歌的小姐……"我说着感觉脸越来越烫，突然意识到坏了！这件事，早已被有目的的人给举报，王公明他老人家也知道了。

"你在包间里做了啥呀？"他一急连山东腔都吼出来了。"唱歌了？还是……"

我理直气壮地说："没有没有，啥都没做，进去一会儿就出来了。"我觉得非常奇怪，他怎么问得这么仔细？

"小姐陪你唱歌了没有？""没有没有。我们都没唱歌，坐了一下就出来了！"我好像有点明白问题所在了。

"小姐对你做了什么？"他又问。

他这一问，我的脸唰的一下子红了，血直往上涌。那组被一直压在脑海深处的画面重新被撩拨出来。我不由自主地低下头，不敢再去看大爷他的眼神。像个犯了错误的小孩子站在家长面前，无地自容。我讷讷地说："她坐到我的腿上，还亲了我一下，但……但那是她主动坐上来的，也就……也就是不到一分钟，事发突然，我立马把她推到沙发上，随后就起身走出了练歌房……"

砰的一声，王公明他老人家攥紧的拳头使劲往桌上一砸，随后大步走进办公室的套间里面。

那一刻安静极了，我呆站在那儿一动没敢动。我们这么多年交往，他如此盛怒还是第一次。

片刻间，他走出来把几张照片使劲扔到我的怀里，还两手互相拍打着，转身说道："拿回去好好看看！照片拍得多清楚，你可以留作纪念啦！方晨晨，方所长，可你知不知道，让小姐坐腿上的代价是什么呀？这……这代价太大，太大啦呀我的亲侄子，你知不知道啊？"

我拿着那几张放大得十分清晰的照片，像拿着一块烧红的烙铁又烫手又沉重。

稍待片刻，才想起辩解道："大爷，我……我确实没主动要她坐腿上，更没让她亲吻，只是……"

"哎，方晨晨呐方晨晨。只是我的亲侄子，你可知道？你……因此失去了一次重要的机会呀！我都为你……"

我无语，一时也没听明白他的话，傻瞪着眼睛看着他。

他老人家很失望地唉声长叹，又很惋惜地对我说："孩子，你知道吗？这批晋升少将的干部名单，就是在今天下午研究的，本来是有你的。可是……可现在却没你了，你知道是为什么？就是因为这个！这个，我的宝贝大侄子。举报者就在今天下午把照片快递到纪委书记张亮副政委手里的。当时张副政委就拿到会上啦。会上，我们都看了，朱政委当时就说：'这个人暂不动，老张你们纪委查清楚怎么回事？'待后再议。你知道吗？你知道吗！你这是自己把自己的前程给毁了！小方，你五十多岁的人了，还有几次这样的机会呀，啊？可你却被歌厅一个小姐给毁了，你明白吗？"王公明大爷他语重心长地两手在我面前一摊，既惋惜又无奈地说。

我彻底惊在那儿。许久之后才吼道："我是清白的，我和那个歌厅小姐啥都没做，我前后在包间里也就待了几分钟。我敢向组织保证！张彪和饭店老板郝贵都在旁边，他们可以给我作证……"

王公明冷笑道："还用做啥事？你还想做啥事！嗯？你让她坐在你腿上让她亲你还不够吗？啊？如果我不以军人和司令员的身份，而以普通老百姓的身份说话，我不会责怪你所做的这些烂事。哪个男人不喜欢年轻漂亮女人？哪个中年男人不喜欢小闺女？啊？你能把一个姑娘吸引到你的腿上，那证明你还有男人的魅力。可，可我……可我是这支部队的司令，我要带领千军万马去打仗，去保卫这方疆土。所以，这就要求我严格执行军纪，军人你必须有铁的纪律来约束自己，不能胡来！你懂吗？你懂吗小方，我为你感到惋惜呀，你大爷我心痛啊，知道不？"他说着说着眼睛里流出了热泪。这泪是亲情的泪、感情的泪、惋惜的泪和痛心的泪。

我不服气地向他争辩道："您可以让纪检部门的人，去找沈阳军代处高峰主任、张彪和郝贵他们调查，他们会证明我的清白的。我以党性保证，绝没有一点违反军纪和规定的！"

"我下午在会上就给军代处高峰打了电话，他说当时他被人领到了另外一个包间里参观，和你没在一个包间里，确实不知道你当时的情况，他能证明的只是你进去的时间非常短。可这话又说回来，在很短的时间里你就做了这么多，嗯让小姐又坐在腿上、又亲吻？这有点不符合常理。"

我暗暗叫苦。的确，当时那个包间里只有自己和张彪，郝贵转眼不见了，但我确实是被冤枉的。我提高声音说道："不！这太不公……我是被……"

王公明他瞪大了眼睛反问我："什么不公？难道允许你违纪去营业性歌厅？允

许小姐坐到你腿上才算公道？我告诉你方晨晨，如果是别人诬陷你，我查出来绝不会饶恕他！可……可现在你让我怎么去为你辩解？照片拍得清清楚楚，小姐的手还放在你的肩膀上，我还能说啥？啊！我的大侄子，啥叫一失足成千古恨？这就是！明白了吗？”

我无奈地：“那天，确实是那个酒店老板郝贵执意要我去歌厅参观的，可我没想……”

他一听气就不打一处来，高声对我嚷道：“那你的脑子呢？你五十多岁的人啦！他们没拉你，没抬你吧？你，一名军人，一个正师职干部，一个堂堂正正的空军大校，还需要让别人时刻提醒你吗？我现在不明白的是，告发你的人咋会掌握这么准的时机，恰恰在你晋升的这关键时刻，弄出这么……唉，啥也不要说啦，嗯……回去吧。大爷我该说的都说了，希望你回去，继续安心搞好手头上的科研工作，把核动力战略远程轰炸飞行器的研发抓紧研制。你要相信组织、相信领导，会把事情调查清楚的，回去吧。”

我记不清自己是怎么从王公明副司令办公室出来回到家的。只记得孙秘书把我送上车，我头痛得像被撕裂了一样，进家关上门就扑倒在卧室的床上。我心里被后悔、委屈、伤心、愤怒、痛苦几股情绪轮番冲撞，手握拳头在床上狠狠捶打。自从十六岁当兵以来，这是第三次受如此沉重的打击和伤害。上一次是 1976 年 4 月因天安门“反革命”诗抄，被别人写信举报，送我到农场劳动改造，接受“组织调查”；第二次是 1977 年 6 月我入党、提干时，被人诬陷，推迟一年后才入党提的干。说实在话，我是农村出来的，没有任何社会背景，为人做事一直谨慎小心。一心想把工作做好，做出成绩，去报效党组织，报效父母，从未违犯过党纪军纪。万万没想到工作几十年干到现在，反而又出了这么一档事，掉尽脸面，丢尽人格。我自问：“方晨晨，你怎会这样昏头呀？当时你为何不拒绝去歌厅？他一个小毛孩子的，有啥不好意思驳他面子呐？”我后悔，肠子、五脏都悔青了，我欲哭无泪，后悔得直用拳头砸自己的头……

是谁把这件事捅上来的呐？回想那天晚上没什么人拍照啊，一定是这次也想晋升少将的人干的，想争夺我这个名额，好狠的动作呀！好狠的心肠啊！常言道：亲朋道义因财失，父子情怀为利休。早听说过，有人为了争夺权位和晋升职位，不择手段。我可真的没想到有人还会对我来这么卑鄙的手段！真是伤天害理呀！这件事不知林兵大哥让张彪调查得怎么样？我一定搞清楚是谁干的！ 1976、1977 那两次匿名信都不了了之了，这次我绝不能放过他，绝对不能！

倏然，我想起王公明副司令刚才说照片是今天下午快递到纪委的。这么说纪委部门的人，在下午空军党委开会研究人事时，送到张副政委手里去的？这才导致会议做出了新的决定，才使我被淘汰出局。纪委文件要呈送张副政委，只有经过冯为国这个纪委办公室主任。这么说，冯为国他明明是有机会把举报信和照片拦下的，他没有拦下。甚至他还及时把那东西送到会上。这，这冯为国不就是坏我好事的第一人吗？冯为国啊冯为国，你为何不压压这些东西，把事情弄清楚后再上报？你为何在这关键时刻着急报送张副政委呐？你这不是成心断我的晋升之路吗？只要你稍微核实下，就可以明白事情的真相；只要你为我着想，把事情调查清楚还我清白，我的任命就完全能通过。你！你冯为国为何要这样做？哦，对了，你是嫉妒，你和我同年入伍，老乡，还来自同一个部队，你还没晋升，也不想让我晋升是吧？怕我晋升了你脸上无光？怕我晋升了你在父老乡亲面前无面子，显得你无能是吧？真没想到你如此卑鄙小人呐！亏你还想与我们做儿女亲家呐，我呸！如果这样，你想都甭想。

我忽然又想起姚民，会不会是他搞的小动作？他比我晚一年调正师，我晋升不了少将这自然就会是他的。这拍照片的事十有八九是他买通沈阳军代处的人，做的手脚。关键时候把我拿下他好顶上去。否则，我上去，他还得等机会熬着，他的岁数比我大两岁，今年就五十八了。很有可能就是他破釜沉舟干出这见不得人的小动作？这事，也是有先兆的，别人早已私下里提醒过我："小心点！你的伙伴也在活动争取呢。"

不中，欺人太甚！我不能让你就这样得手，虽然现在结果已经不能改变，可我一定要让你明白，我已知道你是个什么东西！

想到这里我从床上一跃而起，急步冲到另一单元的姚民家门前。就要敲门时，抬起的手又停在空中没敢去敲。我想：问姚民什么呢？问他那照片是不是你找人干的？如果姚民他不承认此事是他干的，我又该如何？那样，本来工作各方面我俩配合得都很好、很默契，这一弄还怎么搭帮合伙带领一百多号人工作呢？不中，不能这么愣头愣脑地去质问姚民，这样太低智商啦！

我又跑到冯为国家门口。"来了。"刘英在屋里听到敲门声。她打开门一见是我，急忙热情地叫道："哟，是方大哥，快进屋，来来。"她一边把我往客厅里让，一边喊："为国，方大哥来了，快出来。"

冯为国正在书房里看书，一听到老婆的喊声，立刻明白就要成为亲家的我，是因为那几张照片的事而来的。他阴沉着脸从书房出来，深深地叹了口气，迎上前去指指沙发说："小方，坐。"

我顾不得同刘英寒暄，紧紧盯着他冷漠讽刺地问："冯主任，我想单独和你谈谈！"

冯为国看出我的不快，指了一下书房门说："好好，请到书房去吧。"他已知道我要谈什么，领我进了书房，顺手把屋门关上。

我坐下，涨红着脸语带讥讽："你下午的事办得很漂亮啊！"

“你指的什么？”冯为国问。

“指的什么你还不明白？”我瞪着他又说：“你做过的好事还能立马就忘了？”

冯为国沉默了一会儿，说：“嗯，小方……”可我挥手没让他说下去，怒道：“我们好歹是一个村的，从小在一起长大的，到连队咱们又在一起几年。我没有做对不起你的事吧？到北京后我们一直保持着这种亲密联系，对外人总是说我们是老战友、好朋友，可万万没想到在我人生最关键的时候，你会对我下手。就用几张未经核实的照片，成功地阻拦了我的晋升。”

“说什么呐？小方，方晨晨你。我很抱歉，但有些事情可能你还不清楚。现在中纪委有明文规定，在讨论干部晋升时，纪委部门要把掌握的关于预提干部违纪的情况报给主要领导。甚至，对晋升干部事先都必须进行摸底调查，看这干部是否有违纪现象。这就是我把那几张照片交给张副政委的原因，请你理解。嗯至于……”我看冯为国咽了口唾沫，张了张口还想说啥却没说。

“就那几张照片就能证明我方晨晨违纪了？你为何不查清再报？你们收到照片就如获至宝地交给领导，不就是想借此把我拉下来吗？”我气急败坏地责备他。

冯为国嘿嘿冷笑道：“小方，说实话，看到那些照片的时候，我第一反应是不相信的。我了解你小方不是那种胡来的人，嗯当时我就让办公室李干事立马去鉴定照片是不是合成的？第二个反应是，先不能让领导见到这些照片，我知道下午党委会要研究你的提升问题，一旦领导见到这些还没有查清来路的照片，影响了他们提你的决心就坏了……的确我是……”

“这么说，我还要感谢你冯为国主任了？”我没等他再往下说，就冷笑着挖苦道。

冯为国急得站起来说：“你听我解释行吗？那个负责鉴定的李干事很快回来告诉我，照片是一次拍成的，不属于通常所见的有意合成带诬陷性质的照片。这让我很意外，就是说，确实是有一个姑娘在某一个时刻坐到你腿上了，不管出于什么原因，这都不是一件好事。也就在这时，张亮副政委打电话来，让我们把有关举报材料都送给他，说是下午研究干部晋升会议上用。说实话，当时我很想压下那几张照片的，但我们办公室里有同志认为那照片既然不是合成的，就应该如实送张亮副政委手里，让领导去判断做决定。小方，我……我的职责让我无法反驳他们的意见，而这里也有我的私心，怕他们说我有意包庇你。毕竟我们是老乡，是一个部队走出来的战友。我为避嫌，照片就是这样被送上去的。没想到它果然影响了你的晋升，我下班时知道你没提升的消息后，心里也很难过。可是这……”

我冷笑着站起了身：“哼哼装得多像啊，一个好老乡、好战友、好大哥！你不要猫哭耗子假慈悲啦！我……我清楚是……”我这讽刺带挖苦像刀一样直扎冯为国的胸口。他强忍着刺痛，脸色一阵红一阵白。看得出他是在强压疼痛，难受地说道：“小方……小方，方晨晨我……我为何要害你呀，啊？你在科研系统我在政工单位，咱们有啥利益关系让我去害你？更何况我们是一个村的，又是一起来当兵的老乡、老战友！”冯为国有些歉疚又委屈地抓住我的手，说道：“既然你说你是冤枉的，请告诉我真相，啊。我替你去把事情弄清楚，然后向首长们报告，还你个清白。”

“还我清白还有啥用？晚了！这次晋升候选人名额已给了别人。机不可失，失不再来呀我的冯大主任！冯大哥。年龄不等人呐，这一拖不知猴年马月呢？待你们调查清楚给我平反？又是几年过去啦。啊？到那时我就过了晋升的年龄啦你知道吗？你呀，已经把我害死了，害死了！”我摔开冯为国的手，拉开房门，大步走出他们的家。

“方大哥，方大哥您喝点茶……”刘英端着茶杯追我到门口。

“我哪敢在纪检领导家喝茶呀？”我不冷不热回应她一句。因我用力过猛，砰的一声把她家门关上。

幸亏刘英反应快，身体往后一闪没被大门磕碰着头。门把刘英关到屋里，我头也不回，噔噔噔气冲冲从楼道下楼梯走了……

冯为国唯有坐在沙发上唉声叹气。

“你怎么惹方大哥生气啦？”刘英扭脸瞪着冯为国质问道。“唉，算我考虑事情不周，没想会有这么……”冯为国不想多说，唉声叹气地只摇了摇头，没再往下说。

晚上，冯为国实在睡不着，一个人坐在书房的阴暗里默默抽烟。烟雾缭绕中，他猛地起身，抓过放在角落里的二胡，开始拉那首《二泉映月》。

拉着已经略显生疏的手弦，往事历历在目：刚刚入伍的自己笨拙而木讷，与方晨晨几人因为老乡，走得最近。那时的日子，虽然清苦劳累，可眼神儿都是清亮的，心是温暖的；后来虽被提了干，可家里一摊子事，与刘英的感情也是左右为难之，刘英她大胆地爱上冯为国，两人终于修成正果结了婚。

刘英是个要强上进的人，总希望自己这个老公能出人头地。于是，她找人走关系，把冯为国从东北基层调到北京来。官是越当越大不说，夫妻感情也依然和睦，大儿子成家结婚生子，工作稳定幸福。女儿冯莹前不久在她干妈王丽平的帮忙下，没等大学毕业也去美国作为交流生学习了。冯莹这孩子倒是想去方晨曦所在的法国，可最终还是被她干妈王丽平安排去了美国芝加哥大学深造读研。

怎么说这家庭都是幸福、事业顺遂。可这日子过得怎么总有那么一点点说不出的感觉呢？尤其是最近一年来，自己突然变得谨慎疑虑起来，开始怀疑很多事情没那么简单。就拿这次晋升少将候选人来说，本来是轮不上冯为国我的。虽然我是空政纪检办公室副主任，但是晋升大校不足两年，横竖都轮不上的。不知刘英和王丽平通过啥手段、啥办法，倒使我冯为国列入晋升候选人之中，还顺利地通过。对于我个人的事儿本没太在意，只是听办公室同事私下里议论：“他老婆在总政歌舞团有能力着咧！咱空军某某首长是已答应总政、甚至军委某位首长了，一定保证冯为国这次报上去。”冯为国想到这儿，突然觉得身边老婆刘英不简单，他转头偷偷看了刘英一眼。脑子里想，特别是冯莹的干妈王丽平更不简单？又说不出有啥特别。

要说王丽平是怎么与冯为国、刘英攀上干亲戚的？是因王丽平的姨夫总政治部勾副主任认识东北老乡刘英，两人关系不一般。有一次，王丽平到她姨夫家串门，正巧碰上刘英在她姨夫家里做客，两人相识聊天。刘英说起老公冯为国是空军的，王丽平听刘英说是空军的，王丽平说自己原来也是空军某某单位的，还和谁谁关系不错，两人越说越近，越近越亲，就这样一来二去成了好朋友。

王丽平从交往中掌握了刘英贪欲的心理，多次帮刘英出版个人演唱专辑磁带，刘英从中名利双丰收。王丽平常打听冯为国空军这边的信息，甚至一些不经意的小事。两人互相交换情况，刘英又让冯莹认王丽平为干妈，家里从经济上得到很多的实惠，从而两家更加亲密无间。

刘英在外面的事他冯为国有多次耳闻。记得他冯为国调空政纪检办来报道那天。到人事部门办理行政和组织关系后，转身离开时，只听那位给自己办手续的男干事对旁边的同事说：“哎！他就是冯为国！听说他老婆很能耐，把老公从空后直供部一个干事，直接调咱们这儿纪检办公室！”那男干事摇摇头呲呲嘴。只听那女干事说道：“哼！一个唱歌的戏子，什么能耐？还不是靠卖弄姿色……”她说着抬头一看冯为国还没走出办公室门，就没敢往下说更难听的话。

还有一次，冯为国他刚到直供部工作时，一天上午去厕所方便。他刚走进厕所门口，就听见在蹲马桶的两人议论，“哎，听说了没？新来的冯干事他老婆在总政歌舞团与总政一姓勾的副主任关系很那个……”另一个说：“嗨，这有啥奇怪的？男欢女愿。要不他怎么能从边防雷达部队调北京来？哼……”

当时冯为国听着里边俩人的议论，就没敢再往里走，悄无声息地退了出来。

冯为国他想到这些事儿，心里有种无奈、茫然、疑惧，甚至还有一些惊怕……这个世界，究竟怎么了？

二胡的音色，低沉而忧伤，时断时续……

突然，书房的灯大亮。刘英走进来：“大半夜的，咋想起拉这个了？难听死啦！你还让不让街坊邻居休息啦？赶紧睡觉！明天还上不上班？”

“嗯。”冯为国很少反驳老婆，从他内心的确很怕刘英。他站起身收起二胡，又将二胡珍而重之地装进盒子里，轻轻地放回原处，仿佛收藏起心中最贵重的宝藏。这时，刘英神秘地走近冯为国身边问：“哎，你怎么得罪了方晨晨他啦？咋得他那么大的气性。”

冯为国不想过多地与她讲啥，装傻充愣地头也不抬，“嗯，不会吧？”他说着转身离开，去卫生间洗漱了。

再回头说我回到家后，一直闷坐在沙发上。经过刚才在冯家的一通发泄，心里憋着的那股气暂时消去。我开始冷静地想着那些照片的来历。

我在脑海中回想着当时一幕一幕的画面……

我记得很清楚：那天晚上无人拍照，张彪还躺在一边沙发上。这么说，一定是有人预先藏在那儿偷拍的。这，会是谁处心积虑地去拍这种照片呢？唉，林兵大哥给我这些照片时，我还没想到会有这么大的危害，后果这么严重。他让张彪去查，也不知咋样了？这些照片到底是谁拍的呢？我百思不得其解，暗下决心：“我一定得查清楚！”

第六十一章 沉淀心神

“我们查清楚了，方晨晨是无辜的，他是被别人利用了。这后边可能还隐藏着一个更大的阴谋……”林兵在王公明办公室里，认真地向他汇报着关于那些照片的情况。最后他还附在王公明耳边上私语几句。

王公明听后大吃一惊：“啊！还有这事儿？”他在办公室里不停地踱来踱去，手摸着下巴突然想起什么，就对林兵说道：“如果是这样，咱们就给他来个将计就计！把他们一网打尽！那你们就继续跟踪查下去，千万不能打草惊蛇。嗯，至于方晨晨党委会已做出决定，暂时退出领导岗位，他的工作暂由姚民政委代理所长。嗨，让小方他暂时休息一段，好好反思反思自己也好。嗯你们这样……”王公明踱步走到林兵跟前，向他附耳嘀咕道。林兵听后连连点头，又担心地说：“好！我立即布置。嗯，他不会因为想不通，走向……”

“不会！根据我这么多年对他的了解，这小子他不会傻到那个地步。”王公明肯定地说。

“嗯，我想也是。您放心，有啥情况我及时向您报告。”林兵他又问道：“那，你给他本人谈了吗？”

“还没有，已给姚民谈过了，姚民不太同意。但这是党组织的决定，同不同意他都得服从。小方那里，我准备亲自跟他谈，他大爷的话还是会听的。嗯，如果这小子不听，我就揍他……哈哈哈你信不信？”

“信信信，他应该知道你是为他好，那我走了。”林兵说着退出王公明办公室。

这几天，我回想了这么多年一路走来，有得有失，有风雨也有彩虹。面对无法得到的无须去苛求，人生就像一张有去无回的单程车票，没有彩排，每一场都是现场直播，把握好每一次的演出便是最好的珍惜。我将生活中点滴的往事细细回味。伤心时的泪，开心时的醉，都因为有追求而可贵。日落不是岁月的错，风起不是树林的过，我们每天都在错过，错过时却没有发觉……只要对得起组织，对得起良心，不忘初心，坚定信念，就无愧于我们军人的本色！就如奶奶她老人家说的：事要往开里想，人要往好的念。至于我的事过去就让它给去，冯为国他如何不去想他，他对我至今还是不错的，这事也可能是我错怪他了。

我没有沉沦下去。“咱们小组必须按照王司令的要求，抓紧研发咱们的核动力超高音速远程轰炸飞行器工作。”“是所长,我们一定抓紧。”我和康强、张扬、冯德利、吴广西他们又静心踏实地进入研发工作中，忘却有关晋升的那些不愉快的事。

其实我偶尔安静下来的时候，自己也会在心里感叹：嗨，人生就是一次马拉松，有时你会看到一个人又一个人超过自己，看到自己孑然一身，充满孤独和绝望，甚至还会在比赛中跌倒。然而，只要仍然在奔跑，所经历的一切，幸福也好，痛苦也罢，都将成为生命的一部分，成为你的力量来源。官位那些东西都是身外之物，不能晋级高升无所谓，不当那个将军有啥呀？不缺吃不缺喝的，当着这研究所所长、空军大校，在我们老家也算是不小的官啦。罢，这件事过去就让它过去吧，永远不要再想它。自己还是当好这个所长，安心研发科技项目，为国防为军队建设干到退休。自己只要无愧于心、无愧于人，颐养天年就算啦。

可我极力想忘却的事，实际上并没有结束。

上午时分，我在办公室电脑前认真修改核动力远程轰炸飞行器资料时，孙秘书打来电话，让我马上到首长办公室来一趟。我还以为照片那事情查清楚了，给我平反呢。

我赶到王公明办公室。“报告首长，方晨晨前来报道。”王公明没等我站稳就冲我说道：“小方，我代表空军首长找你，希望你能正确对待，思想上能想得通，承受得住……”

嗨，我被他这个开场白弄得一愣，什么意思呀我的王大爷？我勉强一笑道：“请您说吧，我一个大男人，还有啥事情承受不住的？我什么事情没经过？咱爷俩在东北农场都熬过来了，还有比那更严重的吗大爷？哎首长！您给俺说过，人生有三个方面名、权、利，我们都已见过经历过，也算是过来的人，有啥想不通的？”

“嗯，好小子！那，咱爷俩就不兜圈子了。是这样的，前些天举报你的那些照片，空军党委研究你的晋升事情暂缓，待调查清楚再研究。没想到接二连三又来几封匿名信，强烈要求对你违犯军纪的事做严肃处理。说他妈的啥？此事不处理，就是纪律面前不平等，只许干部放火，不许百姓点灯。这他妈的哪儿跟哪儿呀。这不，空军首长实在不愿再拿这件事轻率地去处理你。可……可这信三番五次地来告，党委又……又不好不处理，这……这样啊，我和张司令、朱政委商量，只好忍痛决定。我今天呐也代表空军党委，代表组织，向你宣布，你暂时不担任 819 研究所所长一职，暂时啊！你的行政事务工作暂由姚民代理。你呢，就先专心搞你的科研，这些科研项目是关系我们国家安全的重大问题，你……”

尽管我预先向王公明表态说什么事都能想通承受得住，可免职这件事太出乎我的意料，虽然他老人家一再强调暂时，暂时。可我先是震惊地看王公明一眼，随即极端愤怒地一下子站起来，挥手制止道：“甭说了！那些无聊的空话。可以！既然这样对我。我要求提前退休！不再管任何事情，再见！”说罢，我转身拉开王公明办公室的门，摔门离开。

“小方，小方，你……”王公明在后面叫道，不知他还想说啥？我头也不回地走了。我心里实在是窝火憋气，辛辛苦苦地为军队科技发展出这么大力，受那么多的苦和累，就为一个陪唱歌的小姐主动坐到我腿上这点破事，值当对我如此下狠手吗？先是不晋升职级，接着又来免职，还让不让人活了？我万分怒气地走出司令部办公大楼。

此时，天空阴云密布，一道闪电划过，咔嚓一声惊雷打响，瓢泼大雨从天而降……

我毫无准备地跑到大楼外的雨中，哗哗啦啦被雨水浇着，犹如落汤鸡一般。我突然停下脚步，又想去找朱政委，让他知道知道我的委屈。我转身跑到政治部大楼前，又突然停下脚。心里在想：明明是自己先做错了，在机关在部队都造成了不好的影响，再去找朱政委怎么说？能说的王大爷还不极力为我求情啊？还用我去说，王大爷刚才已经说得很明白了，他是代表空军首长、代表组织。空军首长是谁？不就是张司令、朱政委他们吗？再说我被雨水浇得落汤鸡似的，这个样怎么见首长？得得得，我认了。是你的不用争，不是你的抢都抢不过来。认命吧！我没有当将军的命，就去过自己的清闲日子！这样也好，再也不用看别人的脸色工作，再也不用受那窝囊气！我想到这儿，踉踉跄跄上了车，“回单位。”司机小王看我这狼狈样子，也不敢说啥。

回到单位，我换下湿透的衣服，又把常用物品装了箱打好包。“康强、张扬你们过来。”电话打给他们俩。

康强和张扬很快就跑过来。“啊，老师您……”他们看我脸色不好，想问。我急忙挥手，“过来，你俩把核动力远程轰炸机飞行器的研发资料，从我电脑里拷贝走。”他两人可能已知道了啥，不敢再作声，就坐我电脑前拷贝文件。

康强他一边拷贝电脑文件，一边在那嘟囔：“老师，这样太……”不知道他又愤愤不平地想说什么，“哎，干活。”我立刻制止住他，拍了拍他的肩膀嘘的一声。对他俩说道：“你俩在技术这方面弄不通或拿不准的，可以到家找我。日常的工作上有啥事请示姚政委。好好干，不要想太多，为科技强军多用心、多思考，尽快把这个项目搞成功，到那时你们可是国家大功臣啊。在我国科技史上可要重重写上一笔。”

“嗯，放心吧老师！我们不会辜负您的希望！完成好我们的研发事业！早日装备部队。老师，您……”听康强说后，我苦笑着拍了他肩膀没再说啥。

我们一起把东西收拾好，“唉，麻烦你们两个帮我把东西送回家好吗？”“没问题老师，我们一定……老师您，您一定爱护好自己，不要……”很无奈地想说安慰我的话又不知怎么说。

他们把我送到家，把一些物品摆放好，临别时眼里含着泪水，“老师，您保重……

我们会经常……来看您……”

我看他们要掉眼泪心里也酸酸的，赶忙强笑着说：“谢谢，谢谢你们！好好工作，一定把咱们这个核动力远程飞行器项目搞成功啊？全靠你们年轻人啦。”

他俩点点头齐声道：“请您放心，我们会的……”“再见，再见再见。”我向他们挥手告别。

其实，我被停职之事，在没从王公明那里回来之前，单位私下里已经传开了。大家议论纷纷，说啥的都有。暂且不论。

我把东西摆到书房安顿好，坐到客厅里的沙发上长舒一口气，自言自语：“好啊！从今往后，所有的时间都属于自己的了，再不用起早贪黑地上班，也不用担心上班迟到，更不用担心这个领导部门安排政治学习，那个领导安排下部队调研。真是无官一身轻啊！我可以放开一切烦心琐事，专心研究我们的核动力远程轰炸飞行器啦。

可这种轻松感仅仅持续了两天。第三天不知不觉地心里就多了一种无力的空虚感。我又想起王公明大爷那句话：“……我代表组织……”我愤愤不平地自言自语道：“代表组织？组织是谁？谁是组织？这都是扯淡！谁在台上谁就说了算，谁说了算谁就是组织！几十年过来，我看得清清楚楚，组织是一个空洞无形的代名词罢了。不要动不动拿组织来吓唬我，来压制俺！”

我在家里待得只觉心里空荡荡。空得我无所适从，只想不停地踱步抽烟。我想去看望一下母亲，有时间陪陪她老人家聊聊天。自从王建社和姣姣他们住上别墅，就把我妈接过去了，家里请了保姆照顾着她。我们平时工作忙，只有逢年过节才过去看望，她也知道我们忙，从不计较那些。如果……如果现在不年不节的我突然去看她，妈她肯定会多想，也会打破砂锅问到底：“怎么不年不节的有时间来陪我聊天啦？是不是有啥事呀？”到时我怎么向她老人家解释真实情况呢？罢罢罢，马上就国庆了，待十一国庆节时再去看她老人家吧。她已近七十五岁的人了，省得再为我这当儿子的担心、着急。

我本想静心翻阅一些资料，抓紧研究远程轰炸飞行器的。可一打开那些资料书籍，眼前就模糊，头脑中全是办公室里的那些琐事：这几个研发小组是否需要在一起互相商议下呀？康强、张杨能否沿着专家们所提的意见思路往下走啊？马上十一节小长假啦，原有两个同志给我打过招呼到外地去玩，他们会不会再向姚政委说呀？总务科姜科长给我请示食堂和会议室想招聘三个女服务员，不知他安排了没有？冯德利副所长向我反映，直供部领导要求，从明年开始各单位职工住房，改革取暖费和物业费发放工作，年底前各单位统计住房情况，不知他安排得怎样了？单位一些琐碎事总是浮现在心头放不下。

常言说得好，地球离了谁都照样转，单位没了谁都正常上下班。我极力克制住自己不想单位的事情。不经意间，看到书桌台历上写着，“今日是叶剑桥教授生日”

几个大字。这是我写的，自从叶剑桥叶教授退休后，我们每年 9 月 26 日这天为叶教授过生日。由于中午上班工作忙，都是安排到晚上到外边饭店，大伙热热闹闹给叶教授过生日。这也是我当所长以来规定的，无论研究所退休的老领导、老教授、老职工哪天生日，无论他们家人怎么安排，我们研究所必须有所表示庆贺。家里有子女在身边的，我们所里送上一个大蛋糕，子女不在身边的除所里送份大蛋糕外，各处室也要自行安排为老同志过生日。

叶剑桥是我的恩师，他的两个孩子都在国外定居，每逢老两口生日那天，我都要在外边饭店为他老人家安排庆贺生日。特别是叶教授老伴于阿姨去世后，叶老一人在家生活更加孤单。我时不时地去看他老人家一下，问问家里有没有事，生活上还缺啥吗，已成我的习惯。

这几天连续下了几场雨。今又是阴沉着天，看着还要下雨的样子，不知叶老师的老寒腿病犯没犯？正好今天是他老人家的生日，我停职在家无事做，就不等晚上了，现在就过去与他老人家聊聊天。想着，我简单收拾一下，就下楼到叶剑桥教授家了。

叶剑桥的老寒腿疼病是在“文化大革命”蹲牛棚时落下的，年轻时不在意。近几年又和我们在野外做实验，风里来雨里去的劳累，这不老了就显现出来了。咚咚咚我敲了几下门，里边无人应声。我又使劲敲了几下门，微微听到里边“谁呀”的问话声，我急忙说：“叶教授开门，我是方晨晨。”

半天过去，门才缓慢地打开。叶剑桥散乱着白发，苍白的脸，弯着腰，穿着睡衣，少气无力的双手扶着门问道：“这个时候……你来……干啥？”我看此情景急忙上前一步扶着叶剑桥教授，问他：“您怎么啦？”

叶教授一只手实实抓住我，我感觉到他借助我的力量在支撑着整个身体，另一只手轻轻关上门对我说：“唉！这几天下雨，这条……腿疼的老毛病又犯了。”这还真让我猜中了，叶剑桥每当下雨下雪天，膝关节痛病便会复发。

我急忙搀扶着叶剑桥教授走到沙发前坐下，看到他肿得像馒头似的膝盖以及痛苦的表情。我关心地问：“您吃药了吗？”叶剑桥有些为难地说：“上次拿的药吃完啦。”

我在叶剑桥屋里屋外没找到轮椅，也没寻找到拐杖。只好到他跟前蹲下商量：“叶老师，咱们去医院看看吧？不能在这干受罪呀。”

叶剑桥沉思了片刻，又看看窗外阴沉的天气，唉的一声说：“天气不好，改天吧？”

“您这么难受，可耽误不得呀！我陪您去医院啊！”叶剑桥冲我点了点头，“好吧。”一副很歉意的表情。

我帮叶剑桥换好衣服，蹲在他跟前示意要背着他下楼，他犹豫片刻说：“我一百三十多斤呢，这能行吗？”他四下张望了一下，明知家里没有轮椅替代。住在高层只能乘坐电梯，他自己都感觉从屋里到电梯走路确实很困难，最后还是顺从地趴在了我的背上。

平生第一次背老师，才知道一百三十多斤的老师是如此之重。叶剑桥看我有些吃力，走出了电梯和楼门口，几次想下来，都被我阻止了。走去家属院大门口，在等待出租车时，一位手提买菜回来路过的老阿姨，看见叶剑桥趴在我背上，便哈哈地笑着冲叶剑桥说道："哎哟，老叶，年幼时背着儿子，现如今老了得让儿子背着你喽……"

叶剑桥嘿嘿笑着。这笑声中，有羞涩又有些幸福的味道，急忙解释道："不，不是……是我的学生。"那老阿姨手提着菜走了。

虽然早已走远。她的话让我心头一热，眼泪差点流出来。想起儿时在父亲背上的岁月，父亲没能得到我这样的回报。今天只能背着我的恩师报恩了。虽然背着的是恩师，可心情还是既激动又有成就感。

出租车把我们送到空军总医院门诊部大楼前。我背着叶剑桥到急诊处租借了一把轮椅。我推着他老人家楼上楼下看医生，拍片，做各种检查，到处都是温馨的目光和礼让。骨科刘医生看后对他说："叶教授您的腿从片子上看并无大碍，开些消炎和外敷药吃一吃就好了，您回去注意休息，尽量少活动，还要注意保暖，不能受凉啊。没事的，放心吧。"叶剑桥笑道："好的，谢谢你刘大夫。""嗯，不谢。"

看完病，我们在回去的出租车上。我与叶剑桥老人家商量："叶老师，今天是您 76 岁生日，也到吃午饭的时间了，咱一起吃饭，先为您庆贺生日吧？"叶剑桥没有反对，只是嘿嘿笑着说："我这个样子，还过啥生日吗？"

"叶老师，这生日还是要过的。"我让出租车司机将我俩拉到距离家属院较近的湘鄂情酒家。我背着叶剑桥教授进入一层大厅。正在这里用餐的人们看到我背着老人进来，都向我们行赞誉的注目礼。一名女服务员急忙向前帮我扶叶教授到一餐桌前坐下，使我很不好意思地说道："谢谢！谢谢你。"

当时我点了几个叶剑桥最喜欢吃的菜，有湘味小黄鱼、剁椒鱼头、虹泥秘制猪手、老鸭汤，还专门要一份龙须长寿面。叶剑桥在一旁直劝我说："就咱俩少要点菜，吃不完浪费。"我笑着说道："今天是您的生日，咱就吃长寿面啊？"菜点完。

待服务员将菜上齐。我们俩吃着聊着时，突然，一位看上去与我年龄相仿的生意人来到我身边，竖起拇指，说着地道的湖北话："背着的是老爹撒？俺多少年没看见背着老爹到饭店吃饭的了，一看恁就是孝子！来哥，俺给老人家敬杯酒。"

我急忙向他解释道："不，不是老爹。嗯……是……是我老师，今天他老人家生日，我是来为他庆贺的。嗯，他不喝酒，谢谢、谢谢你！"我与他用水碰了杯。那老兄一听是老师关系哈哈笑道："哎呀！你这更了不得啦！老师就……"这时，旁边就餐的人一听我们俩的对话，许多素不相识的就餐者，也自发地围上来到我们的餐桌前，与叶剑桥教授和我碰杯，并伸出大拇指夸奖道："好啊！你们的师生情看来不一般呐？佩服佩服！祝福老人家健康长寿，生日快乐！”

该饭店的老板听说后，也过来敬酒，他笑呵呵带着湖北腔调说道：“我是这里的老板，在这开店近七年啦，从没看见背着老人来就餐的，这场面太感人了。祝老人家健康长寿，福如东海，寿比南山！哎，今天的饭钱打五折啊。”“谢谢，那多不合适。”我和叶剑桥教授连声感谢他的祝福和热情。

平生第一次背老师的我竟得到了大家的赞扬，我心里感到非常的高兴，心想：真是人在做，天在看。只要你做出一点点好事都会得到人们的赞扬和好评。

饭后，我到酒店隔壁医疗器械商店买了一把轮椅和一支拐杖，陪叶剑桥教授回到家，把他安顿好。突然，叶剑桥教授疑惑地问我：“哎，小方，最近你工作不忙吗？研发的那个核动力远程轰炸飞行器的工作怎么样了？”“哦，我们已经找中科院专家们论证，提过意见和建议啦，现在正紧锣密鼓地弄着呐。”我简单搪塞过去。

我停职工作的事情，看来他老人家还不知道。唉，既然不知道，就不要告诉他了，省得给他添堵。

叶老关切地问我：“你的腿、腰没事吧？你也五十多岁的人了，今后也要注意爱护好自己啊……嗯，千万不能出问题。你看我这多麻烦，不但自己受罪，还连累你们。”

听到叶老师的话，像父亲一样的亲切温暖。我赶忙说道：“您放心吧！我没事的。”说着我抬头看到叶客厅墙上的一幅大字，李鸿章晚年手书，这样写道：享清福不在为官，只要囊中有钱，仓有米腹有诗书，便是山中宰相。祈寿年无须服药，但愿身无病心无忧，门无债主，可为地上神仙。落题款叶剑桥习书。看后我问道：“叶老，这书法是您自己写的？写得真好啊。”

他谦虚地呵呵笑道：“胡乱写的，不成书法，不成书法。”

晚上，所里姚民、冯德利、张广西，带领朱建铭、康强、张扬等同志，还有我和邓选达老所长一行来到叶剑桥教授家里庆贺他 76 岁生日。叶剑桥当着来人的面，一再感谢我今天上午在百忙之中，背他去医院看病、吃饭，又给他买轮椅和拐杖的事。我的事情他们也不好向叶剑桥教授讲。就这样，大伙在说笑中为他老人家庆贺了生日。

等我们把叶教授安顿好，各自分手时，邓选达老所长使劲握住我的手，用三分醉意盯着我看了良久，却无言。

我望着他不知说啥是好，心里一阵阵锥心的痛。

第六十二章 原形毕露

我回到家里木呆呆坐到沙发上，没有一点点的睡意，心里五味杂陈。

我给自己沏了一杯茶，望着书柜上琳琅满目的书籍，回忆起孩童时与小伙伴打架，和冯为国哥俩割草偷烧烤生产队玉米和红薯的事；想起小时候与张丽手牵手放学回家的情景；又想起在扎兰屯庙会上邂逅时的情景；想起与梅儿在陆军医院花园散步时的欢声笑语；想起在31农场被牛宏参谋拷打审问时的情景；想起我入党时在党旗下宣誓时的情景；想起我和姚民、聂蓉蓉同时被授予大校时，集体站在军旗下宣誓的情景；想起我们研究所的科研项目获奖拿到金牌时，大家欢呼雀跃时情景；浮现出与小岚在桂林漓洑山莊畅饮吃夜宵的画面……

这一幕幕一件件的情景在眼前闪过。特别是，想起我和小岚在桂林时，那无忧无虑无烦恼的情景。我唉的一声长叹，又摇摇头道："可惜呀，可惜好景不长！"对那时没敢尽情享受，自己心里还隐隐有些后悔。

此时此刻，冯为国那边，夫妻俩床上也没睡，刘英穿着睡裙依偎在冯为国的怀里撒娇地问："老公，如果嗯……这次你的少将任职命令批下来，嗯……你咋感谢我呀？"

冯为国使劲抱了抱怀里的刘英，向她脑门上轻轻吻了一下："咱们家从来都是你说了算，我听老婆的……"刘英满意地微笑着把头深深埋在冯为国的胸脯里。

我躺在床上像铁锅上的烧饼翻来覆去，仍然睡不着。顺手拿起床头上的《红楼梦》，在台灯下随手翻了翻。看到第一回，甄士隐梦幻识通灵，贾雨村风尘怀闺秀。我无聊地翻阅着，看到跛足道人的《好了歌》，世人都晓神仙好，唯有功名忘不了；古今将相在何方？荒冢一堆草没了。世人都晓神仙好，只有金银忘不了；终朝只恨聚无多，及到多时眼闭了。世人都晓神仙好，只有娇妻忘不了；君生日日说恩情，君死又随人去了。世人都晓神仙好，只有儿孙忘不了；痴心父母古来多，孝顺儿孙谁见了。

甄士隐对跛足道人也附和道："陋室空堂，当年笏满床；衰草枯杨，曾为歌舞场；……金满箱，银满箱，展眼乞丐人皆谤。……择膏梁，谁承望流落在烟花巷！因嫌纱帽小，致使锁枷扛；昨怜破袄寒，今嫌紫蟒长；乱哄哄你方唱罢我登场，反认他乡是故乡。甚荒唐，到头来都是为他人作嫁衣裳！”

“金满箱，银满箱，展眼乞丐人皆谤……因嫌纱帽小，致使锁枷扛……甚荒唐，到头来都是为他人作嫁衣裳！为他人作嫁衣裳……”我嘴里嘀咕着，回味着他们的话语，心神依旧，不知不觉睡着了。

我站在昏暗而深邃的大殿里，烟雾缭绕，灯光时明时暗。大殿上坐着一位老者，一头白发盘卷在头上，瘦小的脸上长满长长胡须，他盘腿打坐，胡须已搭在盘坐的双腿上，手里拿着一个物件，似隐似现。老者一副威严的表情，开口问大殿里我们这些众人:“天下何人最快活？”这时众人骚动起来，各抒已见，有人说“富甲天下”，有人说“高官厚禄”，有人说“功成名就”。那位老者听罢一一摇头，乱哄哄，议论纷纷……直至听到“畏法度者最快活”时他才点头称“是”。我还不解地嘀咕着:“畏法度者最快活？……畏法度者……”

忽然间，我从梦中醒来，嘴里还在嘀咕着“畏法度者最快活”，刚才的梦境清晰、历历在目。

夜深了，我在沉思中反复回味梦中老者的话。是啊，成功与失败，荣誉与耻辱，金钱与罪恶，权力的滋味悬如霄壤，实则只有一步之遥，只在公私之间尔。

太原卫星发射基地。观察大厅里坐满各个方面的工作人员，都在注视大屏幕。我在喊:“各地观测点请注意。各地观测点请注意。”“湖南收到”“广州收到”“三亚收到”“南海收到”“太平洋收到”，我下达命令:“现在开始点火。3、2、1，点火点火。”

一颗飞行器腾空而起。康强在屏幕前注视着，报告着“一万、两万、三万、四万、五万、六万、七万、八万、九万,九万！九万！”屏幕上一个亮点突然爆炸。在太平洋海域炸中目标。“成功了，成功了老师！”康强、张扬两位喊着跳起。我和邓先达、叶剑桥、吴广西、冯德利、姚民、朱建铭等在观察大厅里激动地一下站起来，举双手并喊着。康强激动地又对我喊:“老师，命中目标分厘不差啊。”我们热泪盈眶互相拥抱庆贺，欢呼跳跃。

“报告首长，我们成功了，成功了，首长！”我急忙向王公明报告。“好好好，庆贺庆贺啊。”王公明他来到我们中间，哈哈笑着与我们一个个握手:“同志们向你们庆贺啊。方晨晨科研小组核动力超高音速远程轰炸飞行器试验成功，并获得国家科技特等奖，党中央国务院、军委和空军首长向你们表示祝贺！”哗哗哗大家笑着一片掌声，“谢谢首长……”

我哈哈笑着突然醒来。啊！我是在做梦啊。常言说：日有所思，夜有所梦。我暗暗下决心一定把它早日研发出来。

天已大亮，新的一天开始了。北京城又进入了生活的喧嚣之中。

我在家里随便吃了一碗鸡蛋面。就坐在电脑前，又开始了核动力高音速超远程轰炸飞行器的研发工作。我在想，如果定点发射成功只能是第一步，还必须要想办法让它携带多弹头，移动式发射，这样才能机动灵活更好地打击敌人。自己在这样设想着，也在修改着第五套设计方案和数据。

上午大约十一时，突然放在电脑旁的手机叮铃叮铃响起。我打开一看是小岚的电话，没有一点犹豫就接听到："喂，你好！""哥，是我……"她甜甜的声音。

"有事吗？"我冷静地问。只听她在电话那边咯咯笑着说："没事。哥，你要不太忙，中午到我家来呗。嗯，朋友从澳洲带来的大龙虾和鲍鱼，还是新鲜的，我做给你吃呀。嘿嘿，你检验检验我的烹饪技术怎么样？"

我心想，好啊！哥我多日未出门正无聊呢，出去开开心也好。"好，你等着我吧。""嗯，我等你哦。"

我没有了再修改方案的心情，关上电脑，穿上休闲装，蹬上耐克旅游鞋就出了门。我还在心里嘱咐自己，如果碰上熟人也就说是去跑步锻炼呐。唉，过去是想让世界人都知道我方晨晨，如今是想让地球人都忘记我，今非昔比喽。

出大门时刚好碰上传达室孙师傅在收拾杂物。他看到我热情地打招呼："方所长没带把伞呢？这天阴沉得很，看来是要下雨呀！"

"啊，没有。"我放慢脚步，仰望着这虽然阴云密布的天空，自语道："没看见闪电，也没听到雷声啊。"

只听背后孙师傅不经意地说："嗨！看事物不能只看表面，云层上面的世界咱哪能看得见啊？平静的后面往往就藏着狂风暴雨咧。"我呵呵一笑，"是呀。"

心想：我当然明白这些自然现象！肉眼看不见云层上面的世界，同样也看不见阳光下隐藏的黑暗。我没再理会他，迎着这暴风雨来临前平静的微风，一路慢跑到小岚西山二号别墅院里，掏出钥匙很随意地打开她别墅大门。

进入客厅，只见小岚穿着她平时爱穿的那件透明的真丝睡衣，正在厨房里忙着收拾鲍鱼。看我进来，咯咯笑着跑到我跟前，"嗯……"双手向后一背，伸嘴上来就要吻我。

我向后闪身想阻拦她时，已经为时晚矣，她全身都贴到我身上，一股体香扑鼻而至。我担心她摔着，赶忙双手又抱住了她。

她俏皮地笑着说："哥，我都想你啦，你也不……不来找我，嗯电话也不打个。""最近确实太忙，对不起啊！"我很有分寸地忙解释道。

她松开我说："你把这外衣脱了，我做好这最后一个菜咱就吃饭。"嬉笑着去忙她的最后一个菜去了。

我无拘束地顺手就把外衣脱下，挂在客厅的衣架上。到卫生间洗了洗手出来，看到她做了几个南方菜摆满了饭桌，看着就让人胃口大开，色、香、味俱佳。说真心话，她做的菜看上去就比聂蓉蓉做得好看、好吃。唉，这可不是嫌弃我自己的媳妇，也不是说媳妇都是人家的好，孩子都是自己的好那种观念啥的。的确是好，看每个菜色香味俱佳，吃起来咸淡适宜。

自从我被免职后，从没朋友再请我吃饭喝过酒，世态炎凉啊。今天，可能是我心里没有工作压力和顾忌、借酒消愁的大好时机。

小岚她拿上来一瓶茅台酒，“哥，咱们今天好好喝点，我回来多次想与你痛痛快快喝次酒，您总是忙啊忙。”她噘着小嘴不高兴的样子。“好好好，咱俩今天喝他个一醉方休可以了吧。”“好好好。”她高兴地坐下。

我俩人吃着喝着，不知不觉就喝完茅台酒，她又从酒柜里拿出一瓶白兰地洋酒。我心中充满发泄地骂道：“真他妈痛快！有漂亮美女陪着，吃着中餐喝着洋酒，爽！真他妈地爽！”我隐晦地笑着问小岚：“你说，这社会……这世道咋那么不公平？”

小岚一定看出了我的不满情绪。她笑眯眯地说：“哥，公平！那哪有公平？什么叫公平？”她看破红尘似地接着说：“公平，只有过春节最公平！”“嗯，怎么讲？”我不解地看她一眼。她微仰着红润光泽的脸，继续笑道：“这个社会哪有公平可言？只有过春节是最公平。你看呢，在社会上最最公平的事，就是过春节每个人普长一岁年龄，既不用找关系，也不用托人走后门。既不用看户口本，也不用交社保；既不用看文凭，也不用看父母官大小。只要大年三十除夕过后，全国人民不分穷富，不分贵贱，不分男女，不论职务高低，绝对地普长一岁！是不是呀？除此之外，嗯！没有公平之言！”

“哈哈哈你呀！”我笑着嗯嗯地点了点头，“可不是吗！”突然又逗她说：“还有一样最公平！”

她不解地冲我问：“什么？”我故意挑逗道：“你猜呀！猜不着罚酒三杯。”

她天真地哼哼仰头想着，怎么也想不出就说：“好好！我认罚猜不出。哥，你告诉我吧，是啥呀？”

“你先把罚酒喝了。”她还真不含糊连喝三杯酒后，冲我问道：“哥！什么东西？”

我得意地笑着说：“空气呀，空气对人类，对世间万物都一样！不分动物、植物，不分人类和动物，不分男女和老幼，不分穷和富，都一样供给使用。你说是不是呀，我的大小姐？”

她有所悟地点点头道：“对对对！嗯，赏给你一个大鲍鱼吃！”小岚随手夹一块鲍鱼塞到我嘴里。

我们吃着聊着，不知不觉又喝完一瓶洋酒。突然，她嗯的一声想起啥事，随即起身到客厅旁边的沙发上，从她坤包里拿出一张银联卡，走到我身边紧靠着说：“哥，这个你拿着，我知道你们家为儿子出国借了不少钱，这是五十万，去把钱还给人家，咱……咱们有钱！甭犯愁，啊！”

本来想一醉方休的我，突听她这么一说，顿时被惊醒了一半酒醉。忽然间小岚的样子在我面前有点陌生啦。我看着她手中的银联卡心想：她怎么知道我们家为儿子出国借别人的钱？你一个记者每个月挣多少工资？哪儿来这么多钱呐？买房又买车的。

她似猜透我的心思笑着说：“哥，我亲爱的，这钱不是偷的，也不是抢的，是我靠本事挣来的，钱是干净的你放心。”

“不不不，你……你哪儿能挣这么多的钱？不不，我不要！”我把她举到我面前拿银联卡的手给推了回去。

她用右胳膊抱着我的脖颈，全身都快要坐到我怀里了，动情地：“哥，你辛辛苦苦没日没夜地为他们干了几十年，到头来一无所有，连儿子出个国进修学习，还得借钱，这是图个啥呀？”

言此有理，我从内心同意她的说法。但这样直白说出来，我还是不习惯。“嗯！你怎么这样说呐？”我故装生气地责问她。

她看我生气啦，急忙微笑道：“看你！我是心疼你，为你打抱不平发发牢骚嘛。哥，别生气啊？”她又撒娇地端起桌上的酒杯说：“亲爱的哥哥，不生气了啊？来，我向你道歉。”我还以为她是让我和她干杯呐，没想到她突然猛对我的嘴巴上亲吻了两口。我浑身像触电一般，血液嗖的一下从脚蹿至头顶，按捺不住的荷尔蒙就像被一下子激活的精灵，开始在身体里躁热游走。

我强控着自己，急忙站起躲闪着，客气地冲她：“小岚，谢谢你，这钱确实不能拿，我还没有穷到还不起账的时候。来，咱们干下这一杯就不喝了，再喝你都醉了。”我端着酒杯就与她相碰过去。

“哥，我已醉了……”她说着啪的一声，把酒杯和酒扔甩到地上。

“哎哎，你慢点！”要不是我反应快扶住她，只怕连人带凳子都要摔倒在地上。

我赶紧抱住她送到二楼卧室大床上，刚准备给她盖上被子，只听哇的一声，眼看着就要吐酒。“忍住，忍着点啊！我拿盆去……”

当我从卫生间拿来盆时，她又躺下了，被子已经掉到了地上。人，四仰八叉地躺着，睡衣已扯开，暴露出内衣内裤和细白的肌肤，两座凸起的山峰挺立着。我想退出来，可她这个样子别受凉。进去吧，孤男寡女授受不亲。正当我进退左右为难时，“哥，我喝水，嗯，哥……哥我想你呀哥……”

我急匆匆跑楼下倒了杯热水端上来。走到她床跟前递过去，猛然间，看到她肚脐雪白的肌肤旁有块紫红色的印记。我吃惊的心又紧缩了一下，心想：这雪白的肚脐肌肤，长块这东西？就像晶莹雪白的玉石上多了一点瑕疵，反而让人看着感到莫名又吸引。我不敢再多看多想，“小岚，水来了，你喝口吧，喝点……”

她没等我说完自己睁开眼坐了起来，接过水杯喝了一大口水，冲我嘿嘿笑道："哥……谢谢！谢谢你……哥。"

我刚要去接水杯，她一把抓住我的胳膊，使劲往床上拽。猝不及防，我就使劲往后撤退，"小岚你这是干吗？""哥，你坐下！我不吃你！干吗这么怕我？你坐我跟前不行啊？我有那么可怕吗？啊！"她半眯半睁着眼责怪我。"我坐下没问题，你也没那么可怕，反而非常可爱，只是我是有家室的人，还是一名军人，不能做出超越底线的事来，不能对不起你嫂子，其他都好说。"我谨慎地说着坐到她床边上。

小岚她看我坐下，猛地一下扑到我怀里，低声叫了一句："哥，我害怕……"我感觉到她的身子在瑟瑟发抖。于是我轻轻拍着她的后背安慰道："别怕，有我啊……"

她突然起来去卫生间。我赶紧给她倒杯水准备好，她洗了洗脸从卫生间出来。"小岚你喝杯水吧。"我端水杯递过去时，她又拽我道："哥你坐下，我想问你个问题，可以吗？"

我以为她又要问你爱不爱我，想不想和我结婚这些问题呢。这些，我早已想好了应对她的方法，就说："问吧，想问啥都中。"

"哥，你们空军 819 研究所都研究开发了什么尖端科技项目？"她这一问，使我内心吃惊不小，半醉的我有些清醒。就笑着说："这么给你说吧，现在和未来战争中，谁的武器装备尖端先进，谁就能赢得战争的胜利权主动权。怎么，你当记者的对这个还感兴趣？"

"关心关心部队建设，我们做记者的对各方面工作都有好奇心。"她嘿嘿笑着说。

我急忙附和道："那是那是，当记者就得有鹰隼的眼睛，狗的耳朵，兔子的腿，才能写出好新闻呐。"

"哥，最近我在互联网上看到一则消息，是美国中央情报部门收集到的，说中国军队正在研发激光远程制导定位仪和核动力超高音速远程轰炸飞行器，随着中国东风 d-31 和东风 d40A 型洲际导弹装备部队后，这种制导定位仪使中国战略核武器的威慑力大大提升，他们说得对吗？"

我惊奇地看着她。心里想：只怕这小妮子酒没醉，只是在我面前装醉吧，我得提防着她。"嗯不知道。"我笑着回应一句，又对她说："没想到你对这些东西还感兴趣？能留意到这些不简单呐，只有研究军事的人才关心这个，一般人都不会理会的。"

她故意往我身旁移靠近些，笑着说："哥，一个人若想成功，要么组建一个团队，要么加入一个团队！在这个瞬息万变的世界里，单打独拼者，路会越走越窄。选择志同道合的伙伴，就是选择了成功。"她说着望向我的眼睛，在看我有啥反映。我明白她的意思，故装着傻乎乎地问："嗯，你说的啥呀？我不懂。"

她以为我真没听明白，又接着："哥，用你的梦想去组建一个团队，用团队去实现你的梦想。人呢，因团队而超越，因行动而成功。一个人是谁并不重要，重要是他站那里的时候，在他身后站着的是一群什么样的人，这个很重要！”

“哦？那你说说我身后站着的是一群什么样的人？你身后站着的是一群什么样的人？”我故意装傻，看她怎么回答。心想，这丫头啥意思？她怎么说出来的话越来越让人心生疑虑。

“哥，我说过了，你天天加班加点干活，到头来还是穷光蛋一个。我们是讲经济效益，务实的，多劳多得的一个团队。”

“嗯！你们的团队？”我惊疑地问她。

“是呀，哥，你研发的这些东西，资料我已拿到，请你告诉我打开这些资料的密码是多少就可以了。”小岚转身把床头里边的笔记本电脑拿过来，她很不隐讳地打开电脑给我看。电脑屏幕上清楚地显示着“激光远程制导定位器可行性报告”“核动力超高音速远程轰炸飞行器设想方案”“立体四面相控雷达系统”。

我一愣，吃惊地发现近期自己日夜钻研的几个绝密资料题目，居然出现在她的笔记本电脑上。她这是从哪儿弄到的？我倒吸了一口凉气，心开始急促发颤，后背逐渐渗出了冷汗。多年的职业素养和保密教育让我立即警觉起来，迅速安慰自己道：不要慌，要沉着冷静，看她想干什么？

我故装镇静、沉着，又不露声色地问她：“你一个记者，又是一个女孩子家，从哪儿弄来这些军事上的东西？我还是第一次看到这什么激光远程制导定位仪，什么核动力轰炸飞机，这都是干什么用的？”我在给她装糊涂，打哑谜。

“哥，你很清楚这东西。作为一个空军科研专家，本课题主要负责人。哼，不知道这些？谁相信呐？”她很不以为然地瞟我一眼。

听她的语气，看着她不再温柔亲切的神色，我的心里飞速地闪回着我们相识以来的画面……

在我们接触当中，好像从未与她提到过我的具体工作，她也从未问过我工作上的事情，接触中似乎她一向不关心我是做什么的。今天，她怎么知道得这么清楚我是研究这些课题的？还知道我是本课题主要负责人？奇了怪了，太不可思议！

“说吧，我很想知道这些文件的密码，很想看到它们的内容。”她抛开所有醉态，严厉地催促我。

看来，这个哥不是白叫的，饭不是白吃的。她是有目的、有预谋的。我大脑快速旋转思考着这些，又想，看来她虽然拿到这些资料题目，但又不知道密码无法打开，看不到资料内容和数据。这也幸亏我们当时初设置的密码复杂，否则只怕也会被她破解掉的，我后背感到冒冷汗。突然又想，我设的密码非常不好破解，她破解不开密码，如果连续三次输入错误，文件会自动销毁，永远无法恢复。同时我暗下决心与她周旋，弄清她的真实目的和真实身份。我笑着说：“小岚，我真不清楚这些东西，什么密码不密码的？”

“你只说愿不愿意告诉我吧？”她的声音里带了点威胁的味道。

我心里一沉，又接着说：“我不愿意也不能，希望你能理解。”虽然很坚决，但语气还是很轻柔，不想与她马上翻脸。

“现在看，不强迫你是不行了啊。”她有点生气，也不称我哥哥了。

“那你准备怎么强迫我？”我还是微笑着，一副无所谓的样子。

“如果……如果你不告诉我密码，帮我打开这些内容，我就要利用记者的优势，对外界，对你空军领导，也包括你们819研究所的人，说你方晨晨借交朋友之名猥亵我、强奸我！据我所知，你在这方面可是有前科的，你没能晋升少将和被免去所长职务，就是因为这方面的原因，我这样发给出去，你们部队的人肯定会相信的。哼，到那时，看你怎么做人，怎么向家里交代！”

“什么？”听到她说的这些话，我脸上的笑容一下子凝固，随后被惊骇替代。心想，她对我如此清楚，这些是怎么知道的？

“你还是仔细想想吧。说，还是不说。”她说罢站起身来，仍穿着那件睡衣，在屋里来回踱步，上身露出细白的肌肤和那两个丰满的……只是我再也没有一丝一毫的欣赏和向往，而是来自地狱恶魔般的厌恶和仇视。

她又低声说道：“不说，你的名誉和家庭都将彻底毁掉。说啦，你啥都不会损失，反而还……”

我在想：真他妈的是碰见鬼了！她到底是什么人呐？不像是记者关心的事，也不像普通人说的话。人心莫测啊，难道她……我不敢再想下去。自从我们相识那天起，她每次接近我，请我吃饭；给我家里钥匙；在桂林陪我游山玩水；晚上陪我看刘三姐演出，在漓湫山莊喝酒作乐这一幕幕一件件在脑海里呈现……

啊！我突然回想起在漓湫山莊喝醉那天晚上，我是带着我的笔记本电脑去的，电脑里就有完整一套激光远程制导定位仪可行性报告。还有核动力超高音速远程轰炸飞行器设想方案、立体四面相控雷达系统这两个文件。很有可能她是借我喝醉酒之时，把我电脑打开把里边的文件拷贝走的。但是，后边这两个文件只有标题没有内容，幸亏我当时还是多了个心眼，留了一手。也怨我太大意、太粗心！不该把那两个文件标题复制上去，太蠢！我心里骂着自己。看来她不是爱我，不是想做我的情人，不是像她所说把我当哥哥，她是有预谋、有目的接近我的。那好吧！既然这样，咱俩就玩一场猫捉老鼠的游戏。我装作好奇地：“小岚，这些东西对你有啥用？不当吃不当喝，当新闻也没什么新鲜的？”

“好吧，我本来想以后再告诉你的，既然你执意要问，那我就向你说明吧。你如果告诉我密码，配合我打开这些资料，我能卖出很多钱，然后分给你一半，让你们家里和咱俩都过上更美好、更幸福的生活！”

“卖钱？出卖科研情报？”我惊得一下站立起来，质问她：“你到底是不是记者？你说的是真的，还是开玩笑？”

她严肃地冲我说：“你想知道真相是吗？那好！我就告诉你，我不是记者！”“啊！你，你不是记者？”我彻底惊呆了，心情有点激动，反问她：“你和我接近亲热、称兄道妹的难道都是为了这些？你是……”

“别急嘛，我不用这个办法，你能和我在一起吗？你会上我的床吗？”

“上床？无耻！”我怒不可遏，“没想到你小岚这么漂亮聪慧的女人，会做出这种自掘坟墓的下三滥行为！”

“别激动嘛，听我慢慢给你说原委。”她倒没生气拍了拍床，示意我坐下。对我说道：“我之所以这样做，归根结底是因为你是空军819研究所所长，你手里掌握着空军部队大量的先进科研项目。如果你不是研究所所长，想让我靠近我都不会的。我这样千辛万苦费尽心机，花费这么大的精力物力，就是希望从你这里拿到对我有用的东西！”

“这么说，你多次找我吃饭，给我家中钥匙，出去游玩，给我钱还人家的账，都是事先预谋好的？”我质问道。

她仰头得意地笑着说：“没错！”

果然不出所料，竟然真的遇到了间谍！间谍竟然是这样的？真是像电影电视剧里描写的那样，高智商的大美女以记者的身份做掩护，以交朋友做情人的手段来靠近拉拢你。过去，部队保卫安全部门一再提醒我们科研干部，说国外谍报人员在我国活动频繁，特别是我们科研和军事部门要提高警惕。我听后总觉得不以为然，觉得这些离我很遥远，凭自己多年的历练，如果他们来到我身边，必能一眼识破。好啊，现在自己竟然和间谍在一起交往这么深，却浑然不知。反而，还把她当作最亲近的人。天呐！我真是昏了头啦！她！她终于露出“庐山真面目”来了！

第六十三章　将计就计

小岚她真实身份和目的暴露后，像是一位天使突然幻化成恶魔出现在我面前。可她，仍一脸得意的样子冷笑着冲我问：“哥，是不是有些意外呀？”

我心想你不要得意得太早，没有密码，你甭想打开文件资料。我料定她也不敢贸然行动，失去这宝贵的资料，眼下还得看看她还想做啥。我故装平静地问：“小岚，你还想要啥？”

她可能以为我动心了，就走到我跟前嘿嘿一笑：“凡是你知道的，我都想要。比如你们未来空军部队的信息化战略部署，航空兵部队飞机核弹装备情况，未来战时一二线城市的防空措施，核动力超高音速远程轰炸飞行器和立体四面相控雷达系统的功能，航天载人飞船等等。”

“还有吗？”我反问道。

“当然越多越好啦。还有战时对敌方卫星可能采取的措施，对未来航空航天的发展战略设想等等。”

我莞尔一笑：“很全面嘛。”

她又得意地对我说：“哥，这些东西你如果都能弄来，咱们将来不愁吃喝，就等着过荣华富贵的好日子吧！等你退休后，我带你世界各地转转，咱想去哪儿玩就去哪儿玩，潇洒度过一生。”

“是吗？好啊！那我问你，是谁派你来的？”

我这一问，她很警觉地看我一眼，“现在还不需要告诉你这个，但考虑到咱俩的关系……我可以……”我急切地想知道她是谁指派来接近我的，冲她说：“别说这个那个的，就说谁派你来的吧？”

“哥，说实话，我们是个大公司。我是以记者的身份作掩护，真正的业务是情报买卖。”

“你从我这儿弄到情报，完全是为了卖钱，为咱俩……”为步步深入，我尽量让自己平静下来，不打草惊蛇，也用缓和的语气问她。她看我有些心动，得意地说“那当然！”

“小岚，你怎么干起这个？太危险啦。”

“哥，我暂时还不想跟你谈这个。”

“小岚，先回答我的问题吧！赚钱的机会咱们有的是，何必……”我温柔地劝导她。

“好吧。”她又向我靠拢过来，“哥，我刚才说过，这个行当是世界上赚钱最快的行业之一。我们是一个成功的团队，团队里的一个朋友，去年干这个就赚了七八千万美金。”

我忙问：“那你赚了多少？”

她撒娇地笑着：“嗯，这可是商业秘密哦！不过你既然有兴趣，我可以简单给你透露一点。四年前，我在广州搞到一项生物技术情报，净赚了九十多万美金。三年前，我在成都搞到一份飞机科技情报，净赚了三百二十万美金。”

“啊？这么丰厚呀？”

她扭头看看我，笑着又对我说：“那当然了，经济、政治方面的情报和军事情报的利润相比还是差很远的。世界上愿意买军事情报的买主，也最多最有钱。因为这个我才转到军事这方面的。”

我还想进一步试探她是哪个间谍团伙，就笑着问：“什么人会对中国的军事情报感兴趣呀？”

“嗨，对中国军事情报感兴趣的人多了，只要咱们手中掌握这方面的资料，买家很快就会围上来，成群结队地给咱送钱。”她很自信地说。

“那如果，我说如果啊，弄到很有价值的大资料，你会卖给谁？”

“嗨，哥，主动权在咱手里，谁给钱多就卖给谁呗。”她很得意地说。

我想套出她的具体组织，又说道：“嗯明白了。但我希望你说得更清楚些，比如有哪几个公司可能来买我们这些情报，我作为情报提供者，如果连这些都不知道，怎么干？”

“嗯，那些买家的名称我不会告诉你，做这类生意是有严格规矩的。但我可以告诉你个大概，他们有的是亚洲人，有欧洲人，也有美洲人。”她很滑头地说。

“嗯小岚，你咋知道我就有你需要的情报呐？”

“嗨，哥，我刚才说了，你是空军819研究所所长，是这方面技术的创造者，肯定会有大量的珍贵资料，其他人是无法和你比的。你这个人本身就是一座金山，取之不尽用之不绝的。”

我嘿嘿笑着问：“那么，你又是如何判断我会为你所用呐？”

“嘿嘿，我知道你是一个执着的职业军人，不是一个痛快的合作者，你让我策划的两次行动都归于失败。不过，这无形中又使我卖出的情报具有更好的预期价值。”

“两次行动？”我身子一震，“在你见我之前，已经策划过两次针对我的行动？”

“对呀！”她很遗憾地点了点头，又说道：“现在可以给你明说了吧。第一次，我们派出一个人……”

“你派去一个人？”我心里的惊疑更甚，冲她问。

她唉的一声叹息，“事到如今也不必瞒你说，他是我的助手。他以与你们家交朋友的名义给你们家送钱送物，这些也都是我指使的。”

“这个人也是你从国外带来的？”

她笑着摇摇头：“Nonono，这种人遍地都可以买到，用不着从国外带。”

“这个人他是谁？叫啥名字？”急忙问她。

“暂时不能告诉你。但是，他已经接触到海军、空军，肯定在收集这方面的情报。”

我心头一紧，心想：这个人是谁？他已经接触海军和空军，在收集这方面的情报？太危险了！

她不加掩饰地说：“嗨，我当时以为派他会马到成功的，用那种办法……很少被人拒绝。没想到啊你拒绝了，这让我非常非常意外。实话告诉你吧，你让我很伤脑筋。看来 819 研究所所长的确与别人不太一样，我只好策划了第二次行动。”

我在想，这个人他已经潜入了海军、空军部队，可我们全然不知。平时与我们家交朋友是谁呀？大脑飞速回想这么多年，我们这些朋友没有谁给送钱送物啊？天呐！太可怕了，处处是陷阱！我眼睛盯着她，心里生出一股惧意。

她笑眯眯得意地接着对我又说道：“嗯，至于第二次，就是用美人计了，以美女入怀让你就犯……”

“什么什么？美女入怀？哦……”我突然想起照片事件，“那几张照片是你们干的？”

小岚点了点头，脸色阴沉着：“要想你为我工作必须先断了你晋升的路，从内心仇恨共产党，仇恨现实军队的体制，从而扑到我的怀里，心甘情愿为我们工作。这个，还请你原谅，我也是不得已而为之。”

你？混蛋！我听后肺都要气炸了，刷的站起来，再也忍不住心中的愤怒。原来是她？断了我晋升少将的路。我又恨不得向前抽她几个耳光，才解心头之恨。此时此刻的我自已在劝导自己：方晨晨你不能冲动！遇大事要静气。咬住后牙根，握紧拳头，脸在红一阵白一阵地发烧。

“哥，看来将军之职对你还是很有诱惑力的？”她骚笑地看着我生气的模样，又说：“嗯，不过，有失就有得，哥请你放心。我会在金钱和生活上给你补偿的，让你的生活比将军过得都潇洒幸福！中国的官场有什么意思呀？以后有钱咱也可以把它买回来，照样当将军嘛。”

我心里想着照片事件，根本注意不到她在说啥，急切问她：“你让谁到沈阳海天大酒店的练歌房偷拍我的那些照片？”

“这个吗，暂时还保密。你的把柄很不好拿，害得我花了很多的钱，绕了很大的弯儿。”

我冲她发狠地说道：“你真够恶毒的！”

她不接我的话茬，转身一个鲤鱼打滚。从床的另一边拿起一个密码箱递过来冲我笑道：“哥，咱们甭斗嘴了，既然已经给你说明白了，你也干脆些，把文件包密码告诉我，这是给你的二百万酬金。”她说着啪的一声打开密码箱，只见成捆的人民币百元钞票，整齐地码放在箱子里。

“这是你给我的报酬？”我低声问道。

“这只是首笔酬金，把这件事情办完之后，还有四百万。咱们全部用现金交易，以免通过银行让人怀疑。我们是生意人，既然你给我提供这些资料，我就要给你回报。哥，我们这次的交易，估计总收益会很不错的，我到任何时候都不会亏待哥哥你的。”

她一边说着又一边要往我身上靠过来。我嘴一撇，闪身躲过她，面含讥讽：“哼！你挺讲信义嘛！”

她身体没能靠成我，又坐正些叹息道：“唉！在商言商，做生意嘛，要讲诚信，挣钱大家花才能长久。”

“你怎么知道有了这些钱我就会干？如果我不想跟着你干呢？”我眯起眼睛对她十分厌恶地问道。

她的神色顿时阴沉起来：“那恐怕不行，已经晚咯。”

“怎么个不行法？”

“我刚才给你讲过，不干恐怕你将会付出很大的代价！虽然你这人不好色不贪财，但你有致命的弱点，就是好面子重荣誉，非常在乎你现在的地位和家庭。”

“哼哼，然后呢？”

“然后，然后利用的方法很多，我先让你看一段光盘。当然，唉，你可别生气呀。”

“光盘？”我一愣，看了看卧室四周内并未有什么异常。

“我对咱俩之间的一些事情用镜头做了点记录。哥，你要保证不生气哦？”她眼神里浮现着狡诈的笑意。

“好，我不生气。”

她顺势把床头柜上的笔记本电脑拿在手里，敲击了几下，打开一个文件。霎时，电脑上立刻显示出了我和小岚在漓湫山荘别墅床上裸体亲密接触的镜头，一幕幕不堪入目……

“狗东西！不要脸！”我怒不可遏地举手想去夺电脑。她迅速将电脑举向另一边，一只手挡住我，“咱们可是说好的，不生气的哦。”

“我们之间根本就没做什么，你，你，你这是存心害我呀！”

她看我真生气了，又转身抚慰道：“不要生气嘛，这是我不得已而为之。我不想害你，可是……如果你拒绝与我合作，这些镜头分分钟会在互联网上传开，地球人都能看到，就算电子警察很快删除，可总是有部分人会看到的。而你的空军领导那里也会收到复制件，由于你有过让小姐坐腿上的前科，领导会认为这些镜头都是真的。我在寄光盘的同时，还会附上我的控诉信和控诉录音。唉，到时候，你就是有一百张嘴，只怕都说不清楚咯。到那时，你的名声和荣誉将彻底毁掉！不论是在单位还是在家里，甚至到河南老家农村，也将永远抬不起头。”她继续挑衅道：“你的儿子方晨曦和嫂子聂蓉蓉，已经被我们掌控住了，你若不从，他娘俩的性命也难保！到时，你会生不如死！当然，若你选择合作……嗯，一切都不算啥啦我的亲哥哥。”

此时此刻别墅窗外狂风大作，电闪雷鸣，倾盆大雨从天而下……

我把她杀了的心都有！可转念一想，稍安毋躁不能冲动。要智斗，要沉着冷静观察她，要与她周旋，谋定而动。我一边告诫自己，一边冷笑：“小岚，你搞错了吧？我儿子和老婆根本不在一个国家，相距甚远，还被你们掌控？哼，笑话！”

“不是笑话，你还记得你那大学同学王丽平吗？就是你儿子的干妈，也是聂蓉蓉的好朋友。她，就是我们团队的负责人，早已做好了功课。你……你不要执迷不悟了，他娘俩早已被我们收买了。只要你好好与我们配合，你全家会幸福平安无事的。”

王丽平？王丽平也是他们的人？果然不出所料！原来这么多年她对我们家的好，对儿子、老婆的好，是有目的的。我之前对她的厌恶只是单纯情感上的不喜欢，但从没从无耻背叛国家、背叛人民的方面去防备她。我内心深处总是对她的外资公司不放心，但没想到竟会是一个收集我军事情报的假冒公司。她还是一个主要负责人？太无耻啦！太可恶啦！王丽平你这个“长尾巴的黑手”，真是货真价实的黑手啊！

我的大脑有短暂的混乱。定了定心神，开始慢慢冷静下来。王丽平啊王丽平，既然是这样，咱俩就试一试！看谁斗得过谁？我在心里暗暗思量，外表却不露声色地笑着对小岚她说：“嗨，不行再婚，找个年轻媳妇多好。她照样给我生儿子你说是不是？”

她用手抚摸着我：“哥，只要咱俩合作，这些东西永远不可能有第三人知道的，我也会在适当时候当着你的面把它彻底毁掉，这是咱俩的秘密哟。你儿子和嫂子的安全我也会请求王总，将他们安全无恙地送回你身边。”

“小岚，你可知道我答应了你的要求，对我来说意味着什么吗？”

“我知道的，意味着你是一个会算账的人，意味着你是一个很聪明的人，是一个识时务者。”

“不！意味着我当了军队的叛徒，科技界的败类。意味着我是一个卖国贼呀！”我用缓和谨慎又自责的口气对她哭诉道。我还要装作无奈要与她们合作，两手甩着无所适从的可怜样子。

她看我有戏，又劝说：“嗨，哥你不要把事情想得那样坏，那么糟糕嘛。哥，只要咱俩一起干，我会全力保证你的安全和秘密的。你的安全，其实也是我的安全。你暴露了，我自然也会暴露。你不要给自己那么大的心理压力，你只是做了一件对自己有益的事，没必要给自己施加那么大的精神压力。嗯，你看我平时多轻松潇洒呀？人呢，活，就活得轻松潇洒些。”

我大脑中忽然显现红楼梦中甄士隐的“好了歌”和老者问众人话。只有畏法度者是最快活！功成名就，高官厚禄，富甲天下都不是最快活的人。

想起我入党时在党旗下宣誓时的情景；又想起叶剑桥他老人家的话：“我们科技工作者，不为名利遮望眼。”想到这些，我暗下决心，方晨晨为了信仰和尊严，一定守住做人的底线，保守党和国家的秘密，永不叛党，不背叛国家！决不能为一己私利，在金钱和美女面前，断送自己的前程。那样做，对不起为祖国解放而牺牲的爷爷，对不起为正义而被迫害致死的父亲，对不起培养我多年成长的老领导和党组织，对不起为祖国领土完整而英勇牺牲的梅儿，对不起与我同甘共苦的妻子和儿子，更对不起党和国家！

想到这里，我笑着：“小岚，你不是说我会算账吗？如果你一定要让我进行选择的话，我只能选择前者。选择前者，我可能还有东山再起的机会。”

她听我说选择前者，就笑着问：“那你真要选择前者啦？”

我笑着说：“小岚，亲爱的，这样吧，我同意与你合作，但是你得答应我一个条件……”

“啥条件？快说！”

“我们俩永远保持这种兄妹关系，不能结婚，不要破坏我的家庭生活。这样做也好给我打掩护，对外人也好说，你说行吗？”

“好，这没问题！”她很痛快地答应。

我抱了抱她说道：“你看这样好不好？我愿意全力配合你把这桩生意做好，也安全长久地做下去。只是今天咱俩喝这么多酒，又说这么多话，我的头也特别痛，文件包的密码设置特别复杂。你说这么重要的东西哪有那么简单的密码，很复杂的，不是我一个人的，我的助手他还记着一部分，我们用时都是共同输入的。现在我一时又想不起来。如果你真的对我好，为我着想，就先让我回去，待我把全部密码记下来，明天我再来，咱们共同把它打开。否则，你这样逼我，咱俩也无法合作，也只能说明你小岚不是真心地爱我，只是利用我。我想快慢也不在乎这一时半会儿吧？”

她看我说得很诚恳，愿与她合作。她脸上的神色阴晴不定，可能思想很矛盾，我抓着头故意装着很不舒服的样子，“唉，头疼。”

“那你用不用在这儿休息会儿？”

“不行啊，小岚我从单位出来多长时间了，领导找我咋办？咱们日久天长着呢，不能因为这一时耽误以后啊！”

终于她舒了一口气，得意地亲了我一下笑道：“哥，进入这个团队的几年里，我还没见过没被拿下的人，所有被选定为目标的人物，都已经是我的同伴了。这倒不是说这个团队有多大的神通，实在是，世上的每个人都充满着欲望，不是发财的欲望就是想当官的欲望，不是想出名的欲望就是美色的欲望，不是物质的欲望就是精神的欲望，只要有欲望，就会被利用，就会加入我们这个团队来！”

我笑着反问她“你也是因为发财的欲望才干这个的？嗯，那你看我是为啥欲望才与你同流合污的啊？”

她看我笑着说：“嗯，差不多都有吧。其实真要入了这个团队，干起来，你会慢慢发现，干这个并没啥了不起的，和在报社当记者没有太大的差别，都是把一些别人不知道的信息传递出去，情报就是信息嘛。不同的只是记者们传递的信息是公开的，这个团队上传递的信息是暂时不公开，区别就这一点点。嗯，至于危险嘛，你只要按照这个道上的规矩办，别麻痹大意，也没什么危险。至于愧疚嘛，我看也不必，有些东西你不传出去，别人早晚也会泄漏出去。有些信息很快要公开，就如你这个激光远程制导定位仪已经公开了，你不拿它换钱那是傻瓜！会有人去赚钱的。还有你那核动力远程轰炸啥的，这几年，我们向外卖了不少信息，国家不是照样发展吗？没损失到哪儿去？所以说，哥，你自己要放松，要坦荡，思想上不要把这当成太大事儿，慢慢就会习惯……”

我对她嬉笑道：“小岚，我亲爱的，今后我全听你的，一定保证咱俩的安全啊，宝贝。”

当她听到我叫她亲爱的，今后全听她的话后，俏皮地吧嗒在我脸上亲了一口。又伸出右手要与我击掌拉钩：“哥！亲爱的，我们拉钩上吊一百年不许变！你放心吧我亲爱的哥哥。有我在，永远保护着你！哪怕是我万一出差错，打死我都不能出卖你，我亲爱的……”

“呸呸呸！不许胡说。”我说着使劲拥抱着她。我又安慰她：“嗯这样，亲爱的宝贝，我出来时间太长了，不能引起单位领导和同事的怀疑，我先把这二百万和那五十万的银联卡拿回家，把单位手头上的事情处理好，把这个文件包的密码抄回来，咱俩稳稳地打开文件包，这样行吗？否则，他们会怀疑我的。亲爱的，为咱俩今后长久的合作，不能因这点误了大事呀，你说呢？”我非常真诚地又说了一遍。

“那……那……”

我看她戒备的心有些动摇，连忙趁热打铁：“那啥呀？宝贝，亲爱的，咱俩接触这么长时间，你还不相信我真的爱你，真喜欢你？为你我敢于冒险，还看不出来呀！要不，我不走啦，等单位找上门来吧，到那时咱俩全完蛋。”我上前又紧紧拥着她那光滑肌肤的身体，对着她那红润的脸轻轻亲吻了一口。

“不，我……我不是这个意思……”

“那你是什么意思啊？亲爱的……”我缠绵地对她说：“宝贝，要不这样？我到单位处理完事情就回来，今晚我就在这儿陪你住下还不行吗？咱俩好好庆贺庆贺这联合体。”我借势又使劲拥抱着她亲吻。

“那好吧，晚上八点不回到我这里，我立刻就把那些和今天咱俩在这儿的录像和录音一同发出。还有你老婆和儿子在国外的人身安全，到那时，你就等好吧！”她笑眯眯强求加威胁地对我说道。

我急忙说：“宝贝，我亲爱的，你放心，我不可能那样干，我方晨晨在仕途上已经没啥希望了，何苦还傻干呢？我跟定你去享受幸福和快乐的生活！我向你保证，晚上七点半准时回到你面前报道！为我们俩未来的幸福而奋斗。”我向前又亲吻了她一口。

她也迅速地抱拥着我，撒娇地睁着那双妩媚的眼睛冲我说：“那，你不能骗我啊？我等着你……”

“小傻瓜，谁有钱不要啊？这么美丽漂亮的媳妇不要，有美好日子不过呐？啊！我很快就回来，等着我。”我使劲地拥了拥她，又亲吻了一下她的脸。

随后，我迅速起身提着那个密码钱箱下楼，拿上衣服和茶几上的银联卡，扭头向她努努嘴一笑说：“拜拜，宝贝！”顺势出了别墅门。

她依依不舍地目送我到门口，喊道：“早点回来！我等着你……”

出了别墅房门的我，宛如笼中鸟被放出了笼子，深深吸了一口自由新鲜的空气。刚准备甩开大步走出这个虎窝，“慢！等等！”她突然在后边一声喊。使我刚要放松的心，霎时又提升到嗓子眼上，蹦蹦地跳动加速，迈出的一只腿像木偶一样定格在那儿。我想：这下完了！这女人要出尔反尔，不知她又想干啥？我真想拔腿就跑……不行！万一院门口有她的人堵着，那可就前功尽弃了。可就在这让我进退两难之际，是回去又很不情愿，身体就这样僵在那儿，一动没动……

她扭头跑回屋里，拿起客厅桌上的汽车钥匙，来到我身后：“哥！来，开车回家，你提着这箱子路上不安全的。”

哦，原来她让我开车走啊。我砰砰急速跳动的心，一下子放了下来，忙转身笑着说：“不用了吧，我打的走好……”

她穿着睡衣，散乱着头发跑到我跟前，把汽车钥匙往我手里一放说：“咱有车还打的干吗？在车库里快去吧！我等着你……”她一按手里的遥控器，汽车库门打开。

“好好，谢谢宝贝，你快回屋去吧！”我冲她笑着说。我提着那密码箱上了车，将车开出车库向站在别墅门口的她微微一笑，挥手道：“拜拜……”一踩油门，出了西山二号别墅大院。

天气放晴，天空的阴云随着东风的吹动，逐渐散去，阳光从薄薄的云层中射出，我摇下车窗玻璃，一股雨后的清凉和新鲜空气钻进车来，吹拂着我的脸颊……我深深地吸了一口空气，一声叹息，使紧张的心放松下来。

我看一眼手腕上的手表，已是下午一点五十分。我驾驶着她的宝马车直奔北四环阳光大厦方向。哼！都说男人难过美人关，为色为情被迷倒，现在看来，女人遇到中意郎君，也不过如此呀。

此时此刻，使我想起王公明副司令家里书房墙上那幅字：为天地立心，为生民立命；为往圣继绝学，为万世开太平。又想起，我当新兵戴上领章帽徽时的承诺：我是一名真正的人民空军战士，解放军的一员，从此肩负起保家卫国的神圣使命，为国家为部队建设奉献出毕生的青春年华！

我到阳光大厦门前，将车停好，手提密码箱径直走入电梯，而后直奔林兵办公室。

进门后，我把密码箱往地上一扔，一屁股坐到沙发上。唉的一声叹气，如进入保险柜一样，悬吊着的心落了地。

“好好好，蓝天城我会经营好的，请首长放心。好，好，一定，一定。”林兵放下电话，纳闷地看着我的狼狈样子，笑着问：“你小子从哪儿钻出来啦？我的蓝天城马上就要开张了，你是不是给我送贺礼来啦啊？”

“什么贺礼？我差一点见不着你！快！我有急事向你报告！”

他看我很严肃紧张的样子，马上收住笑：“怎么啦？遇到什么事了？”

我极力控制住自己的情绪，让自己的心冷静下来，向他说明刚才在小岚别墅里发生的情况……

第六十四章 特殊身世

林兵听后，我还以为他会很生气地臭骂我一通，没想到他却一副胸有成竹的样子说：“甭着急，我会安排控制住她的。”

“控制住她？那我怎么办？还有……”“你回家先休息，等我电话，暂时不要惊动她。如果她催促你，就想法拖延时间先稳住她。”他不慌不忙的样子，可我从心里非常着急呀。“那，王司令那儿……”我担心在王公明副司令那里不好交代就又问。

“没事，王司令那里我去解释。哦，对了，张彪来电话了，与你照相的那个姑娘叫王艳，四川乐山人。张彪到四川找到了她，已经搞清楚啦，是郝贵花五千块钱买通她做的。”

“郝贵？郝贵他是偷拍我照片的人？”我太吃惊啦，“那这么说郝贵是……”

“郝贵已被我们控制住，他们还有一个上级也被我们盯住，她们都跑不了！你抓紧回家，一定想法稳住柯小岚，我去布置后面的事情……”他胸有成竹地对我说。

嘿，我望着他，心想不愧是老领导，还真有运筹帷幄的将军那范儿，处事不惊。这么说，郝贵跟柯小岚她们是一伙的？我倒吸了一口冷气，太可怕啦！幸亏当时把他帮我们家炒股票赚的钱还给他了，否则后果不敢设想。

我低头看到林兵地上那个密码箱问：“那，这密码箱是二百万现金和这五十万元银联卡，算是收买我的定金，先放你这吧？”

“好好好，你方晨晨真是价值不菲，看来比我值钱呐。”林兵哈哈笑着接过我递过去的银联卡。

“您就甭拿我开心啦，我对党、对国家、对军队是忠贞不二的，请党组织尽管放心。嗯还有，柯小岚说聂蓉蓉和晨曦的人身安全都……”

“这些你尽管放心，要相信组织……”林兵他拍拍我肩膀笑着。

“我当然相信组织啦！否则……”

“好啦，你当前的任务就是稳住她，不要让她察觉你有异常，其他事情由组织安排，你不宜在此久留，抓紧离开等我电话。”

我离开林兵办公室，离开阳光大厦，开着车走在回家的路上。叮铃铃叮铃铃，突然手机响起。我的心一惊，以为是小岚又催促我呢。打开一看是个陌生电话，屏幕上显示河南安阳，应该是老家来的电话。

“喂，你好，你找谁？”我接听到。我心想，可能又是村里谁让我又给他们找工程啊、生意啊做嘞。现在改革开放一切都市场化，我们村里的年轻人都跑出来打工的打工，做生意的做生意，四处找人托关系寻找商机。

听对方电话里问:“你好,是方晨晨吗？”是位陌生中年妇女的声音。“啊,我是,请问你是……”

“啊，俺是毛爱莲呀。”毛爱莲？天呐，我们多少年没见面了，她怎么想起我了？我忙问:“爱莲，你在哪儿咧？咋知道我的电话呀？”

“俺在北京呢，刚办完事儿。我是从姣姣那里找到你的电话号码，想见见你，你忙啥咧？”

多年不见面的她来北京找俺，再忙也得见面呢，不能拒之门外。急忙说:“不忙，不忙，你在哪儿咧？我开车接你去。”

“俺在海淀公安分局这里办事嘞，这不没事啦，给你打个电话看你忙不忙。”

海淀公安分局离我不远，正好去接她一趟。多年不见好好叙叙旧，晚上顺便请她吃个饭。“哎爱莲，你办完事就在海淀公安分局门口等我，我离那儿不远开车去接你，一会儿就到啊。”

我开车到海淀公安分局门口时，毛爱莲正提着公文包在大门口旁边等候。她也老了，头发有点花白，一笑脸上出现几道皱纹，一身公安制服在身上显得很臃肿。再没当小姑娘时那样苗条的身材和细白漂亮的脸蛋了，真是岁月催人老啊。现在她已是当奶奶的人了，自从她和李小瑞结婚后，生了一男一女，孩子们都继承家业，男孩李莘跟随他父亲李小瑞做起医疗器械生意，在郑州开了家医疗器械公司。女儿李琴琴郑州医科大学毕业，在郑州一家医院当医生。毛爱莲她自己从滑州公安局考上郑州公安大学校，大专毕业，被分配到河南省公安厅打击拐卖妇女儿童办公室工作，全家人现都生活在郑州。女儿李琴琴结婚未生育，儿子李莘结婚后就给她生了个大胖孙子，一家人倒也其乐融融。毛爱莲上车后几句话，就说完我们这几十年离别后的家庭情况。

“爱莲你哥他现在干啥嘞？那一年你来信说你哥和嫂子辞职下海经商嘞？”

“嗨，俺哥现在可成大老板了。我那时给你来信不是说吗，他当了不到三年兵，学了开车的技术在连队挺好的，这不就闹着复员回来。他的理由是妹妹我小，俺爸爸工作忙照顾不了俺，在部队不放心就要闹着回来……”

其实后来才知道，是他在家里谈了一个对象给闹的。对象是我们初中的同班同学柴敏。柴敏她家也是县城的，爸妈都是顺河街街道办事处普通干部。我们县城有三个办事处，瞬间办事处是县委、县政府机关所在地，相对大些，其他两个办事处，红星、道北办事处相对小些。柴敏她爸妈看上了毛大臣家境不错，父亲毛东明是安阳地区公安局局长，妹妹毛爱莲高中毕业已安排在顺河派出所上班，在县城里是相当好的条件了。柴敏她和毛大臣结婚就成了当家人。毛大臣从小在爸妈的教育下，过惯了艰苦的生活，特会精打细算。自从国家改革开放后，他看邱童童他们夫妻俩从广州往县城倒服装、电器啥的，赚了很多钱，他眼就红了。毛大臣本来转业在县邮政局开邮政车也算很不错的工作。他和媳妇柴敏商量，辞了邮局工作，带着孩子和买断工龄的钱跑到郑州打拼去了。据说啊，一开始没找到合适的工作，他就和柴敏天天以卖报纸为生。1984 年那时的郑州东郊非常地穷,本地人都看不上那鬼地方。有那么句口头语说的就是：宁要市里一张床，不要东郊一套房。毛大臣在郑州东郊办了个卖报亭，以卖报纸杂志为生。后来社会上开始流行 BP 机，他就找中国移动公司郑州分公司的老战友陈建做 BP 机代理生意。卖了几年 BP 机后，手头开始有点存款，也正好政策好了，土地可以买卖。于是他又贷款在郑州东与中牟县交界处买了二百亩地，种西瓜、开鱼塘。夏天，他卖西瓜，柴敏在一旁卖鱼，几年下来倒是挣了不少钱。随着国家改革开放的深入，郑州东区大开发，土地价钱成倍地往上蹿。他看到郑州军用机场改为民用，高楼大厦一座座拔地而起时，他与柴敏商量大胆地卖掉了二百亩土地，换成了几十套房子。他看准了郑州东区市场经济发展趋势，又投资成立了网络公司。几番折腾下来，现在的他可了不得啦，已成了郑州东开发区有名的大老板。

“是吗？那有时间去看看他这个大老板。”我很佩服毛大臣。

毛爱莲她转头关心地问我：“你怎么样啊？听姣姣说你爱人和儿子都出国进修啦？你儿子现在有对象没？他与我女儿李琴琴应该差不多大小。”

我无心与她唠叨家长里短，应道：“是啊，他们应该差不多大。爱莲，你在省公安厅打拐办，咋跑北京来了，有事吗？”

“嗨，这次来北京啊，是来跟踪查找一个被拐卖多年的小女孩的情况。我从河南追查到广东，从广东追查到北京，在北京从市局追查到各区县分局。这不，到海淀分局查些资料,还是没有具体线索,下午时间不多了,不想再跑到门头沟分局去了。就想找你聊聊天，我们多年没见面了，还是很想你的。”毛爱莲现在说话干脆利落，也很大方，完全没有当年小姑娘时的羞涩样子。

“那个小女孩叫啥名字？她老家是哪儿的？有线索吗？”我随意问。

“没有。这个小女孩叫小兰，小名兰兰，今年大约三十六七岁了。她三岁时被多次拐卖，我们也不知道她老家是哪里的。这还是我们在焦作抓住一对人贩子时，他们承认其中有一起拐卖这女孩的案子，省厅领导责成我负责。我跟踪追查这宗案子两年多快三年了，跑了多个省才追查到北京来。唉，可惜还是没有任何线索。”

她说这小女孩叫小兰，我突然想起柯小岚。她说过自己是河南人，是吃百家饭穿百家衣长大的，会不会是她呀？不会吧？天下没有这么巧合的事。但是，柯小岚的岁数也差不多这么大，难道世上真有巧合？一时间，小岚说起个人家庭情况的那一幕，又浮现在我眼前……

听小岚说，她养父母是河南农村的，没有孩子，三四岁时被领养到这家，养父母省吃俭用供养她到小学毕业，养父希望她早些嫁人以减轻家庭负担。突然一天，养母娘家的一个远房亲戚，从广东来河南做什么事，看到她很聪明，就把她带到了广东湛江。他对她很好，供她上中学，又供送她上了大学……

我一边回想着小岚说的家庭情况，一边开车拉着毛爱莲到了张丽东北饺子馆门前。

张丽她听到汽车的喇叭声，热情地迎接出来。

我们下车，我紧向前一步对张丽介绍道："这是毛爱莲警官，在河南省公安厅打拐办工作……"

这时的张丽、毛爱莲她们好像已经互相认出对方，毛爱莲先认出张丽，向前去一把抱住张丽，"张丽！""爱莲姐！"张丽也认出毛爱莲来。

俩人激动地拥抱在一起。"我们一别三十九年近四十年啦，张丽你还没有大变样，仍然是小姑娘时的模样，还是那么漂亮……"毛爱莲夸奖道。

"咦，爱莲姐真会开玩笑，俺都五十多的老太婆了。老了姐，仔细看你还没大变样咧，俺一眼就认出来你啦……"

我在一旁看着她姐俩的亲热劲，忙劝道："咱们还是进屋里慢慢说吧。"

张丽引导我们进了一个稍大的包间。"小李，给我们泡壶龙井端来。"

服务生小李泡了壶好茶端来，张丽亲自给我们倒上。我心里还是惦记着毛爱莲那桩拐卖儿童案子，正好张丽寻找她女儿几十年还没有找到，有必要的话，也请毛爱莲帮个忙。

我接过张丽递过来的茶杯笑着说："嗯，张丽，你爱莲姐是咱省公安厅打拐办的，你这么多年找女儿一直没有消息，让爱莲给你帮个忙吧。她在路上说，那个被拐卖的小女孩叫兰兰，你女儿不也叫兰兰吗？爱莲，你能否把那个被拐小女孩的情况再给张丽说说？看她们俩是否一致，如果……"

毛爱莲很吃惊地问张丽："怎么？你女儿被拐卖啦？哪年的事儿这是……"

只要提到女儿兰兰，张丽都很伤心。张丽伤心地点点头，眼含泪花说道："那是1976年4月初，农历是2月16。孩子才刚满两周岁半不到三岁。唉，只因我太粗心，光顾做生意，一会儿没看住就……姐，麻烦你……"张丽她以恳求的眼光望着毛爱莲，说着说着哽咽了。

毛爱莲同情地看看张丽，陷入了追踪这起拐卖徐兰兰案子的过程之中……

这对人贩子是夫妻俩，男的叫刘良才，女的叫贾玉花。俩人是从贵州拐卖一对母女到咱省卫辉县山村时被抓获的。毛爱莲在看守所审讯他们俩时，他们供认已经干了几十年拐卖人口这个行当了，从他夫妻俩手上拐卖过几十个人，有妇女也有儿童。其中在1984年从河北沧州曾拐卖两个小女孩到焦作温县。当时他俩把大点的那个小女孩叫小霞，不满12岁的小霞卖到一家儿，给一个20岁的傻子当童养媳。那家花五千块钱买下小霞当童养媳十几年。

当毛爱莲她们解救出小霞这女孩时，她已经23岁，是两个孩子的母亲了。小霞被解救出来时跟毛爱莲说："阿姨，跟俺流浪时还有个妹妹叫小兰。请求您帮助俺找到妹妹小兰吧。"

毛爱莲问她："闺女，你知道小兰被卖到哪儿去了吗？""不知道。"

毛爱莲问小霞她："小兰是你亲妹妹吗？"

"不是，俺俩是在人贩子贩卖俺们时弄在一起的。后来俺俩逃跑中相依为命互相照顾亲如姐妹。嗯，和亲妹妹一样，可不知她……"

"那你知不知道她老家是哪儿的？"毛爱莲问小霞。"不知道。俺们是一起被拐卖的，俺也不知道小兰她是哪儿的，俺光知道都是从东北老家那嘎达被拐卖来的。"

于是，毛爱莲再次提审刘良才和贾玉花。刘良才承认他把那个叫兰兰的小女孩卖到温县沙石乡马尾沟村一个王姓农户家里。

毛爱莲她们几位同事赶到温县沙石乡马尾沟村，找到这户王姓家里。他家老夫妻两人无儿女，男的叫王宫是个瞪眼瞎，什么也看不见，老婆一条腿有残疾，脚还有点跛。家里很穷，家徒四壁一贫如洗，平时生活过得紧紧巴巴，老母鸡下个蛋都舍不得吃，积累着卖掉换个油盐钱，女的平时上山挖些草药换点钱。日积月累大半辈子攒点钱，才买了这个叫兰兰的小女孩，他们把小兰养着是他老两口一个好帮手。兰兰被卖到他们家里时才八岁，就担负起家里的家务活。白天，她养母就冲小兰说："兰兰，吃完早饭早点去放羊，看天气阴了，如果天要下雨，咱们的羊还没吃的。"

小兰兰背着箩筐，牵着一只山羊出了村，走到山沟里把小山羊放开去山坡上吃草，自个儿爬到山坡上去打猪草。太阳西下，她一个瘦小的身体背着一箩筐猪草，牵着小山羊往家走。到家还未拴好羊，就听屋里养父王宫喊："兰兰回来了？我要上厕所。""哎，来了爹。"小兰应着跑到屋里，搀扶着瞎爹到土厕所去方便。晚上，小兰在昏暗的灯光下，在柴火锅灶前，要帮养母剁猪草烧火煮猪食，又想学习认字，她就照着门框上的旧对联在地上划写，并问养母："娘，门框上的对联叫啥？"她养母不高兴："干活还不老实咧！叫啥？跟共产党走，听毛主席话。""娘，俺会写啦，你看！"小兰兰天真地用木棍在地上划着给养母看。

小兰想上学。一次她借放羊打猪草的时间，跑到马尾沟小学二年级窗户外边，看老师和同学们上课。她很聪明，一看就会。语文老师问同学们说："为什么说秋天是收获的季节？哪位同学知道请举手……"半天无人举手回答。同学们之间还互相看望，想找到一个知道的人。小兰跑到门口说："老师，我知道。"哦，张老师猛吃一惊，看到门口站着一位破衣烂衫的小姑娘，忙说："来，进来，你是谁家的孩子呀？"有一个男孩举手站起来说："张老师，她是王宫家买来的。"

张老师走到这聪明的小兰跟前问："你叫什么名字呀？"小兰腼腆地说："我叫兰兰。"

张老师把小兰拉到一个空位上，说："兰兰同学，你暂时坐这吧。你回答我，秋天为什么是收获的季节？"这时全班同学和张老师都望着她。

小兰自信地站起来说："因为秋天是玉米、谷子、高粱、苹果、梨、山楂和大枣成熟的时间，也是需要人们去收割和采摘的时候，人们得到这些也是最高兴的时候，得到就是收获。嗯，就像庄稼，春天播种……秋天收割……"

"对！小兰同学答得非常正确，也非常全面。同学们，大家说对不对呀？"同学们都异口同声说："对！"

放学的铃声响了，张老师留住小兰问："你为什么不来上学呀？今年多大了？"小兰只是摇头不知道。

张老师拉着小兰那脏烂的小手，找到小兰养父母王宫家里，对老王夫妻俩说："孩子很聪明，她也想学习，你们应该让她上学……"

老王一听就急了，说："上啥上？俺家这个样儿，没人放羊，没人给猪打草，没人帮她娘干活，不中不中！"

小兰在一旁急忙说："俺上学不耽误放羊打猪草的！我晚上学习后帮俺娘干活。"小兰说完眼巴巴看看张老师，又看看在一边缝补衣服的养母。她养母在一旁用眼睛使劲瞪了小兰一眼，使劲咬了一下牙，生怕被张老师看见她的凶狠。

张老师一看这对夫妻俩是这个态度，不敢硬来，只好和气地商量："你们看这样好不好？白天让小兰在家里放羊打猪草，晚上到我家去学习，好不好？"

小兰养母急忙说："老师，俺家可没钱呐！"

"不要钱，只要你们俩让孩子晚上到我家学习就中。"

养母一听不要钱就答应了："那中，那中。"

张老师笑着说："那就从明天晚上开始！兰兰中不中啊？"小兰看着张老师高兴得只顾点头。

张老师从王家告辞出来，小兰懂事地送张老师出门。张老师摸着小兰的头心痛地："孩子，明天晚上早点来我家学习啊？"小兰她点点头："嗯，我一定去。"

一天，小兰背着箩筐牵着小羊上山，由于小兰痴迷学习，把小羊放开去吃草，自己就拿出张老师给她的书本，坐在山坡上学习起来。天阴了她也不知。突然一声炸雷在她头顶炸响，她才从学习中醒来，才想起自家的小羊，急忙收起书本，背起箩筐嘴里喊着小羊，小羊……

天空阴云密布，电闪雷鸣，瓢泼大雨从天而降。小兰背着箩筐在大雨里山坡上喊叫和寻找着小羊……

天黑了，大雨也停了，小兰仍然没有找到小羊。她全身被雨水浇得如落水之人，摸着崎岖的山路，深一脚浅一脚在泥泞的路上往家走去……

“你还有脸回来！咋不把你丢了呢？啊？打！打！打死她喂狼！”只听见王宫和他老婆骂喊声和啪啪的打击声。

小兰穿着湿透的衣服，被王宫夫妻按趴在木板凳子上抽打着，她趴在那儿咬紧牙关眼含泪水一声不吭，不反抗，任凭养父母他们抽打。

“滚！滚出去！今天你找不到小羊就别回家！还不快找去！”小兰被王宫打出门外，屋门啪的一声被关上。

小兰穿着的湿衣服也被打破，浑身上下伤痕累累，她眼含泪花一步一回头地饿着肚子，离开这个家，走进夜幕中……

茫茫无际的黑夜，小兰她步履蹒跚地走在寻找小羊的泥路上……

她摸黑走进平时放羊玩耍的小山洞里，由于饥饿和浑身伤口的疼痛及疲劳，坐在山洞里潮湿的地上睡过去了……

由于山风和洞中湿气把小兰冻醒了，她打了个冷战。当她睁开眼睛时，发现小羊就卧在她身边。她还以为自己在梦中，用小手拍打下自己的脸，又掐下腿部被打的伤痛，不是做梦，是真的。

她一手牵抓着小羊就出了山洞往家跑，嘴里不停喊着：“爹，娘，娘，我找到了！我找到小羊了。”小兰牵着小羊迎着东方发亮的晨曦向家跑去。

从此，小兰白天在养父母家里放羊打草，晚上饿着肚子跑到张老师家里去学习。张老师知道小兰没吃饭，就给她弄些吃的。张老师家里三个与小兰大小差不多的孩子，生活也不富裕，但对小兰像自己亲生的孩子一样。小兰没衣服穿，张老师把她自己孩子的衣服给小兰穿，鞋烂了把自家孩子的鞋给小兰换上。张老师还发动学生们为小兰捐献衣服。有一次小兰收到同学们给她捐助的衣服，有冬天的棉袄，春秋的夹克衫，夏天的衬衫和裙子，满满一蛇皮袋子。小兰高兴地直向张老师和同学们鞠躬致谢：“谢谢张老师！谢谢同学们！”

两年的春夏秋冬过去了，小兰已经12岁了，也长高了。

这年深冬的一天，山区满天飞雪，马尾沟村被大雪覆盖着。王宫家的院里也同样飘落着鹅毛大雪。小兰和养父母在屋里吃着饭，就是几个窝窝头和一盆土豆炖白菜。

突然门外闯进一个中年男人，身上穿着的皮夹克和鸭舌帽落满了雪，带着南方口音：“哎呀，我的姐姐，你这里好难找啊？”

“哎哟！我的弟呀！你咋今天来了？不是说过两天吗？哎呀，你看！今天正赶上大雪天。”小兰养母说着去帮那中年男人拍打身上的雪。“柯宁海来了？”王宫在一旁问道。

那男人忙说："啊来了，姐夫。"

"吃饭咧没？"小兰养母问，并招呼小兰道："兰，好闺女，快叫舅舅。"

小兰站在一旁，听养母一说，立刻腼腆地喊道："舅舅好！"

那柯宁海自打进屋，虽然与王宫夫妻两人应对打着招呼，但眼睛时刻看着小兰。他看到小兰腼腆地喊他舅舅时，喜不自禁地说："你好啊，你就是兰兰？我今天是专程来接你到我们广东湛江上学的啦，我们那里是大城市啊，条件比这强几百倍呀。你愿不愿去呀？"

实际上，柯宁海通过人贩子，私下用一万块钱买的小兰，由于小兰已12岁了，怕她不从，就暗中商量以舅舅的身份，假装关心她，以上学培养她为幌子，把她买到广东湛江市。他听人贩子介绍，小兰这女孩聪明，爱学习。所以，就想出了这种理由。

小兰心里对这个家庭十分痛恨，早想远走高飞了。可自己还小又没有钱，暗自打算再熬上两三年稍微大点，就可以以外出打工的名义离开这鬼地方，离开这恶毒贫穷的家庭。这个舅舅来得真是时候，当问她愿不愿时，她喜出望外地应道："愿意！俺爹俺娘他们……"小兰担心养父母阻拦。

"没问题了。我和姐姐姐夫都商量好了。"柯宁海笑眯眯地说。

"愿意！愿意！"王宫夫妇在一旁急忙表态。

"你没问题，咱们走吧，我雇的车还在外面等着呢。"柯宁海笑着催促小兰。

小兰看看养父母，她养父母马上点头表示同意。小兰转身把自己的衣服书本和生活用品装进蛇皮袋，转身向养父母很礼貌地鞠了个躬。柯宁海马上从小兰手中接过蛇皮袋，拉着小兰就往外走。小兰和柯宁海出了养父母家冒着大雪，消失在雪花飞舞之中，身后在雪地里留下两人一大一小深深的脚印……

柯宁海带着小兰辗转到了湛江。他与小兰商量："孩子，不要怕，你喜爱学习就在这上学，好不好？"小兰她点点头。

"但是这样子，我要给你上户口才能上学，知道不？上户口就得用我的姓才行，你就叫柯小兰好不好？谁要问起你叫什么名字，你就给他们说叫柯小兰。"

小兰也不懂什么户口不户口，姓啥都无所谓，她从记事起都不知道自己姓甚名谁，就知道自己叫兰兰，小兰。卖到养父母王宫家几年都是喊她兰兰，姓啥对她来说不重要，只要能吃好穿暖，像其他孩子一样，每天能背着书包上学读书就行。

柯宁海托关系，以自己女儿的名义到当地派出所给小兰注册了户口。小兰从此背上书包到湛江市育苗小学五年级开始正式学习。开始的学习有点吃力，但半年后就跟上了同学。一年后，她成了在育苗小学本年级里学习最好的学生，深受老师同学的喜欢，几次获得班里"优秀学生"奖状。

时间过得飞快，从初中到高中毕业，小兰和柯宁海的关系都非常好，二人以父女相称。转眼，高中毕业的小兰想报考广东中山大学新闻专业，柯宁海则动员她到台湾学国文，就这样小兰被送到台湾学习四年。

毛爱莲说："当我追踪小兰到广东湛江时，湛江市公安局查找柯宁海。湛江的同志给我说，叫柯宁海的人，有二十人，根据你说的年龄段来看有九人，这九人三个已死亡，两人中有一个被我局在拘押，咱们是不是先去提审下？如果不是，再找另一个。"

毛爱莲问湛江市公安局的同志："柯宁海这人是干什么的？因啥犯事被你们拘押的？"

"柯宁海这人是一个香港商人，以做生意为掩护，为境外特务组织提供我国情报。他被抓获后，我公安人员才调查清楚，他家在台湾，他在香港以做生意为掩护，实际上是国民党间谍机关的一员，专门收集购买大陆方面的情报工作。中国改革开放之初，他就借机从香港来到湛江，以落魄港商身份潜伏下来，用金钱拉拢社会各阶层人员发展关系，收集海军南海舰队军事情报，又培植人员发展组织。"

毛爱莲："我寻找的小兰这女孩，是他收养的吗？这个小女孩现在怎样？"

湛江市公安局的同志说："柯宁海承认，二十多年前他从河南焦作温县农村花一万块钱买来一个小女孩，在他那儿上的户口，以父女相称。他供这个小女孩上小学、上初中上高中，有这回事。"

"那女孩中学毕业呢？"毛爱莲追问。

"不知道。"

"能不能现在去提审一次，后来小兰高中毕业，他把这女孩子弄到哪儿去啦？"

"可以，你稍等，我去办下提审手续。"

毛爱莲到湛江监狱提审出柯宁海。问他："柯宁海，你买来的那个小兰姑娘，现在在哪里？"

柯宁海他看看毛爱莲说："她现在在哪儿我不知道，她高中毕业是我把她送到台湾上的国文大学。四年毕业后，她去广州发展，后来……我……我被政府……我们就失去联系了。"

"柯小兰，就是你从河南焦作温县农村拐卖来的？"

柯宁海他连连点头："是是。是我供养她上学，又上大学的。"

"柯小兰在广州发展做什么？"毛爱莲问。

"在报社当记者。"

"什么报？哪个报社？"

"不知道。"

"她住在广州市什么地方？具体联系电话？"

尽管毛爱莲步步逼问很紧，柯宁海只是摇头：“不知道。”

“柯宁海你要老实配合政府调查，不老实的后果是什么？你应该清楚！柯小兰的身份证号是多少？”柯宁海口里“是是是”地点头，老老实实告诉了毛爱莲小兰的身份号，并且为难地说：“政府，我真不知道她具体住在广州哪里，请您原谅，我知道一定会报告政府的。”毛爱莲看来柯宁海确实不清楚小兰的具体住处，就让监狱警察把柯宁海带回监房。

毛爱莲又跑广州市公安局打拐办，请求他们协助查找柯小兰的下落。经过几天的排查，发现中国环球时报的一位女记者柯岚与柯小兰的情况很相似。

毛爱莲又马不停蹄找到中国环球时报驻广州记者站，说明来意。记者站的负责同志一听说是公安部门非常热情，并说：“哎呀，我们也在查找柯岚这个人，有人举报说，她曾冒充我们环球时报记者在外边收集信息。可是，当我们报警，广州市公安局准备实施抓捕时，人却已不知去向，像人间蒸发一样。这不，我们记者站在广东各个报社都发了内部通缉令。嗯后来听有人透露，那位假记者已跑到北京。北京总部也已报警并下发了通缉令，也在追查寻找这名假记者。”

毛爱莲一听是这个情况，就告别了那位记者站负责同志。“当时我想，柯岚是真假记者我暂且不说，我必须找到这个人，查清她是不是被拐卖的那个小姑娘兰兰，这是我的目的。呶，于是，我又寻着这条线索一路查到了北京。到北京市公安部门还没任何信息。唉，慢慢找吧，我相信她不会人间蒸发的。”

听毛爱莲她这一说，我心里还真咯噔一下。柯小岚如果是徐兰兰，我该怎么办？她是张丽的女儿，这亲情、友情？柯小岚是间谍这无疑，又是敌情？该如何办好？

第六十五章 | 赤心不改

张丽她一听毛爱莲说到这，再也坐不住了，急忙问:“你说，她会是俺的兰兰吗?徐兰兰?”

“说不准，这不，我就追踪到北京来了。”

那个柯岚会是环球时报的假记者吗?我突然想起小岚曾在环球时报当过记者，后来因报社让她去蒙古国建立联络站，才辞职不干的。后来又受聘到新加坡《联合早报》当记者，这个小岚会不会是那个假记者柯岚呐?“爱莲，你说柯岚姑娘的身份证号咱都有，公安局是很容易查的呀。现在住宿、乘火车、坐飞机，买车买房什么的不都需要身份证吗?在公安网上一查不就出来了。”

“是是是!可公安局在网上都查了，柯小兰这个身份号码在各个方面都不存在。为保险起见，北京市局的同志让我去各区分局再查查，可几个分局查下来都没有。难道这柯宁海提供的身份证号是假的?或者柯小兰姑娘根本就没来北京?”

“爱莲，你说的柯小兰是哪几个字?”我问毛爱莲。

“是大小的小，兰花的兰，上边两点下边三横，柯是木字旁可以的可。”毛爱莲在桌子上用手写道。

在我隐约记忆中，小岚记者曾经对我说过:“哥，我嫌小兰这个名字太俗气。我把这个兰就改成山风岚了，你看如何?”

我冲张丽问道:“张丽，嗯你女儿身上有什么特殊标记没有?比如头上脸上、腿胳膊上，有胎记啊、痣啊啥的，明显的辨认标记?”

我这一提醒，张丽她突然想起，“哎呀!我们徐兰兰肚脐上有块胎记!卜卦大仙还说这孩子长大后有福，叫什么脐里藏金!”

我也想起来了，那年到张丽家送东西时她曾经对我说过，当时她还扒孩子衣服让我看来着。

毛爱莲摇摇头不以为然地说:“哎呀，张丽你咋那么傻呀?大姑娘家谁能脱了衣服让人看肚脐上有没有红记呐?”

听到张丽的描述我心里咯噔一下，世上能有这么巧合的事?难道小岚记者就是张丽失散三十多年的女儿?可这事只是我偶然看到的，前因后果过于私密，不足为外人知道。我心里还在纠结，万一小岚是张丽的女儿，对双方都是好事。要不，我试着提一提？

打定了主意后，我对毛爱莲讲："我倒认识一个记者叫小岚，也是大小的小，上边山字头，下边是风字，山风岚，不过不知她姓什么。刚才我接你时开的那辆宝马车还是她的。她曾经给我说过，她老家是河南的，从小是吃百家饭穿百家衣长大的。可具体她家河南啥地方，姓什么我没有细问过。"

张丽、毛爱莲两人立刻睁大眼睛看着我。看来我的话立刻就触动了女人们敏感的神经。

见状，我赶忙解释："别误会，别误会啊！我们也只是普通朋友。这样爱莲，现在科技这么先进，你随我到车上找找，看有什么能用的东西拿去做个DNA鉴定，和张丽的DNA做个比对，不就清楚了吗。如果不是，咱们再继续找。"

"嗯，这样好。还是你脑瓜好使。走！"毛爱莲一拍脑门并赞同地说。

于是，我们三人在小岚宝马车上寻找可用的东西。找着找着，"哎呀！这有根长头发！"还是毛爱莲细心，就在驾驶员座位上的垫子底下，找到两根女人长发。

这头发可能是开车时被后背坐垫扯下的，应该是小岚的头发。小岚她说过这车买后，除我之外没有外人动过。

我随机说："应该是车主人的吧？"

毛爱莲拿着那根头发笑着说："试试看吧。"她随即将头发装入塑料袋，如获至宝，"张丽走。"

"嗯，走。"由张丽自驾奥迪车，带上头发样本去北京市公安局做鉴定。

"对不起啊，我单位还有事就不陪你们了。"与她们告别离开饭馆。

此时，我看了看手表已是下午四点半，离小岚给我的约定时间还有三个小时，也唯有先回家等林兵的消息了。

在回家的路上，叮铃叮铃我的手机响了。我急忙打开一看是林兵的电话。"喂，您好首长。"

林兵在电话里问："小方，你在哪儿？"

我不想解释太多，于是扯了谎："哦，我马上到家。"

"那你马上、立刻来王司令办公室，我们在这里等你。"

"好的，我一会儿就到。"挂断林兵的电话，我驱车直奔空司大院。

"报告！"我在王公明办公室门外喊道。

"进来！"

我进屋敬了个标准的军礼。"你都没穿军装，还敬啥礼！快坐下。"王公明笑着批评我。又接着手指向旁边坐着几位说："哎，我给你介绍一下，这是北京市安全局何处长，总政保卫部张副部长，其他两位林兵和空政保卫部王副部长你都认识。

这样，叫你来是给你说明那个记者小岚已被我们科技监控，你不用担心。小岚是她的笔名，她的全名叫柯小岚，是境外某情报组织派驻我国的谍报人员。她以记者的身份作掩护窃取我军军事情报。以金钱和色情贿赂为手段，专门拉拢贿赂政府机关和军队内部的重要人物，并在大陆不断发展组织。还有你的同学王丽平，她是美国中央情报局驻华地区总负责人，与美国中央情报员托尼斯以夫妻名义长期生活在我国。以开公司为掩护，专门拉拢政府和军队内部的高级官员，收集政治、经济及军事情报。嗯，王丽平她是柯小岚的直接上级。”

王公明他看看我，又继续说道：“而你所认识的郝贵，就是被她们收买过去，为她效劳的马前卒，目前已被我安全部门抓获。郝贵对自己的犯罪事实供认不讳，还揭发了柯小岚、刘英、勾祥瑞等人的大量犯罪事实。总政勾祥瑞和刘英也是被王丽平策反过去的团伙成员，现已被总政保卫部抓捕控制住。柯小岚是一个从小被拐卖的孩子，吃过不少的苦。后来被台湾间谍组织收养，与一个叫柯宁海的人以父女相称。后来以借读大学学习之机，被送到台湾间谍组织培训四年。毕业后她又回到了湛江柯宁海处，二人仍以父女关系为掩护做起了间谍活动。她与王丽平在香港相识，将收集到的情报，转手卖给王丽平，两人臭味相投一拍即合。后来，王丽平又把柯小岚拉入她的组织之中。柯小岚在广州时，已因活动频繁被我安全部门盯上，即将实施抓捕时，竟不知所踪，原来她接受了新任务来到北京。”

我听到这些心中不觉发颤，后背冒冷汗。王公明他回到办公桌前，又冲我说道：“案件背景和进展已经向你告知清楚。现在我命令你，配合林兵、张部长他们，立即去柯小岚处实施抓捕，明白吗？”

听得我心里砰砰乱跳，急忙打立正：“明白！”

我倒吸一口冷气，心想：幸亏我……感觉很尴尬，脸色红一阵白一阵地发烧。我的老同学，聂蓉蓉的好朋友，我儿子的干妈王丽平，竟然是美国谍报人员，又是柯小岚的上级？太可怕啦！我们家都被她们给迷惑了，蒙蔽了，欺骗了……更使我始料不及的是，冯为国的漂亮媳妇刘英，还有总政什么勾副主任，怎么也被王丽平给拉下水了？原来听聂蓉蓉说过王丽平与刘英两家多么亲密，关系多好多好，冯莹还认王丽平为干妈。这，这我还以为只是朋友关系，两人性格相投呐，没想到这里边还有这么多事情。

更让我没想到的是林兵竟然是空政安全部门的负责人，原来首长他们对小岚的情况早已掌控在手。幸亏我及时向林兵报告了情况，如果按照小岚设计的路线走下去，后果真是不堪设想……我的后背一阵阵冒冷汗，不敢再想下去。

我忍不住为自己辩解道：“首长，我对党是忠诚的，我没有出卖国家军事情报！我是……”欲言又止。

“小方！我知道你是好同志，组织也知道，现在是关键时刻，请你配合组织抓捕柯小岚，不得有任何闪失！”王公明严厉地对我说。

“嗯，我老婆儿子的人身安全可能也会受到了威胁，我想……”我实在是对聂蓉蓉和儿子晨曦放心不下，就随口说道。

“这个……”林兵向前一步，刚想对我解释。

“这个……”王公明打断林兵的话，干脆地冲我说：“这个你放心，我驻德国和法国大使馆早已安排妥当！你做好你当下该做的事，明白吗？”

“明白！”我一个标准立正的姿势应答。

“出发吧！”王公明向我们几位挥挥手。

我们五人从王公明办公室出来，两辆别克公务车已经发动好等在大楼门外面。

林兵：“方所长，你开的那辆车还得开着去。由你在前面带路，车到东北老边饺子馆前时停一下，咱们合计一下然后再进去。”张副部长在旁边也点头赞同。

“好的，好好。”我开着那辆宝马车在前面，后面林兵他们四位和另外三位年轻的特警同志穿着便装，乘坐两辆别克车随后跟着。

下午六点也正是北京下班高峰时段，车行驶在拥堵的环路上慢慢爬行。我虽然开着车，心里还在为老婆、儿子担着心。可我给聂蓉蓉拔了几遍电话，都是“对不起，对方已关机”。我真着急呀，又不敢告诉王建社、姣姣和我妈他们，怕她们担心。我在这缓慢的车流中，心乱如麻地煎熬着……后悔，当初不该认识小岚，更不应该与她有后边的来往。后悔，后悔，一百个后悔，一千个后悔呀！无奈之下也只有按捺着焦急，配合组织尽快抓捕柯小岚再说。

王公明刚才的话又在我耳边响起：……郝贵对自己的犯罪事实供认不讳，还揭发了王丽平、柯小岚的大量犯罪事实……他还揭发了总政勾祥瑞、刘英等人的犯罪事实？等人？看来不单单是郝贵、王丽平、柯小岚、勾祥瑞、刘英他们，还有我不知晓的人存在，这又会是谁呢？我在心里思索着、猜测着……

突然柯小岚的电话打进来，我赶忙接：“喂，宝贝……”她没等我说只听：“亲爱的，你在哪儿呢？”

我定了定神，假装轻松地安慰小岚道：“哦，宝贝，我刚从办公室出来，开着车正往你那儿赶呢。路上堵车厉害，根本跑不起来，你再等我一会啊。”

“好嘞，别着急啊，我给你做好吃的。”小岚在电话那边温柔地说。“好好好，等我。嗯，宝贝咱们到外边吃吧？”为了稳住她，我故意跟她闲话聊天。

“不嘛！我要让你好好尝尝宝贝的味道，嗯呐……”她在电话里笑得很轻柔妩媚，可我听在耳里特别扎耳难受，早就变了味道。

看来她对我还没有产生怀疑。这个贱女人！我心里已经恨死她了，是她毁了我一生的政治前途。为了个人利益，不惜牺牲国家利益，不惜牺牲我的未来，太无耻！太可恶！太污浊！是你，差一点毁掉我幸福的家庭！是你，差一点让我做了你的帮凶！是你，差一点让我做了叛党，背叛祖宗的缺德之事！是你，差一点点把我推进万丈深渊，送进牢笼！是你，是你，全是你这个无耻卑鄙的狐狸精！

我们把车开到张丽的东北老边饺子馆前靠边停下，装作食客的样子走进包间。

“大家先坐喝水吧。”林兵招呼大家都坐下，又笑着说：“张副部长有经验，你来安排吧。”

张副部长笑着对大家说：“那我就不客气了，咱们这样……”

我开车到了柯小岚别墅门前车库旁，她一听到汽车声，立马穿着一身休闲装咯咯笑着从别墅里迎出来，我刚停好车走下来，她就一把扑过来抱住我：“亲爱的，你终于来了，想死我了……”

我故作镇静地说：“宝贝，刚走几个小时就这么想我了？我也想你呀……”她挽着我的胳膊，说笑着走进别墅里。

进屋，只见她跑进厨房一边洗手一边说：“哥，你脱掉上衣去洗洗手，饭菜马上就好。本来呀，我也想到外边去好好庆贺的，可又怕影响不好。所以啊，咱还是在家吃吧。嗯，在家多温馨呐，是不是呀我亲爱的？”

狗东西！说得多好听，一个没有良心的狗东西。你就是一只披着人皮的狼、狐狸精，毒蛇！背叛祖宗、背叛祖国不知廉耻的东西。我心里在骂着，可表面还必须装作无事人一样哼哈地应付着她，没马上去洗手和脱外衣。

咚咚咚……外边突然传来了敲门声。小岚警惕地走出厨房催促我：“快快快！”她打着手势。意思是让我快去卫生间里躲避一下，又冲门外问道：“谁呀？”

“物业的，查电路！”门外的人回应道。

她看我进了卫生间把门关上，就应道：“啊，来了！”才跑去开别墅大门。

只见林兵他们一行七人一拥而进。说时迟那时快，三个特警一把抓住她的两只胳膊，将她迅速控制住。

林兵走上前问道：“你是柯小岚吗？你被捕了！”

她刚反应过来，一边挣扎一边惊讶地问：“哎哎哎，你们是干什么的？”

两个特警抓住她的两只胳膊向后背着严厉地训斥道：“老实点，不许动！”

林兵对她亮出手里事先准备好的拘捕证，对她说：“我们是国家安全局的，你涉嫌窃取我军事情报罪，冒充记者诈骗罪，以金钱拉拢公职人员贿赂罪。现依法对你实行拘捕审查！”

“慢！慢慢慢，我是美国公民，你们没有资格抓我！我要到美国领事馆控诉你们。你们凭啥抓我呀？有证据吗？”柯小岚气急败坏地喊道。

我从卫生间走出来，心中这块沉重的大石头总算是落了地。柯小岚看到我从卫生间出来，像抓住一棵救命的稻草，立刻大声喊道：“方大哥！快来给我作证！我没有窃取什么军事情报！没有冒充记者行骗！你……”

我恶狠狠地瞪了她一眼，呸呸呸！不要脸的狗东西，恨得我牙根痛。我恨不得上去抽她两个耳光，踹她几脚。这是什么狗逻辑？不知廉耻的东西！出卖国家利益，不以为耻反以为荣，还振振有词。你小岚看看自己还是人吗，还有良心吗？你对得起生你养你的父母吗，对得起培养你的国家吗？亏你还披着这一身漂亮的人皮，畜生不如！小羊羔还知跪乳感恩，小乌鸦还有百日回喂老乌鸦呢。你，你就这样回报生你培养你的祖国吗？我在心里骂着她。

张副部长一个侧身挡到我面前，冲她道："何处长把电脑打开，让她自己再看看自己做过的事情，帮她回忆下。"

何处长打开手中笔记本电脑，端到她面前。屏幕上立刻出现了她行动的画面：在广州……在成都……在上海……在北京……还有郝贵被审讯时的录像……一件件一幕幕画面展现在她面前。

柯小岚看后气急败坏地又冲我喊叫："方晨晨，你如果不站出来替我说话，你老婆和儿子在今晚八点以后将永远消失！你……"

张副部长冲她呵斥道："柯小岚！你不要再做春秋大梦啦！聂蓉蓉和方晨曦已于三天前，被我安全部门严密保护起来了。就是你的上级美国情报人员王丽平，也已经被我们控制起来了。告诉你，她给你的所有指令，都是在我们控制之下进行的。"

此时我的手机响起。一看是毛爱莲打来的，我急忙向林兵耳语说明情况。

林兵又与张副部长耳语商量之后，对我说："让她们过来吧。"

毛爱莲、张丽和北京市公安局打拐办的一位同志来到了北京西山二号柯小岚别墅门外。

我出去迎接时，张丽下车拉住我的手激动地说："是我女儿！是我女儿！找到了！终于找到了……"

我推开张丽的手："找到就好，找到就好。爱莲，我有话给你说。"我把毛爱莲拉到一边，低声向她详细说明了柯小岚的现状。她听后很吃惊，也有点不知所措："那，那我们俩该怎么办？"

"你先稳住张丽，我到屋里请示领导后再说。"

我进屋后向林兵低声说明了柯小岚就是张丽女儿的情况，并建议让张丽与柯小岚相见认亲后，再把柯小岚带走。

林兵又与张副部长私下耳语后，同意了我的建议。

我带毛爱莲、张丽她们俩进屋。"啊！"张丽一进屋看到这样的场面很是吃惊，不知发生了什么事情，又不敢说啥站在一旁。

林兵示意北京市公安局打拐办的民警同志说："你可以对她宣布啦。"那位民警走到柯小岚面前，宣布DNA鉴定结果。刚一宣布完，张丽激动得一下子扑到柯小岚面前哭喊着："兰兰，我的女儿，妈妈找你三十多年啦！今天总算找到你……"

我怕张丽过于激动，和毛爱莲急忙把她扶到椅子上。我又给她倒了一杯水给她并安慰道：“张丽你一定冷静，冷静啊！”

柯小岚看着眼前这一切，有些莫名其妙地眨了眨眼睛，很不以为然地问：“你们这是演的哪一出啊？搞什么名堂，简直莫名其妙。”

毛爱莲生气地走到柯小岚面前，向她质问道：“柯小岚，你被拐卖流浪时，是不是有一个姐姐叫小霞？你们分开后，你被卖给河南焦作温县王姓家里？后来一个广东湛江姓柯的把你买走？”柯小岚听着毛爱莲质问着她一连串的问题，脸色在变化着。毛爱莲又进一步向柯小岚诉说道：“你不叫柯小岚，叫徐兰兰，你小时候是被人贩子拐卖的……”被卖到哪里，怎么生活的，一幕幕帮她回忆……

最后她是怎么被柯宁海买的过程……

她的妈妈张丽，又是怎么历经艰难不断寻找等等。

柯小兰听着回忆着好像明白了什么，她迟疑地问：“那，那这饭馆老板她，她就是我亲妈？”

“是的，科学鉴定不会有差错。”毛爱莲对她肯定地说。

张丽看到柯小岚的神色，担心她还是不信，急忙跑上去对她说道：“兰兰，我的好闺女，你从出生下来肚脐上就有一块红色胎记，算卦先生说你是脐里藏金，大富大贵……你自己撩开衣服看看，妈说的对不对呀……”张丽说着激动地哽咽了。

毛爱莲急忙扶着张丽：“不要着急，让她自己好好想想。”

听到这儿，柯小岚紧绷着的脸抽搐了两下，又不自觉地低头瞟一瞟自己的腹部。她这细微的表情和动作被我们在场的人看得清清楚楚。

张丽也看到了。她站起向前接着对她说：“妈妈我找你三十四年，一万二千四百九十五天呐。闺女！我的好闺女。妈没想到啊，我们相见之际又是分别之时呀。闺女！我的好女儿，都是那些人贩子害的你，害的咱们这个家呀！害得咱们家都没了，害得咱们母女骨肉分离呀。闺女，三十四年不能相见，害得你三十四年流落他乡，没有得到母爱呀闺女！都是妈我不好，是我没有看护好你，让你在外边遭那么多罪，吃那么多苦呀。妈妈为找你几次都是死里逃生啊……你知道吗闺女！妈几次都差一点见不到你呀……”张丽哭诉着，哽咽地说不下去。

毛爱莲拉住张丽拍了拍她后背，安慰道：“不急，以后还有机会让你们娘俩见面好好聊的。”

此时张丽突然想起什么来，又坚强地挺起身，用手擦了一把自己的泪水，向前对着柯小岚说道：“闺女，我的好女儿，人这一生都难免犯错误、办傻事，知错就改还是好孩子。我的好女儿，到那儿，配合政府把事情说清楚，承认自己的错误，相信政府会宽大处理的啊！妈妈在这儿等着你早点回来……”

张丽不愧是走南闯北见多识广之人，她能说出这样的话，使我们在场的人向她投去赞扬的目光。

叮铃叮铃，“喂，请……”林兵接到一个电话出去了。

转眼我看他又走进来，脸色阴沉地走到张副部长跟前耳语后，又走到我跟前附耳轻声说了一句：“冯为国因涉嫌这起间谍案，被总政保卫部带走了，王司令让我抓紧回去。”

“啊！”我大吃一惊：“不会吧？冯为国他怎么会……”林兵摊开两手，耸耸双肩，对我无奈地撇了撇嘴。

他跟张副部长、何处长他们悄悄打了声招呼，就匆忙离开了。

我心里也在为冯为国、刘英夫妻俩惋惜，好端端的家庭就这样……唉，真是人为财死，鸟为食亡啊！

此时此刻，柯小岚也许是被张丽的真情所打动，也许是突然间良心的发现，更可能是对母亲的想念和对母爱的渴望被彻底打开。她开始控制不住自己的感情，只见她呆呆地望着张丽良久良久，脸颊抽动着痛苦万分。突然，她张嘴大声吼叫：“妈！我这三十多年没喊过一句妈呀！妈……妈……”

她哭喊着突地一下双腿跪地，嘶喊着：“妈！妈妈！妈……妈呀……”两位特警不敢松手，随着柯小岚也弯下腰。

柯小岚撕心裂肺的哭喊声回荡在别墅里，回荡在西山二号别墅区的夜空中……

在场的人都不胜唏嘘。总政的张副部长、空政的王副部长与北京安全局的何处长在现场简单做了交接后，小岚被带走了。富丽堂皇的别墅也被贴上了封条。

我看着这一幕，心中思绪万千：人生，不是一场物质的盛宴，而是一次灵魂的修炼！

王副部长来到我面前凝重地说：“方所长，还有个事儿，王司令千叮咛万嘱咐让我们事情办完后再告诉你，是关于聂蓉蓉的。”

“聂蓉蓉？”我的心立刻被揪了起来，老婆儿子不是已经被保护起来了吗？难道又有意外？此刻的我再也经不得一点打击了。我惊讶地问王副部长：“啊？蓉蓉她，她……”

“你放心，聂蓉蓉没有生命危险，只是……”他欲言又止，“唉”的一声，摇摇头对我说：“三天前，王丽平约你家老聂吃饭，两人之前的关系在王丽平的刻意经营下一直保持得很好。我们考虑到案件性质，经领导同意，为不打草惊蛇，也决定暂时不向老聂说明王丽平的真实身份。

可那天两人在一个小饭馆吃饭时，不知什么原因居然闹得很不愉快，当场争吵起来。据监视保护的同志讲，老聂当时是满脸怒气独自离开饭馆的。就在她独自穿越住处前的一条小巷子时，突然打侧面急速开来的一辆轿车，因聂蓉蓉同志躲闪不及，被撞个正着。

我们的同志立刻将她送往医院，经过抢救命是保住了，只是因为碰撞了脑袋，人仍处在昏迷中。医生对我们的同志说："有……有植物人的可能……"

肇事司机本想驾车逃逸，可没跑出多远就被当地警察抓捕。只是，毕竟是在德国，我们的同志想要介入调查受到太多限制。嗯，尽管如此，我们也在一直从外交上做努力。据我方分析啊，考虑到聂蓉蓉的特殊身份和王丽平他们在国内的动静，此事不排除是美方间谍机构搞出的动作。这点你放心，我们一定调查清楚。

砰！我握紧的拳头结结实实地砸在别墅边的外墙上。真是欺人太甚！真是阴狠毒辣！国内是坑蒙拐骗、钱色诱惑不断，国外竟然堂而皇之地当街杀人！我心疼我的聂蓉蓉，为她着急呀。

王副部长又接着说："聂蓉蓉现在还处于昏迷之中，方晨曦已于昨天从法国赶去陪护在那里了。这是今晚 23:45 北京直飞德国斯图加特市的机票。还有，你作为军人、涉密人员，紧急出国的审批手续都已办齐。"说着他从公文包中拿出一个航空信封，"王副司令特别交代，无论柯小岚的抓捕行动成功与否，今晚你都必须出发。我们已经做好了安排，等下你回家简单收拾一下，所里专车送你去机场。到了那边，大使馆已有专人接机。不出意外的话，明天这个时候，你就能见到你家聂蓉蓉了。"

"谢谢您部长！谢谢组织和首长对我的照顾。"我们互相告别。

聂蓉蓉，你一定要挺住！你可不能有三长两短呀，我们的梦想还没实现，核动力远程超高速飞行器还需要你和我们共同去完成，你可不能……

北京国际机场灯光闪烁。

中国国航一架飞机如一柄利刃，撕破云层迷障，藏入蓝色的夜幕中……

第四次修改 2020 年 3 月 18 日定稿

编后语

中国改革开放四十多年来，文学也发生了巨大变化。而在这种变化中，又有多少作家能够在创作上坚持自己的文学理想和品质，视文学为自己的筋骨血肉，甚至生命？难怪人们曾反复呼唤新时代要有新作品而不得。

当我拿到康永杰先生这部作品时，欣喜地发现，这不正是人们所需要的好作品吗？

首先是作者的创作态度。为了写作此书，他用毕生的经历，描述了从孩童、少年、青年、中年不同时期发生的不同事件；他对于每个地区、每种风俗习惯、每个人的语言特色的熟悉程度不亚于当地人；他了解了城市和农村的总体状况，目睹了不同阶层人的生活状态。他深知，要完成这样一部作品，没有丰富的知识并掌握大量的资料是不可能的。他利用工作之余，不停地读书写作，正是凭着这种认真的态度，在这漫长的二十多年中倾心创作了这部作品。毫不夸张地说，《赤心不改》是康永杰先生用生活的全部完成的心血之作。

其次是作者的创作才能。法国评论家安德烈莫罗亚在评价普鲁斯特《追忆似水年华》时说过这样的话："就像伟大的哲学家用一个思想概括全部思想一样，伟大的小说家通过一个人的一生和一些最普通的事物，使所有人的一生都涌现在他的笔下。"这正是伟大小说家的才能之所在。康永杰先生在这部作品里展现了这种才能。作品围绕着主人公不断地探索人生，在极为广阔的背景下展示当代人的生活状态和心理特征。在康永杰的笔下，不同的少年、青年和老年，还有众多的农民、公职人员和流浪人，交汇成绚烂的人物画廊。在艺术手法上，康永杰先生不仅学习了二十世纪巴金、鲁迅、冰心、老舍文学巨匠的精髓，还学习了路遥、刘震云、陈忠实、麦家等现代大师们的艺术技巧，使作品呈现出炫目的艺术魅力。

康永杰先生的这部作品，读后给人一种温水泡茶慢慢浓的感觉，又似放入嘴里的一颗槟榔果，越嚼越有味道。它内容丰富，意义深远。它警示人们时刻不要忘记国泰民安、盛世辉煌的来之不易，那是无数共产党员、英雄楷模用汗水鲜血，甚至生命换来的；警示人们，时刻不要忘记在这大好年代里保持警惕，国内外敌对势力仍然亡我之心不死；警示人们时刻不要忘记国内还存有汉奸和间谍组织，他们虎视眈眈、一刻不停地在搜集我们的政治、经济、军事、科技、航天等情报。我们也绝不能被金钱、美色所诱惑和俘虏。它时刻提醒我们这一代人，肩负着巩固国防、民族复兴的历史使命。这部作品既是在小说创作领域中的探索，也是对中国当代文学的贡献。

这部作品篇幅较长，对编辑工作提出了更高的要求。即便如此，我们仍怀着期待之心，盼望广大读者对本书的疏漏之处提出批评和建议。

编 辑

2020 年 5 月